Anne Perry

Sein Bruder Kain

BUCH Das viktorianische London erstrahlt in vollem Glanz, das britische Empire beherrscht die Welt. Den Preis zahlen jene, die in den Armenvierteln vegetieren. Privatdetektiv William Monk kennt Licht und Schatten, doch als eines Tages die ebenso schöne wie vornehme Genevieve Stonefield zu ihm kommt, ahnt er nicht, welche Abgründe sich vor ihm auftun werden. Genevieve sucht verzweifelt ihren Mann Angus. Und sie glaubt, daß dessen zwielichtiger Zwillingsbruder Caleb etwas mit dem spurlosen Verschwinden ihres Mannes zu tun haben könnte. Denn während Angus ein angesehener Geschäftsmann ist, lebt Caleb als gewalttätiger Außenseiter in der Gosse.

Monks Nachforschungen fördern schon bald unstandesgemäße Affären, vertuschte Fehltritte und infame Intrigen zutage. In der von Fieber und Typhus glühenden Stadt macht er sich auf die schier aussichtslose Suche nach dem mysteriösen Zwillingsbruder und dessen dunklem Geheimnis. Doch was er entdeckt, erschüttert sogar ihn, den lebenserfahrenen Privatdetektiv …

AUTORIN Anne Perry mußte als Zehnjährige wegen ihrer angegriffenen Gesundheit England verlassen und verbrachte einen Teil ihrer Jugend in Neuseeland und auf den Bahamas. Schon früh begann sie zu schreiben. Mittlerweile begeistert sie mit ihren Helden, dem Privatdetektiv William Monk sowie dem Detektivgespann Thomas und Charlotte Pitt, ein Millionenpublikum. Die Autorin lebt zurückgezogen in Portmahomack, Schottland.

Außerdem bei Goldmann im Taschenbuch erschienen:

Das Gesicht des Fremden (42425) · Die russische Gräfin (41637) · Dunkler Grund (43774) · Eine Spur von Verrat (43428) · Gefährliche Trauer (41393) · Im Schatten der Gerechtigkeit (43597)

Anne Perry

Sein Bruder Kain

Roman

GOLDMANN

Die Originalausgabe erschien 1995
unter dem Titel »Cain his Brother«
bei Ballantine Books, New York

Umwelthinweis:
Alle bedruckten Materialien dieses Taschenbuches
sind chlorfrei und umweltschonend.

Einmalige Sonderausgabe November 2000

Umschlaggestaltung: Design Team München
Umschlagmotiv: Imagine/Viesti
Druck: Presse-Druck Augsburg
Made in Germany · Titelnummer: 44951
ISBN 3-442-44951-0

www.goldmann-verlag.de

Für die Bewohner
von Portmahomack,
für ihre große
Freundlichkeit

Erstes Kapitel

»Mr. Monk?« fragte sie und holte tief Luft. »Mr. William Monk?«

Er blickte von seinem Schreibtisch auf und erhob sich. Seine Hauswirtin mußte sie durch den Vorraum eingelassen haben. »Ja, Ma'am?« sagte er fragend.

Sie trat einen Schritt näher, ohne auf ihre ausladenden Reifröcke zu achten, die den Tisch streiften. Ihr Kleid war gut geschnitten und modisch, ohne zu auffällig zu sein, aber sie hatte sich anscheinend ziemlich hastig und achtlos angekleidet. Das Oberteil paßte nicht recht zum Rock, und die breite Schleife der Haube war mehr verknotet als gebunden. Ihr Gesicht mit der kurzen, starken Nase und dem tapferen Mund verriet beträchtliche Nervosität.

Aber das war nichts Neues für Monk. Die Leute, die die Dienste eines Detektivs in Anspruch nahmen, waren fast immer in einer unangenehmen Situation, die zu ernst oder zu peinlich war, um ihr mit alltäglicheren Mitteln begegnen zu können.

»Mein Name ist Genevieve Stonefield«, begann sie. Ihre Stimme zitterte ein wenig. »Mrs. Angus Stonefield«, ergänzte sie. »Ich komme wegen meines Mannes.«

Bei einer Frau ihres Alters – er schätzte sie auf dreißig bis fünfunddreißig – ging es meist um einen unzulänglichen Hausangestellten oder einen kleineren Diebstahl, gelegentlich waren es auch Schulden. Die älteren Frauen kamen häufig, weil ein Kind auf Irrwege geraten war und vielleicht die Absicht hatte, eine nicht standesgemäße Ehe einzugehen. Aber Genevieve Stonefield war eine überaus attraktive Frau – nicht nur ihres warmen Teints und ihrer würdevollen Haltung wegen, sondern auch, weil Offenheit und Humor aus ihren Zügen sprachen. Er konnte sich gut vorstellen, daß die meisten Männer sie ausgesprochen anziehend fanden. In der Tat war es ihm instinktiv genauso ergangen. Aber die bitteren Erfahrungen vergangener Fehleinschätzungen ernüchterten ihn sofort.

»Ja, Mrs. Stonefield«, erwiderte er, während er hinter seinem Schreibtisch hervor und in die Mitte des Raums trat. Das Zimmer war so eingerichtet, daß sich seine Gäste darin wohl fühlen konnten – dazu hatte Hester Latterly ihn überredet. »Bitte, nehmen Sie doch Platz.« Er zeigte auf einen der großen, gepolsterten Sessel, die seinem eigenen auf dem rot-blau gemusterten türkischen Teppich gegenüberstanden. Es war ein bitterkalter Januartag, und im Kamin loderte ein Feuer, das nicht nur Wärme, sondern auch eine gewisse Behaglichkeit ausstrahlte. »Erzählen Sie mir, was Sie beunruhigt und wie ich Ihnen Ihrer Meinung nach helfen kann.« Sobald es der Anstand gestattete, nahm er ihr gegenüber Platz.

Sie machte sich nicht die Mühe, ihre Röcke zu ordnen; wie sie zufällig gefallen waren, bauschten sie sich um ihre schmale Gestalt, so daß die Reifen schief standen und man einen ihrer schlanken, in hohen Stiefeln steckenden Knöchel sehen konnte.

Nachdem sie sich mit sichtbarer Anstrengung zu dem Sprung ins kalte Wasser durchgerungen hatte, brauchte sie keine weitere Aufforderung, sondern fing sofort an zu sprechen. Dabei beugte sie sich ein wenig vor und blickte ihn ernst an.

»Mr. Monk, um Ihnen meine Besorgnis begreiflich zu machen, muß ich Ihnen etwas von meinem Mann und seinen Lebensumständen erzählen. Ich möchte mich dafür entschuldigen, daß ich auf diese Art und Weise Ihre Zeit strapaziere, aber ohne diese Kenntnisse würden die Dinge für Sie kaum Sinn ergeben.«

Monk gab sich alle Mühe, den Anschein zu erwecken, als höre er zu. Es war ermüdend und aller Wahrscheinlichkeit nach völlig überflüssig, aber er hatte durch eine Reihe von Irrtümern gelernt, den Menschen zu gestatten, sich ihre Sorgen von der Seele zu reden, bevor sie auf den eigentlichen Zweck ihres Besuches zu sprechen kamen. Wenn es auch sonst zu nichts anderem nutze war, ließ es ihnen doch ein gewisses Maß an Selbstachtung in einer Situation, in der sie in einer zutiefst privaten Angelegenheit um Hilfe bitten mußten, um die Hilfe eines Mannes, dem sich die meisten von ihnen allein aufgrund der Tatsache, daß er es nötig hatte, sich seinen Lebensunterhalt selbst zu verdienen, gesellschaftlich überlegen fühlten. Die Gründe, die sie zu ihm führten, waren für gewöhnlich schmerzlich, und es wäre ihnen weit lieber gewesen, sie für sich behalten zu können.

In seiner Zeit als Polizist wäre solches Feingefühl überflüssig gewesen, aber jetzt, da er kein Vertreter der Obrigkeit mehr war, hing seine Bezahlung ganz davon ab, wie hoch sein Klient seinen Erfolg bewertete.

Mrs. Stonefield sprach mit leiser Stimme weiter. »Mein Mann und ich sind jetzt seit vierzehn Jahren verheiratet, Mr. Monk, und ich kenne ihn noch ein Jahr länger. Er war immer der denkbar sanfteste und rücksichtsvollste Mann, ohne den Eindruck zu vermitteln, daß es ihm an der notwendigen Festigkeit mangelte. Was er auch tat, er war in jeder Hinsicht ein Ehrenmann, sei es privat, sei es beruflich; nie hat er versucht, andere zu übervorteilen oder ihr Mißgeschick für seine Zwecke auszunutzen.« Sie hielt inne, denn sie begriff – vielleicht, weil sie es in Monks Gesicht las –, daß sie zuviel redete. Er hatte es noch nie vermocht, seine Gefühle zu verbergen, besonders wenn es sich dabei um Ungeduld, Zorn oder Verachtung handelte. Dieses Unvermögen hatte ihn so manches Mal in Verlegenheit gebracht.

»Haben Sie den Verdacht, daß sein ansonsten so makelloser Charakter in irgendeiner Hinsicht doch zu wünschen übrig lassen könnte, Mrs. Stonefield?« fragte er mit soviel Anteilnahme, wie er zu heucheln imstande war. Langsam kam ihm der Gedanke, daß sich hinter ihrem interessanten Gesicht möglicherweise ein ausgesprochen uninteressanter Geist verbarg.

»Nein, Mr. Monk«, sagte sie ein wenig schärfer. Ihre Angst ließ ihre Augen plötzlich eine Spur dunkler erscheinen. »Ich fürchte, daß man ihn getötet hat. Ich möchte, daß Sie das für mich herausfinden.« Trotz der Verzweiflung in ihrer Stimme sah sie ihn nicht an. »Nichts, was Sie tun können, wird Angus jetzt noch helfen«, fuhr sie leise fort. »Aber da er verschwunden ist, ohne irgendeine Spur zu hinterlassen, geht das Gesetz davon aus, daß er uns einfach verlassen hat. Ich habe fünf Kinder, Mr. Monk, und Angus' Geschäft wird ohne ihn schon bald nichts mehr zu unserem Lebensunterhalt beitragen können.«

Plötzlich war die Angelegenheit sehr real und von echter Dringlichkeit. Er sah in ihr nicht länger eine schwatzhafte Frau, die großes Aufheben um irgendwelche nichtigen Anlässe machte. Es gab guten Grund für die Furcht in ihren Augen.

»Haben Sie sein Verschwinden der Polizei gemeldet?« fragte er.

Sie sah ihm flüchtig in die Augen. »O ja. Ich habe mit einem Sergeant Evan gesprochen. Er war sehr freundlich, aber er konnte nichts tun, um mir zu helfen; ich kann ja nicht beweisen, daß Angus nicht aus freien Stücken weggegangen ist. Von Sergeant Evan habe ich übrigens auch Ihren Namen.«

»Aha.« John Evan war sein treuester Freund gewesen, als er selbst in Schwierigkeiten steckte, und er würde diese Frau nicht wegschicken, bevor er ihr nicht geholfen hätte. »Wann haben Sie Ihren Mann das letztemal gesehen oder von ihm gehört, Mrs. Stonefield?« fragte er ernst.

Der Schatten eines Lächelns huschte über ihre Züge und war sogleich wieder verschwunden.

»Vor drei Tagen, Mr. Monk«, sagte sie gefaßt. »Ich weiß, das ist noch nicht lange, und er war auch früher manchmal auswärts unterwegs, sogar für längere Zeit, manchmal bis zu einer Woche. Aber diesmal ist es etwas anderes. Sonst hat er mich immer von seiner bevorstehenden Abwesenheit unterrichtet, uns die nötigen Mittel hinterlassen und natürlich Mr. Arbuthnot, der sich unterdessen an seiner Stelle ums Geschäft kümmerte, genaue Anweisungen gegeben. Er hat noch nie einen Termin versäumt oder es unterlassen, Mr. Arbuthnot mit Vollmachten und Instruktionen auszustatten, damit dieser in seiner Abwesenheit weiterarbeiten konnte.« Sie beugte sich vor, ohne sich des erfreulichen Anblicks, den sie mit ihren hochgerutschten Rockreifen bot, bewußt zu sein. »Er hat nicht damit gerechnet, länger fortzubleiben, Mr. Monk, und er hat sich bei niemandem gemeldet!«

Sie erweckte großes Mitgefühl in ihm, und ihr war jetzt am besten gedient, wenn er so viel wie möglich über den Fall in Erfahrung brachte.

»Zu welcher Tageszeit haben Sie ihn das letztemal gesehen?« fragte er.

»Beim Frühstück, etwa gegen acht Uhr morgens«, erwiderte sie. »Das war am achtzehnten Januar.«

Heute war der einundzwanzigste.

»Hat er gesagt, wo er hingehen wollte, Mrs. Stonefield?«

Sie holte tief Luft, und er sah, wie ihre gefalteten Hände in den sauberen weißen Handschuhen sich auf ihrem Schoß verkrampften. »Ja, Mr. Monk, er ist von uns aus direkt ins Geschäft gegangen. Dort hat er dann Mr. Arbuthnot mitgeteilt, er wolle seinen Bruder besuchen.«

»Hat er das häufig getan?« fragte er. Der Besuch bei dem Bruder schien kein besonders bemerkenswertes Vorkommnis zu sein.

»Er hatte die Gewohnheit, ihn ab und an aufzusuchen«, erwiderte sie. Sie sah ihn durchdringend an, als sei die Bedeutung dieser Tatsache von solcher Wichtigkeit für sie, daß sie einfach nicht fassen konnte, daß sie nicht die gleiche Wirkung auf ihn hatte. »Seit ich ihn kenne«, fügte sie hinzu, und ihre Stimme wurde leiser und ein wenig rauh. »Sie müssen wissen, daß die beiden Zwillinge sind.«

»Es ist nicht ungewöhnlich, daß zwei Brüder einander besuchen, Mrs. Stonefield.« Er bemerkte das nur deshalb, weil er keinen Grund für ihr bleiches Gesicht oder für die Anspannung ihres Körpers sah, während sie unbequem auf der Stuhlkante saß. »Ich gehe davon aus, daß Sie inzwischen mit der anderen Mrs. Stonefield Kontakt aufgenommen haben, um in Erfahrung zu bringen, ob Ihr Mann sicher dort angekommen und wann und unter welchen Umständen er wieder gegangen ist?« Es war mehr eine rhetorische Frage. Die Antwort glaubte er bereits zu kennen.

»Nein…« Das Wort war kaum mehr als ein Flüstern.

»Wie bitte?«

»Nein«, erwiderte sie verzweifelt und sah ihn mit ihren großen blaugrauen Augen durchdringend an. »Angus' Bruder Caleb verkörpert alles, was mein Mann nicht ist – er ist gewalttätig, brutal, gefährlich, ein Ausgestoßener sogar in den Unterweltkreisen am Fluß hinter Limehouse, wo er lebt.« Sie stieß einen schaudernden Seufzer aus. »Ich habe Angus immer wieder gebeten, nicht zu ihm zu gehen, aber trotz allem, was Caleb ihm angetan hat, hatte er das Gefühl, ihn nicht im Stich lassen zu dürfen.« Ein Schatten huschte über ihr Gesicht. »Wahrscheinlich gibt es zwischen Zwillingen ein ganz besonderes Band. Ich gestehe, daß ich persönlich das nicht begreifen kann.« Sie schüttelte ein wenig den Kopf, als wolle sie ihre eigene Qual leugnen. »Bitte, Mr. Monk, können Sie für mich herausfinden, was meinem Mann zugestoßen ist? Ich...« Sie biß sich auf die Lippen, aber ihr Blick flackerte nicht einmal. »Ich muß Sie vorher nach Ihrem Honorar fragen. Meine Mittel sind begrenzt.«

»Ich werde Erkundigungen einziehen, Mrs. Stonefield.« Er begann zu sprechen, bevor er die Konsequenzen für seine eigenen Finanzen bedacht hatte. »Wenn ich Ihnen die Ergebnisse meiner Nachforschungen mitteile, können wir uns entsprechend arrangieren. Aber zunächst einmal brauche ich einige Informationen von Ihnen.«

»Natürlich. Ich verstehe. Es tut mir leid, daß ich kein Bild von ihm habe, das ich Ihnen geben könnte. Er hatte keine Lust, für ein Porträt Modell zu sitzen.« Sie lächelte mit einer plötzlichen Zärtlichkeit, in die sich verzweifelter Schmerz mischte. »Ich glaube, es wäre ihm ein wenig eitel erschienen.« Sie holte tief Luft und sprach schließlich mit sichtbarer Mühe weiter. »Er war groß, mindestens so groß wie Sie.« Es kostete sie sichtbar Kraft, sich zu konzentrieren, als wäre sie sich nur allzu deutlich der Tatsache bewußt, daß sie ihn vielleicht nie wiedersehen und sein Bild in ihren Gedanken schon bald an Klarheit verlieren würde. »Er hatte dunkles Haar – ja, seine Haarfarbe ähnelte ebenfalls der Ihren, aber seine Augen waren nicht grau, sondern von einem ganz besonders schönen Grün. Er hatte sehr ansprechende Züge, eine starke Nase und einen großen Mund. Er war ein sehr sanfter Mensch, überhaupt nicht arrogant – aber trotzdem wäre niemand je auf den Gedanken gekommen, sich Freiheiten ihm gegenüber herauszunehmen.«

Er war sich der Tatsache bewußt, daß sie von ihrem Mann bereits in der Vergangenheit sprach. Ihre Furcht und das Wissen um die Trauer, die ihr bevorstand, waren geradezu körperlich zu spüren. Er überlegte, ob er sich nach Stonefields finanzieller Lage erkundigen solle oder der Wahrscheinlichkeit, daß er sich eine andere Frau gesucht haben könnte. Aber er zweifelte daran, daß er eine Antwort von ihr erhalten würde, die objektiv genug war, um irgendeinen Wert zu haben. Die Frage würde sie nur unnötig quälen. Vernünftiger war es wohl, handfeste Beweise zu sammeln und sich eine eigene Meinung zu bilden.

Er erhob sich, und sie folgte seinem Beispiel; ihr Gesicht war starr vor Angst, aber sie hielt sich sehr aufrecht, als sei sie darauf gefaßt, ihn überreden zu müssen, ja ihn, wenn nötig, sogar anzuflehen.

»Ich werde sofort mit den Nachforschungen beginnen, Mrs. Stonefield«, versprach er ihr.

Augenblicklich entspannte sie sich und versuchte sogar zu lächeln, soweit ihr das in ihrer gegenwärtigen Situation möglich war. »Vielen Dank …«

»Wenn Sie mir Ihre Adresse geben würden?« fragte er.

Sie öffnete ihr Retikül und nahm zwei Karten heraus, die sie ihm reichte. »Ach, Sie werden sicher eine Vollmacht brauchen … Daran hatte ich bisher nicht gedacht …« Sie sah ihn verlegen an. »Hätten Sie wohl ein Blatt Papier …?«

Er trat an seinen Schreibtisch, öffnete ihn und zog einen schlichten weißen Briefbogen, eine Schreibfeder, Tinte und Löschpapier heraus. Dann rückte er ihr einen Stuhl zurecht. Während sie schrieb, warf er einen Blick auf die Karten, die sie ihm gegeben hatte, und sah, daß ihr Haus direkt nördlich der Oxford Street lag, in der Nähe des Marble Arch, einer sehr akzeptablen Wohngegend, auch für vornehmere Ansprüche. Das Geschäft lag südlich des Flusses auf der Waterloo Road, am Rande von Lambeth.

Sie beendete das Schreiben, unterschrieb es, drückte vorsichtig das Löschpapier auf das Blatt und hielt es ihm dann mit einem ängstlichen Blick hin.

»Das ist genau richtig, vielen Dank«, sagte er, nachdem er das Schreiben gelesen hatte. Er faltete es zusammen, nahm einen Umschlag, legte es hinein, damit es nicht schmutzig wurde, und steckte es ein.

Sie erhob sich. »Wann werden Sie anfangen?«

»Sofort«, erwiderte er. »Wir dürfen keine Zeit verlieren. Mr. Stonefield könnte sich in Gefahr befinden oder in Schwierigkeiten sein, aber möglicherweise kann man ihm noch helfen.«

»Meinen Sie?« Eine Sekunde lang flackerte Hoffnung in ihren Augen auf, dann kehrte die Wirklichkeit zurück und mit ihr neuer Schmerz. Sie wandte sich ab, um ihre Gefühle vor ihm zu verbergen, um ihnen beiden die Verlegenheit zu ersparen. »Vielen Dank, Mr. Monk. Ich weiß, Sie wollen mich nur trösten.« Sie ging zur Tür, und er mußte sich beeilen, um sie ihr noch öffnen zu können. »Ich warte dann auf eine Nachricht von Ihnen.« Sie ging hinaus und die Treppe hinunter auf die Straße, wo sie sich nach Norden wandte und, ohne sich noch einmal umzuschauen, davonging.

Monk schloß die Tür und kehrte in sein Arbeitszimmer zurück. Er legte Kohle nach, setzte sich dann in seinen Sessel und dachte über das Problem und die einzelnen Umstände, soweit sie ihm bekannt waren, nach. Es war nichts Ungewöhnliches, daß ein Mann Frau und Kinder verließ. Alles mögliche war denkbar, auch ohne in Erwägung zu ziehen, daß dem Mann etwas zugestoßen sein könnte – ganz zu schweigen von einem so abwegigen und tragischen Gedanken, daß er möglicherweise von seinem eigenen Bruder getötet worden war. Aber genau das war es, was Mrs. Stonefield glauben wollte. Monk dachte bei sich, daß diese Lösung ihr wohl am wenigsten furchtbar erschien. Ohne diese Möglichkeit sofort von der Hand zu weisen, neigte er jedoch dazu, sie ganz unten auf seine Liste zu setzen. Die offensichtlichsten Lösungen waren die, daß ihm entweder seine Verantwortung zuviel geworden und er davongelaufen war oder daß er sich in eine andere Frau verliebt und beschlossen hatte, in Zukunft mit ihr zusammenzuleben. Die nächste denkbare Möglichkeit war dann irgendeine finanzielle Katastrophe, die sich entweder schon ereignet hatte oder doch in naher Zukunft bevorstand. Vielleicht hatte er gespielt und dabei mehr verloren, als er aufbringen konnte, oder sich Geld bei einem Wucherer geliehen, dem er die Zinsen nicht zurückzahlen konnte; so daß sie von Tag zu Tag anwuchsen. Monk hatte mehr als ein Opfer dieser Halsabschneider gesehen, und er empfand einen unerbittlichen Haß auf alle Geldverleiher.

Stonefield konnte sich auch einen Feind gemacht haben, den zu fürchten er guten Grund hatte, oder er war wegen einer Indiskretion, möglicherweise sogar wegen eines Verbrechens, das Opfer einer Erpressung geworden. Vielleicht war er aber auch wegen einer Unterschlagung, die noch nicht ans Tageslicht gekommen war, auf der Flucht vor dem Gesetz, oder eines anderen Vergehens, eines von ihm verschuldeten Unfalls oder einer plötzlichen Gewalttat, derer man ihn bisher noch nicht verdächtigt hatte.

Er konnte sogar selbst einen Unfall erlitten haben und in irgendeinem Krankenhaus oder Armenhaus liegen, in einem Zustand, der es ihm unmöglich machte, seine Familie zu benachrichtigen.

Es war auch denkbar, daß er – wie es Monk selbst einmal ergangen war – einen Schlag auf den Hinterkopf bekommen und das Gedächtnis verloren hatte. Monk brach der kalte Schweiß aus, als er sich daran erinnerte, wie er vor zwei Jahren an einem Ort aufgewacht war, den er für ein Armenhaus hielt; er hatte damals nicht die leiseste Ahnung gehabt, wer er war oder wo er sich befand. Seine Vergangenheit war ein vollkommen unbeschriebenes Blatt für ihn gewesen. Ja, er hatte nicht einmal sein Gesicht im Spiegel wiedererkannt.

Ganz langsam nur war er in der Lage, hier und dort Bruchstücke zusammenzufügen, Szenen aus seiner Jugend, von seiner Fahrt von Northumberland aus nach Süden, nach London, bei der er wahrscheinlich neunzehn oder zwanzig Jahre alt gewesen war – ungefähr zur Zeit des Regierungsantritts von Königin Viktoria, obwohl er sich auch daran nicht erinnern konnte. Die Krönung kannte er nur von Bildern und aus den Beschreibungen anderer Leute.

Auch diese Dinge waren reine Vermutungen, und er konnte nur mutmaßen, daß er jetzt, im Januar 1859, Anfang Vierzig war.

Es war natürlich absurd anzunehmen, daß Angus Stonefield sich in einer ähnlichen Situation befand. Solche Dinge waren mit Sicherheit extrem selten. Aber andererseits war auch Mord glücklicherweise kein alltägliches Ereignis. Viel wahrscheinlicher erschien es ihm, daß es sich in diesem Fall um ein trauriges, aber doch ganz gewöhnliches privates Vorkommnis oder ein finanzielles Unglück handelte.

Solche Dinge eröffnete er einer Frau immer nur sehr ungern. In diesem Fall würde es noch schlimmer sein als gewöhnlich, denn er empfand bereits einen gewissen Respekt für sie. Sie war auf eine bezaubernde Weise feminin und besaß dennoch Willen und Mut, und trotz ihres Kummers und ihrer kaum verhohlenen Verzweiflung hatte sie sich mit keiner Silbe selbst bemitleidet. Sie hatte ihn um seine Dienste als Detektiv gebeten, nicht um sein Mitleid. Wenn Angus Stonefield sie wegen einer anderen Frau verlassen hatte, war er ein Mann, dessen Geschmack Monk weder verstand noch teilte.

Während er noch über die ganze Angelegenheit nachdachte, erhob er sich, schürte das Feuer und stellte das Schutzgitter auf. Dann nahm er Mantel und Hut und fuhr mit einer Droschke, einem Hansom, von seiner Wohnung in der Fitzroy Street nach Süden, durch die Tottenham Court Road, die Charing Cross Road, den Strand und schließlich über die Waterloo Bridge zu der Geschäftsadresse auf der Karte, die Mrs. Stonefield ihm gegeben hatte. Er stieg aus, entlohnte und entließ den Kutscher. Dann warf er einen Blick auf das Gebäude. Von außen wirkte es dezent wie der Besitz eines wohlhabenden Mannes. Entweder hatte er es hier mit altem Vermögen zu tun, das es nicht nötig hatte, sich zur Schau zu stellen, oder mit erst jüngst erworbenem Geld, dessen Besitzer zu taktvoller Zurückhaltung neigte.

Er drückte die Eingangstür auf, die für jedermann offenstand, und wurde von einem gewandten jungen Angestellten in einem Hemd mit steifen Klappenkragen, einem Cut und blitzblanken Stiefeln begrüßt.

»Ja, Sir?« fragte der Angestellte, der aus Monks eleganter Kleidung sofort den Schluß zog, daß er es mit einem Gentleman zu tun haben mußte. »Womit kann ich Ihnen dienen?«

Monk war zu stolz, um sich als Detektiv vorzustellen. Das hätte ihn mit dem Polizisten, der er gewesen war, bis er sich mit seinem Vorgesetzten zerstritten hatte, auf eine Stufe gestellt, ohne ihm die alten Befugnisse zurückzugeben.

»Guten Morgen«, erwiderte er. »Mrs. Stonefield hat mich ersucht, ihr, soweit es in meinen Kräften steht, dabei behilflich zu sein herauszufinden, was aus ihrem Mann geworden ist, seit er vergangenen Dienstag von hier fortgegangen ist.« Er gestattete sich den Anflug eines Lächelns. »Ich hoffe, sie irrt sich, aber sie befürchtet, ihm könne etwas zugestoßen sein.« Während er sprach, holte er ihr Bevollmächtigungsschreiben aus der Tasche.

Der Angestellte nahm es, überflog es kurz und gab es ihm dann zurück. Die Besorgnis, die er bisher im Zaum gehalten hatte, brach sich jetzt unverkennbar in seinen Zügen Bahn, und er sah Monk beinahe flehentlich an. »Ich wünschte, wir könnten Ihnen helfen, Sir. Ja wirklich, ich wünschte von ganzem Herzen, wir wüßten, wo er ist. Wir brauchen ihn dringend, um hier die Geschäfte weiterführen zu können. Seine Anwesenheit ist hier unabdingbar.« Seine Miene wurde noch ernster. »Es stehen Entscheidungen an, für die weder Mr. Arbuthnot noch ich die gesetzlichen Befugnisse oder auch nur die notwendige Sachkenntnis besitzen.« Er sah sich um, um sicherzustellen, daß keiner der drei jungen Buchhalter in Hörweite war, und trat einen Schritt näher. »Wir sind mit unserer Weisheit am Ende und wissen nicht, wie es weitergehen soll oder wie wir die Leute noch länger hinhalten können, ohne zu verraten, daß es bei uns ernsthafte Probleme gibt. Die Konkurrenz ist groß, Sir. Andere werden, ohne zu zögern, die Gelegenheit ergreifen, aus unserer Unentschlossenheit Profit zu schlagen.« Sein Gesicht wurde etwas rosiger, und er biß sich auf die Unterlippe. »Glauben Sie, er könnte entführt worden sein, Sir?«

Das gehörte nicht zu den Möglichkeiten, die Monk bisher in Erwägung gezogen hatte.

»Das wäre doch ein sehr extremer Schritt«, erwiderte er, ohne den jungen Mann aus den Augen zu lassen. Aber in dessen Zügen las er nichts außer Furcht und Mitgefühl. Wenn er mehr wußte, als er zugab, war er ein Schauspieler, der es mit Henry Irving aufnehmen konnte und eine Bühnenkarriere verdient hätte.

»Dann ist er vielleicht krank geworden«, meinte der Angestellte voller Besorgnis, »und liegt jetzt irgendwo in einem Krankenhaus, ohne sich bei uns melden zu können. Er hätte uns niemals absichtlich so im Stich gelassen.« Und natürlich auch nicht seine Familie! Das brauche ich sicher kaum zu erwähnen.« Seine Miene verriet, daß er wußte, daß dies eigentlich an erster Stelle hätte kommen müssen.

»Hat er geschäftliche Konkurrenten, die sich von seiner Abwesenheit Vorteile versprechen könnten?« fragte Monk, während er seinen Blick diskret durch den ordentlichen, solide möblierten Raum mit seinen Schreibtischen, Bücherregalen und Geschäftsbüchern wandern ließ. Die Wintersonne fiel durch hohe, schmale Fenster ins Zimmer. Noch immer glaubte er, daß die Antwort eher im privaten Bereich des Mannes zu finden sein würde.

»O ja, Sir«, erwiderte der Angestellte nachdrücklich. »Mr. Stonefield ist äußerst erfolgreich, Sir. Er verfügt über die seltene Gabe, genau zu wissen, was sich verkaufen läßt und zu welchem Preis. Hat oft Gewinne gemacht, wo viele andere sich die Finger verbrannt hätten ... und haben!« In seiner Stimme schwang unüberhörbarer Stolz mit, bevor er Monk mit plötzlicher Angst in die Augen sah. »Aber immer absolut ehrlich!« fügte er mit ernstem Blick auf Monk hinzu, um sicherzugehen, daß dieser ihn auch verstand. »Es hat nie auch nur die leisesten Verdächtigungen gegen ihn gegeben! Weder in der City noch an der Börse?«

»Sprechen Sie von der Aktienbörse?« fragte Monk.

»O nein, Sir, ich meine die Getreidebörse.«

Das hätte er eigentlich wissen müssen.

»Diese Konkurrenten von Mr. Stonefield«, sagte er schnell und mit härter klingender Stimme, »wem hat er in letzter Zeit geschäftlich besonders geschadet, oder wessen Geschäfte bedroht er?«

»Nun ja...« Der Angestellte zögerte unglücklich.

Einen Augenblick lang hörte man keinen anderen Laut als das Kratzen der Schreibfedern und leises Fußscharren.

»Ich will niemandem etwas Böses nachsagen...«, fuhr der junge Mann fort.

»Wenn die Möglichkeit besteht, daß Mr. Stonefield entführt worden ist, dann tun Sie ihm keinen guten Dienst, wenn Sie jetzt schweigen!« sagte Monk ungehalten.

Der Angestellte errötete. »Ja. Ich verstehe. Tut mir leid, Sir. Mr. Marchmont von Marchmont and Squires hat seinetwegen letzten Monat große Verluste einstecken müssen – aber es ist ein reiches Haus, das die Sache wohl heil überstehen wird.« Er dachte angestrengt nach. »Mr. Peabody von Goodenough and Jones hat es ziemlich schlecht aufgenommen, daß wir ihm vor sechs Wochen ein Geschäft zu einem sehr guten Preis weggeschnappt haben. Aber der einzige, der wirklich schwere Verluste erlitten hat, war der arme Mr. Niven. Er ist nicht mehr im Geschäft, was mir aufrichtig leid tut. Hat die Sache wie ein Gentleman aufgenommen, aber es war sehr hart für ihn, vor allem, da er und Mr. Stonefield in denselben Kreisen verkehren. Traurige Sache.« Er schüttelte kaum merklich den Kopf. »Aber ich möchte gleich hinzufügen, daß ich mir wirklich nicht vorstellen kann, daß Mr. Niven Mr. Stonefield etwas Böses wünschen könnte. So ein Mensch ist er nicht. Sehr anständiger Bursche, ein wirklicher Gentleman, nur eben nicht so geschäftstüchtig wie Mr. Stonefield. Vielleicht hätte ich lieber schweigen sollen. Es ist... es ist wirklich sehr schwer zu entscheiden, was das Beste ist.« Er sah Monk kläglich an, als erhoffte er sich irgendeinen Hinweis von ihm.

»Sie haben ganz richtig gehandelt«, versicherte ihm Monk. »Ohne Informationen können wir uns weder ein Urteil bilden noch entscheiden, welches der beste Weg ist.« Während er sprach, schaute er an dem jungen Mann vorbei und sah sich im Büro um. Alles hier ließ Wohlstand erkennen. Mehrere Angestellte beugten sich eifrig über Akten, Rechnungen und Geschäftsbriefe an andere Häuser, möglicherweise auch solche in Übersee. Sie waren alle gut gekleidet, mit steifen, weißen Kragen und ordentlich geschnittenem Haar, und sie wirkten gewissenhaft und durchaus zufrieden mit ihrer Arbeit. Nichts war schäbig oder reparaturbedürftig. Es lag keine Entmutigung in der Luft, nur Besorgnis, die aus den verstohlenen Blicken sprach, die die Männer einander gelegentlich zuwarfen.

Dann wandte er seine Aufmerksamkeit wieder dem jungen Mann zu.

»Wann war Mr. Stonefield das letztemal im Büro?«

»Vor drei Tagen, Sir. Am Morgen des Tages, an dem ...« Er biß sich auf die Lippen, »... an dem er zum letztenmal gesehen wurde.« Er lockerte ein wenig seinen engen Kragen. »Aber wenn Sie wissen wollen, was sich an diesem Morgen ereignet hat, müssen Sie Mr. Arbuthnot fragen, und der ist im Augenblick nicht da. Ich bin wirklich nicht in der Lage, Ihnen noch mehr zu erzählen. Das Ganze ist eine ... nun ja, eine Geschäftsangelegenheit, Sir.« Er wirkte kleinlaut und fühlte sich offensichtlich unwohl in seiner Haut, während er immer wieder von einem Fuß auf den anderen trat.

Monk glaubte nicht, daß er hier noch irgend etwas von Wichtigkeit erfahren konnte, und war es durchaus zufrieden, die Sache für den Augenblick auf sich beruhen zu lassen. Aber bevor er sich verabschiedete, ließ er sich die Adresse von Mr. Titus Niven geben, des Mannes, der wegen Angus Stonefields Geschäftstüchtigkeit nicht mehr im Geschäft war.

Monk verließ das Kontor und ging in dem scharfen Wind mit schnellen Schritten über die Waterloo Road zurück.

Er war immer noch davon überzeugt, daß Angus Stonefields Verschwinden höchstwahrscheinlich persönliche Gründe hatte, und deshalb mußte Monk so viel über sein Privatleben in Erfahrung bringen, wie er nur konnte. Er hatte jedoch keinen vernünftigen Vorwand, um mit den Nachbarn zu sprechen oder sie gar nach Stonefields Gewohnheiten zu befragen. Das wäre auch kaum wirklich im Interesse seiner Klientin gewesen. Das allerletzte, was sie in ihrer Situation gebrauchen konnte, war der Tratsch ihrer Nachbarn über das Verschwinden ihres Mannes.

Aber die Tatsache, daß kein Verbrechen vorlag, ja, daß nicht einmal ein als solches erkennbares Problem zutage getreten war, schränkte seinen Handlungsspielraum extrem ein. Die einzige Möglichkeit, die ihm im Augenblick offenstand, war der Versuch, in Erfahrung zu bringen, was die Diener aus den Häusern in der näheren Umgebung so redeten. Diener wußten häufig mehr, als ihre Herrschaften vermuteten. Sie wurden oft im selben Licht gesehen wie ein wichtiges Möbelstück, ohne das man zwar verloren wäre, dessen Anwesenheit jedoch keine besondere Diskretion erforderte.

Er näherte sich dem Fluß, der unter dem winterlichen Himmel fahl schimmerte. Nebelschwaden stiegen auf, ließen die scharfen Kanten der dunklen Kieselsteine am Ufer weicher erscheinen und waren gesättigt vom scharfen Geruch der Abwässer, die die ablaufende Flut mit sich führte. Dunkle Kähne und Fährboote wippten auf den Wellen. Die Zeit der Ausflugsdampfer war noch lange nicht gekommen.

Er wünschte, er hätte John Evan bei sich gehabt, wie damals, als er nach seinem Unfall zur Polizei zurückgekehrt war und bevor er sich ein letztes Mal und endgültig mit Runcorn zerstritten hatte. Eine Sekunde bevor sein Vorgesetzter ihn hatte entlassen können, war er damals aus dem Raum gestürmt. Evan mit seinem Charme und seinem freundlichen Wesen verstand sich so viel besser als er darauf, den Menschen vertrauliche Informationen zu entlocken. Bei ihm vergaßen sie ihre natürliche Zurückhaltung und wurden mitteilsam.

Aber Evan war immer noch bei der Polizei, so daß Monk ihn nicht um Hilfe bitten konnte, außer, es handelte sich um eine Ermittlung, mit der auch sein früherer Kollege befaßt war, der ihm dann, obwohl es ein großes Risiko für ihn bedeutete, seine Informationen preisgab. Runcorn würde so etwas als persönlichen

Affront und beruflichen Betrug auffassen und es Evan nie verzeihen.

Es war Monk schon mehrmals durch den Kopf gegangen, Evan eine Assistentenstelle anzubieten, irgendwann in der Zukunft, wenn seine Arbeit genug abwarf, um noch einen zweiten Mann ernähren zu können. Aber das war nur ein Traum, und vielleicht sogar ein besonders törichter. Im Augenblick reichte es häufig nicht einmal für ihn. Zu manchen Zeiten war er seiner Gönnerin, Lady Callandra Daviot, die ihm sein Auskommen sicherte, zutiefst dankbar. Das einzige, was sie sich als Gegenleistung von ihm erbat, war, daß er sie in alle Fälle einweihte, die sie möglicherweise interessierten... und davon gab es eine ganze Menge. Sie war eine Frau von großer Intelligenz und Neugier; sie hatte zu allen Dingen eine eigene Meinung und zeigte an der menschlichen Natur in all ihren Spielarten großes und im allgemeinen von Toleranz geprägtes Interesse. In der Vergangenheit hatte Monk nur dann einen Fall übernommen, wenn sie glaubte, daß eine Ungerechtigkeit drohte oder bereits begangen worden war.

Fürs erste beschloß er, eine Droschke zu nehmen, um Mrs. Stonefield in ihren eigenen vier Wänden aufzusuchen, wie er es versprochen hatte. Auf diese Weise würde er sich einen besseren Eindruck von ihr und dem finanziellen und gesellschaftlichen Status der Familie verschaffen und – wenn er den nötigen Scharfblick dafür besaß – auch Dinge entdecken können, die unter der Oberfläche lagen und möglicherweise eine Rolle spielten.

Das Haus lag an der Upper George Street, an der Ecke Seymour Place, gleich östlich der Edgware Road. Er brauchte fast eine ganze Stunde von der Fitzroy Street in Bloomsbury über die Euston und Marylebone Road, so dicht war der Verkehr. Anschließend blieb ihm nichts anderes übrig, als in dem unablässig strömenden Regen auszusteigen und den Kutscher zu entlohnen. Es war fast vier Uhr, und die Laternenanzünder waren in der sich immer schneller herabsenkenden Abenddämmerung bereits eifrig am Werk.

Er klappte seinen Mantelkragen hoch, ging den kurzen Weg

zum Haus und klopfte an die Tür. Zu dieser Stunde hatten alle offiziellen Besucher das Haus bereits wieder verlassen, wenn sie überhaupt Besuch empfing.

Er schauderte, drehte sich um und warf noch einen Blick auf die Straße. Es war eine ruhige und eindeutig respektable Gegend. Unzählige gleichförmige Fenster boten einen Blick auf gepflegte Vorgärten. Alles war peinlich sauber. Geschlossene Hinterpforten verbargen Kellerschächte für Kohle, Abfallbehälter, blankgeschrubbte Treppen, die in die Spülküche hinunterführten, und Hintereingänge für Händler und Lieferanten.

Hatte Angus Stonefield hier leben wollen? Oder hatte er das Gefühl gehabt, in der Vorhersehbarkeit und der Besonnenheit seiner Existenz zu ersticken? Hatte seine Seele sich nach einem wilderen Leben gesehnt, nach Aufregung, nach etwas, das den Geist forderte und das Herz schneller schlagen ließ? Und war er bereit gewesen, als Preis dafür die Sicherheit, die Geborgenheit in seiner Familie zu opfern? War es ihm zu guter Letzt verhaßt gewesen, jeden Morgen seine Nachbarn zu grüßen, treu für seine Familie zu sorgen, jeden Tag, jedes Jahr vorausgeplant bis ins hohe ehrbare und ereignislose Greisenalter?

Ein scharfer Stich durchzuckte Monk, weil diese Möglichkeit so gut denkbar war. Stonefield wäre nicht der erste Mann gewesen, der vor der Realität der Liebe und der damit verbundenen Verantwortung davongelaufen wäre, um nach etwas zu greifen, das ihm zuerst wie Freiheit erschien, nur um sich später als Einsamkeit zu entpuppen.

Ein neuer Regenschauer durchnäßte ihn bis auf die Haut, und als er sich wieder dem Haus zuwandte, öffnete sich die Tür. Ein blondes Stubenmädchen sah ihn fragend an.

»William Monk ist mein Name, und ich möchte mit Mrs. Stonefield sprechen«, erklärte er und ließ seine Karte auf das Tablett fallen, das sie ihm hinhielt.

»Ich glaube, sie erwartet mich.«

»Ja, Sir. Wenn Sie so freundlich wären, im Damenzimmer zu warten, werde ich nachsehen, ob Mrs. Stonefield zu Hause ist«, erwiderte sie und trat einen Schritt zurück, um ihn einzulassen.

Monk folgte ihr durch den hellen, freundlichen Flur in das besagte Damenzimmer. Während er dort wartete, hatte er Gelegenheit, sich umzusehen und Stonefields Charakter und Lebensumstände ein wenig besser kennenzulernen – obwohl die vorderen Zimmer, in denen die Gäste empfangen wurden, die letzten Räume wären, in denen man etwas bemerken würde, falls er in Geldnot steckte. Er hatte Familien gekannt, die es sich nicht leisten konnten zu heizen und kaum anderes zu essen hatten als Brot und Haferbrei und doch die Fassade des Wohlstands aufrechterhielten, sobald ein Besucher kam. Großzügigkeit, ja sogar Extravaganz wurden zur Schau gestellt, um den äußeren Schein zu wahren. In manchen Fällen rief dieses Verhalten seiner Lächerlichkeit wegen Monks Verachtung hervor. In anderen empfand er ein seltsames, schmerzliches Mitleid für diese Menschen, die glaubten, an Äußerlichkeiten festhalten zu müssen, um die Wertschätzung ihrer Freunde nicht zu verlieren.

Er stand in dem kleinen, ordentlichen Zimmer, in dem das Mädchen ihn allein gelassen hatte, und sah sich um. Dem Auge bot sich jede Art von Luxus und gutem Geschmack. Das Zimmer war ein wenig überladen, was durchaus der Mode entsprach, aber trotz der Kälte draußen brannte kein Feuer.

Die Möbel waren solide, die Sitzpolster von guter Qualität und, soweit er sehen konnte, auch nicht übermäßig abgenutzt. Die Sesselschoner nahm er noch genauer in Augenschein, aber sie waren sauber und weder verblichen noch abgenutzt. Die Gasglühlampen an den Wänden sahen tadellos sauber aus, die Vorhänge zeigten auch in den Falten makelloses Weiß. Der rot- und cremefarbene türkische Teppich war zwischen Tür und Kamin nur ganz leicht abgetreten. An den Wänden gab es keine helleren Flecken, die darauf hätten schließen lassen, daß irgendwelche Bilder verschwunden waren. Das feine Porzellan und die gläsernen Dekorationsstücke waren nicht angeschlagen, und er konnte auch keine sorgfältig gekitteten Haarrisse entdecken. Alles war von guter Qualität und sehr persönlichem Geschmack. Es bestätigte aufs neue den Eindruck, den er sich bereits von Genevieve Stonefield gemacht hatte.

Er wollte sich gerade die Titel der Bücher im Eichenschrank vornehmen, als das Zimmermädchen zurückkehrte, um ihn in den Salon zu geleiten.

Er hatte ursprünglich auch eine diskrete Taxierung dieses Raums beabsichtigt, aber sobald er eingetreten war, galt seine ganze Aufmerksamkeit nur noch Genevieve Stonefield selbst. Sie trug ein graublaues Kleid, dessen Röcke mit etwas dunkleren Samtstreifen eingefaßt waren. Vielleicht war das eine naheliegende Wahl für eine Frau wie sie, mit ihrem schönen Teint und dem vollen Haar, aber es war trotzdem außergewöhnlich schmeichelhaft. Sie war nicht auf klassische Weise schön und verfügte eindeutig nicht über die Blässe und die kindliche Zierlichkeit, die gegenwärtig in Mode waren. Sie hatte etwas Erdverbundenes, Spontanes, ganz so, als wäre sie unter anderen Bedingungen ein Mensch voller Fröhlichkeit und Phantasie, ja mit einem Hunger nach Leben. Ihre Gesichtszüge verrieten eine Frau, die, was immer sie auch tat, mit ganzem Herzen bei der Sache war.

Monk konnte sich nicht vorstellen, was für eine Art Mann Angus Stonefield sein mußte, um zunächst ihre Liebe gewonnen und sie dann freiwillig verlassen zu haben. Die Möglichkeit, daß er es mit einem Feigling zu tun haben könnte oder einem Mann, der sich vom Leben zurückzog, konnte er damit wohl ausschließen.

Das Zimmer und die Möbel traten völlig in den Hintergrund.

»Mr. Monk«, sagte sie angespannt. »Bitte, so nehmen Sie doch Platz. Vielen Dank, Janet.« Sie hob eine Hand, um das Mädchen zu entlassen. »Falls noch jemand vorbeikommt, ich bin nicht zu Hause.«

»Sehr wohl, Ma'am.« Janet ging gehorsam hinaus und schloß die Tür hinter sich.

Sobald sie allein waren, drehte sich Genevieve zu Monk um und begriff dann offensichtlich, daß es noch viel zu früh war, um irgend etwas in Erfahrung gebracht zu haben. Sie versuchte ihre Enttäuschung und ihre Torheit, daß sie sich überhaupt Hoffnungen gemacht hatte, zu verbergen.

Er wollte ihr sagen, daß sein ursprünglicher Verdacht ihm immer unwahrscheinlicher erschien, aber dann hätte er ihr auch erklären müssen, worauf sein Verdacht sich jetzt gründete, und das hätte ihm zutiefst widerstrebt.

»Ich war in Mr. Stonefields Geschäftsräumen«, begann er. »Zwar nur ganz kurz, aber ich konnte nichts Ungewöhnliches feststellen. Ich werde zurückkehren, wenn Mr. Arbuthnot anwesend ist, und sehen, ob er mir mehr berichten kann.«

»Ich bezweifle, daß Sie von ihm irgend etwas erfahren werden«, sagte sie traurig. »Der arme Mr. Arbuthnot ist genauso verwirrt wie ich. Natürlich weiß er von Caleb nicht, was ich weiß.« Ihr Mund wurde schmal, und sie wandte sich halb von Monk ab, um in das sehr schwache Feuer zu blicken, das im Kamin glomm. »Das ist etwas, das ich lieber nicht der Öffentlichkeit preisgeben möchte, es sei denn, es bliebe mir wirklich nichts anderes übrig. Niemand möchte die Tragödien der eigenen Familie vor aller Augen ausbreiten. Der arme Angus hat versucht, die Sache so geheimzuhalten wie nur irgend möglich, und ich glaube nicht, daß seine Freunde oder Kollegen etwas davon wußten.« Sie hob eine Schulter, eine kaum wahrnehmbare Geste der Verzweiflung. »Es ist überaus peinlich, wenn Verwandte… kriminell sind.« Sie sah ihn an, als sei es eine Art Erleichterung für sie gewesen, die Wahrheit endlich einmal laut aussprechen zu können. Vielleicht nahm sie auch einen Funken Ungläubigkeit in seinen Augen wahr.

»Ich mache Ihnen keinen Vorwurf daraus, daß es ihnen schwerfällt zu glauben, daß zwei Brüder so verschieden sein können, Mr. Monk. Ich konnte es früher selbst kaum glauben. Anfangs fürchtete ich, Angus könne von Eifersucht oder Einbildung getrieben sein und seinen Bruder deshalb in einem solchen Licht sehen. Aber wenn Sie der Sache nur ein wenig auf den Grund gehen, werden Sie schon bald selbst feststellen, daß Angus Caleb keineswegs zu schwarz gezeichnet hat, im Gegenteil, wahrscheinlich war sein Urteil noch viel zu freundlich.«

Er zweifelte nicht an ihrer Aufrichtigkeit, hatte aber immer noch seine Vorbehalte, was Caleb Stonefields wahren Charakter betraf… Wahrscheinlich war er nicht mehr als ein Lebemann oder Spieler, jemand, den Angus nicht gern in sein schönes und komfortables Heim eingeladen hätte, am allerwenigsten vielleicht in Anwesenheit seiner Frau. Wenn Caleb ein Schürzenjäger war, hätte er niemals der Versuchung widerstehen können, in dieser Frau das Feuer zu entfachen, das möglicherweise hinter ihrem korrekten Äußeren glomm. Monk selbst konnte die Versuchung spüren. Ihr Mund hatte eine besondere Fülle, ihre Augen zeugten von Kühnheit und die Art, wie sie den Kopf hielt, von Kraft.

»Warum glauben Sie, daß Ihr Schwager Ihrem Mann Schaden zugefügt haben könnte, Mrs. Stonefield? Nach all den langen Jahren, die sie sich kennen, und der treuen Ergebenheit Ihres Mannes, warum sollte er ihn jetzt so sehr hassen, daß er ihm Gewalt antun könnte? Was hat sich verändert?«

»Meines Wissens nichts«, sagte sie unglücklich und starrte ins Feuer. In ihrer Stimme schwang kein Zweifel mit, kein Abflauen ihrer Gefühle.

»Hat er Ihren Mann in irgendeiner Hinsicht bedroht, sei es finanziell, sei es beruflich?« fuhr Monk fort. »Ist es denkbar, daß er von irgendeinem Vergehen, vielleicht sogar von einem Verbrechen erfahren hat, in das Caleb verwickelt gewesen sein könnte? Und wenn ja, hätte er so etwas den Behörden gemeldet?«

Ihr Blick flackerte, und sie sah ihm direkt in die Augen. »Ich weiß es nicht, Mr. Monk. Wahrscheinlich finden Sie meine Antworten sehr vage und meine Reaktionen gegenüber einem Mann, den ich nicht einmal kenne, ziemlich unversöhnlich. Natürlich ist das, was Sie da andeuten, möglich. Calebs Lebensweise deutet darauf hin, daß er in zahlreiche Verbrechen verstrickt ist. Genau darauf gründet sich ja meine Angst.«

Hätte sie irgend etwas anderes behauptet, hätte er gewußt, daß sie log. Er hatte das jähe Begreifen in ihren Augen aufblitzen sehen, das und den Zweifel.

»Sprechen Sie weiter«, sagte er mit für ihn ungewohnter Sanftheit.

»Ich wünschte, ich könnte mich deutlicher ausdrücken«, antwortete sie mit einem kleinen, bedauernden Lächeln. Dann blickte sie mit erschreckender Leidenschaft zu ihm auf. »Mein Mann war kein Feigling, Mr. Monk, weder im moralischen noch im körperlichen Sinne, aber vor seinem Bruder hatte er Angst. Obwohl er großes Mitleid für ihn empfand und all die Jahre, die ich ihn kannte, versucht hat, die Kluft zwischen ihnen zu überbrücken, lebte er in großer Furcht vor ihm.«

Monk wartete darauf, daß sie weitersprach.

Sie schien im Geiste auf die vergangenen Jahre zurückzublicken. »Ich habe die Veränderung in seinem Gesicht gesehen, wann immer er von Caleb sprach, habe gesehen, wie seine Augen dunkler wurden und sein Mund seine Qual verriet.« Sie holte tief Luft, und er konnte sehen, daß sie ganz leicht zitterte, als versuchte sie, die tiefe Angst, die sie quälte, unter Kontrolle zu halten. »Ich übertreibe nicht, Mr. Monk. Bitte glauben Sie mir, Caleb ist sowohl böse als auch gefährlich. Meine größte Angst ist, daß sein Haß ihn am Ende in den Wahnsinn getrieben und er Angus getötet haben könnte. Natürlich hoffe ich, daß er noch lebt... und doch quält mich die Angst, daß es bereits zu spät ist. Mein Herz sagt mir das eine und mein Verstand das andere.« Schließlich schaute sie wieder zu ihm auf, ihre Augen waren weit aufgerissen und ihr Blick direkt. »Ich muß es wissen. Bitte, lassen Sie nichts unversucht, wenigstens nicht, solange ich die Mittel habe, Sie für Ihre Bemühungen zu entlohnen. Um meiner Kinder willen und auch um meinetwillen muß ich wissen, was Angus zugestoßen ist.« Sie hielt inne. Sie wollte sich nicht wiederholen und auch nicht um ein Mitleid bitten, das über seine Dienste, die sie bezahlen konnte, hinausging. Sie stand sehr aufrecht in dem Zimmer, das er nur vage als einen eleganten Raum hinter ihr wahrnahm. Nicht einmal die Asche bemerkte er, die im Kamin langsam in sich zusammenfiel.

Nicht nur um ihretwillen, sondern auch um des Mannes willen, dessen Frau und Heim er hier vor sich sah, würde er keinen Augenblick zögern, sich mit ganzem Herzen der vor ihm liegenden Aufgabe zu widmen.

»Ich werde alles tun, was in meiner Kraft steht, Mrs. Stonefield, das verspreche ich Ihnen«, antwortete er. »Dürfte ich meine Arbeit jetzt fortsetzen, indem ich mit einigen Ihrer Diener spreche, denen zum Beispiel Briefe oder Besuche aufgefallen sein könnten?«

Sie schien verwirrt, und eine Spur von Desillusionierung überschattete kurz ihren Blick.

»Wie könnte Ihnen das weiterhelfen?«

»Das tut es viellleicht nicht«, räumte er ein. »Aber ohne irgendwelche Hinweise darauf, daß einige der offensichtlicheren Lösungen nicht zutreffen, kann ich die Flußpolizei nicht darum bitten, eine Durchsuchung des Hafenviertels oder des Bezirks, in dem Caleb ihrer Aussage nach lebt, einzuleiten. Wenn er seinen Bruder wirklich getötet hat, werden wir ihm das nicht so einfach nachweisen können.«

»Oh…« Sie atmete mit einem kleinen Stoßseufzer aus. »Natürlich.« Sie war sehr bleich. »Daran hatte ich noch gar nicht gedacht. Ich bitte um Entschuldigung, Mr. Monk. Ich werde mich nicht noch einmal einmischen. Mit wem möchten Sie gern beginnen?«

Den Rest des Nachmittags und die frühen Abendstunden verbrachte er mit der Befragung des Personals, angefangen vom Butler und der Köchin bis hin zum Hausmädchen und Stiefelknecht, und er erfuhr nichts, was seinen ersten Eindruck widerlegt hätte. Angus Stonefield war ein gewissenhafter und erfolgreicher Mann von exzellentem Geschmack und sehr normalen Gewohnheiten und seiner Frau, mit der er fünf Kinder im Alter von drei bis dreizehn Jahren hatte, treu ergeben.

Der Butler hatte von einem Bruder namens Caleb gehört, diesen aber nie gesehen. Er wußte nur, daß Mr. Stonefield ziemlich regelmäßig ins East End fuhr, um diesen Bruder zu besuchen, und daß er vor diesen Ausflügen nervös und unglücklich und bei seiner Rückkehr traurig wirkte. Fast immer hatte er bei diesen Gelegenheiten Verletzungen sowie schwere Beschädigungen an seiner Kleidung davongetragen, die manchmal gar nicht mehr zu reparieren gewesen waren. Mr. Stonefield hatte sich geweigert, einen Arzt hinzuzuziehen, und darauf bestanden, daß die Angelegenheit verschwiegen wurde, und Mrs. Stonefield hatte sich dann um ihn gekümmert. Nichts von alledem erklärte, wo Angus Stonefield sich jetzt aufhielt oder was ihm zugestoßen sein könnte. Selbst seine persönliche Habe und die wenigen Briefe in der oberen Schublade seiner Kommode waren wohlgeordnet.

»Haben Sie irgend etwas in Erfahrung gebracht?« fragte Genevieve, als er noch einmal in den Salon zurückkehrte, um sich von ihr zu verabschieden.

Er hätte sie nur ungern enttäuscht, aber in ihrem Gesicht lag ohnehin keine Hoffnung.

»Nein«, gestand er. »Es war lediglich ein Weg, den ich nicht unerkundet lassen durfte.«

Sie schaute auf ihre Hände herab, die sie vor ihrem Kleid ineinander verschränkt hielt, der einzige Hinweis auf die Gefühle, die in ihr tobten.

»Ich habe heute einen Brief von Angus' Vormund, Lord Ravensbrook, erhalten, der mir anbietet, uns beizustehen, bis wir... bis... vielleicht möchten Sie feststellen, ob er Ihnen... helfen... kann, mit Informationen, meine ich.« Sie blickte zu ihm auf. »Ich habe Ihnen seine Adresse aufgeschrieben. Ich bin sicher, er wird Sie empfangen, wann immer es Ihnen beliebt, bei ihm vorzusprechen.«

»Werden Sie sein Angebot annehmen?« fragte er eindringlich. Sobald er seine Frage gestellt hatte, sah er, wie ihre Miene sich verdüsterte, und wußte, daß er zu aufdringlich gewesen war. Das ging ihn nichts an. Sie hatte versprochen, ihn zu bezahlen, und er fragte sich nun, ob sie etwa annahm, daß er sich um sein Honorar sorgte und deshalb gefragt hatte.

»Nein«, sagte sie, bevor er sich entschuldigen und irgendeine Ausrede finden konnte, um seine Unhöflichkeit abzumildern. »Es wäre mir sehr viel lieber, ihm nicht...«, sie zögerte, »... verpflichtet zu sein, wenn ich es irgendwie vermeiden kann. Natürlich ist er ein guter Mensch!« Dann fuhr sie hastig fort: »Er hat Angus und Caleb nach dem Tod ihrer Eltern großgezogen. Sie sind nur ganz entfernte Verwandte. Er hatte keine wirkliche Verpflichtung den beiden gegenüber, aber er hat ihnen alle Möglichkeiten geboten, als wären sie seine eigenen Söhne gewesen. Seine erste Frau starb sehr jung. Jetzt hat er wieder geheiratet. Ich bin sicher, er wird Ihnen helfen, wo er nur kann.«

»Vielen Dank«, erwiderte er, dankbar dafür, daß er sie mit seiner Plumpheit anscheinend nicht gekränkt hatte. »Sobald ich irgend etwas erfahre, werde ich es Sie wissen lassen.«

»Ich bin Ihnen sehr dankbar«, sagte sie leise. Sie schien noch etwas hinzufügen zu wollen, überlegte es sich dann aber anders. Er fragte sich, ob sie vielleicht eine Bemerkung über die Angst um ihren Mann oder darüber hätte machen wollen, wie wichtig es ihr war, eine Antwort auf ihre Fragen zu erhalten. »Ich wünsche Ihnen noch einen schönen Abend, Mr. Monk.«

Es war kein angemessener Zeitpunkt für einen Besuch bei Lord und Lady Ravensbrook, aber Genevieves Notlage berührte ihn tief, und er war durchaus bereit, Ravensbrook beim Essen zu stören oder, wenn nötig, eine Weile von seinen Gästen fernzuhalten. Zur Erklärung seines Verhaltens würde er ihm die Wahrheit sagen.

Als die Droschke ihn in strömendem Regen vor dem Haus der Ravensbrooks abgesetzt hatte und er durch die Pfützen auf dem Bürgersteig watete und schließlich die Marmorstufen hinaufstieg, war er fest entschlossen, jeden Kampf auszufechten, der ihm bevorstehen mochte. Aber seine bösen Vorahnungen erwiesen sich als unbegründet. Die Tür wurde von einem livrierten Lakaien geöffnet, der seine Karte sowie den Brief von Genevieve entgegennahm und ihn in der Eingangshalle warten ließ, während er sich anschickte, beide Dinge seinem Herrn vorzulegen.

Das Haus war ein prächtiger Bau. Monk schätzte, daß es aus der Zeit Queen Annes stammen mußte, einer in bezug auf die Architektur weit eleganteren Periode, als es die der gegenwärtigen Königin war. Hier wirkte nichts übertrieben. Die Ornamentierung war einfach und vermittelte den Eindruck von

Raum und perfekten Proportionen. In der Eingangshalle hingen an dreien der vier Wände gefällige Porträts, die wohl verstorbene Mitglieder der Ravensbrooks zeigten. Entweder hatte es sich durchweg um Menschen von angenehmem Äußeren gehandelt, oder die verschiedenen Künstler waren sehr schmeichelhaft mit ihren Modellen umgegangen.

Die Treppe, genau wie die Außentreppe aus grauem Marmor, führte in einem weiten Schwung an der rechten Wand zu einem Treppenabsatz hinauf, der mit einem Geländer aus dem gleichen Stein versehen war. Ein Kronleuchter mit wenigstens achtzig Kerzen beleuchtete den Raum, und in einer blauen Delfter Schale blühten Treibhaushyazinthen, die die Luft mit Wohlgeruch erfüllten.

Monk kam der Gedanke, daß Angus Stonefield für sein Geschäft möglicherweise die allerbesten Ausgangsbedingungen gehabt hatte, sowohl finanziell als auch gesellschaftlich. Genevieves Stolz, der es ihr verbot, wenn schon nicht für sich selbst, dann zumindest für ihre Kinder die Hilfe dieses reichen Mannes anzunehmen, erschien ihm eigentümlich und ein wenig schroff. Oder glaubte sie trotz allem, was sie gesagt hatte, doch noch, daß Angus irgendwann zurückkehren würde?

Der Lakai, der nur mit dem Heben einer Augenbraue eine Spur von Überraschung verriet, kehrte zurück und führte Monk in die Bibliothek. Lord Ravensbrook, der anscheinend sein Dinner verlassen hatte, um diesen unangemeldeten Gast zu empfangen, erwartete ihn bereits.

Der Lakai zog sich zurück, und die Tür schloß sich hinter ihm.

»Ich entschuldige mich, Mylord, für mein Erscheinen zu dieser unziemlichen Stunde«, sagte Monk sofort.

Ravensbrook tat die Sache mit einer einzigen Handbewegung ab. Er war ein großer Mann, vielleicht ein oder zwei Zoll größer als Monk, und äußerst gutaussehend. Sein Gesicht war hager und schmal, aber er hatte schöne, dunkle Augen, eine lange Nase und einen scharf geschnittenen Mund. Abgesehen von seinen ansprechenden Zügen strahlte er Wachheit und Intelligenz aus, um seinen Mund lagen feine Lachfältchen, und die leicht zusammengezogenen Brauen ließen auf einen temperamentvollen Menschen schließen. Es war das Gesicht eines stolzen Mannes von ungewöhnlichem Charme, der überdies, so vermutete Monk, eine beträchtliche Fähigkeit besaß, andere zu beherrschen.

Bei dieser Gelegenheit machte er jedoch keinerlei Versuche, sein Gegenüber zu beeindrucken.

»Ich entnehme Mrs. Stonefields Brief, daß sie Ihre Hilfe in Anspruch nehmen möchte, um herauszufinden, was geschehen ist.« Es war eine Feststellung, keine Frage. »Ich gestehe, ich bin am Ende meiner Weisheit. Ich habe nicht die leiseste Ahnung, was ihm zugestoßen sein könnte, und wäre dankbar für jede Hilfe, die Sie uns leisten können.«

»Vielen Dank, Mylord«, entgegnete Monk. »Ich habe sein Büro aufgesucht, und seine Angestellten dort scheinen ebenfalls nichts zu wissen, obwohl ich bisher noch nicht mit Mr. Arbuthnot sprechen konnte, in dessen Händen, wie man mir sagte, zur Zeit die Leitung der Geschäfte liegt und der die Autorität hätte, offener mit mir zu sprechen. Aber falls es irgendwelche finanziellen Probleme geben sollte, treten sie jedenfalls nicht offen zutage…«

Ravensbrook hob ganz leicht seine schwarzen Augenbrauen.

»Finanzielle Probleme? Ja – das müssen Sie wohl auch in Erwägung ziehen. Jemand, der Angus nicht kennt, müßte das für eine Möglichkeit halten. Allerdings…« Er machte eine knappe Handbewegung, um Monk zu zeigen, wo er Platz nehmen konnte, und ging hinüber zum Kamin, an dessen beiden Enden zwei exquisite silberne, georgianische Kerzenleuchter standen sowie eine irische Kristallvase mit einem Zweig goldenem Winterjasmin. »Wie Mrs. Stonefield Ihnen sicher bereits gesagt hat«, fuhr er fort, »kenne ich Angus seit seiner Kindheit. Er war fünf Jahre alt, als seine Eltern starben. Er war immer ehrgeizig und umsichtig und hatte die Begabung, Träume Wirklichkeit werden zu lassen. Er hat nie zu jenen gehört, die versuchen, auf Abkürzungen oder leichten Wegen zum Erfolg zu gelangen. Er hätte zum Beispiel nie um Geld gespielt.«

Er drehte sich zu Monk um, seine Augen waren sehr dunkel, sein Blick fest und ruhig. »Risiken waren ihm von Natur aus verhaßt, und er war durch und durch ehrlich. Zufällig bin ich bestens darüber im Bilde, daß sein Geschäft floriert. Wenn Sie sich selbst davon überzeugen wollen, können Sie natürlich die Rechnungsbücher prüfen, aber das wäre reine Zeitverschwendung, was das Problem seines Verschwindens betrifft.«

Seine Stimme klang gepreßt, aber seine Miene verriet nichts von seinen Gefühlen. »Mr. Monk, es ist von größter Wichtigkeit, daß Sie die Wahrheit herausfinden, worin auch immer diese bestehen mag. Das Geschäft erfordert Angus' Anwesenheit, sein Urteil.« Er holte tief Luft. Das Feuer hinter ihm loderte den Kamin hinauf. »Wenn bekannt wird, daß er verschwunden ist und sich nicht nur auf irgendeiner Reise befindet, dann wird das Vertrauen seiner Kunden schnell dahin sein. Um seiner Familie willen muß das Geschäft, falls ihm etwas Entsetzliches zugestoßen sein sollte, verkauft werden, oder man muß einen neuen Direktor einsetzen, bevor die Sache bekannt wird und das Ansehen der Firma und der gute Ruf, der sich mit seinem Namen verbindet, verlorengehen. Ich habe Genevieve und ihren Kindern bereits meinen Schutz angeboten; ich würde sie jederzeit bei mir aufnehmen, genauso wie ich Angus seinerzeit aufgenommen habe, aber bisher hat sie mein Angebot abgelehnt. Es wird jedoch nicht allzulange dauern, bis sie nicht mehr allein zurechtkommt.«

Monk mußte eine schnelle Entscheidung treffen, was die Frage betraf, ob er diesem Mann vertrauen konnte. Er betrachtete Ravenbrooks hageres, intelligentes Gesicht, die geschmackvolle Einrichtung des Raums, lauschte dem leicht schleppenden Tonfall seiner Stimme, nahm die Festigkeit seines Blicks wahr.

»Nach finanziellen Schwierigkeiten wäre der nächste auf der Hand liegende Grund für Mr. Stonefields Verschwinden eine andere Frau«, sagte er laut.

»Natürlich«, stimmte Ravensbrook ihm zu, wobei er die Mundwinkel leicht herunterzog und ein Anflug von Abscheu in seinen Augen aufflackerte. »Das müssen Sie natürlich ebenfalls in Erwägung ziehen, aber Sie haben ja Mrs. Stonefield kennengelernt. Sie ist keine Frau, die ein Mann aus Langeweile verlassen würde. Ich wünschte wirklich, ich könnte glauben, daß es etwas so... verzeihen Sie meine Ausdrucksweise...«, ein Muskel zuckte in seinem Kiefer, »...etwas so Gewöhnliches wäre. Dann könnten Sie ihn finden, ihn zu Verstand bringen und nach Hause zurückschicken. Es wäre höchst unerfreulich, aber am Ende würde es auf Dauer keinen Unterschied machen, außer vielleicht im Hinblick auf die Gefühle seiner Frau für ihn. Aber sie ist eine vernünftige Frau. Sie würde darüber hinwegkommen. Und natürlich würde sie diskret sein. Niemand sonst müßte davon erfahren.«

»Aber Sie halten das für unwahrscheinlich, Sir?« Monk war nicht überrascht. Es würde ihm selbst leichterfallen, an diese Lösung zu glauben, wenn es sich um eine andere Frau als Genevieve Stonefield handelte. Aber andererseits kannte er sie überhaupt nicht. Die Warmherzigkeit und Phantasie, die er hinter ihren Augen wähnte, mochten durchaus eine Illusion sein. Und vielleicht war Angus auf der Suche nach der Wirklichkeit von zu Hause fortgegangen.

Ravensbrook verlagerte sein Gewicht. Der Kern des Feuers fiel mit einem Funkenregen in sich zusammen, und die Wärme, die es verströmte, wurde noch deutlicher spürbar. »Das tue ich. Lassen Sie mich ganz offen sein, Mr. Monk. Das ist nicht der rechte Zeitpunkt für Beschönigungen. Ich fürchte, daß ihm etwas Ernstes zugestoßen ist. Er hatte schon seit langem die Gewohnheit, die unerfreulichsten Gegenden des East End unten bei den Docks aufzusuchen... Ide, Limehouse und Blackwall. Wenn er überfallen und ausgeraubt worden ist, könnte er in irgendeiner Gasse liegen, verletzt und bewußtlos. Oder ihm ist noch Schlimmeres zugestoßen.« Seine Stimme wurde leiser. »Sie werden all Ihr Geschick benötigen, um ihn zu finden.« Er trat einen Schritt vom Feuer zurück, forderte Monk aber immer noch nicht auf, Platz zu nehmen, genausowenig wie er selbst sich setzte.

»Mrs. Stonefield sagt, daß er häufig seinen Zwillingsbruder

Caleb besucht habe«, fuhr Monk fort, »der ihrer Aussage nach von ganz anderer Natur ist, der seinen Bruder haßt und von Eifersucht auf ihn erfüllt ist. Sie glaubt, daß er ihren Mann getötet haben könnte.« Er beobachtete Ravensbrook aufmerkam. Was er in seinem Gesicht las, waren Furcht und tiefer Schmerz. Er konnte nicht glauben, daß diese Gefühle nur vorgetäuscht waren.

»Ich bedaure zutiefst, es zugeben zu müssen, Mr. Monk, aber genauso ist es. Ich habe keinen Grund anzunehmen, daß Angus irgendwelche anderen Motive hatte, die ihn in die Elendsviertel am Hafen führten. Ich habe ihn schon lange gebeten, diese Besuche einzustellen und Caleb sich selbst zu überlassen. Es ist völlig vergebens zu hoffen, er könne sich noch ändern. Caleb haßt Angus um dessen Erfolg willen, aber er selbst hat keinen Wunsch, so zu sein wie sein Bruder, er will nur die Früchte von dessen Arbeit ernten. Angus' Zuneigung und Treue werden in keiner Hinsicht erwidert.« Er holte tief Luft und stieß dann einen langen Seufzer aus. »Aber irgend etwas in Angus kann seinen Bruder einfach nicht loslassen.«

Es war ein schmerzliches Thema. Es mußte ganz besonders bitter sein für einen Mann, der die beiden Brüder seit ihrer Kindheit kannte, aber er wich nicht zu Ausflüchten oder Entschuldigungen aus, und Monk bewunderte ihn dafür. Es mußte eiserne Selbstdisziplin erfordern, jetzt nicht in Zorn zu geraten oder über die Ungerechtigkeit des Ganzen zu lamentieren.

»Glauben Sie, daß Mrs. Stonefield recht hat und Caleb Angus tatsächlich getötet haben könnte, entweder absichtlich oder durch einen Unfall während eines Streits?« fragte er.

Ravensbrook sah ihm lange und fest in die Augen.

»Ja«, antwortete er leise. »Ich fürchte, ich halte das für möglich.« Seine Lippen wurden schmal. »Natürlich würde ich lieber an einen Unfall glauben, aber auch Mord wäre denkbar. Es tut mir leid, Mr. Monk. Es ist ein bitterer Fall, mit dem man Sie beauftragt hat, und einer, der Sie möglicherweise auch selbst in Gefahr bringen könnte. Caleb ist nicht leicht zu fassen.« Sein Mund zuckte, aber er brachte kein Lächeln zustande. »Und Sie werden auch nicht so einfach beweisen können, was passiert ist. Aber wenn ich Ihnen irgendwie helfen kann, brauchen Sie es mich nur wissen zu lassen.«

Monk wollte sich gerade bei ihm bedanken, als es leise an der Tür klopfte.

»Herein!« sagte Ravensbrook überrascht.

Die Tür öffnete sich, und eine Frau von außergewöhnlicher Erscheinung trat ein. Sie war kaum mehr als durchschnittlich groß, obwohl ihre Haltung sie größer erscheinen ließ. Aber es war ihr Gesicht, das Monks Aufmerksamkeit erregte. Sie hatte hohe, breite Wangenknochen, eine kurze, hervorspringende Nase und einen breiten, schön geformten Mund. Sie war nicht im traditionellen Sinne hübsch, aber je länger er sie ansah, um so besser gefiel sie ihm, denn sie strahlte Gelassenheit und Offenheit aus. Sie wirkte genauso freimütig wie Genevieve, aber deutlich gebieterischer als diese. Ihr Gesicht war das einer Frau, die dafür geschaffen war, Macht auszuüben.

Ravensbrook hob kaum merklich die Hand. »Meine Liebe, das ist Mr. Monk, den Genevieve beauftragt hat, uns dabei zu helfen herauszufinden – was dem armen Angus zugestoßen ist.« Die Art, wie er sie berührte, und seine Miene, als er sie ansah, machten eine Vorstellung unnötig.

»Guten Tag, Lady Ravensbrook.« Monk verbeugte sich leicht. Dies war nicht seine Art, aber diesmal verfiel er, als er das Wort an sie richtete, ohne nachzudenken auf diese Geste des Respekts.

»Ich bin sehr froh, daß Sie hier sind.« Sie sah Monk interessiert an. »Es wird Zeit, daß etwas geschieht. Ich würde ja gern etwas anderes denken, aber ich weiß, daß Caleb möglicherweise für diese Situation verantwortlich ist. Es tut mir leid, Mr. Monk, wir haben Sie mit einer äußerst unerfreulichen Aufgabe betraut. Caleb ist ein gewalttätiger Mann und wird weder die Polizei noch irgendeine andere Autorität willkommen heißen. Und wie Sie vielleicht schon wissen, haben wir es im Südteil von Limehouse im Augenblick auch noch mit einem schweren Ausbruch von Typhus zu tun. Wir sind wirklich dankbar, daß Sie sich des Falles annehmen wollen.«

Sie wandte sich an ihren Mann. »Milo, ich glaube, wir sollten anbieten, Mr. Monks Unkosten zu tragen, statt zuzulassen, daß Genevieve das tut. Sie ist kaum in einer Position, die ... das Vermögen wird gewiß festliegen, und sie verfügt sicher nur über relativ geringe Mittel ...«

»Natürlich.« Er brachte sie mit einer knappen Geste zum Schweigen. Es schickte sich nicht, vor einem Mann, den man für seine Dienste bezahlte, von solchen Dingen zu sprechen. Nun wandte er seine Aufmerksamkeit wieder Monk zu. »Natürlich werden wir das tun. Wenn Sie Ihre Rechnungen bitte an mich richten wollen, werde ich dafür sorgen, daß man sie begleicht. Gibt es sonst noch etwas, was wir tun könnten?«

»Haben Sie vielleicht ein Bild von Mr. Stonefield?«

Lady Ravensbrook runzelte die Stirn und dachte angestrengt nach.

»Nein«, erwiderte Ravensbrook sofort. »Unglücklicherweise nicht. Kindheitsbildnisse wären kaum von Nutzen, und wir haben Caleb seit fünfzehn Jahren oder länger nicht mehr gesehen. Angus hatte keine Neigung, sich porträtieren zu lassen. Er betrachtete so etwas als nutzlose Eitelkeit und ließ nur Porträts von Genevieve oder den Kindern anfertigen. Eines Tages wollte er sich wohl ebenfalls malen lassen, aber nun sieht es so aus, als hätte er zu lange damit gewartet. Es tut mir leid.«

»Ich kann Ihnen eine Zeichnung machen«, erbot sich Lady Ravensbrook schnell, aber dann schoß ihr die Röte in die Wangen. »Natürlich nichts, was irgendwelchen künstlerischen Wert hätte, aber sie bekämen wenigstens einen Eindruck von seinem Aussehen.«

»Vielen Dank.« Monk nahm das Angebot an, bevor Ravensbrook irgendwelche Einwände erheben konnte. »Das wäre sehr hilfreich. Wenn ich seine Schritte zurückverfolgen soll, würde eine Zeichnung mir die Arbeit sehr erleichtern.«

Sie trat an den Sekretär auf der anderen Seite des Raums, öffnete ihn, nahm einen Bleistift und einen Bogen Briefpapier heraus und setzte sich dann hin, um zu zeichnen. Nach etwa fünf Minuten, während derer sowohl Monk als auch Ravensbrook schweigend dagestanden hatten, kehrte sie mit der Skizze zurück und überreichte sie Monk.

Er nahm das Papier entgegen und betrachtete es. Dann schaute er überrascht und mit beträchtlichem Interesse genauer hin. Es war nicht die grobe, unfertige Skizze, die er erwartet hatte, sondern ein in kühnen Linien umrissenes Gesicht, das ihm förmlich entgegensprang. Die Nase war lang und gerade, die Brauen schön geschwungen, die Augen schmal, aber von durchdringender Intelligenz. Der Kiefer wirkte breit, lief aber zum Kinn hin spitz zu, der Mund war groß, mit einem Ausdruck zwischen Humor und Ernsthaftigkeit. Plötzlich war Angus Stonefield für ihn real geworden, ein Mann aus Fleisch und Blut, mit Träumen und Leidenschaften, ein Mensch, um den es ihm aufrichtig leid tun würde, falls er nun herausfand, daß er in einem brutalen Akt der Gewalt getötet worden war und man seine Leiche in eine Hafenkloake oder in den Fluß geworfen hatte.

»Ich danke Ihnen«, sagte er mit gedämpfter Stimme. »Ich werde morgen gleich bei Tagesanbruch beginnen. Und jetzt möchte ich mich empfehlen. Gute Nacht, Mylady, Mylord.«

Zweites Kapitel

Monk hatte eine unruhige Nacht und war am nächsten Morgen schon früh auf den Beinen, um seine Suche nach Angus Stonefield wiederaufzunehmen, obwohl er zu seinem Unwillen feststellen mußte, daß er bereits selbst davon ausging, daß Genevieve mit ihren Befürchtungen recht hatte und er in Wahrheit nur nach einem Beweis für seinen Tod suchte. Aber was er auch finden mochte, es war unwahrscheinlich, daß es sie glücklich machen würde. Wenn Angus mit Geld oder einer anderen Frau durchgebrannt war, würde ihr das nicht nur ihre Zukunft rauben, sondern in gewisser Weise auch ihre Vergangenheit, alles, was gut gewesen war und was sie für die Wahrheit gehalten hatte.

Der Hansom setzte ihn in der Waterloo Road ab.

Es hatte aufgehört zu regnen, und der Tag war kalt und windig, mit schnell dahinjagenden Wolken. Ein schneidender Ostwind, der den Salzgeruch der hereinkommenden Flut und den Ruß und Qualm ungezählter Schornsteine mit sich trug, stieg vom Fluß auf. Monk wich hastig einer Kutsche aus und sprang auf den Gehsteig.

Dann stellte er seinen Mantelkragen noch ein wenig höher auf und ging mit langen Schritten auf Angus Stonefields Geschäft zu. Die Hausdiener hatten ihm am gestrigen Abend nichts von Bedeutung erzählen können. Niemand hatte irgend etwas Ungewöhnliches im Benehmen des verschwundenen Mannes festgestellt, der wie immer um sieben Uhr aufgestanden war und mit seiner Frau gefrühstückt hatte, während sein Nachwuchs im Kinderzimmer aß. Nachdem er die Zeitung und die Post, soweit schon zugestellt, gelesen hatte, brach er rechtzeitig auf, damit er wie gewohnt um halb acht im Büro war. Er unterhielt keine eigene Kutsche, sondern benutzte einen Hansom.

Am Tag seines Verschwindens hatte er den Tag genauso begonnen wie sonst auch. Mit der Morgenpost waren einige kleine Haushaltsrechnungen gekommen sowie eine Einladung und ein höflicher Brief von einem Bekannten. Abgesehen von den unvermeidlichen Händlern und einer Freundin Genevieves, die am Nachmittag zum Tee kam, war kein Fremder im Haus gewesen.

Monk war zu früh dran und mußte eine Viertelstunde warten, bis Mr. Arbuthnot erschien, einen Regenschirm in der Hand, auf dem Bürgersteig von Norden her kommend; er wirkte gehetzt und unglücklich. Arbuthnot war ein kleiner Mann mit dichtem, grauem Haar und einem makellos zurechtgestutzten grauen Schnurrbart.

Monk stellte sich vor.

»Ah!« sagte Arbuthnot nervös. »Ja. Das war wohl unvermeidlich.« Er zog einen Schlüssel aus der Manteltasche und steckte ihn ins Schloß der Eingangstür. Mit einiger Mühe gelang es ihm, sie zu öffnen.

»So denken Sie darüber?« sagte Monk mit einiger Überraschung. »Sie haben etwas in der Art vorhergesehen?«

Arbuthnot drückte die Tür auf. »Nun, irgend etwas muß schließlich geschehen«, sagte er traurig. »Wir können nicht einfach so weitermachen. Kommen Sie bitte herein. Erlauben Sie mir, diese elende Tür zu schließen.«

»Sie müßte mal geölt werden«, bemerkte Monk, dem klarwurde, daß Arbuthnot sich auf seine, Monks, Nachforschungen bezogen hatte und nicht auf das Verschwinden seines Arbeitgebers.

»Ja, ja«, pflichtete Arbuthnot ihm bei. »Ich habe es Jenkins immer wieder gesagt, aber er hört einfach nicht auf mich.« Dann ging er in das noch immer leere und ruhige Hauptbüro und entzündete die Lampen; das graue Licht, das durch die Fenster fiel, reichte nicht zum Arbeiten. Monk folgte ihm durch die Glastüren in sein eigenes, behaglicher eingerichtetes Büro. Mit einer leise gemurmelten Entschuldigung bückte sich Arbuthnot und hielt ein Streichholz an das bereits sorgfältig im Kamin aufgestapelte Holz und stieß dann einen Seufzer der Zufriedenheit aus, als die ersten Flammen aufloderten. Dann entzündete er auch hier die Lampen, zog seinen Mantel aus und lud Monk ein, dasselbe zu tun.

»Was kann ich Ihnen erzählen, das Ihnen vielleicht weiterhelfen könnte?« sagte er, während er unglücklich die Brauen zusammenzog. »Ich habe keine Ahnung, was passiert ist, sonst hätte ich das sicher schon lange den Behörden gemeldet, und wir wären jetzt nicht in dieser schrecklichen Lage.«

Monk setzte sich auf den ziemlich unbequemen, steifen Stuhl Arbuthnot gegenüber. »Ich gehe davon aus, daß Sie die Rechnungsbücher überprüft haben, Mr. Arbuthnot, und natürlich auch alle Gelder, die hier aufbewahrt werden?«

»Diese Sache ist wirklich sehr unerfreulich, Sir«, sagte Arbuthnot mit gepreßter, leiser Stimme. »Aber Sie haben recht, ich habe mich verpflichtet gefühlt, das zu tun, auch wenn ich ganz sicher war, daß alles in bester Ordnung sein würde.«

»Und war es so?« drängte Monk.

»Ja, Sir, bis auf den Farthing genau. Für jede Ausgabe liegen Belege vor, ganz wie es sein sollte.« Er zögerte keine Sekunde, und seine Augen flackerten nicht. Vielleicht war es seine absolute Festigkeit, die Monk den Eindruck vermittelte, daß da noch etwas kommen würde.

»Um wieviel Uhr ist Mr. Stonefield an bewußtem Morgen ins Büro gekommen?« fragte er. »Vielleicht könnten Sie mir einfach alles erzählen, was Ihnen von diesem Tag noch in Erinnerung geblieben ist, und zwar in der Reihenfolge, in der es sich zugetragen hat.«

»Ja… ähm, natürlich.« Arbuthnot schauderte ein wenig, drehte sich dann um und griff nach dem Schürhaken, der am Kamin hing, um dem Feuer ein wenig nachzuhelfen. Als er weitersprach, hatte er Monk noch immer den Rücken zugekehrt. »Er kam wie gewöhnlich um Viertel nach neun. Die erste Post war bereits zugestellt worden. Er hat sie mit ins Büro genommen und gelesen…«

»Wissen Sie, worum es sich dabei gehandelt hat?« unterbrach ihn Monk.

Arbuthnot widmete sich noch einen Augenblick dem Feuer und hängte den Schürhaken dann an seinen Platz zurück. »Bestellungen, Lieferscheine, Avisierungen von Schiffsfrachten und ein Bewerbungsschreiben um eine Stellung als Gehilfe.« Er seufzte. »Ein sehr vielversprechender junger Mann, aber wenn Mr. Stonefield nicht zurückkommt, bezweifle ich, daß wir auch nur die Leute halten können, die wir bereits haben, ganz zu schweigen von der Einstellung zusätzlichen Personals.«

»Und das war alles? Sie sind sich da ganz sicher?« Monk überging die Frage von Stonefields Rückkehr und der möglicherweise notwendig werdenden Entlassung seiner Angestellten. In dieser Hinsicht hatte er nichts Hilfreiches zu sagen.

»Ja, das bin ich«, sagte Arbuthnot fest. »Ich habe den jungen Barton deswegen befragt, und er konnte sich genau erinnern. Sie können ihn auch selbst fragen, wenn Sie möchten, aber mit der Post ist nichts gekommen, was Mr. Stonefields Fortgang veranlaßt haben könnte, dessen bin ich mir ganz sicher.«

»Irgendwelche Besucher?« fragte Monk, wobei er Arbuthnot genau beobachtete.

»Ah...« Er zögerte. »Ja.«

Monk sah ihn abwartend an. Er fühlte sich sichtbar unwohl, aber man konnte nicht sagen, ob das auf Verlegenheit, Schuldbewußtsein oder nur das allgemeine Unbehagen zurückzuführen war, daß er über jemanden reden mußte, den er geschätzt und respektiert hatte und der jetzt aller Wahrscheinlichkeit nach tot war. Und natürlich würde auch er, falls das Geschäft verkauft oder geschlossen werden mußte, sein Auskommen verlieren.

»Wer?« hakte Monk nach.

Arbuthnot betrachtete den Fußboden zwischen ihnen.

»Mr. Niven. Er betreibt selbst ein ähnliches Geschäft. Das heißt... er... betrieb es.«

»Und jetzt?«

Arbuthnot holte tief Luft. »Ich fürchte, die Zeiten sind sehr hart für ihn.«

»Warum ist er hierhergekommen? Von Ihrem Gehilfen habe ich, als ich gestern hier war, erfahren, daß Mr. Nivens Mißgeschick vor allem auf Mr. Stonefields überlegene Fähigkeiten zurückzuführen sei?«

Arbuthnot blickte hastig auf, und in seinem langen Gesicht stand deutlicher Tadel. »Wenn Sie glauben, Mr. Stonefield hätte ihn mit Absicht aus dem Geschäft gebracht, Sir, befinden Sie sich im Irrtum, und zwar völlig! Das war niemals seine Absicht. Man muß einfach immer sein Bestes geben, wenn man selbst überleben will. Und Mr. Stonefield war eben schneller und sicherer in seinem Urteil. Er ist niemals im eigentlichen Sinn ein Risiko eingegangen«, meinte er kopfschüttelnd, »wenn Sie verstehen, was ich meine? Aber er hat sich immer genau über die jeweiligen Entwicklungen informiert, und er war in Geschäftskreisen wohlgelitten. Die Leute vertrauten ihm in Situationen, in denen sie anderen vielleicht nicht getraut hätten.« Eine Sorgenfalte stand auf seiner Stirn, und er sah Monk forschend an, um sich zu vergewissern, daß dieser wirklich verstanden hatte, was er sagte.

Entsprang seine absolute Aufrichtigkeit dem Wunsch, seine Position zu sichern für den Fall, daß Stonefield doch noch zurückkehren würde, oder nahm er Niven aus irgendeinem von einem Dutzend möglichen Gründe in Schutz, zu denen auch die Übereinkunft, irgend etwas zu vertuschen, gehören könnte?

»Warum ist Mr. Niven hergekommen?« wiederholte Monk. »Wie war er angezogen? Wie hat er sich benommen?« Als Arbuthnot abermals zögerte, wurde er ungeduldig. »Wenn Sie wollen, daß ich auch nur die geringste Chance habe, Mr. Stonefield zu finden, müssen Sie mir die reine Wahrheit sagen!«

Arbuthnot bemerkte die Schärfe in Monks Stimme, sein ausweichendes Verhalten machte tiefem Mitleid und Unbehagen Platz.

»Er kam, um festzustellen, ob wir ihm irgendwelche Aufträge zuschanzen könnten, Sir. Ich fürchte, die Dinge sind sehr schwierig für ihn. Er wußte, daß Mr. Stonefield ihm helfen würde, wenn er konnte, aber ich fürchte, im Augenblick war einfach nichts zu machen. Er hat ihm allerdings ein Empfehlungsschreiben gegeben, in dem er seine Ehrlichkeit und Sorgfalt betonte, für den Fall, daß so etwas ihm nützlich sein könnte.« Er schluckte.

»Und sein Benehmen?« drang Monk weiter in ihn.

»Besorgt«, erwiderte Arbuthnot schnell. »Am Ende seiner Kraft, der arme Mann.« Sein Blick hob sich, und er sah Monk in die Augen. »Aber ein Gentleman bis ins Mark, Sir. Keinen Augenblick lang hat er sich dem Selbstmitleid überlassen oder Ärger auf Mr. Stonefield gezeigt. Die simple Wahrheit ist, daß er im Gegensatz zu Mr. Stonefield in Geschäftsdingen eine Fehlentscheidung getroffen hat, und das zu einem Zeitpunkt im ständigen Auf und Ab des Geschäftslebens, da es ihn teuer zu stehen gekommen ist. Ich glaube, er hat das genauso gesehen und die Sache aufgenommen wie ein Mann.«

Monk neigte dazu, ihm zu glauben, aber er hatte dennoch die Absicht, Titus Niven persönlich kennenzulernen.

»War er der einzige Besucher?« fragte er.

Röte stieg in Arbuthnots Gesicht, und er brauchte mehrere Sekunden, um sich eine Antwort zurechtzulegen. Er hatte die Hände ineinander verschränkt und vermied es, Monk in die Augen zu sehen.

»Nein, Sir. Da war noch eine Dame… zumindest eine weibliche Person. Ich weiß nicht, wie ich sie beschreiben soll…«

»Ehrlich!« sagte Monk knapp.

Arbuthnot holte tief Luft und atmete dann langsam wieder aus.

Monk wartete.

Arbuthnot nahm die Aufforderung, ehrlich zu sein, sehr wörtlich, als könne er damit der Nowendigkeit entgehen, eine persönlichere Meinung auszusprechen.

»Durchschnittlich groß, vielleicht ein wenig mager, aber das ist Ansichtssache, nehme ich an. Recht gut gebaut, ja wirklich, wenn man bedenkt, woher sie kam…«

»Woher kam sie denn?« unterbach ihn Monk. Der Mann schweifte langsam vom Thema ab.

»Oh, irgendwo aus Limehouse, nehme ich an, jedenfalls ihrer Sprache nach zu urteilen.« Unbewußt blähte Arbuthnot die Nasenflügel und preßte die Lippen zusammen, als nähme er einen ekelerregenden Geruch wahr. Allerdings konnte das, wenn er sich nicht irrte und sie tatsächlich aus den Elendsvierteln des Hafens im East End kam, durchaus der Fall gewesen sein. Die feuchten, überfüllten Räume, die offenen Müllkippen, die Abwässer vom Fluß machten alles andere unmöglich.

»Hübsch«, sagte Arbuthnot traurig. »Das zumindest hat die Natur ihr mitgegeben, auch wenn sie ihr Bestes tat, diesen Umstand mit Farbe und grellen Kleidern zu verbergen. Sehr aufdringlich.«

»Eine Prostituierte?« fragte Monk rundheraus.

Arbuthnot zuckte zusammen. »Ich habe keine Ahnung. Sie sagte nichts, was darauf hätte schließen lassen.«

»Was hat sie denn gesagt? Um Himmels willen, muß ich Ihnen denn jede Antwort aus der Nase ziehen? Wer war sie und was wollte sie? Sie wollte doch bestimmt keine Termingeschäfte machen!«

»Natürlich nicht!« Arbuthnot errötete heftig. »Sie fragte nach Mr. Stonefield, und als ich ihn von ihrer Anwesenheit informierte, ließ er sie augenblicklich zu sich kommen.« Er holte noch einmal tief Luft. »Das war nicht ihr erster Besuch hier. Sie war, soweit ich weiß, bereits zweimal hier. Als Namen hat sie Selina angegeben, nur das, keinen Nachnamen.«

»Vielen Dank. Was hat Mr. Stonefield von ihr erzählt? Hat er ihre Besuche hier erklärt?«

Arbuthnots Augen weiteten sich. »Nein, Sir. Es stand uns nicht zu nachzufragen, wer sie war.«

»Und er hatte nicht das Bedürfnis, es Ihnen zu erzählen?« Monk ließ seine Überraschung durchblicken. »Was glaubten Sie denn, wer diese Frau war? Und erzählen Sie mir nicht, Sie hätten nicht darüber nachgedacht.«

»Nun, doch ...«, gab Arbuthnot zu. »Natürlich haben wir uns gefragt, wer sie sein könnte. Ich nahm an, es ging irgendwie um seinen Bruder, da es sich, wie Sie ja bereits bemerkt haben, nicht um geschäftliche Dinge handeln konnte.«

Das erste Auflodern des Feuers ließ jetzt, da das Anzündmaterial verbrannt war, langsam nach, und Arbuthnot legte mehr Kohlen auf. »Wie benahm sich Mr. Stonefield, nachdem sie gegangen war?« setzte Monk seine Befragung fort.

»Er wirkte beunruhigt. Und irgendwie aufgeregt«, antwortete Arbuthnot unglücklich. »Er hat das ganze Geld aus dem Safe genommen: fünf Pfund, zwölf Shilling und Sixpence. Dann unterschrieb er noch eine Quittung dafür und verließ das Büro.«

»Wie lange nach Selinas Besuch war das?«

»Soweit ich mich erinnern kann, müßten es ungefähr zehn oder fünfzehn Minuten gewesen sein.«

»Hat er gesagt, wohin er gehen würde oder wann mit seiner Rückkehr zu rechnen sei?« Er beobachtete Arbuthnot genau.

»Nein, Sir.« Arbuthnot schüttelte langsam den Kopf, und sein Blick war traurig und besorgt. »Er sagte, er müsse sich um eine dringende Angelegenheit kümmern, und ich solle an seiner Stelle mit Mr. Hurley sprechen. Mr. Hurley ist ein Makler, den wir für diesen Nachmittag erwarteten. Ich nahm an, daß er damit rechnete, den ganzen Tag fort zu sein, aber ich habe keinen Augenblick gezweifelt, ihn am nächsten Morgen wiederzusehen. Er hat keine Anweisungen für den nächsten Tag gegeben, und es standen Entscheidungen von größter Wichtigkeit an. So etwas hätte er einfach nicht vergessen.« Plötzlich traten Trauer und eine verzweifelte Furcht sowie Verwirrung in seine Züge, und Monk begriff auf einmal, welchen Schaden Stonefields Verschwinden in Arbuthnots eigener Welt angerichtet hatte. An einem Tag war noch alles sicher und geregelt gewesen, vorhersehbar, wenn auch vielleicht ein wenig langweilig. Am nächsten Tag war alles anders, voller Rätsel und banger Fragen. Sein Lebensunterhalt und vielleicht sogar sein Heim waren in Gefahr. Überall lauerte plötzlich Ungewißheit. Er war derjenige, der Genevieve würde sagen müssen, daß das Geschäft nicht länger weitergeführt werden konnte, und dann würde er den Rest des Personals entlassen und die Firma auflösen müssen und dabei versuchen zu retten, was zu retten war, die Schulden zu bezahlen und, wenn schon sonst nichts, wenigstens einen makellosen Ruf zu bewahren.

Monk zermarterte sich das Gehirn nach einer tröstlichen oder hilfreichen Bemerkung, aber ihm fiel nichts ein.

»Um wieviel Uhr ist er aufgebrochen? Bitte seien Sie so präzise, wie es Ihnen nur möglich ist«, bat er. Die Frage war trocken und nüchtern und gab nichts von dem preis, was er empfand.

»Ungefähr um halb elf«, antwortete Arbuthnot düster, und in seinen sanften Augen spiegelte sich ein Widerwillen, den Monk nur allzugut verstand.

»Wissen Sie auch, wie?«

Arbuthnot starrte ihn an. »Pardon?«

»Wissen Sie, wie?« wiederholte Monk. »Wenn ich seine Schritte nachvollziehen soll, wäre es nützlich zu wissen, ob er zu Fuß ging oder einen Hansom nahm, was er anhatte, ob er sich auf der Straße nach links oder rechts wandte...«

»Ah ja, ich verstehe.« Arbuthnot sah ihn erleichtert an. »Natürlich. Ich bitte um Verzeihung. Ich habe Sie falsch verstanden. Er trug einen Überzieher und hatte einen Schirm bei sich. Es war ein sehr unfreundlicher Tag. Außerdem trug er wie immer einen Hut, einen schwarzen Zylinder. Er nahm einen Hansom und fuhr Richtung Waterloo Bridge.« Er suchte in Monks Gesicht nach einer Reaktion. »Glauben Sie, Sie haben eine Chance, ihn zu finden?«

Sofort kam Monk eine Lüge in den Sinn. Es wäre soviel einfacher gewesen. Er hätte ihm gern ein wenig Hoffnung gemacht, aber die Macht der Gewohnheit war zu stark.

»Ich glaube nicht, daß die Chancen groß sind. Aber vielleicht bringe ich in Erfahrung, was aus ihm geworden ist, was für Mrs. Stonefield, wenn auch wenig Trost, so doch zumindest einen gewissen praktischen Nutzen hätte. Es tut mir leid.«

Eine ganze Reihe unterschiedlicher Gefühle spiegelten sich in Arbuthnots Gesicht wider: Schmerz, Resignation, Mitleid und am Ende eine Art widerwilliger Respekt.

»Ich danke Ihnen für Ihre Offenheit, Sir. Wenn ich sonst noch irgend etwas tun kann, um Ihnen behilflich zu sein, brauchen Sie es mich nur wissen zu lassen.« Er erhob sich. »Jetzt gibt es eine Menge Dinge, um die ich mich kümmern muß.« Er schluckte und hustete. »Nur für den Fall, daß Mr. Stonefield zurückkehren sollte, müssen die Dinge hier weitergehen…«

Monk nickte und sagte nichts. Er stand auf und zog seinen Mantel an. Arbuthnot führte ihn durch das Büro, in dem die Angestellten mittlerweile eifrig über Briefe, Geschäftsbücher und Notizen gebeugt saßen. Der Raum war hell erleuchtet, jede Lampe brannte, und gepflegte Köpfe neigten sich über Schreibfedern, Tinte und Papier. Kein Laut war zu hören, bis auf das Kratzen der Federn und das sanfte Zischen des Gases. Niemand sah auf, als er durch den Raum ging, aber er wußte, sobald er draußen war, würden Getuschel und reger Blickwechsel einsetzen.

Monk vermutete, daß Stonefield ins East End gefahren war, um auf eine Nachricht zu reagieren, die entweder direkt von Caleb kam oder diesen doch zumindest betraf. Eine andere Erklärung gab es nicht. Als er die Treppe hinunter auf die windige Straße ging und sich seinen Mantel wieder zuknöpfte, ging ihm allerdings durch den Sinn, daß die Frau, Selina, in irgendeiner Beziehung zu Stonefield stehen konnte, die nichts mit Caleb zu tun hatte. Einige äußerst respektable Männer mit makellosem Privatleben hatten gleichwohl etwas für die derberen Reize der Frauen von der Straße übrig und unterhielten einen zweiten Haushalt, von dem man im ersten nicht das geringste wußte. Diese Möglichkeit verwarf Monk jedoch wieder, weil er nicht glaubte, daß Stonefield so unbesonnen gewesen wäre, einer solchen Frau, wenn es sie denn gegeben haben sollte, seine Geschäftsadresse zu nennen. So ein Verhalten wäre geradezu lächerlich gefährlich gewesen und vollkommen unnötig. Arrangements dieser Art konnten nur dann von Dauer sein, wenn sie absolut geheimgehalten wurden.

Mit schnellen Schritten ging er bis zur Brücke hinunter. Vielleicht war es sehr unprofessionell, aber er glaubte Genevieve, daß Angus Stonefield seinen Bruder aufgesucht und daß diesmal der Streit zwischen ihnen mit einer Gewalttat geendet hatte, bei der Angus entweder so schwer verwundet worden war, daß er nicht nach Hause zurückkehren oder auch nur eine Nachricht schicken konnte, oder aber er war jetzt tot, und das Beste, was Monk tun konnte, war, einen Beweis dafür zu finden, der ausreichte, um seiner Witwe Zugang zu seinem Vermögen zu verschaffen.

Als erstes mußte er den Droschkenkutscher finden, der Angus am Morgen seines Verschwindens ins East End gefahren hatte. Wahrscheilich war es jemand aus den Ställen in der näheren Umgebung; wenn nicht, würde er von dort aus die Kreise seiner Nachforschungen ausweiten.

Es kostete ihn schließlich fünf kalte und ermüdende Stunden und mehr als eine falsche Spur, bevor er sicher war, den richtigen Mann gefunden zu haben. Er traf ihn am Nachmittag in der Stamford Street in der Nähe des Flusses. Er stand an einem flachen, offenen Kohleofen, über dem er sich die steifgefrorenen Finger auftaute, und trat von einem Fuß auf den anderen, um sich warm zu halten. Sein Pferd, das hinter ihm stand, schnaubte seinen Atem in die kalte Luft und wartete ungeduldig mit gesenktem Kopf auf den nächsten Fahrgast und die Gelegenheit, sich zu bewegen.

»Soll's wo hingehen, Chef?« fragte der Kutscher hoffnungsvoll.

»Kommt drauf an«, erwiderte Monk, der neben ihm stehengeblieben war. »Haben Sie letzten Dienstag etwa gegen halb elf Uhr morgens einen Fahrgast an der Waterloo Road aufgenommen und ihn dann vielleicht nach Osten gefahren? Großer, dunkler Gentleman mit Überzieher, Zylinder und Regenschirm.« Er zeigte ihm Lady Ravensbrooks Zeichnung.

»Un' was wär', wenn ich's getan hätt'?« erkundigte sich der Droschkenkutscher vorsichtig.

»Dann wäre eine heiße Tasse Tee mit einer Prise von was Stärkerem für Sie drin und eine Fahrt dorthin, wo Sie ihn abgesetzt haben«, erwiderte Monk. »Und jede Menge Unannehmlichkeiten, wenn Sie mich anlügen.«

Der Kutscher wandte sich ruckartig von dem Feuer ab und sah Monk aus schmal gewordenen Augen an.

»Na, da soll mich doch! Wenn das nicht Inspektor Monk ist«,

sagte er überrascht. »Sind aber nicht mehr bei den Bullen, oder wie? Hab' so was läuten hören.« Weder seine Stimme noch sein Gesicht ließen irgendwelche Rückschlüsse auf seine Gefühle diesbezüglich zu.

Damit hatte er bei Monk einen wunden Punkt berührt. Seine Kündigung bei der Polizei war ihm durch jenen letzten Streit mit Runcorn aufgezwungen worden. Die Tatsache, daß er am Ende recht und Runcorn unrecht behalten hatte, war ihm nicht weiter von Nutzen gewesen. Ohne jegliches Auskommen war ihm nichts anderes übriggeblieben, als eine Tätigkeit als privater Ermittler aufzunehmen; außer seinen Fähigkeiten als Detektiv besaß er nichts, das er zu Geld machen konnte. Aber das bedeutete, daß er sich jetzt weder auf die Autorität der Polizei berufen noch die Vorteile ihres weit verzweigten Netzwerks und die Fähigkeiten der Spezialisten nutzen konnte, ein Umstand, auf den der Kutscher ihn so treffend aufmerksam gemacht hatte.

»Tja, was wollen Sie denn von dem armen Schlucker, den ich gefahren hab', hm? Was hat er ausgefressen? Hat die Kasse mitgehen lassen, was?« fragte der Kutscher. »Un' wenn er's getan hat, was geht's dann Sie an?«

»Nein, er hat nichts dergleichen getan«, erklärte Monk ihm wahrheitsgemäß. »Er ist verschwunden. Seine Frau befürchtet, es könne ihm etwas zugestoßen sein.«

»Wahrscheinlich nur mit irgendeinem Flittchen auf und davon gegangen, der dumme Kerl«, sagte der Droschkenkutscher verächtlich. »Dann sind Sie also privat tätig, ja? Und arbeiten für Frauen, denen die Ehemänner durchgebrannt sind, hm?« Er grinste und entblößte dabei eine Reihe von Zahnlücken. »Tief gesunken, was – Inspektor Monk?«

»Immer noch wärmer als Droschken fahren!« fuhr Monk ihn an, bis er sich daran erinnerte, daß er auf die Hilfe des Mannes angewiesen war. Er erstickte fast an dem Versuch, höflich zu bleiben. »Manchmal«, fügte er mit zusammengebissenen Zähnen hinzu.

»Tja, Mr. Monk«, schniefte der Kutscher und wischte sich die Nase an seinem Ärmel ab, bevor er Monk einen boshaften Blick zuwarf. »Wenn Sie mich fragen, ich meine, höflich fragen, könnt' ich Ihnen sagen, wo ich ihn abgesetzt hab'. Aber vergessen Sie nicht, daß ich meinen Tee haben will, mit 'nem Tropfen Brandy drin, wie versprochen. Keinen billigen Gin, nee. Und ich kenne den Unterschied, also versuchen Sie mal ja nicht, mich mit was anderem abzuspeisen.«

»Woher soll ich wissen, ob Sie mir die Wahrheit sagen?« fragte Monk rundheraus.

»Können Sie nicht wissen«, erwiderte der Kutscher mit sichtlicher Zufriedenhit. »Aber ich glaub' nicht, daß Sie sich so sehr verändert haben. Jedenfalls will ich nicht, daß Sie mir ständig auf der Pelle sitzen. Ganz schön unangenehm können Sie werden, wenn mal einer nicht tut, was Sie wollen. Weiß ich, weiß ich! Am besten, ich erzähl' Ihnen 'ne gute Geschichte, und Sie bezahlen mir 'n guten Preis.«

»Geht in Ordnung.« Monk schob eine Hand in seine Rocktasche und holte einen Sixpence heraus. »Fahren Sie mich dahin, wo Sie ihn abgesetzt haben, und ich gebe Ihnen im nächsten Pub einen Tee mit Brandy aus.«

Der Cabby nahm das Sixpencestück als Anzahlung, biß gewohnheitsmäßig darauf, um es auf seine Echtheit zu prüfen, und ließ es dann in die Tasche gleiten.

»Dann mal los!« sagte er vergnügt, ging zu seinem Pferd hinüber und griff nach den Zügeln, bevor er auf den Kutschbock kletterte.

Monk stieg in die Droschke und setzte sich. Das Pferd verfiel in einen schnellen Schritt und begann dann zu traben.

Sie überquerten die Blackfriars Bridge und bewegten sich dann in gleichmäßigem Tempo Richtung Osten durch die Stadt, bevor sie nach Whitechapel kamen und schließlich nach Limehouse. Die Straßen wurden schmaler und schmutziger, die Ziegelsteine dunkler, die Fenster kleiner, und der Gestank von Abfallhaufen und Schweineställen wurde durchdringender. Abwasserkanäle flossen über und liefen in die Gosse, offensichtlich waren schon seit Wochen weder Straßenkehrer noch Mistkarren hier vorbeigekommen. Über die Bridge Road war kurz zuvor eine Viehherde zum Schlachter getrieben worden. Der Geruch weckte deutliche Erinnerungen in Monk, allerdings nur an Gefühle, nicht an Gesichter oder Ereignisse. Er erinnerte sich an ohnmächtigen Zorn, aber nicht an die Gründe dafür. Nur sein pochendes Herz war ihm im Gedächtnis geblieben, und den Geruch hatte er immer noch in der Nase. Es konnte drei Jahre her sein oder zwanzig. Die Vergangenheit hatte keine Bedeutung für ihn, hatte ihm nichts mehr zu sagen.

»So, da wären wir!« sagte der Droschkenkutscher laut, während er sein Pferd zum Stehen brachte und an die Tür klopfte.

Monk konzentrierte sich wieder auf die Gegenwart und stieg aus. Sie befanden sich in einer schmalen, schmutzigen Straße, die parallel zum Fluß verlief und in einem Bezirk namens Limehouse Reach lag. Er kramte in seiner Tasche herum und förderte das Fahrgeld zutage, das er noch dem Sixpencestück, das er dem Mann bereits gegeben hatte, hinzufügte.

»Und meinen Tee mit Brandy«, erinnerte ihn der Kutscher.

Monk legte noch einmal Sixpence drauf.

»Ha«, sagte der Mann gutgelaunt. »Kann ich sonst noch was für Sie tun?«

»Haben Sie denselben Mann früher schon einmal irgendwo hingebracht?« fragte Monk.

»'n paarmal. Warum?«

»Wohin haben Sie ihn gefahren?«

»Einmal hierher, einmal nach Westen. Oh, und irgendwann mal die Edgware Road rauf, zu irgend 'nem Haus. Schätze, da hat er vielleicht gewohnt. Komisch, wie? Was will so'n anständiger Herr wie der bloß hier? Hier gibt's nix, was irgend jemand wollen könnte. Halbe Meile weiter weg ha'm sie sogar Typhus.« Er zeigte mit dem Daumen seines Fausthandschuhs nach Osten. »Und jemand hat mir erzählt, in Whitechapel hätten sie sogar die Cholera, oder vielleicht war's auch Mile End. Oder Blackwall, was weiß ich.«

»Keine Ahnung«, erwiderte Monk. »Das muß ich noch herausfinden. Ich nehme nicht an, daß Sie gesehen haben, in welche Richtung er ging?«

Der Kutscher grinste. »Hab' mich schon gefragt, ob Sie daran denken würden. Ja, da lang ist er gegangen.« Wieder machte er eine ruckartige Bewegung mit dem Daumen. »Da lang, Richtung Isle of Dogs.«

»Vielen Dank.« Monk beendete das Gespräch und ging in die Richtung, in die der Kutscher gedeutet hatte.

»Wenn er da rein ist, werden Sie ihn nicht finden!« rief der Droschkenfahrer hinter ihm her. »Armer Teufel«, fügte er dann kaum hörbar hinzu.

Monk befürchtete, daß er recht hatte, aber er drehte sich nicht um und verlangsamte auch nicht seinen Schritt. Es wurde schwierig für ihn, Angus aufzuspüren, es sei denn, daß er sich mit seiner Kleidung von den normalen Bewohnern dieses Viertels so sehr unterschieden hatte, wie Monk es jetzt tat. Aber es war unwahrscheinlich, daß er haltgemacht und in den verschiedenen Läden, die sich vereinzelt in dieser Straße befanden, irgend etwas erworben hatte. Es gab keine Zeitungshändler. Die Leute in Limehouse Reach hatten für solchen Luxus kein Geld, ganz zu schweigen von der Frage, ob sie überhaupt des Lesens kundig waren. Dinge, die sie interessierten, erfuhren sie aus mündlichen Berichten oder von den Straßensängern, deren Geschäft es war, alles, was sie an offiziellen Bekanntmachungen oder Gerüchten aufgeschnappt hatten, in endlose Verse zu fassen und sie dann in einer Art musikalischer Ein-Mann-Vorstellung an verschiedenen Orten zum besten zu geben, um von wohlwollenden Zuhörern ein paar Kupfermünzen einzuheimsen. Hier und dort gab es Anschlagtafeln für die wenigen Lesekundigen, aber auf keiner davon wurden irgendwelche Dinge zum Verkauf angeboten. Sogar die Hausierer hielten sich eher weiter westlich auf, wo die Wahrscheinlichkeit, Kundschaft zu finden, weitaus größer war.

Er ging in einen Krämerladen, in dem Tee, getrocknete Bohnen, Mehl, Zuckersirup und Kerzen verkauft wurden. Der Laden war dunkel und roch nach Staub, Talg und Kampfer. Monk holte die Zeichnung von Angus hervor und erntete dafür einen leeren, verständnislosen Blick. Dann versuchte er es noch bei einem Apotheker, einem Pfandleiher, einem Eisenwarenhändler, einem Lumpenhändler und schließlich bei einem zweiten Eisenwarenhändler, aber überall mit ähnlichem Ergebnis. Die Leute starrten Monks teure Kleider an, seinen warmen, gut geschnittenen Mantel und die blankpolierten Stiefel, die seine Füße trocken hielten, und wußten sofort, daß er nicht zu ihnen gehörte. In Lumpen gekleidete Kinder mit Zahnlücken und schmutzigen Gesichtern, einige sogar barfuß, folgten ihm, bettelten um Geld, wobei sie abwechselnd pfiffen und hinter ihm her schrien. Er gab ihnen alle Pennys, die er bei sich hatte, aber als er nach Angus Stonefield fragte, verfielen sie in jähes Schweigen und rannten davon.

Auf der Union Road, die auf den Fluß zulief und deren Gehsteige mit ihren abgebröckelten und ungleichmäßigen Pflastersteinen so schmal waren, daß er kaum darauf stehen konnte, versuchte er es, nur weil ihm nichts anderes einfiel, bei einem Flickschuster, der aus alten Schuhen neue machte.

»Haben Sie diesen Mann schon einmal gesehen, bekleidet mit einem ordentlichen Mantel und Zylinder? Vielleicht hatte er sogar einen Regenschirm bei sich?« erkundigte er sich mit ausdrucksloser Stimme.

Der Flickschuster, ein schmalbrüstiger kleiner Mann mit pfeifendem Atem, nahm das Papier in die Hand und betrachtete es argwöhnisch.

»Sieht für mich ein bißchen nach Caleb Stone aus. Und den hab' ich bloß ein paarmal gesehen. War aber immer noch ein paarmal zu oft. Ist allerdings kein Gesicht, das man vergessen würde. Nur daß dieser Herr ganz vernünftig aussieht und richtig ordentlich. Kleider wie ein feiner Pinkel, sagen Sie?«

Monk verspürte eine jähe Erregung, obwohl seine Vernunft ihm etwas anderes sagte.

»Ja«, erwiderte er schnell. »Das ist nur eine Zeichnung. Vergessen Sie Caleb Stonefield ...«

»Stone«, verbesserte ihn der Flickschuster.

»Entschuldigung, Stone.« Monk ging nicht weiter darauf ein. »Dieser Mann ist mit ihm verwandt, daher wird es also eine gewisse Ähnlichkeit geben. Haben Sie ihn schon einmal gesehen? Vor allem, haben Sie ihn letzten Dienstag gesehen? Er ist wahrscheinlich hier langgekommen.«

»Angezogen wie 'n feiner Pinkel, mit allem Drum und Dran?«

»Ja.«

»Glaub' nicht, daß er einen Hut aufhatte, aber an ihn erinnern tu' ich mich. Jawohl, ich hab' ihn gesehen.«

Monk seufzte vor Erleichterung. Das durfte er dem Mann jedoch nicht zeigen, sonst würde er sich vielleicht versucht fühlen, die Wahrheit noch ein wenig auszuschmücken.

»Vielen Dank«, sagte er so nüchtern, wie er konnte, und versuchte das Hochgefühl zu ersticken, das in ihm aufsteigen wollte. »Ich bin Ihnen sehr zu Dank verpflichtet.« Er kramte ein Dreipencestück aus seiner Tasche hervor, der Preis für ein Pint Bier. »Trinken Sie einen auf mich«, meinte er.

Der Schuster zögerte nur eine Sekunde lang. »Klar, mach' ich, Chef«, versprach er und ließ eine kräftige, mißgestaltete und schwielige Hand hervorschnellen, bevor Monk sich eines anderen besinnen konnte.

»In welche Richtung ist er gegangen?« Monk stellte die letzte Frage.

»Nach Westen«, erwiderte der Schuster sofort. »Richtung Süddocks.«

Monk hatte bereits den Türgriff nach unten gedrückt, um den Laden zu verlassen, als ihm eine andere Frage in den Sinn kam, vielleicht die naheliegendste überhaupt.

»Wo wohnt Caleb Stone?«

Der Flickschuster erbleichte unter der dicken Schmutzschicht auf seinem Gesicht.

»Weiß ich nicht, Mister, und ich bin froh, wenn das so bleibt. Und wenn Sie auch nur einen Funken Verstand haben, wollen Sie's auch nicht wissen. Bei manchen Leuten ist Unwissenheit ein Segen.«

»Verstehe. Ich danke Ihnen trotzdem.« Monk lachte ihn kurz an, drehte sich dann um und trat hinaus auf die kalte Straße und tauchte hinein in den Gestank der salzigen Flut, der säuerlichen Abwässer und der überquellenden Kanalisation.

Er versuchte es noch den ganzen Tag über, aber gegen fünf Uhr war es dunkel geworden und bitterkalt dazu, so daß sich auf dem glitschigen Pflaster der Gehwege eine dünne Eisschicht gebildet hatte; er hatte nichts weiter erreicht. Wenn er unbewaffnet hierblieb, würde er sich nur unnötig in Gefahr bringen. Also ging er schnellen Schritts mit gesenktem Kopf und aufgestelltem Kragen zurück zur West India Dock Road, wo Staßenlaternen und ein Hansom auf ihn warteten, der ihn wieder nach Hause brachte. Es war dumm von ihm gewesen, in guter Kleidung hierherzukommen. Den Gestank würde er wohl nie mehr loswerden. Noch eine Lücke in seinem Gedächtnis! Daran hätte er denken müssen, bevor er sich auf den Weg machte! Es waren nicht nur die klaffenden Lücken in seinem Leben – seine ganze Kindheit, seine Jugend und die frühen Mannesjahre, die ihm ein Rätsel aufgaben, genauso wie seine Triumphe und Niederlagen, seine Liebesaffären, falls es irgendwelche gegeben hatte, die von Bedeutung waren –, es waren die dummen Kleinigkeiten, das praktische Wissen, das er vergessen hatte, die Fehler, die sich jeden Tag wie Splitter in seine Haut bohrten.

Der Droschkenkutscher hatte, was das Fieber in Limehouse betraf, mehr oder weniger recht gehabt. Es war allerdings nicht die Art Typhus, die auf die Atemwege schlug, sondern der Darmtyphus, der die Bewohner der Elendsquartiere heimsuchte und von einem überquellenden Abfallhaufen zum nächsten weitergetragen wurde.

Hester Latterly war zusammen mit Florence Nightingale als Krankenschwester auf der Krim gewesen, im Krankenhaus von Scutari und auf dem Schlachtfeld. Sie war weiß Gott an Krankheiten, Kälte und Schmutz und an den Anblick menschlichen Leidens gewöhnt. Sie konnte die Zahl der Menschen, die sie an Verletzungen oder Fieber hatte sterben sehen, nicht mehr zählen. Aber trotzdem griff ihr das Elend der Armen und Kranken in Limehouse ans Herz, bis ihr nur noch eine einzige Möglichkeit blieb, es zu ertragen und die Alpträume abzuschütteln, die sie quälten: Seite an Seite mit ihrer engen Freundin und Monks Gönnerin, Lady Callandra Daviot, und Dr. Kristian Beck tat sie alles in ihrer Macht Stehende, um einerseits das Elend zu lindern, wie klein ihr Beitrag auch sein mochte, und andererseits alles daranzusetzen, die Zustände, die diese Krankheiten zu Epidemien werden ließen, zu beseitigen.

An dem Tag, an dem Monk die Straßen nach jemandem, der Angus Stonefield gesehen hatte, absuchte, schrubbte Hester auf Händen und Knien den Fußboden eines Lagerhauses, das Enid Ravensbrook, eine weitere Frau, die über Geldmittel und ein mitleidiges Herz verfügte, ihnen zumindest vorübergehend zur Verfügung gestellt hatte, damit sie es nach dem Vorbild der Militärkrankenhäuser in Scutari als Fieberhospital herrichten konnten. Hester hatte das Gefühl, daß das Wasser, das sie verwendete, genauso infiziert war wie die Patienten, aber sie hatte jede Menge Essig hinzugefügt und hoffte, dieser würde seinen Zweck erfüllen. Dr. Beck hatte außerdem ein halbes Dutzend offener Kohleöfen beschafft, in denen sie Tabakblätter verbrennen konnten, eine in der Marine weit verbreitete Praxis, um die Zwischendecks auszuräuchern und auf diese Weise gegen das gelbe Fieber anzukämpfen. Callandra hatte mehrere Flaschen Gin gekauft, die im Medizinschrank verschlossen worden waren und benutzt werden sollten, um Töpfe, Tassen und Instrumente aller Art zu reinigen.

Hester hatte gerade den letzten Quadratmeter des Fußbodens bewältigt und war aufgestanden, beugte sich ein paarmal vor und zurück, um ihren steifen Rücken zu entspannen, als plötzlich Callandra auftauchte. Sie war eine Frau mit breiten Hüften, die ihre Jugend schon eine ganze Weile hinter sich hatte. Ihr Haar war immer unordentlich, aber heute übertraf es seine gewohnte Wildheit noch. Es stand in sämtliche Richtungen, und mehrere Haarnadeln drohten vollends den Halt zu verlieren. Nicht einmal als junge Frau konnte sie als schön gegolten haben, aber die Intelligenz und der Humor, die sich in ihren Gesichtszügen ausdrückten, verliehen ihm einen einzigartigen Charme.

»Fertig?« fragte sie fröhlich. »Hervorragend. Ich fürchte, wir werden jeden Zentimeter Platz brauchen, den wir finden können. Und natürlich Decken.« Sie ließ ihren Blick kurz durch das Zimmer schweifen und machte sich dann daran, es sorgfältig abzuschreiten, um genau festzulegen, wie viele Leute auf dem Boden Platz finden konnten, ohne einander zu berühren. »Ich hätte gern Pritschen«, fuhr sie fort, wobei sie Hester immer noch den Rücken zuwandte. Dann drehte sie sich um und begann, die Breite des Raums abzumessen. »Es gibt hier im Umkreis von Meilen keinen Abfallhaufen und keine Jauchegrube, die nicht schon jetzt überquellen.«

»Hat Dr. Beck schon mit dem Gemeinderat gesprochen?« fragte Hester, während sie nach ihrem Eimer griff und ans Fenster trat, um ihn auszuschütten. Es gab keine Abwasserkanäle, und das Wasser im Eimer enthielt so viel Essig, daß es der Gosse wohl eher zugute kommen als dort weiteren Schaden anrichten würde.

Callandra erreichte die andere Seite des Raums und verzählte sich. Sie hatte Kristian Beck schon vor dieser unglückseligen Sache im Royal Free Hospital vergangenen Sommer geliebt. Hester wußte das, aber es war ein Thema, über das sie niemals sprachen. Es war zu privat und zu schmerzlich. Die Tiefe, mit der Kristian ihre Gefühle erwiderte, verschlimmerte die Situation nur noch. Callandra war verwitwet, aber Kristians Frau lebte noch. Sie hatte schon lange aufgehört, ihn zu lieben, falls sie das überhaupt jemals in der Art, wie er es sich ersehnte, getan hatte, aber sie hielt zäh an ihren Rechten fest und an den damit verbundenen Annehmlichkeiten. Callandra konnte er nichts geben außer einer tiefen Freundschaft, Humor, Wärme, Bewunderung und der gemeinsamen Leidenschaft für Dinge, an die sie beide mit Begeisterung und Hingabe glaubten.

Schon die bloße Erwähnung seines Namens brachte sie noch heute aus der Fassung. Sie drehte sich um und begann von neuem, die Breite des Raums abzumessen.

Hester blickte aus dem Fenster, um sicherzugehen, daß unten niemand vorbeiging, bevor sie den Eimer ausleerte.

»Ich glaube, wir könnten ungefähr neunzig Leute hier unterbringen«, bemerkte Callandra. Dann zuckte es in ihrem Gesicht. »Ich wünschte bei Gott, ich könnte glauben, das wäre alles. Wir haben schon siebenundvierzig Fälle, nicht mitgerechnet die siebzehn Toten und die dreizehn Leute, die zu krank sind, um verlegt werden zu können. Es würde mich überraschen, wenn sie die Nacht überlebten.« Ihre Stimme wurde lauter. »Ich fühle mich so hilflos! Es ist so, als kämpfte man mit Mop und Putzeimer gegen die anströmende Flut!«

Die Tür hinter Hester öffnete sich, und eine Frau von hinreißendem Äußeren trat ein, eine Flasche Gin unter dem Arm und jeweils eine in den Händen. Es war Enid Ravensbrook.

»Das ist wohl besser als gar nichts«, sagte sie mit einem schwachen Lächeln. »Ich habe Mary geschickt, etwas sauberes Stroh zu holen. Sie kann es beim Stallknecht des Gasthofs am anderen Ende der Gasse versuchen. Seine Mutter ist eins der Opfer. Er wird tun, was er kann.« Sie stellte den Gin auf den Fußboden. »Ich weiß nicht, was ich mit dem Brunnen machen soll. Ich habe das Wasser heraufgepumpt, aber es riecht genauso wie der Schweinestall nebenan.«

»Und wahrscheinlich aus gutem Grund«, sagte Hester und biß sich auf die Lippen. »In der Phoebe Street ist ein Brunnen, der dem Geruch nach einigermaßen in Ordnung ist, aber es wird furchtbar lästig sein, das Wasser von dort herüberzutragen. Und wir sind sehr knapp, was Eimer betrifft.«

»Wir werden uns welche borgen«, meinte Enid resolut. »Wenn jede Familie auch nur einen für uns erübrigen könnte, hätten wir schnell für alle Zwecke genug beisammen.«

»Ich fürchte, daraus wird nichts«, entgegnete Hester, während sie Eimer, Schrubber und Putzlappen sorgfältig wegräumte. »Die meisten Familien hier haben überhaupt nur einen einzigen Trog.«

»Einen Trog wofür?« wollte Enid wissen. »Vielleicht können sie ihren Nachttopf auch zum Schrubben des Fußbodens benutzen?«

»Einen Trog für alles«, erklärte Hester ihr. »Zum Schrubben

des Fußbodens, um das Baby zu baden, als Nachttopf und zum Kochen.«

»O Gott!« Enid stand stocksteif da und errötete dann; einen Augenblick lang war sie sprachlos. Dann holte sie tief Luft. »Tut mir leid. Ich bin wohl immer noch ziemlich ahnungslos. Ich werde einige Eimer kaufen.« Sie drehte sich auf dem Absatz um und wollte gerade gehen, als sie beinahe mit Kristian Beck zusammenstieß, der in der Tür stand. Sein Gesicht war starr vor Zorn, die brennende Röte auf seinen Wangen hatte nichts mit der Kälte draußen zu tun, und sein schöner Mund hatte sich zu einer schmalen Linie verzogen. Sie brauchten ihn nicht zu fragen, ob er bei der lokalen Behörde Erfolg gehabt hatte oder nicht.

Callandra war die erste, die das Wort ergriff.

»Nichts?« fragte sie leise und ohne eine Spur von Kritik in ihrer Stimme.

»Nichts«, wiederholte er. Selbst mit diesem einen Wort verriet er einen leichten, kontinentalen Akzent, eigentlich kaum wahrnehmbar, nur eine zusätzliche Akkuratesse, die verriet, daß das Englische nicht seine Muttersprache war. Seine Stimme klang volltönend, sehr tief und drückte im Augenblick absolute Verachtung aus. »Sie machen hundert Ausflüchte, aber letzten Endes laufen sie alle auf dasselbe hinaus. Es ist ihnen nicht wichtig genug!«

»Welche Entschuldigungen können sie haben?« fragte Enid scharf. »Was könnte das sein? Die Menschen sterben, zu Dutzenden, und es könnten Hunderte sein, bevor es vorüber ist. Das ist doch ungeheuerlich!«

Hester hatte fast zwei Jahre als Krankenschwester bei der Armee verbracht. Sie wußte, wie solche Institutionen funktionierten. Keine einheimische Behörde konnte schlimmer sein als die militärischen Führungsstäbe oder in ihren Auffassungen noch halsstarriger und verknöcherter als diese. Callandras verstorbener Gatte war Armeearzt gewesen; auch sie war mit den Ritualen und eingefahrener Verhaltensweisen vertraut.

»Geld«, sagte Kristian angeekelt. Dann sah er sich mit unverhohlener Zufriedenheit in dem sauber geschrubbten Lagerhaus um. Es war kalt und unmöbliert, aber sauber. »Der Bau ordentlicher Abwasserkanäle würde die Steuern um mindestens einen Penny erhöhen, und das will natürlich keiner von ihnen«, fügte er hinzu.

»Aber begreifen diese Leute denn nicht…«, begann Enid.

»Nur einen Penny…«, schnaubte Callandra.

»Mindestens die Häfte der Ratsmitglieder sind Ladenbesitzer«, erklärte Kristian mit müder Geduld. »Ein Penny zusätzliche Gemeindeabgaben würde ihrem Geschäft schaden.«

»Die Hälfte des Rats Ladenbesitzer?« Hester zog ein Gesicht. »Das ist doch lächerlich! Warum so viele Vertreter einer Berufsgruppe? Wo bleiben die Bauarbeiter, die Schuster, die Bäcker, die ganz gewöhnlichen Leute?«

»Die arbeiten«, sagte Kristian einfach. »Man kann nicht im Rat sitzen, wenn man nicht Geld und Zeit hat. Gewöhnliche Männer tun ihre Arbeit, sie können es sich nicht leisten, darauf zu verzichten.«

Hester holte tief Luft, um neuerliche Einwände zu erheben.

Kristian kam ihr zuvor. »Man darf sich nicht einmal an der Wahl der Ratsmitglieder beteiligen, wenn man selbst nicht ein Vermögen von mehr als tausend Pfund besitzt«, stellte er fest. »Oder Mieteinnahmen von mehr als hundert Pfund im Jahr. Das schließt die große Mehrheit der Männer aus und natürlich sämtliche Frauen.«

»Also werden ohnehin nur einflußreiche Geschäftsleute gewählt werden!« sagte Hester mit vor Zorn bebender Stimme.

»So ist es«, erwiderte Kristian. »Aber es ist niemandem damit gedient, wenn wir unsere Energie auf etwas verschwenden, das wir nicht ändern können. Zorn ist ein gefühlsmäßiger Luxus, für den wir keine Zeit haben.«

»Dann müssen wir das ändern!« Callandra schien an ihren Worten beinahe zu ersticken, so überwältigend war ihr Ärger. Sie fuhr herum, um sich mit Tränen der Ohnmacht in den Augen in dieser Scheune umzusehen, in der sie Menschen gesund pflegen wollten. »Es ist unvorstellbar, daß wir Menschen in einem solchen Verschlag unterbringen müssen, Menschen, die wir nicht retten können, weil ein paar verfluchte kleine Krämer nicht bereit sind, einen Penny mehr Gemeindeabgaben zu bezahlen, damit wir die Abwässerkanäle aus den Straßen wegbekommen!«

Kristian sah sie mit so unverhohlener Zuneigung an, daß Hester, die zwischen ihnen stand, sich wie ein Eindringling vorkam.

»Meine liebe Callandra«, sagte er geduldig. »Die Sache ist sehr viel komplizierter. Zunächst einmal wäre da die Frage, was wir damit anfangen sollen. Einige Leute befürworten ein Wasserleitungssystem, aber auch das muß irgendwo enden, und was würde dann aus dem Fluß? Er würde zu einer einzigen großen Kloake verkommen. Und wir bekämen auch Probleme mit dem Wasser. Bei starkem Regen würde es möglicherweise nicht ablaufen, und der ganze Unrat der Stadt würde sich in die Wohnhäuser ergießen.«

Sie sah ihn an, dachte über die schlimme Situation nach und nahm dabei mit allen ihren Sinnen sein Gesicht, seine Augen und seinen Mund wahr. »Aber im Sommer wird der Unrat von den trockenen Abfallhaufen überall hingeweht«, sagte sie. »Selbst die Luft ist erfüllt vom Staub des Dungs und schlimmerer Dinge.«

»Ich weiß«, erwiderte er.

Aus dem Treppenhaus hörten sie ein Geräusch. Sie hatten gar nicht bemerkt, daß Mary gegangen war, aber nun kehrte sie mit einem auffällig kleinen Mann zurück, der einen abgewetzten Hut trug und eine Jacke, die mehrere Nummern zu groß war.

»Das ist Mr. Stabb«, stellte sie ihn vor. »Und er wird uns für einen Penny am Tag zwei Dutzend Eimer und Töpfe zur Verfügung stellen.«

»Das Stück natürlich«, warf Mr. Stabb hastig ein. »Ich habe eine Familie zu ernähren. Aber meine Ma ist achtundvierzig an Cholera gestorben, und da möcht' ich doch jetzt auch mein Scherflein beitragen, sozusagen.«

Hester holte schon tief Luft, um mit dem Mann zu feilschen.

»Vielen Dank«, sagte Callandra schnell, bevor ihre Freundin

zu Wort kommen konnte. »Wir brauchen sie sofort. Und wenn Sie noch jemand anderen kennen, der bereit wäre zu helfen, schicken Sie ihn bitte her.«

»Geht klar«, versprach Mr. Stabb nachdenklich, und seine Züge verrieten deutlich, daß er im Geist hastige Berechnungen anstellte.

Weitere Überlegungen dieser Art wurden jedoch durch die Ankunft mehrerer Ballen Stroh und Tuch zunichte gemacht, alter Segel und Sackleinen, aller möglichen Gewebe, die irgendwie dazu taugen mochten, als Lager und Decken zu dienen.

Hester ging aus dem Zimmer, um Brennmaterial für die beiden schwarzen Kanonenöfen zu beschaffen, die so viele Stunden des Tages wie nur möglich brennen mußten, nicht nur wegen der Wärme, sondern auch, damit sie Wasser und Haferschleim kochen konnten oder was sonst noch an Eßbarem zu bekommen war; niemand, dem es gut genug ging, um Nahrung aufnehmen zu können, sollte Hunger leiden. Da Typhus eine Krankheit des Darms war, würden das sicher nicht viele sein, aber falls jemand das Schlimmste überlebte, würde er nach der Krise stärkere Nahrung brauchen. Und natürlich war Flüssigkeit jeder Art von größter Wichtigkeit, denn sie entschied häufig über Leben und Tod.

Fleisch, Milch und Obst waren genausowenig wie grünes Gemüse zu bekommen. Vielleicht würden sie mit Kartoffeln mehr Glück haben, obwohl selbst die zu dieser Jahreszeit rar waren. Wahrscheinlich würden sie sich mit Brot begnügen müssen, mit Trockenerbsen und Tee, wie alle anderen in dieser Gegend auch. Sie würden vielleicht ein wenig Schinken bekommen können, obwohl man damit sehr vorsichtig sein mußte. Fleisch konnte immer von Tieren kommen, die an einer Krankheit gestorben waren, und trotzdem gab es nur ganz wenig davon. Die meisten Familien konnten sich solchen Luxus nur für den arbeitenden Mann leisten. Das Überleben aller hing davon ab, daß er sich so viel von seiner Kraft bewahrte wie nur möglich.

Im Lauf der nächsten Stunden und sogar während der ganzen Nacht wurden Patienten zu ihnen gebracht, manchmal mehrere gleichzeitig. Nicht einmal Kristian konnte viel für sie tun, außer dafür zu sorgen, sie mit dem wenigen, was sie hatten, so sauber und bequem unterzubringen wie es nur ging, und sie mit kühlem, mit Essig versetztem Wasser zu waschen, um das Fieber zu senken. Einige der Kranken fielen erschreckend schnell ins Delirium.

Die ganze Nacht hindurch gingen Hester, Callandra und Enid Ravensbrook mit Wasserschalen und Tüchern von einem behelfsmäßigen Strohlager zum nächsten. Kristian war aus dem Krankenhaus, in dem er arbeitete, zurückgekehrt. Mary und eine andere Frau liefen hin und her, um die Eimer des Eisenhändlers in die Senkgrube auszuleeren. Um halb zwei entspannte sich die Lage ein wenig, und Hester nutzte die Gelegenheit, um warmen Haferschleim zuzubereiten und die Hälfte des Inhalts einer Ginflasche zur Säuberung von Schalen und anderen Dingen zu benutzen.

Plötzlich hörte sie ein Geräusch von der Tür, und als sie aufblickte, sah sie Mary, die mit zwei Kübeln Wasser, die sie aus dem Brunnen der Nachbarstraße heraufgezogen hatte, ins Zimmer trat. Im Kerzenlicht sah sie aus wie eine groteske Milchmagd; ihre Schultern waren gebeugt, und Wind und Regen hatten ihr die Haare ins Gesicht geweht. Das Mieder ihres schlichten Wollkleides war naß, und ihre Röcke waren schlammbespritzt. Sie wohnte ganz in der Nähe und hatte ihre Hilfe angeboten, weil ihre Schwester zu denen gehörte, die von der Seuche heimgesucht worden waren. Mit einem unwillkürlichen Seufzer der Erleichterung setzte sie die Kübel ab und lächelte Hester zu.

»Bitt' schön, Miss. Bißchen Regen mit drin, aber das wird wohl nich' schaden. Soll ich's heiß machen?«

»Ja, ich kann gut noch etwas mehr Wasser gebrauchen«, erwiderte Hester und zeigte auf den Kessel, in dem sie rührte.

»War es auf der Krim auch so?« fragte Mary mit gedämpfter Stimme, nur für den Fall, daß eines der armen Geschöpfe wirklich schlief und nicht einfach bewußtlos war.

»Ja, so ähnlich«, antwortete Hester. »Nur daß wir da natürlich mit Schußwunden zu tun hatten, mit Amputationen und Wundbrand. Aber natürlich hatten wir auch viele Fieberkranke dabei.«

»Ich glaub', ich wär' gern dabeigewesen«, meinte Mary, während sie sich streckte und vorbeugte, weil das Gewicht des Wassers ihr Rückenschmerzen beschert hatte. »Muß besser sein als das hier. Hätte mal fast 'nen Soldaten geheiratet.« Ein flüchtiges Lächeln spielte um ihre Lippen, als sie an diese Romanze zurückdachte. »Aber dann hab' ich meinen Ernie geheiratet. War bloß 'n Maurer, aber wirklich lieb.« Sie schniefte. »Hat's nie bis zur Armee gebracht. Hatte schlimme Beine. Hatte als Kind Rachitis. Böse Sache, Rachitis.« Sie streckte sich noch einmal und trat näher an den Ofen heran, wobei ihre nassen Röcke gegen ihre Beine klatschten und das Wasser in ihren Stiefeln gluckste. »Is' an Schwindsucht gestorben, mein Ernie. Konnte sogar lesen, hmhm, Hauptmann von den Männern des Todes hat er's genannt. Die Schwindsucht, mein' ich. Hat er mal irgendwo gelesen, das.« Sie begutachtete den Haferschleim, hob dann einen der Kübel hoch und goß eine Gallone Wasser hinzu, um ihn zu verdünnen.

»Vielen Dank«, sagte Hester. »Ihr Ernie scheint etwas ganz Besonderes gewesen zu sein.«

»Das war er«, erwiderte Mary mit stoischer Ruhe. »Vermisse ihn sehr, den armen Kerl. Meine Schwester Dora wollte unbedingt hier raus. Hätt' nie gedacht, daß sie's in einem Sarg tun würde, jedenfalls noch nicht jetzt. Nicht daß viele, die von hier wegkommen, es weit brächten. Ginny Watson vielleicht. Die war hübsch und hatte es in sich, jawohl. Weiß nicht, was aus ihr geworden ist, auch nicht, wo sie hingegangen ist, aber irgendwo rauf nach Westen. Die hat's zu was gebracht. Hat reden gelernt wie feine Leute und sich wie 'ne Dame zu benehmen oder jedenfalls so was Ähnliches.«

Hester versagte sich irgendwelche Spekulationen dahingehend, daß sie wahrscheinlich in einem Bordell gelandet war. Der Traum von Freiheit war zu kostbar, um ihn einfach zu zerstören.

»Wahrscheinlich hat sie geheiratet«, fuhr Mary fort. »Hoffe

ich jedenfalls. Ich mochte sie nämlich. Wollen Sie noch mehr Wasser, Miss?«

»Noch nicht, vielen Dank.«

»Oh – da muß sich jemand übergeben, armer Teufel.« Mary schnappte sich einen Eimer und eilte dem Kranken zu Hilfe. Enid trat aus der Dunkelheit auf der anderen Seite des Raums; ihr Gesicht war fahl, ihr volles, natürlich gewelltes Haar saß ein wenig schief auf ihrem Kopf, und ein länglicher Spritzer Kerzenwachs prangte an ihrem Mieder.

»Der kleine Junge am Ende der Reihe ist sehr schwach«, sagte sie tonlos. »Ich glaube nicht, daß er die Nacht überstehen wird. Ich wünsche mir beinahe, daß es schnell geht, damit sein Leiden ein Ende hat, aber ich weiß, wenn er stirbt, werde ich mir wünschen, es wäre nicht passiert.« Sie putzte sich die Nase und schob sich das Haar aus den Augen. »Ist es nicht lächerlich? Ich habe ihn vor ein paar Stunden zum erstenmal gesehen, und doch trifft es mich so hart, daß ich kaum noch atmen kann. Ich habe ihn nicht einmal sprechen hören.«

»Zeit hat nichts damit zu tun«, erwiderte Hester im Flüsterton, während sie reichlich Salz und Zucker in den Haferbrei gab. Was der Körper verlor, mußte unbedingt wieder ersetzt werden. Während sie rührte, suchten sie ihre eigenen Erinnerungen heim, Soldaten, die sie vielleicht nur ein oder zwei Stunden gekannt hatte, und doch waren deren gequälte Gesichter ihr im Gedächtnis haftengeblieben, und der Mut, mit dem einige von ihnen ihre Wunden und die Zerstörung ihres Körpers trugen. Besonders einer der Männer stand ihr sogar jetzt noch ganz deutlich vor Augen. Sie konnte sein blutverschmiertes Gesicht in dem Kessel voller Haferbrei sehen, das angestrengte Lächeln, seinen blonden Schnurrbart und die formlose Masse da, wo seine rechte Schulter gewesen war. Er war verblutet, und sie hatte nichts tun können, um ihm zu helfen.

»Nein, wahrscheinlich nicht.« Enid griff nach den Schüsseln und rümpfte die Nase, als sie den unvermeidlichen Gingeruch wahrnahm. Dann begann sie in sechs der Schalen ein wenig Haferbrei zu schöpfen. »Ich weiß nicht, ob überhaupt jemand essen kann, aber wir sollten es wenigstens versuchen.« Sie sah den Brei unglücklich an. »Er ist zu dünn. Haben wir denn nicht etwas mehr Hafermehl?«

»Der Brei darf gar nicht so dick sein«, erklärte ihr Hester. »Die Leute können nicht viel Nahrung aufnehmen. Das Wichtigste ist die Flüssigkeit.«

Enid holte tief Luft und begriff in diesem Augenblick möglicherweise, warum sie nicht einfach nur Wasser nahmen. Sie selbst hätte keinen Tropfen herunterbekommen, vor allem, da sie wußte, woher das Wasser kam. Schweigend nahm sie Schüsseln und Löffel und machte sich an die ermüdende, qualvolle Aufgabe, einem Menschen nach dem anderen dabei zu helfen, einen Schluck zu sich zu nehmen und nach Möglichkeit bei sich zu behalten.

Die Nacht ging nur langsam vorbei. Die Gerüche und Geräusche der Krankheit erfüllten den großen Raum. Schatten zuckten im flackernden Kerzenlicht hin und her, während der Talg herunterbrannte. Etwa gegen drei Uhr morgens kehrte Kristian zurück. Callandra ging zu Hester. Sie hatte dunkle Ringe der Erschöpfung unter den Augen, und ihre Röcke waren besudelt, da sie einem Kranken in höchster Not beigestanden hatte.

»Gehen Sie, und legen Sie sich ein paar Stunden schlafen«, sagte sie leise. »Kristian und ich kommen schon zurecht.« Ihre Worte klangen völlig natürlich, und doch wußte Hester, was es sie kostete, ihrer beider Namen auf diese Art und Weise auszusprechen. »Wir werden Sie gegen Morgen wecken.«

»Nur ein paar Stunden«, entgegnete Hester energisch. »Wekken Sie mich um fünf. Was ist mit Enid?«

»Die konnte ich auch überreden.« Callandra lächelte schwach. »Und jetzt gehen Sie. Sie können nicht unbegrenzt aufbleiben. Wenn Sie sich nicht ausruhen, nützen Sie uns irgendwann nichts mehr. Das haben Sie mir oft genug gesagt.«

Hester zuckte ein wenig kläglich die Achseln. Es hatte keinen Sinn, die Tatsache zu leugnen.

»Behalten Sie den Jungen da drüben auf der linken Seite im Auge.« Sie zeigte auf eine zusammengekrümmte Gestalt, die in ungefähr zwanzig Fuß Entfernung halb auf der Seite lag. »Er hat sich ein Schultergelenk verrenkt. Ich habe es wieder eingerenkt, aber wenn er sich aufsetzt, um sich zu übergeben, rutscht es wieder heraus.«

»Armes kleines Geschöpf«, seufzte Callandra. »So wie er aussieht, ist er höchstens zehn oder zwölf, aber das ist schwer zu sagen.«

»Er meinte, er sei sechzehn«, erwiderte Hester. »Aber ich glaube nicht, daß er zählen kann.«

»Ist das erst vor kurzem passiert? Die Schulter, meine ich?«

»Das habe ich ihn auch gefragt. Er sagte, er sei Caleb Stone in den Weg gelaufen und hätte für seine Unverschämtheit Prügel bezogen.«

Callandra zuckte zusammen. »Am anderen Ende der Reihe liegt eine Frau mit einer Narbe im Gesicht. Sie sagte, das sei auch Caleb Stones Messer gewesen. Sie hat mir nicht erzählt, warum. Er scheint ein sehr gewalttätiger Mann zu sein. Ich glaube, sie hat immer noch Angst vor ihm.«

»Nun, hier werden wir ihn wohl nicht zu sehen bekommen«, meinte Hester trocken. »Es sei denn, er bekäme Typhus. Niemand kommt in Pesthäuser, um Rache zu nehmen oder um Schulden einzufordern, wie hoch sie auch sein mögen.« Sie sah sich in dem dunklen, höhlenartigen Raum des Lagerhauses um. »Und keine Rache könnte schlimmer sein als das hier«, fügte sie leise hinzu.

»Gehen Sie, und ruhen Sie sich aus«, befahl Callandra. »Sonst sind Sie nachher nicht in der Verfassung zu arbeiten, wenn ich schlafe.«

Hester gehorchte dankbar. Sie hatte es nicht gewagt, darüber nachzudenken, wie müde sie war, sonst hätte sie nicht weitermachen können. Jetzt zumindest stand es ihr frei, in den kleinen Raum zu gehen, in dem ein zusätzlicher Strohballen lag, auf den sie sich in der Dunkelheit niedersinken lassen konnte, ohne an ihre Pflichten zu denken, ohne die Geräusche des Erbrechens und das stete Bewußtsein menschlichen Leidens. Einen Augenblick lang durfte sie das alles vergessen und ihrer Erschöpfung nachgeben.

Aber das Stroh kratzte. Es war viel Zeit vergangen seit Scutari, und sie hatte das Gefühl überwältigender Hilflosigkeit im Angesicht solch unendlichen Schmerzes vergessen; es ließ sich nicht so einfach, wie sie gedacht hatte, ausblenden. Ihre Ohren lauschten noch immer auf die Geräusche, und ihr Körper straffte sich, als müßte sie trotz allem, was Callandra gesagt hatte, wieder hinausgehen und das Ihrige tun, um zu helfen.

Aber es wäre unsinnig gewesen. Schon bald würde sie zu erschöpft sein, um ihren Anteil an der Arbeit zu übernehmen, wenn Callandra und Kristian schliefen. Sie mußte ihren Geist ganz bewußt mit etwas anderem beschäftigen, mußte sich dazu zwingen, an etwas zu denken, das ihr half, diese furchtbaren Stunden zu vergessen.

Die Gedanken kamen ungebeten, trotz ihrer festen Vorsätze, dieses Thema zu meiden. Vielleicht war es die Tatsache, daß sie unbequem in einem kleinen, fremden Raum lag, fast am Ende ihrer Kraft, sowohl körperlich als auch gefühlsmäßig; sie mußte an Monk denken, beinahe, als könne sie seine Wärme neben sich spüren, seine Haut riechen, und ein einziges Mal, seit sie sich kannten, wirklich wissen, daß es keinen Streit geben würde, keine Kluft, keine Barriere zwischen ihnen. Heiß schoß ihr das Blut in die Wangen, als sie sich daran erinnerte, wie uneingeschränkt sie sich ihm in diesem einen, alles verzehrenden Kuß überlassen hatte. Ihr ganzes Herz, ihren Verstand und ihren Willen hatte sie hineingelegt, all die Dinge, die sie ihm niemals hätte sagen können. Seit dem Abschluß des Farraline-Falls hatte sie ihn nicht mehr gesehen. Damals hatte sie im Eifer der Nachforschungen keine Zeit gefunden, mehr zu empfinden als Verlegenheit für einen flüchtigen Augenblick, so verzweifelt waren ihre Bemühungen gewesen, den Fall zu lösen.

Wenn sie sich jetzt wiedersahen, würde alles anders sein. Erinnerungen, die keiner von ihnen ad acta legen oder vergessen konnte, würden zwischen ihnen stehen. Was er auch sagen mochte, wie er sich jetzt auch benehmen mochte, sie wußte, daß er in diesem Augenblick, als sie in dem geschlossenen Raum dem Tod ins Auge geblickt hatten, alle Masken fallen gelassen hatte, all seinen kostbaren und bis dahin so sorgfältig aufrechterhaltenen Selbstschutz; und im Angesicht einer schmerzhaften, verzweifelten Zärtlichkeit hatte er zugegeben, daß auch er wußte, was es bedeutete zu lieben.

Nicht daß sie sich eingeredet hätte, daß die Barrieren zwischen ihnen überwunden waren. Natürlich waren sie das nicht. Mit der Rettung und der Rückkehr in den Alltag waren auch die Differenzen zwischen ihnen wiederaufgetaucht, die Schatten, die sie trennten. Sie war nicht die Art Frau, die ihn hinreißen konnte. Sie war zu zänkisch, zu unabhängig, zu direkt. Sie wußte nicht einmal, wie man flirtete oder einen Mann betörte, wie man ihm das Gefühl gab, ritterlich oder stark oder gar romantisch zu sein.

Und er hatte zu oft schlechte Laune. Außerdem war er skrupellos und übermäßig kritisch, und seine Vergangenheit war dunkel, voller Ängste und Verrücktheiten, von denen nicht einmal er selbst wußte; vielleicht hatte es in seinem Leben Akte der Gewalt gegeben, die ihm selbst in Alpträumen nur halb bewußt waren, Grausamkeiten, die er sich einbildete, für die er aber keine Beweise hatte – bis auf das, was andere ihm erzählten, nicht mit Worten, sondern mit der Art, wie sie auf ihn reagierten, dem Aufflackern alten Schmerzes, alter Demütigungen, die sein scharfer, schneller Verstand und seine allzu bissige Zunge ihnen zugefügt hatten.

Sie kannte alle Argumente, die sich genauso in ihr Gehirn bohrten wie die stachligen Strohhalme in ihre Arme und durch den dünnen Stoff ihres Kleides. Und so, wie sie jetzt süßes Vergessen umfing, löschte die Erinnerung an seine Berührung alles aus, bis sie so müde war, daß sie einschlafen konnte.

Drittes Kapitel

Der Fall Stonefield verwirrte Monk. Nicht daß er ernsthafte Zweifel daran gehabt hätte, was Angus Stonefield zugestoßen war. Er fürchtete im Gegenteil stark, daß Genevieve recht hatte, daß Angus tatsächlich eine Nachricht von Caleb bekommen und seinen Bruder daraufhin sofort aufgesucht hatte. Aller Wahrscheinlichkeit nach war das der Grund, warum er die fünf Pfund, zwölf Shilling und Sixpence mitgenommen hatte, von denen Arbuthnot ihm berichtet und für die er eine Quittung zurückgelassen hatte. Monks Schwierigkeit bestand jetzt darin, seinen Tod zu beweisen, so daß die Behörden Genevieve den rechtmäßigen Status einer Witwe zuerkennen würden und sie sein Erbe antreten konnte. Dann war es ihr vielleicht möglich, das Geschäft zu verkaufen, bevor es durch Spekulationen und Vernachlässigungen ruiniert war und seine Rivalen Profit aus seiner Abwesenheit schlugen.

Es würde nützlich sein, mit Callandra zu reden. Ein Teil ihres Abkommens war seine Bereitschaft, sie an jedem Fall teilhaben zu lassen, der schwierig oder besonders interessant war.

Er war sich nicht sicher, ob diese Sache sie sehr bewegen würde oder nicht, aber er wußte aus Erfahrung, daß er schon allein dadurch, daß er ihr etwas erklärte, selbst klarer sehen würde. So war es meist. Sie stellte die richtigen Fragen und ließ ihn nicht mit Verallgemeinerungen oder Ungenauigkeiten davonkommen. Mit ihrer Kenntnis der Menschen, vor allem der Frauen, traf sie häufiger ins Schwarze als er. Sie hatte einen besonderen Sinn für zwischenmenschliche Beziehungen, der ihm mit einigem Schmerz und einem neuen Gefühl der Einsamkeit klarmachte, wie wenig er über gegenseitige Abhängigkeit und Nähe in Freundschaften und Familienbeziehungen wußte. Es gab so viele Lücken in seinem Leben, und er hätte nicht zu sagen vermocht, ob es solche Dinge für ihn wirklich nie gegeben oder ob er nur die Erinnerung daran verloren hatte. Und wenn er ein so klägliches und einsames Leben gelebt hatte, war das sein freier Wille gewesen? Oder hatten die Umstände ihn dazu gezwungen? Was war ihm in all diesen verlorenen Jahren widerfahren, und, weit wichtiger noch als dies, was hatte er mit ihnen angefangen?

Natürlich hatte er einige Einzelheiten in Erfahrung gebracht, bruchstückhafte Erinnerungen, ausgelöst durch ein bestimmtes Bild oder Geräusch, den Anblick eines Gesichts. Einige Dinge hatte er aus anderen schließen können. Aber trotzdem gab es immer noch große, leere Zeitabschnitte, nur einen winzigen Lichtschimmer hier und dort, und was in diesem Licht sichtbar wurde, gefiel ihm häufig überhaupt nicht. Er hatte eine grausame Zunge und ein hartes Urteil gehabt, er war jedoch auch schlau gewesen...

Aber wenn er niemals wirklich jemanden geliebt hatte oder von jemandem geliebt worden war, welchen Grund hatte es dann dafür gegeben? Welche Geister wandelten in dieser Düsternis? Welche Verletzungen mochte es gegeben haben, und würde er es je wissen? Würden sie zurückkehren, um ihn mit Schuldgefühlen zu plagen... oder ihm eine Chance bieten, sie wiedergutzumachen? Würde er vielleicht doch noch Taten der Großzügigkeit, der Herzlichkeit und Freundschaft entdecken, an die er sich gern erinnern würde, schöne Dinge, die sogar rückblickend noch kostbar waren?

Aber wie angestrengt er auch danach suchte, nichts kam zurück. Kein Funke von Erinnerung, kein Duft, kein Laut, der vertraut war. Die einzigen Freunde, die er hatte, waren die der Gegenwart. Der Rest war ein schwarzes Loch.

Vielleicht war das der Grund, warum er, als er vor Callandras Haus stand, geradezu lächerlich enttäuscht war, als das Mädchen ihm erklärte, daß sie nicht zu Hause sei.

»Wann kommt sie zurück?« wollte er wissen.

»Das kann ich nicht sagen, Sir«, erwiderte das Hausmädchen mit ernster Stimme. »Vielleicht heute abend, aber wahrscheinlich eher nicht. Vielleicht morgen, aber selbst das kann ich nicht sicher sagen.«

»Das ist doch Unsinn!« brauste Monk auf. »Sie müssen es wissen! Um Himmels willen, seien Sie ehrlich zu mir. Ich bin keine aufdringliche Bekannte, die sie weder sehen noch kränken will.«

Das Hausmädchen holte tief Luft und stieß einen verständnisvollen Seufzer aus. Sie kannte Monk von früheren Besuchen.

»In Limehouse ist Typhus ausgebrochen, Sir. Sie ist dort hingegangen, um Dr. Beck und, ich glaube, noch ein paar anderen Leuten zu helfen. Ich kann wirklich nicht sagen, wann sie wieder nach Hause kommt. Das kann niemand sagen.«

Typhus. Monk verfügte hinsichtlich dieser Seuche über keinerlei Kenntnisse, an die er sich hätte erinnern können, aber er hatte die Furcht und das Mitleid in den Stimmen anderer Menschen gehört und las sie auch jetzt in den Zügen des Hausmädchens.

»Limehouse?« Von Typhus hatte der Droschkenkutscher doch geredet – und jetzt erinnerte er sich auch daran, daß Lady Ravensbrook ebenfalls kurz darauf zu sprechen gekommen war. Er wußte, wo die Seuche grassierte – unten am Fluß längs des Reach. »Vielen Dank.« Er wandte sich zum Gehen. »Ach ...«

»Ja, Sir?«

»Kann ich ihr vielleicht irgend etwas mitbringen, Kleider zum Wechseln zum Beispiel?«

»Hm ... ja, Sir, wenn Sie dort hingehen, wäre das sehr freundlich von Ihnen. Und vielleicht auch für Miss Hester?«

»Miss Hester?«

»Ja, Sir. Miss Hester ist auch dort.«

»Ja natürlich.« Er hätte wissen müssen, daß sie dort war. Es war eine bewundernswerte Tat und bei ihrer beruflichen Vorbildung naheliegend. Warum also war er wütend? Und er war wütend! Er stand im überdachten Eingang und wartete, während das Mädchen die notwendigen Dinge holte und sie in eine Tasche packte; sein Körper war steif vor Anspannung, seine Hände hielt er beinahe zu Fäusten geballt. Sie stürzte sich gedankenlos in jedes Abenteuer. Ihre eigenen Ansichten waren das einzige, was zählte. Sie war der eigenwilligste und launischste Mensch, den er kannte; sie schwankte, wo sie hätte fest sein sollen, und war störrisch, wo man ein wenig Lenkbarkeit hätte erwarten dürfen. Er hatte versucht, vernünftig mit ihr zu reden, aber sie hatte sich jeder Vernunft widersetzt. Er konnte die Auseinandersetzungen, die sie über das eine oder andere Thema geführt hatten, nicht einmal mehr zählen.

Das Hausmädchen kehrte mit der Tasche zurück, und er nahm sie ihr energisch und mit einem kurzen Wort des Dankes ab. Einen Augenblick später war er wieder auf der Straße und ging mit langen Schritten auf den öffentlichen Platz zu, wo, wie er wußte, ein Hansom bereitstand.

In Limehouse brauchte er nicht lange, um das Lagerhaus in der Park Street zu finden, das jetzt zu einem Fieberkrankenhaus umfunktioniert war. Er konnte die Furcht in den Gesichtern der Menschen sehen und hörte, wie sie die Stimme senkten, wenn sie davon sprachen. Alles Kleingeld, das er bei sich hatte, gab er für ein halbes Dutzend warmer Fleischpasteten aus.

Schließlich trat er durch die breite Eingangstür und ging, die in Zeitungspapier gewickelten Pasteten unterm Arm, die schmalen Stufen hinauf. Der Geruch von menschlichem Unrat, feuchtem Holz, Kohlenrauch und Essig schlug ihm entgegen, bevor er den Hauptlagerraum erreicht hatte, der eigentlich dafür gedacht war, Wollballen, Baumwolle oder ähnliche Handelswaren aufzunehmen. Er wurde von einigen Talgkerzen schwach erhellt, und der gesamte Fußboden war mit Stroh bedeckt und mit Decken, unter denen er die Gestalten von mindestens achtzig Menschen erkennen konnte, die in verschiedenen Stadien der Krankheit dort lagen.

»Haben Sie die Eimer mitgebracht?«

»Was?« Er fuhr herum und fand sich einer Frau mit müdem, schmutzstarrendem Gesicht gegenüber. Ihr Alter war kaum zu schätzen; sie hätte genausogut achtzehn wie vierzig sein können. Ihr Haar war fettig und irgendwo an ihrem Hinterkopf zum Knoten gedreht. Sie hatte breite Hüften und einen kräftigen

Oberkörper, aber sie ging gebeugt. Es ließ sich unmöglich feststellen, ob das Gewohnheit oder Müdigkeit war. Ihre Gesichtszüge waren beinahe ausdruckslos. Sie hatte zuviel gesehen, um noch in irgend etwas Gefühle zu investieren. Ein Fremder, der die fraglichen Eimer mitgebracht haben mochte oder vielleicht auch nicht, war der Mühe gewiß nicht wert. Enttäuschungen standen auf der Tagesordnung.

»Haben Sie die Eimer?« wiederholte sie, aber ihre Stimme war leiser geworden, als wüßte sie bereits, daß die Antwort ein Nein sein würde.

»Nein, ich bin hier, um mit Lady Callandra Daviot zu sprechen. Tut mir leid.« Er ließ die Tasche auf den Boden fallen. »Möchten Sie eine warme Pastete?«

Ihre Augen weiteten sich ein wenig.

Er rollte das Zeitungspapier auf und gab ihr eine. Sie war immer noch warm und der Teig knusprig. Ein winziges Bröckchen blätterte ab und fiel zu Boden.

Sie zögerte nur einen kurzen Augenblick, und ihre Nasenflügel bebten, als sie den Duft wahrnahm.

»Ja. Gern.« Sie nahm die Pastete und biß schnell hinein, bevor er es sich anders überlegen mochte. Sie konnte sich nicht daran erinnern, wann sie das letztemal eine solche Köstlichkeit gegessen hätte, und das, ohne sie teilen zu müssen.

»Ist Lady Callandra hier?« fragte er.

»Ja«, antwortete sie mit vollem Mund. »Ich gehe sie holen.« Sie fragte nicht nach seinem Namen. Wer Fleischpasteten mitbrachte, brauchte keine weiteren Empfehlungen. Monk mußte unwillkürlich lächeln.

Einen Augenblick später kam Callandra durch den Raum; auch sie war müde und schmutzig, aber ihr Schritt ließ ihren unverkennbaren Schwung erkennen, ihr Gesicht einen lebendigen Ausdruck.

»William?« sagte sie leise, als sie schließlich vor ihm stand. »Was ist passiert? Warum sind Sie hierhergekommen?«

»Fleischpastete?« fragte er.

Sie nahm die Pastete dankend entgegen und wischte sich kurz

die Hände an ihrer Schürze ab. Ihr Blick suchte den seinen, und sie wartete augenscheinlich darauf, daß er seine Anwesenheit erklärte.

»Ich habe einen schwierigen Fall«, antwortete er. »Haben Sie Zeit zuzuhören? Es dauert nicht länger als zehn oder fünfzehn Minuten. Sie müssen sich bestimmt ein wenig ausruhen. Kommen Sie, setzen Sie sich, während Sie essen.«

»Haben Sie auch eine für Kristian?« fragte sie; sie hatte erst einen einzigen Bissen von der Pastete genommen, die er ihr gegeben hatte. »Und für Hester? Und Enid? Und natürlich Mary?«

»Ich kenne Enid und Mary nicht«, antwortete er. »Aber ich habe einer jungen Frau mit glattem Haar eine angeboten, die allerdings wohl eher mit Eimern gerechnet hatte.«

»Mary. Gut. Die arme Seele hat bis zum Umfallen gearbeitet. Haben Sie noch mehr Pasteten? Wenn nicht, werde ich mir diese mit den anderen teilen.«

»Das ist nicht nötig.« Er reichte ihr die zusammengerollte Zeitung. »Da sind noch vier drin.«

Callandra nahm das Päckchen mit einem flüchtigen Lächeln entgegen und trug es durch den schwach beleuchteten Raum, um es an Leute zu verteilen, die Monk nur mit einiger Schwierigkeit erkannte. Die schlanke, sehr aufrechte Gestalt mit den straffen Schultern und dem hoch erhobenen Kinn war Hester. Ihre Silhouette hätte er überall erkannt. Keine andere Frau hielt ihren Kopf so, wie sie es tat. Der Mann mußte Kristian Beck sein, ungefähr durchschnittlich groß, mit schmalen Schultern und sehr kräftig. Die dritte im Bunde erinnerte ihn an eine Frau, die er erst kürzlich gesehen hatte, aber bei diesem schlechten Licht und dem Qualm, der aus dem Ofen kam und ihm in den Augen brannte, konnte er nicht sagen, um wen es sich handelte.

Callandra kehrte zurück und aß ihre eigene Pastete, bevor sie kalt wurde. Währenddessen führte sie ihn in einen Nebenraum, der früher, als das Gebäude noch für seine ursprünglichen Zwecke benutzt wurde, wahrscheinlich einmal als Büro gedient hatte. Jetzt stand ein Tisch darin, auf dem sich Decken stapelten, und daneben drei ungeöffnete Flaschen Gin, von denen eine halbleer war, sowie mehrere Essigfässer und ein Krug mit ungarischem Wein. Auf zwei sehr klapprigen Stühlen lagen ebenfalls Decken. Callandra räumte sie weg und bot ihm einen Platz an.

»Wozu ist der Gin gedacht?« fragte er. »Verzweiflung?«

»Wenn es so wäre, gäbe es hier keine ungeöffneten Flaschen mehr«, sagte sie grimmig. »Erzählen Sie mir von Ihrem Fall.«

Er zögerte, da er nicht recht wußte, wieviel er ihr über Genevieve erzählen sollte. Vielleicht sollte er Callandra nur die Tatsachen mitteilen und seine eigenen Eindrücke verschweigen.

»Zum Säubern», beantwortete sie schließlich seine Frage. »Alkohol ist besser als Wasser, vor allem, wenn es aus den Brunnen hier kommt. Nicht für die Böden natürlich. Dafür nehmen wir den Essig. Ich spreche von Tellern und Löffeln.«

Er nahm ihre Erklärung zur Kenntnis.

»Der Fall...«, hakte sie nach und setzte sich auf einen der Stühle, der schwankte, zur Seite kippte und sich dann wieder, wenn auch schief, aufrichtete.

Er setzte sich vorsichtig auf den zweiten Stuhl, aber entgegen seinen Befürchtungen trug dieser sein Gewicht, wenn auch mit beängstigendem Knarren.

»Ein Mann ist verschwunden, ein Geschäftsmann mit hervorragender Reputation, der in guten Verhältnissen lebte«, begann er. »Er schien glücklich verheiratet zu sein und hat fünf Kinder. Seine Frau hat mich mit der Sache betraut.«

Callandra beobachtete ihn, ohne bislang besonderes Interesse zu zeigen.

»Seine Frau sagt, er habe einen Zwillingsbruder«, fuhr Monk mit dem Anflug eines Lächelns fort, »der in jeder Hinsicht das Gegenteil von ihm ist. Er soll gewalttätig, brutal sein und lebt allein, irgendwo hier in der Nähe...«

»In Limehouse?« fragte Callandra überrascht nach. »Warum ausgerechnet hier?«

»Anscheinend aus eigenem Antrieb. Er schlägt sich hier irgendwie durch, profitiert mitunter auch von Geschenken seines verschwundenen Bruders Angus. Trotz der Unterschiedlichkeit ihrer Charaktere hat Angus den Kontakt nie abgebrochen, obwohl seine Frau erzählt, daß er vor Caleb Angst habe.«

»Und Angus ist derjenige, der jetzt verschwunden ist?«

Die Kerze auf dem Tisch flackerte kurz. Sie steckte in einer leeren Ginflasche, und der Talg lief über das Glas.

»Ja. Seine Frau hat große Angst, daß Caleb ihn ermordet haben könnte. Genaugenommen glaube ich, daß sie davon überzeugt ist.«

Sie runzelte die Stirn. »Sagten Sie Caleb?« Geistesabwesend streckte sie die Hand aus, um die Kerze wieder aufrecht hinzustellen.

»Ja. Warum?« fragte er.

»Ein ungewöhnlicher Name«, erwiderte sie. »Nicht unbekannt, aber doch nicht gerade häufig. Ich habe erst vor einigen Stunden von einem äußerst brutalen Menschen hier in der Gegend gehört, der Caleb Stone heißt. Er hat einen Jungen verletzt und einer Frau das Gesicht aufgeschlitzt.«

»Das ist er!« sagte er hastig und beugte sich ein wenig vor. »Der Bruder heißt Angus Stonefield, aber Caleb könnte die zweite Hälfte seines Namens durchaus weggelassen haben. Das würde zu dem passen, was Genevieve von ihm erzählt hat.« Er stellte fest, daß er sich so anhörte, als hätte er noch immer die Hoffnung, daß es nicht stimmte, daß sie bei ihrer Schilderung Calebs vielleicht übertrieben hatte. Jetzt war diese Hoffnung mit einem einzigen Satz zunichte gemacht worden.

Callandra schüttelte den Kopf. »Ich fürchte, wenn das so ist, dann steht Ihnen vielleicht nicht nur eine große Aufgabe bevor, sondern vielleicht eine extrem schwierige. Caleb Stone mag schuldig sein, aber es wird sehr, sehr schwer werden, das zu beweisen. Hier in der Gegend hat niemand viel für ihn übrig, aber die Leute könnten sehr wohl aus Angst schweigen. Ich nehme an, Sie sind den etwas alltäglicheren Erklärungen für sein Verschwinden bereits nachgegangen?«

»Wie taktvoll Sie das ausdrücken«, sagte er mit einer gewissen Schärfe in der Stimme. Nicht sie hatte ihn wütend gemacht, sondern die Umstände und seine eigene Hilflosigkeit. »Sie meinen Schulden, Diebstahl oder eine andere Frau?«

»Etwas in der Art…«

»Ich konnte noch nicht beweisen, daß so etwas unmöglich ist, ich halte es nur für unwahrscheinlich. Ich habe seine Schritte an dem letzten Tag, an dem er gesehen wurde, zurückverfolgt. Er ist bis in die Union Road gekommen, ungefähr eine Meile von hier entfernt.«

»Oh…«

Bevor er noch etwas hinzufügen konnte, nahm er aus den Augenwinkeln heraus eine Bewegung wahr und drehte sich um; Hester stand in der Tür. Obwohl er sie zuvor schon in dem großen Krankensaal undeutlich erkannt hatte, war er doch nicht auf eine persönliche Begegnung vorbereitet. Ein dutzendmal hatte er darüber nachgedacht, was genau er sagen würde, wie ungezwungen er sich geben würde, so als hätte sich seit Abschluß des Prozesses in Edinburgh nichts zwischen ihnen geändert. Sie konnten kaum so tun, als hätte es diesen Prozeß nicht gegeben. Wenn sie auf die Farralines zu sprechen kam, war das durchaus in Ordnung, obwohl das Thema ihr vielleicht peinlich war, was er respektieren würde.

Sie würde gewiß nicht von dem kleinen Raum sprechen, in dem sie beide gefangen gewesen waren, oder von irgend etwas, das dort zwischen ihnen vorgefallen war. Das wäre eine unverzeihliche Taktlosigkeit. Sie wußte, was ihn zu seinem Verhalten getrieben hatte: Es war die feste Überzeugung gewesen, daß sie beide in jenem Raum sterben würden, und keineswegs ein Gefühl, das über diesen Tag hinaus in ihrem Leben Bestand haben konnte. Jede Bemerkung zu diesem Thema wäre genauso plump wie schmerzlich gewesen.

Aber Frauen waren sehr eigen, wenn es um Gefühle ging, vor allem um Gefühle, die etwas mit Liebe zu tun hatten. Sie waren unberechenbar und unlogisch.

Woher wußte er das? War das irgendeine Erinnerung, die an die Oberfläche seines Bewußtseins gedrungen war, oder einfach eine Vermutung?

Nicht daß Hester besonders weiblich gewesen wäre. Er hätte es weit reizvoller empfunden, wenn sie es gewesen wäre. Sie verstand sich nicht im mindesten auf die Kunst des Kokettierens oder jene Art feinsinniger Schmeichelei, die darin besteht, die Wahrheit nur anzudeuten oder in verbrämter Form auszusprechen. Sie war viel zu direkt... oft geradezu kämpferisch herausfordernd. Sie hatte kein Gefühl dafür, wann es angemessen war, ihre Meinung für sich zu behalten und sich dem Urteil anderer zu beugen. Intellektuelle Frauen waren bemerkenswert unattraktiv. Es war keine reizvolle Eigenschaft, ständig recht zu behalten, vor allem in Angelegenheiten der Logik, des Urteils und der Militärgeschichte. Sie war gleichzeitig sehr klug und bemerkenswert dumm.

»Stimmt irgend etwas nicht?« Ihre Stimme unterbrach seinen Gedankenfluß. Sie sah erst zu Callandra, dann zu Monk und schließlich wieder zu Callandra.

»Muß denn irgend etwas nicht stimmen, damit ich hierherkommen kann?« parierte er, während er sich erhob.

»Hierher?« Sie hob die Augenbrauen. »Ja.«

»Dann haben Sie Ihre Frage selbst beantwortet, nicht wahr?« fragte er scharf. Sie hatte natürlich recht. Niemand würde ein Pesthaus im East End aufsuchen, wenn es keinen zwingenden Grund dafür gab. Abgesehen von den äußeren Unannehmlichkeiten des Geruchs, der Kälte, der tristen, feuchten Umgebung und der Schmerzenslaute, war es die beste nur denkbare Möglichkeit, sich ebenfalls anzustecken. Er sah ihr ins Gesicht. Sie mußte völlig erschöpft sein. Sie war so blaß, daß ihre Haut fast grau wirkte, ihr Haar war schmutzig, und ihre Kleider schienen viel zu dünn für den kaum beheizten Raum. Sie würde nicht genug Kraft haben, um der Krankheit Widerstand entgegenzusetzen.

Sie biß sich verärgert auf die Lippen. Es erzürnte sie jedesmal, wenn jemand sie mit Worten übertrumpfte.

»Sind Sie hergekommen, weil sie Callandras Hilfe brauchen?« Ihr Ton klang gereizt. »Oder meine?«

Er wußte, daß diese Worte sarkastisch gemeint waren. Er war

sich auch des Umstands bewußt, wie oft sie ihm tatsächlich geholfen hatte; manchmal in Situationen wie seinerzeit bei ihrer ersten Begegnung, in denen er wahrhaft verzweifelt gewesen war und sein Leben am seidenen Faden hing. Er hatte ihr nie verzeihen können, daß sie es gewesen war, die ihm mit ihrem Mut und ihrem Glauben an ihn die Kraft zum Kämpfen gegeben hatte.

Mehrere Antworten schossen ihm durch den Kopf, die meisten davon Kränkungen. Am Ende entschied er sich, hauptsächlich Callandras wegen, für die Wahrheit oder zumindest etwas, das ihr nahe kam.

»Ich habe einen Fall, der mich in diese Gegend geführt hat, zwei Straßen von hier entfernt, um genau zu sein«, sagte er und sah sie kalt an. »Aber da der Mann, den ich zu finden versuche, der Bruder eines gut bekannten Einheimischen und wahrscheinlich zu diesem unterwegs war, dachte ich, Sie könnten mir vielleicht weiterhelfen.«

Welche anderen Gedanken ihr auch durch den Sinn gehen mochten – und sie sah sowohl gereizt als auch unglücklich aus in ihrer Müdigkeit –, sie entschied sich dafür, Interesse zu zeigen.

»Von wem sprechen Sie? Wir hatten nicht viel Zeit, Konversation zu machen, aber wir könnten uns erkundigen.« Sie setzte sich auf den Stuhl, den er für sie freigemacht hatte, ohne sich die Mühe zu machen, ihre Röcke zu ordnen.

»Caleb Stone oder Stonefield. Ich glaube nicht...« Er hielt inne. Er hatte sagen wollen, daß sie wohl nichts von dem Mann wissen konnte, aber ihr veränderter Gesichtsausdruck ließ keinen Zweifel daran, daß sie sehr wohl etwas wußte, und zwar nichts Gutes. »Was?« fragte er.

»Nur daß er gewalttätig ist«, erwiderte sie. »Callandra hat Ihnen das sicher auch schon gesagt. Wir haben gestern abend darüber gesprochen. Nach wem suchen Sie?«

»Nach Angus Stonefield, seinem Bruder.«

»Warum?«

»Weil er verschwunden ist«, sagte er scharf. Er fühlte sich plötzlich unbehaglich, ja beinahe schuldbewußt, als verleugnete er einen Teil seiner selbst; es war absurd, daß er ihr gestattete, solche Gefühle in ihm zu wecken. Denn es stimmte nicht. Er mochte und bewunderte viele ihrer Eigenschaften, aber auf der anderen Seite gab es auch Dinge an ihr, die er mißbilligte und die eine ständige Quelle des Ärgers für ihn waren. Er war immer absolut ehrlich in dieser Hinsicht gewesen, was man auch von ihr sagen konnte. Sie waren durch gewisse Ehrenschulden aneinander gebunden, aber das war auch alles. Und um Himmels willen, mehr wollte sie doch auch nicht. Aber vielleicht war es aufgrund vergangener Ereignisse seine Pflicht, sie darauf hinzuweisen, welche Gefahren auf sie lauerten, wenn sie ihre Zeit in einem Pesthaus verbrachte.

»Wird er wegen irgendeines Vergehens gesucht?« unterbrach sie seine Gedanken.

Der Anflug von Mildheit verflog. »Natürlich wird er gesucht«, sagte er schroff. »Seine Frau sucht ihn, seine Kinder suchen ihn, und seine Angestellten ebenfalls. Das ist eine idiotische Frage!«

Eine tiefe Röte verdrängte die Blässe ihrer Wangen, und ihre Schultern versteiften sich.

»Ich meinte, ob er polizeilich gesucht wird«, sagte sie eisig. »Ich hatte vorübergehend vergessen, daß Sie auch untreuen Ehemännern nachspüren, wenn ihre Frauen Sie damit beauftragen.«

»Er ist nicht untreu«, erwiderte er mit gleicher Kälte. »Der arme Teufel ist höchstwahrscheinlich tot. Und ich würde das für jeden tun... Seine Frau ist von Sinnen vor Gram und Sorge. Sie hat genau das gleiche Recht auf Mitleid wie jeder der Unglücklichen hier in diesem Krankensaal.« Er wies wütend auf die große, mit Stroh und Decken gefüllte Halle, obwohl ihm, noch während er diese Worte aussprach, ein viel größeres Mitleid für die Menschen, die dort lagen, die Kehle zuschnürte. Nicht viele von ihnen würden die Krankheit überleben, und das wußte er. Er war wütend auf Hester, nicht auf diese Menschen.

»Wenn er tot ist, William, können Sie nicht viel mehr für die arme Frau tun, als einen Beweis dafür finden«, meldete Callandra sich gelassen zu Wort. »Selbst wenn Caleb ihn getötet hat, werden Sie das vielleicht nie beweisen können. Was braucht die Polizei, um seinen Tod als gegeben hinzunehmen? Wollen sie eine Leiche sehen?«

»Nicht, wenn ich Zeugen finden kann, die seinen Tod bestätigen«, erwiderte er. »Die Polizei weiß nur zu gut, daß die Flut Leichen ins Meer hinaustragen kann, die man niemals wiedersieht.« Er wandte sich an Callandra und ignorierte Hester völlig. Das gedämpfte Licht, der Geruch nach Kerzenwachs, Gin, Essig und feuchten Steinen, der alles andere überlagerte, war einfach ekelhaft. Dazu kam noch die Angst vor dieser furchtbaren Krankheit. Diese Angst saß nicht in seinem Gehirn; für ein solches Gefühl hätte er nur Verachtung übriggehabt. Callandra und Hester waren Tag und Nacht hier. Aber sein Körper wußte es, und sein Instinkt befahl ihm zu gehen, und zwar schnell, bevor diese Krankheit ihre Krallen nach ihm ausstrecken und ihn berühren konnte. Hesters Mut rief Gefühle in ihm wach, die er nicht wollte. Gefühle, die schmerzlich waren, widersprüchlich und beängstigend. Und er verabscheute sie dafür, daß sie ihn verwundbar machte.

»Wenn wir irgend etwas in Erfahrung bringen, lassen wir es Sie wissen«, versprach Callandra, bevor sie sich mit einiger Mühe erhob. »Ich fürchte, Caleb Stones Ruf läßt Ihre Theorien mehr als wahrscheinlich erscheinen. Es tut mir leid.«

Monk hatte noch nicht alles gesagt, weswegen er hergekommen war. Er hätte gern länger in ihrer Gesellschaft verweilt, aber es war nicht der rechte Zeitpunkt dafür. Er bedankte sich ein wenig steif bei ihr, nickte dann Hester zu, wußte aber nichts zu sagen. Schließlich verabschiedete er sich mit dem Gefühl, etwas ungetan gelassen zu haben, das später einmal wichtig für ihn sein würde. Die Erleichterung, auf die er gehofft hatte, war nicht eingetreten.

Nach seinem Abschied von Callandra nahm Monk alle Kraft zusammen, um der Flußpolizei im Themserevier der Wapping Stairs einen Besuch abzustatten und zu fragen, ob sie in den vergangenen sieben Tagen irgendwelche Leichen entdeckt hätten, auf die möglicherweise die Beschreibung von Angus Stonefield paßte.

Der Sergeant sah ihn geduldig an. Monk kannte ihn nicht, war sich aber nicht sicher, ob der Mann vielleicht ihn kannte. Mehr als einmal hatte er festgestellt, daß man ihn wiedererkannte – und nicht mochte. Anfangs hatte er nicht recht gewußt, warum. Ganz allmählich begriff er dann, daß sein schneller Verstand und seine scharfe Zunge ihm die Ablehnung weniger begabter Männer eingetragen hatte, die sich nicht so gut auf den Umgang mit Worten verstanden wie er. Es war keine angenehme Erfahrung gewesen.

Jetzt sah er dem Sergeant direkt in die Augen und verbarg seine eigenen Befürchtungen hinter einem offenen, ruhigen Blick.

»Beschreibung?« fragte der Sergeant mit einem Seufzer. Wenn er Monk je zuvor gesehen hatte, schien er sich nicht daran zu erinnern. Natürlich hatte er damals sicher eine Uniform getragen. Das konnte durchaus des Rätsels Lösung sein.

»Ungefähr meine Größe«, erwiderte er ruhig. »Dunkles Haar, ausgeprägte Gesichtszüge, grüne Augen. Seine Kleider müßten von beste Qualität gewesen sein, gut geschnitten, teurer Stoff.«

Der Sergeant blinzelte. »Ein Verwandter, Sir?« Ein leichter Anflug von Mitleid huschte über sein grob geschnittenes Gesicht, und Monk wurde schlagartig bewußt, wie sehr die Beschreibung auch auf ihn paßte, ausgenommen die Augenfarbe. Und doch sah er keineswegs so aus wie die Skizze, die Enid Ravensbrook angefertigt hatte. In diesem anderen Gesicht lag eine Verwegenheit, die dem, was Genevieve und Arbuthnot über Angus Stonefield gesagt hatten, widersprach, auf seinen Bruder Caleb jedoch durchaus zutreffen könnte. Hatte Enid unbeabsichtigt mehr von Calebs Geist eingefangen? Oder war Angus doch nicht der friedfertige Mann, den seine Familie und seine Angestellten in ihm sahen? Führte er ein geheimes Doppelleben?

Der Sergeant wartete.

»Nein«, antwortete Monk. »Ich stelle für seine Frau Nachforschungen an. So etwas sollte eine Frau nicht tun müssen.«

Der Sergeant zuckte zusammen. Er hatte zu viele bleiche, furchtsame Frauen erlebt, die genau das taten; Ehefrauen, Mütter, ja sogar Töchter, die genauso vor ihm gestanden hatten wie Monk jetzt, voller Angst und doch gleichzeitig von der Hoffnung erfüllt, daß die langen Qualen der Ungewißheit ein Ende finden mochten.

»Wie alt?« fragte der Sergeant.

»Einundvierzig.«

Der Sergeant schüttelte den Kopf. »Nein, Sir. Niemand, auf den das zutrifft. Wir haben zwei Männer, einer nicht mehr als zwanzig, der andere dick, mit rotem Haar. Der könnte allerdings Ende Dreißig oder so gewesen sein, der arme Teufel.«

»Vielen Dank.« Monk fühlte sich plötzlich erleichtert, was absurd war. Er war keinen Schritt weitergekommen. Wenn Angus Stonefield tot war, mußte er für Genevieve einen Beweis dafür finden. Wenn er sich einfach nur davongemacht hatte, würde das der schlimmere Schlag für sie sein, denn er würde sie nicht nur mittellos zurücklassen, sondern sie sogar des Trostes ihrer gemeinsamen Vergangenheit berauben. »Vielen Dank«, sagte er noch einmal, diesmal mit grimmigerer Stimme.

Der Sergeant runzelte die Stirn, denn es fiel ihm schwer, seinen Besucher zu verstehen.

Monk schuldete ihm keine Erklärung. Auf der anderen Seite konnte es durchaus sein, daß er ihn später noch einmal brauchen würde. Ein Freund war wertvoller als ein Feind. Er war entsetzt über seine eigene Dummheit in der Vergangenheit.

Mit Arroganz bewirkte man immer nur das Gegenteil. Er biß sich auf die Lippen und schenkte dem Sergeant ein säuerliches Lächeln. »Ich glaube, der arme Mann ist tot. Wenn wir seine Leiche gefunden hätten, wäre das eine Erleichterung… in gewisser Weise. Natürlich würde ich gern daran glauben, daß er noch lebt, aber das ist unrealistisch.«

»Ich verstehe«, meinte der Sergeant und schniefte. Der Ausdruck in seinen freundlichen Augen ließ keinen Zweifel daran, daß er tatsächlich verstand. Er hatte wahrscheinlich schon viele ähnliche Fälle erlebt.

»Ich werde wiederkommen«, sagte Monk kurz. »Vielleicht taucht er ja doch noch auf.«

»Wie Sie wollen«, erwiderte der Sergeant.

Monk verließ das East End und fuhr wieder nach Westen, um an anderer Stelle seine Nachforschungen fortzusetzen. Je mehr er an das Gesicht dachte, das Enid Ravensbrook gezeichnet hatte, um so mehr war er davon überzeugt, daß es eine Nachlässigkeit wäre, einfach Genevieves Worten Glauben zu schenken und Angus' Rechtschaffenheit und beinahe langweilig respektables Leben als Tatsache hinzunehmen. Der Sergeant der Flußpolizei hatte ihn einen Augenblick lang für einen Verwandten von Monk gehalten, einfach wegen einer gewissen äußerlichen Ähnlichkeit. Welche Worte hätte Monk für die Beschreibung seines eigenen Gesichts benutzt? Wie konnte man einem anderen etwas vom Wesen eines Menschen vermitteln? Nicht durch die Farbe seiner Augen oder seines Haars, nicht durch sein Alter, seine Größe oder sein Gewicht. Auch in seinem Gesicht lag ein verwegener Zug. Er erinnerte sich an das Erschrecken, als er sein Gesicht nach seiner Rückkehr aus dem Hospital zum erstenmal im Spiegel gesehen hatte. Damals war es das Gesicht eines Fremden gewesen, eines Mannes, über den er nichts wußte. Aber er hatte auch die Kraft gesehen, die sich in der Nase, den glatten Wangen, dem dünnen Mund und der Festigkeit des Blicks ausdrückte.

In welcher Hinsicht unterschied Angus Stonefield sich von ihm, so daß sie niemals hätten Brüder sein können? Es war da, aber er konnte es nicht einordnen, es war etwas schwer Faßbares, etwas seiner Meinung nach Verletzliches.

Steckte dieses Verletzliche in dem Mann selbst oder nur in Enid Ravenbrooks Skizze?

Er verwandte noch einmal anderthalb Tage darauf, sich ein möglichst klares Bild von Angus zu machen. Was zum Vorschein kam, war ein durch und durch anständiger Mann, den die Menschen, die ihn kannten, nicht nur respektierten, sondern wirklich mochten. Wenn er irgend jemanden gekränkt haben sollte, hatte Monk es jedenfalls nicht geschafft, den Betreffenden ausfindig zu machen. Angus besuchte regelmäßig den Gottesdienst. Seine Angestellten hielten ihn für großzügig, seine Konkurrenten in jeder Hinsicht für fair. Selbst die, denen er ein gutes Geschäft weggeschnappt hatte, fanden an ihm nichts auszusetzen. Wenn irgend jemand eine Kritik äußerte, dann bezog sie sich auf die Tatsache, daß sein Sinn für Humor ein wenig schwerfällig und er im Umgang mit Frauen übertrieben förmlich war, was wahrscheinlich seiner Schüchternheit entsprang. Gelegentlich verwöhnte er seine Kinder und ließ es an der Art Disziplin mangeln, die gemeinhin als angemessen galt. Alles Schwächen eines vorsichtigen und freundlichen Mannes.

Monk suchte Titus Niven auf. Er wußte nicht, was er sich von diesem Besuch versprach, aber möglicherweise wußte er Dinge von Angus Stonefield, über die sonst niemand gern sprach.

Genevieve hatte ihm Nivens Adresse gegeben, eine Seitenstraße der Marylebone Road. Bis dorthin war es etwa eine Meile. Sie hatte ihn ein wenig ängstlich angesehen, ihn aber nicht gefragt, ob er glaubte, von Niven etwas erfahren zu können.

Das erstemal, als Monk dort vorsprach, war niemand zu Hause, bis auf ein sehr junges Dienstmädchen, das ihm sagte, Mr. Niven sei ausgegangen und sie habe keine Ahnung, wo er sich aufhalte oder wann er zurückkommen werde.

Monk konnte die Spuren der Armut sehen, die ihn aus allen Ecken anstarrten, aus den hageren Zügen des Mädchens, der Hanfmatte auf dem Fußboden, der kalten Luft, die nach Feuchtigkeit und Ruß roch. Es war keine arme Wohngegend; im Gegenteil, es war eine sehr wohlhabende, in der nur die Bewohner dieses einen Hauses in äußerst beschränkten Verhältnissen lebten. Dieser Umstand rief Erinnerungen in ihm wach, aber sie waren nur undeutlich, es war weniger ein Gefühl der Angst als des Zorns und des Mitleids.

Als er am Abend noch einmal vorsprach, öffnete ihm Titus Niven persönlich die Tür. Er war ein hochgewachsener Mann, schlank, mit einer langen Nase und einem sensiblen Gesicht voller Humor, in dem im Augenblick eine Mischung aus Selbstverachtung und Hoffnung gegen die Verzweiflung kämpfte. Monk mochte den Mann instinktiv, aber seine Intelligenz mahnte ihn zur Vorsicht. Er war der einzige Mensch, von dem sie wußten, daß er Grund hatte, auf Angus Stonefield wütend zu sein. Wie erfolgreich er in der Vergangenheit gewesen war, konnte Monk nicht einschätzen, bevor er nicht das Haus selbst betreten hatte, aber jetzt war er augenscheinlich in großer Not.

»Guten Abend, Sir«, sagte Niven zögernd, den Blick auf Monks Gesicht geheftet.

»Mr. Titus Niven?« fragte Monk nach, als gäbe es da irgendeinen Zweifel.

»Ja, Sir?«

»Mein Name ist Monk. Mrs. Stonefield hat mich beauftragt, den gegenwärtigen Aufenthaltsort von Mr. Stonefield in Erfahrung zu bringen.« Es hatte keinen Sinn, länger um den heißen Brei herumzureden. Wenn er nur Fragen stellte, die den eigentlichen Kern des Problems verschleierten, war das reine Zeitverschwendung, und die Zeit wurde ohnehin schon knapp, da er bisher nichts erreicht hatte. Es war nun acht Tage her, seit Angus zum letztenmal gesehen worden war.

»Kommen Sie herein, Sir.« Niven hielt ihm die Tür auf und trat einen Schritt zurück, damit Monk an ihm vorbeigehen konnte. »Der Abend ist zu scheußlich, um draußen auf der Schwelle stehenzubleiben.«

»Vielen Dank.« Monk ging ins Haus und begriff beinahe sofort, wie furchtbar Titus Nivens Sturz gewesen sein mußte. Das Haus war geschmackvoll und offensichtlich für bessere Zeiten erbaut worden. Es befand sich in hervorragendem Zustand. Die Vorhänge waren exquisit und würden wahrscheinlich als letztes der Notwendigkeit des Verkaufs zum Opfer fallen. An den Wänden hingen schon keine Bilder mehr, obwohl er mit seinem geübten Blick erkennen konnte, wo sich die Bilderhaken befunden hatten. Es fanden sich auch keine Zierstücke in dem Raum, abgesehen von einer schlichten, nicht sehr teuren Uhr – die, nach den Vorhängen zu urteilen, nicht im mindesten Nivens Geschmack entsprach. Die Möbel waren von guter Qualität, aber es gab viel zu wenige davon. Kahle Stellen sprangen dem Betrachter förmlich ins Auge, und das Feuer in dem großen Kamin war ein bloßes Glimmen vereinzelter Kohlen, mehr eine Geste als eine Quelle der Wärme.

Monk sah Niven an und las in seinem Gesicht, daß Worte überflüssig waren. Niven hatte begriffen, daß sein Gast verstanden hatte. Weder ein Kommentar noch eine Entschuldigung würden seinem Zweck dienen, sondern nur den Schmerz, der schon real genug war, noch vergrößern.

Monk stand mitten im Raum. Es wäre ihm irgendwie anmaßend erschienen, sich zu setzen, bevor man ihn dazu aufforderte, so als verringerte die Armut des Mannes sein Ansehen als Gastgeber.

»Ich darf davon ausgehen, daß Sie wissen«, begann er, »oder vermuten, daß Angus Stonefield verschwunden ist. Niemand weiß, warum. Um seiner Familie willen ist es von größter Wichtigkeit, daß er gefunden wird. Mrs. Stonefield steht, was nur natürlich ist, größte Angst aus, er könne erkrankt, überfallen oder auf eine andere Art und Weise zu Schaden gekommen sein.«

Niven sah ihn mit aufrichtiger Besorgnis an. Wenn diese Regung nur vorgetäuscht war, war er ein hervorragender Schauspieler. Aber das war natürlich möglich, und es wäre nicht das erstemal gewesen, daß Monk so etwas erlebte.

»Es tut mir leid«, sagte Niven leise. »Die arme Mrs. Stonefield. Ich wünschte, ich wäre in der Lage, ihr meine Hilfe anbieten zu können.« Er zuckte die Achseln und lächelte. »Aber wie Sie sehen, kann ich mir kaum selbst helfen. Ich habe Angus seit – oh, dem achtzehnten – nicht mehr gesehen. Ich war in seinem Geschäft. Aber ich denke, das wissen Sie sicher...«

»Ja, Mr. Arbuthnot hat es mir erzählt. Welchen Eindruck machte Mr. Stonefield damals auf Sie? Wie benahm er sich?«

Niven deutete auf das Sofa und nahm selbst in einem der beiden letzten großen Sessel Platz. »Genau wie immer«, antwortete er, sobald Monk Platz genommen hatte. »Gelassen, höflich, ganz

Herr seiner selbst und seiner Angelegenheiten.« Er runzelte die Stirn und warf Monk einen ängstlichen Blick zu. »Das sollte keine Kritik sein. Ich wollte damit nicht andeuten, daß er irgendwie arrogant war. Ganz im Gegenteil. Er zeigte sich immer ausgesprochen liebenswürdig. Und seine Angestellten werden Ihnen bestätigen, daß er ein großzügiger Herr war; er benahm sich nicht unvernünftig, und hatte auch keinen Hang zur Grobheit.«

»Was wollen Sie damit sagen, Mr. Niven?«

Monk sah ihn genau an, aber er konnte keine Spur von Verlegenheit oder Unaufrichtigkeit entdecken, nur ein Suchen nach Worten und jenes Aufschimmern von Humor und Selbstironie, das ihm zuvor schon aufgefallen war.

»Wahrscheinlich wollte ich damit sagen, daß Angus sein Leben sehr gut im Griff hatte. Er machte kaum jemals einen Fehler oder verlor die Fähigkeit, sich und einen großen Teil der Dinge, die um ihn herum geschahen, unter Kontrolle zu halten. Er schien nie den Boden unter den Füßen zu verlieren.«

»Kannten Sie seinen Bruder?« Monk war plötzlich sehr neugierig.

»Seinen Bruder?« Niven war überrascht. »Ich wußte nicht, daß er einen Bruder hatte. Ist er in der gleichen Branche? Nein, sicher nicht. Das hätte ich gewußt. Genevieve... Mrs. Stonefield...« Er errötete leicht und wußte sofort, daß er sich verraten hatte. »Mrs. Stonefield hat nie einen anderen Verwandten als seinen Vormund aus Kinderzeiten erwähnt, Lord Ravensbrook«, fuhr er fort. »Und soweit ich mich erinnere, hat sie auch von ihm nur ein- oder zweimal gesprochen. Sie schienen als Familie sehr selbstgenügsam zu sein.« Ein kaum wahrnehmbarer Schatten des Schmerzes huschte über seine Züge – oder war es Neid? Wieder einmal fühlte Monk sich jäh daran erinnert, wie überaus attraktiv Genevieve war, wie lebendig. Sie sprach nicht viel, und ihre Art, sich zu bewegen, war eher verhalten, aber trotzdem spürte man ein Feuer in ihr, das andere Frauen neben ihr verblassen ließ.

»Ja«, erwiderte Monk, ohne sein Gegenüber aus den Augen

zu lassen. »Er hatte einen Zwillingsbruder, Caleb, der gewalttätig und übel beleumundet ist, ein Tunichtgut, der immer an der Grenze zum Verbrechen steht, falls er diese nicht bereits überschritten hat.« Das war eine ziemliche Untertreibung, aber er wollte sehen, wie Niven darauf reagierte.

»Ich glaube, da irren Sie sich, Sir«, sagte Niven leise. »Wenn es einen solchen Mann gäbe, wüßte man in der City davon. Angus' Ruf hätte durch die Existenz eines anderen Mannes mit seinem Namen und so unglücklichen Charaktereigenschaften sicher Schaden genommen. Ich bin seit fünfzehn Jahren in der City. So etwas hätte sich herumgesprochen. Wer auch immer Ihnen das erzählt hat, hat Sie getäuscht; oder Sie haben ihn mißverstanden. Und warum sagen Sie, er ›hatte‹ einen Bruder? Soll dieser Bruder vielleicht tot sein? Und warum bringen Sie den Namen dieses Burschen dann jetzt noch ins Spiel, wo er Angus nur schaden kann?« Plötzlich versteifte er sich in dem großen Sessel neben dem kalten Kamin. »Oder befürchten Sie, Angus selbst könne etwas Ernstes zugestoßen sein?«

»Das war ein Versprecher«, gestand Monk. »Ich habe mich von Mrs. Stonefields Befürchtungen beeinflussen lassen. Sie glaubt, daß er nicht mehr lebt, sonst wäre er nach Hause gekommen oder hätte ihr zumindest eine Nachricht zukommen lassen, wo er sich befindet.«

Niven schwieg eine Weile, tief in Gedanken versunken.

Monk wartete.

»Warum haben Sie diesen Bruder erwähnt, Mr. Monk?« fragte Niven. »Ist er eine Erfindung, oder glauben Sie, daß es ihn wirklich gibt?«

»Oh, es gibt ihn«, entgegnete Monk. »Daran besteht kein Zweifel. Sie sind ihm nicht begegnet, weil er weder in der City arbeitet noch in einem der Vororte lebt. Seine Aktivitäten beschränken sich ganz auf das East End, und er nennt sich Stone statt Stonefield. Aber Angus hat den Kontakt zu ihm aufrechterhalten. Alte Bindungen sind anscheinend nicht so leicht aufzulösen.«

Niven lächelte. »Das sieht Angus ähnlich. Er konnte keinen

Freund fallenlassen und schon gar nicht einen Bruder. Ich nehme an, Sie haben mit diesem Mann gesprochen, und er kann Ihnen nichts weiter sagen?«

»Ich habe ihn noch nicht gefunden«, erwiderte Monk. »Es ist nicht so leicht, seiner habhaft zu werden, und ich fürchte, er könnte sich als Kern des Problems erweisen, vielleicht sogar die Verantwortung für Angus' Verschwinden tragen. Ich stelle natürlich auch in andere Richtungen Nachforschungen an. So bedauerlich es ist, es gibt noch andere Erklärungsmöglichkeiten für sein Verschwinden.«

»Man erlebt immer wieder Überraschungen mit Menschen«, gab Niven ihm recht. »Trotzdem glaube ich, Sie werden nicht feststellen, daß Angus in finanziellen Schwierigkeiten steckte, genausowenig wie Sie entdecken werden, daß er eine Geliebte hatte oder in Bigamie lebte und irgendwo anders noch eine zweite Ehefrau besaß. Wenn Sie ihn gekannt hätten, wie ich ihn kannte, würde Ihnen keiner dieser Gedanken in den Sinn kommen.« Nivens Gesicht war ernst und konzentriert. »Angus war grundehrlich, nicht nur, was seine Taten betraf, sondern auch hinsichtlich seines Denkens. Ich habe viel von ihm gelernt, Mr. Monk. Ich habe seine Rechtschaffenheit aufrichtig bewundert und mir gewünscht, seinem Beispiel nacheifern zu können. Er war wirklich ein Mann, dessen höchstes Ziel wahre Güte war, wichtiger noch als Reichtum oder Ansehen oder die Freuden, die sein Erfolg ihm verschaffen konnte.« Er beugte sich zu Monk vor. »Und er wußte, was wahre Güte bedeutete! Er verwechselte sie nicht einfach mit der Abwesenheit äußerlich sichtbarer Laster. Er wußte, was wahre Güte ausmachte: Ehre, Großzügigkeit, Treue, Toleranz anderen gegenüber und die Gabe der Dankbarkeit ohne eine Spur von Arroganz.«

Monk war überrascht, nicht nur von dem, was Niven sagte, sondern von der Tiefe seiner Gefühle.

»Sie sprechen sehr gut von ihm, Mr. Niven, vor allem, wenn man bedenkt, daß er größtenteils für Ihr gegenwärtiges Unglück verantwortlich ist«, sagte er, während er sich erhob.

Niven lief rot an und stand ebenfalls auf.

»Ich habe meinen Wohlstand und meine Position verloren, Sir, aber nicht meine Ehre. Was ich sage, ist nichts Geringeres als meine ehrliche Meinung.«

»Das merkt man«, erwiderte Monk mit einer flüchtigen Neigung seines Kopfes. »Vielen Dank, daß Sie mir Ihre Zeit geopfert haben.«

»Ich fürchte, ich konnte Ihnen kaum weiterhelfen.« Niven ging auf die Tür zu.

Monk sah sich nicht veranlaßt, ihm zu erklären, daß er nicht gekommen war, um etwas über Angus von ihm zu erfahren, sondern sich lediglich ein Bild darüber hatte machen wollen, wie wahrscheinlich es war, daß Niven selbst Angus beiseite geschafft haben könnte. Er war ein Mann von rascher Auffassungsgabe, aber auch von einer gewissen Naivität. Es wäre unnötig grausam gewesen, einen solchen Verdacht durchblicken zu lassen.

Er verwandte noch ein wenig Zeit auf den Versuch, in Angus' Bekannten- und Kollegenkreis Näheres über ihn zu erfahren, aber nichts unterschied sich von dem Bild, das man ihm bereits gezeichnet hatte. Die Stonefields erfreuten sich mehrerer angenehmer Freundschaften, hatten aber nur selten Gäste. Am wohlsten schienen sie sich im Familienkreis gefühlt zu haben, und es gab nur gelegentlich einmal einen Besuch im Konzert oder im Theater. Ihr Lebensstandard entsprach durchaus ihren finanziellen Mitteln, obwohl diese Mittel spärlicher fließen würden, wenn Mrs. Stonefield keine Erträge mehr aus dem Geschäft erzielen würde. Und da er offiziell noch immer die Geschäfte leitete, hatte Genevieve selbst kein Recht darauf und konnte auch keine Erbschaft antreten.

»Was soll ich nur tun?« fragte sie verzweifelt, als Monk sie am Ende eines langen und fruchtlosen Tages aufsuchte, neun Tage nach Angus' Verschwinden. »Was ist, wenn sie Angus'... Leiche... niemals finden?« Ihre Stimme klang brüchig, und es kostete sie sichtbare Mühe, ihre Fassung zu bewahren.

Monk sehnte sich danach, sie zu trösten, und konnte doch nicht lügen. Er spielte mit dem Gedanken. Er ging im Geiste alle Möglichkeiten durch und zog jede einzelne noch einmal ganz ernsthaft in Erwägung. Aber er konnte sich nicht dazu überwinden, die Worte auszusprechen.

»Es gibt andere Möglichkeiten, die Behörden davon zu überzeugen, daß ein Todesfall vorliegt, Mrs. Stonefield«, antwortete er ihr. »Vor allem an einem Ort, an dem ein gezeitenabhängiger Fluß wie die Themse ins Spiel kommt. Allerdings werden die Behörden verlangen, daß vorher alle anderen Möglichkeiten ausgeschlossen worden sind.«

»Sie werden nichts finden, Mr. Monk«, sagte sie tonlos. Sie standen im Salon. Es war kalt. Man hatte kein Feuer gemacht und auch keine Lampen angezündet. »Ich verstehe, warum Sie das tun müssen, aber Sie verschwenden Ihre Zeit – und meine«, fuhr sie fort. »Und ich habe mit jedem Tag, der vergeht, immer weniger Zeit.« Sie wandte sich ab. »Ich wage es nicht, auch nur kleinste Summen für etwas anderes als dringend notwendige Dinge auszugeben, Nahrungsmittel und Kohle. Ich weiß nicht, wie lange das Geld noch reichen wird. An Dinge wie Stiefel darf ich nicht einmal denken, und James wächst aus den seinen langsam heraus. Seine Zehen drücken schon gegen das Leder. Ich wollte gerade welche kaufen …« Sie sprach nicht weiter, denn es war offensichtlich, was sie sagen wollte, und es fiel ihr zu schwer, es schon wieder auszusprechen.

»Wollen Sie nicht noch einmal darüber nachdenken, Lord Ravensbrooks Angebot anzunehmen, zumindest vorübergehend?« fragte Monk. Er konnte verstehen, daß es ihr widerstrebte, vom Wohlwollen eines anderen abhängig zu sein, aber dies war nicht der rechte Zeitpunkt, um sich von Stolz leiten zu lassen.

Sie holte tief Luft. Die Muskeln in Hals und Schultern verkrampften sich, so daß sich der Stoff ihres blaukarierten Kleides spannte und die dünnen Linien der Nähte sichtbar wurden.

»Ich glaube nicht, daß Angus das gewollt hätte«, sagte sie so leise, daß er sie kaum hören konnte. Sie schien genauso mit sich selbst wie mit ihm zu sprechen. »Auf der anderen Seite«, fuhr sie mit gerunzelter Stirn fort, »hätte er sicher nicht gewünscht, daß wir in Not geraten.« Sie schauderte, als sei es dieser Gedanke und nicht die Kälte des Zimmers, der sie frieren ließ.

»Es ist erst gut eine Woche vergangen, Mrs. Stonefield«, bemerkte er, so freundlich er konnte. »Ich bin sicher, Lord Ravensbrook würde Ihnen ausreichend Mittel für die nötigsten Dinge zur Verfügung stellen, als Darlehen, wenn Sie kein Geschenk von ihm annehmen wollen. Es gibt sicher nicht so viele Dinge, die nicht warten können. Wenn die Stiefel bis jetzt ihren Dienst getan haben ...«

Sie fuhr zu ihm herum mit Angst im Blick und mit geballten Fäusten. »Sie begreifen nicht!« Ihre Stimme wurde schrill. Sie war wütend auf ihn, voller Vorwürfe. »Angus wird nicht zurückkommen! Caleb hat ihn am Ende doch getötet, und wir stehen allein und mit leeren Händen da! Heute geht es nur darum, ein wenig Sparsamkeit beim Essen walten zu lassen. Kein Fleisch außer an Sonntagen, sonst einen kleinen Hering oder einen Bückling, Zwiebeln, Hafermehl, manchmal Käse. Äpfel, wenn wir Glück haben.« Sie starrte ins Feuer und blickte dann wieder zu ihm auf. »Sparsam sein mit der Kohle. In der Küche sitzen, wo der Herd steht, statt im Wohnzimmer das Feuer im Kamin anzuschüren. Talgkerzen statt Wachs zu benutzen. Die Lichter erst anzuzünden, wenn man absolut nichts mehr sehen kann. Die Kleider zu flicken. Die jüngeren Kinder die Sachen der älteren auftragen zu lassen. Niemals neue zu kaufen.« Ihre Stimme wurde immer rauher, während sich Panik ihrer bemächtigte. »Aber es wird immer schlimmer werden. Ich habe keine Familie, die mir helfen könnte. Es wird so weit gehen, daß wir das Haus verkaufen müssen, solange ich es mir noch leisten kann, um einen fairen Preis zu feilschen. Dann kommt der Umzug in eine einfache Wohnung, zwei Räume, wenn wir Glück haben. Wir werden von Brot und Tee leben und vielleicht, wenn alles gutgeht, einmal im Monat einen Schweinskopf oder einen Schafskopf bekommen oder ein wenig Innereien oder Kutteln. Die Kinder werden nicht mehr die Schule besuchen können – sie müssen jede Arbeit annehmen, die man ihnen gibt, genau wie ich.« Sie schluckte krampfhaft. »Ich kann mir nicht einmal vernünftigerweise die Hoffnung machen, daß sie das Erwachsenenalter erreichen werden. In Armut stirbt man früh. Ein oder zwei werden vielleicht überleben, und das wird ein Segen sein, zumindest für mich, wenn ich sie weiter um mich haben kann. Gott allein weiß, was ihnen bevorsteht!«

Er sah sie voller Erstaunen an. Ihre Phantasievorstellungen hatten sie einem hysterischen Anfall nahegebracht. Er konnte es in ihren Augen und an ihrer Körperhaltung erkennen. Ein Teil von ihm war voller Mitleid für sie. Ihr Kummer war echt, und sie hatte allen Grund, Angst zu haben, aber die Vehemenz, mit der sie sich äußerte, paßte nicht recht zu ihrem Charakter, und er war überrascht, wie sehr diese Szene ihn abstieß.

»Sie greifen zu weit vor, Mrs. Stonefield«, sagte er ohne die Freundlichkeit, die er eigentlich in seine Stimme hatte legen wollen. »Sie ...«

»Ich werde das nicht zulassen!« fiel sie ihm leidenschaftlich ins Wort. »Ich werde es nicht zulassen!«

Er sah die Tränen in ihren Augen und begriff plötzlich, wie zerbrechlich sie unter der Maske ihres Mutes doch war. Er war nie für andere Menschen verantwortlich gewesen, für Kinder, die ihm vertrauten und die so verwundbar waren. Das heißt, zumindest soweit er sich erinnern konnte, hatte er nie solche Verantwortung getragen. Nicht einmal der Gedanke daran war ihm in irgendeiner Weise vertraut. Er konnte sich das Ganze nur zum Teil vorstellen, wie ein Fremder, der einen Blick durch ein Fenster warf.

»So weit braucht es doch niemals zu kommen«, sagte er sanft und trat einen Schritt näher an sie heran. »Ich werde alles tun, was in meiner Macht steht, um herauszufinden, was mit Ihrem Mann geschehen ist, und es dann zur Befriedigung der Behörden zu beweisen. Dann wird Ihr Mann entweder zu Ihnen zurückkehren, oder Sie werden das Geschäft erben, das gute Profite abwirft. In diesem Fall können Sie jemanden einstellen, der es für Sie leitet, so daß zumindest für Ihr finanzielles Wohlergehen gesorgt sein wird.« Das war eine Übertreibung, aber er verspürte keinerlei Gewissensbisse dabei. »Bis dahin wird Lord Ravensbrook für Sie sorgen, wie er für Angus und Caleb gesorgt hat, als sie in Not waren. Schließlich sind Sie nach seinem eigenen Willen seine Familie. Ihre Kinder sind seine einzigen Enkelkinder. Es ist nur natürlich, daß er den Wunsch verspürt, Ihnen zu helfen.«

Sie gab sich sichtlich Mühe, ihre Fassung zurückzugewinnen, straffte sich und hob das Kinn. Dann holte sie tief Luft und schluckte.

»Natürlich«, sagte sie mit etwas ruhigerer Stimme. »Ich bin sicher, Sie werden alles in Ihrer Macht Stehende tun, Mr. Monk, und ich bete zu Gott, daß das genügen wird. Obwohl Sie Calebs Gerissenheit und Grausamkeit nicht kennen, sonst wären Sie nicht so zuversichtlich. Was Lord Ravensbrook betrifft, muß ich mich wohl darauf gefaßt machen, seine Hilfe anzunehmen.« Sie versuchte zu lächeln, aber es gelang ihr nicht. »Sie müssen mich für sehr undankbar halten, aber ich mag seine Art nicht besonders, und ich werde nicht leichtfertig die Erziehung meiner Kinder in seine Hände legen.« Sie sah ihn mit festem Blick an. »Wenn man im Haus eines anderen lebt, Mr. Monk, verliert man einen großen Teil der Entscheidungsfreiheit, an die man gewöhnt ist. Es sind hundert Kleinigkeiten, von denen jede einzelne für sich genommen unbedeutend ist, aber zusammen ergeben sie den Verlust der Freiheit, was sehr hart ist.«

Er versuchte es sich vorzustellen, konnte es aber nicht. Er hatte außer in seiner Kindheit nie bei anderen Menschen gelebt, zumindest, soweit er das wußte. Für ihn war ein Heim ein Ort der Ungestörtheit, der Zuflucht, aber auch der Isolation. Der Gedanke, daß mit einem eigenen Zuhause auch Freiheit verbunden war, war ihm bisher nie in den Sinn gekommen.

Sie zuckte leicht die Achseln. »Sie denken sicher, das sei sehr töricht von mir. Ich sehe es in Ihrem Gesicht. Vielleicht haben Sie recht. Aber mir gefällt es nicht, daß andere entscheiden sollen, ob das Fenster geöffnet oder geschlossen wird, um wieviel Uhr ich aufstehe oder mich zurückziehe, zu welcher Stunde ich essen soll. Das ist natürlich absurd, wenn die Alternative darin bestehen könnte, überhaupt nichts zu essen zu haben; das weiß ich. Aber es gibt Dinge, die wirklich zählen – zum Beispiel, wie ich meine Kinder erziehe, was ich ihnen erlaube und was nicht, ob meine Mädchen lernen dürfen, was sie wollen, oder ob sie sich mit Musik und Malerei beschäftigen und nähen lernen müssen. Und vor allem möchte ich für mich selbst entscheiden, was ich lesen will. Das ist mir sehr wichtig. Dieses Haus gehört mir! Hier bin ich mein eigene Herrin.«

Der Zorn flammte erneut in ihrem Gesicht auf, und der Kampfgeist, den er schon bei ihrer ersten Begegnung an ihr bemerkt hatte.

Er lächelte. »Das ist keineswegs absurd, Mrs. Stonefield. Wir wären arme Geschöpfe, wenn uns solche Dinge nicht wichtig erschienen. Vielleicht kann Lord Ravensbrook dazu bewogen werden, Ihnen eine monatliche Unterstützung zukommen zu lassen. Auf diese Weise könnten Sie hier wohnen bleiben, zwar in etwas eingeschränkteren Verhältnissen, aber ohne Ihre Selbständigkeit aufgeben zu müssen.«

Sie lächelte geduldig und ging nicht weiter auf seinen Vorschlag ein, aber ihr Schweigen und die Anspannung in ihrem Gesicht sprachen ihre eigene Sprache.

Monk beschäftigte sich weiter damit, alle anderen Möglichkeiten als eine Gewalttat Calebs auszuschließen. Er machte sich daran, Angus' sämtliche Schritte während der Wochen unmittelbar vor seinem Verschwinden zurückzuverfolgen. Arbuthnot führte ein Geschäftstagebuch, gewährte Monk rückhaltlos Einblick in seine Aufzeichnungen und berichtete ihm alles, woran er sich erinnern konnte. Von Genevieve erfuhr er die notwendigen Einzelheiten über Angus' Kommen und Gehen zu Hause.

Sie hatten einmal mit Freunden zu Abend gegessen und waren zweimal im Theater gewesen. Verschiedentlich war Angus auch allein ausgegangen, um seine Geschäftsverbindungen zu pflegen.

Monk trug all diese Informationen sorgfältig zusammen und stellte fest, daß es ein oder zwei zeitliche Lücken gab, in denen Angus' Verbleib nicht geklärt werden konnte. War Angus tatsächlich zu Caleb gefahren, wie Genevieve glaubte? Oder hatte er doch in irgendeiner Hinsicht ein Doppelleben geführt, von dem sie nichts wußte, hatte er ein Laster gehabt, für das er sich so sehr schämte, daß er es aus seinem sonstigen Leben völlig verbannte?

Der naheliegendste Gedanke war natürlich eine andere Frau, obwohl selbst die gründlichste Überprüfung der Rechnungsbücher nicht die leiseste Unstimmigkeit ergab, nicht einen einzigen Farthing, der gefehlt hätte. Was es auch war, in finanzieller Hinsicht hatte es ihn offensichtlich nichts gekostet.

Monks Verwirrung wuchs und mit ihr seine Unzufriedenheit. Bei dem Versuch festzustellen, was Angus Stonefield im vergangenen Monat getan hatte, führte sein Weg ihn schließlich auch in die Geographische Gesellschaft in der Sackville Street. Angeblich hatte Angus dort einer Versammlung beigewohnt, aber es gab keinen Vermerk über seine Anwesenheit. Monk wollte gerade wieder gehen, als er, völlig in Gedanken versunken, mit einer jungen Frau zusammenstieß, die gerade die Treppe heraufkam. Ihre Begleiter waren ihr ein Stück vorausgegangen und bereits im Haus.

Er blickte geistesabwesend auf, um sich zu entschuldigen, aber dann waren alle Gedanken plötzlich wie weggewischt. Sie war klein und von zarter Gestalt, aber in ihrem Gesicht lag ein Liebreiz, der sie von jeder anderen Frau unterschied. Sie sah ihn ebenfalls aufmerksam an, als suche sie etwas in seinen Zügen.

»Es tut mir leid«, sagte er mit einer Ernsthaftigkeit, die ihn überraschte. »Ich habe nicht auf meinen Weg geachtet. Ich bitte um Verzeihung, Ma'am.«

Ihr Lächeln schien ehrlicher Belustigung zu entspringen.

»Sie waren wohl zu sehr mit Ihren eigenen Gedanken beschäftigt, Sir. Ich hoffe, sie waren nicht so finster, wie es den Eindruck machte.« Ihre Stimme klang voll und ein wenig heiser.

»Ich fürchte, das waren sie leider doch.« Warum um alles in der Welt hatte er das gesagt? Er hätte vorsichtig sein müssen, statt sich so offen zu äußern. War es jetzt schon zu spät für einen Rückzug? »Es waren unerfreuliche Dinge, die mich hierhergeführt haben«, fügte er wie zur Erklärung hinzu.

»Das tut mir leid.« Sie sah ihn besorgt an. »Ich hoffe, Sie können die Sache jetzt wenigstens als erledigt betrachten.«

Es war mitten am Nachmittag. Er konnte die Arbeit für diesen Tag noch nicht beenden, obwohl sie ihm immer weniger gefiel. Es gab eindeutig Lücken in Angus Stonefields Leben, gleichgültig, ob er nun so unbescholten war, wie seine Frau es glaubte, oder nicht. Einige dieser Lücken mochten sich durch Besuche bei Caleb erklären lassen, aber galt das für alle?

»Kein Ende in Sicht«, erwiderte er unglücklich. »Lediglich eine weitere Sackgasse.«

Sie machte keine Bewegung und gab ein wunderschönes Bild ab, wie sie da auf der Treppe in der winterlichen Sonne stand. Ihr dichtes, aufgerolltes Haar hatte die Farbe warmen Honigs. Dem Aussehen nach würde es sich gewiß wunderbar weich anfühlen, und er stellte sich vor, daß es einen süßen Duft verströmte, vielleicht ganz schwach nach Blumen oder Moschus. Ihre Augen waren groß und haselnußbraun, ihre Nase war gerade und kräftig genug, um von Charakter zu zeugen, ihr Mund üppig.

Ein korpulenter Herr mit rosigem Gesicht kam die Treppe herunter und zog den Hut vor ihr. Sie erwiderte sein Lächeln und wandte sich dann wieder Monk zu.

»Suchen Sie etwas?« fragte sie mit rascher Auffassungsgabe.

Er konnte ihr genausogut die Wahrheit sagen.

»Haben Sie je einen Mann namens Angus Stonefield kennengelernt?«

Ihre geschwungenen Augenbrauen hoben sich. »Hier? Ist er Mitglied?«

Er änderte hastig seine Meinung. »Ja, ich glaube schon.«

»Wie sah er aus?« fragte sie weiter.

»Ungefähr so groß wie ich, dunkles Haar, grüne Augen.« Er wollte gerade hinzufügen, daß er wahrscheinlich gut gekleidet und von ausgeglichenem Wesen war, als ihm einfiel, daß er sich damit möglicherweise einen wesentlichen Zugang zu dem Fall versperrte. Statt weiterer Erklärungen schob er eine Hand in seine Tasche und holte Enid Ravensbrooks Zeichnung hervor.

Die junge Frau nahm sie mit einer schlanken, in einem zarten Handschuh steckenden Hand entgegen und betrachtete sie eingehend.

»Was für ein interessantes Gesicht«, sagte sie schließlich, als sie wieder zu Monk aufschaute. »Warum wollen Sie das wissen? Oder ist das eine taktlose Frage?«

»Er ist seit einiger Zeit nicht mehr zu Hause gewesen, und seine Familie macht sich Sorgen«, sagte er unverbindlich. »Haben Sie ihn gesehen?« Er mußte sich eingestehen, daß er hoffte, daß sie ihn gesehen hatte, nicht nur wegen seiner Nachforschungen, sondern weil er auf diese Weise noch mehr Zeit in ihrer Gesellschaft verbringen konnte.

»Ich bin mir nicht sicher«, sagte sie langsam. »Er kommt mir irgendwie bekannt vor, aber ich kann mir nicht vorstellen, wo ich ihm schon einmal begegnet sein könnte. Ist es nicht seltsam, daß man manchmal glaubt, ein Gesicht zu kennen, aber nicht sagen kann, woher? Ist Ihnen das auch schon passiert? Es tut mir leid, daß ich Ihnen nichts Genaueres sagen kann. Aber ich verspreche, ich werde mein Gedächtnis gründlich erforschen, Mister ...«

»Monk«, sagte er schnell. »William Monk.« Er neigte den Kopf; es war fast eine Verbeugung.

»Drusilla Wyndham«, erwiderte sie mit einem Lächeln, das sich nicht nur auf ihren Lippen, sondern auch in ihren Augen zeigte. Sie war schön, und sie wußte es auch, aber dieser Umstand machte sie weder arrogant noch kalt. Im Gegenteil, sie war voller Wärme und besaß eine Fähigkeit zu lachen, die er nicht nur anziehend fand, sondern auch überaus wohltuend. Sie war selbstsicher und würde keine ständigen Schmeicheleien und kleine Aufmerksamkeiten brauchen, genausowenig wie die Ehe ihr einziges Ziel sein würde. Bei ihrer Schönheit konnte sie es sich leisten, wählerisch zu sein und zu warten, bis ihr jemand wirklich gefiel.

»Guten Tag, Miss Wyndham«, sagte er.

Ein Herr im dunklen Anzug, der eine Zeitung unter dem Arm trug, drängte sich an ihnen vorbei, und seine Schnurrbarthaare schienen sich förmlich zu sträuben. Ohne zu wissen, warum, schaute Monk Drusilla Wyndham an und sah die Belustigung in ihren Augen aufblitzen, und sie beide lächelten verschwörerisch.

»Haben Sie eine Verabredung hier?« fragte er und hoffte inbrünstig, daß das nicht der Fall sein möge. Seine Gedanken überschlugen sich bereits, er schmiedete Pläne, wie er ein Wiedersehen mit ihr unter günstigeren Umständen herbeiführen konnte.

»Ja, aber sie hat nicht die geringste Bedeutung«, erwiderte sie fröhlich und senkte dann ganz bewußt die Lider, als lache sie über sich und ihn.

»Dann wäre es annehmbar für Sie, wenn ich Sie zu einer Tasse Kaffee oder Schokolade einlüde?« fragte er impulsiv. »Es ist verdammenswert kalt hier draußen, und ein paar hundert Meter weiter gibt es ein ausgesprochen respektables Café. Wir könnten uns ans Fenster setzen, so daß man uns gut beobachten kann.« Ihr Frohsinn und ihr Charme waren so ansteckend, daß sie nach ihm zu greifen schienen wie der Duft köstlicher Speisen nach einem hungrigen Mann. Er war der Gerüche und Laute des Elends so unsagbar müde, des Wissens, daß alles, was er erreichte, am Ende doch nur irgend jemanden unglücklich machen würde. Was er auch über Angus Stonefield herausfinden mochte, für Genevieve und ihre Kinder würde es furchtbar sein. Es gab kein glückliches Ende.

Und das letzte, woran er denken wollte, war Hester, die sich in einem behelfsmäßigen Fieberhospital abrackerte und versuchte, dem Leiden um sie herum beizukommen, ein ganz klein wenig Linderung zu bringen. An dem Schmutz und der Verzweiflung der Menschen würde sie nichts ändern können. Wenn der Typhus sie nicht umbrachte, dann würden es Armut, Hunger oder irgendeine andere Krankheit tun. Schon wenn er nur daran dachte, machte es ihn zornig. Er mochte Hester ja nicht einmal. Er hatte jedenfalls nicht die geringste Freude daran, mit ihr zusammenzusein. Jede ihrer Begegnungen endete in einem Streit. Abgesehen natürlich von dieser letzten in Edinburgh. Aber die war lediglich durch unmittelbar bevorstehendes Unglück zustande gekommen und hatte nichts mit der Realität zu tun.

»Ich denke, ich sollte sie wirklich ein wenig ablenken, Mr. Monk«, sagte Drusilla gutgelaunt.

»Ja«, stimmte er ihr zu. »Und ich werde mich mit Vergnügen ablenken lassen. Meine augenblickliche Aufgabe ist eine sehr unerfreuliche und undankbare.«

»Dann gehen wir ihr eben aus dem Weg«, meinte sie, drehte sich schwungvoll auf dem Absatz um, und ihre ausladenden, elegant karierten Reifröcke fegten über die Treppenstufen.

Er bot ihr seinen Arm, und sie hakte sich unter.

Gemeinsam spazierten sie durch den frischen Wind den Gehsteig entlang, wobei er an der Bordsteinkante ging, um sie vor den Spritzern vorbeifahrender Kutschen zu schützen. Er paßte seinen Schritt dem ihren an.

»Ich wünschte, ich könnte mich daran erinnern, wo ich diesen Mann schon einmal gesehen habe«, sagte sie mit einem kleinen Kopfschütteln. »Kennen Sie ihn gut, Mr. Monk?«

Mehrere Antworten schossen ihm durch den Kopf, Antworten, die sie beeindrucken würden und ihn in dem Licht erscheinen ließen, in dem er sich wünschte, daß sie ihn sah. Aber Lügen hatten kurze Beine, und er wollte länger mit ihr zusammensein als nur ein paar Stunden. Alles andere als die Wahrheit würde die Zukunft gefährden.

»Überhaupt nicht«, entgegnete er. »Seine Frau bat mich, ihr zu helfen. Ich war früher bei der Polizei.«

»Jetzt nicht mehr?« fragte sie mit ungewöhnlichem Interesse. »Warum das? Was tun Sie jetzt?«

Ein Hansom rollte an ihnen vorbei und ließ Monks Rockschöße flattern; seine Begleiterin zog den Kopf ein und wandte sich kurz ab.

»Eine grundsätzliche Meinungsverschiedenheit«, antwortete er knapp.

Sie sah ihn fasziniert an, und ihre Miene spiegelte Belustigung und Ungläubigkeit wider.

»Bitte, spannen Sie mich nicht so auf die Folter. Worum ging es?« wollte sie wissen.

»Um die Anklage eines Unschuldigen«, antwortete er.

»Also, wer hätte das gedacht«, sagte sie leise, und ein Dutzend verschiedener und widersprüchlicher Gefühle zeichneten sich in ihrem Gesicht ab. »Das hat Ihnen zu schaffen gemacht! Und konnte Ihre Kündigung ihn retten?«

»Nein.«

Schweigend gingen sie etwa zwanzig Meter weiter. Sie schien tief in Gedanken versunken zu sein. Dann drehte sie sich plötzlich zu ihm um; ihre Augen leuchteten, und ihr Gesichtsausdruck war entspannt.

»Und was genau tun Sie jetzt, Mr. Monk? Das haben Sie mir noch nicht erzählt. Sie helfen Damen in Not, weil ihre Männer verschwunden sind?« Sie hatte eine sehr schöne und unverwechselbare Stimme.

»Unter anderem.« Er blieb stehen und zeigte auf das Kaffeehaus, dann ging er voraus und hielt ihr die Tür auf. Im Innern war es warm und ziemlich laut, und man konnte den Duft von frisch gemahlenem Kaffee riechen, die Süße von Schokolade und den dumpfen, penetranten Geruch von feuchten Mänteln, von Wolle, Pelz und nassen Lederstiefeln.

Sie wurden direkt an einen Tisch geführt. Er fragte sie, was sie trinken wolle, und bestellte daraufhin für sie beide heißen Kaffee. Als er gebracht wurde, nahmen sie das Gespräch wieder auf, obwohl es ihm genügt hätte, sie anzusehen und zu schweigen. Außerdem war er sich der Tatsache bewußt, daß die Gespräche um sie herum leiser geworden waren, und er spürte die bewundernden Blicke der anderen Gäste. Wenn Drusilla das überhaupt bemerkte, war sie so daran gewöhnt, daß es keinerlei Wirkung auf sie hatte. »Das muß eine sehr interessante Beschäftigung sein«, sagte sie, während sie an ihrem Kaffee nippte. »Ich nehme an, Sie lernen alle möglichen Menschen kennen? Natürlich tun Sie das. Was für eine dumme Frage.« Sie nahm noch einen Schluck. »Ich glaube nicht, daß Sie sich an alle erinnern können, wenn ein Fall erst einmal abgeschlossen ist. Für Sie müssen diese Dinge doch wie Bilder einer Laterna magica des Lebens sein, eine Aneinanderreihung von Leidenschaften und Rätseln. Und wenn ein Rätsel gelöst ist, kehren Sie ihm den Rücken zu und nehmen es mit dem nächsten auf.«

»Ich bin nicht sicher, ob ich das so ausgedrückt hätte«, erwiderte er und lächelte sie über den Rand seiner Tasse hinweg an.

»Natürlich hätten Sie. Es ist faszinierend und so ganz anders als mein Leben, denn ich habe Jahr für Jahr immer nur mit denselben langweiligen Leuten zu tun. Jetzt erzählen Sie mir doch bitte mehr von diesem Mann, der verschwunden ist. Was für ein Mensch ist er?«

Durchaus bereitwillig erzählte er ihr alles, was er wußte und was nicht vertraulich war, und nahm mit Vergnügen sowohl ihre Intelligenz als auch den sanften, sorgenfreien Ausdruck ihres Gesichts wahr, als höre sie ihm zwar genau zu, ließe sich aber keineswegs von der Tragödie einer anderen Frau die Freude oder die Ungezwungenheit ihrer Begegnung verderben.

»Mir scheint«, sagte sie nachdenklich, während sie ihre Tasse leerte, »das erste, was Sie herausfinden müssen, ist, ob er irgendwelche heimlichen Angewohnheiten hatte, sei es eine andere Frau oder sonst irgendein Laster; oder ob er, wie seine Frau befürchtet, seinen Bruder im East End besucht hat und ihm dort etwas zugestoßen ist.«

»Genau«, stimmte er ihr zu. »Das ist der Grund, warum ich alles daransetze festzustellen, was er in den letzten zwei oder drei Wochen vor seinem Verschwinden unternommen hat.«

»Daher also auch die Geographische Gesellschaft.« Sie nickte. »Wo sonst könnten Sie es noch versuchen? Vielleicht kann ich Ihnen irgendwie behilflich sein?« Sie biß sich auf die Lippen. »Das heißt, ich möchte mich natürlich nicht aufdrängen.« Sie sah ihn freimütig mit ihren großen, haselnußbraunen Augen an, aber in ihrem Blick standen sowohl Belustigung als auch Zuversicht. Er wußte, wenn er ihr Angebot ablehnte, würde sie weder verletzt noch gekränkt sein, sondern die Sache einfach philosophisch nehmen und ihre Aufmerksamkeit einem anderen Thema zuwenden.

Er zögerte keine Sekunde lang.

»Vielen Dank. Die Sache ist sehr wichtig, um Mrs. Stonefields willen, so daß ich mit Freuden jede Hilfe annehme. Wie Sie richtig sagen, muß ich als erstes die auf der Hand liegende Alternative ausschließen. Seine geschäftlichen Angelegenheiten scheinen in bester Ordnung zu sein, genauso wie seine persönlichen Finanzen. Deshalb kann ich mir einfach nicht vorstellen, daß er gespielt oder sich irgendeinem anderen Laster, das ihn Geld gekostet hätte, gefrönt hat. Möchten Sie noch Kaffee?«

»Danke. Ich würde sehr gern noch eine Tasse trinken«, erwiderte sie. Es dauerte einen Augenblick, bis er die Aufmerksamkeit des Kellners auf sich gezogen hatte, und als der Mann sich durch das überfüllte Café zu ihnen durchgekämpft hatte, bestellte er den Kaffee und bezahlte ihn.

»Vielleicht war er ein erfolgreicher Spieler?« Drusilla hob die Augenbrauen.

»Warum sollte er dann verschwinden?« konterte er.

»O ja, verstehe.« Sie zog die Nase kraus. »Hm... Anstößige Theater oder Lokale? Eine verbotene Religion? Séancen oder Schwarze Magie?«

Er fing an zu lachen. Es war wunderbar, sich ausnahmsweise einmal im Reich des Absurden zu bewegen und all die Armut, die Krankheiten und das Elend, das er gesehen hatte, zu vergessen.

»Ich kann mir nicht vorstellen, daß der Mann, von dem ich mittlerweile doch einiges weiß, so leichtsinnig gewesen sein könnte«, sagte er offen.

Sie lachte ebenfalls. »Ist Schwarze Magie leichtsinnig?«

»Das weiß ich beim besten Willen nicht«, gestand er. »Hört sich für mich so an, als hätte sie herzlich wenig mit der Wirklichkeit zu tun, eine Art Flucht vor Verantwortung und den täglichen Pflichten, vor allem für einen Mann, der seine Arbeitszeit damit zubringt, über den Preis von Korn und anderen Handelswaren nachzudenken.«

»Und das Tischgebet vorspricht«, fügte sie hinzu, »mit einer guten Frau und fünf Kindern und was weiß ich wie vielen Dienern, ganz zu schweigen davon, daß er jeden Sonntag zur Kirche geht und sorgsam alle Gebote einhält.«

Die Leute am Nebentisch brachen in Gelächter aus, aber sie beide ignorierten es.

»Haben Sie herausgefunden, ob er nur kaltes Fleisch gegessen hat, keinen Gesang in seinem Haus duldete, kein Pfeifen, keine wie auch immer gearteten Spiele, keine Romane? Daß er den Tee ohne Zucker trank und weder Süßigkeiten noch Schokolade aß, um nicht dem Luxus zu verfallen? Oh, und natürlich hätte er auch kein Lachen geduldet.«

Er stöhnte leise. Das war nicht das Bild, das Genevieve ihm von Angus vermittelt hatte, aber er hatte auch nicht danach gefragt. Vielleicht war Angus so solide und achtbar gewesen. Seine Frau hatte zwar überschwenglich, aber doch ziemlich förmlich und ehrfürchtig von ihm gesprochen.

»Armer Teufel«, sagte er laut. »Wenn er ein solches Leben geführt hätte, wäre es kaum ein Wunder, daß er sich ab und zu einmal vom Alltag verabschiedete und etwas ganz und gar Absonderliches tat. Auf diese Weise hat er sich vielleicht seinen Verstand bewahrt.«

Sie trank ihre zweite Tasse Kaffee aus und lehnte sich zurück.

»Dann erlauben Sie mir, so viel wie möglich über solche Gesellschaften herauszufinden und festzustellen, ob ich irgend jemanden kenne, der diesem Angus Stonefield schon einmal begegnet ist.« Sie senkte kurz den Blick und sah ihn dann wieder an. »Und natürlich wäre da noch die andere Möglichkeit, die zu erwähnen ein wenig taktlos erscheint, aber wenn wir miteinander sprechen, müssen wir uns nicht krampfhaft bemühen, den äußeren Schein zu wahren, nicht wahr? Ich bin es so müde, nie frei heraus reden zu können, Sie nicht auch? Es ist also durchaus möglich, daß er eine andere Frau kennengelernt hat, eine, die mit ihm lacht und ihm Zuneigung entgegenbringt, ohne irgend etwas von ihm zu verlangen, außer daß er ihr seinerseits dasselbe bietet. Vielleicht sehnt er sich schon lange danach, sich von der Verantwortung für seine Kinder zu befreien und von den Beengungen und Zwängen des Familienlebens. Vielen Männern fällt es bei einer anderen Frau leichter, sich auszudrücken, als bei ihren eigenen Ehefrauen, vielleicht einfach deshalb, weil sie ihr nicht jeden Tag am Frühstückstisch begegnen. Wenn sie sich bei ihr zum Narren machen, können sie einfach fortgehen und brauchen sie nie wiederzusehen.«

Er betrachtete sie, wie sie so dasaß und ihn anlächelte, sah ihre schmalen Schultern, die so weiblich und zierlich wirkten, ihr dichtes, leuchtendes Haar, ihr Gesicht mit den lebhaften großen Augen; sie strahlte eine ruhige Heiterkeit aus, so als wisse sie um ein heimliches Glück. Er hätte gut verstehen können, wenn Angus Stonefield oder irgendein anderer Mann eine solche Frau unwiderstehlich gefunden hätte, eine wunderbare Befreiung von den Zwängen des häuslichen Lebens, von der Frau, auf der die Verantwortung für den Haushalt und die Kindererziehung lasteten, der es unschicklich erschien, zu oft oder zu laut zu lachen, die sich ihrer Pflichten ihm gegenüber bewußt war, genauso wie ihrer Abhängigkeit von ihm, und die ihn sehr wahrscheinlich auch zu gut kannte und gewisse Anforderungen hinsichtlich seines Charakters und seines Verhaltens an ihn stellte.

Ja, vielleicht hatte Angus Stonefield genau das getan. Und wenn es so war, konnte Monk ihn jedenfalls nicht völlig schuldig sprechen. Und plötzlich spürte er zu seiner Überraschung den Stachel des Neids. Waren Drusillas Worte reine Vermutungen? Oder war sie diese wunderbare, liebreizende »andere Frau« gewesen – für Stonefield oder für einen anderen Mann? Dieser Gedanke mißfiel ihm zutiefst, war gleichermaßen schmerzlich wie absurd, aber, wenn er ehrlich war, durchaus im Bereich des Möglichen.

»Natürlich«, sagte er schließlich, nachdem auch er seinen Kaffee ausgetrunken hatte. »Dieser Möglichkeit werde ich ebenfalls nachgehen.«

Viertes Kapitel

Fast stündlich wurden neue Fieberkranke in das Nothospital in Limehouse gebracht. Das einzig Gute daran war, daß damit auch mehr Freiwillige kamen, die bei dem wenigen, was an praktischer Pflege getan werden konnte, halfen, die beim Ausleeren der Eimer und beim Waschen zur Hand gingen sowie Decken und Laken reinigten und schmutziges Stroh gegen frisches austauschten. Männer aus der Nachbarschaft trugen die Toten fort.

»Wo bringen sie sie hin?« fragte Enid Ravensbrook, als sie einmal spät am Nachmittag zusammen in dem kleinen Raum saßen, in dem Monk mit Callandra und Hester gesprochen hatte. Drei Kranke waren in der vergangenen Nacht gestorben. Kristian war seit dem Vorabend dagewesen und hatte sich eine kurze Pause gegönnt, um nach Hause zu gehen, sich zu waschen, die Kleider zu wechseln und ein paar Stunden zu schlafen, bevor er in sein eigenes Krankenhaus zurückkehrte. Aber selbst im günstigsten Fall konnte er wenig ausrichten. Es gab kein bekanntes Medikament gegen Typhus; das Beste, was man für die Patienten tun konnte, war eine ständige Pflege, um ihre Leiden zu lindern, die Temperatur niedrig zu halten und den Körper mit der notwendigen Flüssigkeit und den Geist mit Lebenswillen zu versorgen.

Callandra blickte überrascht auf. »Ich weiß nicht«, sagte sie. »Ich gestehe, darüber habe ich noch gar nicht nachgedacht. Ich nehme an…« Sie hielt inne. »Nein, das ist lächerlich. Kein Leichenbestatter würde sich eines Fieberopfers annehmen. Außerdem sind es zu viele.«

»Sie müssen begraben werden«, beharrte Enid, die auf dem klapprigen Stuhl saß, auf dem Monk neulich Platz genommen hatte. Callandra saß auf dem anderen Stuhl, Hester auf dem Fußboden. »Wenn die Leichenbestatter es nicht tun, wer dann? Man kann kaum erwarten, daß die Totengräber die Leichen aufbahren und all die anderen Dinge tun, die der Anstand erfordert. Das einzige, worauf sie sich verstehen, ist das Vergraben von Särgen. Die Sargbauer sind die einzigen Menschen, die von dieser Sache profitieren.« Sie holte tief Luft und stieß einen leisen Seufzer aus. »Wenigstens ist es etwas wärmer geworden. Oder haben wir einfach mehr Kohlen im Ofen?«

»Ich bin völlig durchgefroren.« Callandra schauderte und schlang die Arme um sich. »Hester, haben Sie mehr Kohlen aufgelegt?«

»Nein.« Hester schüttelte den Kopf. »Das wage ich nicht, sonst gehen sie uns noch aus. Wir haben ohnehin nur noch genug für zwei Tage. Ich wollte mit Bert darüber reden, aber ich habe es vergessen.«

»Ich frage ihn das nächstemal, wenn ich ihn sehe«, entgegnete Callandra.

»Ich weiß nicht, wo er hingegangen ist.« Enid starrte sie an. Sie sah sehr bleich aus; nur auf ihren Wangen brannten rote Flecken. Sie war erschöpft. Sie war seit zwei Tagen nicht mehr zu Hause gewesen und hatte nur, wann immer sich die Gelegenheit bot, ein wenig auf dem Fußboden in diesem Raum geschlafen. »Er ist vor über zwei Stunden fortgegangen«, fügte sie hinzu. »Ich habe ihn gebeten, den Leichenbestatter aufzusuchen, aber ich glaube nicht, daß er mich gehört hat.«

Hester sah Callandra an.

»Es müssen so viele Beerdigungen sein«, fuhr Enid fort; sie sprach mehr zu sich selbst als zu den beiden anderen. Ihr Gesicht war sehr blaß, und auf Stirn und Unterlippe schimmerte eine dünne Schweißschicht. Sie blickte auf. »Wissen Sie, auf welchen Friedhof man die Toten bringt?« Sie wandte sich an Callandra.

»Nein, ich weiß es nicht«, erwiderte Callandra leise.

»Ich werde es herausfinden.« Enid seufzte und fuhr sich mit der Hand über die Stirn.

»Das spielt doch keine Rolle!« Callandra sah an ihr vorbei zu Hester hinüber.

»Und ob es das tut«, beharrte Enid. »Die Leute könnten fragen, Verwandte vielleicht.«

»Die Toten werden jetzt nicht mehr einzeln begraben.« Hester gab die Antwort, vor der Callandra zurückgeschreckt war.

»Was?« Enid fuhr herum. Bis auf die Fieberflecken auf ihren Wangen war alle Farbe aus ihrem Gesicht gewichen, und ihre Augen waren hohl, als hätte man sie geschlagen.

»Sie kommen in Gemeinschaftsgräber«, erklärte Hester ruhig. »Grämen Sie sich deswegen nicht.« Sie streckte die Hand aus und berührte Enid ganz sanft am Arm. Die Kerze auf dem Tisch flackerte, erlosch beinahe und brannte dann mit neuer Kraft weiter. »Den Toten ist es egal.«

»Aber was ist mit den Lebenden?« protestierte Enid. »Was ist, wenn all das vorüber ist und die Menschen trauern wollen, wenn sie einen Ort brauchen, an dem sie sich an die, die sie verloren haben, erinnern können?«

»Es wird keinen geben«, antwortete Hester. »So ist es im Krieg auch. Das einzige, was man der Familie eines Soldaten sagen kann, ist, daß er dem Tod tapfer ins Auge gesehen hat und, wenn er in einem Krankenhaus gestorben ist, daß jemand da war, der sich um ihn gekümmert hat. Mehr kann man nicht tun.«

»O doch«, schaltete Callandra sich schnell ein. »Man kann ihnen sagen, daß er nicht ohne Grund gestorben ist, daß er seinem Land gedient hat. Hier kann man nur sagen, daß die Leute gestorben sind, weil der verfluchte Gemeinderat keine Abwasserkanäle bauen wollte und die Leute zu arm waren, um es selbst zu tun. Das wird kaum jemanden trösten.« Sie sah Enid an und runzelte die Stirn. »Die Leute sind auch deshalb gestorben, weil sie halb verhungert waren und den ganzen Winter frieren mußten, und die Hälfte von ihnen hat Rachitis oder Tuberkulose oder leidet unter den Folgen irgendeiner anderen Kinderkrankheit. Aber man kann kaum auf einen Grabstein schreiben, selbst wenn man einen hätte, daß die Menschen daran gestorben sind, daß sie in der falschen Zeit und am falschen Ort geboren wurden. Ist alles in Ordnung mit Ihnen? Sie sehen nicht gut aus.«

»Ich habe Kopfschmerzen«, gestand Enid. »Ich dachte, ich

wäre nur müde, aber ich fühle mich jetzt, nachdem ich mich hingesetzt habe, noch schlechter als zuvor. Ich dachte, mir sei heiß, aber vielleicht friere ich auch. Es tut mir leid – das klingt alles so lächerlich…«

Hester stand auf und ging durch den Raum zu Enid hinüber, beugte sich über sie und sah ihr forschend ins Gesicht, in die Augen. Dann legte sie ihr die Hand auf die Stirn. Sie war glühend heiß.

»Ist es…?« wisperte Enid; die Frage war zu entsetzlich, um sie auszusprechen.

Hester nickte. »Kommen Sie. Ich bringe Sie nach Hause.«

»Aber…«, begann Enid, bis sie begriff, daß es sinnlos war. Mit größter Mühe erhob sie sich von ihrem Stuhl, schwankte und sackte in sich zusammen. Hester und Callandra konnten sie gerade rechtzeitig auffangen, um sie wieder auf den Stuhl hinuntersinken zu lassen.

»Sie müssen nach Hause fahren«, sagte Callandra mit fester Stimme. »Wir kommen hier schon zurecht.«

»Aber ich kann nicht einfach so weggehen!« wandte Enid ein. »Es ist soviel zu tun! Ich…«

»O doch, das können Sie.« Callandra zwang sich zu einem Lächeln, in dem Müdigkeit, Geduld und tiefer Kummer lagen. Sie berührte Enid ganz sanft, aber ohne auch nur einen Anflug von Unentschlossenheit. »Sie werden uns hier nur ablenken, weil wir uns nicht so um Sie kümmern können, wie wir es gern täten. Hester wird Sie nach Hause bringen.«

»Aber…« Enid schluckte schwer, krümmte sich zusammen und stöhnte auf. »Es tut mir leid… Ich glaube, ich muß mich übergeben.«

Callandra sah Hester direkt in die Augen.

»Holen Sie einen Eimer«, befahl sie. »Und dann sagen Sie Mary Bescheid. Außerdem sollten Sie nach einem Hansom Ausschau halten.«

»Natürlich.« Es gab nichts zu diskutieren, keinen Einwand, den man hätte erheben können. Sie ging aus dem Zimmer und kehrte Sekunden später mit einem Eimer zurück, bevor sie nach

Mary zu suchen begann, die am anderen Ende des Raums eine Frau kalt abwusch, die so hohes Fieber hatte, daß sie beinahe empfindungslos war. Die Binsenfackeln an den Wänden ließen dunkle Schatten über das Stroh und die undeutlichen Gestalten der Körper unter den Decken huschen. Es war kein Laut zu hören bis auf das Rascheln der vom Fieber verursachten Zukkungen, das Murmeln und die Schreie der Delirierenden und, wenn man in die Nähe der Fenster kam, natürlich das Trommeln des Regens draußen.

»Ich glaube, es geht ihr ein wenig besser«, sagte Mary hoffnungsvoll, als sie Hester bemerkte.

»Gut.« Hester machte keinen Versuch zu widersprechen. »Lady Ravensbrook hat jetzt ebenfalls das Fieber. Ich hole einen Hansom, der sie nach Hause bringen kann. Lady Callandra wird hierbleiben, und Dr. Beck wird später am Abend zurückkommen. Sieh zu, ob du etwas mehr Holz auftreiben kannst. Alf meinte, am Hafen gebe es noch etwas verrottetes Bauholz. Es wird wohl naß sein, aber wenn wir es hier drinnen aufbewahren, trocknet es vielleicht ein wenig. Außerdem wird es sicher furchtbar Funken sprühen, aber in den Öfen ist das nicht so schlimm.«

»Ja, Miss. Ich ...«

»Was?«

»Das mit Lady Ravensbrook tut mir leid.« Auf Marys Gesicht spiegelte sich ehrliche Sorge wider. Das konnte man selbst in dem diffusen Licht deutlich sehen. »Es ist wirklich eine Schande.« Mary schüttelte den Kopf. »Hätte nicht gedacht, daß eine kräftige Dame wie sie sich anstecken könnte. Passen Sie ja auf sich auf, Miss. An Ihnen ist auch nicht viel dran.« Sie musterte Hesters ziemlich magere Gestalt mit wohlmeinender Aufrichtigkeit. »Sie haben auch nicht viel dagegenzusetzen. Wenn Sie die Hälfte Ihres Gewichts verlieren, bleibt nichts mehr von Ihnen übrig.«

Hester konnte dieser Logik nicht recht zustimmen, aber sie erhob auch keine Einwände. Sie zog ihren Umhang fester um sich und ging die Treppe hinunter und auf die Straße hinaus.

Draußen war es stockdunkel, und der stürmische Wind

peitschte den Regen über die Gehsteige. Die einsame Gaslaterne an der Ecke warf ein milchiges Licht durch den Regen, dessen Schein sie zum Park Place führte. Wahrscheinlich würde sie den schmalen Limehouse Causeway hinauf zur West India Dock Road gehen müssen, bevor sie einen Hansom fand. Sie zog ihren Umhang fester um sich und senkte den Kopf, damit der Regen ihr nicht ins Gesicht fiel. Es war weniger als eine halbe Meile.

Sie begegnete einigen Passanten. Es war noch immer früh am Abend, und die Männer kehrten von der Arbeit aus den Fabriken, Hafendocks und Lagerhäusern zurück. Ein oder zwei nickten ihr zu, als ihre Wege sich in dem trüben Licht einer Straßenlaterne kreuzten. Sie war für viele Menschen, die eines der vom Typhus befallenen Opfer kannten oder liebten, eine vertraute Gestalt geworden, aber für die meisten war sie nur eine von vielen grauen Frauengestalten, die sie nicht weiter interessierte.

Die West India Dock Road war belebter. Dort herrschte reger Verkehr von Lastkarren, Rollwagen und mit Ballen beladenen Fuhrwerken, die in Richtung Kai oder Lagerhäuser unterwegs waren, mit Waren, die im Hafen gelöscht worden waren oder am nächsten Morgen verschifft werden sollten, von pferdegezogenen Omnibussen, einem Krankenwagen und allen möglichen Kutschen und Karren von gewöhnlicherer Bauart. Es gab weder Hansoms noch Broughams oder elegante Zweiergespanne.

Es dauerte zehn Minuten, bevor es ihr gelang, einen Hansom zu entdecken, der nach einem Fahrgast Ausschau hielt.

»Ecke Park Street und Gill Street, bitte«, sagte sie.

»Das sind bloß fünf Minuten von hier«, protestierte der Kutscher mit einem Blick auf ihren nassen Umhang, ihre abgetragenen Stiefel und ihr tristes Kleid. »Stimmt was nicht mit Ihren Beinen? Sehen Sie mal, Schätzchen, das ist Ihr Geld nicht wert. Sie können den Weg zu Fuß gehen, und nasser, als Sie schon sind, können Sie dabei auch nicht mehr werden!«

»Das weiß ich, vielen Dank.« Sie zwang sich zu einem Lächeln. »Ich habe eine Freundin dort, die nach Westen will, den ganzen Weg bis nach Mayfair. Dafür brauche ich Sie.«

»Mayfair?« fragte er ungläubig. »Was um alles in der Welt könnte jemand aus Mayfair hier zu suchen haben?«

Sie erwog die Möglichkeit, ihm zu sagen, er solle sich um seine eigenen Angelegenheiten kümmern, entschied sich dann aber schnell dagegen. Sie brauchte ihn unbedingt. Enid war zu krank, um warten zu können, bis sie einen anderen Droschker gefunden hatte, der weniger mißtrauisch und neugierig war.

»Sie wohnt dort. Sie hat uns geholfen, das Fieberhospital aufzubauen!« sagte sie in dem ihr eigenen, äußerst kultivierten Englisch.

»Hat wohl genug von Limehouse, was?« sagte er trocken, aber in seiner Stimme lag keine Unfreundlichkeit mehr. Sie konnte sein Gesicht nicht sehen, da er mit dem Rücken zum Licht saß.

»Für eine Weile«, erwiderte sie. »Sie braucht frische Kleider und etwas Geld.« Das war eine Lüge, aber ihren Zwecken war damit auf jeden Fall besser gedient. Wenn sie ihm die Wahrheit sagte, gab er seinem Pferd vielleicht die Peitsche, und sie würde ihn nie wieder sehen.

»Steigen Sie ein!« sagte er leutselig. »Sie kletterte in die Droschke, ohne ihre nassen Röcke zu beachten, die ihr gegen die Knöchel klatschten; sie hatte kaum Platz genommen, als die Kutsche sich mit einem Ruck in Bewegung setzte.

Wie er gesagt hatte, dauerte es keine fünf Minuten, bis sie vor dem Fieberkrankenhaus standen. Sie ging hinein, um Enid zu holen, die mittlerweile so benommen und schwach war, daß sie nicht mehr ohne Hilfe gehen konnte. Hester und Callandra mußten sie auf beiden Seiten stützen, und Hester dankte Gott mit einem stillen Gebet, daß die Straßenlaterne nicht direkt neben dem Haus stand und der Droschker nur die schwankenden Gestalten von drei Frauen erkennen konnte und nichts davon bemerkte, wie geisterhaft die Frau in der Mitte aussah mit ihrem aschfahlen Gesicht, den halbgeschlossenen Augen und der schweißnassen Haut.

Er betrachtete sie neugierig durch die Finsternis und schnaubte leise. Er hatte schon früher feine Leute betrunken gesehen, aber der Anblick einer betrunkenen Frau machte ihm immer besonders zu schaffen. Irgendwie war es schlimmer als bei einem Mann, und es ließen sich kaum die gleichen Entschuldigungen dafür finden. Andererseits, wenn sie Geld für die Kranken gab, wollte er sich mit seinem Urteil zurückhalten... ausnahmsweise.

»Steigen Sie ein!« forderte er sie auf und beruhigte sein Pferd, das die Angst witterte, den Kopf hochwarf und einen Schritt zur Seite machen wollte. »Stillgestanden!« befahl er und zog die Zügel fester. »Na komm schon!« Dann wandte er sich wieder an seine Fahrgäste. »Ich fahre Sie nach Hause.«

Die Fahrt war ein Alptraum. Als sie das Ravensbrooksche Haus erreicht hatten, war Enid abwechselnd heiß und kalt, und sie schien außerstande, ihren heftig zitternden Körper unter Kontrolle zu halten; ihr Geist irrte umher, als befände sie sich in einem Zustand zwischen Wachen und Träumen.

Sobald sie vorgefahren waren, riß Hester die Tür auf und stürzte fast auf den Gehsteig. Dann rief sie dem Droschker zu, daß er genau dort warten sollte, wo er stand. Nachdem sie die Stufen zum Haus hinaufgeeilt war, zog sie heftig am Klingelzug, dann noch einmal und schließlich ein drittesmal.

Ein Lakai öffnete die Tür; seine starre Miene verriet Zorn und Mißbilligung. Als er eine bleiche, durchnäßte junge Frau mit wilden Augen und ohne Hut vor sich sah, kannte seine Wut keine Grenzen. Er war gut einsachtzig groß, wie man es bei einem Lakaien erwarten durfte, und verfügte über wohlgeformte Beine und einen geziemend hochmütigen Mund.

»Lady Ravensbrook sitzt in diesem Hansom und ist furchtbar krank!« sagte Hester barsch. »Würden Sie mir bitte helfen, sie ins Haus zu tragen und dann nach ihrer Zofe zu schicken und nach allen anderen, die gebraucht werden, damit sie es bequem hat.«

»Und wer bitte sind Sie, wenn ich fragen darf?« Er zeigte zwar Reaktion, ließ sich aber so leicht von niemandem überrumpeln.

»Hester Latterly«, antwortete sie schroff. »Ich bin Krankenschwester. Lady Ravensbrook ist sehr krank. Würden Sie sich bitte beeilen, statt hier wie eine Salzsäule in der Tür zu stehen!«

Er wußte, wo sie gewesen war und warum. Offensichtlich lagen ihm noch andere Einwände auf der Zunge.

»Sind Sie schwerhörig?« fragte sie, nun etwas lauter. »Gehen Sie, und holen Sie Ihre Herrin, bevor sie ohnmächtig wird und sich verletzt.«

»Ja, Ma'am.« Plötzlich setzte er sich in Bewegung und ging mit ausholenden Schritten an ihr vorbei, die Treppe hinunter und über den im Lampenlicht feucht glitzernden Gehsteig zu dem Hansom hinüber, dessen Droschker nervös die Zügel von einer Hand in die andere nahm, während er die Haustür anstarrte, als sei sie ein offenes Grab.

Der Lakai riß die Tür auf und streckte mit einem Gesichtsausdruck, als treibe er sein Pferd in die Schlacht, Kopf und Schultern durch die Tür, um Enid, die bewußtlos auf den Sitz gesunken war, aus der Kutsche zu heben. Sobald er sie zu fassen bekommen hatte, was selbst für einen Mann mit seiner Kraft kein leichtes Unterfangen war, zog er sie heraus, straffte sich und trug sie auf den Armen über den Gehweg zum Hauseingang.

Hester machte einen Schritt die Treppe hinunter und suchte in ihrem Retikül nach Geld, um den Kutscher zu entlohnen, aber der hatte es so eilig, sein Pferd wieder in Marsch zu setzen, daß er bereits hochaufgerichtet die lange Peitsche über dem Kopf des Tieres kreisen ließ. Bevor sie ihn erreichen konnte, war er schon wieder auf der Straße und beschleunigte das Tempo.

Sie war nur für einen kurzen Augenblick überrascht. Er wußte, woher sein Fahrgast kam, und als er des Hauses und des livrierten Dieners ansichtig wurde, hatte er die Wahrheit erraten. Er wollte sie nicht in seiner Nähe haben oder irgend etwas aus ihrer Hand entgegennehmen, nicht einmal Geld.

Hester seufzte, folgte dann dem Lakaien ins Haus und schloß die Tür hinter sich.

Der Mann stand unschlüssig inmitten der Halle, und Enid lag hilflos wie eine Stoffpuppe in seinen Armen.

Hester suchte nach einem Klingelzug, um Hilfe herbeizuholen.

»Wo ist die Glocke?« fragte sie scharf.

Er wies mit dem Kopf auf einen hübsch gearbeiteten Klingelzug. Außer dem Lakaien war bisher vom Personal noch niemand erschienen, wahrscheinlich, weil sie wußten, daß es zu seinen Pflichten gehörte, die Tür zu öffnen. Sie ging auf den Klingelzug zu und zerrte heftiger daran, als sie beabsichtigt hatte.

Beinahe augenblicklich erschien ein Stubenmädchen; es sah zuerst zum Lakaien, dann zu Enid und wurde schlagartig fahl im Gesicht.

»Ein Unfall?« fragte sie mit einem leichten Stottern.

»Fieber«, antwortete Hester und ging auf sie zu. »Sie sollte sofort ins Bett gebracht werden. Ich bin Krankenschwester. Wenn Lord Ravensbrook es wünscht, werde ich bleiben und mich um sie kümmern. Ist er zu Hause?«

»Nein, Ma'am.«

»Ich glaube, Sie sollten nach ihm schicken. Sie ist sehr krank.«

»Sie hätten sie früher nach Hause bringen sollen«, sagte der Lakai tadelnd. »Sie hatten kein Recht, sie so lange in diesem Hospital zu behalten, daß sie in einen solchen Zustand geraten konnte.«

»Es kam sehr plötzlich.« Hester konnte sich nur mit Mühe beherrschen. Sie war zu müde und zu sehr um Enid besorgt, um die Geduld aufbringen zu können, mit irgend jemandem zu streiten, vor allem nicht mit einem Lakaien. »Um Himmels willen, stehen Sie nicht da rum, bringen Sie sie nach oben, und zeigen Sie mir, wo ich sauberes Wasser finden kann, ein Nachthemd, Handtücher, Laken und eine Waschschale – genauer gesagt zwei Schalen. Nun beeilen Sie sich doch endlich, Mann!«

»Ich hole Dingle«, sagte das Stubenmädchen hastig. Und ohne weiter zu erklären, wer diese Person war, drehte sie sich auf dem Absatz um und ging zurück durch die mit grünem Fries ausgeschlagene Tür, ohne diese wieder hinter sich zu schließen. Hester folgte dem Diener eine breite, geschwungene Treppe hinauf und über den Flur zur Tür von Enids Schlafzimmer. Dann öffnete sie sie für ihn, und er ging hinein und legte Enid aufs Bett. Es war ein schönes Zimmer, ganz in Rosa und Grün gehalten, mit chinesischen Blumenstilleben an den Wänden.

Aber dies war nicht der rechte Zeitpunkt, um sich mit irgend etwas anderem als den notwendigsten Dingen zu beschäftigen, dem Wasserkrug auf der Kommode, der Porzellanschale und zwei Handtüchern.

»Füllen Sie die Schale mit lauwarmem Wasser«, befahl Hester.

»Wir haben heißes ...«

»Ich will kein heißes! Ich versuche das Fieber zu senken, nicht, es in die Höhe zu treiben. Und noch eine Schale. Irgendeine, das ist völlig egal. Und bitte machen Sie schnell.«

Mit einem deutlichen Aufblitzen von Ärger über ihr Benehmen nahm er den Krug, ging aus dem Raum und ließ die Tür hinter sich einen Spaltbreit offen.

Er war gerade lange genug fort gewesen, daß Hester sich auf das Bett neben Enid setzen und sie ängstlich betrachten konnte, während diese begann, sich hin und her zu wälzen, als die Tür abermals weit aufgerissen wurde und eine Frau von ungefähr vierzig Jahren ins Zimmer eilte. Sie war eine schlichte, unelegante Erscheinung und trug ein graues Wollkleid, das sehr streng wirkte, aber außerordentlich gut geschnitten war und eine aufrechte und wohlgeformte Figur betonte. Im Augenblick schien sie jedoch in einem Zustand großer Unruhe zu sein.

»Ich bin Dingle, Lady Ravensbrooks Zofe«, verkündete sie, sah dabei jedoch nicht Hester an, sondern nur Enid. »Was ist geschehen? Ist es Typhus?«

»Ja, ich fürchte schon. Können Sie mir helfen, sie auszukleiden und dafür zu sorgen, daß sie es so bequem wie möglich hat?«

Sie machten sich zusammen an die Arbeit, aber es war keine leichte Aufgabe. Enid hatte jetzt Schmerzen am ganzen Körper, in den Knochen und Gelenken, ja sogar ihre Haut reagierte empfindlich auf jede Berührung, und sie hatte solche Kopfschmerzen, daß sie es nicht ertragen konnte, die Augen zu öffnen. Sie schien immer wieder das Bewußtsein zu verlieren, nur um Augenblicke später wieder zu sich zu kommen, und wenn ihr in der einen Sekunde noch entsetzlich heiß war, so konnte sie in der nächsten schon vor Kälte zittern.

Das einzige, was man für sie tun konnte, war, sie in regelmäßigen Abständen mit kühlem Wasser abzuwaschen, um das

Fieber zumindest ein wenig zu senken. Es gab Augenblicke, in denen die Kranke die beiden anderen Frauen wahrnahm, aber meistenteils tat sie das nicht. Der Raum schwankte, blähte sich auf und verschwand wie eine grauenvolle Vision im Spiegel, die bis zur Unkenntlichkeit verzerrt war.

Es dauerte fast zwei Stunden, bis es an der Tür klopfte und ein kleines und sehr verängstigtes Hausmädchen, das sicheren Abstand zum Krankenzimmer hielt, sie darüber informierte, daß Seine Lordschaft zu Hause sei, und ob die Miss ihn bitte sofort in der Bibliothek aufsuchen könne.

Also ließ sie Enid bis zu ihrer Rückkehr in Dingles Obhut; bis dahin würde es notwendig sein, die Wäsche zum erstenmal zu wechseln. Jetzt aber folgte Hester dem Hausmädchen, um dem Wunsch Seiner Lordschaft nachzukommen. Die Bibliothek lag im Erdgeschoß auf der gegenüberliegenden Seite des Flurs. Es war ein ruhiger, behaglich möblierter Raum mit einer Vielzahl von Eichenregalen. Im Kamin brannte ein großes Feuer. Man brauchte kaum genauer hinzusehen, um das glänzende Holz, die Wärme, den schwachen Duft nach Lavendel, Bienenwachs und Leder wahrzunehmen und zu wissen, welchen Luxus all dies verkörperte.

Milo Ravensbrook stand am Fenster, drehte sich jedoch sofort um, als er Hesters Schritte hörte.

»Schließen Sie die Tür, Miss ...«

»Latterly.«

»Ja, Miss Latterly.« Er wartete, bis sie seiner Bitte nachgekommen war. Er war ein hochgewachsener Mann und sah auf eine dunkle, äußerst aristokratische Art und Weise außerordentlich gut aus. In seinem Gesicht schienen sich Temperament und Charme gleichzeitig zu spiegeln. Er mochte ein wunderbarer Freund sein, amüsant, intelligent und von rascher Auffassungsgabe, aber sie hatte auch den Eindruck, daß er ein unversöhnlicher Feind werden konnte. »Man hat mich darüber informiert, daß Sie Lady Ravensbrook nach Hause gebracht haben, nachdem Ihnen klar wurde, daß sie krank ist«, sagte er und ließ die Feststellung halb wie eine Frage klingen.

»Ja, Mylord.« Sie wartete darauf, daß er weitersprach, und suchte in seinen Zügen nach Furcht oder Mitgefühl. Seine Gesicht zeigte keine Regung. Der Mann hatte etwas Steifes an sich, das zum einen seiner Natur entsprach und zum anderen eine Folge der strengen, auf Selbstbeherrschung ausgerichteten Erziehung war. Sie hatte schon viele solcher Männer kennengelernt, sowohl in der Aristokratie als auch in der Armee. Sie waren in Familien hineingeboren worden, für die Macht und Verantwortung etwas so Selbstverständliches waren wie Privilegien. Sie erwarteten den Respekt und den Gehorsam anderer und betrachteten die Selbstdisziplin, die ihnen seit Kindertagen beigebracht wurde, als Preis, den sie dafür zahlen mußten – mit all der Härte gegenüber jedweden Schwächen, seien sie gefühlsmäßiger oder körperlicher Natur. Er stand stramm wie ein Soldat in der Bibliothek, umgeben von den warmen Farben von altem Holz, Samt und Leder, und es war ihr unmöglich, ihn einzuschätzen. Wenn Sorge um seine Frau ihn quälte, verstand er es meisterlich, diesen Umstand vor ihr zu verbergen. Wenn es ihm widerstrebte, sie als Pflegerin zu engagieren, oder wenn er Angst hatte, sich ebenfalls anzustecken, so ließ er sich auch davon nichts anmerken.

»Mein Lakai sagte, Sie seien Krankenschwester. Ist das korrekt?« Er bewegte die Lippen so wenig beim Sprechen, daß ihr schwerfiel, ihn zu verstehen, aber Hester hörte eine Veränderung in seinem Tonfall, als er das Wort »Krankenschwester« aussprach, das seine Gefühle verriet. Krankenschwestern waren im allgemeinen Frauen der übelsten Sorte; oft waren sie betrunken, unehrlich und von einem Äußeren, das es ihnen erschwerte, wenn nicht unmöglich machte, den lohnenderen Beruf der Prostituierten zu ergreifen. Ihre Pflichten bestanden überwiegend im Schrubben und Ausleeren von Eimern; gelegentlich mußten sie gebrauchtes Verbandsmaterial wegschaffen oder neue Bandagen anlegen und sich um die Wäsche kümmern. Die eigentliche Fürsorge für die Patienten oblag den Ärzten, ganz besonders, wenn es um Entscheidungen ging, die Versorgung von Wunden oder die Ausgabe von Medikamenten.

Natürlich waren sich seit Florence Nightingales Wirken auf

der Krim viele Menschen der Tatsache bewußt, daß eine Krankenschwester weit mehr sein konnte, aber das war beileibe nicht die Regel. Lord Ravensbrook gehörte offensichtlich der Riege der Skeptiker an. Wenn man ihn nicht dazu herausforderte, würde er gewiß nicht zu unverhohlenen Beleidigungen greifen, aber in seinen Augen war sie nicht besser als Mary oder irgendeine andere der Frauen aus dem East End, die in dem Pesthaus arbeiteten. Hester spürte, wie sich ihr Körper vor Zorn versteifte und ihre Kiefermuskeln sich verkrampften. Trotz all ihrer Unwissenheit und des Schmutzes, aus dem sie kam, besaß Mary ein mitfühlendes Herz, das seinen Respekt verdient hätte.

Sie bemühte sich, noch aufrechter zu stehen.

»Ja, ich bin Krankenschwester.« Sie fügte kein »Sir« hinzu. »Ich habe meinen Beruf auf der Krim erlernt, bei Miss Nightingale. Meine Familie war nicht damit einverstanden, was mich nicht weiter überrascht hat. Man fand, ich solle zu Hause bleiben und einen passenden Mann heiraten. Aber das war nicht der Weg, den ich einzuschlagen wünschte.« Sie sah in seinem Gesicht, daß er nicht das leiseste Interesse an ihrem Leben hatte oder an den Gründen für ihre Entscheidung, aber es war klar, daß er, wenn auch widerwillig, einen gewissen Respekt empfand. Ihre Arbeit auf der Krim verdiente Anerkennung, das konnte nicht einmal er leugnen.

»Ich verstehe. Wahrscheinlich haben Sie auch schon früher Fieberkranke versorgt und nicht erst in Limehouse?«

»Bedauernswerterweise ja.«

Er hob seine schwarzen Augenbrauen, die sich über seinen tiefliegenden Augen wölbten.

»Bedauernswerterweise? Aber verschafft Ihnen das nicht den Vorteil der Erfahrung?«

»Es ist keine schöne Erfahrung. Ich habe zu viele Menschen sterben sehen, deren Tod zu vermeiden gewesen wäre.«

Seine Miene wurde düster. »Ich interessiere mich nicht für Ihre politischen Ansichten, Miss – ähm – Latterly. Mein einziges Interesse gilt Ihrer Fähigkeit und Ihrer Bereitschaft, meine Frau zu betreuen.«

»Natürlich bin ich dazu bereit. Und ich bin genausogut in der Lage dazu wie jede andere auch.«

»Dann müssen wir nur noch die Frage Ihrer Entlohnung klären.«

»Ich betrachte Lady Ravensbrook als Freundin«, sagte sie eisig. »Ich erwarte keine Entlohnung.« Bedauern konnte sie ihre Antwort später noch. Sie brauchte das Geld, brauchte es dringend, aber es war ihr eine ungeheure Befriedigung, ihn jetzt in die Schranken zu weisen. Das waren ein wenig Kälte oder Hunger schon wert.

Er war verblüfft. Das konnte sie in seinem Gesicht lesen. Er betrachtete ihre schmutzigen, verknitterten Kleider von äußerst mittelmäßiger Qualität, ihr müdes Gesicht und das zerzauste Haar, und ein winziger Anflug von Belustigung huschte über seinen Mund und verschwand sofort wieder.

»Ich bin Ihnen zu Dank verpflichtet«, nahm er ihr Angebot an. »Dingle wird sich um die anfallende Wäsche kümmern und Ihnen alles, was Sie an Mahlzeiten benötigen, zubereiten und servieren, aber da sie mit den anderen Dienstboten in Berührung kommt, wird sie das Krankenzimmer nicht betreten. Ich habe die Verantwortung zu tun, was ich kann, um zu verhindern, daß sich das Fieber im ganzen Haus ausbreitet und von dort aus seinen Weg Gott weiß wohin findet.«

»Natürlich«, sagte sie gelassen und dachte im stillen darüber nach, wie wichtig er selbst sich wohl nehmen mochte, ob er das Krankenzimmer betreten würde ... oder nicht.

»Wir werden Ihnen ein Bett ins Ankleidezimmer stellen, wo Sie sich ausruhen können«, fuhr er fort. »Sollen wir jemanden zu Ihnen nach Hause schicken, der Ihnen Kleider zum Wechseln holt? Falls Sie das nicht wünschen, bin ich sicher, daß Dingle etwas für Sie finden wird. Sie scheinen eine ähnliche Figur zu haben.«

Bei dem Gedanken an Dingles sauberes, von ersten Altersfältchen gezeichnetes Gesicht und ihre betont schlichten Kleider fand Hester diesen Vergleich nicht besonders schmeichelhaft, aber andererseits hatte Dingle eine überraschend gute Figur für eine so harte Frau, also war das vielleicht doch kein Grund, deprimiert zu sein.

»Vielen Dank«, erwiderte sie knapp. »Ich fürchte, ich habe zu Hause auch nicht mehr viele Kleider. Ich war jetzt so viele Tage in Limehouse, daß ich keine Gelegenheit hatte zu waschen.«

»Nun gut.« Bei der Erwähnung von Limehouse spannte sich seine Miene erneut an, und sein Mißfallen über Enids Aktivitäten dort wurde so deutlich sichtbar, daß es keiner Worte bedurfte – nicht daß er auch nur im Traum daran gedacht hätte, dieses Thema mit ihr zu erörtern. »Dann sind wir uns also einig? Sie bleiben hier, solange es nötig ist.« Es war eine Feststellung, und soweit es ihn betraf, war die Angelegenheit damit erledigt.

»Sie wird möglicherweise die ganze Zeit über Pflege brauchen«, bemerkte sie. »Tag und Nacht, wenn die Krise kommt.«

»Würde das über Ihre Kräfte gehen, Miss – Latterly?«

Sie hörte, wie jemand leise hinter ihr durch den Flur ging; dann verklangen die Schritte ganz, als die betreffende Person ein anderes Zimmer betrat.

»Ja, das würde es«, sagte sie entschlossen. »Vor allem, da ich eine gewisse moralische Verpflichtung gegenüber dem Krankenhaus in Limehouse habe. Ich kann Lady Callandra nicht ohne jede erfahrene Hilfe allein lassen.«

Ein Ausdruck von Zorn blitzte in seinem Gesicht auf. Er zog scharf die Luft ein.

»Meine Frau ist mir sehr viel wichtiger, Miss Latterly, als eine Handvoll armer Schlucker im East End, die ohnehin sterben werden, wenn nicht an dieser Krankheit, so an irgendeiner anderen. Falls Sie einen Lohn wünschen, dann sagen Sie das bitte. Es ist nicht unehrenhaft, sich für seine Arbeit bezahlen zu lassen.«

Sie schluckte die Antwort, die ihr auf der Zunge lag, hinunter, wenn es sie auch einige Mühe kostete. Sie war zu müde, um sich mit solchen Nichtigkeiten wie Arroganz und irrigen Auffassungen zu beschäftigen.

»Für mich persönlich ist sie ebenfalls wichtiger, Mylord.« Sie sah ihm sehr direkt in die Augen. »Aber eine Verpflichtung kann wichtiger sein als die eigenen gefühlsmäßigen Bindungen und ganz gewiß wichtiger als die eigenen Wünsche. Ich könnte mir vorstellen, daß Sie daran genauso fest glauben, wie ich es tue? Ich bin Krankenschwester, und ich lasse nicht einen Patienten wegen eines anderen im Stich, ganz gleich, welcher Natur meine persönlichen Gefühle sein mögen.«

Eine schwache Röte überzog sein Gesicht, und in seinen Augen spiegelten sich Erbitterung und Zorn wider. Aber Hester hatte ihn beschämt, und sie beide wußten es.

»Haben Sie eine Freundin oder eine Verwandte, die sich um Ihre Frau kümmern könnte, während ich fort bin?« fragte sie leise. »Ich könnte ihr zeigen, was getan werden muß.«

Er dachte einen Augenblick nach. »Ich nehme an, das wäre durchaus möglich. Ich kann nicht zulassen, daß Dingle im Krankenzimmer ein und aus geht und die Seuche im ganzen Haus verbreitet. Aber Genevieve ist vielleicht bereit, die notwendige Zeit hier zuzubringen. Das Personal kann sich um ihre Kinder kümmern. Das wäre eine gute Lösung. Es würde ihr für den Augenblick weiterhelfen; sie würde uns einen großen Dienst erweisen und sich nicht verpflichtet fühlen müssen. Sie ist eine sehr stolze Frau.«

»Genevieve?« Es spielte eigentlich keine Rolle, von wem er sprach, aber sie wollte es trotzdem gern wissen.

»Eine Verwandte«, erwiderte er kühl. »Eine angeheiratete Verwandte. Außerdem eine sehr angenehme junge Frau, die sich im Augenblick in einer schwierigen Lage befindet. Das ist wirklich die beste Lösung. Ich werde mich sofort darum kümmern.«

Und so kam es, daß Hester im Ravensbrookschen Haus untergebracht wurde, mit dem versprochenen Bett im Ankleidezimmer und Kleidung zum Wechseln von Dingle, die ihr einigermaßen paßte.

Enid war sehr krank. Sie hatte so hohes Fieber, daß sie nicht zu wissen schien, wo sie war, und Hester nicht einmal erkannte, wenn sie ganz sanft auf sie einredete, ihr ein kühles Tuch auf die Stirn legte oder sie beim Namen rief. Sie hatte fortwährend Durst und war so schwach, daß sie nicht ohne Hilfe trinken konnte, aber immerhin gelang es ihr, das abgekochte und mit Honig und Salz versetzte Wasser, das Hester ihr gab, bei sich zu behalten. Ihrer Miene war abzulesen, daß das Gebräu sehr unangenehm schmeckte, aber Hester wußte aus Erfahrung, daß Wasser allein dem Körper nicht die notwendigen Nährstoffe geben konnte, und so ließ sie sich von Enids geflüsterten Protesten nicht beirren.

Ungefähr gegen halb zehn am Abend klopfte es an der Schlafzimmertür, und als sie öffnete, fand sie sich einer Frau gegenüber, die vielleicht ein oder zwei Jahre älter war als Hester selbst, deren Gesicht jedoch, wie sie sofort bemerkte, weit hübscher war als das ihre, mit einer natürlichen Offenheit, die ihr auf Anhieb gefiel.

»Ja?« fragte sie. Die Frau war schlicht gekleidet, aber sowohl der Stoff als auch der Schnitt ihres Gewandes waren exzellent und ihre Aufmachung insgesamt viel schmeichelhafter, als man es einer Dienerin zugestehen würde. Sie wußte, noch bevor sie etwas sagte, daß dies die Verwandte war, die Lord Ravensbrook angekündigt hatte.

»Ich bin Genevieve Stonefield«, stellte die Frau sich vor. »Ich bin gekommen, um Ihnen bei der Pflege Tante Enids zu helfen. Ich habe gehört, daß sie schrecklich krank ist.«

Hester öffnete die Tür ein wenig weiter. »Ja, ich fürchte, das stimmt. Ich bin sehr dankbar, daß Sie gekommen sind, Mrs. – Stonefield sagten Sie?« Der Name klang irgendwie vertraut, aber sie konnte ihn im Augenblick nicht einordnen.

»Ja.« Sie trat ein wenig nervös ein und warf gleichzeitig einen Blick auf das große Bett, in dem Enid mit weißem Gesicht und nassem Haar, das ihr an der Stirn klebte, lag. Das Zimmer wurde nur von der Gaslampe an der gegenüberliegenden Wand erleuchtet, die ein sanftes Zischen von sich gab und lange Schatten an die Wand warf. »Wie kann ich Ihnen helfen?« fragte sie. »Ich – ich habe noch nie jemanden gepflegt außer meinen eigenen Kindern, und da ging es immer nur um Erkältungen und Schnupfen – nichts wie das hier. Robert hatte einmal eine Mandelentzündung, aber das kann man wohl kaum vergleichen.«

Hester begriff sofort, daß Genevieve große Angst hatte, und sie konnte es ihr nicht verübeln. Für sie selbst war eine solche Krankheit nur erträglich, weil sie schon vieles in der Art erlebt hatte. Sie konnte sich noch gut an ihre erste Nacht im Lazarett von Scutari erinnern. Sie hatte sich so unzulänglich gefühlt, hatte jedes Stöhnen und jede noch so schwache Bewegung wahrgenommen. Die Minuten hatten sich dahingeschleppt, als würde es nie wieder Tag werden. Die nächste Nacht war sogar noch schlimmer gewesen, weil sie nun wußte, wie lang und verzweifelt sich die Stunden hinziehen würden. Wenn sie hätte fortlaufen können, hätte sie es getan. Nur das Mitleid für die Männer und die Scham über sich selbst hielten sie an ihrem Platz.

»Sie können kaum etwas tun, um ihr zu helfen, außer ihr das Wasser aus diesem Krug zu geben.« Hester schloß die Tür und deutete auf den kleinen blauen Porzellankrug auf dem Nachttisch. »In dem anderen ist nur klares Wasser für die Tücher, mit denen Sie sie so kühl wie nur möglich halten müssen. Waschen Sie ihr Stirn, Hände und Hals, sooft es geht. Alle zehn Minuten, wenn Sie den Eindruck haben, daß es ihr Linderung bringt. Sie hat sich nur ganz am Anfang übergeben, seither nicht mehr, aber falls sie in dieser Hinsicht in Not geraten sollte, müssen Sie darauf gefaßt sein. Da drüben steht eine Schale.« Sie zeigte Genevieve, was sie meinte.

»Vielen Dank«, antwortete Genevieve heiser. Sie sah zutiefst erschrocken aus. »Sie gehen doch noch nicht sofort, oder?«

»Nein«, versicherte ihr Hester. »Und wenn ich gehe, dann nur ins Nebenzimmer, um ein paar Stunden zu schlafen.« Sie zeigte auf die Tür des Ankleideraums. »Ich kann mich nicht mehr erinnern, wann ich mich das letzte Mal hingelegt habe, aber ich glaube, daß es vorgestern war, obwohl das wahrscheinlich nicht stimmt.«

»Ich wußte gar nicht, daß sie schon so lange krank ist!« Genevieve war entsetzt. »Warum hat Lord Ravensbrook nicht früher nach mir geschickt?«

»O nein, sie ist erst heute krank geworden. Wir waren unten in Limehouse, wo der Typhus ausgebrochen ist«, erwiderte

Hester, während sie an das Bett der Kranken trat. »Entschuldigen Sie, ich habe mich wohl nicht sehr klar ausgedrückt.«

Genevieve schluckte, und ihre Kehle krampfte sich zusammen, als müsse sie ersticken.

»Limehouse?«

»Ja. Da haben wir im Augenblick einen schlimmen Ausbruch der Seuche. Wir haben ein stillgelegtes Lagerhaus notdürftig in ein Hospital verwandelt.«

»Oh. Das ist sehr lobenswert von Ihnen. Ich glaube, Limehouse ist alles andere als angenehm. Natürlich kenne ich es nicht«, fügte sie hastig hinzu.

»Nein«, erwiderte Hester. Sie konnte sich nicht vorstellen, daß irgendein Verwandter von Lord Ravensbrook Limehouse oder irgendeinen anderen Ort im East End kannte. »Bevor ich gehe, sollten wir die Bettwäsche wechseln. Zu zweit ist das sehr viel einfacher. Dingle wird die schmutzigen Laken holen und sich um alles weitere kümmern.«

Hester hatte bereits gute Nacht gesagt und war schon fast an der Tür des Ankleidezimmers angelangt, als Genevieves Stimme sie noch einmal aufhielt.

»Miss Latterly! Was – was können Sie für die Menschen in Limehouse tun? Das ist etwas anderes als hier, nicht wahr? Und wird es nicht – nun ja – furchtbar viele Kranke geben?«

»Ja und nein, es ist nicht so wie hier.« Genevieve mit ihrem bezaubernden Gesicht und ihren gutgeschnittenen Kleidern konnte nicht die leiseste Vorstellung von dem behelfsmäßigen Fieberhospital in Limehouse haben, von dem Gestank, dem Leiden, dem entsetzlichen, unnötigen Schmutz, den überquellenden Abfallhaufen, dem Hunger und der Hoffnungslosigkeit. Es hatte keinen Sinn, ihr das alles zu sagen, und es wäre auch nicht besonders gütig gewesen. »Wir tun, was wir können«, sagte sie kurz. »Das ist schon eine Hilfe. Selbst wenn nur jemand dort ist, der versucht, die Menschen kühl und sauber zu halten und ihnen ein wenig Haferschleim einzuflößen, ist das besser als nichts.«

»Ja, natürlich.« Sie schien das Thema noch weiter erörtern zu wollen, aber vor weiteren Fragen zurückzuschrecken. »Gute Nacht.«

»Gute Nacht, Mrs. Stonefield.«

Erst als Hester sich in der Wasserschüssel, die man für sie heraufgebracht hatte, das Gesicht wusch, fiel ihr der Name plötzlich wieder ein. Stonefield. Das war der Name des Mannes, den Monk in Limehouse suchte. Er hatte gesagt, Stonefield sei ein respektabler Mann, der plötzlich verschwunden war, ohne ersichtlichen Grund bis auf den, daß er seinen Bruder im East End besucht hatte. Und seine Frau fürchtete, er sei tot.

Aber Enid hätte doch sicher etwas gesagt, wenn sie Monks Fragen gehört hätte? Allerdings war Enid nicht im Zimmer gewesen, nur Monk, Callandra und sie selbst. Im Augenblick war sie jedoch zu müde, weiter darüber nachzudenken. Das einzige, was sie wollte, war, sich den Staub aus den Augen zu wischen, das warme, saubere Wasser auf ihrer Haut zu spüren und sich dann niederzulegen und endlich nicht mehr gegen die Erschöpfung ankämpfen zu müssen.

Geweckt wurde sie von einem beharrlichen Rütteln und einer Stimme, die wieder und wieder ihren Namen flüsterte. Mit größter Mühe befreite sie sich aus den Fängen des Schlafs und stellte fest, daß ein graues, fahles Licht in den Raum fiel; Genevieves weißes, ängstliches Gesicht war nur Zentimeter von ihrem entfernt.

»Ja?« murmelte sie und bemühte sich, wach zu werden und den letzten Rest Schlaf abzuschütteln. Es konnte doch nicht schon Morgen sein? Sie hatte das Gefühl, als hätte sie sich gerade erst hingelegt.

»Miss Latterly! Tante Enids Zustand hat sich anscheinend – verschlechtert. Ich habe es nicht gewagt, Sie noch länger schlafen zu lassen. Ich weiß, wie müde Sie sein müssen, aber ...«

Hester raffte sich auf, tastete blind nach ihrem Morgenmantel und erinnerte sich dann daran, daß sie keinen hatte. Selbst ihr Nachthemd gehörte Dingle. Also ignorierte sie die Kälte – es brannte kein Feuer im Ankleidezimmer, obwohl es einen Kamin gab – und ging an Genevieve vorbei ins Schlafzimmer.

Enid warf sich von einer Seite auf die andere und stieß leise, beinahe kindliche, wimmernde Klagelaute aus, als nehme sie ihre Umgebung überhaupt nicht mehr wahr. Sie schien vollends in ihre Fieberphantasien versunken zu sein. Auf ihrer Haut stand Schweiß, obwohl sich der Wasserkrug und ein Tuch auf dem Nachttisch befanden und das Tuch noch immer kühl und feucht war, als Hester danach griff. Ein Großteil des Honigwassers fehlte.

»Was sollen wir tun?« fragte Genevieve, die direkt hinter ihr stand, mit verzweifelter Stimme.

Es war wenig genug, was sie tun konnten, aber Hester hörte die Furcht und den Kummer aus Genevieves Stimme und spürte Mitleid mit ihr. Wenn sie tatsächlich Monks Auftraggeberin war, dann hatte sie im Augenblick genug eigene Sorgen.

»Versuchen Sie nur, das Fieber herunterzudrücken«, erwiderte sie. »Lassen Sie sich noch mehr Wasser heraufbringen, mindestens zwei Krüge, und kühl soll es sein, nicht mehr als handwarm allerhöchstens. Und vielleicht sollten wir uns auch noch mit mehr frischen Tüchern und Laken versorgen lassen.«

Genevieve machte sich daran, ihren Anweisungen zu folgen; sie war froh, überhaupt etwas tun zu können. Die Erleichterung stand ihr ins Gesicht geschrieben.

Als das Wasser und die Tücher kamen, legte Hester alles auf den Tisch und zog die Bettdecke zurück, um sich ans Werk zu machen. Enids Nachthemd war schweißnaß und klebte ihr am Leib.

»Ich glaube, wir ziehen ihr besser ein Unterhemd an«, meinte Hester. »Und wir müssen das Laken wieder wechseln. Es ist sehr zerknittert.« Sie streckte die Hand aus. »Und feucht.«

»Ich hole saubere Laken«, sagte Genevieve sofort, und bevor Hester etwas erwidern konnte, stürzte sie davon und begann, die Schubladen des Wäscheschranks zu durchstöbern.

Sie brachte das Unterhemd und ging dann gleich wieder fort, um ein Laken zu holen, während Hester Enid im Arm hielt und allein versuchte, ihr das durchnäßte Nachthemd auszuziehen. Enid tat, was sie nur konnte, aber sie war kaum bei Bewußtsein, und es war nur allzu offensichtlich, daß jede Berührung ihr weh tat und jede Bewegung ihr Schmerzen in Knochen und Gelenken verursachte. Hinzu kam, daß das Fieber ihre Sehkraft beeinträchtigte, so daß sie nichts richtig erkennen und nie einschätzen konnte, was ihre Hände zu fassen bekommen würden und was nicht.

Hester war ganz darauf bedacht, ihr möglichst wenig zusätzliche Schmerzen zu bereiten.

»Genevieve!« rief sie. »Bitte helfen Sie mir hier. Das Laken ist jetzt nicht so wichtig.«

Genevieve wandte sich von dem Wäscheschrank, vor dem sie stand, ab. Ihr Gesicht war fahl, und ihr Haar hatte sich aus den Nadeln gelöst. Sie sah sehr müde aus.

»Bitte«, sagte Hester noch einmal.

Genevieve zögerte. Das Schweigen breitete sich zwischen ihnen aus, als hätte sie nicht gehört oder nicht verstanden, was Hester gesagt hatte. Dann kam sie, als koste es sie ungeheure Kraft, herüber, stellte sich auf die andere Seite des Bettes, beugte sich mit gesenktem Kopf vor und nahm Enids schlaffen Körper in ihre Arme.

»Vielen Dank«, sagte Hester und zog der Kranken das Nachthemd über den Kopf. Schnell und so sanft sie nur konnte, wusch sie Enid am ganzen Körper mit kühlem Wasser ab. Genevieve trat wieder einen Schritt zurück, nahm ihr die benutzten Tücher ab, tauchte sie ins Wasser und wrang sie aus, bevor sie sie Hester zurückgab. Immer wieder wusch sie sich die Hände, ein- oder zweimal, bis hinauf zum Ellbogen.

»Ich hole das saubere Laken«, erbot sie sich, sobald die Arbeit beendet war.

»Bitte, helfen Sie mir zuerst, ihr das Hemd überzustreifen, ja?« bat Hester.

Genevieve holte tief Luft und schluckte heftig, aber sie tat, worum sie gebeten worden war. Sie streckte die Arme aus, und Hester sah, wie sich ihre Muskeln strafften und ihre Hände zitterten. Erst da wurde ihr bewußt, wie sehr die andere Frau sich davor fürchtete, sich ebenfalls anzustecken. Hester hatte den

Eindruck, daß Genevieve kurz davorstand, sich zu übergeben, so groß war ihre Angst.

Hester war nicht sicher, was sie empfand. Ein Wirrwarr widersprüchlichster Gefühle machte sich in ihr breit. Sie konnte es nur allzugut verstehen! Sie hatte bei ihren ersten Erfahrungen dieser Art dasselbe überwältigende Entsetzen verspürt. Jetzt hatte die Zeit ihr eine philosophischere Sichtweise vermittelt. Sie hatte Hunderte von Fällen erlebt, und die meisten ihrer Patienten waren gestorben, und doch hatte die Krankheit sie selbst nie befallen. Sie zog sich gelegentlich einmal eine Bronchitis oder Erkältung zu, aber nichts Ernsthaftes, obwohl auch das bisweilen unangenehm sein konnte.

»Es ist unwahrscheinlich, daß Sie sich anstecken«, sagte sie laut. »Ich habe mich nie angesteckt.«

Heiße Röte schoß in Genevieves Wangen.

»Ich schäme mich, daß ich solche Angst habe«, sagte sie stockend. »Ich fürchte nicht um mich – ich habe Angst um meine Kinder. Wenn mir etwas zustoßen würde, wäre niemand da, der sich um sie kümmert.«

»Sind Sie Witwe?« fragte Hester sanft. Vielleicht hätte sie an ihrer Stelle dasselbe empfunden. Es war mehr als natürlich, und jede andere Empfindung wäre kaum begreiflich gewesen.

»Ich...« Genevieve holte tief Luft. »Ich weiß es nicht. Es klingt absurd, aber ich weiß es tatsächlich nicht. Mein Mann ist verschwunden...«

»Das tut mir leid.« Sie meinte es ehrlich. »Das muß furchtbar für Sie sein – die Ungewißheit und die Einsamkeit.«

»Ja.« Genevieve amtete noch einmal tief durch und versuchte sich zu fassen. Ganz bedächtig ließ sie dann das saubere Baumwollhemd über Enids Körper gleiten, wobei sie ihr Möglichstes tat, ihr nicht mit ruckartigen, heftigen Bewegungen Schmerzen zubereiten.

»Wie lange?« fragte Hester, als sie das alte Laken abzogen.

»Zwölf Tage«, antwortete Genevieve. »Ich – ich weiß, es hört sich an, als hätte ich alle Hoffnung aufgegeben, aber ich glaube, er ist tot, denn ich weiß, wohin er gegangen ist, und wenn er die

Möglichkeit gehabt hätte, wäre er schon längst wieder nach Hause gekommen.«

Hester ging zum Wäscheschrank und holte das saubere Laken. Gemeinsam bezogen sie die Matratze, wobei sie Enid ganz sanft von einer Seite des Bettes zur anderen drehten.

»Wohin ist er gegangen?« fragte Hester.

»Nach Limehouse, um seinen Bruder zu besuchen«, antwortete Genevieve.

»Caleb Stone…«, sagte Hester langsam. »Ich habe von ihm gehört.«

Genevieves Augen weiteten sich. »Dann wissen Sie, daß meine Angst keineswegs eine bloße Torheit ist.«

»Nein«, stimmte Hester ihr aufrichtig zu. »Nach dem wenigen, was ich gehört habe, ist er ein sehr gewalttätiger Mann. Sind Sie sicher, daß Ihr Gatte zu ihm gegangen ist?«

»Ja.« In Genevieves Stimme lag nicht das leiseste Zögern. »Er ist ziemlich oft dort gewesen. Ich weiß, es scheint schwer begreiflich, denn Caleb ist so ein schrecklicher Mensch, daß es wohl nichts gibt, was für ihn gesprochen hätte, aber Sie müssen wissen, die beiden waren Zwillinge. Ihre Eltern starben, als sie noch ganz klein waren, und sie sind gemeinsam aufgewachsen.« Sie glättete das Laken und drückte es mit schnellen, vorsichtigen Bewegungen zwischen Matratze und Bettkante. »Lord Ravensbrook hat sie aufgenommen, aber er ist nur ein entfernter Cousin, und das alles war lange, bevor er Tante Enid heiratete. Sie sind von Dienern großgezogen worden. Sie hatten nur einander, wenn sie Zuneigung brauchten, lachten oder weinten. Wenn sie krank waren oder Angst hatten, war niemand da. Caleb war damals anders als heute. Angus spricht nicht viel darüber, ich glaube, es ist zu schmerzlich für ihn.« Ihr Gesicht verzog sich beim Gedanken an die Qual, die ihr Mann erlitten hatte, und an das Kind, das der Mann, den sie liebte, gewesen war und das sie nicht trösten konnte. Jetzt war sogar der Mann unerreichbar, und ihr blieb nichts anderes übrig, als zu warten.

Hester hätte ihr gern ein wenig Trost oder Hoffnung gespendet, aber es gab keinen Trost und keine Hoffnung, und es wäre grausam gewesen, etwas zu erfinden. Damit würde man sie nur ein zweites Mal durch diese Hölle aus Begreifen, Akzeptieren und Schmerz schicken.

»Sie müssen müde sein«, sagte sie statt dessen. »Lassen Sie Dingle uns etwas zum Frühstück heraufbringen. Dann sollten Sie sich umziehen, auf Ihr Zimmer gehen und schlafen.«

Sie hatten ihre Mahlzeit kaum beendet, als es energisch an der Tür klopfte und diese geöffnet wurde, bevor sie etwas erwidern konnten. Milo Ravensbrook trat ins Zimmer. Er schloß die Tür hinter sich und ging ein paar Meter weit in den Raum hinein. Er hatte nur einen kurzen Blick für Hester und Genevieve und sah dann mit ausdruckslosem Gesicht an ihnen vorbei zu Enid. Nach der Blässe und den roten Rändern unter seinen Augen zu urteilen, hatte er wahrscheinlich den größten Teil der Nacht wach gelegen.

»Wie geht es ihr?« fragte er, ohne eine der beiden anderen Frauen dabei anzusehen.

Genevieve sagte nichts.

»Sie ist sehr krank«, antwortete Hester zurückhaltend. »Aber die Tatsache, daß sie noch lebt, gibt Grund zur Hoffnung.«

Er fuhr zu ihr herum. »Sie nehmen kein Blatt vor den Mund, nicht wahr? Ich hoffe, Sie sind freundlicher zu Ihren Patienten als zu deren Angehörigen!«

Hester hatte zu oft erlebt, daß Furcht in Zorn mündete, um selbst mit Zorn zu reagieren.

»Ich habe Ihnen die Wahrheit gesagt, Mylord. Wäre es Ihnen lieber, ich würde Ihnen erzählen, daß es ihr bessergeht, auch wenn das nicht stimmt?«

»Es geht nicht darum, was Sie sagen, Ma'am, es geht um die Art, wie Sie es sagen«, erwiderte er. Er würde nicht nachgeben. Er hatte sie kritisiert, und daher mußte sie im Unrecht sein. Er würde ihr verzeihen, wann er es wollte. »Ich werde so bald wie möglich einen Arzt kommen lassen – noch innerhalb der nächsten Stunde. Ich wäre dankbar, wenn Sie hierbleiben würden, bis er meine Frau untersucht hat. Danach können Sie, falls er damit einverstanden ist, für kurze Zeit zu Ihren Patienten in Limehouse zurückkehren, vorausgesetzt, der Arzt ist der Meinung, daß Sie nicht noch mehr Ansteckungsgefahr ins Haus tragen sollten. Ich bin sicher, das ist auch Ihr Wunsch.«

Sie wollte gerade einen Einwand erheben, aber er ließ ihr keine Gelegenheit dazu. Statt dessen wandte er sich an Genevieve.

»Es freut mich, daß du kommen konntest, meine Liebe. Du bist nicht nur Enid eine große Hilfe, sondern gibst mir damit auch die Möglichkeit, dir in deinen gegenwärtigen Schwierigkeiten ein wenig beizustehen.« Sein Gesicht wurde ein klein wenig weicher, eine Spur von Zärtlichkeit legte sich um seinen Mund und war einen Augenblick später wieder verschwunden. »Und ich meine, daß wir als Familie in dieser schwierigen Zeit zusammenhalten und einander stützen sollten, falls es wirklich zum Schlimmsten kommt.« In seinem Gesicht zuckte es unwillkürlich. »Ich hoffe aufrichtig, daß das nicht passieren wird. Vielleicht stellen wir ja fest, daß es einen Unfall gegeben hat – etwas, das wieder in Ordnung gebracht werden kann. Caleb ist gewalttätig – ja, er hat beinahe alle positiven Eigenschaften verloren, die er in seiner Jugend besaß –, aber es fällt mir schwer zu glauben, daß er Angus ganz bewußt verletzen würde.«

»Er haßt ihn«, sagte Genevieve, und aus ihrer Stimme klang eine innere Erschöpfung, die viel tiefer ging, als es die eine Nacht, in der sie Enid gepflegt hatte, die Schlaflosigkeit oder die Angst vor der Krankheit hätte erklären können. »Du weißt ja nicht, wie sehr!«

»Aber du auch nicht, meine Liebe«, sagte er, ohne noch einen weiteren Schritt in ihre Richtung zu machen. »Alles, was du gehört hast, ist Angus' Angst entsprungen und seinem überaus natürlichen Kummer über diese Situation und die negativen Veränderungen im Charakter seines Bruders. Ich weigere mich zu glauben, daß bereits alles verloren ist.«

»Vielen Dank«, flüsterte sie. Einen Augenblick lang leuchtete echte Dankbarkeit in ihrem Gesicht auf, und die plötzliche, neu geschöpfte Hoffnung ließ sie verletzlich wie ein Kind aussehen.

Hester wußte nicht, ob sie wütend auf ihn sein sollte, weil er diese Gedanken wieder in ihr hatte aufleben lassen, oder ob er ihr leid tun sollte wegen seines eigenen Schmerzes. Sie stellte sich den jungen Mann, der er gewesen sein mußte, vor, wie er zwei verwaiste kleine Knaben aufnahm und sie im Laufe der Zeit als seine eigenen Söhne betrachtete, wie er sie in seine Träume einschloß, wie er sie in die Künste und Wahrheiten des Lebens einwies und seine Erfahrungen und Ansichten mit ihnen teilte. Und dann mußte die Desillusionierung gekommen sein, während einer der beiden Jungen sich langsam zum Schlechten hin veränderte, böse wurde und sich Schritt für Schritt auf tragische Weise selbst zerstörte. Er hatte alles Gute, alle Sanftheit und alles Streben nach Tugend in sich ausgemerzt, bis er zu guter Letzt ganz allein dastand und sich einer Art Verzweiflung überließ. Gewiß wurde ein Mensch nur aus Verzweiflung zu dem, was Caleb Stone heute verkörperte.

Kein Wunder, daß Milo Ravensbrook im Krankenzimmer seiner Frau stand und sich weigerte zu glauben, daß ein Bruder den anderen ermordet haben konnte. Ihm drohte der Verlust all der Menschen, die er liebte, bis auf Genevieve und ihre Kinder, die durch Angus die letzten waren, in denen noch sein Blut floß.

Langsam wandte er sich ab und sah Enid an, dann versteifte er sich und ging mit bleichem Gesicht hinaus, unfähig, noch ein weiteres Wort zu sagen.

Gegen Mittag war der Arzt dagewesen und bereits wieder gegangen; auch er hatte kaum mehr als Mitleid anzubieten gehabt. Hester wollte gerade nach Limehouse aufbrechen, als sie in der Halle beinahe mit Monk zusammenstieß. Sie blieb abrupt stehen, eine Sekunde, nachdem auch er sie erkannt hatte.

»Was machen Sie denn hier?« wollte er wissen, aber in seinem Gesicht stand deutliche Erleichterung.

Trotz bester Vorsätze spürte sie, wie eine Woge der Freude in ihr aufstieg. Sie hatte nicht die Absicht, sich diesen Umstand zu erklären oder vor sich selbst zu rechtfertigen.

»Lady Ravensbrook ist krank. Ich pflege sie«, erwiderte sie.

In seinen Augen leuchtete ein Funke von schwarzem Humor

auf, beinahe eine Art perverser Befriedigung. »Sie sind Limehouse aber ziemlich schnell leid geworden, wie? Was ist mit Callandra? Ist sie jetzt ganz allein dort, nachdem Sie und Lady Ravensbrook gegangen sind?«

»Ich bin gerade auf dem Weg dorthin«, erwiderte sie scharf und mit unüberhörbarem Zorn.

»Sehr intelligent«, sagte Monk sarkastisch. »Dann können Sie den Typhus gleich hierher zurückbringen, damit Lady Ravensbrook den auch noch bekommt. Ich hätte nicht gedacht, daß Sie so dumm sind! Weiß Lord Ravensbrook davon? Vielleicht ist ihm die Tragweite des Ganzen nicht klar, aber von Ihnen hätte ich mehr erwartet.«

»Sie hat bereits Typhus«, erwiderte sie und sah ihm direkt in die Augen. »Das ist das Risiko, das man eingeht, wenn man Fieberpatienten pflegt. Aber wie Sie bereits bemerkt haben, Callandra hat sehr wenig Hilfe, abgesehen von einigen ortsansässigen Frauen, die willig sind, aber keine Erfahrung haben. Der einzige, der ihr sonst noch zur Seite steht, ist Kristian. Sie müssen sich ein wenig ausruhen, daher, denke ich, werden sie sich wohl abwechseln. Sie brauchen jemanden, der ihnen eine Weile zur Hand geht, sei es auch nur, damit sie das Hospital verlassen können, um weitere Vorräte zu besorgen.«

Sein Gesicht war blaß, und er sah aufrichtig erschüttert aus.

»Wird sie sich davon erholen?« fragte er nach einem Augenblick des Schweigens.

»Ich hoffe es. Sie wird natürlich sehr müde sein, aber Kristian wird alles tun, was in seiner Macht steht, um ... «

»Nicht Callandra, Sie Närrin«, fiel er ihr ins Wort. »Ich spreche von Lady Ravensbrook. Sie sagten, sie hätte Typhus.«

»Ja. Sie scheinen es nur sehr langsam zu begreifen, aber das ist der Grund, warum ich hier bin und mich um sie kümmere.«

»Und warum gehen Sie jetzt?« Er deutete mit dem Kopf auf die Hintertür, auf die sie zugesteuert war. »Geht es ihr denn gut genug, um allein gelassen zu werden?«

»Um Himmels willen, sie ist nicht allein«, fuhr sie ihn zornig an. »Genevieve Stonefield wird bei ihr sein, solange ich fort bin. Wir wechseln uns ab und tun alles, was wir können. Glauben Sie, ich würde einfach davonspazieren und eine Patientin allein lassen? Ich bin an Ihre grundlosen Kränkungen gewöhnt, aber selbst Sie müßten es eigentlich besser wissen.«

»Genevieve?« fragte er überrascht.

»Das ist es, was ich gesagt habe. Wahrscheinlich ist sie Ihre Klientin? Haben Sie irgendwelche Fortschritte gemacht? Als ich Sie das letztemal gesehen habe, schien Ihnen noch keinerlei Erfolg beschieden gewesen zu sein.«

»Ich verfüge jetzt über beträchtlich mehr Informationen«, antwortete er.

»Mit anderen Worten, nein«, deutete sie seine Feststellung.

»Glauben Sie wirklich, Sie haben genug Zeit und Talent, um neben Ihrer eigenen Arbeit auch meine zu machen?« fragte er mit einem neuerlichen Anflug von Sarkasmus. »Sie schätzen sich höher ein, als wohl gerechtfertigt ist.«

»Wenn Sie zu Genevieve wollen«, entgegnete sie, »werden Sie wohl warten müssen. Sie kann Lady Ravensbrook nicht allein lassen, bevor ich zurückgekehrt bin.« Und mit diesen Worten ging sie an ihm vorbei und auf die Haustür zu; sie riß sie auf und überließ es dem Lakaien, sie hinter ihr zu schließen.

»Ich bin gekommen, um mit Lord Ravensbrook zu sprechen«, stieß Monk zwischen zusammengebissenen Zähnen hervor. »Sie unglaublich törichtes Frauenzimmer!«

Nichtsdestoweniger suchte Hester, müde wie sie war, am Abend desselben Tages Monks Unterkunft in der Fitzroy Street auf, um ihm die allgemeinen Informationen, die sie im Haus der Ravensbrooks über Angus und Caleb Stonefield erhalten hatte, zu übermitteln. Es war nicht viel, aber es würde vielleicht weiterhelfen. Dabei ging es ihr nicht so sehr um Monk als um Genevieve.

Es war eine winterliche Nacht, und sie hatte den Kragen ihres Umhangs hochgeschlagen und um Hals und Kinn gezogen. An ihrem Ziel angelangt, überquerte sie den Bürgersteig und stieg die Treppe empor. Dann klopfte sie forsch an die Tür, bevor sie ihre Meinung ändern konnte.

Sie trat einen Schritt zurück und kam gerade zu der Überzeugung, daß er nicht zu Hause war und sie alles getan hatte, was man von ihr verlangen konnte, als der Schlüssel im Schloß umgedreht und die Tür geöffnet wurde. Monk stand direkt vor ihr. Nach dem, was sie von seinem Gesicht sehen konnte, war er müde und mutlos. Er versuchte nicht, seine Überraschung darüber, sie zu sehen, zu verbergen.

Er tat ihr leid, und plötzlich war sie froh, daß sie gekommen war.

»Ich dachte, ich könnte Ihnen ein wenig von dem, was ich hier über Angus und Caleb erfahren habe, erzählen«, erklärte sie ihr Erscheinen.

»Sie haben etwas erfahren?« fragte er hastig und ließ sie eintreten.

Vielleicht hatte sie mit ihrer Feststellung übertrieben und ihm unberechtigte Hoffnungen gemacht. Sie kam sich ziemlich töricht vor.

»Nur einige Fakten, oder vielleicht sollte ich korrekterweise sagen, die Meinungen einiger Personen.«

»Wen meinen Sie? Um Himmels willen, kommen Sie doch herein! Ich will nicht hier auf der Schwelle stehen, selbst wenn Sie das nicht stört.« Er öffnete die Tür ein wenig weiter, und als sie an ihm vorbeigegangen war, schloß er sie hinter ihr.

»Warum sind Sie so wütend?« Sie beschloß, sich nicht länger zu verteidigen, sondern ihrerseits anzugreifen. Das entsprach ohnehin mehr ihrer Art. Sie wollte ihm nicht gestatten, ihr das Gefühl zu geben, sich ständig rechtfertigen zu müssen. »Wenn Ihr Fall schwierig ist, so ist das sehr bedauerlich«, fuhr sie fort, während sie an ihm vorbei in den nächsten Raum ging. »Aber Sie machen die Sache nicht besser, wenn Sie beleidigend werden, und außerdem ist das sehr kindisch. Sie sollten lernen, sich besser zu beherrschen.«

»Sind Sie den ganzen Weg hierhergekommen, und das noch zu dieser späten Stunde, um mir das zu sagen?« fragte er ungläubig, während er ihr folgte. »Sie sind eine eigensinnige, unglaublich arrogante Person, die sich in alles einmischt! Ihr Umgang mit den Kranken ist Ihnen zu Kopf gestiegen! Selbst bei Ihren vergeblichen Anstrengungen mit den Kranken muß es doch Nützlicheres für Sie zu tun geben! Gehen Sie, und leeren Sie ein paar Eimer, oder schrubben Sie einen Fußboden! Schüren Sie irgendwo ein Feuer! Trösten Sie jemanden, wenn Sie auch nur die leiseste Ahnung haben, wie.«

Sie zog ihren nassen Umhang aus und reichte ihn Monk.

»Wollen Sie etwas über Angus und Caleb wissen oder nicht?« Sie empfand es fast als Erleichterung, nun ihrerseits rüde reagieren zu können. Sie hatte so lange ihre Zunge gehütet und alle möglichen Gefühle in sich aufgestaut, Erinnerungen an Einsamkeit und Furcht, an Entsetzen und Erschöpfung, an vergangenen Schmerz, den sie nicht lindern konnte, an vielfachen Tod, dem sie hilflos und ohnmächtig gegenübergestanden hatte. All das brach sich nun viel vehementer und müheloser, als sie erwartet hatte, Bahn, und sie wollte nichts für Monk empfinden. Es war schön, beinahe wie ein vertrautes Ritual, mit ihm zu streiten. »Haben Sie wirklich ein Interesse daran, der armen Genevieve zu helfen, oder nehmen Sie nur ihr Geld?«

Sein Gesicht wurde weiß. Mit dieser letzten Bemerkung hatte sie ihn verletzt. Trotz all seiner Fehler wußte sie mit absoluter Sicherheit, daß ein solches Verhalten nicht in seiner Natur lag. Vielleicht hätte sie das nicht sagen dürfen. Aber andererseits war auch er nicht davor zurückgeschreckt, sie zu beleidigen.

»Es tut mir leid«, sagte er mit verkniffener Miene. »Mir war nicht klar, daß Sie diesmal etwas Nützliches zu sagen haben. Worum geht es?« Geistesabwesend legte er ihren Umhang über einen der Stühle.

Jetzt fühlte sie sich erst recht töricht. Es war nichts Nützliches. Vielleicht wußte er das ebenfalls? Sie holte tief Luft und sah ihn an. Seine graue Augen waren kalt und voller Zorn.

»Lord Ravensbrook glaubt nicht, daß Caleb Angus etwas angetan haben würde«, begann sie. »Denn trotz all seiner Gewalttätigkeit sind sie Brüder und zusammen aufgewachsen; sie haben nach dem Tod ihrer Eltern ihre Einsamkeit und ihren Kummer geteilt. Aber er glaubt das, weil er sie beide liebt und es nicht ertragen könnte, wenn es anders wäre. Er hat bereits seine erste Frau verloren und dann die Eltern der Jungen, und jetzt ist Enid schrecklich krank, und Angus ist verschwunden.«

Er starrte sie an und wartete darauf, daß sie zum Ende kam.

Ihre Stimme klang selbst in ihren eigenen Ohren ein wenig dünn. »Aber Genevieve ist davon überzeugt, daß Caleb ihn getötet hat. Sie hat mir erzählt, daß Angus in der Vergangenheit oft mit Stichverletzungen nach Hause gekommen ist, von denen sonst niemand etwas wußte. Sie durfte keinen Arzt holen. Er schämte sich für diese Wunden. Ich glaube, das ist der Grund, warum sie Ihnen nichts davon erzählt hat. Sie möchte nicht, daß irgend jemand glaubt, Angus sei nicht in der Lage gewesen, sich einzugestehen, daß er ein Feigling war. Angus… « Sie wußte nicht, wie sie ihre Gedanken ausdrücken sollte, damit sie möglichst vernünftig klangen. Sie konnte Monks sarkastische Erwiderung beinahe hören, bevor sie selbst zu Ende gesprochen hatte. »Angus hat Caleb geliebt«, fuhr sie hastig fort. »Als Kinder haben sie sich sehr nahegestanden. Vielleicht existierte dieses Band für ihn nach wie vor, und er konnte einfach nicht glauben, daß Caleb eine Gefahr für ihn sein könnte. Vielleicht hat er sich sogar wegen seiner eigenen Erfolge schuldig gefühlt. Das mag auch der Grund gewesen sein, warum er ihn immer wieder aufgesucht hat – weil er ihm helfen wollte, um seines eigenen Gewissens willen. Und Mitleid kann für den, dem es gilt, sehr hart sein. Es kann sich tiefer in seine Seele hineinfressen als Haß oder Gleichgültigkeit.«

Er sah sie lange Zeit schweigend an. Sie wandte jedoch den Blick nicht ab, sondern starrte ihn ebenfalls an.

»Vielleicht«, räumte er nach einer Weile ein. Zum erstenmal konnte er sich eine Vorstellung von den Gefühlen Calebs machen, von den Ausbrüchen des Zorns, die in Gewalttätigkeit mündeten. »Das könnte einerseits erklären, warum Angus ihn nicht einfach vor die Hunde gehen ließ, was genau das zu sein scheint, was Caleb sich wünschte und verdient hätte, und warum

Caleb dumm genug war, den einen Mann auf Erden zu töten, dem er noch nicht gleichgültig geworden war. Aber es hilft mir nicht dabei, Angus zu finden.«

»Nun, wenn es Caleb war, der ihn getötet hat, hätten Sie zumindest eine Vorstellung, wo Sie suchen können«, stellte sie fest. »Sie brauchen Ihre Zeit nicht länger bei dem Versuch zu verschwenden, festzustellen, ob Angus eine heimliche Geliebte oder Spielschulden hatte. Er war wahrscheinlich genauso anständig, wie er zu sein schien, aber selbst wenn er das nicht war, müssen Sie sich nicht weiter damit beschäftigen, und ganz gewiß brauchen Sie Genevieve – oder Lord Ravensbrook – nichts davon zu sagen. Sie sind beide davon überzeugt, daß er ein außergewöhnlich guter Mensch war. Nach allem, was sie wissen, war er ehrenhaft, großzügig, geduldig, treu und durch und durch anständig. Er hat seinen Kindern Geschichten vorgelesen, seiner Frau Blumen geschenkt, hat gern am Klavier gesungen und konnte wunderbar Drachen steigen lassen. Wenn er tot ist, ist das doch schlimm genug, oder? Sie brauchen nicht auch noch seine Schwächen bloßzulegen, oder – nur um der Wahrheit Genüge zu tun?«

»Ich tue es nicht der Wahrheit wegen«, sagte er und sein Gesicht verzog sich bei diesem Gedanken ärgerlich. »Ich will, im Namen der Wahrheit, herausfinden, was ihm zugestoßen ist.«

»Er ist ins East End gegangen, um seinen Zwillingsbruder zu besuchen, der ihn in einem Anfall von Brutalität, wie es seinen Neigungen entspricht, getötet hat! Fragen Sie die Menschen in Limehouse – sie haben Angst vor ihm!« fuhr sie drängend fort. »Ich habe mit eigenen Augen zwei seiner Opfer gesehen, einen Jungen und eine Frau. Angus ist ihm einmal zu oft in die Quere gekommen, und Caleb hat ihn getötet – mag es ein Unfall oder Absicht gewesen sein. Sie müssen das um der Gerechtigkeit willen beweisen – damit Genevieve erfährt, was geschehen ist und einen gewissen Seelenfrieden wiederfinden kann – und entscheiden, was als nächstes zu tun ist.«

»Ich weiß, was ich zu tun habe«, sagte er schroff. »Das Wie ist sehr viel schwieriger zu ermitteln. Haben Sie da vielleicht genauso schnell einen Rat für mich zur Hand?«

Sie wünschte sich von Herzen, sie wäre in der Lage gewesen, ihm eine kurze und brillante Antwort zu geben, aber ihr wollte nichts einfallen, und bevor sie Zeit hatte, länger über die Sache nachzudenken, hörten sie ein kurzes scharfes Klopfen an der Tür.

Monk blickte überrascht auf, ging aber durch den Raum, um die Tür zu öffnen, und kehrte einen Augenblick später mit einer Frau zurück, die wunderschön gekleidet und ausgesprochen liebreizend war. Alles an ihr wirkte auf eine zwanglose und ungekünstelte Art und Weise weiblich, angefangen von ihrem weichen, honigfarbenen Haar unter ihrem Häubchen bis hin zu ihren schmalen, behandschuhten Händen und den zierlichen Stiefeln. Ihr Gesicht war schön. Ihre großen haselnußbraunen Augen unter den geschwungenen Brauen sahen Monk voller Freude und Hester voller Überraschung an.

»Störe ich Sie bei einer Unterredung mit einer Klientin?« erkundigte sie sich in entschuldigendem Tonfall. »Das tut mir wirklich leid. Ich kann selbstverständlich warten.«

Irgendwie war die Unterstellung, sie könne eine Klientin sein, sehr schmerzlich. Warum hatte die Frau automatisch angenommen, daß Hester keine Freundin Monks sein konnte?

»Nein, ich bin keine Klientin«, sagte Hester schärfer, als es ihr, sobald sie ihre eigene Stimme hörte, lieb war. »Ich habe Mr. Monk aufgesucht, um ihm einige Informationen zu geben, die sich vielleicht als nützlich erweisen könnten.«

»Wie freundlich von Ihnen, Miss … ?«

»Latterly«, ergänzte Hester.

»Drusilla Wyndham.« Die Frau stellte sich selbst vor, bevor Monk die Gelegenheit dazu hatte. »Guten Tag.«

Hester starrte sie an. Sie wirkte sehr gelassen, und ihr Benehmen ließ keinen Zweifel daran, daß ihr Besuch, auch wenn sie sich im Augenblick in Monks Büro befanden, privater Natur war. Monk hatte sie nie zuvor erwähnt, aber es stand außer Frage, daß er sie kannte, und alles deutete darauf hin, daß er sie außerdem mochte. Das konnte man an seinem Gesichtsausdruck erkennen, an der Art, wie er dastand, mit gestrafften

Schultern und dem leisen Lächeln, das um seine Lippen spielte, im Gegensatz zu dem harten Blick, der bis zu Drusillas Erscheinen in seinen Augen gestanden hatte.

Vielleicht kannte er sie von früher? Sie schien sich völlig ungezwungen in seiner Gesellschaft zu fühlen. Hester spürte, wie ihr Magen sich plötzlich zusammenkrampfte, als stürze sie ins Bodenlose. Natürlich mußte er in der Vergangenheit Frauen gekannt und wahrscheinlich auch geliebt haben. Um Himmels willen! Es war nicht einmal ausgeschlossen, daß er eine Ehefrau hatte! Konnte ein Mann so etwas vergessen? Wenn er wirklich geliebt hatte…?

Aber wäre Monk überhaupt in der Lage gewesen, irgend jemanden zu lieben? Hatte er die Fähigkeit zu uneingeschränkter und absoluter Liebe in sich, die Fähigkeit, sein Leben mit einem anderen Menschen zu teilen?

Ja. Für ein paar Augenblicke in jenem geschlossenen Raum in Edinburgh hatte er diese Fähigkeit bewiesen. Diese kurze Zeit war ihr kostbar wie ein leuchtender Stern in ihrer Erinnerung. Und doch tat sie auch weh, denn sie konnte sie nicht vergessen oder einfach beiseite schieben. Sie konnte nie mehr so an ihn denken, wie sie es früher getan hatte, ihm seinen Zorn und seine Kälte nie mehr ganz glauben, und vor allem konnte sie sich selbst nicht mehr einreden, daß es nichts an ihm gab, was sie wirklich begehrt hätte.

Drusilla Wyndham unterbrach ihre Unterhaltung mit Monk und hatte sich nun wieder zu Hester umgewandt, um sie mit ihren schönen, großen Augen fragend anzusehen.

»Wäre es Ihnen lieber, ich würde draußen warten, während Sie Ihre Unterhaltung hier beenden, Miss Latterly?« erkundigte sie sich höflich. »Ich möchte mich nicht aufdrängen oder Sie von Ihren weiteren Plänen für diesen Abend, die Sie gewiß haben, abhalten. Ich bin sicher, daß Sie Freunde haben, die Sie noch besuchen wollen, oder eine Familie, die auf Sie wartet.« Es war eine Feststellung, keine Frage. Und es war auch eine sehr eindeutige Art, sie darauf hinzuweisen, daß sie nun gehen könne.

Hester spürte, wie sich ihr der Hals zuschnürte und ihre

Schultern sich vor Verbitterung und Zorn verkrampften. Wie konnte diese Frau es wagen, sich so zu verhalten, als hätte sie irgendeinen Besitzanspruch auf Monk? Hester kannte ihn viel besser, als die andere Frau ihn je kennen würde. Sie hatte Seite an Seite mit ihm verzweifelte Kämpfe durchgestanden, hatte Hoffnung und Mut mit ihm geteilt, Mitleid und Furcht, Sieg und Niederlage. Sie hatten nebeneinander gestanden, als Ehre und Leben in Gefahr waren. Drusilla Wyndham wußte nichts von alldem!

Aber sie konnte alle möglichen anderen Dinge wissen. Vielleicht konnte sie Monk sogar etwas über seine Vergangenheit erzählen? Und wenn Hester ihn liebte – nein, das war absurd! Wenn sie eine wahre Freundin war, ein ehrenwerter Mensch, konnte sie nicht den Wunsch haben, ihm das vorzuenthalten.

»Natürlich«, sagte sie kalt. »Aber es besteht kein Grund dafür, daß Sie sich zurückziehen, Miss Wyndham. Alles Vertrauliche ist bereits gesagt worden.« Sie mußte die andere Frau wissen lassen, daß es vertrauliche Dinge zwischen ihr und Monk gab. »Ich wünsche Ihnen einen schönen Abend.« Dann wandte sie sich wieder an Monk und sah die Belustigung auf seinem Gesicht, was sie zutiefst erzürnte und ihr brennende Röte in die Wangen trieb.

Drusilla lächelte. Vielleicht hatte auch sie sie besser durchschaut, als ihr lieb sein konnte. Sie fühlte sich auf einmal furchtbar nackt.

»Gute Nacht, Mr. Monk«, sagte sie mit einem gezwungenen Lächeln. »Ich hoffe, Sie haben in Zukunft mehr Erfolg, als es bisher der Fall gewesen ist.« Mit diesen Worten ging Hester dann zur Tür und öffnete sie, bevor er Zeit hatte, ihr zuvorzukommen. Sie trat hinaus auf die kalte Straße und überließ es ihm, die Tür hinter ihr zu schließen.

Sobald Hester gegangen war, drehte Drusilla sich zu Monk um.

»Ich hoffe doch, mein Besuch kam nicht ungelegen? Ich wollte sie nicht in Verlegenheit bringen. Das arme Geschöpf sah völlig verwirrt aus. Sie sagte, es sei keine persönliche Angelegenheit, aber wollte sie da vielleicht nur höflich sein?« Aus ihren Worten sprach eine gewisse Sorge, aber in ihren Augen stand ein Funkeln, das enge Verwandtschaft mit Gelächter aufwies, und ihr Gesicht glühte.

»Durchaus nicht«, sagte Monk in bestimmtem Ton, obwohl er wußte, daß Hester erregt gewesen war. Das war etwas ganz Ungewöhnliches. Er hätte nie geglaubt, daß sie für ein so weibliches Gefühl wie Eifersucht empfänglich war. Er ärgerte sich um ihretwillen. Dieses Verhalten war völlig uncharakteristisch für sie – ein Riß in ihrem Schutzschild. Andererseits fühlte er sich auch geschmeichelt. »Sie hatte mir bereits gesagt, was sie zu sagen hatte«, erklärte er Drusilla und machte einen Schritt zurück, so daß sie näher ans Fenster treten konnte. »Sie hatte keinen Grund und auch nicht den Wunsch, länger zu bleiben. Sie wollte gerade gehen, als Sie kamen.« Er fügte nicht hinzu, daß er sich freute, sie zu sehen, aber sein Verhalten ihr gegenüber sprach eine deutliche Sprache, und das lag auch in seiner Absicht.

»Arbeiten Sie noch an einem anderen Fall außer dem, von dem Sie mir erzählt haben?« wollte sie wissen.

»Nein. Darf ich Ihnen eine Erfrischung anbieten? Eine Tasse Tee? Oder eine Tasse heiße Schokolade? Es ist ein kalter Abend.«

»Vielen Dank.« Sie nahm seine Einladung an. »Das wäre wirklich schön. Ich gebe zu, daß ich in dem Hansom sehr gefroren habe. Es war sehr übereilt von mir hierherzukommen, da ich noch nicht einmal wußte, ob Sie zu Hause sein würden, ganz zu schweigen von der Frage, ob Sie auf Besuch vorbereitet wären. Ich habe mich geschämt, aber da war es schon zu spät, und ich war schon auf halbem Weg zu Ihnen. Vielen Dank.« Sie reichte ihm ihren Umhang, nahm ihre Haube ab und fuhr sich mit den Fingern anmutig durch die weichen Locken an ihren Schläfen. »Ich muß zugeben, daß ich ein ganz undamenhaftes Interesse an der Geschichte habe – Sie wissen schon, Ihre Nachforschungen bezüglich des unglückseligen Mannes, der verschwunden ist.« Sie sah ihn mit einem Lächeln an. »Ich habe mich bei den wenigen Bekannten, die ich in der Geographischen Gesellschaft habe, erkundigt, außerdem bei einem Musikverein, den ich kenne, und bei einer Debattiervereinigung, aber ich habe nichts erfahren, abgesehen davon, daß Mr. Stonefield einmal bei der Geographischen Gesellschaft Gast und anscheinend ein ruhiger und charmanter Mann war, der erklärte, er habe zu viele familiäre und geschäftliche Verpflichtungen, um der Gesellschaft häufiger einen Besuch abstatten zu können.« Ihr Blick wanderte durch das Zimmer, und sie registrierte die geschmackvollen, aber nicht gerade neuen Möbelstücke, das blankpolierte Holz, die satten, dunklen Farben des morgenländischen Teppichs und das absolute Fehlen jeglicher Fotografien oder persönlicher Erinnerungsstücke.

»Die anderen wußten überhaupt nichts über ihn«, fuhr sie fort. »Höchstens dem Hörensagen nach – er galt als ein überaus ehrenwerter Mann, sehr anständig und immer bereit, großzügige Spenden für wohltätige Zwecke zu geben, ein regelmäßiger Kirchgänger und in jeder Hinsicht eine Stütze der Gesellschaft.« In ihren Augen stand ein lebhafter Blick, und ihre Wangen waren leicht gerötet. »Das ist sehr seltsam, nicht wahr? Ich fürchte zutiefst, daß seine arme Frau recht hat und ihm etwas zugestoßen ist.«

»Ja«, pflichtete Monk ihr ernst bei. Er stand neben dem Kaminsims, ganz in der Nähe des Feuers. Sie saß ihm gegenüber im Sessel, und ihre weiten Röcke berührten beinahe das Kamingitter. Fast geistesabwesend läutete er nach seiner Hauswirtin. »Ja, ich fürchte, es sieht mehr und mehr danach aus.«

»Was werden Sie als nächstes unternehmen?« fragte sie und blickte zu ihm auf. »Sie werden doch sicher versuchen, es zu beweisen? Wie sonst könnte der Gerechtigkeit Genüge getan werden?«

»Natürlich werde ich das versuchen.«

Es klopfte an der Tür, und seine Vermieterin stand vor ihm. Sie war von Natur aus ein fröhlicher Mensch und hatte ihre Skrupel, einen Detektiv zu beherbergen, überwunden; ja, mittlerweile war sie in gewisser Hinsicht sogar stolz darauf, weil sie weniger glücklichen Vermietern ähnlicher Etablissements in der Nachbarschaft, deren Mieter alltäglicheren Verrichtungen nachgingen, alle möglichen faszinierenden Dinge erzählen konnte.

»Ja, Mr. Monk? Was kann ich für Sie tun?« Sie musterte Drusilla mit unverhohlenem Interesse. Eine Dame von solcher Schönheit mußte entweder in furchtbarer Bedrängnis oder eine sehr verruchte und höchst gefährliche Person sein. Wie auch immer, die Sache war äußerst interessant. Nicht daß sie auch nur ein einziges Wort darüber verlauten lassen würde, falls sie Gelegenheit haben sollte, irgend etwas mitzuhören.

»Zwei Tassen heiße Schokolade, wenn es Ihnen nichts ausmacht, Mrs. Mundy«, erwiderte er. »Es ist ein sehr unfreundlicher Abend.«

»Das ist es wirklich«, gab Mrs. Mundy ihm recht. »Nur ein Mensch in höchster Not würde an einem Winterabend zu dieser Stunde aus dem Haus gehen. Zwei Tassen heiße Schokolade, jawohl, Mr. Monk.« Und damit zog sie sich zurück.

»Was werden Sie als nächstes unternehmen?« fragte Drusilla, sobald die Tür geschlossen war. »Wie wollen Sie herausfinden, wohin er gegangen ist, und wie wollen Sie Caleb Stone finden? Er ist doch gewiß der Schlüssel zu dem Ganzen, oder?«

»Das glaube ich auch«, meinte er, belustigt über ihren Eifer und, ganz gegen seine sonstige Art, ein wenig geschmeichelt. Sie fühlte sich zu ihm hingezogen, ganz gleich, wie bescheiden er auch erscheinen wollte, dieser Umstand trat deutlich zutage. Er reagierte entsprechend, denn auch er fand in ihr alles, was ihm an einer Frau gefiel: Sie war charmant, intelligent, selbstsicher, amüsant und besaß eine gewisse Weiblichkeit mit einer Spur Verletzbarkeit, was ihm sehr gefiel. Es war kein vollkommen ungewohntes Gefühl. Er konnte sich an nichts Genaues erinnern, aber er reagierte instinktiv ganz selbstverständlich und mit deutlichem Vergnügen.

»Also werden Sie ins East End gehen?« fragte sie mit leuchtenden Augen weiter.

»Ja«, antwortete er, während er sie belustigt ansah; er ließ es sich nicht nehmen, sie ein wenig auf die Folter zu spannen, er wußte, daß sie sich langweilte, daß sie nach Abenteuern lechzte, nach Erlebnissen, die ganz anders waren als alles, womit ihre Freundinnen prahlen konnten. Sie hatte Mut, daran zweifelte er nicht, und wahrscheinlich sogar den ehrlichen Wunsch, neue Erfahrungen zu machen und jemandem zu helfen, für den sie ein gewisses Mitleid empfand. Er wußte, was sie als nächstes sagen würde.

»Ich werde Ihnen helfen«, erbot sie sich. »Ich bin ein sehr guter Menschenkenner, vor allem, wenn es darum geht festzustellen, ob jemand lügt oder die Wahrheit sagt, und zusammen können wir mit doppelt so vielen Leuten sprechen wie Sie allein.«

»Sie können mich aber nicht in einem Kleid wie diesem begleiten.« Er musterte sie mit unverhohlener Anerkennung. Sie bot einen erfreulichen Anblick, war eine perfekte Mischung aus Geist und gutem Geschmack und überdies schön genug, um die Aufmerksamkeit eines jeden Mannes zu erregen. Bei alledem wirkte sie jedoch nicht überheblich, und sie verfügte über jenes Maß an Würde und Selbstbeherrschung, das keinen Zweifel daran aufkommen ließ, daß sie ihre eigene Herrin war und sich unter ihrer Schönheit noch unendlich viele Dinge verbargen, von denen kein Mann etwas erfahren würde, es sei denn, er gab seinerseits sehr viel von sich preis. Er stellte fest, daß er ganz eindeutig ihre Begleitung wünschte, ob sie ihm nun von Nutzen war oder nicht.

»Ich werde mir ein Kleid von meinem Hausmädchen borgen«, versprach sie. »Wann wollen wir beginnen?«

»Morgen früh«, antwortete er, wobei er sich nur den Anflug eines Lächelns gestattete. Dann fügte er mit hochgezogenen Augenbrauen hinzu: »Wäre acht Uhr zu früh für Sie?«

»Nicht im mindesten«, erwiderte sie mit vorgerecktem Kinn. »Ich werde um acht Uhr hier sein, auf die Sekunde pünktlich.«

Er grinste. »Wunderbar!«

Mrs. Mundy klopfte an die Tür und brachte die heiße Schokolade. Monk nahm seine Tasse entgegen, als enthielte sie Champagner.

Fünftes Kapitel

In Bloomsbury, wohin sie ihr Weg am nächsten Morgen führte, war es sehr ruhig und kalt, aber während sie weiter nach Osten fuhren und dem Fluß immer näher kamen, gerieten sie in dichten Nebel. Er drang tief in ihre Kehlen und hinterließ zusammen mit dem Qualm aus Haus- und Fabrikschloten einen widerlichen Geschmack auf der Zunge. Schließlich konnte die Droschke kurz vor der Isle of Dogs nur noch im Schrittempo vorankommen. Sie hielt in der Three Colt Street an, Monk entlohnte den Kutscher und streckte die Hand aus, um Drusilla herauszuhelfen. Wie sie es versprochen hatte, trug sie ein Kleid ihres Hausmädchens: einen dunklen Rock mit einer hellen, unauffälligen Bluse unter einem Jäckchen und einen Umhang, der sowohl braun als auch grau hätte sein können. In dem diffusen Licht des Nebels ließ sich das nicht feststellen. Sie hatte einen Schal über ihr honigfarbenes Haar gelegt und ihre Wangen sogar mit ein oder zwei Schmutzflecken versehen, aber nichts konnte ihre natürliche Schönheit verhüllen oder das Weiß ihrer Zähne, wenn sie lächelte.

Die Kutsche verschwand in der Düsternis des Nebels, und mit einem leichten Schaudern schob sie ihren Arm unter den seinen, bevor sie sich an ihre ermüdende Aufgabe machten. Zuerst hielt sie sich immer ein wenig zurück, wenn Monk mit Hausierern, fliegenden Händlern und Lumpensammlern sprach und nichts Brauchbares dabei herauskam. Es überraschte ihn nicht, daß diese Menschen ihr fremd und abschreckend erschienen. Ihr Akzent mußte für sie schwer verständlich sein, und ihre Gesichter unter der dicken Schmutzschicht drückten Wachsamkeit aus, eine Mischung aus Ärger und Angst.

Nach ungefähr hundert Metern gesellte sich eine Gruppe von Kindern mit mageren Gesichtern und großen Augen zu ihnen;

einige von ihnen waren trotz der bitteren Kälte der nassen Pflastersteine barfuß. Sie waren neugierig und begierig auf jeden halben Penny, nach jedem Farthing, den sie vielleicht ergattern konnten. Schmutzige kleine Hände zerrten an Monks Ärmel und Drusillas Röcken, die weniger als halb so ausladend waren wie ihre gewohnten Krinolinen.

Allmählich kamen sie weiter nach Osten. In Ropemakers Field versuchte Monk bei mehreren Krämern sein Glück. Drusilla brachte sogar den Mut auf, selbst einige Vorschläge zu machen. Aber trotzdem hatten sie immer noch nichts Brauchbares in Erfahrung gebracht. Es gab durchaus Bemerkungen über Caleb Stone, von denen nur wenige schmeichelhaft waren und die meisten mit offensichtlicher Furcht ausgesprochen wurden.

In der Emmett Street war es genauso. Der Nebel vom Fluß war dort sogar noch dichter, hing wie ein schwerer Vorhang über der Landschaft und versperrte ihnen die Sicht. In den grauen, tristen Straßen mit ihren hohen, schmalen Mauern, die von Ruß und Feuchtigkeit fleckig waren, den Schornsteinen, aus denen dünne Rauchschwaden aufstiegen, gab es keine Farben, die der Nebel hätte auslöschen können. Überall türmte sich Unrat bis in die Gosse hinein, und der Geruch würgte sie in der Kehle. Der Nebel dämpfte alle Geräusche; selbst die Schritte anderer Passanten auf den nassen Steinen waren kaum zu hören. Ab und zu kam vom Fluß, der nur eine Straße weiter lag, das Tuten eines Nebelhorns.

Drusilla sah immer wieder zu Monk hinüber, Entsetzen und Ungläubigkeit in den Augen.

»Wollen Sie umkehren?« fragte er, denn er wußte, daß sie von Mitleid und Grauen erfüllt sein mußte. Wenn man bedachte, daß sie so etwas noch nie zuvor gesehen und auch nicht die leiseste Ahnung davon gehabt hatte, sprach es sehr für ihren Mut, daß sie überhaupt so weit mitgekommen war.

»Wir haben noch nichts herausgefunden«, sagte sie halsstarrig und biß die Zähne zusammen. »Vielen Dank, aber ich bleibe bei Ihnen.«

Er lächelte sie mit einer Wärme an, die er nicht vorzutäuschen brauchte. Er drückte ihren Arm ein wenig fester an sich, während sie nun an den West India Docks vorbei zur Isle of Dogs gingen.

Auf der Westferry Road sprach Monk eine Frau mit üppigem Busen und kurzen, sehr krummen Beinen an. Sie trug ein Bündel Lumpen und wollte gerade durch eine Tür treten, aus der ein Geruch nach verbranntem Fett auf die Straße drang.

»He!« rief Monk.

Die Frau blieb stehen und drehte sich um, zu müde, um neugierig zu sein. »Was gibt's?«

»Ich suche nach jemandem«, begann Monk, wie er es schon so viele Male zuvor getan hatte. »Es wär' mir durchaus was wert, ihn zu finden.«

»Ach ja?« Ein leichtes Zucken ging über das teilnahmslose Gesicht der Frau. »Wen suchen Sie denn, hm?«

Drusilla reichte ihr Enids Zeichnung von Angus. Sie kniff die Augen zusammen und betrachtete das Bild in dem fahlen Licht. Dann verzog sie ihr Gesicht und drückte Monk die Zeichnung wieder in die Hand; als sie zu sprechen begann, war ihre Stimme schroff und wütend.

»Wenn ihr Caleb Stone sucht, müßt ihr den ohne Hilfe finden! Stecken Sie sich Ihre Moneten an den Hut. Im Grab kann ich den Zaster nicht brauchen.«

»Das ist nicht Caleb Stone«, sagte Monk hastig.

»Doch ist er das!« Die Frau hielt ihm das Bild wieder hin. »Denken Sie, ich bin blöd? Ich erkenne Caleb Stone, wenn ich ihn seh'!«

»Das ist nicht Caleb«, sagte Drusilla eindringlich und meldete sich damit zum erstenmal bei einer solchen Befragung zu Wort. »Er ist mit ihm verwandt, deshalb die Ähnlichkeit. Aber sehen Sie doch einmal genauer hin.« Sie nahm Monk das Bild aus der Hand und reichte es der Frau. »Sehen Sie sich sein Gesicht noch einmal an. Seine Augen. Sieht er so aus wie die Art von Mann, die Caleb Stone ist?«

Die Frau krauste nachdenklich die Stirn. »Sieht für mich ganz nach Caleb Stone aus. Zurechtgemacht wie 'n feiner Pinkel, aber hat dieselben Augen und dieselbe Nase.«

»Aber es ist nicht derselbe Mann«, beharrte Drusilla. »Das ist sein Bruder.«

»Quatsch! Der hat keinen Bruder nich'!«

»O doch, das hat er.«

»Tja… «, meinte die Frau unschlüssig. »Vielleicht sieht er wirklich 'n bißchen anders aus, vor allem um den Mund rum, aber gesehen habe ich ihn jedenfalls nicht!«

»Er müßte gut gekleidet gewesen sein, und er hat bestimmt gepflegt gesprochen«, fügte Drusilla hinzu.

»Ich hab's Ihnen doch schon mal gesagt, ich hab' ihn nicht gesehen, und ich will ihn auch gar nicht sehen!« Sie machte Anstalten, Drusilla das Bild zurückzugeben.

Aber bevor diese es annehmen konnte, wurde die Tür aufgerissen, und ein magerer Mann mit relativ dunklem, unrasiertem Gesicht streckte den Kopf heraus.

»Bist du endlich fertig mit Quatschen, du fette alte Kuh? Wo bleibt mein Essen? Ich schinde mich nicht ab, damit du auf der Straße rumstehst und mit irgend 'nem Blödmann quasselst und quasselst und quasselst! Beweg gefälligst deinen Hintern hier rein!«

»Halt die Klappe und guck dir lieber dieses Bild hier an, ja?« schrie die Frau zurück, und aus ihrer Stimme war nicht zu erkennen, daß sie es besonders übelgenommen hätte, daß der Mann so mit ihr sprach.

»Ist Ihnen die Sache noch immer 'n paar Moneten wert?« fragte sie Monk.

»Ja«, bestätigte dieser.

Der Mann kam widerstrebend aus dem Haus, und auf seinem Gesicht spiegelte sich deutlicher Argwohn wider. Er starrte Drusilla an, blickte mit schmalen Augen zu Monk hinüber und wandte sich dann endlich dem Bild zu.

»Ja«, sagte er schließlich. »Den hab' ich gesehen. Was wollen Sie von dem? Hat ein Pint unten im Artichoke getrunken und ist dann zum Fluß runter. Warum?«

»War es nicht Caleb Stone, den Sie da gesehen haben?« erkundigte Monk sich zweifelnd.

»Nein, es war nicht Caleb Stone, den ich da gesehen habe.« Der Mann äffte Monks Stimme gehässig nach. »Ich kenne den Unterschied zwischen Caleb Stone und so 'nem Wunderknaben mit feinen Manieren und Kleidern wie'n Fatzke.«

»Wann war das?« fragte Monk.

»Woher soll ich das wissen?« erwiderte der Mann gereizt. »Letzte Woche oder die Woche davor.«

Monk schob beide Hände tiefer in seine Taschen.

»Natürlich weißte das, du blöder Hund!« sagte die Frau scharf. »Streng deine Birne 'n bißchen an, dann fällt's dir schon wieder ein. Was für'n Tag war es? Bevor Tantchen dir den Kinnhaken verpaßt hat oder danach?«

»Am selben Tag«, erwiderte er mürrisch. »Oder am Tag davor.« Er rülpste. »Nee, doch am Tag davor, also ist es jetzt genau zwei Wochen her! Mehr kann ich Ihnen nich' erzählen.« Er drehte sich um und wollte wieder ins Haus verschwinden.

Die Frau ließ ihre Hand vorschnellen, und Monk gab ihr einen Shilling. Das war der Tag, an dem Angus Stonefield verschwunden war. Diese Auskunft war einen Shilling wert.

»Vielen Dank«, sagte er freundlich.

Sie packte das Geldstück, verbarg es in ihren Röcken, folgte ihrem Mann ins Haus und ließ die Tür hinter sich zufallen.

Monk drehte sich zu Drusilla um. In ihrem Gesicht stand ein Ausdruck des Triumphes, ihre Augen leuchteten, und ihre Wangen glühten. Trotz seiner Genugtuung darüber, daß es ihm gelungen war, Angus' Weg am Tag seines Verschwindens bis zur Isle of Dogs, ja sogar bis hinein in eine ganz bestimmte Taverne zurückzuverfolgen, überwog seine Freude an ihrer Gesellschaft jedoch alle anderen Gefühle, und als er sie jetzt ansah und wieder einmal dachte, wie hübsch sie doch war, verspürte er eine seltsame Erregung.

»Sollen wir unsere Suche ins Artichoke verlegen und etwas zu Mittag essen?« fragte er augenzwinkernd. »Ich meine, wir hätten es verdient.«

»Das haben wir wirklich«, stimmte sie ihm von ganzem Herzen zu und nahm seinen Arm. »Und zwar das Beste, das es dort gibt.«

Sie aßen im Artichoke, und Monk versuchte, mit dem Gastwirt zu sprechen, einem stämmigen Mann mit rotem Gesicht und gewaltiger Nase, die als Folge einer alten Verletzung ziemlich schief saß. Aber er war beschäftigt und höchst abgeneigt, irgendwelche Fragen zu beantworten, die nichts mit der Rechnung zu tun hatten. Monk erfuhr nichts von ihm, außer daß seine Wirtsstube einen hervorragenden Treffpunkt für zwei Männer abgeben würde, die sich ungestört unterhalten wollten.

Danach versuchten sie es noch in einigen weiteren Läden und bei Passanten, aber in dem dichten Nebel des sich zunehmend verdüsternden Nachmittags befanden sich nur noch wenige Menschen auf den Straßen. Um drei Uhr bot Monk Drusilla an, sie nach Hause zu bringen. Es war bitter kalt, und der rauhe Wind drang durch sämtliche Kleider, außerdem mußte sie auch sehr erschöpft sein.

»Vielen Dank, aber Sie brauchen mich nicht zu begleiten«, sagte sie mit einem Lächeln. »Ich weiß, daß Sie weitermachen wollen, bis es dunkel ist.«

»Natürlich bringe ich Sie nach Hause«, beharrte er. »Sie sollten in einer Gegend wie dieser hier nicht allein umherirren.«

»Unfug!« sagte sie energisch. »Wir gehen diese Sache als Partner an. Höflichkeit akzeptiere ich, aber ich weigere mich, mich wie ein dummes kleines Mädchen behandeln zu lassen. Rufen Sie mir einen Hansom, und ich werde in einer Stunde zu Hause sein. Wenn Sie mir das Gefühl geben, nur eine Last für Sie zu sein, rauben Sie mir die ganze Freude.« Sie lächelte ihn strahlend und mit einem Lachen in der Stimme an. »Und das wunderbare Gefühl, etwas geleistet zu haben. Bitte, William, ja?« Sie hatte seinen Vornamen noch nie zuvor ausgesprochen. Er fand es seltsam angenehm, ihn von ihren Lippen zu hören.

Und im Grunde hatte sie ja recht. Also gab er nach und brachte sie zur nächsten Hauptstraße, wo er einen Hansom anhielt und ihr hineinhalf, den Fahrer entlohnte und zusah, wie die Kutsche im dichten Nebel verschwand. Augenblicke später war sie wie vom Erdboden verschluckt. Er wandte sich ab und begann seine Arbeit von neuem. Noch eine weitere Stunde verbrachte er damit, Fragen zu stellen und das Terrain zu sondieren. Aber er erfuhr nichts mehr an diesem Tag; er traf nur immer wieder auf Angst vor Caleb Stone und auf Gerüchte, die allesamt unerfreulich waren. Caleb Stone schien schwer faßbar zu sein, er tauchte irgendwo auf und verschwand wieder, wie es ihm paßte, war immer wütend, immer an der Grenze zur Gewalttätigkeit.

Alles, was er mittlerweile wußte, überzeugte ihn nur noch mehr davon, daß Angus Stonefield wirklich tot war und Caleb ihn ermordet hatte, daß der Haß und die Eifersucht, die sich in vielen Jahren aufgestaut hatten, schließlich zum Ausbruch geführt hatten.

Aber wie sollte man das den Geschworenen beweisen? Wie ihnen vermitteln, daß es eine moralische Gewißheit gab, ein erdrückendes Gefühl von Ungerechtigkeit, von Unrecht, auf das ihnen jegliche Antworten verweigert wurden? Es gab keine Leiche. Vielleicht würde es nie eine geben. Alles, was er bis jetzt von Caleb wußte, ließ ihn als einen Mann von absolutem und grausamem Egoismus erscheinen, zeugte aber von beträchtlicher Schläue; außerdem hatte er viele Freunde im Hafenviertel, die ihn verstecken würden, die ihn tatsächlich versteckten, wann immer er in Gefahr war.

Aber Monk hatte doch gewiß genug Verstand und Phantasie, um ihn zu überlisten? Er ging langsam weiter, ertastete sich seinen Weg durch Nebel und Dunkelheit mehr, als daß er ihn sah.

Er konnte die gedämpften Schritte anderer Menschen, die jetzt am späten Nachmittag nach Hause zurückkehrten, kaum hören. Wagenlampen hingen wie am Himmel schwebende Monde in den Nebelschwaden. Selbst dem Klang der Pferdehufe auf dem Kopfsteinpflaster fehlte die gewohnte Schärfe.

Es gab so vieles, was er über sich selbst nicht wußte. Aber zumindest seit dem Unfall hatte er in keinem seiner wirklich wichtigen Fälle eine Niederlage erlitten. Von der Zeit vor dem Unfall wußte er nur das, was er in seinen eigenen Notizen in den Polizeiakten gelesen hatte.

Aber jeder Fall, über den er dort las, zeigte einen Mann von erbarmungsloser Hartnäckigkeit, weitreichender Phantasie und einer großen Leidenschaft für die Wahrheit. Er hatte schon früher mit so schwierigen und gewalttätigen Gegnern wie Caleb Stone zu tun gehabt, und keiner hatte ihn je geschlagen.

Er ging anderthalb Meilen über die West India Dock Road, bis er endlich einen Hansom fand, von dem er sich in die Fitzroy Street bringen lassen konnte. Er erwartete Genevieve Stonefield. Er hatte ihr einen Bericht über seine Nachforschungen versprochen und mußte dort sein, wenn sie kam. Er lehnte sich in das Sitzpolster zurück und schloß während der langen, gemächlichen Fahrt die Augen. Um diese Zeit und bei diesem Wetter würde es mehr als eine Stunde dauern, auch nur bis Bloomsbury zu kommen.

Nachdem er sich umgezogen und eine Tasse heißen Tee getrunken hatte, traf Genevieve Stonefield ein.

»Treten Sie ein, Mrs. Stonefield.« Er schloß die Tür hinter ihr und nahm ihr den nassen Umhang und die Haube ab. Sie sah sehr müde aus. In ihrem Gesicht zeichneten sich feine Linien ab, die er wenige Tage zuvor noch nicht dort entdeckt hatte.

»Vielen Dank«, sagte sie, während sie widerwillig Platz nahm und sich nur auf die Stuhlkante setzte, als könne es sie noch verletzlicher machen, wenn sie sich in irgendeiner Hinsicht gehenließ.

»Wie geht es Lady Ravensbrook?« fragte er.

»Sie ist sehr krank«, antwortete sie, und ihre Augen waren dunkel vor Erschöpfung und Kummer. »Sehr krank. Wir wissen nicht, ob sie überleben wird. Miss Latterly tut alles für sie, was in ihren Kräften steht, aber es ist vielleicht nicht genug. Mr. Monk, haben Sie etwas über meinen Mann herausgefunden? Meine Situation wird immer verzweifelter.«

»Das mit Lady Ravensbrook tut mir sehr leid«, sagte Monk leise und meinte es auch so. Er mochte sie, auch wenn er ihr nur ganz kurz begegnet war. Ihr Gesicht hatte Mut und Intelligenz verraten. Der Gedanke, daß sie nun vielleicht ein so sinnloses Ende finden würde, schmerzte ihn. Er sah Genevieve an. Wieviel schlimmer mußte sie dieses Gefühl der Hilflosigkeit und des Verlustes treffen. Sie saß starr auf der Stuhlkante und wartete mit ernster Miene darauf, daß er ihre Fragen beantwortete.

»Ich fürchte, es sieht immer mehr danach aus, als hätten Sie tatsächlich recht«, sagte er. »Ich wünschte, ich könnte Ihnen etwas Erfreulicheres mitteilen, aber ich habe seinen Weg am Tag seines Verschwindens bis nach Limehouse zurückverfolgen können, und es scheint kein Zweifel daran zu bestehen, daß er Caleb besucht hat, wie schon so häufig in der Vergangenheit.«

Sie biß sich auf die Lippen, und ihre Hände verkrampften sich auf ihrem Schoß, aber sie unterbrach ihn nicht.

»Ich suche selbstverständlich weiter, aber ich habe noch niemanden gefunden, der ihn seither gesehen hat«, fuhr er fort.

»Aber Mr. Monk, was ich brauche, ist ein Beweis!« Sie holte tief Luft. »In meinem Herzen weiß ich, was geschehen ist. Ich habe es gewußt, seit er nicht zur verabredeten Zeit nach Hause gekommen ist. Ich habe so etwas schon lange befürchtet, konnte ihn aber nicht davon abbringen. Aber das werden die Behörden nicht akzeptieren!« Die Verzweiflung ließ ihre Stimme lauter werden, als hätte sie das Gefühl, sich nicht verständlich machen zu können. »Ohne Beweis bin ich einfach nur eine sitzengelassene Frau, und Gott weiß, daß London voll davon ist.« Sie schüttelte verzagt den Kopf. »Ich kann keinerlei Entscheidungen treffen. Ich kann keinen Besitz entäußern, denn solange das Gesetz davon ausgeht, daß er noch lebt, gehört alles ihm und nicht mir oder meinen Kindern. Wir können nicht einmal jemanden einstellen, der das Geschäft für ihn führt. Und so gern Mr. Arbuthnot auch dazu bereit ist, hat er weder das nötige Selbstvertrauen noch die Erfahrung, um diese Dinge in die Hand zu nehmen. Mr. Monk, ich brauche einen Beweis!«

Er betrachtete ihr ernstes, gepeinigtes Gesicht und las die Angst darin. Das war alles, was er sehen konnte, eine große, verzehrende Angst. Verbarg sie damit den Kummer, den sie nicht zu zeigen wagte, zumindest nicht jetzt, wo noch so viel zu tun und sie nicht allein war, um ungestört weinen zu können? Oder steckten andere Gründe dahinter, handelte sie aus Gier nach Geld, Besitz und einem überaus gutgehenden Geschäft, das ihr, wenn sie als Witwe anerkannt wurde, ganz allein gehören würde?

Vielleicht mußte Monk, wenn er nicht nur ihr, sondern auch Angus gegenüber seine Pflicht tun wollte, Genevieve ein wenig ausführlicher befragen. Es war ein häßlicher Gedanke, und es wäre ihm weit lieber gewesen, wenn er ihm nie in den Sinn gekommen wäre, aber jetzt, da es einmal geschehen war, konnte er ihn nicht mehr ignorieren.

»Vor kurzem haben Sie noch davon gesprochen, das Geschäft zu verkaufen, solange es noch in gutem Ruf steht und Gewinne abwirft«, bemerkte er. Es war eigentlich unwichtig – auch diese Möglichkeit stand ihr im Augenblick nicht offen –, aber es interessierte ihn, warum sie ihre Meinung geändert hatte. »Haben Sie jemanden im Sinn, der die Leitung übernehmen könnte?«

»Ich weiß es nicht.« Sie beugte sich vor, und ihre üppigen Röcke fielen bis über das Kamingitter. Sie schien es nicht zu bemerken. »Vielleicht wäre dies besser, als zu verkaufen. Dann könnten all unsere Angestellten bleiben. Auch daran müßte man denken.« Sie brannte darauf, ihn zu überzeugen. »Und es würde unsere Zukunft sichern… etwas, das meine Söhne erben könnten. Das ist besser als etwas Geld, das erschreckend schnell aufgebraucht sein wird. Ein einziger falscher Rat, ein törichter junger Mann, der sich von älteren Menschen nicht gängeln lassen will, weil er sie für unbeweglich und phantasielos hält. Das ist alles schon dagewesen.«

Er beugte sich vor und schob ihren Rock beiseite, aus Angst, ein Stückchen Kohle, das aus dem Kamin rollte, oder ein Funke könnte ihr Kleid in Brand setzen.

Sie bemerkte es kaum.

»Schauen Sie nicht ein wenig zu weit in die Zukunft?« fragte er ein wenig kühl.

»Das muß ich tun, Mr. Monk. Außer mir ist niemand da, der

sich um diese Dinge kümmert. Ich habe fünf Kinder. Für die muß gesorgt werden.«

»Da wäre immer noch Lord Ravensbrook!« rief er ihr in Erinnerung. »Er hat sowohl die Mittel als auch den Einfluß, und er scheint mehr als bereit zu sein, Ihnen in jeder Hinsicht beizustehen. Ich glaube, Ihre Angst ist größer, als sie es unbedingt sein müßte, Mrs. Stonefield.« Er haßte es, aber es ließ sich nicht ändern: Sein Verdacht war geweckt. Vielleicht war die Beziehung zwischen ihr und ihrem Mann doch nicht so ideal gewesen, wie sie behauptet hatte. Möglicherweise war sie diejenige, deren Zuneigung ein anderes Ziel gefunden hatte, und nicht er? Sie war eine überaus attraktive Frau. In ihrem Wesen lag eine gewisse Leidenschaftlichkeit und eine Kühnheit, die weit tiefer gingen als bloße äußerliche Reize. Er fühlte sich selbst zu ihr hingezogen und sah sie fasziniert an, auch wenn sein Verstand dabei einige Tatsachen gegeneinander abwog.

»Und ich habe bereits versucht, Ihnen zu erklären, Mr. Monk, daß ich meine Freiheit nicht verlieren will, daß ich nicht von Lord Ravensbrooks Wohlwollen abhängig sein will«, fuhr sie fort, und die Gefühle, die sie nicht länger verbergen konnte, schnürten ihr nun hörbar die Kehle zu. »Ich werde das nicht zulassen, Mr. Monk, nicht, solange ich irgendeine Möglichkeit sehe, es zu verhindern. Meine Angst wächst von Tag zu Tag, aber noch bin ich nicht gänzlich am Ende meiner Weisheit. Und ob Sie es glauben oder nicht, ich tue, was mein Mann gewünscht hätte. Ich habe ihn gut gekannt, auch wenn Sie noch so sehr davon überzeugt sein mögen, daß ich mich da vielleicht irre.«

»Ich zweifle nicht daran, daß Sie Ihren Mann kannten, Mrs. Stonefield.« Es war untypisch für ihn, zu einer Lüge Zuflucht zu nehmen. Er wußte nicht so genau, warum er das tat, abgesehen davon, daß er vielleicht das Bedürfnis verspürte, sie zu trösten. Er konnte sie aber kaum in den Arm nehmen und verspürte auch keinerlei Neigung dazu. Er pflegte seine Gefühle nicht durch Berührungen auszudrücken. Ob er das in der Vergangenheit jemals getan hatte, vermochte er nicht zu sagen.

»Doch, das tun Sie sehr wohl«, entgegnete sie mit einem verkniffenen Lächeln und einem Anflug bitteren Humors. »Sie haben jede andere Möglichkeit erwogen, abgesehen von der einen, daß Caleb ihn getötet haben könnte, weil Sie diese anderen Dinge für wahrscheinlicher hielten.« Sie lehnte sich auf ihrem Stuhl zurück und bemerkte nun endlich, daß ihr Rock dem Kamingitter zu nahe kam, und zog ihn automatisch zurück. »Und ich kann Ihnen wohl keinen Vorwurf daraus machen. Ich schätze, jeden Tag verläßt irgendein Mann Frau und Kinder entweder des Geldes oder einer anderen Frau wegen. Aber ich kannte Angus. Er war ein Mann, für den Unehrenhaftigkeit nicht nur verabscheuungswürdig, sondern geradezu erschreckend gewesen wäre. Er hat sie gemieden, wie ein anderer Mann vielleicht die Berührung mit Pest und Aussatz vermieden hätte.« Nun geriet ihre Stimme trotz größter Bemühungen, Haltung zu bewahren, außer Kontrolle. »Er war wirklich und wahrhaftig ein guter Mann, Mr. Monk, ein Mann, der um die Häßlichkeit und Verderbnis des Bösen wußte. Es gibt keine Maske, unter der es ihn hätte locken können.«

Sein Verstand sagte ihm, daß hier eine zutiefst bekümmerte Frau sprach, die ihren Mann mit den Augen der Liebe gesehen hatte, und sein Instinkt sagte ihm, daß es die Wahrheit war. So hatte sie Angus immer gesehen, und obwohl er sie von ganzem Herzen dafür bewunderte, wußte er auch, daß es sie zu Zeiten wütend gemacht oder bedrückt hatte.

»Jetzt sind so viele Tage vergangen«, sagte sie sehr leise, »daß ich fürchte, niemand kann noch beweisen, was ihm wirklich widerfahren ist.«

Er fühlte sich schuldig, was natürlich unsinnig war. Selbst wenn er Angus noch am Tag seines Verschwindens hätte folgen können, wäre es doch unwahrscheinlich gewesen, Caleb den Mord an seinem Bruder nachzuweisen. In Limehouse gab es genug Möglichkeiten, sich einer Leiche zu entledigen – der Fluß war dort sehr tief, und die Ebbe trug jegliches Treibgut aufs Meer hinaus, es herrschte ein ständiges Kommen und Gehen von Frachtschiffen, und gerade jetzt gab es auch noch die Massengräber der Typhusopfer.

Er legte noch etwa ein Dutzend Kohlen ins Feuer.

»Man braucht nicht immer eine Leiche, um den Tod zu beweisen«, sagte er vorsichtig, ohne sie eine Sekunde lang aus den Augen zu lassen. »Obwohl es dann möglicherweise sehr viel schwieriger sein wird, einen Mord und Calebs Schuld zu beweisen.«

»Ich interessiere mich nicht für Calebs Schuld.« Auch sie sah ihm unverwandt in die Augen. »Gott wird sich seiner annehmen.«

»Aber Ihrer nicht?« fragte er. »Ich hätte gedacht, daß Sie seine Gnade viel mehr verdient hätten... und sie viel dringender bräuchten.«

»Ich kann nicht auf Mildtätigkeit warten, Mr. Monk«, antwortete sie mit einer gewissen Schärfe.

Er lächelte. »Ich entschuldige mich. Natürlich nicht. Aber ich würde mich ganz gern ein wenig mit Caleb beschäftigen, bevor ich darauf warte, daß Gott es tut. Ich versuche, was möglich ist, und bin der Sache viel näher gekommen als bei unserer letzten Unterredung. Ich habe einen Zeugen gefunden, der Angus am Tag seines Verschwindens in Limehouse gesehen hat, in einer Taverne, in der er sich mit Caleb getroffen haben könnte. Ich werde noch andere Zeugen finden. Das dauert seine Zeit, aber die Leute werden reden. Es geht nur darum, die Richtigen zu finden und sie zu überreden, sich zu offenbaren. Am Ende werde ich auch Caleb selbst kriegen.«

»Werden Sie...« Sie schien sich neue Hoffnung zu machen, wollte es sich aber nicht gestatten. »Es ist mir wirklich nicht wichtig, ob Sie beweisen können, daß es Caleb war.« Der Anflug eines Lächelns spielte um ihren Mund. »Ich weiß nicht einmal, was Angus gewollt hätte. Ist das nicht absurd? Obwohl sie so völlig verschieden waren und Caleb ihn gehaßt hat, liebte er Caleb. Man hatte den Eindruck, als würde er das Kind, das er gewesen war, und die guten Zeiten, die sie zusammen verbracht hatten, bevor sie sich zerstritten, einfach nicht vergessen können. Jedesmal, wenn er zu Caleb nach Limehouse fuhr, tat es ihm in der Seele weh, aber er wollte einfach nicht aufgeben.«

Sie wandte den Blick ab. »Manchmal dauerte es Wochen, vor allem nach einem besonders schlimmen Besuch dort, aber dann wurde er wieder weich und fuhr hin. Bei diesen Gelegenheiten blieb er sogar länger fort, als müsse er etwas wiedergutmachen. Ich nehme an, Kindheitsbande reichen weiter zurück.«

»Hat er Ihnen viel von seinen Besuchen bei Caleb erzählt?« erkundigte er sich. »Hat er Ihnen irgendeinen Fingerzeig gegeben, wo sie sich trafen oder sich aufgehalten haben? Wenn Ihnen irgend etwas in der Art einfiele, könnte uns das vielleicht weiterhelfen.«

»Nein«, sagte sie mit einem leichten Stirnrunzeln, als verwundere dieser Umstand sie bei näherem Nachdenken ebenfalls. »Er hat überhaupt nie davon gesprochen. Möglicherweise war es gerade sein Schweigen, das mich auf die Frage gebracht hat, ob er seinen Bruder nicht ebensosehr aus Schuldgefühlen heraus wie aus Liebe besuchte.«

»Schuldgefühle?«

In ihrem Gesicht flackerte so etwas wie Stolz auf, als sie antwortete, und sie hob unbewußt ganz leicht das Kinn an. »Angus war bei allem, was er anfaßte, erfolgreich, in seinem Beruf, mit seiner Familie und was seine Stellung in der Gesellschaft betraf. Caleb hatte nichts. Er war gefürchtet und verhaßt, wo Angus geliebt und respektiert wurde. Er lebte von der Hand in den Mund und wußte nie, woher die nächste Mahlzeit kommen würde. Er hatte kein Heim, keine Familie, nichts in seinem ganzen Leben, auf das er hätte stolz sein können.«

Es war ein trauriges Bild, das sie da malte. Monk begriff mit einem Schlag, gerade so, als hätte er eine Tür, die in eine andere, eisigere Welt führte, geöffnet, in welcher Einsamkeit Caleb Stone lebte, wie sehr sein Scheitern sich in seine Seele hineingefressen haben mußte, immer wenn er seinen Bruder sah, das glückliche, elegante, erfolgreiche Spiegelbild des Menschen, der er selbst hätte sein können. Und Angus' Mitleid und seine Schuldgefühle hatten das Ganze nur noch schlimmer gemacht.

Und doch lag vielleicht auch für Angus in der Erinnerung an die Liebe und das Vertrauen, an die Zeiten, in denen alle Dinge gleich waren für sie, und an die Zerwürfnisse und Kümmernisse einer noch unbekannten Zukunft etwas, das sie aneinander band.

Warum sollte das Ganze jetzt in Gewalttätigkeit münden? Was war geschehen, daß sich alles plötzlich verändert hatte? Er sah Genevieve an. Die Anspannung stand ihr nun deutlich ins Gesicht geschrieben. Um ihre Augen und ihren Mund zeichneten sich winzige Linien ab, die man selbst im Gaslicht sehen konnte. Angus war seit vierzehn Tagen fort. Sie verbrachte zumindest die Hälfte ihrer Zeit mit der Pflege von Enid Ravensbrook. Kein Wunder, daß sie erschöpft und von Angst erfüllt war.

»Haben Sie jemanden im Sinn, dem Sie in Abwesenheit von Mr. Stonefield die Leitung des Geschäfts übertragen könnten?« fragte er. Es war kaum von Bedeutung für ihn, und doch wartete er auf eine Antwort und wünschte sich, daß sie keine hätte. Solche Überlegungen waren ihm bei einer Frau, die noch nicht sicher wußte, ob sie Witwe war, seltsam kalt und nüchtern erschienen.

»Ich habe an Mr. Niven gedacht«, antwortete sie offen. »Trotz seiner Fehleinschätzung, die schuld an seinen augenblicklichen Verhältnissen ist, ist er durch und durch ehrlich und verfügt über ungewöhnliche Fähigkeiten und großes Wissen auf diesem Gebiet. Ich glaube, er wäre, wenn es um die Angelegenheiten eines anderen geht, nicht so unbesonnen oder so nachsichtig. Mr. Arbuthnot hat immer viel von ihm gehalten und wäre vielleicht nicht abgeneigt, auch unter Mr. Nivens Leitung weiter für uns tätig zu sein. Mr. Niven ist außerdem ein sehr liebenswürdiger Mensch, und ich könnte es ertragen, ihn an Angus' Stelle zu sehen, da ja irgend jemand sich um diese Dinge kümmern muß. Er hat selbst keine Familie und würde nicht versuchen, mich oder meine Söhne aus dem Geschäft zu drängen.«

Es hätte ihm eigentlich gleichgültig sein können, und doch stellte er fest, daß die Promptheit, mit der sie antwortete, ihn frösteln ließ.

»Ich wußte gar nicht, daß Sie ihn persönlich kennen«, sagte er.

»Aber natürlich. Er und Angus standen sehr freundschaftlich zueinander. Er hat viele Male bei uns zu Abend gespeist, er ist einer der wenigen Menschen, die wir zu uns nach Hause einladen.« Wieder huschte ein Schatten über ihre Züge. »Aber ich kann mich ihm jetzt natürlich nicht nähern. Das wäre gänzlich unpassend. Erst muß ich einen Beweis für Angus' Schicksal haben, der das Gesetz zufriedenstellt.« Sie saß sehr gerade auf ihrem Stuhl und seufzte, als könne sie sich nur mit großer Anstrengung beherrschen.

Er fragte sich, welches Gefühl genau es war, das so stark unter der Oberfläche ihrer Gefaßtheit lag. Er spürte eine Kraft in ihr, die nicht so recht zu ihrem sanften, sehr femininen Äußeren passen wollte, zu diesem Bild der gehorsamen Ehefrau und hingebungsvollen Mutter; es gab Tiefen in ihrem Wesen, die nicht auszuloten waren. Das bekümmerte ihn, denn ihm gefiel, was er zuerst in ihr gesehen hatte; selbst die Kraft, die in ihr ruhte, war reizvoll. Er wollte nicht glauben, daß sich dahinter in Wirklichkeit Skrupellosigkeit verbarg. »Ich werde alles in meiner Macht Stehende tun, Mrs. Stonefield«, versprach er und schuf mit seinem Tonfall unbeabsichtigt eine gewisse Distanz zwischen ihnen. »Wie Sie selbst vorgeschlagen haben, werde ich meine Bemühungen darauf konzentrieren, die Behörden davon zu überzeugen, daß Ihr Mann tot ist, und es anderen überlassen herauszufinden, unter welchen Umständen er gestorben ist. Diese Aufgabe ist jedoch nicht leicht, und es könnte durchaus eine ganze Weile dauern, daher gebe ich Ihnen den Rat, in der Zwischenzeit darüber nachzudenken, ob Sie nicht doch Lord Ravensbrooks Angebot annehmen wollen, um für sich und Ihre Kinder ein Heim zu haben, auch wenn es nur vorübergehend wäre.«

Sie spürte, in welche Richtung seine Gedanken gingen, und erhob sich anmutig, legte sich mit einer flinken Bewegung den Umhang um die Schultern, aber in ihrem Gesicht zeichneten sich Unwille, Eigensinn und Widerstreben ab.

»Das wird mein letzter Ausweg sein, Mr. Monk, und an diesem Punkt bin ich noch nicht angelangt. Ich denke, ich werde mit Mr. Niven sprechen und seine Gefühle diesbezüglich ergründen, bevor ich zu Lady Ravensbrook zurückkehre. Ich wünsche Ihnen noch einen angenehmen Tag.«

Für Hester vergingen die nächsten Stunden mit quälender Langsamkeit. Sie saß an Enids Bett und beobachtete deren ausgezehrtes Gesicht, das fahl und schweißnaß war und auf den Wangenknochen zwei Flecken hektischer Röte aufwies. Ihr Haar war wirr, ihr Körper verkrampft, und sie warf sich zitternd und von Schmerzen gepeinigt im Bett von einer Seite zur anderen. Jede Berührung tat ihr weh. Hester konnte kaum etwas für sie tun, abgesehen davon, daß sie sie immer wieder vorsichtig mit feuchten, kühlen Tüchern abtupfte, aber das Fieber stieg weiter an. Sie lag im Delirium und wußte kaum je wirklich, wo sie war.

Genevieve kehrte irgendwann am Abend zurück und kam für ein paar Minuten ins Krankenzimmer. Sie war erst wieder am Morgen an der Reihe, wenn Hester für ein paar Stunden Schlaf ins Ankleidezimmer gehen würde.

Sie tauschten wissende Blicke. Genevieves Wangen waren gerötet. Hester führte diesen Umstand auf die Kälte draußen zurück, bis die andere Frau zu sprechen begann.

»Ich komme gerade von Mr. Monk. Ich fürchte, er begreift nicht, wie ungeheuer wichtig es für mich ist zu wissen, was mit Angus passiert ist.« Sie blieb an der Tür stehen und sprach sehr leise, damit sie Enid nicht störte. »Manchmal glaube ich, die Ungewißheit ist mehr, als ich ertragen kann. Dann habe ich Mr. Niven aufgesucht – Titus Niven –, er war früher sehr erfolgreich in derselben Branche tätig wie mein Mann, bis vor kurzem jedenfalls. Er ist ein Freund.«

Obwohl sie so leise gesprochen hatte, bewegte sich Enid und versuchte sich aufzusetzen. Hester drückte sie schnell wieder in ihre Kissen zurück, strich ihr das Haar aus der Stirn und sprach sanft auf sie ein, obwohl sie nicht genau wußte, ob Enid sie hörte.

Genevieve sah Hester mit vor Furcht starrer Miene an. Ihre Frage war ihr so klar ins Gesicht geschrieben, daß sie nicht ausgesprochen werden mußte. Sie fürchtete, daß die Krise nicht mehr lange auf sich warten lassen und Enid die Nacht nicht überleben würde.

Hester hatte keine Antwort für sie. Alles, was sie sagen konnte, wäre nur eine vage Vermutung gewesen.

Langsam atmete Genevieve aus. Ein winziges Lächeln spielte um ihren Mund, aber es durchdrang nur für einen Augenblick – einem Augenblick der Nähe – ihren Schmerz, es lag kein Glück darin. Welchen Trost Titus Niven ihr auch zu geben vermocht hatte, welchen Lichtstrahl er in der Finsternis vielleicht hatte aufscheinen lassen, er war wieder erloschen. Selbst die Sanftheit, mit der sie seinen Namen ausgesprochen hatte, schien vergessen zu sein.

»Es hat keinen Sinn, wenn Sie hierbleiben«, erklärte Hester ihr offen. »Es könnte heute nacht geschehen, es könnte aber auch bis morgen dauern. Es gibt nichts, was Sie tun können, außer sich darauf vorzubereiten, mich morgen früh abzulösen.« Sie versuchte zu lächeln, aber es gelang ihr nicht.

»Das werde ich tun«, versprach Genevieve, berührte Hester ganz leicht an der Schulter, wandte sich dann ab und ging aus dem Raum, wobei sie die Tür mit einem kaum hörbaren Klicken hinter sich schloß.

Es war früher Abend und bereits dunkel, Regen klatschte gegen die Fenster hinter den dicken, zugezogenen Vorhängen. Die Uhr auf dem Kaminsims war das einzige Geräusch, abgesehen von dem leisen Zischen des Gases und einem gelegentlichen Stöhnen oder Wimmern Enids. Kurz nach halb acht klopfte Lord Ravensbrook an die Tür und trat sofort ein. Er sah angegriffen aus, und ganz hinten in seinen Augen flackerte eine Furcht auf, die er nur unzulänglich hinter seinem Stolz verbergen konnte.

»Wie geht es ihr?« fragte er. Vielleicht war es eine sinnlose Frage, aber ihm fiel nichts anderes ein, und schließlich erwartete man es von ihm. Er mußte irgend etwas sagen.

»Ich glaube, heute nacht könnte die Krise kommen«, antwortete sie. Sie sah, wie es in seinem Gesicht zuckte, so, als hätte sie ihn geschlagen. Einen Augenblick lang bedauerte sie, daß sie so direkt gewesen war. Vielleicht war es brutal. Aber was wäre, wenn Enid heute nacht starb und sie es ihm nicht gesagt hatte? Er konnte nichts für sie tun, aber hinterher würde sich in seinen Kummer auch das Gefühl von Schuld einschleichen. Sie hätte ihn dann wie ein Kind behandelt, das die Wahrheit nicht ertragen konnte, es nicht wert war, sie zu erfahren. Die Heilung seines Schmerzes würde um so schwerer werden und vielleicht nie ganz gelingen.

»Ich verstehe.« Er stand ganz still in der Mitte des Raums mit seinen Schatten, seinen Blumenmustern, seiner weiblichen Atmosphäre; seine Unfähigkeit zu sprechen machte ihn einsam, und die gesellschaftlichen Konventionen zwangen sie beide, sich an ihre jeweiligen Rollen zu halten. Er war Mitglied des Oberhauses, ein Mann, von dem man erwartete, daß er sowohl in körperlicher wie auch in seelischer Hinsicht Tapferkeit bewies und stets ganz Herr seiner selbst und seiner Gefühle war. Sie war eine Frau, galt daher von Natur aus als die Schwächere, von der man erwartete, daß sie weinte und sich auf andere stützte – und vor allem anderen war sie eine Angestellte. Die Tatsache, daß er sie nicht bezahlte, spielte keine Rolle. Er konnte die Kluft zwischen ihnen genausowenig überwinden wie sie. Sehr wahrscheinlich war ihm ein solcher Gedanke noch niemals gekommen. Er stand einfach reglos da und litt.

Als er sich langsam umwandte, waren seine Augen sehr dunkel, beinahe verschleiert, als könne er seinen Blick auf nichts Bestimmtes konzentrieren. Er holte tief Luft.

»Sie meinen, ob ich gern hier sein möchte, wenn es zu Ende geht? Ja… ja, natürlich möchte ich das. Sie müssen mich rufen lassen.« Er hielt inne, weil er nicht wußte, ob er den Vorschlag machen sollte, gleich hierzubleiben. Er blickte zum Bett hinüber. Es war erst vor zwei Stunden frisch bezogen worden, aber schon jetzt wieder völlig zerknittert, obwohl Hester die Laken beständig glattgezogen hatte. Er sog scharf die Luft ein. »Weiß… weiß sie, daß ich hier bin?«

»Das kann ich nicht sagen«, antwortete Hester wahrheitsgemäß. »Selbst wenn man den Eindruck hat, daß sie es nicht weiß, könnte das durchaus ein Irrtum sein. Bitte, glauben Sie nicht, daß es nutzlos wäre. Vielleicht würde es sie trösten.«

Er ballte die Hände zu Fäusten. »Soll ich bleiben?« Er machte keinen Schritt auf das Bett zu, sondern sah nur Hester an.

»Das ist nicht nötig«, sagte sie mit fester Stimme. »Es ist besser, Sie ruhen sich aus, damit Sie die Kraft haben, wenn Sie sie brauchen.«

Er atmete ganz langsam aus. »Sie werden mich rufen lassen?«

»Ja, sobald irgendeine Veränderung eintritt; das verspreche ich Ihnen.« Sie zeigte mit dem Kopf auf die Klingelschnur neben dem Bett. »Solange irgend jemand wach ist, der Sie holen kann, wird man Sie sofort benachrichtigen.«

»Vielen Dank. Ich bin Ihnen sehr verpflichtet, Miss... Latterly.« Er ging zur Tür und drehte sich dort noch einmal um. »Sie... Sie leisten großartige Arbeit.« Und bevor sie Zeit hatte, etwas zu erwidern, war er schon fort.

Etwa zwanzig Minuten später verschlimmerte sich Enids Zustand. Sie warf sich im Bett hin und her und schrie vor Schmerzen.

Hester legte eine Hand auf ihre Stirn. Sie war glühend heiß, noch heißer als zuvor. Ihre Augen waren geöffnet, aber sie schien sich des Raums, in dem sie lag, nicht bewußt zu sein, sondern starrte an Hester vorbei, als stünde jemand hinter ihr.

»Gerald?« fragte sie rauh, »... nicht hier.« Sie keuchte und war einen Augenblick lang still. »Du brauchst wirklich nicht zu kommen – Papa wird...« Sie stöhnte leise und versuchte dann zu lächeln. »Du weißt, Mama mag Alexander sowieso lieber.«

Hester tauchte das Tuch noch einmal in kaltes Wasser und legte es Enid auf die Stirn, zog dann die Decke ein wenig zurück und tupfte ihr sanft Kehle und Brust ab. Sie hatte versucht, sie zum Trinken zu bewegen, war aber gescheitert. Daher mußte sie wenigstens nach Kräften versuchen, ihre Temperatur zu senken. Sie schien jetzt endgültig in Fieberphantasien versunken zu sein.

»Na gut«, sagte Enid plötzlich. »Erzähl es nicht Papa... Er ist so ein...« Sie warf sich herum und zuckte zurück, schien dann plötzlich von Traurigkeit überwältigt zu werden. »Der arme George. Aber ich konnte es einfach nicht tun! So furchtbar langweilig! Das verstehst du nicht, oder?« Sie schwieg einige Augenblicke, versuchte dann, sich aufzusetzen, und sah Hester fragend an. »Milo? Sei nicht so böse mit ihm. Er wollte doch nicht...«

»Pst.« Hester legte ihre Arme um sie. »Er ist nicht böse, ich verspreche es Ihnen. Legen Sie sich wieder hin. Ruhen Sie sich aus.«

Aber Enids Körper war steif wie ein Brett, und sie atmete schwer, keuchte schließlich vor Schmerzen.

»Milo! Es tut mir so leid, mein Lieber! Ich weiß, daß es dir weh tut... Aber du solltest wirklich nicht...«

»Keine Angst«, wiederholte Hester. »Er ist nicht ärgerlich. Er möchte nur, daß Sie ausruhen und wieder gesund werden.« Sie drückte Enid fester an sich. Ihr Körper brannte vor Hitze, und gleichzeitig hatte sie Schüttelfrost; ihr Nachtkleid war von Schweiß durchnäßt. Durch den dünnen Baumwollstoff fühlte sie sich zerbrechlich an. Noch vor wenigen Tagen war sie eine so starke Frau gewesen.

»So böse!« rief Enid, und ihre Stimme war rauh vor Kummer. »Warum? Warum, Milo?«

Hester drückte sie sanft an sich. »Er ist nicht böse, meine liebe Freundin. Ganz bestimmt nicht. Wenn er böse war, dann ist das schon lange her. Jetzt ist alles wieder gut. Versuchen Sie still zu liegen und ein wenig Ruhe zu finden.«

Einige Minuten lang herrschte dann tatsächlich Ruhe. Enid schien sich ein wenig besser zu fühlen.

Hester hatte schon viele Menschen im Fieberwahn erlebt, und sie wußte, daß Vergangenheit und Gegenwart häufig eins wurden. Manchmal schienen die Menschen bis in ihre Kindheit zurückzukehren. Die Fieberphantasien waren erschreckend: Riesige Gesichter blähten sich vor ihnen auf und verschwanden wieder; die Züge der Menschen, die sie pflegten, verzerrten sich, wurden zu Schreckbildern, bedrohlich und entstellt.

Sie wünschte sich sehnlichst, helfen zu können, die Qualen

ein wenig zu lindern, ja sogar die Krise abwenden zu können, aber im Augenblick gab es nichts für sie zu tun. Es gab keine Medikamente, keine Behandlung für diese Krankheit. Das einzige, was man tun konnte, war abwarten und hoffen.

Das Gas zischte leise in der einzigen Lampe, die noch brannte. Die Uhr auf dem Kaminsims tickte. Das Feuer war im Kamin so weit heruntergebrannt, daß die Kohlen nur noch rotglühende Würfel waren und keine Flamme zuckte und kein Laut aus der zusammengefallenen Glut aufstieg.

Enid bewegte sich wieder.

»Milo?« wisperte sie.

»Soll ich ihn holen lassen?« fragte Hester. »Er ist im Haus, ganz in der Nähe. Er wird sofort kommen.«

»Ich weiß, es bekümmert dich, mein Lieber«, fuhr Enid fort, als hätte sie Hesters Frage nicht gehört. »Aber du darfst nicht länger daran denken. Es war doch nur ein Brief. Er hätte nicht schreiben sollen…« In ihrer Stimme schwang tiefe Sorge mit und etwas, das Mitleid hätte sein können. »Ich hätte nicht lachen dürfen…« Sie brach ab, und ihre Worte gingen in einem unverständlichen Murmeln unter. Dann stieß sie plötzlich ein Kichern aus, das von reinster Freude erfüllt war, bevor sie abermals in Schweigen verfiel.

Hester wrang noch einmal das Tuch aus. Es war Zeit, an der Klingelschnur zu ziehen und sich neues Wasser bringen zu lassen, das sauber und kühl war. Aber um zur Klingel zu kommen, würde sie Enid loslassen müssen.

Ganz vorsichtig versuchte sie sich aus Enids Armen zu lösen, aber diese klammerte sich plötzlich mit schwachem, aber verzweifeltem Griff an sie.

»Milo! Geh nicht weg!… Natürlich tut so etwas weh. Es war schändlich von ihm. Ich verstehe, mein Lieber… aber…« Wieder gerieten ihre Worte durcheinander und ergaben keinen Sinn mehr. Ihr Geist irrte umher. Sie schien wieder eine junge Frau zu sein und sprach von Tanzabenden und Festen. Meist waren ihre Worte nicht zu verstehen, aber gelegentlich kamen ihr ein oder zwei ganz klar über die Lippen – der Name eines Mannes, ein

Kosewort, ein Tadel oder ein Lebewohl. Es schien, als ob Enid entweder in ihrer Phantasie oder im tatsächlichen Leben viele Bewunderer gehabt hätte, und aus der Vertrautheit, mit der sie sprach, und aus vereinzelten Bemerkungen hier und dort schloß Hester, daß einige der Männer sie sehr geliebt haben mußten. Milos Name kam ihr einmal mit einem Aufschrei der Hoffnungslosigkeit, ja beinahe der Verzweiflung über die Lippen, und dann sprach sie ihn zwei- oder dreimal hintereinander so aus, als fasziniere er sie, und dann lag sowohl Zärtlichkeit als auch Ärger in ihrer Stimme.

Gegen Mitternacht wurde sie ruhiger, und Hester befürchtete, daß sie ihr langsam entglitt. Sie war sehr schwach, und das Fieber schien sich noch zu verstärken. Schließlich ließ Hester sie einen Augenblick lang allein, um an der Klingelschnur zu ziehen. Dingle erschien beinahe sofort, noch immer voll bekleidet, das Gesicht bleich vor Kummer, die Augen weit aufgerissen. Hester bat sie, Lord Ravensbrook zu holen, das schmutzige Wasser mitzunehmen und ihr frisches zu bringen, dazu auch noch einige saubere Handtücher.

»Ist es...«, begann Dingle, bevor sie ihre Meinung änderte. »Glauben Sie, daß wir noch Zeit haben, die Bettwäsche zu wechseln, bevor Seine Lordschaft kommt?«

»Nein, vielen Dank«, lehnte Hester ihr Angebot ab. »Ich möchte ihr nicht zusätzliche Unannehmlichkeiten bereiten.«

»Ich helfe Ihnen, Miss.«

»Das ist jetzt nicht wichtig.«

»Ist es... das Ende?« Dingle zwang die Worte zwischen aufeinandergepreßten Lippen hervor. Sie schien vor einem Tränenausbruch zu stehen. Hester fragte sich, wie lange sie wohl bei Enid gewesen sein mochte... Wahrscheinlich ihr ganzes Leben, seit sie erwachsen war, vielleicht dreißig Jahre oder länger. Mit ein wenig Glück hatte Lord Ravensbrook Enid gestattet, Vorsorge für sie zu treffen, oder er würde es selbst tun. Ansonsten stand sie möglicherweise schon bald ohne Stellung da – obwohl Dingles bleiches Gesicht und ihre verweinten Augen bewiesen, daß dieser Gedanke ihr im Augenblick unendlich fernlag.

»Ich glaube, es ist die Krise«, antwortete Hester. »Aber sie ist eine starke Frau, und sie hat Mut. Vielleicht bedeutet es noch nicht das Ende.«

»Natürlich hat sie Mut«, sagte Dingle leidenschaftlich. »Ich habe nie jemanden kennengelernt, der ihren Kampfgeist besessen hätte. Aber der Typhus ist eine schreckliche Krankheit. Er hat schon so viele dahingerafft.«

Vom Bett aus hörten sie ein leises Stöhnen, dann lag Enid wieder völlig reglos da.

Dingle keuchte.

»Es ist schon gut«, sagte Hester schnell, denn sie sah, daß Enids Brust sich ganz leicht hob und senkte. »Aber Sie sollten besser ohne weiteren Verzug Seine Lordschaft holen. Und vergessen Sie das Wasser nicht; es soll kühl sein, nicht heiß. Sorgen Sie nur dafür, daß es nicht mehr ganz kalt ist, das ist alles.«

Dingle zögerte. »Ich weiß, Sie haben die ganze Pflege übernommen, aber ich möchte sie gern aufbahren, wenn Sie nichts dagegen haben.«

»Natürlich«, stimmte Hester sofort zu. »Falls das notwendig werden sollte. Aber noch ist die Schlacht nicht verloren. Und jetzt lassen Sie bitte das Wasser holen. Es könnte von entscheidender Wichtigkeit sein.«

Dingle fuhr herum und rannte beinahe zur Tür. Vielleicht hatte sie geglaubt, das Wasser sei lediglich für kosmetische Zwecke gedacht. Jetzt hastete sie über den Flur und kehrte schon nach weniger als fünf Minuten mit einem großen Eimer voll kaltem Wasser und einem sauberen Handtuch über dem Arm zurück.

»Vielen Dank.« Hester nahm beides mit dem Anflug eines Lächelns entgegen und tauchte das Tuch sofort ins Wasser. Dann legte sie es, noch naß, auf Enids Stirn und Kehle, bevor sie ihre Hände und Unterarme abtupfte.

»Helfen Sie mir, sie ein wenig aufzusetzen«, bat sie. »Dann kann ich ihr das Tuch ein oder zwei Sekunden lang in den Nacken legen.«

Dingle gehorchte augenblicklich.

»Lord Ravensbrook braucht aber lange«, murmelte Hester, während sie Enid wieder in ihre Kissen betteten. »Hat er sehr tief geschlafen?«

»Oh!« Dingle starrte sie entsetzt an. »Ich hab' ihn vergessen! Ach herrje – ich gehe sofort und hole ihn!« Sie bat Hester nicht, über ihre Pflichtvergessenheit zu schweigen, aber in ihren Augen stand ein stummes Flehen.

»Das Wasser war wichtiger«, sagte Hester und ließ es wie eine Entschuldigung klingen.

»Ich hole ihn sofort.« Dingle war bereits auf dem Weg zur Tür. »Und ich rufe besser auch Miss Genevieve…«

Wenige Minuten später stand Milo Ravensbrook im Raum. Er hatte sich angekleidet, aber sein Haar war ungekämmt und fiel ihm in wirren Locken ins Gesicht, um die die meisten Frauen ihn beneidet hätten. Seine Augen waren eingefallen, und auf seinen schmalen Wangen zeichnete sich der dunkle Schimmer von Bartstoppeln ab. Er sah wütend aus, erschrocken und ungewöhnlich verletzlich. Ohne Hester weiter zu beachten, trat er ans Bett und starrte auf seine Frau hinunter.

Die Uhr auf dem Kaminsims schlug kaum hörbar – es war Viertel nach zwölf.

»Es ist kalt hier drin«, sagte er, ohne sich umzudrehen, und in seiner Stimme schwang ein unverhohlener Vorwurf mit. »Sie haben es kalt werden lassen. Schüren Sie das Feuer.«

Sie machte sich nicht die Mühe, irgendwelche Einwände zu erheben. Es spielte wahrscheinlich im Augenblick keine Rolle, und er war nicht in der Stimmung, ihr zuzuhören. Gehorsam ging sie zum Kohleneimer, griff nach der Zange und legte zwei Stücke Kohlen auf die Glut. Sie entzündeten sich nur langsam.

»Nehmen Sie den Blasebalg!« befahl er.

Sie hatte gelernt, daß die Menschen auf verschiedene Weise auf Kummer reagierten. Manchmal war es die Angst vor der Einsamkeit, die folgen würde, vor den langen Tagen und Jahren ohne einen Menschen, mit dem man seine intimsten Gedanken teilen konnte; Angst vor den Gefühlen, die man nicht erklären konnte, die Überzeugung, daß man von keinem anderen Menschen so geliebt werden könnte wie von dem Verstorbenen, daß nur er die eigenen Fehler verstand und akzeptierte, daß nur er um die eigenen Vorzüge wußte. Bei manchen Menschen waren es Schuldgefühle, weil sie glaubten, irgend etwas ungesagt oder ungetan gelassen zu haben, und nun war es zu spät dafür. Die Zeit rann ihnen durch die Finger, und noch immer wußten sie nichts zu sagen, um all die Fehler und die verpaßten Gelegenheiten wiedergutzumachen. »Ich danke dir« oder »Ich liebe dich« brachten sie nicht über die Lippen; es wäre zu schwierig und auch zu einfach gewesen.

Bei vielen war es auch die Furcht vor dem Tod selbst, das Wissen, daß auch sie ihm eines Tages ins Gesicht sehen mußten, und kein noch so tiefer religiöser Glaube konnte ihnen sagen, was danach kam. Wenn Milo Ravensbrook um sich selbst fürchtete, konnte sie ihm keinen Vorwurf daraus machen.

»Sie können mit ihr sprechen«, sagte sie vom Fußende des Bettes aus zu ihm, der immer noch stocksteif dastand und auf Enid hinabblickte, ohne sie zu berühren. »Selbst wenn sie nicht reagiert, ist es durchaus möglich, daß sie Sie hört.«

Er hob den Kopf, und sein Blick war ungeduldig, beinahe anklagend.

»Es tröstet sie vielleicht«, fügte sie hinzu.

Plötzlich verlor sich alle Wut, die er vorher noch empfunden haben mochte. Er sah Hester mit ruhigem Blick an, weniger ihr Gesicht als ihr graues Kleid und die weiße Schürze, die nicht Dingle gehörten, sondern ihr selbst. Ihr wurde klar, wie selbstverständlich solchermaßen gekleidete Frauen für ihn sein mußten. Wahrscheinlich war sie für ihn nichts anderes als die Ammen oder Kindermädchen, die ihn großgezogen, ihm Geschichten erzählt und ihm zu essen gegeben hatten, die ihm bei den Mahlzeiten Gesellschaft geleistet und dafür gesorgt hatten, daß er aß, was man ihm vorsetzte, die ihn bestraft und gepflegt hatten, wenn er krank war, die ihn bei Spaziergängen im Park oder bei Ausritten in der Kutsche begleitet hatten. Das graue, gestärkte Kleid hatte ihn sein ganzes Leben lang begleitet.

Er wandte sich ab von Hester und setzte sich mit dem Rücken zu ihr auf die Bettkante.

»Enid«, sagte er ein wenig unbeholfen. »Enid?«

Minutenlang bekam er keine Antwort. Er straffte sich und schien sich wieder erheben zu wollen, als sie etwas Unverständliches murmelte.

Er beugte sich vor. »Enid!«

»Milo?« Ihre Stimme war kaum hörbar, nur ein Flüstern, das von einem trockenen, pfeifenden Geräusch begleitet wurde. »Sei nicht so wütend... Du machst mir angst!«

»Ich bin nicht wütend, Enid«, sagte er sanft. »Du träumst! Ich bin überhaupt nicht wütend.«

»Er wollte das nicht...« Sie seufzte und schwieg eine Weile. Ravensbrook drehte sich zu Hester um, seine Augen verlangten eine Antwort.

Hester trat an die andere Seite des Bettes. Enid war sehr bleich, ihre Haut spannte sich über die Wangenknochen, und ihre Augen lagen so tief in ihren Höhlen, als seien diese zu groß für sie geworden. Aber sie atmete noch, wenn auch kaum sichtbar und vielleicht zu schwach, als daß Ravensbrook sich hätte sicher sein können.

»Es hat sie überhaupt nicht getröstet!« stieß er mit erstickter Stimme hervor. »Es hat sie nur aufgeregt! Sie glaubt, ich sei wütend!« Es war ein Vorwurf, eine Anklage gegen Hester, weil diese sich seiner Meinung nach geirrt hatte.

»Und Sie haben ihr versichert, daß Sie nicht wütend sind. Das muß sie auf jeden Fall getröstet haben«, erwiderte Hester.

Er wandte ungeduldig den Blick ab, und sein Gesicht verdüsterte sich vor Ärger.

»Angus«, sagte Enid plötzlich. »Du mußt ihm verzeihen, Milo, wie schwer es dir auch fallen mag. Er hat sich solche Mühe gegeben, ich schwöre es, er hat sich wirklich Mühe gegeben!«

»Ich weiß, daß er das getan hat!« sagte Ravensbrook schnell und beugte sich über sie; seine eigene Angst vor der Krankheit schien für den Augenblick vergessen zu sein. »Das gehört alles der Vergangenheit an, das verspreche ich dir.«

Enid stieß einen tiefen Seufzer aus, und ein winziges Lächeln spielte um ihren Mund, nur um sogleich wieder zu verschwinden.

»Enid!« rief er aus und griff mit einer heftigen Bewegung nach ihrer Hand.

Hester nahm das feuchte Tuch und tupfte damit Enids Stirn, Wangen, Lippen und Kehle ab.

»Das ist so verdammt nutzlos, Weib!« rief Ravensbrook laut. Dann fuhr er ruckartig herum und erhob sich. »Unterstehen Sie sich, vor meinen Augen mit Ihren verfluchten Ritualen zu beginnen. Können Sie nicht wenigstens den Anstand aufbringen zu warten, bis ich aus dem Zimmer bin? Sie war meine Frau, um Gottes willen!«

Hester legte ihre Hand auf Enids Hals, ganz oben direkt unter dem Kinn, und drückte fest auf die Arterie. Sie spürte, daß die Haut kühler geworden war und der Puls schwach, aber stetig ging.

»Sie schläft«, sagte sie voller Überzeugung.

»Ersparen Sie mir Ihre verdammten Beschönigungen!« Seine Stimme verriet hilflosen Zorn. »Ich lasse mich nicht von einer verfluchten Domestikin wie ein Kind behandeln, noch dazu in meinem eigenen Haus!«

»Sie schläft!« wiederholte Hester fest. »Das Fieber ist zurückgegangen. Wenn sie erwacht, wird sie sich bereits ein wenig besser fühlen, aber es kann eine Weile dauern. Sie war sehr krank, aber mit guter Pflege wird sie wieder vollständig genesen. Das heißt, wenn Sie sie jetzt nicht beunruhigen und mit Ihrer Unbeherrschtheit ihre Ruhe stören.«

»Was?« fragte er, noch immer zornig und verwirrt.

»Möchten Sie, daß ich es wiederhole?« fragte sie.

»Nein! Nein.« Er stand völlig reglos da – nur einen Schritt von der Tür entfernt. »Sind Sie sicher? Wissen Sie, wovon Sie da reden?«

»Ja. Ich habe schon viele Typhuskranke gesehen.«

»Im East End?« sagte er höhnisch. »Dort sterben die Menschen wie die Fliegen!«

»Auf der Krim«, korrigierte sie ihn. »Auch dort sind Hunderte von Menschen gestorben, aber nicht alle.«

»Oh.« Seine Miene entspannte sich ein wenig. »Ja. Die Krim hatte ich vergessen.«

»Das hätten Sie sicher nicht vergessen, wenn Sie dort gewesen wären!« fuhr sie ihn an. Er machte keine weitere Bemerkung, noch dankte er ihr, sondern ging nur aus dem Zimmer und schloß die Tür hinter sich.

Sie läutete nach Dingle, um ihr zu sagen, daß Enid die Krise überstanden habe, und um sie zu bitten, das benutzte Wasser fortzubringen. Außerdem bat sie um eine Tasse Tee. Bis zu diesem Augenblick war ihr nicht klar gewesen, wie unendlich müde sie war.

Dingle brachte ihr Tee, warmen, gebutterten Toast, eine frische, steinerne Flasche mit heißem Wasser und eine Decke, die sie am Küchenfeuer gewärmt hatte.

»Aber Sie bleiben doch noch bei ihr, oder?« fragte sie eindringlich. »Vorsichtshalber?«

»Natürlich werde ich bleiben«, versprach Hester.

Zum erstenmal, seit Hester das Haus betreten hatte, huschte ein Lächeln über Dingles Gesicht.

»Ich danke Ihnen, Miss. Gott segne Sie.«

Monk war jetzt ebenfalls davon überzeugt, daß ihm keine andere Möglichkeit mehr blieb, als nach Caleb Stone zu suchen. Welche Zweifel er auch bezüglich Genevieves hegen mochte, sie rechtfertigten doch keine weiteren Verzögerungen oder irgend etwas Schwerwiegenderes als einen leisen Verdacht, ein Bewußtsein – quälend und schmerzlich – anderer Möglichkeiten. Aber worin diese auch bestehen mochten, sie führten immer wieder zu Caleb. Sobald sie über Angus' Schicksal im Bilde waren, und sei es auch nur so weit, daß die Behörden sich endlich veranlaßt fühlten einzugreifen, blieb immer noch Zeit, sich der Schuldfrage zuzuwenden. Er zog sich alte Kleidungsstücke an, die er früher einmal für einen ähnlichen Zweck erworben haben mußte. Seine eigene Garderobe war stets tadellos. Seine Schneiderrechnungen aus vergangenen Jahren legten ein stummes Zeugnis dafür ab und verrieten ein hohes Maß an Eitelkeit. Die Qualität und der Schnitt seiner Kleidung, der perfekte Sitz an den Schultern, die weichen, glatten Aufschläge brachten ihm schmerzlich zu Bewußtsein, wieviel Geld das alles gekostet haben mußte, gaben ihm aber gleichzeitig ein Gefühl tiefer Befriedigung. Jedesmal, wenn er sich ankleidete, freute er sich über die feinen Stoffe und sein elegantes Spiegelbild.

Aber heute war sein Ziel Limehouse und vielleicht die Isle of Dogs, denn er wollte Caleb Stone suchen und sich nicht allzu deutlich als Fremder zu erkennen geben. Als solchen hätte man ihn ebenso verabscheut wie verachtet, und ganz gewiß hätte er nur Lügen zu hören bekommen. Deshalb streifte er sich ein zerrissenes, gestreiftes Hemd ohne Kragen über den Kopf und zog sich dann eine ausgebeulte, schlechtsitzende, bräunlichschwarze Hose an. Sein Spiegelbild entlockte ihm eine Grimasse; dann fügte er, hauptsächlich, um sich warm zu halten, eine fleckige Weste hinzu sowie eine dicke Jacke aus brauner Wolle mit mehreren Löchern darin. Schließlich krönte er das Ganze mit einem Hut und – wobei er es wohlweislich vermied, noch einmal einen Blick in den Spiegel zu werfen – trat hinaus in den leichten, frühmorgendlichen Nieselregen.

Mit einer Droschke fuhr er dann bis ans Ende der Commercial Road East im Herzen von Limehouse, von wo aus er zu Fuß weiterging. Er wußte bereits, daß es schwierig sein würde, Caleb zu finden. Schließlich hatte er schon vorher einige halbherzige Versuche in diese Richtung unternommen. Niemand schien besonders begierig darauf zu sein, mit ihm zu reden.

Er stellte seinen Kragen auf und überquerte die Britannia Bridge, die sich über das dunkle Wasser des Limehouse Cut spannte; dann führte ihn sein Weg vorbei am Rathaus und schließlich auf die West India Dock Road, von der er scharf nach rechts auf die Three Colt Street Richtung Fluß und Gun Lane abbog. Er hatte mehrere Lokale im Sinn, in denen er seine Nachforschungen anstellen wollte. Nach dem, was er bereits von ihm wußte, hielt sich sein Leben in einem instabilen Gleichgewicht, immer am Rande des Überlebens. Er war verschiedentlich in Gewalttätigkeiten und Betrügereien verwickelt gewesen. Er war jähzornig, und die Leute sprachen nur mit ängstlicher und gedämpfter Stimme von ihm. Aber bisher hatte Monk noch nicht herausfinden können, womit er eigentlich sein Geld verdiente oder wo er lebte, abgesehen von der Tatsache, daß sein Wohnort sich weiter östlich befinden mußte, vom West India Dock aus ein Stück flußabwärts.

Er fing beim Pfandleiher in der Gun Lane an. Dort war er schon einmal gewesen. Er konnte sich, was den Mann selbst betraf, an nichts Konkretes erinnern, genausowenig wie an den kleinen, mit privaten Gegenständen jeder Art überfüllten Raum; alles, was er dort sah, deutete auf das Ausmaß der Armut in diesem Viertel hin. Aber der erschrockene Gesichtsausdruck des Mannes, der da auf der anderen Seite der Theke im Licht der Öllampen stand, bewies, daß sie sich in der Vergangenheit irgendwann einmal begegnet sein mußten, und Monk war entschlossen, das Beste daraus zu machen.

Natürlich konnte er sich nicht länger auf die Machtbefugnisse der Polizei berufen, und Wiggins, der Eigentümer, war ein harter Mann. Er hätte seinem Gewerbe unmöglich so lange nachgehen können, wenn er leicht zu übervorteilen gewesen wäre.

»Ja?« sagte er vorsichtig, als Monk sich ihm näherte. »Ich weiß von nichts, von rein gar nichts«, sagte er abwehrend. »Ich hab' keine heißen Waren da, und ich mach' keine Geschäfte mit Dieben.« Sein dickes Kinn versteifte sich. Es war eine Lüge, und sie beide wußten es. Es ging nur darum, es zu beweisen.

Monk hatte bereits beschlossen, wie er vorgehen würde.

»Ich glaube Ihnen nicht, aber was soll's? Es interessiert mich auch nicht.«

»Ach? Seit wann denn das?« Wiggins' Gesicht spiegelte tiefste Ungläubigkeit wider.

»Seit Sie mir hier in Ihrem Laden mehr nützen als im Gefängnis«, erwiderte Monk.

»Ach ja?« Er beugte sich über die Theke, dort, wo zwischen zwei Steinkrügen auf der einen Seite und einem Stapel mit Töpfen und Kesseln auf der anderen eine kleine Lücke war. »Machen wir vielleicht jetzt ab und an ein kleines Geschäftchen nebenbei?« Es sollte eine Beleidigung sein, aber als Monk keine Anzeichen von Ärger zeigte, veränderte sich Wiggins Gesichtsausdruck plötzlich, und er sah sein Gegenüber verblüfft an. »Wir machen also doch ein paar krumme Geschäfte hier und da? Na, wer hätte das gedacht? Komischer Gedanke. Mr. Monk, ausgerechnet! Legt sich 'n bißchen was zur Seite. Schmeckt Ihnen wohl nicht, keinen regelmäßigen Lohn mehr zu kriegen dafür, daß Sie wen finden? Sie haben wohl Hunger und frieren jetzt auch ab und an? Muß schon sagen, Sie sehen auch nicht mehr so aus wie früher; war 'n richtiger Dandy, ja, ja. Bißchen runtergekommen, wie?« Sein Lächeln wurde bei jedem neuen Einfall breiter. »Wenn Sie jemand suchen, der Ihre feine Kluft kauft, könnte ich Ihnen vielleicht einen guten Preis machen. Könnte die Sachen nach Westen rauf verkaufen, mit 'nem schönen kleinen Gewinn. Das heißt, natürlich nur, wenn Sie's nicht selbst machen wollen? Verträgt sich wohl nicht mit Ihrem Stolz, wie?«

Monk unternahm eine gewaltige Anstrengung, sein Temperament zu zügeln. Er verspürte den Wunsch, später am Tag in den allerbesten Kleidern, die er besaß, zurückzukehren und Wiggins einen Goldsovereign zu geben, nur um ihm zu beweisen, daß er falsch lag.

»Ich kann ein unangenehmer Feind sein, wenn man mich dazu drängt«, stieß er zwischen zusammengebissenen Zähnen hervor. »Und im Augenblick fühl' ich mich sehr hart gedrängt.«

»Sie waren immer schon ein unangenehmer Feind«, erwiderte Wiggins säuerlich. »Und auch ein schlechter Freund, soweit ich weiß. Wollen Sie nun was verkaufen oder nicht?«

»Ich möchte ein kleines Geschäft machen«, sagte Monk vorsichtig. »Nicht mit Ihnen, mit Caleb Stone.«

Wiggins' Züge versteinerten.

»Ich habe eine Arbeit für ihn«, log Monk. »Eine, für die ich ihn bezahlen werde, und nach allem, was ich gehört habe, könnte er das Geld gut gebrauchen. Ich muß wissen, wo ich ihn finden kann, und Sie scheinen da eine gute Informationsquelle zu sein.«

»Ich weiß nicht, wo Sie ihn finden können, und würd's Ihnen auch nicht sagen, wenn ich's wüßte,« sagte Wiggins mit unverwandtem Blick auf Monk.

Die Tür öffnete sich, und eine kleinwüchsige Frau, die sich einen dünnen Schal um die gebeugten Schultern zog, trat mit einem Paar Stiefel in der Hand ein. Sie musterte Monk ängstlich, um festzustellen, ob sie warten sollte, bis er fertig war, oder nicht.

»Was willst du, Maisie?« fragte Wiggins über Monks Kopf hinweg. »Schon wieder Billys Stiefel, was? Ich geb' dir Sixpence. Wenn ich dir mehr geben würd', bekämst du nie genug zusammen, um sie wieder zurückzuholen.«

»Er kriegt am Freitag Geld«, erwiderte sie zaghaft, als handelte es sich mehr um eine Hoffnung als um eine Überzeugung. »Er hat 'n bißchen gearbeitet. Aber die Kinder müssen schließlich was im Bauch haben. Geben Sie mir einen Shilling, Mr. Wiggins. Ich zahl's Ihnen bestimmt zurück.«

»Die Dinger sind keinen Shilling wert«, sagte Wiggins sofort. »Lauter Löcher drin. Ich kenne diese Stiefel da wie meine eigene Westentasche. Sevenpence. Das ist mein letztes Wort! Wenn's dir nicht paßt, kannst du ja gehen.«

»Was für eine Art Arbeit macht Billy denn?« fragte Monk plötzlich.

Wiggins holte tief Luft, um sich einzumischen, aber die Frau war schneller als er.

»Der macht alles, Mister. Wenn Sie irgendeine Hilfe brauchen, mein Billy erledigt das für Sie.« Ihr mageres Gesicht war voller Hoffnung.

»Ich will Caleb Stone finden«, erwiderte Monk. »Ich will nur wissen, wo er wohnt, das ist alles. Reden kann ich dann selbst mit ihm. Sein Bruder ist gestorben, und ich möchte es ihm offiziell mitteilen. Sie haben sich sehr nahegestanden, auch wenn sein Bruder oben im West End gelebt hat.«

»Ich kann Ihnen sagen, wo Selina wohnt«, sagte sie, nachdem

sie einmal tief durchgeatmet hatte. »Sie ist seine Frau. Na ja, irgendwie jedenfalls.«

Monk schob eine Hand in seine Tasche und förderte ein Geldstück zutage. »Einen Shilling jetzt und noch einen, wenn Sie mich zu ihr bringen. Behalten Sie die Stiefel.«

Sie riß den Shilling mit einer knochigen, schmutzigen Hand an sich, warf Wiggins einen Blick zu, der eine Mischung aus Triumph und dem Wissen war, daß sie ihn ganz gewiß bald wieder brauchen würde. Dann ging sie mit Monk im Schlepptau zur Tür.

Wiggins fluchte und spuckte in einen Messingnapf auf dem Fußboden.

Die Frau führte Monk durch schmuddelige Straßen zum Fluß hinunter und von dort aus nach Osten, wie er vermutet hatte, zur Isle of Dogs. Ein schneidender Wind wehte vom Wasser herauf und trug den Geruch von Salz, verdorbenem Fisch, übergelaufenen Abwasserkanälen und der kalten Feuchtigkeit der abfließenden Flut Richtung Flußmündung und Meer mit sich. Auf dem grauen Wasser bahnten sich endlose Reihen schwerbeladener Lastkähne ihren Weg stromabwärts.

Ein Brauereiwagen fuhr im Schritt neben ihnen auf der Straße her, und seine Räder holperten über die unebenen Pflastersteine. Ein Lumpensammler ließ seinen klagenden Ruf hören, als erwarte er tatsächlich eine Antwort. Zwei Frauen, die an der Straßenecke standen, waren in einen wilden Streit verwickelt, und eine Katze huschte mit einer Ratte im Maul durch eine Gasse.

Sie gingen die Bridge Street hinunter, zwischen Limehouse Reach auf der einen Seite und den West India Docks auf der anderen hindurch. Hohe Masten durchbrachen die Silhouette der Stadt, zeichneten sich grau gegen die Wolken ab und bewegten sich kaum von der Stelle. Aus den Schornsteinen zogen dünne Rauchschwaden in die Luft. Maisie ging an der Cuba Street vorbei und machte in der Manila Street dann endlich halt.

»Drittes Haus auf der anderen Seite«, sagte sie heiser. »Da

wohnt sie. Selina heißt sie.« Dann streckte sie zaghaft die Hand aus, als sei sie nicht sicher, ob sie den zweiten Shilling wirklich bekommen würde oder nicht.

»Wie sieht sie aus?« Er wollte feststellen, ob ihre Beschreibung mit der von Mr. Arbuthnot übereinstimmte. Wenn es so war, würde er ihr vertrauen, und sie sollte ihren Shilling bekommen.

»Ein Flittchen«, sagte sie hastig und biß sich dann auf die Lippen. »Ganz hübsch, wirklich, 'n bißchen auffällig vielleicht. Dünn, würde ich sagen, scharfe Nase, aber schöne Augen, wirklich schöne Augen.« Sie sah Monk an, um festzustellen, ob ihm das reichen würde, und stellte fest, daß es das nicht tat. »Irgendwie braune Haare, schöne, volle Haare. Und immer ziemlich selbstsicher, zumindest, wenn ich sie sehe. Schwingt die Hüften beim Gehen. Wie ich schon gesagt habe, ein Flittchen.« Sie schniefte. »Aber sie hat Mumm in den Knochen, das muß man ihr lassen. Hab' sie nie jammern hören, nicht wie manche das tun. Macht 'ne gute Miene zum bösen Spiel, egal, was passiert. Und sie hat's bestimmt nicht leicht, nicht mit 'nem Kerl wie Caleb Stone.«

»Vielen Dank.« Monk gab ihr den Shilling. »Haben Sie Caleb Stone gesehen?«

»Ich? Ich hab' nichts übrig für Leute wie die. Hab' genug zu tun mit meinen eigenen Problemen. Kann sein, daß ich ihn mal gesehen hab'. Würd's aber nicht zugeben, wenn Sie mich vor anderen Leuten noch mal fragen.«

»Ich habe Sie noch nie gesehen«, sagte Monk gelassen. »Und sollte ich Sie je wiedersehen, glaube ich nicht, daß ich Sie erkennen würde. Wie heißen Sie?«

Sie lächelte verschwörerisch und entblößte dabei zwei Reihen kaputter Zähne.

»Hab' keinen Namen nicht.«

»Das hab' ich mir gedacht. Drittes Haus auf der Seite da?«

»Ja.«

Er drehte sich um und ging den schmalen Weg entlang, der kaum breit genug war, um nicht in die Gosse zu treten, und beim dritten Haus ging er die Stufen zu der Tür hinunter, die von einem kleinen, mit Abfällen übersäten Bereich ins Haus führte. Er klopfte energisch und hatte gerade die Hand gehoben, um es noch einmal zu versuchen, als ein mit Sackleinen verhängtes Fenster über ihm sich öffnete und eine alte Frau den Kopf herausstreckte.

»Sie ist nicht zu Hause! Kommen Sie später wieder, wenn Sie zu ihr wollen.«

Monk legte den Kopf in den Nacken, um nach oben zu blicken. »Wieviel später?«

»Weiß nicht. Gegen Mittag vielleicht.« Dann verschwand sie wieder, ohne das Fenster hinter sich zu schließen, und Monk trat gerade rechtzeitig zur Seite, um einem Kübel mit Schmutzwasser auszuweichen, der über ihm entleert wurde.

Er wartete ungefähr zwanzig Meter von dem Haus entfernt auf der Straße, halb im Schutz einer überhängenden Mauer, konnte aber von seinem Standort aus weiterhin die Treppe beobachten, die zu Selinas Wohnung hinunterführte. Die Kälte wurde immer unangenehmer, und gegen Mittag begann es zu regnen. Viele Leute gingen an ihm vorbei; sie hielten ihn vielleicht für einen Bettler oder für einen Mann, der kein Zuhause hatte, einen von Tausenden, die von Abfällen lebten und in Hauseingängen schliefen. Das Armenhaus versorgte sie mit einem Minimum an Nahrung und einem Dach über dem Kopf, aber nur mit wenig Wärme, und die strengen Regeln dort waren fast so hart wie im Gefängnis. Manche glaubten sogar, schlimmer als dort.

Niemand hatte mehr als einen flüchtigen Blick für ihn, und er widerstand der Versuchung, ihnen in die Augen zu blicken. Er versuchte sich den Anschein eines Bettlers zu geben, denn arme Leute senkten den Blick, denn sie schämten sich.

Kurz nach Mittag sah er eine Frau, die sich von der Westferry Road näherte, dort, wo die Bridge Street der Flußbiegung folgte, die der Isle of Dogs ihre Form gab. Sie war von durchschnittlicher Größe, hielt aber den Kopf hoch erhoben und hatte einen wiegenden Gang. Selbst aus einiger Entfernung konnte er ihre ausgeprägten Gesichtszüge erkennen. Ihre Wangenknochen waren hoch und ließen ihre Augen ein wenig schräg erscheinen, ihre Nase war wohlgeformt, wenn auch ein wenig spitz, und ihr Mund verriet eine gewisse Großzügigkeit. Er zweifelte nicht daran, daß es Selina war. Ihr Gesicht hatte genug Mut und Ausdrucksstärke, um Männer wie Caleb Stone anzuziehen, die mittlerweile vielleicht gewalttätig und heruntergekommen sein mochten, aber für bessere Dinge geboren waren.

Er verließ seinen Warteposten; seine Beine schmerzten, und die Gelenke waren steif vom langen Stillstehen. Beinahe wäre er von der Bordsteinkante abgeglitten; seine Füße waren so kalt, daß er kein Gefühl mehr in ihnen hatte. Vorsichtig ging er quer durch den Schmutz über die Straße und konnte sein Gleichgewicht nur bewahren, indem er mit den Armen ruderte. Als er sie, gerade als sie die Treppe hinunterging, endlich einholte, war er maßlos wütend auf sich selbst.

Als er nur noch einen Meter von ihr entfernt war, fuhr sie mit einem Messer in der Hand zu ihm herum.

»Passen Sie bloß auf, Mister!« warnte sie ihn. »Versuchen Sie irgendwas, schneid' ich Ihnen die Kehle durch. Ich warne Sie!«

Monk wich nicht von der Stelle, obwohl sie ihn tatsächlich überrascht hatte. Wenn er sich jetzt einschüchtern ließ, würde er nichts von ihr erfahren.

»Ich brauche mir keine Frau zu kaufen«, sagte er mit verkniffenem Lächeln. »Und ich habe noch nie eine genommen, die nicht willig gewesen wäre. Ich will mit Ihnen reden.«

»Ach ja?« Die Ungläubigkeit stand ihr ins Gesicht geschrieben, und doch sah sie ihn nun direkt an. Hinter ihren dunklen Augen lauerte kein gebrochener Geist, und ihre Furcht war rein physischer Natur.

»Ich komme von Ihrer Schwägerin.«

»Na, das wär' mal was Neues.« Sie hob belustigt ihre schön geschwungenen Augenbrauen. »Ich habe keine Schwägerin, also muß das eine Lüge sein. Versuchen Sie's lieber noch mal.«

»Ich wollte nur höflich sein«, sagte er mit zusammengebissenen Zähne. »Ihnen zuliebe. Sie ist jedenfalls mit Angus verheiratet. Ich dachte, es wäre immerhin möglich, daß Sie mit Caleb verheiratet sein könnten.«

Ihr Körper straffte sich. Ihre schlanken Hände umklammerten das verwitterte Geländer, bis die Knöchel weiß hervortraten. Aber ihr Gesicht verriet kaum eine Regung.

»So, dachten Sie. Und was ist, wenn ich's nicht bin? Wer sind Sie eigentlich?«

»Ich habe Ihnen doch gesagt, ich komme von Angus' Frau.«

»Das tun Sie nicht.« Sie sah ihn mit grenzenloser Verachtung von oben bis unten an. »Sie würde Sie nicht mal ins Haus lassen! Sie würde die Bullen rufen, wenn so was wie Sie sie auch nur ansprechen würde, außer vielleicht, um sie um einen halben Penny anzubetteln.«

Monk fuhr sehr bedächtig und mit seiner kultiviertesten Ausdrucksweise fort: »Und wenn ich in meiner gewohnten Aufmachung hierhergekommen wäre, hätte ich genausoviel Aufmerksamkeit erregt wie jemand, der sich in diesen Kleidern der Königin präsentiert. Junge Damen pflegen bei solchen Gelegenheiten Weiß zu tragen«, fügte er hinzu.

»Und Sie werden natürlich zu solchen Sachen eingeladen, na klar. Sie müssen's ja wissen!« sagte sie sarkastisch, aber ihre Augen forschten doch in seinen Zügen, und die Ungläubigkeit geriet ins Wanken.

Er streckte eine saubere Hand mit schmalen Fingern und tadellos gepflegten Nägeln aus und umfaßte das Geländer direkt neben ihrer Hand, ohne sie jedoch zu berühren.

Sie betrachtete seine Hand und hob dann wieder den Blick, um ihm ins Gesicht zu sehen. »Was wollen Sie?« fragte sie.

»Wollen Sie das auf der Treppe besprechen? Sie haben neugierige Nachbarn, im Stockwerk über Ihrer Wohnung und wer weiß wo sonst noch.«

»Fanny Bragg? Eifersüchtige alte Kuh. Ja, sie würde mir liebend gern einen Eimer Schmutzwasser über den Kopf gießen. Kommen Sie mit rein.« Mit diesen Worten holte sie einen Schlüssel aus der Tasche, steckte ihn ins Schlüsselloch, drehte ihn um und ließ Monk eintreten.

Der Raum war dunkel und wurde nur von einem einzigen Fenster erhellt, das zudem unterhalb der Straße lag, aber er war größer, als es von außen den Anschein gehabt hatte, und überraschend sauber. Der schwarze Kanonenofen verströmte beträchtliche Wärme, und auf dem Fußboden lag ein aus Stoffresten geknüpfter Teppich. Das Mobiliar bestand aus drei verschiedenfarbigen Sesseln, die unterschiedlich stark geflickt waren, aber allesamt recht bequem wirkten, und einem großen Bett, das in der Dunkelheit am anderen Ende des Raums stand und ordentlich gemacht und mit einer Flickendecke verhüllt war.

Er schloß die Tür hinter sich und sah sie mit neu erwachter Aufmerksamkeit an. Was sie auch sein mochte, sie hatte ihr Bestes gegeben, um aus dieser winzigen Behausung ein Heim zu machen.

»Nun?« fragte sie. »Sie kommen also von Angus' Frau. Worum geht's? Warum sind Sie hier? Was will sie von mir?« Ihre Lippen verzogen sich zu einer Grimasse, die er nicht deuten konnte. Ihre Stimme hatte plötzlich einen anderen Klang. »Oder suchen Sie in Wirklichkeit Caleb?« Ein ganzes Spektrum von Gefühlen verbarg sich hinter der einfachen Art, wie sie seinen Namen aussprach. Sie hatte Angst vor ihm, und doch verweilte ihre Zunge bei seinem Namen, als sei er ihr unendlich kostbar, als brauche sie eine Entschuldigung dafür, ihn noch einmal auszusprechen.

»Ja, Caleb suche ich auch«, entgegnete er. Sie hätte ihm nicht geglaubt, wenn er etwas anderes gesagt hätte.

»Warum?« Sie rührte sich nicht von der Stelle. »Sie hat sich bisher auch nicht um mich gekümmert. Warum jetzt? Angus kommt ab und zu her, aber sie ist nie mitgekommen.«

»Aber Angus kommt?« hakte er vorsichtig nach.

Sie starrte ihn an. In ihren Augen stand eine gewisse Furcht, aber auch unübersehbarer Trotz. Sie würde Caleb nicht verraten, ob nun aus Liebe zu ihm oder aus Eigennutz, weil er auf irgendeine Weise für sie sorgte, oder weil sie seine Brutalität kannte und wußte, was er möglicherweise mit ihr anstellen würde, wenn sie ihn verriet. Das konnte Monk nicht herausfinden. Doch er hätte es gern gewußt. Trotz der Verachtung, die er anfänglich für sie empfunden hatte, sah er in ihr nun doch mehr als nur eine Möglichkeit, Caleb zu finden, mehr als eine Frau, die sich einfach nur um des Überlebens willen einem brutalen Unhold angeschlossen hatte.

Er war schon davon ausgegangen, daß sie nicht mehr antworten würde, als sie schließlich doch zu sprechen begann.

»Er hat nichts für Angus übrig«, sagte sie bedächtig. »Er versteht ihn nicht.«

Etwas in ihrer Stimme, ein auffälliger Mangel an Ärger, brachte ihn auf den Gedanken, daß sie selbst dieses Gefühl nicht teilte, aber die Angelegenheit war viel zu heikel, um sie weiter zu verfolgen.

»Geht er jemals in die Stadt, um ihn zu besuchen?« fragte er statt dessen.

»Caleb?« Ihre Augen weiteten sich. »Nein, der doch nicht. Caleb geht nie in die Stadt. Zumindest nicht, daß ich wüßte. Sehen Sie mal, Mister, Caleb wohnt hier nicht. Er kommt bloß her, wenn ihm danach ist. Ich bin nicht sein Kindermädchen.«

»Aber Sie sind seine Frau ...«

Plötzlich wurden ihre Züge weicher. Die harten Linien des Zorns und des Selbstschutzes verschwanden, machten sie um Jahre jünger und ließen sie in dem diffusen Licht einen Augenblick lang wie die Fünfundzwanzigjährige aussehen, die sie gewesen wäre, wenn sie an Genevieves oder Drusillas Stelle gestanden hätte.

»Ja«, erwiderte sie und reckte ihr Kinn ein klein wenig in die Höhe.

»Wenn er Sie darum bittet, gehen Sie also in die Stadt zu Angus.« Er ließ seine Worte wie eine Feststellung klingen, nicht wie eine Frage.

Wieder reagierte sie mit äußerster Wachsamkeit. »Ja. Er hat mich manchmal hingeschickt, wenn er knapp bei Kasse war. Aber in seinem Haus bin ich nie gewesen. Wüßte nicht mal, wo es ist.«

»Aber Sie wissen, wo Sie sein Geschäft finden können.«

»Ja. Na und.«

»Sie sind am Morgen des achtzehnten Januar dort gewesen.«

Sie zögerte nur einen Moment, ließ ihn keine Sekunde aus den Augen und wußte, daß er mit Arbuthnot gesprochen haben mußte.

»Na, und wenn schon? Er hat sich nicht beschwert.«

»Caleb hat Sie darum gebeten?«

»Ich hab's Ihnen doch schon mal gesagt, ich gehe hin, wenn die Miete bezahlt werden muß und Caleb und ich das Geld nicht haben.«

»Also gehen Sie in die Stadt und bitten Angus darum. Und er zahlt? Und das, obwohl Caleb ihn so verachtet?«

Wieder sah Monk, daß ihr Kiefer sich verkrampfte. »Caleb redet nicht mit mir darüber. Geht mich nichts an. Wollte lediglich seinen Bruder sehen. Die beiden sind Zwillinge, wie Sie wissen. Das ist nicht wie bei normalen Brüdern. Seine Frau wird daran nichts ändern, auch nicht, wenn sie's bis zu ihrem letzten Atemzug versucht. Caleb hat keine Liebe für Angus, genausowenig wie Angus für Caleb. Aber Caleb braucht nur mit den Fingern zu schnippen, und er kommt angelaufen.« Sie sagte das mit einem gewissen Stolz und verriet damit eine Einstellung Angus gegenüber, die beinahe hätte Mitleid sein können, wenn nicht so zweifelsfrei festgestanden hätte, wem ihre Loyalität galt.

»Und, Angus ist auch diesmal gekommen?«

»Klar. Warum? Ich habe Ihnen doch gesagt, sie wird ihn nicht davon abbringen!«

»Haben Sie ihn an bewußtem Tag gesehen?«

»Ja!«

»Ich meine nicht im Büro, ich meine hier auf der Isle of Dogs.«

»Hier nicht. Ich habe ihn in Limehouse gesehen, aber er wollte noch hier vorbeikommen. Ich schätze, er ist rüber zu den West India Docks, Richtung Blackwall und dann wieder zum Fluß.« Sie bückte sich, legte ein Stück verfaultes Holz in das Feuer und schloß mit lautem Geklapper die Ofentür.

»Aber Sie haben ihn gesehen?« fragte er hartnäckig weiter.

»Hab' ich doch gesagt. Haben Sie was mit den Ohren?«

»Haben Sie ihn mit Caleb zusammen gesehen?«

Sie goß etwas Wasser aus einem Kübel in einen Kessel und stellte diesen dann auf den Herd.

»Ich hab' Ihnen doch erklärt, daß ich gesehen hab', wie er in die Docks und Richtung Blackwall gegangen ist, und genau dahin wollte Caleb auch. Reicht denn das immer noch nicht?«

»Hat Caleb gesagt, daß er ihn dort treffen würde?« fragte er. »Welche Anweisungen haben Sie Angus gegeben? Oder haben sie sich immer am selben Ort getroffen?«

»Unten beim Viehkai im Cold Harbour, meistens jedenfalls«, erwiderte sie. »Jedenfalls hat er das damals gesagt. Warum?« Sie sah ihn abermals an. »Wen interessiert das schon? Jetzt ist er jedenfalls nicht da! Warum fragen Sie mich überhaupt so aus? Fragen Sie doch ihn! Er wird schon wissen, wohin er gegangen ist!«

»Vielleicht ist er immer noch dort«, sagte Monk und zog die Augenbrauen hoch.

Sie holte tief Luft, wie um ihn zu verspotten, und schien dann erst den Ernst in seiner Stimme zu bemerken; plötzlich kamen ihr Zweifel.

»Wie meinen Sie das? Sie reden ja wirr!« Sie stemmte die Hände in die Hüften. »Also, weshalb sind Sie eigentlich gekommen? Was wollen Sie? Wenn Sie was von Caleb wollen, sind Sie ein Narr! Gehen Sie doch, und suchen Sie ihn! Wenn Angus Sie geschickt hat, dann sagen Sie mir, worum's geht, und ich sag's Caleb. Er kommt, wenn ihm der Sinn danach steht, und wenn nicht, dann läßt er's bleiben.«

Es hatte keinen Sinn, wenn er versuchte, sie zu überlisten.

»Niemand hat Angus nach Ihnen noch gesehen.« Er sah ihr direkt in die Augen, große, dunkle Augen mit langen Wimpern. »Er ist nie nach Hause zurückgekehrt.«

»Er ist nie ...« Ihr Gesicht erbleichte unter dem Schmutz und der Schminke. »Was reden Sie da, Mann? Er ist bestimmt nicht einfach weggelaufen! Er hat da doch alles, was er braucht. Hat er irgendwas angestellt? Ist er vor den Bullen weggelaufen?« Eine Mischung aus Belustigung und Mitleid machte sich in ihrem Gesicht breit.

»Ich halte das für sehr unwahrscheinlich«, erwiderte er ebenfalls mit einem Anflug von schwarzem Humor. Obwohl ihm, noch während er sprach, klarwurde, daß das nicht so völlig undenkbar war, auch wenn ihm dieser Gedanke vorher noch nie gekommen war. »Ich glaube vielmehr, daß er tot ist.«

»Tot!« Sie wurde noch blasser. »Warum sollte er tot sein?«

»Fragen Sie Caleb!«

»Caleb!« Ihre Augen weiteten sich, und sie schluckte sichtbar. »Deswegen sind Sie also hier!« Ihre Stimme klang plötzlich schrill. »Sie glauben, Caleb hat ihn ermordet! Das hat er bestimmt nicht! Warum? Warum sollte er ihn nach all diesen Jahren töten? Das ergibt doch keinen Sinn.« Aber ihr Mund war trocken, und in ihren Augen stand schieres Entsetzen. Sie starrte Monk an und suchte offensichtlich nach irgendeinem Argument, mit dem sie ihn überzeugen konnte, aber noch während sie das tat, wurde diese Hoffnung geringer und löste sich schließlich ganz auf. Sie konnte an seinem Gesicht ablesen, daß er sie durchschaut hatte. Caleb konnte seinen Bruder sehr wohl getötet haben, und das wußten sie beide – sie, weil sie Caleb kannte, und er, weil er es in ihren Augen gelesen hatte.

Der Kessel begann auf der heißen Herdplatte zu vibrieren.

»Sie werden ihn nie kriegen!« sagte sie verzweifelt; ihre Angst und zugleich der Wunsch, Caleb zu beschützen, hielten sich jetzt die Waage. »Sie werden ihn niemals schnappen.«

»Vielleicht nicht. Mir ist es viel wichtiger zu beweisen, daß Angus tot ist.«

»Warum?« fragte sie scharf. »Das ist noch lange kein Beweis, daß Caleb es getan hat, und damit werden Sie ihn nicht schnappen ... und erst recht nicht hängen. So sicher wie alle Feuer der Hölle.« Ihr Gesicht verriet ihre Erschütterung, und ihre Stimme klang gepreßt.

»Damit seine Frau als Witwe anerkannt werden kann«, antwortete er. »Und damit seine Kinder etwas zu essen haben.«

Sie atmete tief durch. »Da kann ich nichts dran tun, nicht mal, wenn ich wollte.« Sie gab sich alle Mühe, ihn und auch sich selbst davon zu überzeugen, schien aber hin und her gerissen zu sein, wem nun ihre Loyalität galt.

»Das haben Sie bereits getan«, erwiderte er. »Ich wußte, daß Angus das letzte Mal hier gesehen worden ist, auf dem Weg nach Blackwall Reach. Danach hat ihn niemand mehr zu Gesicht bekommen.«

»Ich werde es abstreiten!«

»Natürlich werden Sie das. Caleb ist Ihr Mann. Selbst wenn er das nicht wäre, würden Sie es nicht wagen, etwas zu sagen, das ihm nicht in den Kram paßt.«

»Ich habe keine Angst vor Caleb«, sagte sie trotzig. »Er würde mir niemals etwas antun.«

Er machte sich nicht die Mühe, dies zu bestreiten. Es war nur eine weitere Behauptung, von der sie beide wußten, daß es eine Lüge war.

»Vielen Dank«, sagte er gelassen. »Auf Wiedersehen… für den Augenblick.«

Sie antwortete nicht. Der Kessel auf dem Herd begann zu dampfen.

Monk ließ die Manila Street hinter sich und ging nach Osten durch die West India Docks auf demselben Weg, den Angus Stonefield eingeschlagen haben mußte. Dann verbrachte er den ganzen Nachmittag damit, die Docks und die Elendsviertel entlang der Isle of Dogs und das Blackwall Reach zu durchkämmen. Caleb Stone war in dieser Gegend gut bekannt, aber niemand wollte ihm verraten, wo er steckte. Die meisten konnten sich nicht einmal daran erinnern, wann sie ihn das letzte Mal gesehen hatten.

Ein Messerschleifer gab zu, daß er vor zwei Tagen mit ihm gesprochen hatte, und ein Händler erzählte Monk, daß er Stone vor einer Woche ein Seil verkauft habe; der Besitzer der Folly House Tavern hatte ihn regelmäßig gesehen, aber keiner von ihnen wußte, wo man ihn zu irgendeiner bestimmten Zeit antreffen konnte, und alle sprachen sie seinen Namen mit äußerster Vorsicht aus, nicht unbedingt angstvoll, aber doch auch nicht unbesonnen. Monk zweifelte nicht daran, auf wessen Seite sie stehen würden, wenn man sie jemals zu einer Entscheidung zwingen sollte.

Als es dämmerte, kehrte er Blackwall den Rücken und war froh, in die Fitzroy Street zurückkehren zu können, um sich zu säubern und wieder so zu kleiden, wie er es gewohnt war. Anschließend wollte er zum Haus der Ravensbrooks gehen, um Genevieve Bericht zu erstatten. Immerhin hatte er diesmal etwas zu berichten und außerdem eine Verabredung zum Essen mit Drusilla Wyndham. Schon der Gedanke an sie entlockte ihm ein Lächeln. Es war wie ein süßer Duft nach all dem Schmutz und dem Gestank der Isle of Dogs, wie Lachen und leuchtende Farben nach all dem grauen Elend.

Er trug seine allerbeste Jacke, vielleicht weil er an Selina gedacht hatte und an ihre Meinung von ihm, aber vor allem, weil es der Stimmung entsprach, die der Gedanke an Drusilla bei ihm hervorrief. Er konnte ihr Gesicht vor seinem inneren Auge sehen: die großen haselnußbraunen Augen, den zarten Schwung ihrer Brauen, die weiche Fülle honigfarbenen Haars, die Art, wie in ihren Wangen Grübchen erschienen, wenn sie lächelte. Sie besaß Anmut und Charme, Selbstsicherheit und Witz. Sie nahm nichts allzu ernst. Sie war eine Freude für Augen und Ohren, für Geist und Gefühl. Sie schien immer genau zu wissen, was sie sagen, und sogar, wann sie schweigen sollte.

Er betrachtete sich im Spiegel und zupfte sein Halstuch zurecht, bis es perfekt saß. Dann griff er nach Umhang und Hut, trat hinaus und machte sich energischen Schritts auf die Suche nach einem Hansom, wobei er eine leise Melodie vor sich hinsummte.

Natürlich würde er bei den Ravensbrooks wohl auch auf Hester treffen, aber das ließ sich nun einmal nicht vermeiden. Es war fast ausgeschlossen, daß er ihr über den Weg lief. Sie hielt sich bestimmt im Krankenzimmer auf, zu dem er keinen Zutritt hatte, nicht einmal, wenn er den Wunsch gehabt hätte, was ganz eindeutig nicht der Fall war.

Er zog den Hut vor einer Frau, der er im Schein einer Straßenlaterne begegnete. Das Wissen, daß er Hester nicht treffen würde, erleichterte ihn sofort. Er wollte sich sein augenblickliches Glück nicht von ihren Kritteleien verderben lassen, von ihren ständigen Erinnerungen an den Schmerz und die Ungerechtigkeiten des Lebens. Sie war in jeder Hinsicht zu einseitig. Sie hatte kein Gefühl für das richtige Maß der Dinge. Das war ein Fehler, den viele Frauen aufwiesen. Sie nahmen die Dinge immer wörtlich und persönlich. Frauen wie Drusilla, die einen Blick für die Realitäten des Lebens hatten und dennoch den Mut aufbrachten zu lachen und sich mit vollendeter Anmut zu bewegen, waren wahrhaftig selten. Er konnte wirklich von Glück sagen, daß sie seine Gesellschaft offenbar genauso sehr genoß wie er die ihre.

Plötzlich beschleunigte er sein Tempo und ging mit weit ausholenden Schritten über das nasse Pflaster. Er wußte durchaus, daß Frauen ihn attraktiv fanden. Er brauchte nicht viel dafür zu tun; etwas in seiner Natur weckte ihr Interesse und ihre Faszination. Vielleicht war es eine Aura von Gefahr, von unterdrückten, unter der Oberfläche verborgenen Gefühlen. Es war nicht weiter wichtig. Er wußte einfach, daß es da war, und von Zeit zu Zeit hatte er sich irgendeinen kleinen Vorteil damit verschafft. Es voll auszunutzen wäre töricht gewesen. Das letzte, was er wollte, war eine Frau, die ihn verfolgte, die eine Romanze, ja möglicherweise sogar eine Ehe im Sinn hatte.

Er konnte niemanden heiraten. Er hatte keine Ahnung, was während der letzten Jahre in seinem Leben geschehen war, und, was vielleicht noch beängstigender war, er kannte seinen eigenen Charakter nicht. Einmal hätte er in einem Anfall blinder Wut beinahe einen Mann getötet. Das wußte er sicher. Diese grauenvollen Augenblicke hatten sich in sein Gedächtnis eingebrannt, auch wenn sie kaum an die Oberfläche traten, sondern nur manchmal seine Träume störten.

Die Tatsache, daß der Mann einer der schlimmsten Schurken gewesen war, die er je gekannt hatte, spielte letztlich keine Rolle. Es war nicht das Böse an diesem Mann, das er fürchtete. Er war jetzt tot, getötet von einem anderen. Es war die Dunkelheit in ihm selbst, die ihn beunruhigte.

Aber von all dem wußte Drusilla nichts, was einen Teil ihres Reizes ausmachte.

Hester wußte natürlich davon. Aber gerade heute abend wollte er nicht an sie denken, genausowenig wie an den Typhus und an die Qualen dieser Krankheit, die bittere Realität waren. Er würde Genevieve Stonefield erzählen, daß er heute einen beträchtlichen Schritt vorwärts gekommen sei, würde sich dann verabschieden und einen wunderbaren geistreichen und in jeder Hinsicht vollkommenen Abend mit Drusilla verbringen.

Er trat vom Gehsteig auf die Fahrbahn und rief mit einer Stimme, die die Vorfreude auf die kommenden Stunden heller als gewöhnlich klingen ließ, eine Droschke herbei.

Sechstes Kapitel

Am nächsten Morgen erwachte Monk mit einem Lächeln auf den Lippen. Er stand früh auf. Der Februarmorgen war dunkel und windig, und auf den Pfützen in den Straßen hatte sich eine Frostschicht gebildet, aber er machte sich schon vor acht wieder auf den Weg ins East End und nach Blackwall Reach. Er wollte Caleb Stone finden und würde nicht eher ruhen, bis es ihm gelungen war, ob nun heute, morgen oder übermorgen. Wenn der Mann noch lebte, war er zu zornig, zu auffällig und zu gut bekannt, um einfach so zu verschwinden.

Gegen neun erreichte er in dem spärlichen Tageslicht die Ufer von Blackwall Reach auf der Isle of Dogs. Diesmal hielt er sich nicht lange mit Pfandleihern und Straßenhändlern auf, sondern steuerte gleich die Orte an, an denen Caleb gegessen oder geschlafen haben konnte. Er versuchte es bei Pastetenverkäufern, in Bierhäusern und Tavernen, bei Vagabunden, die draußen in alten Kisten, ausgemusterten Segeln oder Planen schliefen, die sich aus verrottenden Seilen und zusammengenagelten Holzbrettern notdürftig einen Unterschlupf gebaut hatten.

Ja, ein alter Mann hatte ihn vorgestern abend gesehen, wie er von Cold Harbour hinunter zu den Blackwall Stairs schlenderte. Er hatte einen übergroßen Mantel getragen, dessen Schöße ihm heftig um die Beine geflattert waren wie gebrochene Flügel.

Ob er sicher sei, daß es Caleb war?

Die Antwort war ein hohles Lachen.

Er fragte niemanden mehr danach, ob er sich sicher sei. Ihre Gesichter sagten es ihm. Eine junge Frau von vielleicht achtzehn oder neunzehn Jahren rannte einfach weg. Ein einbeiniger Mann, der unbequem auf dem Pflaster hockte und mit schwieligen Händen Seile spleißte, meinte, er habe ihn gestern zur Folly House Tavern gehen sehen. Er habe sich mit schnellen

Schritten gegen den Wind gestemmt und sehr selbstzufrieden gewirkt.

Monk suchte daraufhin seinerseits die Folly House Tavern auf, ein überraschend sauberes Lokal mit dunkler Eichenholzvertäfelung und dem Geruch von Talgkerzen, deren flackernde Lichter von einem Spiegel über der Theke reflektiert wurden. Selbst zu dieser frühen Morgenstunde waren ungefähr ein Dutzend Leute dort, die entweder Bier tranken oder sich irgendwelchen Pflichten widmeten, Dinge herbeiholten oder saubermachten.

»Ja?« fragte der Wirt vorsichtig. Monk paßte dem Aussehen nach durchaus ins Bild, war aber ein Fremder hier.

»Bier.« Monk beugte sich lässig über die Theke. Der Wirt zapfte das Bier und hielt ihm den Humpen hin.

Monk legte Threepence auf die Theke und dazu einen Penny für den Wirt, der das Geld ohne Kommentar entgegennahm.

»Kennen Sie Caleb Stone?« fragte Monk nach einiger Zeit.

»Vielleicht«, sagte der Wirt vorsichtig.

»Ob er wohl heute reinkommt?« fuhr Monk fort.

»Weiß nicht«, erwiderte der Wirt ausdruckslos.

Monk zog eine halbe Krone aus der Tasche und spielte mit ihr herum. Andere Gäste, die an der Bar saßen, verharrten regungslos, und das Geplauder im Hintergrund verstummte.

»Schade.« Monk nahm noch einen Schluck von seinem Bier.

»Kann man bei dem nie wissen«, sagte der Wirt wachsam. »Kommt, wenn's ihm gefällt, und geht, wenn's ihm gefällt.«

»Gestern war er hier.« Monk ließ den Satz wie eine Feststellung klingen.

»Na und? Er kommt öfter hier vorbei.«

»Er war Dienstag vor zwei Wochen auch schon mal hier. Haben Sie ihn da gesehen?«

»Wie soll ich das wissen?« fragte der Wirt mit ehrlicher Verblüffung. »Glauben Sie, ich schreib' mir alle auf, die hier reinkommen? Glauben Sie, ich hab' nichts Besseres zu tun?«

»Er war da.« Ein ziemlich kleiner Mann mit strahlendgrauen Augen beugte sich vor. »Er und sein Bruder, alle beide.«

»Ach nee! Und woher weißte das?« mischte sich ein gedrungener Mann in höhnischem Tonfall ein. »Woher willste wissen, daß es Dienstag war?«

»Weil es am selben Tag war, an dem der alte Winnie vom Wagen gefallen ist und sich den Schädel gebrochen hat«, erwiderte der kleine Mann triumphierend. »Das war am Dienstag, und am Dienstag sind auch Caleb und sein Bruder hiergewesen. Sahen so aus, als würden sie sich gleich an die Gurgel gehen, jawohl, alle beide fuchsteufelswild, mit Gesichtern wie der Tod persönlich, jawohl.«

Monk konnte sein Glück kaum fassen. »Vielen Dank, Mister...«

»Bickerstaff«, erwiderte der Mann, der sich über die Aufmerksamkeit, die ihm zuteil wurde, freute.

»Vielen Dank, Mr. Bickerstaff«, ergänzte Monk. »Trinken Sie einen auf mich. Sie waren mir eine große Hilfe.« Er gab dem Mann die halbe Krone, und Bickerstaff griff zu, bevor solche Großzügigkeit sich als Trugbild erweisen konnte...

»Mach' ich«, versprach er hochtrabend. »Mr. Putney, wenn Sie so freundlich sein wollen, eine Runde für diese Herren hier, wo meine Freunde sind. Und für meinen neuen Freund hier auch. Und Sie selbst können sich auch einen genehmigen. Vergessen Sie sich selbst nicht.«

Der Wirt tat wie ihm geheißen.

Monk blieb noch eine halbe Stunde, aber trotz der unbeschwerten Freibierlaune erfuhr er nichts mehr, was ihm hätte von Nutzen sein können; das einzige, was er in Erfahrung brachte, war eine ausführlichere Beschreibung des Ortes, an dem Bickerstaff Caleb und Angus gesehen und ihren Streit mitbekommen hatte.

Den frühen Nachmittag verbrachte er mit der Verfolgung einer nicht besonders aufregenden Spur flußabwärts zu den East India Docks und nach Canning Town. Zweimal sah es so aus, als sei er Caleb direkt auf den Fersen, dann aber verlor sich die Spur, und er stand mutterseelenallein in dem grauen, windgepeitschten Regen an einem verlassenen Hafenbecken. Düstere, hochgeladene Lastkähne schoben sich lautlos durch den Nebel flußaufwärts, Stimmen klangen in einem seltsamen hohlen Singsang über das Wasser, und die hereindrängende Flut wisperte im Kies des Strandes.

Er versuchte von neuem sein Glück – mit hochgestelltem Kragen, nassen Füßen und entschlossener Miene. Caleb Stone würde ihm nicht entwischen, und wenn er jede Hütte und jedes Haus am Fluß durchkämmen mußte, jede verfallene, klapprige Holzbehausung, jeden Hafen und jeden Kai, jede dunkle, schlammüberzogene und vom Meerwasser überflutete Treppe, die in den Fluß hinunterführte. Er fragte, schikanierte, beschwatzte und bestach.

Gegen halb vier wurde das Licht schwächer. Er stand auf dem Canal Dock Yard und blickte über den Fluß zu den Chemiefabriken und den Greenwich Marshes auf der anderen Seite, die in Regen und Nebel gehüllt waren. Er hatte Caleb wieder einmal um Haaresbreite verpaßt, diesmal um nicht mehr als eine halbe Stunde. Er fluchte lange und ausgiebig.

Ein Kahnführer, breitschultrig und O-beinig, der am Stiel seiner Tonpfeife kaute, kam mit schaukelndem Gang auf ihn zu.

»Wollen Sie sich da vielleicht reinstürzen?« fragte er fröhlich. »So wie Sie aus der Wäsche gucken, würde mich das nicht wundern. Aber das Wasser ist mächtig kalt. Verschlägt Ihnen den Atem, bestimmt.«

»Es ist überhaupt verdammt kalt hier draußen«, sagte Monk ungehalten.

»Aber das ist noch nichts im Vergleich zum Wasser«, entgegnete der Kahnführer, der immer noch lächelte. Er schob die Hand in die Tasche seines blauen Mantels und förderte eine Flasche zutage. »Nehmen Sie 'n Tropfen davon. Kuriert nicht viel außer der Kälte, aber das ist immerhin etwas!«

Monk zögerte. Es konnte irgendein Teufelszeug sein, aber er war durchgefroren und von Zorn erfüllt. Er war so nah am Ziel gewesen.

»Aber Sie kriegen nichts, wenn Sie reinspringen wollen, hören Sie«, sagte der Kahnführer und schnitt eine Grimasse. »Verschwende doch keinen guten Rum. Jamaika, der Rum. Gibt nichts Besseres. Waren Sie schon mal in Jamaika?«

»Nein. Nein, war ich nicht.« Das war wahrscheinlich die Wahrheit, und außerdem spielte es kaum eine Rolle.

Der Mann hielt ihm die Flasche noch einmal hin.

Monk nahm sie und setzte sie an die Lippen. Es war Rum, und sogar ein guter. Er nahm einen Schluck und spürte das Feuer in seiner Kehle. Dann gab er die Flasche zurück.

»Vielen Dank.«

»Warum kommen Sie nicht weg vom Wasser und essen 'n bißchen was. Ich hab' eine Pastete. Sie können die Hälfte kriegen.«

Monk wußte, wie kostbar eine Pastete war, eine ganze Pastete. Die Freundlichkeit des Mannes machte ihm plötzlich seine eigene Verwundbarkeit bewußt. Es gab zu viele Dinge, an denen er hing.

»Das ist sehr nett von Ihnen«, sagte er freundlich. »Aber ich muß einen Mann finden, den ich gerade eben verpaßt habe.«

»Was für einen Mann?« erkundigte sich der Kahnführer zweifelnd, obwohl er die Veränderung in Monks Stimme nicht überhört haben konnte, auch wenn er seinen Gesichtsausdruck in dem schwächer werdenden Licht nicht erkennen konnte.

»Caleb Stone«, erwiderte Monk. »Ein gewalttätiger Mann, der fast mit Sicherheit seinen Bruder ermordet hat. Ich nehme nicht an, daß ich das beweisen kann, denn die Leiche könnte überall sein. Aber ich möchte für die Witwe herausfinden, ob er tot ist. Caleb selbst interessiert mich keinen Pfifferling.«

»Ach nein? Er hat seinen Bruder ermordet, und Ihnen ist es egal?« sagte der Kahnführer mit einem schrägen Seitenblick.

»Ich würde es beweisen, wenn ich könnte«, gab Monk zu. »Aber ich werde dafür bezahlt, den Tod des Bruders zu beweisen, damit seine Witwe wenigstens bekommt, was ihr zusteht, und seine Kinder genug zu essen haben. Ich glaube, das ist ihr lieber als Rache. Würde Ihnen das nicht genauso gehen?«

»Doch, doch«, gab der Kahnführer ihm recht. »Doch, das wäre es. Sie suchen also Caleb?«

»Ja.« Monk starrte unverwandt auf den immer dunkler werdenden Fluß hinunter. Ob es einen Versuch wert war, jetzt noch auf die andere Seite überzusetzen? Er hatte keine Ahnung, wo er mit der Suche beginnen sollte oder ob Caleb mittlerweile zurückgekehrt war und gemütlich in irgendeiner behaglichen Kneipe auf der Isle of Dogs saß.

»Ich bring' Sie rüber«, erbot sich der Kahnführer plötzlich. »Ich weiß, wo er hingegangen ist. Zumindest weiß ich, wo er sehr wahrscheinlich hingegangen ist. Ich hab' nichts übrig für Leute, die Kindern ihren Vater wegnehmen. Er ist ein übler Kerl, dieser Caleb.«

»Vielen Dank.« Monk nahm das Angebot des Mannes an, bevor dieser Zeit hatte, seine Meinung zu ändern. »Wie heißen Sie? Mein Name ist Monk.«

»Ach je. Paßt gar nicht zu Ihnen, es sei denn, es wäre einer der Mönche gemeint, die während der Inquisition die Leute auf den Scheiterhaufen zu bringen pflegten. Ich heiße Archie McLeish. Sie sollten besser mit mir kommen. Ich habe ein paar Schritte weiter ein Boot liegen. Nichts Dolles, kalt und naß, aber es wird uns auf die andere Seite bringen.« Dann drehte er sich um und schlenderte davon, wobei er auf den Außenkanten seiner Füße lief, als bewege sich die Erde unter ihm.

Monk holte ihn ein. »Die Inquisitoren, die Menschen für ihren Glauben verbrannt haben«, sagte er gereizt. »Mich kümmert es einen Dreck, was die Leute glauben, mich kümmert nur, was sie einander antun.«

»Sie sehen aus wie einer, der sich kümmert«, erwiderte Archie, ohne ihn anzusehen. »Sie möchte ich nicht auf den Fersen haben. Da wär' mir der Teufel dann doch noch lieber.« Er blieb an einer schmalen Treppe stehen, die zum Wasser hinunterführte, wo ein sehr kleines Boot sich sanft in der ansteigenden Flut wiegte. »Es kostet 'ne Menge, sich zu kümmern«, fügte er hinzu.

Monk wollte gerade leugnen, daß er sich um irgend etwas kümmerte, aber Archie hörte ihm nicht zu. Er löste mit gebeugtem Rücken die Vertäuung, die zu einem außergewöhnlich komplizierten Knoten gebunden war.

Monk stieg in das Boot, und Archie übernahm die Riemen. Mit ein paar geschickten Zügen wendete er das Boot, wobei er es gleichzeitg vorwärts trieb und steuerte. Das Ufer und die Treppe verschwanden schon nach wenigen Metern im Regen. Monk kam der Gedanke, daß niemand wußte, wo er war. Er hatte das Angebot angenommen, ohne auch nur die geringsten Vorsichtsmaßnahmen zu treffen. Archie McLeish konnte von Caleb dafür bezahlt worden sein, genau das zu tun! Er mußte wissen, daß er hinter ihm her war. Monk konnte in der Dunkelheit und dem Nebel auf dem Fluß über Bord gehen und mit der Ebbe aufs Meer hinausgetrieben werden; seine Leiche würde erst Tage später an Land gespült werden oder für immer verschwinden. Caleb Stone mochte zwar die Schuld daran tragen, aber niemand würde es beweisen können. Es wäre nur ein weiterer Unfall. Vielleicht würde Archie McLeish sogar behaupten, Monk habe sich selbst hineingestürzt.

Er umklammerte das Dollbord und war fest entschlossen, dem anderen im Ernstfall zumindest einen verdammt guten Kampf zu liefern. Archie McLeish würde mit ihm zusammen über Bord gehen.

Sie fuhren an zwei Kähnen vorüber, die in gleichmäßigem Tempo dahinglitten, dunkle Erhebungen im Nebel, Positionslichter gesetzt an Backbord und Steuerbord, Hunderte von Tonnen Fracht, die sie zu einem schwerfälligen Spielzeug der Wellen machten. Wenn sie einem dieser Boote in die Quere kamen, würden sie wie Streichhölzer zersplittert werden. Es gab keinen Laut außer dem Geräusch des Wassers, dem Tuten eines Nebelhorns in der Ferne und hin und wieder ein paar Stimmen.

Sie fuhren an einem Rahsegler vorbei, der vom Pool of London herunterkam; seine kahlen Spieren ragten über ihnen in den Nebel und erinnerten Monk an eine Reihe nebeneinander aufgebauter Galgen. Es wurde merklich kälter. Der rauhe Wind blies durch seinen Mantel, als wäre er aus dünner Baumwolle, und kühlte ihn aus bis auf die Knochen.

»Sie haben wohl Angst vor Caleb Stone, wie?« fragte Archie McLeish frohgemut.

»Nein«, fuhr Monk ihn an.

»Na ja, Sie sehen aber so aus.« Archie legte sich kräftig und mit seinem ganzen Gewicht in die Riemen. »Ich hab' das Gefühl, als würde ich einen Mann zum Henker rudern, wenn ich Sie so ansehe, wie Sie sich an meinem Boot festklammern – so als würde es wegschwimmen, wenn Sie es loslassen.«

Monk wurde klar, was für einen Anblick er bieten mußte, und rang sich ein Lächeln ab. Es könnte durchaus schlimmer sein.

»Sie werden ihn umbringen, was?« fragte Archie im Plauderton. »Das wäre sicher eine Möglichkeit. Dann hätten Sie wenigstens eine Leiche zum Vorzeigen. Ich schätze, niemand würde wissen, daß es nicht sein Bruder war. Ähnelten einander wie zwei Erbsen, heißt es.«

Monk lachte plötzlich auf. »Daran hatte ich noch gar nicht gedacht – aber die Idee gefällt mir... wirklich brillant. Gerechtigkeit für alle, und das auf einen Schlag. Das Schlimme ist nur, ich weiß nicht, ob Angus tot ist. Er könnte auch noch leben.«

»Angus heißt der Bruder also«, sagte Archie mit weit aufgerissenen Augen. »Nun ja, ich weiß es ja auch nicht, glücklicherweise. So, ich werd' Sie nicht zurückfahren, weil ich nichts mit Mord zu tun haben will... nicht mal an jemandem wie Caleb Stone.«

Monk fing an zu lachen.

»Und was ist daran so komisch?« fragte Archie mürrisch. »Ich mag ja ein ungehobelter Mensch sein und nicht so ein Gentleman, wie Sie anscheinend einer sind, obwohl, Gott weiß, schlimm genug aussehen tun Sie ja... Aber ich habe meine Grundsätze, genauso wie Sie!«

»Vielleicht sogar bessere«, räumte Monk ein. »Mir war vorhin der Gedanke gekommen, daß Sie mich ermorden könnten, hier draußen, mitten in dieser gottverlassenen Wasserwüste... auf Calebs Anweisung.«

Archie knurrte etwas Unverständliches, aber sein Zorn schien dahinzuschwinden.

»Na gut«, sagte er leise. »Na ja... hätte ich wohl tun können.«

Dann ruderte er eine Weile schweigend weiter. Die Schatten der Chemiefabriken auf der anderen Seite ragten durch den Nebel auf, und Archie mußte die Riemen herumreißen, um einem Kahn auszuweichen, der von den kaum sichtbaren Kaimauern auf sie zutrieb.

»Sie werden wohl 'n bißchen Hilfe brauchen«, sagte Archie nach einigen weiteren Sekunden. »Jemanden wie Caleb kriegen Sie nicht auf eigene Faust.«

»Möglich«, meinte Monk. »Aber ich versuche nicht, ihn zu verhaften, ich will nur mit ihm sprechen.«

»Ach ja?« meinte Archie skeptisch. »Und Sie denken, er glaubt das, ja?«

Auf den ersten Blick war es unwahrscheinlich, und Monk hatte keine Lust, sich in weiteren Erklärungen zu ergehen, teilweise deshalb, weil er sich selbst nicht recht im klaren darüber war. Er hatte einfach keine andere Alternative, als Caleb aufzuspüren.

»Wenn Sie mir Ihre Hilfe anbieten wollen, bin ich Ihnen sehr dankbar«, sagte er spitz. »Was wollen Sie dafür? Es wird nicht einfach sein und auch nicht angenehm. Noch nicht mal unbedingt gefahrlos.«

Archie stieß ein angewidertes Grunzen aus. »Glauben Sie, ich bin ein Idiot? Ich weiß über diese Dinge ein bißchen besser Bescheid als Sie, Jungchen. Ich werde spaßeshalber mitkommen. Man braucht mich nicht für jede verdammte Kleinigkeit, die ich mache, zu bezahlen!«

Monk lächelte, obwohl er nicht sicher war, ob Archie das in der Dunkelheit sehen konnte.

»Vielen Dank«, sagte er huldvoll.

Archie brummte irgend etwas vor sich hin.

Sie kamen ans Ufer und vertäuten das Boot an einem Pfosten, der wie ein abgebrochener Zahn aus dem Schlamm ragte. Dann ging Archie den Strand hinauf, wo derbes Gras in dichten Büscheln wuchs. Vor ihnen flackerten einige Lichter auf, auf der anderen Seite der Felder, falls sie diese Bezeichnung überhaupt verdient hatten, obwohl Monk nach dem saugenden Geräusch, das seine Stiefel bei jedem Tritt verursachten, glaubte, sich auf Sumpfland zu befinden.

»Wo sind wir?« fragte er leise.

»Wir gehen Richtung Blackwall Lane«, antwortete Archie. »Seien Sie leise, man hört hier ziemlich weit, auch wenn man das nicht für möglich hält.«

»Ist er hier?«

»Ja, er ist keine zehn Minuten vor uns hier angekommen.«

»Warum? Was gibt es hier, das ihn interessieren könnte?« Monk bemühte sich, mit dem anderen Schritt zu halten; er hatte das Gefühl, als klebe der Boden an seinen Füßen.

»Sind Sie nun hinter ihm her oder hinter was anderem?« fragte Archie aus der Finsternis vor ihm.

»Hinter ihm. Was hier sonst noch vorgeht, interessiert mich nicht«, erwiderte Monk.

»Dann seien Sie ruhig, und folgen Sie mir.«

Monk hatte den Eindruck, daß er ungefähr eine Viertelstunde lang durch die Dunkelheit stapfte, zuerst von den Sümpfen zur Straße und dann über härteren Boden auf die Lichter eines kleinen Cottages zu, das sich in die schwarze Landschaft schmiegte und nur von dem schummrigen Licht einiger Öllampen in verschiedenen Fenstern beleuchtet wurde.

Archie klopfte an die Tür, und als sie sich öffnete, sprach er kurz auf sein Gegenüber ein, aber so leise, daß Monk nichts verstand. Dann kam er zurück, und die Tür schloß sich, so daß sie weiter in der bitterkalten Nacht standen. Archie wartete einige Sekunden, bis seine Augen sich wieder an die Dunkelheit gewöhnt hatten, dann ging er zur anderen Seite der Halbinsel, zur gegenüberliegenden Biegung des Flusses.

Monk öffnete den Mund, um zu fragen, wohin sie gingen, änderte dann aber seine Meinung. Es war sinnlos. Er zog seinen Kragen noch höher, schob sich den Hut in die Stirn, vergrub seine Hände in den Manteltaschen und trottete weiter. Der unwirtliche Nebel schmeckte nach Salz, Kanalisation und dem übelriechenden Wasser, das dort, wo die Flut nicht hinkam, in Senken und Tümpeln stand. Die Kälte drang ihm bis in die Knochen.

Endlich erreichten sie das Trockendock am äußersten Ende der Landspitze, und Archie hob warnend die Hand.

Monk nahm den Geruch von Holzrauch wahr.

Vor ihnen stand ein mit Segeltuch überdeckter Holzverschlag. Archie zeigte mit der Hand auf den Bau, trat beiseite, um auf die andere Seite hinüberzugehen, und verschwand dann in die Dunkelheit, die ihn fast auf der Stelle verschluckte.

Monk holte tief Luft, um sich zu beruhigen. Er hatte keine Waffe. Dann riß er die aus Holz und Segeltuch bestehende Tür auf.

Das Innere des Hauses maß etwa ein Dutzend Quadratmeter und war leer bis auf die Holzkisten, die sich an den Wänden stapelten. Nur die gegenüberliegende Wand, in der sich eine weitere Tür befand, war frei. Man konnte unmöglich sagen, was die Kisten enthielten. Aus einer Rolle Tauwerk war ein provisorischer Sitzplatz hergerichtet worden, aus ausgefasertem Hanf ein rohes Bett. In der Mitte der Hütte brannte ein Feuer und schickte Rauch und Flammen durch einen behelfsmäßigen Kamin. Es war angenehm warm nach der bitterkalten Nacht draußen, und Monk spürte, wie die Wärme sich in seinem Körper ausbreitete, noch während er den Mann, der neben dem Feuer hockte und mit seiner schwarzbehandschuhten Hand ein Stück Kohle wie eine Waffe umklammert hielt, näher betrachtete. Er war groß, kräftig gebaut und beweglich, aber es war sein Gesicht, das ganz besonders ins Auge fiel. Es war, als sei Enid Ravensbrooks Zeichnung zum Leben erwacht und doch wieder nicht. Die Knochenstruktur war die gleiche, der breite Kiefer und das spitze Kinn, die stark ausgeprägte Nase, die hohen Wangenknochen, ja sogar die grünen Augen. Aber das Fleisch des Gesichts war anders, die Lippen, die Linien, die von der Nase zu den Mundwinkeln liefen. Der Gesichtsausdruck war von Zorn und Spott geprägt und verriet in diesem Augenblick einen deutlichen Hang zur Gewalttätigkeit.

Es war unnötig zu fragen, ob er hier Caleb Stone gegenüberstand.

»Genevieve hat mich geschickt, damit ich nach Angus suche«, sagte Monk einfach, wobei er mit gestrafften Schultern im Eingang stehenblieb und ihn so versperrte.

Caleb stand ganz langsam auf.

»Sie suchen nach Angus, wie?« Er sagte das, als sei es gleichzeitig komisch und seltsam, aber er war offensichtlich darauf gefaßt, von einem Augenblick zum anderen eine plötzliche Bewegung machen zu müssen.

Monk beobachtete ihn und war sich dabei seines Gewichts und der Kohle in seiner Hand überdeutlich bewußt.

»Er ist nicht nach Hause gekommen...«

Caleb stieß ein kurzes, hartes Lachen aus. »Nein wirklich! Und glaubt Genevieve, ich wüßte das nicht?«

»Sie glaubt, Sie wissen es sehr gut«, sagte Monk kühl. »Sie glaubt, daß Sie dafür verantwortlich sind.«

»Ich halte ihn hier fest, wie?« Calebs Lächeln war voller Spott, voller Zorn. »Wir stehlen und raufen überall hier am Fluß! Ist es das, was sie denkt?« Er spie Monk die Worte geradezu ins Gesicht. Es war merkwürdig, ihn so zu sehen, in so alten und schmutzigen Kleidern, die ihre Farbe ganz und ihre Form beinahe verloren hatten, und doch mit Lederhandschuhen. Sein Haar war gelockt und überlang, vom Schmutz verfilzt, und auf seinem Kinn wuchsen dunkle Bartstoppeln. Und doch kamen trotz seines Hasses seine Worte mit der Klarheit und der gepflegten Aussprache seiner Jugend und der Erziehung, die Milo Ravensbrook ihm hatte angedeihen lassen. Monk war sich trotz der Verachtung, die er für diesen Mann empfand, dessen zwiespältiger Natur bewußt, spürte förmlich, wie aus dem vielversprechenden Jugendlichen eine so gründlich gescheiterte Existenz geworden war. Hätte er Angus nicht getötet, hätte Monk Mitleid mit ihm haben können, hätte sogar ein verschwommenes, ein wenig verändertes Spiegelbild seiner selbst in ihm gesehen. Er verstand sowohl den Zorn als auch die Hilflosigkeit.

»Und haben Sie das?« fragte Monk. »Das hatte ich nicht erwartet. Ich dachte eigentlich, Sie hätten ihn getötet.«

»Ihn getötet.« Caleb lächelte und entblößte diesmal eine Reihe ebenmäßiger Zähne. Er betastete die Kohle in seiner Hand, ohne Monk aus den Augen zu lassen. »Angus getötet?« Er lachte abermals, ein hartes, beinahe erstickt klingendes

Geräusch. »Ja – ich schätze, sie hat recht. Ich habe Angus getötet!« Er warf den Kopf in den Nacken, sein Gelächter schwoll an, bis es fast an Hysterie grenzte.

Monk machte einen Schritt nach vorn.

Caleb hörte augenblicklich auf zu lachen, so plötzlich, als hätte ihm jemand eine Hand über den Mund gelegt. Er sah Monk an und hob seine Hand mit der Kohle ein Stückchen höher.

Monk erstarrte. Caleb hatte bereits seinen Bruder ermordet. Wenn er Monk hier in diesen verlassenen Sümpfen tötete, würde seine Leiche nicht gefunden, bevor sie nicht verrottet und unkenntlich war, falls sie überhaupt je gefunden wurde. Er würde um sein Leben kämpfen, aber Caleb war stark, an Gewalt, vielleicht sogar an das Töten gewöhnt, und er hatte nichts zu verlieren.

Ohne die leiseste Vorwarnung fuhr Caleb auf dem Absatz herum und stürzte auf das andere Ende der Hütte zu, krachte durch die notdürftig zusammengezimmerte Tür und warf Archie, der dahinter stand, der Länge nach in den Schlamm.

Als Monk sich ebenfalls durch den Eingang gezwängt hatte, kam Archie schon wieder ein wenig unbeholfen auf die Füße, und Caleb war in Regen und Dunkelheit verschwunden. Sie konnten das glucksende Geräusch seiner Schritte hören, dann noch einen Ausbruch von Gelächter, dann herrschte Stille.

Oliver Rathbone war einer der hervorragendsten Strafverteidiger des Jahrzehnts. Er besaß Scharfblick und Redegewandtheit und hatte ein hervorragendes Gespür für die Wahl des richtigen Zeitpunkts. Und was noch wichtiger war, er hatte den Mut, widersprüchliche und hoffnungslose Fälle zu übernehmen.

Er war in seinem Büro in der Vere Street hinter den Lincoln's Inn Fields, als sein Sekretär mit zweifelnder Miene ankündigte, daß Mr. Monk ihn in einer dringenden Angelegenheit zu sprechen wünsche.

»Natürlich«, sagte Rathbone mit einem Anflug eines Lächelns um die Lippen. »Etwas ganz Gewöhnliches würde Monk niemals hierherbringen. Lassen Sie ihn eintreten.«

»Ja, Mr. Rathbone.« Der Sekretär zog sich zurück und schloß die Tür hinter sich.

Rathbone faltete die Papiere, in die er vertieft gewesen war, zusammen und schob sie zurück in den Ordner, in den sie gehörten, und band diesen zu. Seine Gefühle waren ebenfalls gemischt. Er hatte Monk immer für seine beruflichen Qualitäten bewundert – sie standen außer Frage, genauso wie sein Mut, den er im Umgang mit dem Verlust seines Gedächtnisses und seiner persönlichen Identität gezeigt hatte. Aber er fand ihn auch sehr schwierig und sein Benehmen, um es gelinde auszudrücken, ziemlich schroff. Und dann war da noch die Sache mit Hester Latterly. Ihre Zuneigung zu Monk irritierte Rathbone, obwohl es ihm widerstrebte, das zuzugeben. Monk behandelte sie ganz und gar nicht mit dem Respekt und der Aufmerksamkeit, die ihr gebührte. Und ihn selbst brachte Monk allzuoft dazu, seine gewohnte Toleranz, seine Geduld und sein besonnenes Urteil auf die Probe zu stellen.

Die Tür öffnete sich, und Monk trat ein. Er war tadellos gekleidet, wie gewöhnlich, sah aber müde und erschöpft aus. Die Haut unter seinen Augen war dunkel überschattet. Er schien angespannt zu sein.

»Guten Morgen, Monk.« Rathbone erhob sich, eine automatische Geste der Höflichkeit. »Was kann ich für Sie tun?«

Monk schloß die Tür hinter sich; er hatte nicht die Absicht, sich mit Nebensächlichkeiten aufzuhalten. Noch während er auf dem Stuhl gegenüber dem Schreibtisch Platz nahm und die Beine übereinanderschlug, begann er zu sprechen.

»Ich habe einen Fall, in dem ich Ihren Rat brauche.« Er gab Rathbone keine Gelegenheit, etwas darauf zu erwidern, sondern fuhr direkt fort, als hielte er es für selbstverständlich, daß der andere Mann damit einverstanden war. »Eine Frau hat mich wegen ihres Mannes, der verschwunden ist, aufgesucht. Ich habe ihn bis nach Blackwall auf der Isle of Dogs verfolgen können, wo er zuletzt gesehen wurde, und zwar in Gesellschaft seines Zwillingsbruders, der dort lebt, mehr oder weniger …«

»Einen Augenblick mal.« Rathbone hob die Hand. »Ich übernehme keine Fälle dieser Art. Scheidung oder ähnliches …«

»Das tue ich auch nicht!« sagte Monk knapp, obwohl er wußte, daß diese Feststellung, wenn sie überhaupt zutraf, sich nur auf die letzten Monate beziehen konnte. »Wenn Sie mir bitte gestatten würden, zu Ende zu sprechen«, fuhr Monk fort, »kann ich die Sache sehr viel früher auf den Punkt bringen.«

Rathbone seufzte und ließ die Hand sinken. Nach Monks Gesichtsausdruck zu urteilen, würde er so oder so weitersprechen. Rathbone schoß der Gedanke durch den Kopf, daß Monk, wenn er schon Klienten von der Isle of Dogs annahm, wahrhaftig keinen Grund hatte, so hochmütig zu sein, aber das würde sie nicht weiterbringen. Immerhin war durchaus denkbar, daß der Fall sich dennoch als interessant erweisen konnte.

»Die beiden Brüder hassen einander schon seit langem«, sagte Monk, ohne Rathbone aus den Augen zu lassen. »Caleb, derjenige, der in der Gegend von Blackwall lebt, bestreitet seinen Unterhalt mit Diebstahl, Einschüchterung und Gewalt. Angus, der Ehemann meiner Klientin, lebt in einem eleganten Teil von London und ist der Inbegriff an Respektabilität und geordnetem Familienleben. Er ist mit seinem Bruder in Verbindung geblieben, aus alter Verbundenheit, ein Gefühl, das nicht auf Gegenseitigkeit beruhte. Caleb war von einer starken Eifersucht auf ihn erfüllt.«

Rathbone sagte ganz bewußt nichts dazu.

Monk zögerte nur eine einzige Sekunde. Dann fuhr er fort: »Die Ehefrau ist davon überzeugt, daß Caleb Angus' Mörder ist. Er hat ihn in der Vergangenheit häufig angegriffen. Ich habe Caleb in den Greenwich-Sümpfen aufgespürt, und er hat zugegeben, Angus getötet zu haben, aber ich kann keine Leiche finden.« Sein Gesichtsausdruck war angespannt. »Es gibt Dutzende von Möglichkeiten, wie er sich der Leiche entledigt haben könnte. Der Fluß ist eine der naheliegendsten, aber er könnte ihn auch in den Sümpfen vergraben haben, damit er dort verrottet, er könnte ihn im Frachtraum eines auslaufenden Schiffes versteckt oder ihn sogar persönlich bis zur Flußmündung gebracht und über Bord geworfen haben. Oder er könnte ihn in einem Gemeinschaftsgrab zusammen mit den Typhusopfern in

Limehouse verscharrt haben. Niemand wird die Leichen dort herausholen, um sie zu identifizieren oder zu zählen!«

Rathbone lehnte sich in seinem bequemen Schreibtischstuhl zurück und legte die Fingerspitzen aneinander.

»Ich nehme an, daß niemand außer Ihnen Zeuge von Calebs Geständnis war?«

»Natürlich nicht.«

»Und welche Beweise haben Sie für diesen Mord, abgesehen von der Überzeugung der Ehefrau?« fragte Rathbone weiter. »Sie ist keine unparteiische Zeugin. Ach, übrigens, wie stand er finanziell da? Und welche anderen... Interessen könnte seine Frau haben?«

Ein verächtlicher Ausdruck huschte über Monks Züge. »Er konnte nicht klagen, jedenfalls nicht, solange er sein Geschäft selbst leitete. Das Ganze hängt von seinem persönlichen Urteilsvermögen ab. Die Geschäfte werden sich rapide verschlechtern, wenn er nicht bald zurückkommt, und an den Nachlaß kommt man so ohne weiteres nicht heran. Und was die andere Frage betrifft – soweit ich es einschätzen kann, scheint sie eine überaus tugendhafte Frau zu sein; sie ist sehr schön, aber im Augenblick macht sie sich große Sorgen um das Wohlergehen ihrer Kinder.«

Der Ärger in Monks Stimme konnte bedeuten, daß es ihm mißfiel, daß jemand sein Urteil in Frage stellte. Andererseits, dachte Rathbone, legte das Maß an Eindringlichkeit in seinen Augen die Vermutung nahe, daß er ein gewisses Mitleid für die Frau empfand und ihr deshalb glaubte. Aber er war keineswegs sicher, ob Monk, der eine hervorragende Menschenkenntnis besaß, wenn es um Männer ging, wirklich genausoviel von Frauen verstand.

»Gibt es Zeugen für irgendwelche Streitigkeiten?« fragte er und kehrte damit zum eigentlichen Thema zurück. »Irgendeinen bestimmten Streitpunkt zwischen den beiden Brüdern, bei dem es um Besitz ging, eine Frau, ein Erbe oder eine alte Kränkung?«

»Ein Zeuge hat sie an dem Tag, als Angus verschwand, zusammen gesehen«, erwiderte Monk. »Und da haben Sie sich gestritten.«

»Kaum ein Grund, jemanden des Mordes anzuklagen!« meinte Rathbone trocken.

»Was muß ich vorweisen können, juristisch gesehen, meine ich?« Monks Gesicht war wie erstarrt. Es verriet Müdigkeit und Niedergeschlagenheit. Rathbone vermutete, daß er an dem Fall schon seit vielen Tagen ohne Ergebnisse gearbeitet hatte, und er wußte, die Chancen waren gering, falls es sie überhaupt gab.

»Nicht unbedingt eine Leiche.« Rathbone beugte sich ein wenig vor und behandelte Monk mit dem Ernst, den dieser erwartete.

»Wenn Sie beweisen können, daß Angus zur Isle of Dogs gegangen ist, daß es Mißstimmigkeiten zwischen den beiden Brüdern gegeben hat, daß sie sich häufig stritten oder prügelten, daß sie an diesem Tag zusammen gesehen wurden und daß niemand Angus seither zu Gesicht bekommen hat, dann könnte das ausreichen, um die Polizei zu einer Suchaktion zu veranlassen. Es ist höchst unwahrscheinlich, daß irgend jemand des Mordes überführt werden kann. Es ist nicht auszuschließen, daß Angus einen Unfall gehabt haben und in den Fluß gefallen sein könnte und daß die Leiche aufs Meer hinausgetrieben wurde. Er könnte sich sogar freiwillig abgesetzt und ein Schiff nach Gott weiß wohin genommen haben. Ich nehme an, Sie haben seine private und geschäftliche Finanzlage überprüft?«

»Natürlich! Daran gibt es nicht das geringste auszusetzen.«

»Dann sollten Sie besser versuchen, irgendwelche Beweise für einen Streit zu finden sowie glaubwürdige Zeugen herbeizuschaffen, die bestätigen, daß Angus den Schauplatz seiner letzten Begegnung mit seinem Bruder nicht verlassen hat. Bisher haben Sie nichts in der Hand, was polizeiliche Nachforschungen rechtfertigen würde. Tut mir leid.«

Monk fluchte und stand auf; sein Gesicht war starr vor ohnmächtiger Wut.

»Vielen Dank«, sagte er grimmig, ging zur Tür und verschwand, ohne sich noch einmal umzudrehen oder Rathbone anzusehen.

Rathbone saß fast eine Viertelstunde lang reglos da, bevor er den verschlossenen Aktenordner wieder öffnete. Entgegen seinem guten Vorsatz ließ ihn der Gedanke an Monks Dilemma, hinter dem offenbar ein schwieriger Fall steckte, nicht los. Monk schien davon überzeugt zu sein, daß ein Mord begangen worden war. Er wußte, wer getötet wurde, von wem, wo und warum, und doch konnte er nichts beweisen. Im Sinne des Gesetzes hatte alles seine Ordnung, aber moralisch betrachtet, handelte es sich um eine Monstrosität. Rathbone zermarterte sich das Gehirn, in welcher Weise er behilflich sein könnte.

Er lag die ganze Nacht wach, und trotzdem fiel ihm nichts ein.

Monk war außer sich vor Zorn. Noch nie hatte er sich so ohnmächtig gefühlt. Er wußte, Caleb hatte Angus ermordet – der Mann hatte es sogar zugegeben –, und doch stand es nicht in seiner Macht, etwas in dieser Angelegenheit zu unternehmen. Er konnte nicht einmal Angus' Tod beweisen, um Genevieve zu helfen. Es war eine grauenvolle Ungerechtigkeit, die wie eine Wunde in ihm schwärte.

Aber er mußte Genevieve Bericht erstatten. Sie hatte ein Recht, wenigstens so viel zu wissen wie er.

Sie war nicht im Haus der Ravensbrooks. Ein adrettes Dienstmädchen mit frisch gestärkter Schürze und Häubchen informierte ihn darüber, daß Mrs. Stonefield nach Hause zurückgekehrt sei und jetzt nur noch tagsüber komme.

»Dann geht es Lady Ravensbrook besser?« erkundigte Monk sich schnell und mit einer Erleichterung, die ihn selbst überraschte.

»Ja, Sir, sie hat das Schlimmste überstanden, gedankt sei dem Herrn. Miss Latterly ist immer noch hier. Wollen Sie vielleicht mit ihr sprechen?«

Er zögerte nur einen Augenblick, währenddessen Hesters Gesicht mit solcher Klarheit vor seinem inneren Auge stand, daß er erschrak.

»Nein – vielen Dank. Ich muß mit Mrs. Stonefield sprechen. Ich werde es bei ihr zu Hause versuchen. Auf Wiedersehen.«

Genevieves Tür wurde von einem Hausmädchen geöffnet, das dem Aussehen nach etwa fünfzehn Jahre alt war; sein rundliches Gesicht wirkte verhärmt. Er nannte seinen Namen und fragte nach Genevieve. Sie führte ihn ins Besuchszimmer und bat ihn zu warten. Einen Augenblick später kehrte das Mädchen zurück und brachte ihn in den kleinen, sehr ordentlichen Salon mit einem Porträt der Königin, dem Klavier mit den schicklich verhüllten Beinen, einigen Stickereien und einer Reihe von Aquarellen, welche die Bucht von Neapel zeigten.

Was ihn für den Augenblick völlig sprachlos machte, war die Tatsache, daß Titus Niven am Feuer stand; sein Rock war immer noch so elegant geschnitten wie bei ihrer letzten Begegnung und auch genauso abgenutzt, seine Stiefel auf Hochglanz poliert und papierdünn, sein Gesicht noch immer geprägt von demselben Ausdruck trockenen, sarkastischen Humors. Genevieve stand dicht neben ihm, als hätten sie sich bis zu der Sekunde, als die Tür sich öffnete, angeregt unterhalten. Monk hatte das Gefühl zu stören.

Genevieve trat auf ihn zu, und ihr Gesicht verriet Interesse und Sorge. Sie war immer noch blaß, und um Augen und Mundwinkel zeigten sich nach wie vor Spuren von Anspannung, aber sie wirkte weniger niedergeschlagen, weniger verzweifelt. Sie war eine außerordentlich attraktive Frau. Hätte er nicht vor kurzem Drusilla Wyndham kennengelernt, hätten seine Gedanken möglicherweise länger bei diesem Gesicht verweilt.

»Guten Morgen, Mr. Monk. Haben Sie Neuigkeiten für mich?«

»Nicht die, die ich mir wünschen würde, Mrs. Stonefield, aber ich habe Caleb gefunden, unten in den Greenwich-Sümpfen.«

Sie schluckte, und ihre Augen weiteten sich. Titus Niven trat fast so, als sei es ihm selbst gar nicht bewußt, einen Schritt näher an sie heran und starrte ebenfalls wie gebannt auf Monk; ein Anflug von Furcht flackerte in seinen Zügen auf, machte aber sogleich eiserner Entschlossenheit Platz.

»Was hat er gesagt?« fragte Genevieve.

»Daß er Angus getötet habe, daß ich es aber niemals werde beweisen können.« Er zögerte. »Es tut mir leid.« Er wünschte, er könnte noch irgend etwas hinzufügen, aber da war nichts, was der Wahrheit entsprochen hätte oder sie in irgendeiner Weise hätte trösten oder ihr helfen können. Das einzige, was er ihr zu bieten hatte, war ein Ende der Qual, zwischen Hoffen und Bangen verharren zu müssen. Es war nicht gerecht; es war nicht fair.

Titus Niven streckte die Hand aus und berührte Genevieve ganz sanft am Arm; und so, als sei sie sich dessen kaum bewußt, suchte ihre Hand die seine.

»Sie meinen, mehr können Sie nicht tun?« fragte sie so leise, als kostete es sie unendlich viel Kraft, ihre Stimme unter Kontrolle zu halten.

»Nein, das wollte ich damit nicht sagen«, erwiderte Monk, während er gleichzeitig angestrengt nachdachte, um nur ja nichts zu äußern, das sie in die Irre führen könnte. Seine Gedanken überschlugen sich, und häßliche Bilder bezüglich Titus Niven, die bisher kaum konkrete Gestalt angenommen hatten, gingen ihm durch den Kopf. »Ich habe keine große Hoffnung, daß ich ihm seine Schuld werde nachweisen können, obwohl es nicht unmöglich ist, aber ich werde auf jeden Fall weiterhin versuchen, Angus' Tod zu beweisen – wenn nicht direkt, dann indirekt. Natürlich immer vorausgesetzt, daß Sie das noch wollen?«

Die kurze Stille, die nun folgte, war von solcher Intensität, daß Monk das sanfte Rascheln der Asche im Kamin hören konnte.

»Ja«, antwortete Genevieve sehr leise. »Ja. Ich möchte, daß Sie weitermachen, zumindest für den Augenblick, obwohl ich nicht weiß, wie lange Lord Ravensbrook bereit ist, Sie zu bezahlen. Ich wäre Ihnen daher sehr dankbar, wenn Sie Ihre Rechnung zunächst einmal weiterlaufen lassen könnten. Es tut mir leid, Sie um so etwas bitten zu müssen, es erscheint so taktlos, aber unter den gegebenen Umständen bleibt mir nichts anderes übrig.«

Monk dachte an Callandra Daviot und fragte sich, ob sie wohl bereit war, ihn in finanzieller Hinsicht zu unterstützen, wenn er – auch ohne von Genevieve oder Lord Ravensbrook dafür entlohnt zu werden – weiter an diesem Fall arbeitete. Er beschloß, sie so bald wie möglich danach zu fragen. Er mußte die Wahrheit herausfinden. Wenn Caleb Stone seinen Bruder aus Eifersucht getötet hatte, verdiente Genevieve einen Beweis für dieses Verbrechen, und Monk spürte sein eigenes Verlangen, Caleb dingfest zu machen, aufkeimen. Und wenn es eine andere Lösung gab, vielleicht sogar eine, in der auch Titus Niven eine Rolle spielte, wollte Monk es wissen. Oder vielleicht sollte er ehrlicherweise sagen, er wollte beweisen, daß es nicht so war. Diese Gedanken verfolgten ihn schon seit einiger Zeit, zu nebulös, um sie zu fassen, zu häßlich, um vergessen werden zu können.

»Natürlich werde ich das tun, Mrs. Stonefield«, sagte er laut. »Es ist immerhin möglich, daß ich genügend Beweise finde oder zumindest genug ernsthafte Verdachtsmomente zusammentragen kann, um die Polizei zu veranlassen, die weiteren Nachforschungen zu übernehmen. Dann werden Ihnen natürlich keine weiteren Kosten entstehen.«

»Ich verstehe.«

»Ich habe gehört, Lady Ravensbrook habe das Schlimmste überstanden und werde sich gewiß wieder erholen?« fuhr er fort.

Sie lächelte, und Titus Niven schien sich ebenfalls zu entspannen, obwohl er ihr noch immer nicht von der Seite wich.

»Ja, so ist es, Gott sei gedankt. Sie war schrecklich krank, und es wird lange dauern, bis sie wieder ganz die alte ist, aber zumindest lebt sie noch, und das ist mehr, als ich vor zwei Tagen zu hoffen gewagt hätte.«

»Und Sie haben das Haus Ravensbrook wieder verlassen?«

Ein Schatten legte sich über ihre Augen.

»Es ist nicht mehr nötig, daß ich die ganze Zeit dort bin. Miss Latterly ist sehr tüchtig, und was die häuslichen Pflichten betrifft, stehen natürlich Hausmädchen zur Verfügung. Ich gehe jeden Tag hin, aber für meine Kinder ist es viel besser, hier zu Hause zu sein.«

Monk wollte gerade Einwände erheben, weil er an die Unkosten für Heizung und Nahrungsmittel dachte, ja sogar an die weitere Beschäftigung ihrer eigenen Dienstboten, aber Titus Niven kam ihm zuvor.

»Es ist sehr freundlich von Ihnen, sich Sorgen zu machen, aber Mr. Stonefields Verschwinden bedeutet mehr als genug Kummer und Unruhe für seine Familie. Ich bin sicher, Sie sind meiner Meinung, daß es eine zusätzliche Härte bedeuten würde, wenn sie auch noch ihr Heim verlassen müßte, und es deshalb so lange wie möglich hinausgeschoben werden sollte.«

Viele Antworten gingen Monk durch den Kopf – die Behaglichkeit des Hauses Ravensbrook, vor allem jetzt im Winter; die wohlige Wärme, die dort herrschte; die guten Mahlzeiten; die Tatsache, daß Genevieve dort viele ihrer Sorgen und Verantwortungen abgenommen wurden; und auf der anderen Seite die Unmöglichkeit, daß sie Titus Niven dort empfangen konnte, wann immer sie wollte. Vielleicht war es so einfacher für sie, ihn, wenn die Zeit gekommen war, als neuen Direktor in Angus' Geschäft einzusetzen.

»Ja, da haben Sie wohl recht«, räumte er ein wenig ungehalten ein. »Ich werde weiter versuchen, so viele Beweise wie möglich zusammenzutragen. Erinnern Sie sich, ob Ihr Mann irgendwann einmal etwas darüber gesagt hat, wo er sich mit seinem Bruder traf, Mrs. Stonefield? Sie haben mir erzählt, daß er nie von seinen Besuchen sprach, aber möglicherweise hat er mit einer unbeabsichtigten Bemerkung auf die Umstände dieser Treffen oder die Örtlichkeiten, an denen sie stattfanden, hingewiesen; auch die kleinste Kleinigkeit könnte uns weiterhelfen.« Er beobachtete sie aufmerksam und forschte in ihrem Gesicht nach dem leisesten Anzeichen von Unaufrichtigkeit; er wollte herausfinden, ob sie ihm irgendwelche Informationen vorenthielt, Dinge, von denen sie etwas wußte, von denen sie aber nichts hätte wissen dürfen, wenn sie unschuldig war.

»Ich verstehe nicht recht, Mr. Monk.« Sie blinzelte.

Er las nichts als Verwirrung in ihren Zügen.

»Haben sie zusammen gegessen oder ein Glas Bier getrunken,

zum Beispiel?« erklärte er sein Anliegen näher. »Haben sie sich in einem Haus getroffen oder im Freien, am Fluß oder am Ufer? In Gesellschaft anderer oder allein?«

»Ja, jetzt verstehe ich.« Aber gleich nachdem sie diese Worte ausgesprochen hatte, flackerte neuer Schmerz in ihren Augen auf. »Sie wollen wissen, wo Sie nach... einer Leiche... suchen könnten.«

Titus Niven zuckte zusammen, und sein empfindsamer Mund verzog sich unwillig. Er warf Monk einen flehentlichen Blick zu, unterbrach ihn jedoch nicht, obwohl seine Zurückhaltung ihn offenbar Anstrengung kostete.

»Oder nach einem Zeugen«, ergänzte Monk.

»Mir fällt nichts ein, sonst hätte ich es Ihnen schon berichtet.« Sie schüttelte den Kopf. »Wie ich schon sagte, er hat nie mit mir über seine Treffen mit Caleb gesprochen. Sie haben ihn immer sehr aufgeregt. Aber ein- oder zweimal waren seine Kleider feucht und rochen nach Salz und Fisch.« Sie holte tief Luft. »Und nach anderen Dingen, die ich Ihnen nicht näher beschreiben kann, die aber äußerst unerfreulich waren.«

»Ich verstehe. Vielen Dank.« Er hatte sich gefragt, ob sie ihn vielleicht ganz vorsichtig zu dem Ort führen würde, an dem Angus sich befand. Wenn sie etwas wußte, dann würde sie es früher oder später tun. Sie brauchte den Beweis für seinen Tod. So, wie sie jetzt in diesem eleganten Raum stand und wußte, daß er langsam, aber sicher seiner Kostbarkeiten beraubt werden würde, und angesichts des winzigen Kohlehäufleins, das im Kamin glomm, und ihres bleichen, von Müdigkeit und Angst gezeichneten Gesichts war es ihm fast unmöglich zu glauben, daß sie auch nur das geringste zu verbergen hatte. Aber er hatte sich schon früher geirrt. Und die Tatsache, daß er Niven mochte, bedeutete ebenfalls nichts. Er mußte den Dingen auf den Grund gehen. »Dann werde ich mich jetzt verabschieden. Ich wünsche Ihnen noch einen schönen Tag, Ma'am. Mr. Niven.«

Den Rest des Tages und auch die Hälfte des nächsten verbrachte er mit der Verfolgung aller ihm noch verbliebenen Spuren und hatte damit nicht den geringsten Erfolg. Selbst die kritischsten Zungen in der Nachbarschaft wußten nichts anderes zu berichten, als daß Genevieve genauso respektabel war wie ihr Mann, eine tugendhafte Frau, in jeder Hinsicht so tugendhaft, daß es schon fast an Langweiligkeit grenzte. Wenn sie irgendwelche Untugenden besaß, dann waren es Vorsicht im Umgang mit Geld, dem sie eine außerordentliche Bedeutung beimaß, und ein Sinn für Humor. Sie stand in dem Ruf, häufiger zu lachen, als es sich ziemte, und bei den unpassendsten Gelegenheiten.

Titus Niven war ein Freund der Familie, und das galt für Angus genauso wie für sie. Und nein, niemand konnte sich einer Gelegenheit entsinnen, daß er sie besucht hatte, ohne daß Angus anwesend war.

Wenn es eine heimliche Beziehung zwischen den beiden gab, dann hatten sie diesen Umstand außerordentlich geschickt verborgen. Titus Niven hatte Grund, Angus Stonefield zu beneiden, sowohl in beruflicher wie in privater Hinsicht; vielleicht hatte er sogar Grund, ihn zu hassen, aber dafür gab es keinerlei Beweise.

Am frühen Nachmittag fuhr Monk wieder ins East End, nach Limehouse und zu dem notdürftig eingerichteten Typhushospital, um Callandra Daviot zu sprechen. Er wollte aus mehreren Gründen mit ihr reden, aber an erster Stelle stand die finanzielle Frage. Es war offensichtlich, daß Genevieve, wenn Lord Ravensbrook ihr seine Unterstützung entzog, ihn nicht mehr lange bezahlen konnte, und es war in moralischer Hinsicht indiskutabel, daß er Geld von ihr nahm. Die Hoffnung, daß er vielleicht doch noch irgendwelche Beweise fand, war gering. Und doch war er fest entschlossen, dem Fall bis zum bitteren Ende nachzugehen.

Außerdem brauchte er Hilfe, und das Fieberhospital war ein guter Ort, sich bessere Ortskenntnisse zu verschaffen. Er verfluchte seine eigene Unzulänglichkeit. Wenn er nicht sein Gedächtnis verloren hätte, würde er sich wahrscheinlich an alle möglichen Leute erinnern, an die er sich in einem solchen Falle wenden konnte.

Er stapfte über die Gill Street, den Kragen zum Schutz gegen den Wind hochgestellt, und der Gestank von Ruß und Abfallhaufen stieg ihm übelkeiterregend in die Nase. Die gewaltige Silhouette des alten Lagerhauses hob sich vor ihm grau gegen den grauen Himmel ab. Er beschleunigte seinen Schritt, gerade als es zu regnen begann, und schaffte es, den Eingang zu erreichen, bevor er naß wurde.

Der Geruch der Krankheit stieg ihm augenblicklich in Nase und Kehle; er war anders als der gewohnte säuerliche, beißende Gestank draußen, an den er sich mittlerweile gewöhnt hatte. Dieser Geruch war strenger und aufdringlicher, und trotz höchster Willensanstrengung seinerseits machte er ihm angst. Hier ging es nicht um die Belange des Lebens; hier ging es um Schmerz und Tod und um die Nähe des Todes. Die Atmosphäre hier hüllte ihn wie Nebel ein, und er mußte sich dazu zwingen, nicht davonzulaufen. Er schämte und verachtete sich für seine Schwäche.

Dann sah er die Frau mit Namen Mary auf sich zukommen, einen zugedeckten Eimer in der Hand. Er wußte, was darin sein mußte, und sein Magen krampfte sich zusammmen.

»Ist Lady Callandra hier?« fragte er sie. Seine Stimme klang brüchig.

»Ja.« Ihr Haar klebte naß von Regen und Schweiß am Kopf, und ihre Haut wies einen gräulichen Schimmer von der Anstrengung der vergangenen Tage auf. Sie hatte keine Kraft mehr, höflich zu sein oder Ehrfurcht vor der Autorität anderer aufzubringen. »Da drin.« Sie wies mit dem Kopf zur Seite, irgendwo in das geräumige Lagerhaus hinein, und setzte ihren Weg dann fort.

»Vielen Dank.« Monk betrat widerstrebend den höhlenartigen Raum. Er sah genauso aus wie beim letztenmal, schwach beleuchtet von Kerzen, der Boden bedeckt mit Stroh und Segeltuch, mit Menschenleibern, die sich wie Höcker unter ihren Decken ausnahmen. An beiden Enden des Raums verströmten schwarze Kanonenöfen Wärme und den Geruch von Kohle, während aus den großen Kesseln Dampf aufstieg. Die brennenden Tabakblätter bescherten ihm überdies ein unangenehmes

Kratzen in der Kehle. Hester hatte einmal davon gesprochen, daß man diese Methode bei der Armee zur Ausräucherung anwandte.

Er brauchte einen Moment, bis seine Augen sich an die schwache Beleuchtung gewöhnt hatten, dann sah er Callandra neben einer der Gestalten auf dem Stroh stehen. Kristian Beck stand ihr gegenüber; sie waren ganz in ihr Gespräch vertieft.

Er war sich einer Bewegung zu seiner Linken bewußt, und als er sich umdrehte, sah er Hester auf sich zukommen. Das Kerzenlicht, das strenge graue Kleid und ihr unattraktiv im Nacken zusammengebundenes Haar ließen sie noch magerer erscheinen als sonst. Ihre Augen wirkten größer, als er sie in Erinnerung hatte, und um ihren Mund lag ein weicherer Zug, als habe ihre Fähigkeit, Leidenschaft oder Schmerz zu empfinden, zugenommen. Er wünschte aus tiefstem Herzen, er wäre nicht gekommen. Er wollte sie nicht sehen, schon gar nicht hier. Enid Ravensbrook hatte sich in diesem Raum mit Typhus angesteckt und wäre beinahe gestorben. Dieser Gedanke quälte, überdeckte beinahe alles andere.

»Haben Sie irgendwelche Fortschritte mit Ihrem Fall gemacht?« fragte sie, sobald sie nahe genug war, um mit ihm sprechen zu können, ohne belauscht zu werden.

»Nichts Endgültiges«, erwiderte er. »Ich habe Caleb gefunden, aber nicht Angus.«

»Was ist passiert?« Ihre Miene verriet aufrichtiges Interesse.

Er wollte es ihr nicht erzählen, weil er nicht an diesem schrecklichen Ort mit ihr reden wollte. Mit ein wenig Glück wäre sie im Haus der Ravensbrooks gewesen.

»Warum sind Sie nicht bei Lady Ravensbrook?« fragte er barsch. »Sie kann sich nicht zur Gänze erholt haben.«

»Im Augenblick ist Genevieve an der Reihe«, sagte sie überrascht. »Callandra braucht hier ebenfalls Hilfe. Ich hätte doch gedacht, daß Ihnen das einleuchtet. Ihrer schlechten Laune entnehme ich, daß Ihr Gespräch mit Caleb Stone unbefriedigend war? Ich weiß nicht, was Sie anderes erwartet haben, doch nicht, daß er den Mord gestehen und Sie zu der Leiche führen würde.«

»Im Gegenteil«, sagte er ungeduldig. »Er hat gestanden.«

Sie hob die Augenbrauen. »Und Sie zu der Leiche geführt?«

»Nein …«

»Dann war das Geständnis nicht viel wert, oder? Hat er Ihnen verraten, wie er ihn getötet hat oder wo?«

»Nein.«

»Oder wenigstens, warum?«

Sie hatte ihn gründlich in Rage gebracht. Es wäre nicht so empörend gewesen, wenn sie immer so bockbeinig und unintelligent gewesen wäre, aber es stiegen Erinnerungen an andere Gelegenheiten in ihm auf, Gelegenheiten, bei denen sie so anders gewesen war, mutig und mit kristallklarem Verstand. Er hätte ihr die Umstände zugute halten müssen. Vielleicht war es nur natürlich, daß Sie ihm im Augenblick ein wenig begriffsstutzig erschien. Aber er hätte viel darum gegeben, wenn sie überhaupt nicht hiergewesen wäre. Es widerstrebte ihm zutiefst, sie deswegen bewundern zu müssen. Es war wie Galle in seinem Mund, bitter, wie der Geschmack von Angst. Vielleicht war es genau das – Angst.

»Hat er Ihnen gesagt, warum?« unterbrach sie seinen Gedankenfluß. »Das wäre vielleicht hilfreich.«

Der dunkle Höcker des Körpers, der ihnen am nächsten lag, stöhnte auf und warf sich unruhig auf dem Stroh hin und her.

»Nein«, sagte Monk schroff. »Nein, das hat er nicht getan.«

»Wahrscheinlich spielt es auch keine Rolle, außer natürlich, daß man dadurch vielleicht einen Hinweis bekommen hätte …« Sie hielt inne. »Ich weiß nicht, worauf.«

»Natürlich spielt es eine Rolle«, widersprach er ihr sofort. »Er hat die Tat möglicherweise nicht allein verübt. Vielleicht hat Genevieve ihn dazu angestiftet.«

Sie erschrak. »Genevieve! Das ist lächerlich! Warum sollte sie? Sie hat durch Angus' Tod alles zu verlieren und nichts zu gewinnen.«

»Sie hat ein hübsches Erbe zu gewinnen«, bemerkte er. »Und nach einer angemessenen Wartezeit die Freiheit, sich erneut zu verheiraten.«

»Was bringt Sie auf den Gedanken, daß sie das wollen könnte?« fragte sie ärgerlich. Dieser Gedanke war ihr offensichtlich ebenso neu, wie er ihr abscheulich erschien. »Alles spricht dafür, daß sie ihren Mann von ganzem Herzen geliebt hat. Was bringt Sie auf den Gedanken, es könne sich anders verhalten haben?« Das war eine Herausforderung. Sie lag deutlich sichtbar in ihren Augen und in ihrer Stimme.

Er antwortete mit gleicher Schärfe. »Ihre enge Freundschaft mit Titus Niven, die für eine Frau, die möglicherweise gerade erst zur Witwe geworden ist, doch reichlich bemerkenswert scheint. Ihr Mann ist nicht einmal für tot erklärt worden, ganz zu schweigen davon, daß er in seinem Grab läge.«

»Sie haben einen verdorbenen Geist.« Sie sah ihn vernichtend an. »Mr. Niven ist ein Freund der Familie. Für die meisten Menschen ist es völlig natürlich, einem Freund in einer Zeit der Trauer beizustehen. Es überrascht mich, daß Sie das nicht bei anderen beobachtet haben, auch wenn Ihnen selbst ein solcher Gedanke fernliegt.«

»Wenn ich gerade meine Frau verloren hätte, würde ich mich nicht der attraktivsten Frau zuwenden, die ich finden kann«, erwiderte er. »Ich würde mir Trost von einem anderen Mann holen.«

Ihre Verachtung wuchs. »Seien Sie nicht so naiv. Wenn Sie eine Frau wären, würden Sie sich schon aufgrund praktischer Erwägungen eher an einen Mann als an eine Frau wenden. Nicht daß die Männer die besseren Tröster wären; es geht lediglich darum, daß sie von anderen Menschen ernster genommen werden. Die Leute halten Frauen grundsätzlich für unfähig, ob sie es nun sind oder nicht. Und natürlich haben sie keine eigene rechtliche Position.«

Bevor er die genau passende vernichtende Bemerkung machen konnte, trat Callandra zu ihnen. Sie sah ebenfalls müde und derangiert aus, und ihre Kleider waren verschmutzt, aber ihr Gesicht verriet, daß sie sich freute, ihn zu sehen.

»Hallo, William. Macht Ihr Fall Fortschritte? Ich nehme an, das ist der Grund, warum Sie hier sind?« Geistesabwesend strich sie sich das Haar aus dem Gesicht, wobei sie es gleichzeitig mit Ruß vom Herd verschmierte, aber ihre Stimme klang frischer, und ein von innen kommender Glanz trat in ihre Augen. Sie hielt seinem Blick ohne einen Wimpernschlag stand. »Können wir Ihnen in irgendeiner Weise behilflich sein? Wir haben eine ganze Menge über diesen abscheulichen Mann mit Namen Caleb Stone gehört. Ich bin nicht sicher, ob Ihnen das etwas nützen würde.«

»Es könnte mir sogar sehr viel nützen«, sagte er schnell. »Ich habe ihn mittlerweile gefunden, und er hat zugegeben, Angus getötet zu haben, aber es fehlt noch immer die Leiche. Selbst wenn ich Calebs Schuld niemals beweisen kann, sosehr ich es mir auch wünschte, ist das Wichtigste, daß ich die Behörden um der Witwe willen von Angus' Tod überzeugen kann.«

»Ja natürlich. Ich verstehe.«

»Können wir uns hier irgendwo ein wenig ungestörter unterhalten?« fragte er, während er den Blick von Hester abwandte.

Callandra verbarg ein leises Lächeln, entschuldigte sich dann und führte Monk in den kleinen Vorratsraum, in dem sie sich bei ihrem letzten Treffen schon unterhalten hatten. Hester kehrte unterdessen wieder zu ihren Pflichten zurück.

»Sie scheinen schlecht gelaunt zu sein, William«, bemerkte sie, sobald die Tür geschlossen war. Sie setzte sich auf den einzigen Stuhl, und er nahm halb rittlings auf der Bank Platz. »Ist es der Ärger über Ihren Fall, oder haben Sie sich wieder einmal mit Hester gestritten?«

»Immer, wenn ich sie sehe, ist sie noch unvernünftiger und halsstarriger als beim letztenmal«, antwortete er. »Und einfach unerträglich selbstgerecht. Das ist eine ausgesprochen unschöne Eigenschaft, vor allem bei einer Frau. Auch scheint ihr vollkommen die Fähigkeit abzugehen zu gefallen, und das sollte doch wohl einer der größten Vorzüge einer Frau sein, außerdem ist sie völlig humorlos.«

»Ich verstehe.« Callandra nickte und schob sich die letzte widerspenstige Haarsträhne hinters Ohr. »Was für ein Glück, daß Sie so empfinden. Wenn sie nun an Typhus erkranken würde wie die arme Enid Ravensbrook, wären Sie nicht so unglücklich, wie wenn Sie Hester gern hätten oder liebenswert fänden.«

Wie ungeheuerlich, so etwas zu sagen! Der Gedanke, Hester könne genauso entsetzlich krank werden wie Enid Ravensbrook oder diese armen Seelen hier, war erschreckend. Er jagte ihm einen kalten Schauder über den Rücken, und ihm war, als friere er innerlich. Natürlich würde sie nicht in einer so luxuriösen Umgebung versorgt werden wie Enid. Niemand würde Tag und Nacht bei ihr sitzen, um sie mit der Hingabe zu pflegen, die zu ihrem Überleben notwendig war. Er konnte es natürlich versuchen, und er würde es auch versuchen. Aber er hatte nicht das notwendige Wissen. Wie konnte Callandra etwas so absolut Herzloses sagen?

»Nun, sprechen wir lieber über diesen Fall«, sagte sie fröhlich und ignorierte seine Gefühle vollkommen. »Die Sache klingt sehr hoffnungslos. Was wollen Sie als nächstes unternehmen? Oder haben Sie den Fall abgeschrieben?«

Er wollte gerade eine ausgesprochen bissige Antwort geben, als er die Belustigung in ihren Augen bemerkte; plötzlich kam er sich sehr töricht vor, und für eine Sekunde konnte er sich glasklar daran erinnern, wie er als Kind an einem Küchentisch gestanden und das Kinn darauf gestützt hatte, um seiner Mutter beim Ausrollen von Kuchenteig zuzusehen. Sie hatte gerade etwas zu ihm gesagt, das ihm klarmachte, daß sie beinahe alles wußte und er fast nichts. Diese Erkenntnis war einerseits sehr demütigend gewesen, andererseits aber auch, zumindest zu dieser Zeit, sehr tröstlich.

»Nein, ich habe den Fall nicht aufgegeben«, sagte er, und seine Stimme klang viel sanfter, als er beabsichtigt hatte. »Ich werde so lange, wie ich nur kann, weitermachen, bis ich Belege dafür gefunden habe, daß Angus tot ist. Ich würde von Herzen gern beweisen, daß Caleb ihn ermordet hat, aber das wird vielleicht nicht möglich sein.«

Ihre ziemlich unregelmäßigen Augenbrauen hoben sich. »Hat Mrs. Stonefield die notwendigen Mittel dafür? Nach dem, was Sie mir bisher erzählt haben, hatte ich den Eindruck, daß sie da gewisse Schwierigkeiten hat oder jedenfalls in Kürze bekommen dürfte.«

»Nein, sie hat diese Mittel nicht, und deshalb hat sich Lord Ravensbrook bereit erklärt, für die Nachforschungen aufzukommen. Sie befürchtet jedoch, daß er die Zahlungen einstellen könnte.« Sollte er sie fragen? Sie hatte nur sehr geringen Anteil an dem Fall genommen. Sie konnte den Ausbruch von Typhus als die dringendere Angelegenheit betrachten, und vielleicht hatte sie recht damit. Seine Vorstellung von der Höhe der Summe, die sie für solche Dinge erübrigen konnte, war vage.

»Dann würde ich mit Freuden Ihr Honorar übernehmen, solange Sie glauben, daß es Sinn hat weiterzumachen.« Sie sah ihm direkt in die Augen. »Das heißt, solange es Mrs. Stonefield oder ihren Kindern nützt.«

»Ich danke Ihnen«, sagte er demütig.

»Habe ich da richtig gehört, daß Sie sagten, Sie hätten ein wenig mehr über Caleb Stone erfahren?« erkundigte sie sich neugierig. »Darüber, wo er wohnt, wenn man sagen kann, daß er überhaupt irgendwo wohnt. Nach allem, was mir zu Ohren gekommen ist, verbringt er eine Menge Zeit damit, von einem Ort zum anderen zu ziehen. Wahrscheinlich, um seinen Feinden aus dem Weg zu gehen, die den Gerüchten nach Legion sein dürften.«

»Ja. Alles, was Sie wissen oder gehört haben, könnte nützlich sein«, erwiderte er. »Wenn ich einen Zeugen hätte, der zuerst die beiden Brüder zusammen und dann Caleb allein gesehen hat, würde ich wissen, wo man nach einer Leiche suchen könnte. Selbst wenn ich keine finde, würde es vielleicht ausreichen, um die Polizei zu bewegen, den Fall aufzugreifen. Angus Stonefield war ein allseits respektierter Mann.«

»Ich begreife, warum Sie das wollen, William.« Mühsam erhob sie sich von ihrem Platz. »Ich mag zwar die letzten Wochen mit der Pflege der Kranken hier beschäftigt gewesen sein, aber meinen Verstand habe ich deshalb nicht verloren. Ich werde Hester zu Ihnen schicken. Sie hat noch mehr Zeit mit diesen Menschen zugebracht als ich, vor allem mit Mary. Ich habe mich mit den verängstigten, verbitterten Männern im Gemeinderat herumgeschlagen, und sie haben genug geredet, um eine ganze Bibliothek mit ihren Worten zu füllen, vorausgesetzt man akzeptiert, daß alle Bücher den gleichen Inhalt haben; aber nichts, was sie gesagt haben, hätte auch nur den leisesten Nutzen für Mensch oder Tier.« Und bevor er widersprechen konnte, verließ sie das Zimmer, und er saß im Licht einer Talgkerze allein an dem Tisch, schaute die mit Wasserflecken verunstalteten Wände an und wartete auf Hester.

Es vergingen einige Minuten, bevor sie kam, und als sie endlich erschien, fühlte er sich zutiefst unbehaglich.

Sie schloß die Tür hinter sich.

Er stand automatisch auf, bis sie auf dem Stuhl Platz genommen hatte. Sie begann ohne Umschweife zu reden. Callandra mußte ihr sein Anliegen erklärt haben.

»Alle hier fürchten sich vor Caleb«, sagte sie ernst. »Er scheint sich in der ganzen Gegend herumzutreiben, die sich von der East India Dock Road zum Fluß erstreckt...«

»Die Isle of Dogs«, unterbrach er sie. »Das weiß ich bereits.«

»Auf beiden Seiten«, fuhr sie fort, ohne ihm weitere Beachtung zu schenken. »Und in den Greenwich-Sümpfen bis nach Bugsby's Reach hinunter. Die meiste Zeit über weiß niemand genau, wo er steckt. Er schläft auf den Werften, auf Lastkähnen und manchmal bei Selina Herries, die Sie bereits kennen.«

»Ja, die kenne ich tatsächlich«, meinte er ungeduldig.

Sie ließ sich nicht aus der Ruhe bringen. »Ich glaube nicht, daß irgend jemand Caleb verraten würde, es sei denn, er könnte sicher sein, daß er dessen Rache nicht zu fürchten braucht. Und von Selina würde man ohnehin nichts erfahren. Sie mag zwar Angst vor ihm haben, aber auf ihre Art liebt sie ihn auch.«

Man hörte das Klirren von Eimern auf der anderen Seite der Tür, aber niemand kam herein.

Monk beugte sich vor. »Woher wissen Sie das? Kennen Sie sie?« Es war töricht, daß dieser Gedanke ihn erregte, aber das hier war möglicherweise seine letzte Chance, wenn es ihm gelang, eine Möglichkeit zu finden, ihr Vertrauen zu gewinnen. »Vielleicht hat auch sie nur Angst vor ihm.«

Hester lächelte. Das Lächeln ließ ihr Gesicht aufleuchten; es löschte die Müdigkeit nicht aus, überlagerte sie jedoch.

»Ich bezweifle nicht, daß sie Angst vor ihm hat«, gab sie ihm recht. »Und ich habe auch keinen Zweifel daran, daß sie bisweilen Grund dazu hat. Aber nach allem, was man so hört, liebt sie ihn auf ihre Weise wirklich und ist sogar ziemlich stolz auf ihn.«

»Stolz auf ihn! Weswegen denn in Gottes Namen? Der Mann ist in jeder Hinsicht ein Versager.« Sobald er das gesagt hatte, wünschte er, er hätte andere Worte gewählt. Es war eine Verurteilung, und plötzlich stand ihm wieder Calebs lebhaftes Gesicht mit seinem Zorn und seiner Intelligenz deutlich vor Augen. Er hätte so viel mehr sein können. Er hätte alles sein können, was Angus war. Statt dessen hatte Eifersucht seine Seele zerfressen, bis er in einem leidenschaftlichen Ausbruch von Haß einen Mord begangen und damit nicht nur seinen Bruder getötet, sondern auch alles zerstört hatte, was von ihm selbst übriggeblieben war. Monk verspürte Mitleid, aber auch Abscheu. Und doch kannte er dieses Gefühl des Hasses. Es war nur Gottes Gnade zu verdanken, daß er nicht selbst getötet hatte. War Angus möglicherweise ebenfalls ein Heuchler gewesen, ein charmanter, raubgieriger Lump, der zu klug war, um sich erwischen zu lassen?

Hester unterbrach seine Gedankengänge nicht. Er wünschte, sie hätte es getan. Statt dessen sah sie ihn einfach nur an und wartete. Sie kannte ihn gut. Er fühlte sich unbehaglich.

»Nun?« fragte er. »In welcher Hinsicht ist sie stolz auf ihn?«

»Weil niemand ihn betrügt oder ihn beleidigt«, antwortete sie, und ihrem Tonfall ließ sich entnehmen, daß sie nur das, was offensichtlich war, aussprach. »Er ist stark. Jeder kennt seinen Namen. Die Tatsache, daß er sie ausgewählt hat, machte sie zu einer wichtigen Persönlichkeit. Die Leute wagen es auch nicht mehr, sie zu übervorteilen.«

Er stand auf, wandte sich ab und schob seine Hände tief in die Taschen.

»Und das ist der Gipfel ihres Ehrgeizes? Dem meistgehaßten und -gefürchteten Mann auf der Isle of Dogs zu gehören! Gott, was für ein Leben!« Er erinnerte sich an Selinas hübsches Gesicht mit dem großen Mund und den kühnen Augen, an ihren stolzen, wiegenden Gang. Sie hatte mehr verdient als das.

»Sie hat es besser als die meisten Frauen hier in der Gegend«, sagte Hester schnell. »Sie friert und hungert nicht, und niemand schubst sie herum.«

»Außer Caleb!« sagte er.

»Es ist immerhin etwas«, erwiderte sie ruhig. »Viele Menschen haben den Traum, dem Leben dort zu entrinnen, aber wenigen gelingt es, und wenn, schaffen sie es nicht weiter als bis zu den Bordellen oben in Haymarket oder Schlimmerem.«

Er zuckte zusammen, nicht über ihre Sprache, sondern über die Wahrheit, die sich hinter ihren Worten verbarg.

»Mary erzählt von einem hübschen Mädchen, dem die Flucht gelungen ist, eine Ginny Soundso«, fuhr sie fort, obwohl er nicht weiter interessiert daran war. »Dachte, sie hätte geheiratet; aber das war wohl mehr eine Hoffnung als eine Tatsache. Die feinen Herren heiraten keine Mädchen, die sie in Limehouse auflesen.«

Es war die grausame Realität, und wenn diese Worte aus seinem eigenen Mund gekommen wären, hätte er gesagt, es sei lediglich die Wahrheit. Aus ihrem Mund aber hatten sie eine Grobheit und Endgültigkeit, die ihn ärgerten.

»Wissen Sie überhaupt irgend etwas, was meinen Nachforschungen dienlich sein könnte?« fragte er schroff. »Daß Selina ihn nicht verraten wird, hilft mir nicht weiter.«

»Sie haben mich gefragt«, bemerkte sie. »Aber ich kann Ihnen die Namen einiger seiner Feinde nennen, die ihn nur allzugern vernichtet sehen würden, wenn sie selbst dabei keinen Schaden nähmen.«

»Ach?« Er konnte seine Erregung nicht verbergen. Es war ihm selbst nicht gelungen, etwas so Konkretes herauszufinden. Natürlich brachte man ihr hier ein Vertrauen entgegen, das er selbst niemals genießen würde. Sie lebte und arbeitete unter diesen Menschen, riskierte jeden Tag ihr eigenes Leben, um ihnen in ihrer allergrößten Not beizustehen. »Wer? Wo finde ich diese Leute?«

Sie gab ihm eine Liste von fünf Namen – einem Mann, drei

Frauen und einem Jungen – und wußte auch, wo alle fünf zu finden waren.

»Vielen Dank«, sagte er aufrichtig. »Das ist ganz hervorragend. Wenn eine dieser Personen mir etwas berichten kann, ist es vielleicht möglich, Mrs. Stonefield doch noch zu helfen. Ich werde mich sofort auf die Suche machen.«

Aber das tat er dann doch nicht. An diesem Abend hatte er sich mit Drusilla verabredet, und das war ein Vergnügen, auf das er nicht verzichten mochte. Nicht einmal um Genevieve Stonefields willen wollte er diese Verabredung absagen, um statt dessen in Dunkelheit und Kälte durch die Elendsviertel von Limehouse zu ziehen. Diese Sache konnte bis morgen warten und würde dann auch erheblich einfacher und sicherer sein. Caleb mußte wissen, daß Monk ihn nach wie vor verfolgte. Er war kein Mann, der untätig abwartete, bis man ihm Handschellen anlegte.

Das Wetter hatte sich aufgeklart. Es war ein trockener, kühler Abend, an dem nur die allgegenwärtige Dunstglocke die Sterne verbarg.

Um halb acht stieg Monk tadellos gekleidet aus einer Droschke, um Drusilla an der Treppe der Britischen Archäologischen Gesellschaft in der Sackville Street abzuholen. Sie hatte ihn darum gebeten, sie dort zu treffen, weil sie, wie sie sagte, mit einer überaus langweiligen Freundin vereinbart hatte, mit ihr zu Abend zu speisen. Sie hatte die Verabredung abgesagt, aber um lange und unnötige Erklärungen zu vermeiden, wollte sie lieber nicht zu Hause sein.

Sie traf pünktlich um halb acht ein, so wie sie es versprochen hatte. Sie trug ein Seidengewand mit weiten Röcken, das die Farbe von durch Brandy betrachtetem Kerzenlicht hatte. Es stand ihr wunderbar zu Gesicht. Sie schien in Gold- und Bronzetöne getaucht zu sein, und ihre Haut war von einer Zartheit und Wärme, wie er sie noch nie bei einer Frau gesehen hatte.

»Ist etwas nicht in Ordnung?« erkundigte sie sich lachend. »Sie schauen so ernst drein, William!«

Der Klang seines Namens aus ihrem Mund erfüllte ihn mit Freude. Es kostete ihn einige Mühe, sich wieder zu fassen.

»Nein, alles bestens. Ich habe sogar Neuigkeiten, die mir vielleicht doch noch helfen werden herauszufinden, wo der arme Angus Stonefield zu Tode gekommen ist.«

»Ach?« sagte sie eifrig, während sie seinen Arm ergriff und sich zum Gehen wandte. »Die ganze Sache scheint furchtbar tragisch zu sein. Hat er es nur aus Eifersucht getan, was meinen Sie? Warum jetzt? Er muß doch schon seit Jahren eifersüchtig auf ihn gewesen sein.« Sie schauderte ein wenig. »Ich frage mich, was wohl passiert ist, daß sich die Dinge plötzlich verändert haben? Ich glaube nicht, daß es wirklich wichtig ist, aber wüßten Sie es nicht auch gern?« Sie wandte sich zu ihm um und sah ihn neugierig an. »Meinen Sie nicht, daß die Frage, warum die Menschen tun, was sie tun, zu den interessantesten Fragen überhaupt zählt?«

»O ja, da bin ich ganz Ihrer Meinung.« Sie konnte nicht ahnen, daß sie damit einen Nerv getroffen hatte, konnte nicht wissen, wie viele von seinen eigenen Taten er nur vom Hörensagen her kannte, ohne sich selbst daran zu erinnern, so daß er auch nicht wissen konnte, warum er so gehandelt hatte. So viele Handlungen lassen sich entschuldigen, wenn man die Gründe dafür kennt.

»Sie sehen so traurig aus.« Sie betrachtete forschend mit ihren großen haselnußbraunen Augen sein Gesicht. »Wohin wollen wir gehen, damit ich Sie ein wenig aufheitern kann? Glauben Sie immer noch, daß die Witwe mit der Sache nichts zu tun hat? Glauben Sie, sie könnte Caleb in jüngster Zeit vielleicht kennengelernt haben?«

Die Idee war seltsam. Es fiel ihm schwer, sich vorzustellen, daß die in gesellschaftlicher Hinsicht so korrekte, im Umgang mit Geld so vorsichtige, häusliche Genevieve auch nur das geringste Interesse an diesem gewalttätigen, einsamen Caleb haben konnte, einem Mann, der von der Hand in den Mund lebte, der niemals wußte, was er morgen essen oder wo er heute schlafen sollte.

»Nein, das glaube ich nicht!«

»Warum nicht?« hakte sie nach. »Schließlich muß er seinem Bruder sehr ähnlich sehen. Er müßte etwas an sich haben, das sie anzieht.« Sie lächelte, und das Lächeln war sogar in ihren Augen. »Ich weiß. Sie sagen, Angus sei sehr respektabel und in jeder Hinsicht tugendhaft gewesen.« Sie zuckte die Schultern. »Aber vielleicht war er gerade deswegen langweilig? Einige besonders respektable Leute sind das nämlich, wissen Sie das nicht?«

Er sagte nichts.

»Kennen Sie nicht selbst auch einige sehr ehrenwerte Damen, die fürchterlich langweilig sind?« Sie sah ihn durch ihre langen Wimpern von der Seite an.

Er erwiderte ihr Lächeln. Wenn er es geleugnet hätte, würde sie ihm nicht geglaubt haben, keinen Augenblick lang. Und vielleicht war Angus tatsächlich alles, was Genevieve sich von einem Ehemann erhoffte und erwartete, aber er konnte durchaus auch ein Langweiler gewesen sein.

»Wenn es so wäre, was glauben Sie, wo die beiden sich kennengelernt haben könnten?« fragte sie nachdenklich. »Wo würde eine angesehene Frau mit begrenzter Kenntnis der weniger angenehmen Seiten der menschlichen Gesellschaft hingehen, um sich mit einem Liebhaber zu treffen?«

»Das würde ganz davon abhängen, ob der Liebhaber Titus Niven oder Caleb heißt«, erwiderte er; er nahm die Idee nicht wirklich ernst, aber es machte ihm Spaß, auf Drusillas Phantasievorstellungen einzugehen. Es war ein weit amüsanterer Abend als jeder, den er in einem Konzertsaal oder bei einem Vortrag verbracht hatte, wie tiefgründig dessen Thema auch gewesen sein mochte.

Sie überquerten die Straße, und er drückte ihren Arm eine Spur fester an sich. Es war ein angenehmes Gefühl, ein Hauch von Wärme in dem unbarmherzigen Wind, der die Straße hinunterblies und zwischen die Gebäude fuhr, um den Gestank von tausend qualmenden Schornsteinen auf sie zuzuwehen.

Langsam gewann er Gefallen an der Sache.

»Sie könnte sich vielleicht nach etwas Spaß gesehnt haben«,

sagte er wohlgelaunt. »Wenn Angus ein Langweiler war, dann würde sie sicher nach etwas Ausschau halten, das für ihn niemals in Frage käme.«

»Ein Varieté!« sagte sie lachend. »Ein Spielsalon. Ein Marionettentheater, vielleicht Punch and Judy? Ein Orchester oder ein Straßenmusikant? Es gibt so viele Dinge, die ein Mann mit einer Krämerseele niemals tun würde, die aber trotzdem großen Spaß machen – finden Sie nicht auch? Wie wär's mit einem Leierkasten? Einem Basar?« Sie kicherte leise. »Einem Guckkasten? einem Boxkampf mit bloßen Fäusten?«

»Was wissen Sie denn von diesen Boxkämpfen?« fragte er überrascht. Es war ein ebenso brutaler wie ungesetzlicher Sport.

Sie winkte ab. »Oh, gar nichts! Ich habe mir nur vorgestellt, daß sie etwas wirklich Tollkühnes tun würde, an einem Ort, an dem Angus sie nie vermuten und an dem auch niemand aus ihren gesellschaftlichen Kreisen jemals verkehren würde«, meinte sie. »Die Leute könnten reden, und das kann sie nicht brauchen – schon gar nicht, wenn sie an seiner Ermordung beteiligt war.«

»Es würde keine Rolle spielen, wenn jemand sie mit Caleb sehen würde«, stellte er fest. »Im Lampenlicht oder im Schatten würde jeder Caleb, wenn er nur halbwegs anständig gekleidet ist, für Angus halten.«

»Oh!« Sie biß sich auf die Unterlippe. »Ja, natürlich. Das hatte ich ganz vergessen.« Daraufhin gingen sie etwa fünfzig Meter schweigend nebeneinander her. Sie kamen an eine Straßenkreuzung, und er führte sie um den Piccadilly Circus herum und auf der anderen Seite zum Haymarket. Die meisten Vergnügungen, von denen sie gesprochen hatte, wurden hier angeboten, in der Great Windmill Street oder auf der Shaftesbury Avenue.

Als sie sich im Lichtkreis der Gaslaternen und der erleuchteten Schaufenster befanden, inmitten ungezählter Theater- und anderer Besucher, trafen sie auf Frauen, die in arroganter Haltung und mit einladendem Schwung ihrer Hüften an ihnen vorüberschlenderten. Röcke tanzten über das Pflaster, und hin und wieder war eine schlanke Fessel zu sehen.

Alle möglichen Arten von Frauen waren hier vertreten: junge

Mädchen vom Land mit frischen Gesichtern; bleiche, raffinierte Verführerinnen; Frauen, die Putzmacherinnen oder Schneiderinnen gewesen waren oder in häuslichen Diensten gestanden hatten, bis sie durch einen Fehltritt ihre Stellungen verloren, und schließlich ältere Frauen, von denen einige schon von Geschlechtskrankheiten gezeichnet waren.

Junge, gutgekleidete Herren schlenderten an ihnen vorüber und trafen ihre Wahl für den Abend. Andere Männer waren älter, einige hatten bereits silberne Strähnen im Haar. Ab und an verschwanden zwei Leute Arm in Arm im Eingang irgendeines Hauses, das ihnen für kurze Zeit Unterschlupf bieten mochte.

Kutschen holperten vorbei, und aus ihrem Innern ertönte Gelächter. Grelle Theaterreklamen versprachen Melodramen und prickelnde Spannung. Monk und Drusilla kamen an einem Kohleofen vorbei, auf dem Eßkastanien geröstet wurden, und einen Augenblick lang umfing sie ein Schwall heißer Luft.

»Hätten Sie gern ein paar Kastanien?« fragte er.

»O ja! Ja. Schrecklich gern«, antwortete sie schnell. »Ich habe schon jahrelang keine mehr gegessen.«

Er kaufte für drei Pence Kastanien, die sie sich teilten; während sie vorsichtig an den heißen Früchten knabberten und aufpaßten, daß sie sich nicht die Lippen oder die Zunge verbrannten, sahen sie einander an. Die Kastanien waren köstlich.

Um sie herum war Gelächter, und ein Hauch von Gefahr lag in der Luft. Einige Männer liefen mit hochgestellten Kragen und tief in die Stirn gezogenen Hüten an ihnen vorbei, um Vergnügungen nachzugehen, bei denen sie lieber nicht erkannt werden wollten. Andere gaben sich völlig ungezwungen und flanierten mit frechen Bemerkungen auf den Lippen den Gehweg entlang.

Drusilla drückte sich näher an Monk, ihre Augen leuchteten, ihr Gesicht wirkte weich und glühte in einer inneren Erregung, die ihrer Haut einen strahlenden Glanz verlieh, der sie noch hübscher erscheinen ließ als sonst.

Sie kamen an einem Guckkasten vorbei. Flüchtig kam ihm der Gedanke, daß sie hier eigentlich gar nichts ausrichten konnten, da sie keinerlei Möglichkeit hatten, in Erfahrung zu bringen, ob Genevieve diesen Ort jemals aufgesucht hatte, und wenn ja, mit wem. Er besaß kein Bild von ihr, das er herumzeigen konnte. Aber wenn er diesen Gedanken geäußert hätte, hätte er Drusilla den Spaß verdorben, und nur das zählte im Augenblick für ihn. Es war durchaus vorstellbar, daß Genevieve an einem Komplott zur Ermordung ihres Mannes beteiligt war, aber er glaubte es nicht. Ohne eine Leiche hätte sie nichts zu gewinnen und alles zu verlieren.

Eine Stunde später, als sie die Greek Street Richtung Soho Square hinaufgingen, kam das Thema wieder zur Sprache, und er mußte ihr eine Antwort geben.

»Aber vielleicht taucht die Leiche ja noch auf?« sagte sie, während sie vom Gehsteig auf die Straße trat. Dann stolzierte sie ein paar Schritte über das Pflaster und ahmte die Liebesdienerinnen nach, nur um sogleich wieder in fröhliches Gelächter auszubrechen. »Es tut mir leid!« sagte sie ausgelassen. »Aber es macht solchen Spaß, einen Abend lang einmal auf nichts achten zu müssen, nicht darüber nachzudenken, ob alles korrekt ist oder ob die alte Lady Soundso meine Worte mißbilligen könnte. Ein solches Gefühl von Freiheit ist einfach herrlich. Vielen Dank, William, für diesen einzigartigen Abend!« Und bevor er etwas erwidern konnte, lief sie weiter. »Vielleicht halten sie die Leiche aus irgendeinem Grund versteckt?«

»Aus welchem Grund?« fragte er amüsiert. Er war im Augenblick zu glücklich, um sich allzu viele Gedanken über die Ungereimtheiten in diesem Fall zu machen. Morgen war immer noch Zeit genug, die Sache ernsthaft weiterzuverfolgen. Der heutige Abend gehörte ganz ihm und Drusilla.

»Ah!« Sie blieb plötzlich stehen und wirbelte mit weit aufgerissenen Augen zu ihm herum. »Ich hab's! Was ist, wenn Angus wieder auftaucht, gesund und munter, und behauptet, er sei bei einem schrecklichen Kampf mit Caleb verletzt worden, vielleicht am Kopf, so daß er außerstande war, mit irgend jemandem Kontakt aufzunehmen. Er war bewußtlos, lag im Delirium. Er glaubt, Caleb sei tot…«

»Aber das ist er nicht«, bemerkte Monk. »Ich habe ihn gesehen, und er hat zugegeben, Angus getötet zu haben. In…«

»Nein, nein!« unterbrach sie ihn eifrig. »Warten Sie! Unterbrechen Sie mich nicht immer. Natürlich lebt er – und er hat es getan! Verstehen Sie nicht? Der Angus, der auftaucht, ist in Wirklichkeit Caleb. Er und Genevieve haben Angus um die Ecke gebracht, und wenn es zu spät ist, um die beiden noch voneinander unterscheiden zu können, und die Leiche ausreichend«, sie krauste die Nase, »verwest ist, können die Ärzte nur noch feststellen, daß es sich um einen der Brüder handelt! Bis dahin gibt es kein Gesicht mehr, das man erkennen könnte, keine gepflegten glatten Hände mit sauberen Fingernägeln, diese Dinge meine ich. Wenn sie sagt, der Mann, der zurückkehrt, sei Angus, wer könnte das dann bestreiten?« Ihre Hand legte sich fester um seinen Arm. »William, das ist brillant. Es erklärt alles!«

Er suchte nach einer Unstimmigkeit in ihrer Darlegung, fand aber keine. Er glaubte es nicht, aber es war durchaus möglich. Je länger er darüber nachdachte, um so wahrscheinlicher erschien es ihm.

»Nicht wahr?« fragte sie mit kindlichem Eifer. »Sagen Sie mir, daß ich eine brillante Detektivin bin, William! Sie müssen mich als Partnerin akzeptieren – ich werde Theorien finden, die all Ihre Fälle erklären. Dann können Sie hingehen und die Beweise dafür finden.«

»Eine wunderbare Idee«, sagte er lächelnd. »Wollen wir sie mit einem Abendessen besiegeln?«

»Ja, ja gern. Mit Champagner.« Sie sah sich auf der hell erleuchteten Straße mit ihren einladenden Fenstern um. »Wo wollen wir essen? Bitte, lassen Sie uns irgendwo hingehen, wo es aufregend, anrüchig und einfach herrlich ist. Ich bin sicher, Sie wissen da etwas.«

Das hatte er wahrscheinlich auch gewußt, vor seinem Unfall. Jetzt konnte er nur raten. Er durfte sie nirgendwo hinbringen, wo sie sich langweilen würde oder wo etwas passieren konnte, das sie in Verlegenheit brachte oder abstieß. Und natürlich konnte er nicht erwarten, daß Callandra die Rechnung dafür bezahlte. Sie würde es nicht billigen und als Betrug an Hester betrachten, ganz gleich, wie absurd diese Einstellung war. Und sie war wirklich absurd. Die Beziehung zu Hester war er nicht freiwillig eingegangen, sondern entsprang den Umständen, die sie zusammengeführt hatten. Sie war weit entfernt von Romantik und eher eine Art Zusammenarbeit auf gewissen Gebieten, man könnte fast sagen, eine Geschäftsbeziehung.

Drusilla sah ihn mit erwartungsvollen, leuchtenden Augen an.

»Natürlich«, erwiderte er, da er es nicht wagte, seine Unwissenheit preiszugeben. »Es ist nur ein kleines Stück von hier entfernt.« Mit etwas Glück würde er auf den nächsten zwei- oder dreihundert Metern ein passendes Lokal finden. Es wimmelte hier nur so von Cafés, Tavernen und Kaffeehäusern.

»Wunderbar«, sagte sie glücklich und ging weiter. »Ich bin nämlich wirklich hungrig. Wie undamenhaft von mir, das zuzugeben. Das ist ein weiterer Punkt an diesem Abend, der mir so sehr gefällt. Ich darf hungrig sein! Ich kann sogar trinken, was ich möchte. Vielleicht entscheide ich mich doch nicht für Champagner. Vielleicht trinke ich ein Stout. Oder ein Porter.«

Sie genossen ein hervorragendes Mahl in einer Taverne, in der der Wirt obszöne Witze erzählte und bei jeder Gelegenheit in schallendes Gelächter ausbrach. Einer der Stammgäste verspottete verschiedene Politiker und Mitglieder der königlichen Familie. Die Atmosphäre war anheimelnd und herzlich, und eine Vielzahl von angenehmen Düften stieg ihnen in die Nase und gab ihnen das Gefühl, in eine andere Welt eingetaucht zu sein, meilenweit entfernt von ihrer eigenen.

Danach gingen sie fast bis zum Ende der Straße, zurück zum Soho Square, bevor er einen Hansom anhielt, um sie nach Hause zu bringen. Er selbst wollte zur Fitzroy Street weiterfahren.

Mit einiger Überraschung stellte er fest, daß er keine Ahnung hatte, wo sie wohnte, und hörte aufmerksam zu, als sie dem Fahrer eine Adresse am Rand von Mayfair nannte. Sie saßen dicht nebeneinander in dem Wechselspiel von Licht und Dunkelheit, während sie über die Oxford Street nach Westen rollten und dann nach links auf die North Audley Street abbogen. Er konnte sich nicht daran erinnern, daß er sich jemals so wohl in der Gesellschaft eines anderen Menschen gefühlt hatte, ohne auch nur einen Augenblick lang gereizt oder gelangweilt zu sein. Er freute sich bereits von ganzem Herzen auf ihr nächstes Treffen. Sobald der Fall Angus Stonefield abgeschlossen war, würde er sich andere Dinge einfallen lassen, um sie zu unterhalten.

Sie kamen an einem großen Haus vorbei, in dem sich irgendeine Festlichkeit ihrem Ende näherte. Die Straße war voller Kutschen, und sie mußten das Tempo drosseln. Überall brannten Lichter, Fackeln und Kutschenlaternen, und aus den offenen Türen fiel der Lichtschein ungezählter Kronleuchter. Mindestens ein Dutzend Leute stand auf dem Gehweg, und fünf oder sechs befanden sich auf der Straße. Livrierte Lakaien halfen einer Frau, ihre ausladenden Röcke in ihrer Kutsche zu verstauen. Stallburschen hielten die Pferde, Kutscher zogen die Zügel an.

Plötzlich machte Drusilla einen Ruck nach vorn. Ihr Gesicht hatte sich vollkommen verändert; blinder Haß verzerrte ihre Züge. Sie griff sich an das Mieder ihres Gewandes und riß es mit einer einzigen heftigen Bewegung auf, zerfetzte den Stoff, entblößte ihr bleiches Fleisch und schlitzte es mit ihren Fingernägeln auf, bis es blutete. Sie schrie, wieder und wieder, grell und durchdringend, als stünde sie Todesängste aus. Sie trommelte mit ihren Fäusten auf seine Brust, stieß ihn zur Seite und sprang kopfüber auf die Straße, wo sie der Länge nach auf dem Pflaster landete. Sofort raffte sie sich auf, immer noch schreiend, und rannte auf den erstaunten Lakaien zu, der versuchte, ein erschrockenes Pferd unter Kontrolle zu halten, das durch den Lärm unruhig geworden war.

Monk war zu sprachlos, um auch nur zu begreifen, was da geschah. Erst als ein anderer Lakai versuchte, in den Hansom zu klettern, und mit vor Zorn verzerrtem Gesicht schrie: »Lump! Rohling!« kam plötzlich wieder Leben in ihn. Monk hob den Fuß und beförderte den Mann mit einem kräftigen Tritt nach draußen, bevor er dem Kutscher den Befehl zuschrie weiterzufahren.

Die Droschke machte einen Satz nach vorn; der Fahrer schien

eher erschrocken als gehorsam, und Monk wurde hart gegen den Sitz geschleudert. Es dauerte einen Augenblick, bis er sein Gleichgewicht wiedergefunden hatte, und da fuhren sie auch schon in sehr schnellem Tempo nach Süden.

»Fitzroy Street!« rief er dem Fahrer zu. »So schnell Sie können! Haben Sie mich verstanden?«

Der Fahrer erwiderte irgend etwas Unverständliches, und einen Augenblick später wurde die Kutsche gewendet. Monk war wie betäubt. Er konnte es nicht begreifen. Es war so, als hätte er plötzlich den Verstand verloren, als sei er binnen einer Sekunde dem Wahnsinn verfallen. Im einen Augenblick waren sie enge Freunde gewesen, glücklich und fröhlich, im nächsten war es, als hätte sie sich eine Maske vom Gesicht gerissen, und darunter war etwas Gräßliches zum Vorschein gekommen, ein haßerfülltes Geschöpf, das dem Irrsinn verfallen war und nicht davor zurückschreckte, sich aus einer fahrenden Kutsche zu stürzen.

Und die Anschuldigung, die sie gegen ihn erhoben hatte, konnte ihn ruinieren. Erst als er die Fitzroy Street erreichte und die Droschke anhielt, wurde ihm die Bedeutung dessen, was sie getan hatte, klar. Alles stand da im Gesicht des Kutschers zu lesen, das Entsetzen und die Verachtung.

Er öffnete den Mund, um seine Unschuld zu beteuern, und begriff die Nutzlosigkeit eines solchen Versuchs. Er entlohnte den Mann, bevor er mit langen Schritten den Fußweg entlang, die Treppe hinauf und durch die Haustür ging. Die Kälte, die er verspürte, drang ihm bis in die Knochen.

Siebtes Kapitel

Als Monk am nächsten Morgen erwachte, kehrte die Erinnerung wie eine kalte Flut zurück und schien ihn schier zu ersticken. Er rang nach Luft und setzte sich am ganzen Leib zitternd auf. Der Abend war wunderbar gewesen, voller Lachen und Warmherzigkeit. Dann hatte Drusilla sich plötzlich und ohne die leiseste Vorwarnung von der liebevollen, vertrauten Freundin, die sie gewesen war, in eine schreiende Anklägerin mit haßverzerrtem Gesicht verwandelt. Er konnte sich mit erschreckender Klarheit an dieses Gesicht erinnern, so als befände es sich noch immer vor ihm – die zurückgezogenen Lippen, die Häßlichkeit in Mund und Augen, der Triumph.

Aber warum? Er kannte sie doch kaum, und alles, was sie miteinander erlebt hatten, war von größter Freude erfüllt gewesen. Sie war eine kultivierte, bezaubernde Frau der Gesellschaft, die sich einige wenige Stunden des Vergnügens gegönnt hatte, die etwas tollkühner waren als ihre gewohnten Beschäftigungen. Sie fühlte sich innerhalb ihres eigenen Gesellschaftskreises eingeengt und hatte Monk dazu auserkoren, sie für kurze Zeit daraus zu befreien. Und sie hatte ihn wirklich auserkoren! Ihr Interesse war von dem Augenblick an geweckt, in dem sie sich auf der Treppe der Geographischen Gesellschaft getroffen hatten. Wenn er nun daran zurückdachte, war ihm klar, daß sie an ihrem Zusammenstoß dort genausoviel Schuld trug wie er. Vielleicht hätte er sich schon damals fragen sollen, warum sie so bereitwillig seine Gesellschaft gesucht hatte. Die meisten Frauen wären vorsichtiger, argwöhnischer gewesen. Aber er war davon ausgegangen, daß die ihr auferlegten gesellschaftlichen Pflichten sie langweilten und sie sich nach der Freiheit sehnte, die er repräsentierte.

Hatte er es mit einer Wahnsinnigen zu tun gehabt? Ihr Benehmen war mehr als labil, es war völlig unausgeglichen. Diese Anschuldigung konnte ihn ruinieren, aber wenn sie darauf beharrte, daß er ihr seine Aufmerksamkeiten aufgezwungen habe, was sie unmöglich selbst glauben konnte, dann durfte sie bestenfalls erwarten, ebenso Gegenstand von Spekulationen wie von Mitleid zu werden und schlimmstenfalls Zielscheibe nicht allzu wohlmeinender Gerüchte. Vielleicht war sie aus Bedlam oder einer anderen Irrenanstalt entlaufen.

Er legte sich auf den Rücken und starrte zur Decke.

Nein, das war Unsinn. Wenn sie wahnsinnig war, würde keine Anstalt, sondern ihre Familie für sie sorgen. So mußte es sein. Sie hatte einen geistigen Defekt und war ihren Wärtern vorübergehend entflohen. Wenn diese sie wiederfanden, würde alles geklärt werden. Man würde ihn verstehen. Es war durchaus möglich, daß ähnliche Dinge schon früher passiert waren. Vielleicht hatte sie einem anderen unglückseligen Mann genau dasselbe angetan.

Er stand auf, wusch und rasierte sich. Und während er sein Gesicht im Spiegel betrachtete, die hageren Wangen, die grauen Augen mit dem intelligenten Blick, die kräftigen Lippen mit der nur noch schwach sichtbaren Narbe darunter, erinnerte er sich plötzlich daran, daß er dasselbe Gesicht gesehen hatte, als er aus dem Krankenhaus zurückkehrte. Damals hatte er es nicht gekannt, ja es war ihm nicht im mindesten vertraut erschienen. Er hatte in den Zügen geforscht, als hätte er einen Fremden vor sich, hatte nach dem Charakter des Mannes gesucht, nach seinen Schwächen und Stärken, nach seinen Begierden, nach Anzeichen von Freundlichkeit, Humor oder Mitleid.

Die nächste Frage lag auf der Hand. War Drusilla Wyndham wahnsinnig, oder hatte sie ihn früher schon gekannt – und gehaßt? Hatte er ihr etwas angetan, das sie ihm nicht verzeihen konnte, und war das jetzt ihre Rache?

Er wußte es nicht!

Langsam säuberte er sein Rasierzeug und legte es beiseite, wobei sich seine Hände ganz automatisch bewegten.

Aber wenn er sie gekannt hatte, dann mußte sie doch davon

ausgehen, daß er sie genauso wiedererkennen würde, wie sie ihn wiedererkannt hatte? Wie konnte sie es wagen, sich ihm zu nähern, als wären sie Fremde? Hatte sie sich so sehr verändert, daß sie davon ausging, daß er sie nicht erkennen würde?

Das war lächerlich. Sie war eine bemerkenswerte Frau, nicht nur schön, sondern auch überaus ungewöhnlich. Ihre Haltung, ihre Würde und ihr Mutterwitz waren einzigartig. Wie konnte sie davon ausgehen, daß irgendein Mann, der ihr einmal begegnet war, sie so gründlich vergessen würde, daß er sie bei einem Wiedersehen nicht erkannte, nicht einmal, wenn er sie mehrmals traf, mit ihr sprach und mit ihr lachte?

Er trat ans Fenster und starrte hinaus in den grauen Morgen, während unten auf der Straße Droschken mit noch immer brennenden Laternen vorbeifuhren.

Sie mußte von seinem Gedächtnisverlust wissen.

Aber woher? Wer konnte ihr davon erzählt haben? Niemand wußte davon außer seinen engsten Freunden: Hester, Callandra, Oliver Rathbone und natürlich John Evan, der junge Polizist, der während jenes ersten schrecklichen Ereignisses nach dem Unfall so treu zu ihm gestanden hatte.

Warum haßte sie ihn so sehr, daß sie ihm so etwas antat? Es war kein plötzlicher Impuls gewesen. Sie hatte von Anfang an gelogen und einen Plan verfolgt, hatte ihn aufgespürt und mit ihrem Charme bezaubert, bevor sie ihn mit voller Absicht in eine Situation gebracht hatte, in der sie ihn anschuldigen konnte, ohne daß er die Möglichkeit hatte, sich zu verteidigen. Sie waren allein gewesen. Ihr Ruf hatte keinen Schaden gelitten; es war eine Situation, in die eine Frau geraten konnte, ohne daß irgend jemand ihr daraus einen Vorwurf machen würde. Er hätte sie auf eine unverzeihliche Weise belästigen können, und sie hatte Zeugen, zumindest für ihren schlimmen Zustand und ihre Flucht.

Wer würde seiner Darstellung der Dinge Glauben schenken?

Niemand. Die Sache ergab überhaupt keinen Sinn. Er konnte es ja selbst kaum glauben. Er zog sich an und zwang sich, das Frühstück zu verzehren, das seine Vermieterin ihm brachte.

»Sie sehen aber gar nicht gut aus, Mr. Monk«, sagte sie kopfschüttelnd. »Ich hoffe doch sehr, Sie brüten mir nichts aus. Heiße Senfumschläge, hat meine selige Mutter immer gesagt. Hat darauf geschworen, wirklich. Jedenfalls sagen Sie mir Bescheid, wenn Sie einen brauchen, ich mach' ihn dann für Sie.«

»Vielen Dank«, sagte er geistesabwesend. »Ich glaube, ich bin einfach nur müde. Machen Sie sich meinetwegen keine Sorgen.«

»Na, dann passen Sie mal gut auf sich auf.« Sie nickte. »Sie treiben sich in komischen Gegenden rum. Würde mich nicht überraschen, wenn Sie sich irgendwas Unangenehmes eingefangen hätten.«

Er murmelte eine nichtssagende Antwort, und sie machte sich daran, das Geschirr abzuräumen.

Es klopfte an der Tür, und Monk stand auf, um sie zu öffnen. Ein Schwall kalter Luft drang ins Haus. Das Tageslicht war fahl und grau.

»Brief für Sie, Mister«, sagte ein kleiner Junge, der unter einer übergroßen Mütze zu ihm auflächelte. »Für Mr. Monk. Das sind Sie doch, oder? Ich kenn' Sie nämlich. Hab' Sie schon mal gesehen.«

»Wer hat dir den Brief gegeben?« fragte Monk, der nach einem kurzen Blick auf den Umschlag festgestellt hatte, daß er die Handschrift nicht kannte. Es war eine elegante weibliche Schrift, und sie gehörte weder Hester noch Callandra noch Genevieve Stonefield.

»Eine Dame in 'ner Kutsche, Chef. Den Namen kenn' ich nicht. Hat mir drei Pence dafür gegeben, Ihnen den Brief zu bringen.«

Sein Magen verkrampfte sich. Vielleicht beinhaltete dieser Brief irgendeine Erklärung? Er würde alles ins rechte Licht rücken. Das Ganze war ein Irrtum.

»Eine Dame mit blondem Haar und braunen Augen?« fragte er.

»Blonde Haare ja, aber auf die Augen hab' ich nicht gesehen.« Der Junge schüttelte den Kopf.

»Vielen Dank.« Monk riß den Brief auf. Er trug das Datum des heutigen Tages.

Mr. William Monk,
ich habe nie unterstellt, daß Sie ein Gentleman sind, der mir gesellschaftlich ebenbürtig wäre, aber ich glaubte, Sie verfügten über ein Mindestmaß an Anstand, sonst hätte ich mich niemals bereit gefunden, auch nur eine Sekunde länger in Ihrer Gesellschaft zu verbringen, als die Regeln der Höflichkeit es verlangen. Ich fand Ihre Andersartigkeit amüsant, mehr nicht. Die Beschränkungen, welche die Gesellschaft mir auferlegt, langweilen mich, und die Regeln und Konventionen erdrücken mich. Sie haben mir einen unterhaltsamen Blick in eine andere Welt geboten.
Ich kann nicht glauben, daß Sie meine Höflichkeit so gründlich mißverstanden haben, daß Sie der Vorstellung erlegen sind, ich könne unserer Bekanntschaft erlauben, sich zu etwas anderem zu entwickeln. Die einzige Erklärung für Ihr Benehmen liegt in Ihrer Mißachtung der Gefühle anderer Menschen und in Ihrer Bereitschaft, Menschen zu mißbrauchen, um Ihre eigenen Bedürfnisse zu befriedigen, ganz gleich, wie der andere es empfindet.
Ich kann Ihnen das, was Sie mir angetan haben, niemals verzeihen, und ich werde alles in meiner Macht Stehende tun, um dafür zu sorgen, daß Sie bis auf den letzten Penny dafür bezahlen. Ich werde mich in dieser Sache auf das Gesetz berufen und, wenn es sein muß, auch auf die Gerichte, und ich werde darüber reden. Sie sollen bei jedem Atemzug, den Sie tun, wissen, daß ich Ihre Feindin bin, und Sie werden den Tag verfluchen, an dem Sie sich entschlossen haben, mich zu mißbrauchen, wie Sie es getan haben. Ein solcher Verrat wird immer seine Strafe finden,

Drusilla Wyndham.

Er las den Brief noch einmal. Es war unglaublich. Aber auch nochmaliges Durchlesen änderte nichts an seinem Inhalt.

»Ist alles in Ordnung mit Ihnen, Mister?« fragte der Junge ängstlich.

»Ja«, log Monk. »Ja, vielen Dank.« Er suchte in seiner Tasche nach einer Münze und holte ein Drei-Pence-Stück heraus. Er wollte auf keinen Fall, daß sie mehr bezahlte als er.

Der Junge nahm die Münze dankend entgegen, änderte dann aber mit leicht gequälter Miene seine Meinung.

»Sie hat mir schon was gegeben.«

»Ich weiß«, sagte Monk und atmete tief durch, um sich ein wenig zu beruhigen. »Behalte es trotzdem.«

»Vielen Dank, Chef.« Und bevor sein Glück ihn verlassen konnte, drehte er sich um und lief die Straße hinunter; seine Stiefel klapperten munter über das kalte Pflaster.

Monk schloß die Tür und ging in sein Zimmer zurück. Seine Vermieterin war nicht mehr da. Er setzte sich, den Brief noch immer in Händen, obwohl er ihn nicht mehr beachtete.

Er konnte sich unmöglich auf den vergangenen Abend beziehen oder auf irgendein anderes Treffen während der letzten Woche. Sie konnte nur von einer Begegnung in der Vergangenheit sprechen.

Immer wieder liefen die Dinge darauf hinaus – auf seine Vergangenheit, diese große Lücke in seiner Erinnerung, die Dunkelheit, in der alles mögliche existieren konnte.

Sie hatte das Wort »Verrat« benutzt. Das bedeutete gleichzeitig auch Vertrauen. War er wirklich ein Mann, der so etwas tun konnte? Er hatte seit dem Unfall niemals einen Menschen verraten. Er zählte Ehrenhaftigkeit zu seinen Tugenden. Nicht ein einziges Mal hatte er sein Wort gebrochen. Er hätte sich niemals durch ein solches Verhalten selbst erniedrigt.

Konnte er sich sosehr verändert haben? Hatte der Schlag auf seinen Kopf nicht nur seine ganze Vergangenheit ausgelöscht, sondern auch sein Wesen verändert? War so etwas möglich?

Er ging im Zimmer auf und ab und versuchte an all das zu denken, was er sich von seiner Persönlichkeit vor dem Unfall zusammengereimt hatte, an die Bruchstücke seines Lebens, die ihm wieder eingefallen waren und Schlaglichter auf seine Kindheit im Norden, das Bild des Meeres, seine Gewalt und Schönheit geworfen hatten. Er erinnerte sich an seinen Eifer zu lernen, flüchtige Eindrücke; an ein Gesicht, ein Gefühl von Ungerechtigkeit und Verzweiflung, an den Mann, der sein Lehrer gewesen war und den man betrogen und ruiniert hatte, während Monk hilflos danebenstehen mußte. Nichts, was er tun konnte, hatte ihn gerettet. Das war der Zeitpunkt, an dem er seine Tätigkeit als Geschäftsmann aufgab und seine Arbeit im Polizeidienst begann.

Das war kein Mann, der andere verraten würde!

Bei der Polizei war er dann rasch aufgestiegen. Ein Dutzend Kleinigkeiten, die Gesichter von Menschen, wenn er sie wiedersah, halb erlauschte Bemerkungen hatten ihm einen Eindruck von seinem Charakter vermittelt: Er hatte eine scharfe Zunge gehabt, war kritisch und bisweilen rücksichtslos gewesen. Runcorn, sein ehemaliger Vorgesetzter, hatte ihn gehaßt, und nach und nach hatte er herausgefunden, daß dieser Haß durchaus berechtigt war. Monk hatte zu Runcorns Mißerfolgen und Fehlern seinen Beitrag geleistet, war ihm ständig in die Quere gekommen, auch wenn Runcorn sein Verhalten zum größten Teil sich selbst zuzuschreiben hatte, mit seinen kleinen Gemeinheiten und seinem persönlichen Ehrgeiz, den er auf Kosten anderer befriedigte.

War das auch eine Art von Verrat?

Nein. Es war grausam, aber es war nicht unehrlich. Verrat war zu guter Letzt immer eine Art Betrug.

Er wußte beinahe nichts über seine Beziehung zu Frauen. Die einzige Frau, an die er sich überhaupt erinnern konnte, war Hermione, von der er geglaubt hatte, daß er sie liebe, und in dieser Geschichte war er der Verlierer, der Betrogene gewesen. Es war Hermione, die nicht hielt, was sie versprach, sie, die zu oberflächlich war, um an der Liebe festzuhalten, die die Herausforderung scheute und statt dessen der Bequemlichkeit und Sicherheit den Vorzug gab. Er konnte noch immer das dumpfe Gefühl des Verlustes spüren, nachdem er sie wiedergefunden hatte, so voller Hoffnung, und dann die Desillusionierung, die totale Leere.

Aber er mußte Drusilla gekannt haben! Der Haß in ihrem Gesicht hatte irgendeinen schrecklichen Grund, seinen Ursprung in einer Beziehung, in der sie so sehr verletzt worden war, daß sie nicht davor zurückschreckte, diesen unglaublichen Schritt zu tun, um sich zu rächen.

Er hatte bereits alle Briefe und Rechnungen durchgesehen, die er finden konnte, als er damals nach dem Unfall nach Hause zurückkehrte, denn er wollte versuchen, das Gerüst seines Lebens zu rekonstruieren. Aber es war wenig genug gewesen. Er war sehr sorgsam mit seinem Geld umgegangen, aber extravagant, was sein Aussehen betraf. Seine Schneiderrechnungen waren sehr hoch, ebenso wie die seines Stiefelmachers, ja sogar seines Friseurs.

Er hatte keine persönlichen Briefe gefunden außer denen seiner Schwester Beth, und nicht einmal ihr schien er geantwortet zu haben. Jetzt sah er sämtliche Briefe noch einmal durch, aber es war nichts in derselben Handschrift darunter, in der Drusillas Brief geschrieben war. Allerdings enthielten diese Briefe ohnehin nichts Persönliches.

Er legte alles wieder zurück. Es war ein spärliches Ergebnis für ein ganzes Leben, das nichts über die Einzigartigkeit eines Menschen aussagte und keinen Eindruck von seinem Wesen und seiner Persönlichkeit vermittelte. Es mußte so vieles geben, das er nicht wußte und wahrscheinlich niemals wissen würde. Es mußte Liebe und Haß gegeben haben, Großzügigkeit, Verletzungen, Hoffnungen, Demütigungen und Triumphe. All das war ausgelöscht, als sei es nie geschehen.

Nur daß diese Dinge für andere Menschen immer noch existierten, klar und real und angefüllt mit all ihren Gefühlen, all ihrem Schmerz.

Wie konnte er eine Frau wie Drusilla mit ihrer Vitalität, ihrer Schönheit, ihrem Witz und ihrem Charme gekannt und dann einfach so völlig vergessen haben, daß er sich noch nicht einmal, nachdem er sie wiedergesehen hatte, nachdem er so glücklich mit ihr gewesen war, an sie erinnern konnte? Da war nichts Vertrautes. Sosehr er sich auch das Gehirn zermarterte, er fand keine Spur, nicht einmal das flüchtigste Aufblitzen einer Erinnerung.

Er starrte aus dem Fenster auf die Straße hinaus. Der Tag war immer noch grau, aber die Kutschenlampen brannten nicht mehr.

Es wäre eine Illusion zu glauben, daß sie ihre Drohungen nicht wahrmachen würde. Natürlich konnte sie nichts beweisen, nichts war geschehen. Aber das spielte letztlich keine Rolle. Sie konnte Anklage gegen ihn erheben, und das würde ausreichen, um ihn zu ruinieren. Sein Lebensunterhalt hing von seinem Ruf ab, von dem Vertrauen, das andere in ihn setzten.

Andere Fähigkeiten hatte er nicht. Vielleicht wußte sie das?

Was hatte er ihr angetan? Was für ein Mann war er – was für ein Mann war er gewesen?

Hester hatte nach wie vor Anteil an der Pflege Enid Ravensbrooks, die mittlerweile auf dem langen, beschwerlichen Weg der Genesung war, aber noch immer ständiger Aufmerksamkeit bedurfte, um keinen Rückfall zu erleiden.

Am selben Morgen, an dem Monk den Brief Drusillas erhalten hatte, war Hester aus dem Nothospital in Limehouse ins Haus der Ravensbrooks zurückgekehrt, müde und äußerst erschöpft. Ihr Körper schmerzte vom wenigen Schlaf, ihre Augen brannten, als hätte sie sich Sand oder Staub hineingerieben, und der Anblick, die Geräusche und Gerüche der Krankheit quälten sie von Tag zu Tag mehr. So viele Menschen waren gestorben, aber die wenigen, die sich erholt hatten, verliehen all der Plackerei doch einen Sinn. Und wie sehr Kristian sich auch bemühte, welche Argumente er dem Gemeinderat auch vortrug, es wurde nichts unternommen. Die Menschen hatten Angst vor der Krankheit, Angst vor den Kosten, die neue Abwasserkanäle mit sich bringen würden, Angst vor Veränderungen, vor neuen Erfindungen, die vielleicht nicht funktionierten, und vor alten, die bereits versagt hatten, und vor dem Tadel, der sie treffen würde, ganz gleich, was sie auch taten. Es war ein mühsamer Kampf, und er war so gut wie sicher zum Scheitern verurteilt. Aber weder er noch Callandra konnten aufgeben.

Hester hatte sie Tag für Tag dabei beobachtet, wie sie immer neue Argumente zusammentrugen und in die nächste Schlacht zogen. Jeden Abend kehrten sie besiegt zurück. Das einzig Gute daran war die Zuneigung, die sie füreinander empfanden, und selbst sie war von Schmerz gezeichnet. Nach dem Ende der Seuche würden sie sich wieder trennen und einander nur gelegentlich sehen, bei offiziellen Anlässen und vielleicht bei Vorstandstreffen des Krankenhauses, in dem Kristian arbeitete und Callandra freiwillig tätig war. Aber bei diesen Begegnungen würden sie nicht allein sein und keine Gelegenheit haben, über sich zu sprechen, und wahrscheinlich blieb das auch in Zukunft so.

Hester wurde vom Stubenmädchen in Empfang genommen und erfuhr, daß ein Abendessen für sie bereitstand, sofern sie dies wünschte, nachdem sie Lady Ravensbrook und Mrs. Stonefield aufgesucht hatte.

Sie bedankte sich bei dem Mädchen und ging die Treppe hinauf.

Enid saß gegen einen Stapel Kissen gelehnt im Bett. Sie sah ausgezehrt aus, als hätte sie seit Tagen nicht gegessen oder geschlafen. Ihre Augen lagen in dunklen Höhlen, und ihre Haut wirkte farblos und wie Pergament. Das Haar hing ihr in dünnen Strähnen auf die Schultern. Sie wirkte so zerbrechlich, daß man befürchtete, die Knochen würden die Haut durchbohren. Aber als sie Hester sah, lächelte sie.

»Wie kommen Sie im Krankenhaus zurecht?« fragte sie. Ihre Stimme war noch immer schwach, und man hatte den Eindruck, als gäbe ihr nur die ehrliche Anteilnahme an dem Geschehen im Hospital die Kraft zu sprechen. »Wird es denn überhaupt ein wenig besser? Wie geht es Callandra? Ist alles in Ordnung mit ihr? Und Mary? Und Kristian?«

Hester spürte, wie ein Teil ihrer Anspannung von ihr abfiel. Das Zimmer war warm und behaglich. Im Kamin brannte ein Feuer. Es war eine ganz andere Welt nach der Kälte und dem Schmutz des Hospitals, den tropfenden Kerzen und dem Geruch so vieler ungewaschener Körper.

Hester setzte sich auf die Bettkante.

»Callandra und Mary sind immer noch wohlauf, aber natürlich sehr müde«, erwiderte sie. »Und Kristian kämpft weiterhin mit dem Gemeinderat, aber ich glaube nicht, daß er auch nur einen Millimeter vorangekommen ist. Und ja, ich glaube, das Fieber läßt ein wenig nach. Auf alle Fälle gibt es weniger Tote. Heute haben wir zwei Leute nach Hause geschickt; beiden ging es gut genug, um das Krankenhaus zu verlassen.«

»Wer sind sie? Habe ich sie kennengelernt?«

»Ja«, sagte Hester mit einem breiten Lächeln. »Einer ist der kleine Junge, den Sie so gern hatten, der andere jemand, von dem Sie glaubten, er würde niemals überleben ...«

»Es geht ihm gut?« fragte Enid erstaunt, und ihre Augen leuchteten auf. »Er hat sich wieder erholt?«

»Ja. Er ist heute nach Hause gegangen. Ich weiß nicht, was ihm die Kraft dazu gegeben hat, aber er hat überlebt.«

Enid ließ sich wieder in die Kissen zurückfallen, und in ihrem Gesicht stand eine große Freude, fast ein Strahlen. »Und wer ist der andere?« fragte sie.

»Eine Frau mit vier Kindern«, antwortete Hester. »Sie ist ebenfalls nach Hause zurückgekehrt. Aber wie geht es Ihnen? Das ist der Grund, weshalb ich hergekommen bin.«

Ihre Frage entsprang freundschaftlicher Besorgnis. Sie würde sich selbst ein Urteil bilden. Enids Zustand hatte sich deutlich gebessert. Ihre Augen waren klarer, ihre Temperatur wieder normal, aber das Fieber hatte sie sehr mitgenommen; sie sah aus, als wäre sie am Ende ihrer Kraft.

Enid lächelte. »Ich kann es kaum erwarten, mich noch besser zu fühlen«, gestand sie. »Ich hasse diese Schwäche. Ich kann ja kaum die Hände heben, um allein zu essen, ganz zu schweigen davon, mir mal wieder selbst die Haare zu kämmen. Es ist lächerlich. Ich liege nutzlos hier herum. Es gibt so viel zu tun, und ich verschlafe drei Viertel meines Lebens.«

»Das ist das Beste, was Sie tun können«, versicherte Hester ihr. »Kämpfen Sie nicht dagegen an. Das ist die Art und Weise, wie die Natur Sie heilt. Sie werden um so schneller genesen, wenn Sie sich ihr unterwerfen.«

Enid biß die Zähne zusammen. »Ich hasse jede Unterwerfung!«

»Militärische Taktik.« Hester beugte sich verschwörerisch vor. »Man darf niemals kämpfen, wenn man weiß, daß der Feind im Vorteil ist. Wählen Sie einen günstigen Zeitpunkt aus, und überlassen Sie's nicht dem Feind. Treten Sie jetzt den Rückzug an, und kommen Sie wieder, wenn der Vorteil auf Ihrer Seite ist.«

»Haben Sie schon jemals daran gedacht, Soldat zu werden?« fragte Enid mit einem Kichern, das in einem Hustenanfall mündete.

»Oft«, antwortete Hester. »Ich glaube, ich würde meine Sache besser machen als viele der Männer, die sich im Augenblick damit beschäftigen. Schlechter jedenfalls nicht.«

»Lassen Sie das nur nicht meinen Mann hören!« warnte Enid sie mit einem glücklichen Lächeln.

Genevieves Erscheinen enthob Hester der Antwort. Sie sah weniger gehetzt aus als bei ihrer letzten Begegnung, obwohl sie gewiß müde war. Hester wußte von Monk, daß es keine guten Neuigkeiten für sie gegeben hatte.

Sie begrüßten einander, und nachdem sie die notwendigen Informationen bezüglich Enids Zustand ausgetauscht hatten, verließen sie beide den Raum, um sich der Mahlzeit zu widmen, die man im Wohnzimmer der Haushälterin für sie bereitgestellt hatte.

»Das Fieber in Limehouse läßt eindeutig nach«, sagte Hester beiläufig. »Ich wünschte nur, wir könnten etwas tun, um zu verhindern, daß es erneut auftritt.«

»Was könnte man denn dagegen unternehmen?« wollte Genevieve stirnrunzelnd wissen. »So, wie die Menschen dort leben, muß es einfach immer wieder zu solchen Seuchen kommen.«

»Dann muß man die Art, wie sie leben, eben ändern«, erwiderte Hester.

Genevieve lächelte, und in ihrem Lächeln lagen Bitterkeit und eine Art von Abscheu, in dem jedoch auch eine Spur Mitleid sowie Zorn mitschwangen.

»Da hätten Sie mehr Glück, wenn Sie versuchen wollten, den Gezeitenwechsel zu verhindern.« Sie spießte ein Stück Fleisch von ihrer Pastete auf die Gabel und schob es sich in den Mund.

Nachdem sie den Bissen hinuntergeschluckt hatte, begann sie von neuem zu sprechen. »Sie können die Menschen nicht verändern. Oh, vielleicht ein oder zwei, aber nicht Tausende. Sie leben seit Generationen so; nie ist genug zu essen da, das Brot ist voller Alaun, die Milch besteht zur Hälfte aus Wasser.« Sie stieß ein hartes Lachen aus. »Selbst der Tee wäre besser als Rattengift geeignet denn als Getränk für Menschen. Nur hart arbeitende Männer bekommen Dinge wie Schweinsfüße oder geräucherte Heringe vorgesetzt, der Rest der Familie muß ohne das auskommen. Niemand hat Obst oder Gemüse. Jeder Bewohner einer Straße, manchmal auch von zwei Straßen, muß sich mit Eimern am Brunnen in eine Schlange stellen, um Wasser zu bekommen, und die Hälfte der Brunnen ist von Abfallhaufen, Jauchegruben oder Abwasserkanälen verseucht. Selbst wenn sie nicht nur einen einzigen Eimer für jeden Zweck benutzen müßten!« Ihre Stimme klang wütend, verbittert und gequält. »Sie werden mit Krankheiten geboren, und sie sterben mit ihnen. Ein paar Abwasserrohre werden daran nichts ändern!«

»O doch, sie könnten sehr wohl etwas ändern«, sagte Hester langsam, obwohl Genevieves leidenschaftlicher Ausbruch sie verwirrte; seine Heftigkeit und der tiefe Ernst dahinter waren ihr ein Rätsel. »Die Probleme rühren nämlich von den Kanälen und den Gossen her.«

Genevieve lachte höhnisch. »Das ist doch dasselbe!«

»Nein, das ist es nicht!« entgegnete Hester und beugte sich über den Tisch. »Wenn es eine vernünftige wasserführende Kanalisation gäbe, dann ...«

»Wasser?« In Genevieves Gesichtsausdruck lag gleichermaßen Erstaunen wie Entsetzen. »Dann würde es überall hinfließen!«

»Nein, das würde es nicht ...«

»O doch! Ich habe das oft gesehen, wenn die Gezeiten wechseln oder nach einem schweren Regen. Dann steigt alles nach oben, die Abfallhaufen werden zusammen mit den Abwässern durch den Rinnstein gespült! Selbst wenn das Wasser dann wieder zurückweicht, türmen sich die Dinge, die es hinterläßt, in den Straßen! Man kann es nicht wegschaufeln!«

»Wo?« fragte Hester langsam, während ein unglaublicher Gedanke in ihrem Kopf Gestalt annahm, etwas Ungeheuerliches, das trotzdem, so verrückt und absurd es auch schien, wahr sein konnte.

»Was?« Eine brennende Röte überzog Genevieves Gesicht. Sie suchte verzweifelt nach Worten und fand keine. »Nun – vielleicht habe ich es nicht selbst gesehen. Ich hätte sagen sollen, daß ich davon gehört habe…« Sie senkte den Kopf, als wolle sie sich wieder ihrem Essen zuwenden, spielte aber nur damit herum und schob es mit ihrer Gabel von einer Seite des Tellers zur anderen.

»Caleb lebt in Limehouse, nicht wahr?« erinnerte sich Hester plötzlich.

»Ich glaube ja.« Genevieves Körper straffte sich, und die Hand, die die Gabel hielt, verharrte. »Warum? Ich habe ganz gewiß nichts von ihm gehört! Ich habe ihn nur ein- oder zweimal getroffen. Ich kenne ihn kaum!« Die Furcht und das Entsetzen standen ihr ins Gesicht geschrieben, und ein Abscheu, der zu groß war, um ihn mit Worten ausdrücken zu können.

Hester fühlte sich beschämt, weil sie den Namen des Mannes ins Spiel gebracht hatte, der der anderen Frau so viel Leid gebracht hatte. Instinktiv legte sie ihre Hand auf die Genevieves.

»Es tut mir leid. Ich wünschte, ich hätte nicht von ihm gesprochen. Es gibt auch angenehmere Dinge, über die wir uns unterhalten können. Ich habe gestern, als ich das Haus verließ, Mr. Niven im Flur getroffen. Er scheint ein sehr sanftmütiger Mensch zu sein und ein guter Freund von Ihnen.«

Genevieve errötete. »Ja, das ist er«, gab sie zu. »Er hatte Angus sehr gern trotz des… des geschäftlichen Unglücks, das ihn getroffen hat. Er ist in Wirklichkeit ein sehr tüchtiger Mann, müssen Sie wissen. Er hat aus seinen übereilten Entscheidungen gelernt.«

»Das freut mich«, sagte Hester aufrichtig. Sie hatte Nivens Gesicht sofort gemocht und Genevieve schon seit langem ins Herz geschlossen. »Vielleicht findet er eine Stellung, in der er seine augenblickliche Situation verbessern kann.« Genevieve senkte den Blick. Sie wirkte verlegen, aber ihr Kinn verriet Entschlossenheit, und um ihren üppigen Mund lag ein Zug, der sowohl Zärtlichkeit als auch Kummer ausdrückte.

»Ich... ich denke darüber nach, ihm die Leitung meines Geschäftes anzubieten... das heißt... das heißt natürlich, sofern es mir gestattet ist.« Sie sah Hester an. »Sie müssen mich für sehr kalt halten. Bisher gibt es noch keinen Beweis für das, was meinem Mann zugestoßen ist, obwohl ich es in meinem Herzen bereits weiß. Und hier sitze ich und rede darüber, wen ich an seine Stelle setzen will.« Sie beugte sich vor und schob ihren noch immer vollen Teller beiseite. »Ich kann Angus nicht mehr helfen. Ich habe alles, was ich konnte, getan, um ihn davon abzuhalten, zu Caleb zu gehen, aber er wollte nicht auf mich hören. Jetzt muß ich an meine Kinder denken und daran, was aus ihnen werden wird. Die Welt wird nicht den Atem anhalten, während ich trauere.« Ihre Augen waren ruhig, und sie wich Hesters Blick nicht aus. Hester spürte etwas von der Kraft der anderen Frau, der Entschlossenheit, die sie zu dem gemacht hatte, was sie war, und die sie jetzt dazu trieb, um ihrer Kinder willen ihren eigenen Schmerz zu bezwingen.

Vielleicht lag etwas von ihrer Bewunderung in ihrer Miene, denn Genevieve gab ihre abweisende Haltung auf und lächelte ein wenig kläglich, zum Teil wohl auch über ihre eigene Torheit.

Genevieve schien ein zu strenger Name für eine solche Frau, die so erdverbunden, so lebhaft, so sehr sie selbst war. Im Lampenlicht konnte Hester den Schatten sehen, den ihre Wimpern auf ihre Wangen warfen, und die zarten Härchen auf der Haut. Hatte Angus sie Genny genannt?

Genny... Ginny?

War das die Lösung des Rätsels, die Erklärung für ihre scharfsichtige Beurteilung der Menschen in Limehouse und die schreckliche Angst vor Armut? War es die Vertrautheit mit diesen Zuständen, die ihre Entschlossenheit stärkte, um jeden Preis zu verhindern, daß ihre Kinder jemals die Kälte, den Hunger, die Angst und die Scham erleben sollten, die sie gekannt hatte? Der

Schmutz und die Verzweiflung der Elendsviertel von Limehouse standen ihr noch deutlich vor Augen, und kein Luxus würde diese Erinnerung je auslöschen. Vielleicht war sie das Mädchen, von dem Mary gesprochen hatte, das Mädchen, das durch eine Heirat Limehouse entfliehen konnte.

»Ja«, sagte Hester leise. »Ja, ich verstehe. Ich bin sicher, Monk wird alles tun, was in seiner Macht steht, um Angus' Tod zu beweisen. Er ist ungeheuer klug. Wenn er es auf die eine Weise nicht schafft, wird er einen anderen Weg finden. Sie dürfen nicht verzweifeln.«

Genevieve sah sie an, und in ihren Augen standen Hoffnung und Neugier. »Kennen Sie ihn gut?«

Hester zögerte. Was sollte sie darauf antworten? Sie war nicht sicher, ob sie selbst die Antwort kannte, und sie war erst recht nicht bereit, sie anderen mitzuteilen. Was wußte sie denn schon von ihm? Die Bereiche, die sie nicht kannte, waren riesig wie dunkle Höhlen; vielleicht kannte nicht einmal er sie.

»Nur beruflich«, erwiderte sie mit einem gezwungenen Lächeln. Dann lehnte sie sich auf ihrem Stuhl zurück, so daß Genevieve die Gefühle, die sich in ihrem Gesicht widerspiegelten, nicht entschlüsseln konnte. In ihren Gedanken tauchte plötzlich wieder die Erinnerung an jene wenigen Augenblicke in dem abgeschlossenen Raum in Edinburgh auf, die Erinnerung an das Gefühl, als seine Arme sie umfangen hielten, und an diesen einen leidenschaftlichen, herrlichen Kuß. »Ich habe ihn während der Arbeit an anderen Fällen erlebt«, sprach sie eilig weiter, denn sie wußte, daß ihr Gesicht glühte. Konnte Genevieve erkennen, daß sie log? Wahrscheinlich ja. »Sie dürfen die Hoffnung auf keinen Fall aufgeben.« Sie redete zuviel und versuchte deshalb, das Thema zu wechseln. »Zumindest sieht es so aus, als hätte er die Wahrheit in Erfahrung gebracht. Jetzt wird er auch eine Möglichkeit finden, sie zu beweisen, zumindest so weit, daß die Behörden…« Sie hielt inne.

Genevieve lächelte. Sie sagte nichts, aber ihr Schweigen war beredt genug.

Hester hatte das Gefühl, in eine Falle gelockt worden zu sein, aber nicht von Genevieve, sondern von ihrer eigenen Unbesonnenheit.

»Sie kommen aus Limehouse, nicht wahr?« sagte sie leise und ließ es wie eine Tatsache klingen, nicht wie eine Anschuldigung. Halb und halb wußte sie, daß es ein Angriff war, mit dem sie versuchte, sich selbst zu verteidigen.

Genevieve errötete, aber ihre Augen, in denen keine Spur von Zorn lag, hielten Hesters Blick stand.

»Ja. Jetzt kommt es mir so vor, als sei das alles in einem anderen Leben passiert; der Unterschied war so groß, und es ist jetzt so viele Jahre her.« Sie rutschte auf ihrem Stuhl ein Stück nach vorn, und das Lampenlicht fiel ihr ins Gesicht und ließ den Ausdruck von Stärke darin dem einer deutlich sichtbaren Erleichterung weichen. »Aber ich lasse mich durch nichts und niemanden dorthin zurücktreiben. Meine Kinder werden dort nicht aufwachsen! Und ich werde nicht zulassen, daß Lord Ravensbrook für ihr Essen und ihre Kleidung aufkommt und ihnen vorschreibt, welche Art von Menschen sie werden sollen. Ich werde nicht zulassen, daß er sie an sich reißt, damit sie Angus' Platz einnehmen.«

»Würde er so etwas denn tun?« fragte Hester langsam, während sie in Gedanken Ravensbrooks dunkles, aristokratisches Gesicht mit all seiner Arroganz und all seinem Charme vor sich sah.

»Ich weiß es nicht«, gestand Genevieve. »Aber ich habe Angst davor. Ich fühle mich schrecklich allein ohne Angus. Er hat mich verstanden. Er wußte, wo ich herkam, und meine gelegentlichen Fehler haben ihn nicht gestört...«

Eine Welt voller Angst und Demütigung tat sich vor Hesters innerem Auge auf. Sie sah plötzlich vor sich, wie das Leben im Hause Ravensbrook für Genevieve sein würde, Tag und Nacht, wie sie bei jeder Mahlzeit beobachtet und schon bald kritisiert werden würde. Ravensbrook würde all die winzigen Fehler bemerken, jede noch so geringe Abweichung von der gesellschaftlichen Norm, den kleinsten Grammatikfehler, aber, was vielleicht noch schlimmer war, auch das Personal würde es bemerken, der aufmerksame Butler, die herablassende Haushälterin, die kichernden Hausmädchen. Nur Enid würde sich wahrscheinlich nichts daraus machen.

»Natürlich«, sagte sie mit echtem Gefühl. »Sie müssen ihr eigenes Zuhause behalten, Mr...«

Ein energisches Klopfen an der Tür unterbrach sie, und die Haushälterin kam herein, mit grimmiger Miene und an ihrem Gürtel klimpernden Schlüsseln.

»Da ist eine Person, die Sie sprechen möchte, Miss Latterly«, sagte sie. »Sie sollten besser den Anrichteraum des Butlers benutzen. Mr. Dolman sagt, er habe nichts dagegen. Ich bitte um Verzeihung, Mrs. Stonefield.«

»Was für eine Art von Person?« erkundigte sich Hester.

Das Gesicht der Haushälterin veränderte sich nicht im mindesten, sie zuckte mit keiner Miene.

»Eine männliche Person, Miss Latterly. Alles weitere müssen Sie selbst herausfinden. Bitte beachten Sie, daß wir dem weiblichen Personal nicht gestatten, Verehrer zu haben, und das gilt auch für Sie, solange Sie hier wohnen, welche Aufgabe Ihnen hier auch immer zugewiesen ist.«

Hester war sprachlos. Aber Genevieve tat sich keinen Zwang an.

»Miss Latterly ist keine Dienerin, Mrs. Gibbons«, sagte sie scharf. »Sie ist eine berufstätige Frau, die, ohne eine Bezahlung dafür zu verlangen, ihre Zeit opfert, um Lady Ravensbrook zu pflegen, die vielleicht gestorben wäre, wenn Miss Latterly sich nicht um sie gekümmert hätte!«

»Wenn man Krankenpflege als Beruf bezeichnen kann«, erwiderte Mrs. Gibbons naserümpfend. »Und es ist der gütige Gott, der die Kranken heilt, nicht einer von uns, Mrs. Stonefield. Als gute Christin wissen Sie das sicher.«

Eine Reihe von Gedanken bezüglich der Tugenden guter Christinnen schossen Hester durch den Kopf, angefangen mit Barmherzigkeit, aber das war nicht der rechte Zeitpunkt, einen Streit vom Zaun zu brechen.

»Vielen Dank, daß Sie mich benachrichtigt haben, Mrs. Gibbons«, sagte sie und entblößte ihre Zähne zu einem verzerrten Lächeln. »Wie freundlich von Ihnen.« Dann nickte sie Genevieve noch kurz zu, erhob sich von ihrem Stuhl und verließ den Raum.

Der Anrichteraum des Butlers lag zwei Türen weiter auf dem Flur, und sie ging ohne anzuklopfen hinein.

Sie war erschrocken, als sie Monk vor sich sah, mit abgehärmtem und bleichem Gesicht, in dem eine solche Anspannung lag, wie sie sie seit dem Grey-Fall nicht mehr bei ihm gesehen hatte.

»Was ist passiert?« fragte sie und schloß die Tür hinter sich. Ihr Magen krampfte sich vor Angst zusammen. »Es kann nicht um Stonefield gehen, oder? Es… es ist doch nicht Callandra?« Die Angst raubte ihr fast die Sinne. »Ist Callandra etwas zugestoßen?«

»Nein!« Seine Stimme klang schrill. Er konnte sich nur mit Mühe beherrschen. »Nein«, wiederholte er ein wenig ruhiger. Seine Miene verriet einen Aufruhr der Gefühle, und es fiel ihm offensichtlich extrem schwer, diese in Worte zu fassen.

Sie unterdrückte ihre Ungeduld. Sie hatte schon früher Schock und Angst erlebt und kannte die Anzeichen. Um Monk in einen solchen Zustand zu bringen, mußte etwas wahrhaftig Schreckliches passiert sein.

»Setzen Sie sich, und erzählen Sie mir«, sagte sie sanft, »was geschehen ist.«

Zorn loderte in seinen Augen auf, erstarb dann wieder und machte abermals Angst Platz. Die bloße Tatsache, daß er keine scharfe Entgegnung parat hatte, erschreckte sie. Sie setzte sich auf den graubraunen, dick gepolsterten Stuhl und faltete ihre Hände unter der Schürze auf dem Schoß, so daß er nicht sehen konnte, wie ihre Finger sich verkrampften.

»Man hat mich beschuldigt, eine Frau vergewaltigt zu haben.« Er stieß die Worte zwischen seinen Zähnen hervor, ohne sie anzusehen.

»Und sind Sie schuldig?« fragte sie ruhig, denn sie kannte sowohl seinen Zorn wie auch seine körperliche Kraft. Sie hatte die

Leiche des zu Tode Geprügelten auf dem Mecklenburg Square nicht vergessen, ebensowenig wie die Tatsache, daß Monk damals befürchtet hatte, die Tat selbst begangen zu haben.

Seine Augen weiteten sich, und er starrte sie voller Empörung an.

»Nein!« rief er. »Gott im Himmel, nein! Wie können Sie so etwas auch nur fragen?« Die Worte erstickten ihn schier. Er sah aus, als würde er ihr diese Frage niemals verzeihen. Er zitterte vor Wut, sein Körper war gestrafft, als stünde er kurz vor einem Gewaltausbruch, nur um eine Spannung zu lösen, die unerträglich wurde.

»Weil ich Sie kenne«, antwortete sie, obwohl sie langsam das Gefühl hatte, ihn vielleicht doch nicht so gut zu kennen. »Wenn jemand Sie nur genug in Rage gebracht hat, könnten Sie ...«

»Eine Frau!« Die Worte schienen ihm die Kehle zuzuschnüren. »Einer Frau Gewalt antun? Mich ihr aufzwingen?«

Sie war verblüfft. Das war so absurd, daß es schon beinahe komisch war.

Nur daß er es offensichtlich ganz ernst meinte und wirklich Angst hatte. Eine solche Anklage konnte ihn ruinieren, das wußte sie nur allzugut, denn ihre eigene berufliche Existenz hing von einem tadellosen Ruf ab, und sie wußte, wie nah sie einmal daran gewesen war, diesen Ruf zu verlieren. Es war Monk gewesen, der für sie gekämpft hatte, der sich Tag und Nacht dafür eingesetzt hatte, ihre Unschuld zu beweisen.

»Das ist lächerlich«, sagte sie ernst. »Sie kann offensichtlich nichts beweisen, aber genauso offensichtlich können Sie nicht das Gegenteil beweisen, sonst wären Sie nicht hier. Wer ist sie, und was ist passiert? Ist sie jemand, den Sie irgendwann einmal zurückgewiesen haben? Oder hat sie einen anderen Grund für eine solche Anklage? Glauben Sie, sie erwartet ein Kind und braucht jemanden, dem sie die Schuld zuschieben kann?«

»Ich weiß es nicht.« Endlich nahm er Platz; er starrte den geflickten Teppich an. »Ich weiß nicht, warum sie es getan hat, nur daß sie es mit voller Absicht tat. Wir saßen in einem Hansom und fuhren nach Hause. Der Abend ...« Er zögerte und hielt den

Blick noch immer gesenkt. »Der Abend war recht erfreulich verlaufen, und wir hatten ein angenehmes Dinner. Plötzlich riß sie sich das Mieder ihres Kleides auf, starrte mich dann mit schier abgrundtiefem Haß an, schrie und warf sich aus der fahrenden Kutsche – vor den Augen einiger Leute, die gerade von einem Fest in der North Audley Street kamen!«

Sie spürte, wie seine Angst auch von ihr Besitz ergriff. In einem solchen Verhalten lag ein Hauch von Wahnsinn. Die Frau hatte nicht nur Monks Ruf riskiert, sondern auch ihren eigenen. Wie unschuldig sie auch zu sein behauptete, es würde Gerede geben, Spekulationen und böse Zungen, die nur allzu bereit waren, Unfreundliches über sie zu sagen.

»Wer ist sie?« fragte sie noch einmal.

»Drusilla Wyndham«, sagte er sehr leise.

Sie sagte nichts. In ihr regte sich eine Mischung seltsamer Gefühle – Erleichterung darüber, daß er Drusilla jetzt unmöglich lieben konnte und daß sie ihn in jeder Hinsicht verraten hatte, und Haß auf Drusilla aus ganz anderen Gründen als zuvor, denn jetzt war die Frau eine Bedrohung für ihn. Außerdem beunruhigten sie die Verletzungen, die Drusilla ihm zufügen konnte, und die Ungerechtigkeit des Ganzen machte sie wütend. Sie verspürte nicht die leiseste Neugier, was das Warum betraf.

»Wer ist sie?« fragte sie. »Ich meine, in gesellschaftlicher Hinsicht. Woher kommt sie?«

Er sah sie an, und zum erstenmal wich er ihrem Blick nicht aus.

»Ich weiß nicht mehr über sie, als ich ihrem Verhalten und ihrer Redeweise entnehmen konnte, was allerdings genug war. Aber warum ist das wichtig? Wer sie auch ist, sie kann mich mit dieser Sache ruinieren. Dazu braucht sie noch nicht einmal mit einem maßgeblichen Mitglied der Gesellschaft verwandt zu sein.« Die Ungeduld, weil sie diese Sache nicht zu begreifen schien, ließ seine Stimme lauter werden. »Jede Frau, die diese Anklage erhebt, außer vielleicht einer Dienerin oder Prostituierten …«

»Das weiß ich.« Sie fiel ihm genauso scharf ins Wort, wie er es vorher getan hatte, und hob die Hand, um ihre Worte zu unterstreichen. »Daran denke ich auch gar nicht, ich denke lediglich darüber nach, wie man gegen sie kämpfen kann. Man muß seinen Feind kennen!«

»Ich kann sie nicht bekämpfen!« Seine Stimme wurde vor Zorn laut. »Wenn sie vor Gericht geht, kann ich alles leugnen, aber nicht, wenn sie die Sache einfach mit Anspielungen und leisen, versteckten Worten angeht. Was schlagen Sie vor? Daß ich sie wegen Verleumdung verklage? Machen Sie sich nicht lächerlich! Selbst wenn ich das tun könnte, was nicht der Fall ist, würde es trotzdem meinen Ruf ruinieren. Schon allein die Tatsache, daß ich sie als Lügnerin bezeichne, würde die Sache verschlimmern.« Er sah aus wie ein Mann am Rand eines Abgrunds, der der Zerstörung seiner Existenz ins Auge blickte.

»Natürlich nicht«, sagte sie ruhig. »Wer ist Ihr Berater? Lord Cardigan?«

»Wovon, zum Teufel, reden Sie da?«

»Vom Angriff der leichten Kavallerie«, antwortete sie bitter.

Sie sah einen Schimmer von Begreifen in seinem Gesicht aufdämmern.

»Also, was schlagen Sie vor?« fragte er, noch immer hoffnungslos.

»Ich bin mir nicht sicher«, erwiderte sie, während sie sich von ihrem Stuhl erhob und an das schmale Fenster trat. »Aber ganz bestimmt keinen Frontalangriff auf die befestigten Stellungen des Feindes. Wenn er sich auf der Höhe verschanzt hat und uns von dort aus mit seinen Geschützen bedroht, dann müssen wir ihn entweder dort herauslocken oder uns auf irgendwelchen Umwegen an seine Stellungen heranmachen.«

»Hören Sie auf, Soldat zu spielen«, sagte er leise. »Nur weil Sie auf der Krim Verletzte gepflegt haben, heißt das nicht, daß Sie auch nur den leisesten Schimmer von Kriegführung haben.«

»O doch, genau das bedeutet es!« sagte sie und fuhr zu ihm herum. »Das erste, was man verdammt noch mal über die Kriegführung lernt, ist, daß Soldaten dabei getötet werden. Fragen Sie jeden, der dabeigewesen ist! Natürlich abgesehen von diesen verfluchten inkompetenten Generälen.«

Er mußte lächeln, aber in seinem Lächeln lag nichts als Galgenhumor.

»Was für eine charmante Frau Sie doch sind. Was also schlagen Sie in diesem ganz speziellen Krieg vor? Soll ich sie erschießen, sie belagern, ihr Wasser vergiften oder darauf warten, daß der Winter mit seiner Eiseskälte ihr den Garaus macht? Oder soll ich hoffen, daß sie sich mit Typhus ansteckt?«

»Verlassen Sie sich auf eine andere Frau«, antwortete sie und wünschte noch in dem Augenblick, als sie die Worte aussprach, daß sie es nicht getan hätte. Sie hatte keine Pläne, keine Ideen, nur die Entschlossenheit zu siegen.

Er sah sie verwirrt an. »Eine andere Frau? Zu welchem Zweck? Wen meinen Sie?«

»Mich natürlich, Sie Narr!« gab sie zurück. »Sie haben nicht die leiseste Ahnung von Frauen oder davon, wie sie denken. Das hatten Sie noch nie. Offensichtlich haßt Drusilla Sie. Wie haben Sie sie kennengelernt?«

»Ich habe sie auf der Treppe der Geographischen Gesellschaft beinahe umgerannt. Oder vielleicht war es auch umgekehrt.«

»Sie glauben, sie hat die Sache so eingefädelt?« fragte sie ohne große Überraschung. Frauen taten solche Dinge viel öfter, als den meisten Männern klar war.

»Jetzt glaube ich es. Damals nicht.« Eine bittere Belustigung leuchtete für einen Moment in seinen Augen auf. »Sie muß sehr überrascht gewesen sein, als ich sie nicht sofort erkannte. Sie hat mich einige Minuten lang in ein Gespräch verwickelt. Wahrscheinlich hat sie darauf gewartet, daß ich mich an sie erinnere, und dann schließlich begriffen, daß ich es nicht tun würde.«

»Sie erinnern sich an gar nichts?« drängte Hester. »Auch kein vager, flüchtiger Eindruck?«

»Nein! Natürlich erinnere ich mich an nichts, sonst hätte ich es gesagt. Ich habe alles in Erwägung gezogen, was mir eingefallen ist, aber ich erinnere mich an gar nichts, was sie betrifft. An rein gar nichts.«

Sie hatte für einen kurzen Moment Einblick in seine Gefühle – die absolute Hilflosigkeit, die Schatten und das sekundenschnelle Aufblitzen von Grausamkeiten in seiner Erinnerung und die Ängste, die ihn immer begleiten würden. Dann war der Augenblick vorüber. Alles, was sie empfand, waren Zärtlichkeit und die Entschlossenheit, ihn zu beschützen, koste es, was es wolle.

»Es spielt ohnehin keine Rolle«, sagte sie. Dann trat sie zu ihm, berührte ganz sanft seinen Kopf, nur ihre Finger in seinem Haar und nur eine Sekunde lang. »Sie ist es, die uns jetzt interessieren muß. Ich werde mir etwas einfallen lassen, wie wir uns wehren können. Keine Angst. Kommen Sie ihr auf gar keinen Fall noch einmal in die Nähe. Suchen Sie weiter nach Angus Stonefield.«

»Zumindest werde ich da unten in dem Schlamm um die Isle of Dogs herum wohl kaum einem rachsüchtigen Mitglied der besseren Gesellschaft über den Weg laufen!« sagte er finster. »Eine Vergewaltigung würde mich bei den Einheimischen dort wahrscheinlich nur noch glaubwürdiger machen.«

»Ich würde die Sache nur zur Sprache bringen, wenn Sie vorhaben, dortzubleiben«, erwiderte sie spitz und wandte sich zum Gehen. »In der Zwischenzeit halten Sie Ihr Pulver trocken, und seien Sie auf der Hut.«

Er salutierte sarkastisch. »Jawohl, General, Sir!«

Als er das Haus der Ravensbrooks verließ, fühlte sich Monk schon ein wenig besser. Der Zorn kochte zwar noch in ihm, und die Angst war auch noch vorhanden. Nichts hatte sich verändert. Aber er stand nicht mehr allein da.

Er ging den Fußweg entlang, ignorierte die Leute, die an ihm vorbeiliefen, und konnte es nur mit Mühe verhindern, jemanden anzurempeln. Selbst den mit Ruß durchmischten Regen, der ihm ins Gesicht schlug, nahm er kaum wahr. Er würde herausfinden, wo Caleb seinen Bruder ermordet hatte. Er würde vielleicht keine Leiche finden, aber er würde seinen Tod beweisen, und er würde Caleb dafür hängen sehen. Irgendwo gab es einen Beweis, einen Zeugen, eine Verkettung von Ereignissen, die Caleb ans Messer liefern würden. Es lag an Monk, hartnäckig zu bleiben, bis er etwas gefunden hatte – was immer es war und was immer es kostete, es zu enthüllen.

Es war bereits Mittag, als er die Isle of Dogs erreichte und abermals das Haus in der Manila Street aufsuchte, um mit Selina zu sprechen. Zuerst weigerte sie sich, ihn einzulassen. Sie sah eingeschüchtert aus, und er vermutete, daß es nicht so lange her war, seit Caleb sich von ihr verabschiedet hatte. Ihr Schweigen war eine Mischung aus Loyalität und Angst. Die Angst zumindest schien wohlbegründet.

Er stand ihr in dem kleinen, kalten, sauberen Zimmer gegenüber.

»Er hat Angus getötet, und ich werde es beweisen«, sagte er mit brutaler Offenheit. »Auf die eine oder andere Weise werde ich ihn dafür baumeln sehen. Ob Sie mir dabei helfen oder ob Sie mit ihm baumeln, das liegt ganz an Ihnen.«

Sie sagte nichts. Sie sah ihn trotzig an, den Kopf arrogant zur Seite geneigt, eine Hand in die Hüfte gestützt, als wäre sie sich ihrer selbst sehr sicher. Aber er sah, daß ihre Knöchel weiß waren, und konnte die Angst aus ihrer Stimme heraushören.

»Sie halten ihn für ein gefährliches Schwein«, sagte er grimmig. »Wenn Sie erst richtig mit mir aneinandergeraten sind, wird er Ihnen wie der Inbegriff eines zivilisierten Menschen erscheinen.«

»Es ist sein Leben«, erwiderte sie voller Verachtung, während sie Monk von oben bis unten musterte, den prächtig geschnittenen Mantel und die blankpolierten Stiefel. »Sie wissen nicht einmal, was das ist, ein gefährlicher Mann.«

»Glauben Sie mir, ich habe selbst kaum etwas zu verlieren«, sagte er leidenschaftlich.

Sie starrte ihn an, schaute in seine Augen, und langsam veränderten sich ihre Züge. Sie erhaschte einen Blick auf den Zorn und die Verzweiflung in ihm, und die Verachtung erstarb.

»Ich weiß nicht, wo er ist«, sagte sie leise.

»Das habe ich auch nicht erwartet. Ich will wissen, wo er sich mit Angus getroffen hat; ich will, daß Sie mir jeden Ort nennen, von dem Sie wissen, daß die beiden ihn zusammen besucht haben oder haben könnten. Er hat Angus ermordet. Irgendwo ist irgend jemand, der etwas darüber weiß.«

»Aber niemand wird Ihnen etwas verraten!« Wieder hob sie mit einer Mischung aus Trotz und Stolz das Kinn.

»O doch.« Er lachte bitter. »Was auch immer Caleb den Leuten antun könnte, das lange Warten der letzten Nacht, und dann um acht Uhr morgens der Gang zum Seil des Henkers sind schlimmer.«

Sie stieß einen wilden Fluch aus, und der Haß in ihren Augen erinnerte ihn an Drusilla. Und er ließ jedes Mitleid, das er sonst vielleicht für sie empfunden hätte, ersterben.

»Wo haben sie sich getroffen?« fragte er noch einmal.

Schweigen.

»Haben Sie schon einmal die Leiche eines Gehängten gesehen?« Er warf einen vielsagenden Blick auf ihren schlanken Hals.

»Im Artichoke, in der Nähe der Blackwall Stairs. Aber das wird Ihnen nichts nützen. Die Leute dort werden Ihnen nichts erzählen. Ich hoffe, Sie verrotten in der Hölle. Ich hoffe, die Leute da ertränken Sie in einer Jauchegrube und verfüttern Ihre Leiche an die Ratten.«

»Ist es das, was er mit Angus gemacht hat?«

»Mein Gott, ich weiß es nicht!« Aber unter der Schminke war ihr Gesicht sehr blaß, und in ihren Augen stand blankes Entsetzen. »Und jetzt raus hier.«

Monk ging wieder die Manila Street entlang und wandte sich dann nach Osten. Es regnete immer noch.

Der Wirt des Artichoke brachte ihm ein Stück Aalpastete und ein Glas Bier, betrachtete ihn aber voller Argwohn. Männer, die sich so kleideten wie Monk, pflegten solche Tavernen nicht aufzusuchen, aber Geld war Geld, und er nahm es, ohne zu zögern.

Nachdem Monk gegessen hatte, begann er seine Fragen zu stellen, höflich zuerst, aber schließlich mit einem drohenden Unterton in der Stimme. Er brachte nur eine Tatsache in Erfahrung, die sich – wenn es denn eine war – als nützlich erweisen konnte, und selbst sie war ihm nicht direkt, sondern nur als Nebensatz einer ausgiebigeren Beleidigung zuteil geworden. Aber so etwas hatte ihn schon viele Male auf den richtigen Weg gebracht. Ein wütender Mann verriet mehr, als er glaubte. Dem Wirt entschlüpfte die Bemerkung, daß Caleb verschiedene Freunde habe, sei es aus Sympathie oder weil man sich gegenseitig nützlich sein konnte, und einer dieser Freunde, ein weiterer gefährlicher und raffgieriger Mann, besaß einen Lagerplatz hinter Cold Harbour, direkt am Viehkai. Anscheinend war er ein guter Freund von Caleb, einer, dem dieser vertrauen konnte und der dem Wirt zufolge jedes Unrecht rächen würde, das Leute wie Monk Caleb zufügten.

Eine Viertelstunde später stand Monk wieder direkt am Flußufer, in der Nähe von Cold Harbour. Der Fluß jagte grau und schnell dahin und trug Schiffe, Kähne und alle möglichen Abfälle mit der auslaufenden Flut aufs Meer hinaus. Eine tote Ratte trieb vorbei und nach ihr ein halbes Dutzend verrotteter Holzlatten. Der Geruch nach Abwässern stieg ihm in die Nase. Ein halb aufgetakelter Klipper schaukelte majestätisch aus dem Hafen in Richtung offenes Meer.

Es war nicht schwer, den Hafen zu finden, aber auch dieser konnte nur als Ausgangspunkt dienen. Wenn Caleb von Anfang an vorgehabt hatte, seinen Bruder zu ermorden, hätte er sich dafür einen weniger belebten Ort ausgesucht. Er wäre kaum das Risiko eingegangen, daß jemand seine Tat beobachtete. Es gab viel zu viele Menschen am Fluß, die jede Möglichkeit, Caleb Stone zu ruinieren, nur allzu bereitwillig genutzt hätten.

Und wenn die Tat auf einen Streit folgte, der außer Kontrolle geraten war, dann mußte er ebenfalls irgendwo hingegangen sein, wo niemand ihn sehen konnte, um nachzudenken, wie er die Leiche beseitigen sollte. Sie einfach in den Fluß zu werfen, wäre ein zu großes Risiko gewesen, vor allem tagsüber. Die Leiche mußte beschwert und in der Mitte des Flusses versenkt werden. Noch besser wäre es gewesen, sie nach Limehouse zu bringen und als Typhusopfer zu begraben. Und all das brauchte Zeit.

Es hätte wenig Zweck gehabt, die Sache direkt anzugehen. Monk stellte den Kragen seines Mantels noch höher und ging am

Hafen entlang. Er fand alle möglichen Leute dort vor, Arbeiter, Obdachlose und die Hungrigen und Frierenden, die Faulen oder Kranken, die sich in Hauseingängen zusammenkauerten und unter Säcken oder Segeltuch Zuflucht vor der Kälte suchten. Er befragte sie alle. Er ging von einem Ende Cold Harbours zum anderen und dann über die Brücke über das Blackwall Bassin zur Treppe und hinunter ans Wasser.

Von dort aus schlenderte er langsam flußabwärts, bahnte sich seinen Weg über schlüpfrige Steine und nasse Planken, über verrottende Dachschindeln, über Stapelplätze zum Verladen und Löschen von Fracht. Er sah die unterschiedlichste, hochaufgetürmte Handelsware und Berge von Fisch. Er stieg Treppen hinauf und hinunter, überquerte Landungsbrücken, die über dunkles, stilles Wasser zu einem Dutzend größerer oder kleinerer Schiffsbauplätze und Docks führten. Und überall waren dieser Gestank, der Klang tropfenden, gurgelnden Wassers und das Knirschen von Planken und bis zum Zerreißen gespannten Seilen.

Bei Dämmerungseinbruch war er erschöpft, wütend und durchgefroren bis auf die Knochen, aber er weigerte sich aufzugeben. Irgendwo hier in der Nähe hatte Caleb Angus getötet. Irgend jemand hatte sie bei ihrem Streit beobachtet oder belauscht, hatte laute Stimmen gehört, einen Aufschrei aus Zorn oder Schmerz, und dann Caleb gesehen, wie er die Leiche wegtrug. Vielleicht war Blut geflossen, oder es hatte eine Waffe gegeben. Die beiden Männer hatten die gleiche Größe, den gleichen Körperbau. Wenn es zu einem Kampf gekommen war, mußten sie einander ziemlich ebenbürtig gewesen sein, selbst wenn man an ihre unterschiedlichen Lebensbedingungen dachte. Was Angus an körperlicher Betätigung und an Übung im Faustkampf fehlte, konnte er vielleicht zum Teil durch eine bessere Ernährung und Gesundheit ausgleichen.

Monk aß diesmal in einer anderen Taverne zu Abend und machte sich dann in der Dunkelheit wieder auf den Weg. Es hatte aufgehört zu regnen, war aber noch kälter geworden. Über dem Fluß stieg Nebel auf, der in dünnen Schwaden über die

Straßen zog und die wenigen Laternen noch verdüsterte. Das Klagen der Nebelhörner driftete körperlos von den Lastkähnen über das Wasser. An der Ecke Robin Hood Lane und East India Dock Road wärmten sich zwei Männer an einem Kohlenfeuer, über dem sie Kastanien rösteten.

Das Feuer lockte auch Monk an, denn es bot eine gewisse Zuflucht vor der schneidenden Kälte. Es bedeutete menschliche Gesellschaft und war ein Licht in der alles umschließenden Dunkelheit.

Als er näher kam, sah er, daß einer der Männer eine alte Matrosenjacke trug, die ihm an den Schultern zu eng war, aber wenigstens den Regen abhielt. Der andere hatte etwas an, das Monk auf den ersten Blick für einen maßgeschneiderten Gehrock gehalten hätte, wäre so etwas an diesem Ort nicht völlig absurd gewesen. Und noch während er das Kleidungsstück genauer in Augenschein nahm, sah er, daß es schlaff, ja sogar formlos an dem Mann herunterhing. Als dieser sich bewegte, um das Feuer zu schüren, wurde sichtbar, daß der Rock so übel zerrissen war, daß er an den Seiten offenstand, und unter einer Schulter befand sich ein Flicken, der viel dunkler aussah als der übrige Stoff. Die Jacke schien naß zu sein. Armer Teufel. Monk fror schon in seinem dicken Wollmantel mehr als genug.

»Zwei Pence für ein paar Kastanien«, sagte er barsch. Er wollte nicht allzu deutlich als Fremder erkannt werden.

Der Mann in dem Rock streckte wortlos die Hand aus.

Monk legte zwei Pence hinein.

Daraufhin holte der Mann fachmännisch ein Dutzend Kastanien aus dem Feuer und beförderte sie in die Asche am Rand, damit sie ein wenig abkühlten. Sein Rock war gut geschnitten. Die Aufschläge saßen perfekt, der Rand des Kragens war von einem Schneider, der sich auf sein Handwerk verstand, abgesteppt worden. Monk kannte sich in diesem Metier aus. Der Rock war für einen Mann von Monks Größe und Schulterumfang angefertigt worden.

Angus Stonefield?

Er warf einen Blick auf die Hosen des Mannes. Im Licht des

Kohleofens konnte man kaum etwas erkennen, aber er hatte den Eindruck, daß sie zum Rock paßten.

Ihm kam ein ungeheuerlicher Gedanke. Es war ein verzweifelter Versuch. »Ich möchte die Kleider mit Ihnen tauschen. Für eine Guinee!«

»Was?« Der Mann starrte ihn an, als könne er seinen Ohren nicht trauen. Auf den ersten Blick war die Sache natürlich lächerlich. Monk hatte sich, seit er das Haus Ravensbrook verlassen hatte, nicht umgezogen. Sein Mantel hatte ihn mehrere Pfund gekostet. Er konnte es sich nicht leisten, einen neuen zu kaufen. Aber wenn Drusilla ihre Pläne in die Tat umsetzte, würde er am Ende ohnehin nicht besser dastehen als dieser Unglückliche hier. Zumindest hätte er dann jedoch die Befriedigung, vorher noch Caleb Stone gefaßt zu haben. Damit wäre wenigstens der Gerechtigkeit Genüge getan!

»Mein Mantel für Ihre Jacke und Ihre Hose«, wiederholte er.

Der Mann erwog das Für und Wider. »Und Ihren Hut«, feilschte er.

»Der Mantel oder gar nichts!« fuhr Monk ihn an.

»Was soll ich denn ohne Hosen machen?« fragte der Mann. »So was ist unanständig!«

»Meine Jacke und meine Hose gegen Ihre, und ich behalte den Mantel«, lenkte Monk ein. »Und den Hut.« Das war sowieso ein besseres Geschäft. Er hatte noch mehr Anzüge.

»Zeigen Sie.« Der Mann wollte sehen, worauf er sich einließ.

Monk öffnete seinen Mantel, damit der andere seinen Anzug beurteilen konnte.

»Gemacht!« sagte er sofort. »Sie sind verrückt, jawohl, aber abgemacht ist abgemacht.«

Daraufhin tauschten sie in der nebelverschleierten Dunkelheit neben dem Kohleofen feierlich ihre Kleider, wobei Monk seinen Mantel keinen Augenblick aus der Hand legte, nur für den Fall, daß dem anderen Mann plötzlich die Idee kam, ihn zu stehlen.

»Blöd«, wiederholte der Mann, als er Monks warme Jacke anzog. Sie war zu groß, aber immer noch sehr viel besser als das zerfetzte Kleidungsstück, von dem er sich gerade getrennt hatte.

Monk zog seinen Mantel wieder an, nickte dem zweiten Mann zu, der die ganze Sache ungläubig beobachtet hatte, als litte er an Halluzinationen, drehte sich dann um und ging zurück über die East India Dock Road, um irgendwo einen Hansom zu finden und nach Hause zu fahren.

Als Monk am nächsten Morgen erwachte, drehte sich alles vor seinen Augen, und sein Körper fühlte sich steif und durchgefroren an, aber er hatte auch das Gefühl, daß er endlich etwas erreichen würde. Als er dann aus dem Bett stieg und niesen mußte, erinnerte er sich wieder an Drusilla, und alle Freude strömte aus ihm heraus, als hätte er eine Ader geöffnet.

Er wusch, rasierte und zog sich an, bevor er sich mit den Kleidungsstücken beschäftigte, die er am vergangenen Abend eingetauscht hatte. Seine Vermieterin brachte ihm das Frühstück, und er aß es, ohne etwas davon zu schmecken. Fünf Minuten später konnte er sich nicht einmal mehr daran erinnern, was es gewesen war.

Schließlich nahm er die Kleider zur Hand, zuerst die Jacke, die er in dem kalten Tageslicht in der Nähe des Fensters untersuchte. Sie war aus einem schönen Wollstoff und von unverwechselbarer Webart, auf althergebrachte, aber sehr ansprechende Art geschnitten, ohne Zugeständnisse an die derzeitige Mode und von einfacher Qualität. In den Saum war der Name des Schneiders gestickt. Als Beweis jedoch noch wichtiger war die Tatsache, daß die Seiten aufgeschlitzt waren, als hätte jemand ein Messer dazu benutzt. Etwa zehn Zoll unterhalb der linken Schulter, also ungefähr da, wo das Herz saß, befand sich ein vier Zoll breiter Fleck – allerdings am Rücken des Kleidungsstücks. Außerdem entdeckte Monk einen kleinen Riß am rechten Ellbogen, nicht mehr als einen Zoll lang, und eine abgeschabte Stelle am rechten Unterarm, wo mehrere Fäden aus dem Gewebe gezogen waren. Wer immer die Jacke auch getragen hatte, war in einen ernsthaften Kampf verwickelt gewesen, einen Kampf mit möglicherweise tödlichem Ausgang.

Und wie er schon am Abend zuvor bemerkt hatte, paßte die

Hose genau zu der Jacke. Sie war an einem Knie aufgerissen, und beide Hosenbeine wurden von Zugfäden und Schmutzflecken verunstaltet. Der Taillenbund war im Rücken blutdurchtränkt.

Er hatte nur eine Möglichkeit. Er mußte die Kleidungsstücke Genevieve Stonefield zeigen. Ohne ihre Identifikation wären sie als Beweis nutzlos. Der Gedanke, sie einer solchen Qual auszusetzen, war ihm schrecklich, aber er hatte keine andere Wahl. Er konnte sie nicht davor bewahren. Und falls jemand die Leiche finden sollte, würde er ihr auch das nicht ersparen können.

Kein Mensch sollte einer solchen Prüfung allein ausgesetzt werden. Es sollte jemand dasein, der sie stützen konnte, der ihr zumindest äußerlichen Beistand leistete. Einen Trost, der die Grausamkeit der Wahrheit abmilderte, gab es nicht.

Aber wen konnte er darum bitten? Hester hatte mit den Typhuskranken zu viel zu tun, und dasselbe galt für Callandra. Enid Ravensbrock war immer noch zu krank. Lord Ravensbrook mochte sie nicht besonders, oder vielleicht hatte sie auch einfach Angst vor ihm. Arbuthnot war ein Angestellter und noch dazu einer, dem sie in Kürze Anweisungen bezüglich des Geschäfts würde geben müssen.

Damit blieb nur noch Titus Niven. Monk hatte vor einiger Zeit zwar einen bösen Verdacht gegen ihn gehegt, aber er wußte nichts, was wirklich gegen ihn sprach. Der Mann war freundlich, zurückhaltend und selbst zu vertraut mit seelischem Schmerz, um ihm mit Unfreundlichkeit zu begegnen. Es würde Titus Niven sein müssen. Und wenn er Mitschuld an Angus' Tod gehabt hatte, dann wäre die feine Ironie des Ganzen nur ein weiterer Mosaikstein in dieser Tragödie.

Er rollte die Kleider zu einem Bündel zusammen, schob sie in eine Reisetasche und machte sich auf den Weg.

Niven war zu Hause und empfing ihn sehr höflich, aber ohne seine Überraschung zu verbergen. Er trug dieselben elegant geschnittenen, aber ein wenig schäbigen Kleider, und im Kamin brannte, wie schon bei Monks letztem Besuch, auch diesmal kein Feuer. In dem Raum war es bitter kalt. Niven schien verlegen zu sein, entschuldigte sich aber nicht für die Zimmertemperatur. Er bot Monk heißen Kaffee an, ein Luxus, den er sich nicht leisten konnte, wie Monk sehr wohl wußte – weder den Kaffee selbst noch das Gas, um das Wasser zu erwärmen.

»Vielen Dank, aber ich habe gerade erst mein Frühstück beendet«, lehnte Monk ab. »Außerdem komme ich in einer Sache zu Ihnen, die jede Erfrischung schal erscheinen lassen würde. Ich wäre Ihnen sehr dankbar, wenn Sie mir helfen könnten, diese Sache Mrs. Stonefield mit größtmöglicher Schonung beizubringen, und ich bitte Sie, ihr jeden Trost zu spenden, den Sie zu bieten haben.«

Niven erbleichte. »Sie haben Angus' Leiche gefunden?«

»Nein, aber ich glaube, seine Kleider. Ich brauche Mrs. Stonefields Hilfe, um sie zu identifizieren.«

»Ist das nötig?« Nivens Stimme klang erstickt, und seine Augen flehten Monk an.

»Ich würde nicht darum bitten, wenn es nicht nötig wäre«, antwortete Monk freundlich. »Ich glaube, es sind seine Kleider, aber ich kann die Sache nicht der Polizei vorlegen, wenn ich vorher nicht jeden Zweifel ausgeräumt habe. Sie ist die einzige, deren Wort man bei der Polizei akzeptieren würde.«

»Der Kammerdiener?« fragte Niven mit schwacher Stimme und biß sich dann auf die Lippen. Vielleicht wußte er bereits, daß Genevieve sämtliche Dienstboten bis auf die Kinderfrau und das Hausmädchen entlassen hatte, so sicher war sie sich in ihrem Herzen, daß Angus nie mehr zurückkehren würde. »Ja... ja, ich nehme an, Sie haben recht«, pflichtete er Monk bei. »Möchten Sie, daß ich jetzt gleich mit Ihnen komme?«

»Wenn Sie so freundlich wären, ja. Sie sollte nicht allein sein, wenn ich diese Sache mit ihr bespreche.«

»Dürfte ich die Kleidungsstücke sehen? Ich habe Angus gut gekannt. Wenn sie nicht sehr neu sind, erkenne ich sie vielleicht wieder. Zumindest weiß ich über seinen Geschmack und seinen Stil Bescheid.«

»Und kennen Sie auch den Namen seines Schneiders?« fragte Monk.

»Ja. Mr. Wicklow von Wicklow & Harper.«

Das war der Name in dem Anzug, den Monk gestern abend auf seinem Heimweg von der East India Dock Road getragen hatte. Kleider eines Toten. Er nickte, preßte die Lippen zusammen, holte das Kleiderbündel aus seiner Tasche und rollte es auf. Nivens Gesicht war aschfahl. Er sah das Blut, die Schmutz- und Wasserflecken und den zerfetzten, eingerissenen Stoff. Er schluckte krampfhaft und nickte dann. Schließlich blickte er zu Monk auf, und der Ausdruck in seinen blauen Augen war ruhig und voller Entsetzen.

»Ich hole meinen Mantel.« Dann wandte er sich ab. Monk bemerkte, daß seine Hände ganz leicht zitterten, und die Haltung seiner Schultern war starr, als koste es ihn große Kraft, sich zu beherrschen und ruhig zu bleiben.

Sie nahmen einen Hansom und fuhren schweigend ihrem Ziel entgegen. Es gab nichts zu sagen, und keiner von ihnen versuchte, eine Unterhaltung in Gang zu bringen. Monk stellte fest, daß er mit einer fast an ein Gebet grenzenden Intensität hoffte, daß Niven keinen Anteil an Angus' Tod gehabt hatte. Je besser er den Mann kennenlernte, um so mehr mochte und bewunderte er ihn.

Vor Genevieves Haus stiegen sie aus, baten den Kutscher jedoch zu warten. Sie war vielleicht bei den Ravensbrooks, und in diesem Fall würden sie ihr dorthin folgen und sie sehr wahrscheinlich gleich darauf nach Hause bringen müssen.

Dies erwies sich jedoch als unnötig. Das Hausmädchen, das die Tür öffnete, erklärte, daß Mrs. Stonefield zu Hause sei, und als sie Niven erkannte, zögerte sie nicht, die beiden Herren einzulassen.

Monk bezahlte den Droschker und schickte ihn weg, bevor er Niven ins Haus folgte.

»Was ist passiert, Mr. Monk?« fragte Genevieve sofort, nachdem sie die Kinderfrau mit den Kindern fortgeschickt hatte. Ein Blick auf Nivens Gesicht hatte ihr klargemacht, daß die Neuigkeiten, die sie brachten, sehr ernster Natur sein mußten. »Sie haben Angus gefunden...«

»Nein.« Er würde ihr so schnell wie möglich alles erklären.

Wenn er es hinauszögerte, verschlimmerte er ihr Leiden nur. »Ich habe einige Kleider gefunden, von denen ich glaube, daß sie ihm gehört haben. Wenn es so ist und Sie das ohne Zweifel feststellen könnten, reicht das vielleicht, um die Polizei zum Eingreifen zu bewegen.«

»Ich verstehe.« Ihre Stimme war kaum ein Flüstern. »Erlauben Sie mir, die Sachen anzusehen.«

Niven trat näher an sie heran. Selbst in dieser schmerzlichen Stunde war er, wie Monk feststellte, nicht verlegen. Er zeigte keine Spur von Befangenheit. Vielleicht lag das daran, daß seine Gedanken ganz bei ihr waren und er keinen Platz für sich selbst darin hatte. Der Anblick des Mannes war auf seltsame Weise tröstlich, ein Hauch von Wärme in der eisigen Kälte.

Monk öffnete seine Tasche und zog die Jacke heraus. Es war nicht nötig, daß sie auch die Hose sah und das Blut, von dem sie durchtränkt war. Er rollte die Jacke auf und hielt sie hoch. Die blutbefleckte Schulter verdeckte er mit seiner Hand, so daß Genevieve sie nicht sehen konnte, und zeigte ihr nur die Innenseite der Jacke mit dem Namen des Schneiders.

Sie zog scharf die Luft ein und schlug die Hände vor den Mund.

»Ist das seine Jacke?« fragte Monk, obwohl er die Antwort bereits kannte.

Sie war unfähig zu sprechen, aber sie nickte, und ihre Augen füllten sich mit Tränen.

Ohne ein Wort legte Niven die Arme um sie, und sie drehte sich um und vergrub ihren Kopf an seiner Schulter.

Es gab nichts, was Monk hätte sagen oder tun können. Er packte die Jacke wieder ein, schloß die Tasche und ging, ohne noch ein Wort zu verlieren, ja sogar ohne das Hausmädchen zu bemühen, ihm die Tür zu öffnen.

Diesmal erhob die Polizei keine Einwände. Der Sergeant betrachtete die Jacke und die Hose mit einer Art grimmiger Befriedigung, und der Anflug eines Lächelns breitete sich auf seinem mageren Gesicht aus.

»Das war's dann also«, sagte er leise. Mit einem Kopfschütteln sah er sich den Blutfleck auf der Jacke an. »Armer Teufel!« Dann schob er die Kleidungsstücke an den Rand seines Schreibtisches und drehte sich um. »Jenkins!« rief er. »Jenkins! Kommen Sie rüber! Wir müssen einen Suchtrupp zusammenstellen und nach Caleb Stone Ausschau halten. Ich will ein halbes Dutzend Männer, die sich am Fluß auskennen. Außerdem sollten sie schnell laufen können und auf einen Kampf gefaßt sein. Kapiert?«

Von irgendwoher kam eine Antwort, auch wenn man den Sprecher nicht sehen konnte.

Der Sergeant sah wieder zu Monk auf.

»Jetzt kann ich etwas tun«, sagte er mit einem Nicken. »Diesmal kriegen wir ihn. Kann nicht sagen, daß er lange hinter Gittern bleiben wird, aber wir können ihm jedenfalls einen Mordsschrecken einjagen.«

»Ich begleite Sie«, bemerkte Monk.

Der Sergeant holte tief Luft, änderte dann aber seine Meinung. Vielleicht war ein weiterer Mann gar nicht so schlecht, vor allem, wenn es sich um einen handelte, der ein persönliches Interesse an der Sache hatte. Und vielleich verdiente Monk es ja auch.

»Also schön, Sie sind dabei«, meinte er. »Wir brechen in...«, er warf einen Blick auf seine Taschenuhr, ein hübsches Stück aus Silber von beträchtlicher Größe, »... in fünfzehn Minuten auf.«

Eine halbe Stunde später ging Monk die Wharf Road hinunter, und an seiner Seite befand sich Constable Benyon, ein hagerer junger Mann mit ernster Miene und langer gerade Nase. Der Wind blies ihnen ins Gesicht und roch nach Rauch, Feuchtigkeit und Abwässern. Sie hatten ihre Suche auf der Ostseite der Isle of Dogs begonnen, an der Grenze von Greenwich Reach und Blackwall Reach, und sie hatten Anweisung, dem Fluß am Nordufer stromabwärts zu folgen. Zwei andere Männer nahmen sich Limehouse vor und wieder zwei andere Greenwich und das Südufer. Der Sergeant selbst überwachte den Einsatz aus einem Hansom, der von Osten nach Westen fuhr. Ein weiterer Constable war dazu abkommandiert worden, den Fluß zu überqueren, um die beiden Polizisten aus Greenwich um zwei Uhr in der Crown and Scepter Tavern zu treffen, es sei denn, diese beiden verfolgten eine heiße Spur, in welchem Falle sie ihm eine Nachricht dort hinterlassen würden.

»Ich selbst denk' ja, wir finden ihn am ehesten flußabwärts«, sagte Benyon nachdenklich. »Eher in Blackwall oder auf den East India Docks. Sonst ist er sicher auf der anderen Seite. Ich an seiner Stelle hätt' mich in den Sümpfen versteckt.«

»Er glaubt nicht, daß wir ihm etwas anhaben können«, erwiderte Monk und zog die Schultern hoch, um sich gegen die Kälte, die vom Wasser aufstieg, zu schützen. »Hat mir selbst erzählt, daß wir niemals eine Leiche finden würden.«

»Vielleicht brauchen wir auch keine«, erwiderte Benyon, der sich gern eingeredet hätte, daß es so war.

Sie bogen von der Barque Street auf die Manchester Road ab und kamen an einer Gruppe von Hafenarbeitern vorbei, die auf dem Weg zur Fähre waren. An der Ecke stand ein einbeiniger Seemann und verkaufte Streichhölzer. Ein Mann, der unablässig Gebete herunterleierte, ging in Richtung Ship Street an ihnen vorbei, bog an der Ecke ab und verschwand.

»Reine Zeitverschwendung, das hier.« Benyon schnitt ein Gesicht. »Ich werd' mich mal am Cubitt-Town-Pier nach unserem Mann erkundigen. Das dürfte der beste Ausgangspunkt sein.«

Schweigend gingen sie an der Rice Mill und der Seysall Asphalt Company vorbei und bogen scharf nach rechts zum Pier hinunter ab. Die Schreie der Möwen übertönten grell das Rattern der Wagenräder und die lauten Rufe der Schauerleute mit ihren schweren Lasten, den Singsang der Kahnführer und Treidelknechte und das endlose Klatschen und Platschen der Flut.

Monk hielt sich im Hintergrund, um Benyon nicht bei seiner Arbeit zu stören. Das war sein Gebiet, und er kannte die Leute und wußte, was zu tun war.

Nach einigen Minuten kehrte Benyon zu ihm zurück.

»Ist heute nicht hiergewesen«, sagte er, als hätte er nichts anderes erwartet.

Monk war ebenfalls nicht überrascht. Er nickte, und gemeinsam gingen sie über die Manchester Road, vorbei am Millwall Wharf, am Plough Wharf bis zur Davis Street, wo sie zuerst nach rechts und dann nach links auf die Samuda Street einbogen. Sie kehrten auf ein Bier in der Folly Tavern ein, und dort erfuhren sie endlich etwas Neues über Caleb Stone. Niemand gab zu, ihn in den vergangenen Tagen zu einem bestimmten Zeitpunkt gesehen zu haben, aber eine kleine Ratte von einem Mann mit einer langen Nase und einem Glasauge folgte ihnen aus der Taverne und erzählte Benyon verstohlen und natürlich zu einem gewissen Preis, daß Caleb einen Freund in einem Mietshaus auf der Quixley Street habe, einer Seitenstraße der East India Dock Road, ungefähr eine dreiviertel Meile entfernt.

Benyon gab dem Mann eine halbe Krone, woraufhin dieser beinahe augenblicklich auf der anderen Seite der Gasse verschwand.

»Bringt uns das irgendwie weiter?« fragte Monk zweifelnd.

»O ja«, antwortete Benyon voller Überzeugung. »Sammy ist uns wegen ein, zwei Geschichten auf Gedeih und Verderb ausgeliefert. Er würde mich nicht belügen. Wir sollten besser den Sergeant suchen. Wir brauchen mindestens ein halbes Dutzend Leute für diese Sache. Wenn Sie die Quixley Street kennen würden, wüßten Sie, warum.«

Sie brauchten länger als eine halbe Stunde, um das Polizistenduo aus Limehouse zu finden und anschließend zu fünft, einschließlich des Sergeants, in die Quixley Street zu gehen, eine schmale Durchgangsstraße, die kaum hundert Meter lang war und in das Güterdepot der Great Northern Railway am ersten East India Dock führte. Zwei Männer wurden in die hinter dem bewußten Mietshaus verlaufende Harrap Street geschickt, Benyon in die Scamber Street, die an dessen Seite grenzte. Der Sergeant nahm Monk mit zur Vorderfront des Gebäudes.

Es war ein großes, viergeschossiges Haus mit schmalen, schmutzigen Fenstern, von denen einige gesprungen oder zerbrochen waren. Auf den dunklen Backsteinen zeichneten sich Wasser- und Rußflecken ab, aber nur einer der hohen Schornsteine rauchte und wehte eine feine grauschwarze Rußfahne in die kalte Luft.

Monk spürte einen Schauder der Erregung trotz des Schmutzes und des Elends, die ihn umgaben. Wenn Caleb Stone wirklich hier war, würden sie ihn in wenigen Minuten haben. Er wollte ihn von Angesicht zu Angesicht sehen, wollte diese außergewöhnlichen grünen Augen beobachten, wenn ihm klarwürde, daß er geschlagen war.

Im Hauseingang lag ein Mann, der entweder betrunken war oder schlief. Er hatte sich seit mehreren Tagen nicht rasiert und konnte nur mit Mühe atmen. Der Sergeant trat über ihn hinweg, und Monk folgte ihm.

Im Innern des Hauses roch es nach Moder und abgestandenem Schmutzwasser. Der Sergeant drückte die Tür des ersten Raums auf. Dahinter saßen drei Frauen, die Seile aufwickelten. Ihre Finger waren schwielig und geschwollen, einige rot von eitrigen Entzündungen. Ein halbes Dutzend Kinder in verschiedenen Stadien der Nacktheit spielte auf dem Fußboden. Ein Mädchen von etwa fünf Jahren trennte die Nähte an einem Stück Stoff auf, das bis vor kurzem wahrscheinlich ein Kleidungsstück gewesen war. Das Fenster war mit Brettern vernagelt. Eine einzige Kerze kämpfte gegen die Düsternis an. Es war bitter kalt. Caleb Stone war offensichtlich nicht hier.

Im nächsten Raum bot sich ihnen ein ähnliches Bild.

Monk sah den Sergeant an, aber sein grimmiger Blick brachte alle Zweifel zum Verstummen.

Auch der dritte und vierte Raum brachte sie nicht weiter. Sie stiegen die wackelige Treppe hinauf und prüften jede einzelne Stufe, bevor sie mit ihrem ganzen Gewicht darauf traten. Die Stufen schaukelten beunruhigend hin und her, und der Sergeant fluchte leise.

Im ersten Raum des nächsten Stockwerks befanden sich zwei Männer, die beide ihren Rausch ausschliefen, aber keiner von ihnen war Caleb Stone. Das zweite Zimmer beherbergte eine Prostituierte und einen Kahnführer, der ihnen die unflätigsten Beleidigungen nachrief, als sie sich zurückzogen. Im dritten

Raum lag ein alter Mann im Sterben, und eine Frau, die sich langsam hin und her wiegte, hockte neben ihm und jammerte.

Der dritte Stock war voll von Frauen, die Hemden nähten; sie hielten die Köpfe gesenkt, und ihre Augen mühten sich ab, etwas zu sehen, während ihre Finger mit der Nadel über den Stoff glitten, um den Faden durch das Gewebe zu ziehen. Ein Mann mit einem Kneifer auf der Nase funkelte den Sergeant wütend an und zischte ihm zornige Worte zu, während er ihm mit dem Finger drohte wie eine Schullehrerin. Monk juckte es in allen zehn Fingern, ihn zu schlagen, weil das, was der Man tat, ungeheuer grausam war, aber er wußte, daß damit niemandem geholfen wäre. Ein einzelner armseliger Akt von Gewalt würde keine dieser Frauen aus den Fängen der Armut befreien. Und er war hinter Caleb Stone her, nicht hinter einem erbärmlichen Ausbeuter.

In dem ersten Raum im obersten Stockwerk fanden sie einen Einarmigen, der vorsichtig ein Pulver in eine Waagschale schüttete. Im nächsten Raum spielten drei Männer Karten. Einer von ihnen hatte dünnes graues Haar und einen gewaltigen Bauch, der sich über seinen Hosenbund wölbte. Der zweite war kahl und trug einen roten Schnurrbart. Der dritte war Caleb Stone.

Als der Sergeant die Tür öffnete, sahen sie erschrocken auf. Einen Augenblick lang herrschte Schweigen, angespanntes, eisiges Schweigen. Der fette Mann rülpste.

Der Sergeant machte einen Schritt nach vorn, und in diesem Augenblick erst sah Caleb Stone Monk. Vielleicht war es ein Ausdruck von Triumph in Monks Gesicht, vielleicht erkannte er auch den Sergeant. Er sprang auf, stürzte auf das Fenster zu und warf sich mit einem klirrenden Splittern von Glas hinaus.

Der dicke Mann rollte sich auf allen vieren herum und griff Monk an. Monk hob das Knie und erwischte seinen Gegner am Kiefer, so daß dieser blutspuckend zurücktaumelte. Der andere Mann kämpfte mit dem Sergeant, wobei sie sich vorwärts und rückwärts durch den Raum bewegten.

Monk lief zum Fenster, schlug den Rest des Glases aus dem Rahmen und lehnte sich hinaus, wobei er hoffte, ja fast erwartete, Caleb mit gebrochenen Gliedern vier Stockwerke tiefer auf dem Pflaster liegen zu sehen.

Aber er hatte die Drehungen und Wendungen der Treppen nicht bedacht. Sie befanden sich im hinteren Teil des Gebäudes, und nicht mehr als vier Meter unter ihm lag das Dach eines hohen Holzschuppens. Caleb rannte darüber hinweg, flink wie ein Tier, und steuerte die gegenüberliegende Seite des Gebäudes und ein halboffenes Fenster an.

Monk schwang sich über die Fensterbank und sprang ihm hinterher. Nach einem Aufprall, der sämtliche Knochen in seinem Leib erschütterte, kam er gleich wieder auf die Füße und stürzte hinter Caleb her. Das Dach des Schuppens vibrierte unter seinem Gewicht.

Caleb drehte sich einmal kurz um, den breiten Mund zu einem Grinsen verzogen, bevor er durch das Fenster sprang und dahinter verschwand.

Monk folgte ihm und fand sich abermals in einem kalten, engen Raum wieder, in dem drei alte Männer mit Flaschen in den Händen saßen, und ein Kohleofen den Geruch von Ruß verströmte.

Caleb riß die Tür auf, jagte durch den Flur, und Monk hörte seine Schritte durchs Treppenhaus hallen. Er setzte ihm nach, stolperte auf der vierten oder fünften Stufe, die zerbrochen war, und fiel das restliche halbe Dutzend hinunter. Die Landung war schmerzhaft, und um ein Haar hätte er sich den Kopf an einem der Pfosten angeschlagen. Er hörte noch Calebs Lachen, als dieser einen Stock tiefer weiter die Treppe hinunterstolperte.

Außer sich vor Zorn und Schmerz raffte er sich wieder auf und rannte so schnell er konnte Caleb hinterher. Er kam gerade noch rechtzeitig, um dessen Rücken zu sehen, als er durch die Tür hinaus auf die Prestage Street stürmte – in Richtung Brunswick Street, die bis hinunter zum Fluß führte, bis zum Ashton Wharf und den Blackwall Stairs.

Wo zum Teufel waren die anderen Constables? Monk schrie, was seine Lungen hergaben.

»Benyon! Brunswick Street!«

Sein Ellbogen und seine Schulter, mit denen er bei seinem Sturz an die Wand geprallt war, schmerzten, und einer seiner Knöchel pochte, aber er jagte über den Gehsteig und rannte eine alte Frau um, die ein Kleiderbündel trug und fest entschlossen war, ihm nicht aus dem Weg zu gehen. Er schleuderte sie – unbeabsichtigt, da er sicher gewesen war, daß sie ihm Platz machen würde – gegen die Wand. Ihr Körper fiel schwer und weich zu Boden, wie ein Sack Hafer. Sie schrie ihm eine Reihe von Flüchen nach, die er eher von einem Kahnführer erwartet hätte.

Caleb war verschwunden.

Monk hatte sich mittlerweile wieder gefangen und lief weiter. Irgend jemand rannte mit wehenden Rockschößen die Harrap Street entlang. Es mußte einer der Constables sein.

Monk stürmte um die Straßenecke und sah Caleb ohne Anstrengung nicht weit vor sich herlaufen, mit beinahe tänzerischer Eleganz; schließlich drehte er sich um und winkte ihm mit lachender Miene zu. Dann hastete er weiter Richtung Fluß.

Monk beschleunigte seine Schritte, seine Lungen wollten schier zerreißen, und sein Herz raste. Es war lange her, seit er das letzte Mal einen Mann zu Fuß verfolgen mußte – und dies eine schlechte Gelegenheit, um das festzustellen.

Der Constable holte ihn ein und ließ ihn schon bald hinter sich. Caleb war immer noch zwanzig Meter vor ihnen; ihn schien die Verfolgungsjagd keine besondere Kraft zu kosten, denn ab und zu machte er wie zum Spott einen Luftsprung. Sie hatten die Abzweigung zur Leicester Street hinter sich gelassen und näherten sich jetzt der Norfolk Street. Was war Calebs Ziel?

Caleb lief an der Einmündung zur Russell Street vorbei, und jetzt lagen nur noch der Hafen und die Treppen vor ihm! Ein verrückter Gedanke schoß Monk durch den Kopf. Wollte er in den Fluß springen? Selbstmord? Viele Männer würden das dem Seil des Henkers vorziehen. Monk war einer von ihnen.

In diesem Fall würde er auf den Kai zusteuern, nicht auf die Treppen.

Es war bereits mitten am Nachmittag, und das Licht wurde schwächer. Ein fahles Grau kroch vom Fluß die Ufer hinauf und raubte allem seine ohnehin nur geringe Farbe. Der Nebel dämpfte Calebs dahineilende Schritte, während er über die Steine auf den Fluß und die Treppe zulief, die zum Wasser hinunterführte. Der Constable war nur noch ein paar Meter hinter ihm.

Monks Atem ging stoßweise, aber der Schmerz in seinem Knöchel ließ langsam nach.

Caleb verschwand die Treppe hinunter, der Constable ebenfalls. Dan hörte man einen Schrei und einen schweren Aufprall auf dem Wasser, gefolgt von einem Angstschrei, der beinahe sofort erstickt wurde.

Monk war gerade am Rand der Mauer angekommen, als ein zweiter Constable hinter ihm auftauchte.

Caleb stand breitbeinig, selbstsicher, lachend und mit zurückgeworfenem Kopf auf der Treppe. Der Constable schlug im Wasser um sich und war im Begriff unterzugehen, denn seine schweren Kleider und seine Stiefel zogen ihn in die Tiefe.

»Er wird ertrinken!« rief Caleb, den Blick auf Monk geheftet. »Sie sollten ihn besser rausziehen! Sie können ihn schließlich nicht krepieren lassen, Mr. Selbstgerecht!«

Ungefähr zehn Meter vom Ufer entfernt trieb ein Lastkahn im Wasser, der erste von einer Reihe von Kähnen, die sich langsam mit der hereinkommenden Flut flußaufwärts bewegten. Sie waren schwer mit dunkel verhüllten Ballen beladen und lagen tief im Wasser. Der Kahnführer am Heck sah den Mann im Wasser und warf die Hände bedauernd hoch. Er konnte die Geschwindigkeit seines Bootes nicht bremsen. Hinter ihm kamen noch ein Dutzend andere wie Eisenbahnwaggons.

Monk zögerte nur eine Sekunde lang. Der Constable war am Ertrinken. Sein Gesicht war weiß vor Entsetzen. Er konnte nicht schwimmen, und seine panische Angst würde ihn umbringen. Am Ufer lag eine Holzlatte. Monk warf sie ins Wasser und wartete gerade lange genug, um festzustellen, daß sie auf der Oberfläche trieb.

Diese eine Sekunde war genug. Caleb stürmte die Treppe wieder hinauf und stieß ihn zur Seite. Dann rannte er flußaufwärts auf das Artichoke zu, das etwa fünfzig Meter entfernt lag.

Der zweite Constable kam jetzt heran und machte Anstalten, Caleb zu verfolgen und es Monk zu überlassen, den Mann aus dem Wasser zu ziehen.

»Holen Sie ihn raus!« rief Monk und wies mit einer ruckartigen Armbewegung die Treppe hinunter und auf das Wasser, bevor er auf dem Absatz kehrtmachte und Caleb nachsetzte.

Der Constable keuchte atemlos, sah seinen Kollegen im Wasser um sich schlagen und nach dem Holz greifen; er zögerte nicht länger, sondern rannte die Stufen hinunter, um ihm zur Hilfe zu kommen.

Monk jagte über das harte Pflaster hinter Caleb her, der plötzlich die Richtung änderte, als wolle er zur Vorderseite, zum Eingang der Taverne laufen. Warum? Hatte er Freunde dort? Verstärkung vielleicht? Er konnte kaum hoffen, ein halbes Dutzend Polizeibeamte aufhalten zu können! Durch den hinteren Teil des Hauses gab es kein Entrinnen – von dort aus fiel das Ufer steil zum Fluß hin ab.

Monk war nur fünfzehn Meter hinter ihm.

Da plötzlich änderte Caleb erneut die Richtung und beschleunigte das Tempo; diesmal rannte er direkt auf den Fluß zu. Er würde sich also doch umbringen. Er rannte noch schneller und setzte von der Uferböschung aus zu einem gewaltigen Sprung an. Erst da wurde Monk klar, was er wirklich vorhatte. Die Reihe der Lastkähne war nur knapp fünf Meter vom Ufer entfernt. Er landete ein wenig unbeholfen auf allen vieren auf den Stoffballen und wäre beinahe zur anderen Seite hin wieder über Bord gegangen, aber er hatte es geschafft, und der Kahn trug ihn bereits über das Wasser davon.

Mit mehr Wut als Vernunft trat Monk ein paar Schritte zurück, um Anlauf nehmen zu können, und wagte dann ebenfalls einen tollkühnen Sprung.

Mit einem Aufprall, der ihm fast die Sinne raubte, landete er auf dem dritten Kahn. Er bekam kaum noch Luft, und es dauerte einige Sekunden, bevor er auch nur daran denken konnte aufzustehen. Als er es schließlich schaffte, waren seine Hände aufgeschürft, und es fiel ihm schwer, seine Lungen zu dehnen und die feuchte Luft einzuatmen. Er konnte die undeutliche Gestalt des Kahnführers sehen, aber den Sergeant, der rufend und gestikulierend am Ufer stand, nahm er kaum wahr. Er fluchte, und sein Gesicht war vor Zorn verzerrt. Er versuchte jedenfalls nicht zu verstehen, was der andere sagte. Er hatte nur einen einzigen Gedanken – an Caleb heranzukommen.

Er straffte sich und ging nach vorn, wobei er mit den Armen ruderte, um auf dem nassen Segeltuch nicht den Halt zu verlieren.

Die Kähne fuhren dicht hintereinander, aber zwischen dem Bug des einen und dem Heck des anderen Kahns lagen immer noch mehrere Meter dunklen, schmutzigen Flußwassers. Wenn er fiel, würde er zwischen die beiden Boote geraten und dort sein sicheres Ende finden.

Caleb befand sich auf dem ersten Kahn und hatte sich jetzt Monk zugewendet, wobei er spöttisch auf und ab hüpfte. Er legte die Hände um den Mund, damit Monk ihn besser verstehen konnte.

»Na komm doch!« brüllte er. »Komm und hol mich! Kommen Sie schon, Herr Polizist! Ich habe Angus getötet, oder? Ich habe ihn zerstört! Er ist für immer von uns gegangen! Fertig! Keine eleganten Kleider mehr, keine tugendhafte Frau am Kamin mehr! Kein Gottesdienst am Sonntag und kein ›Ja, Sir‹, ›Nein, Sir‹, ›Bin ich nicht ein guter Junge, Sir‹.« Er verschränkte die Arme über der Brust und riß sie dann plötzlich weit auseinander. »Tot!« rief er. »Ausgelöscht für alle Zeit! Sie werden ihn niemals finden. Niemand wird ihn finden, nie! Nie!«

Monk ging auf ihn zu, stolperte über die Leinwandhaufen, geriet ins Taumeln und gewann das Gleichgewicht zurück, bevor er zu einem gewagten Sprung über das dunkle Wasser auf den vor ihm schwimmenden Kahn ansetzte, wo er auf allen vieren landete und sich Hände und Knie erneut aufschürfte. Er raffte sich wieder auf, ohne an den Schmerz oder die Gefahr zu denken.

Der Kahnführer brüllte ihm irgend etwas zu, aber er schenkte ihm keine Beachtung.

Sie hatten den Eingang von Blackwall zum Südhafen passiert, vor ihnen lag der Cubitt-Town-Pier, dann machte der Fluß eine Biegung um die Isle of Dogs. Er konnte die Lichter von Greenwich auf der anderen Seite nicht mehr sehen. Der Nebel und die Dunkelheit wurden dichter. Die Sümpfe am linken Ufer bildeten eine undeutliche Silhouette. Es waren auch andere Boote auf dem Fluß, aber er sah sie nur aus den Augenwinkeln.

Er sprang gerade rechtzeitig auf den ersten Kahn, um noch sehen zu können, wie Caleb anscheinend das Gleichgewicht verlor, auf seinen Knien landete und dann auf der anderen Seite verschwand. Kurz darauf hörte Monk sein Lachen, das vom Wasser kam, und gerade als er selbst am Rand des Kahns angelangt war, stieß ein Ruderboot ab, in dem ein Mann an den Rudern saß und ein anderer sich scheinbar in Todesangst in den Bug kauerte.

Monk stieß einen wilden Fluch aus. Dann fuhr er zu dem Kahnführer herum, obwohl er wußte, daß es sinnlos war. Der Mann hatte nicht die geringste Chance, den Kurs zu ändern. Die schwerbeladenen Kähne waren aneinandergebunden und fuhren mit der Flut stromaufwärts.

»Monk!«

Woher kam die Stimme?

»Monk! Springen Sie, Mann!«

Dann sah er das zweite Ruderboot mit dem Sergeant und einem anderen Constable darin. Ohne auch nur eine Sekunde zu zögern, sprang er, und als er in dem Boot landete, schaukelte es so heftig hin und her, daß es beinahe gekentert wäre. Der Constable an den Riemen fluchte leise. Der Sergeant packte ihn rauh und drückte ihn auf die Planken, so daß sich das Boot wieder stabilisieren und Fahrt aufnehmen konnte.

»Hinterher!« rief der Sergeant überflüssigerweise.

Sie saßen schweigend da, Monk immer noch halb in sich zusammengesunken. Der Constable legte sich für einige Schläge mit all seinem Gewicht in die Riemen, so daß das Boot kurz gierte und hüpfte, dann aber in ein gleichmäßiges Tempo verfiel und Fahrt zulegte.

Es war jetzt fast völlig dunkel. Es war Spätnachmittag, und

der bewölkte Himmel verschlang auch noch den letzten Rest von Licht. Der sich über den Fluß ausbreitende Nebel verzerrte alles. Man hörte den schaurigen Klang von Nebelhörnern. Die Lichter eines Klippers tauchten auf, schemenhaft schob sich ein düsteres Rigg wie eine Reihe gigantischer Bäume an ihnen vorbei. Im Kielwasser des Seglers wurden sie grob durchgerüttelt.

»Wo steckt der Bastard?« stieß der Sergeant zwischen den Zähnen hervor, während er angestrengt in die Finsternis spähte. »Ich kriege dieses Schwein, und wenn es das letzte ist, was ich tue!«

»Bugsby's Sümpfe«, antwortete Monk, der seine Beine streckte, um sich ordentlich hinsetzen zu können. »Ich wette, er fährt flußabwärts.«

»Warum?«

»Er muß wissen, daß wir Männer in Greenwich haben und Leute, die uns verraten würden, wo er hingegangen ist. Aber er kennt sich in den Sümpfen aus, wir nicht. Wenn er erst am Ufer ist, werden wir ihn niemals kriegen, schon gar nicht in der Dunkelheit.«

Der Sergeant fluchte.

Der Constable legte sich noch kräftiger in die Riemen, seine Rückenmuskeln spannten sich, und auf seinen Händen zeigten sich die ersten Blasen. Das Boot schoß durch die sich dunkel dahinwälzende Flut.

Das Ufer ragte vor ihnen auf, bevor sie damit gerechnet hatten. Es waren keine Lichter zu sehen, nur Schlamm, der den letzten Rest von Tageslicht schluckte. Und das einzige Geräusch, das sie hörten, war das leise Wispern des ansteigenden Wassers im Schilfgras.

Monk kroch vorwärts und sprang ans Ufer, wo er sogleich bis zu den Waden im Sumpf steckte. Es kostete ihn überraschend viel Mühe, sich aus seinem eiskalten, saugenden Griff zu befreien.

Aber zwanzig Meter weiter flußabwärts entdeckte er auf einem weniger morastigen Abschnitt des Ufers eine andere Gestalt und die schwarzen Umrisse eines Bootes, das sich vom Ufer entfernte, als hätte es den Teufel persönlich dort abgesetzt und wäre nur noch von dem einen Gedanken beseelt, seine Rettung in der Flucht zu suchen.

Der Constable war hinter ihm an Land gesprungen und verfluchte den Sumpf. Gemeinsam stapften sie durch den morastigen Grund festerem Boden entgegen und mühten sich mit der Verfolgung Calebs ab, der bereits zu rennen versuchte.

Niemand verausgabte sich mit überflüssigem Rufen. Die Männer rannten wortlos durch den immer dichter werdenden Nebel. Der Sergeant bildete das Schlußlicht, verbissen und wild entschlossen; er lief ein wenig landeinwärts und trieb Caleb auf die Landspitze zu, um ihm den Rückweg nach Greenwich abzuschneiden.

Es waren noch einmal fünfzehn Minuten erschöpfender Verfolgungsjagd notwendig, bis sie Caleb endlich mit dem Rücken zum Fluß in die Enge getrieben hatten, so daß ihm nichts mehr übrigblieb als aufzugeben.

Er hob seine behandschuhten Hände hoch über den Kopf. Sein Gesicht war in der Dunkelheit nicht mehr zu sehen, aber Monk konnte sich, als er seine Stimme hörte, vorstellen, welchen Ausdruck es gezeigt hatte.

»Also schön! Holt mich!« brüllte er. »Bringt mich in euren schäbigen, kleinen Gerichtssaal zu eurer Farce von einer Gerichtsverhandlung! Wessen wollt ihr mich anklagen? Es gibt keine Leiche! Keine Leiche!« Und mit diesen Worten warf er den Kopf in den Nacken und brach in höhnisches Gelächter aus. Es hallte über das dunkle Wasser und wurde schließlich vom Nebel verschluckt. »Ihr werdet niemals eine Leiche finden – ihr Narren!«

Achtes Kapitel

Der Sergeant zögerte nicht einen Augenblick, Caleb wegen des Mordes an Angus Stonefield festzunehmen. Als jedoch der Anwalt der Krone mit dem Fall betraut wurde, trat das ganze Ausmaß der Schwierigkeiten zutage. Er hatte sich mit den Beweisen, die ihm vorlagen, befaßt und schickte dann mitten am Tag nach Oliver Rathbone.

»Nun?« fragte er, als Rathbone sich mit den Einzelheiten vertraut gemacht und auch die Geschichte von Calebs Verhaftung gehört hatte. »Hat es denn überhaupt Sinn, ihn vor Gericht zu bringen? Ja, haben wir bei Lichte betrachtet überhaupt genug Beweise für eine Anklage?«

Rathbone dachte eine Weile darüber nach, bevor er antwortete. Es war ein selten schöner, heller Wintertag, und die Sonne schien durch die langen Fenster.

»Ich verfüge über gewisse Kenntnisse bezüglich dieses Falles«, sagte er nachdenklich, während er seine Beine übereinanderschlug und die Fingerspitzen aneinanderlegte. »Monk hat mich vor einiger Zeit aufgesucht, um sich zu erkundigen, was notwendig sei, um einen Mann für tot erklären zu lassen. Er handelte im Auftrag von Mrs. Stonefield.«

Der Staatsanwalt zog die Augenbrauen hoch. »Interessant«, murmelte er.

»Eigentlich nicht«, erwiderte Rathbone. »Die arme Frau war innerlich davon überzeugt, daß ihr Mann von seinem Bruder getötet wurde, und verständlicherweise wollte sie sich in eine Position bringen, in der es ihr möglich war, jemanden einzustellen, der das Geschäft weiterführte, bevor es durch Stonefields Abwesenheit ernsten Schaden nahm.«

»Also, was wissen Sie, das uns in diesem Fall weiterbringen könnte?« Der Staatsanwalt lehnte sich auf seinem Stuhl zurück und sah Rathbone mit ruhigem Blick an. »Ich bin geneigt zu glauben, daß Stone seinen Bruder getötet hat. Ich würde ihn nur allzugern dafür zur Rechenschaft ziehen, aber der Teufel soll mich holen, wenn ich einen Fall vor Gericht bringe, den wir nicht gewinnen können; das einzige, was dann passiert, ist, daß der widerwärtige Kerl wie ein Unschuldslamm dasteht und wir uns zum Gespött der Leute machen.«

»Ja, tatsächlich«, stimmte Rathbone ihm von ganzem Herzen zu. »Es wäre gräßlich, ihn wegen Mangels an Beweisen freisprechen zu müssen. Wenn dann die Leiche irgendwann auftaucht und wir einen Beweis für seine Schuld haben, könnten wir nicht mehr das geringste in dieser Angelegenheit unternehmen. Das ist das Schlimme – wir haben nur einen Schuß frei. Er muß ins Schwarze treffen, denn eine zweite Chance gibt es nicht.«

»Wenn man bedenkt, daß die beiden Männer als Kinder Mündel von Lord Ravensbrook waren, könnte es sein, daß der Fall einige Aufmerksamkeit erregt«, fuhr der Staatsanwalt fort. »Trotz der höchst schändlichen Art und Weise, wie Stone derzeit lebt. Es wird interessant sein zu sehen, wer ihn verteidigt.« Er seufzte. »Falls sich die Notwendigkeit für eine Verteidigung ergibt.«

»Der elende Kerl hat zugegeben, seinen Bruder getötet zu haben«, sagte Rathbone grimmig. »Hat sogar damit geprahlt.«

»Es wird trotzdem eine sehr knappe Sache. Wir haben keine Leiche, keinen endgültigen Beweis für den Tod des Bruders …«

»Aber jede Menge Indizien«, wandte Rathbone ein und beugte sich vor. »Man hat sie am Tag von Stonefields Verschwinden zusammen gesehen, hat sogar beobachtet, wie sie sich stritten. Stonefields zerrissene und blutbefleckte Kleider sind gefunden worden, und niemand hat ihn seither wieder zu Gesicht bekommen.«

Der Staatsanwalt schüttelte den Kopf. »Trotzdem ist es möglich, daß er irgendwo steckt – gesund und munter!«

»Wo?« wollte Rathbone wissen. »Vielleicht ist er auf ein Schiff gegangen und nach China oder Indien gesegelt?«

»Oder nach Amerika.«

»Aber von einem Kai am Londoner Hafen flußabwärts zu welcher Zeit?« argumentierte Rathbone. »Wenn er nach Amerika wollte, wäre es sinnvoller gewesen, in Liverpool oder Southampton ein Schiff zu nehmen. Und da wir gerade dabei sind, wann wurde er zuletzt gesehen? War das bei Ebbe oder bei Flut? Bei Flut könnte er kein Schiff bestiegen haben, es sei denn, er hätte wieder nach London gewollt. Und warum sollte er das tun? Er hatte nichts zu gewinnen und alles zu verlieren.« Er lehnte sich wieder auf seinem Stuhl zurück. »Nein. Sie werden die Geschworenen niemals davon überzeugen können, daß er einfach die Flucht ergriffen hat. Wovor? Er hatte keine Schulden, keine Feinde, keine Probleme wegen eines Skandals oder etwas in der Art. Nein, er ist tot, der arme Teufel. Wahrscheinlich begraben in einem der Gemeinschaftsgräber der Typhusopfer in Limehouse.«

»Dann beweisen Sie es«, sagte der Staatsanwalt grimmig. »Wenn Calebs Rechtsanwalt sein Geld wert ist, steht Ihnen eine schwierige Aufgabe bevor, Rathbone, eine sehr schwierige Aufgabe. Aber ich wünsche Ihnen viel Glück.«

Als Rathbone in die Vere Street zurückkehrte, wartete Monk dort bereits auf ihn. Er sah mitgenommen aus. Seine Kleidung war so tadellos wie immer, und er war frisch rasiert, aber sein Gesicht wirkte abgehärmt, als litte er an einer Krankheit oder hätte nicht geschlafen. Als er aufstand, um Rathbone, ohne auf dessen Erlaubnis zu warten, in sein Büro zu folgen, bewegte er sich, als befände er sich im letzten Stadium von Rheumatismus. Rathbone hatte, was diesen Mann betraf, sehr zwiespältige Gefühle, aber er hatte ihm niemals etwas Böses gewünscht … Etwas Mäßigung, was Arroganz und Selbstüberschätzung betraf, vielleicht, aber nicht das hier. Es ging ihm stärker unter die Haut, als er erwartet hatte.

»Schließen Sie die Tür«, bemerkte er überflüssigerweise. Monk war gerade dabei, eben dies zu tun, und blieb einen Augenblick davor stehen, um Rathbone zuzusehen, wie dieser um den Schreibtisch herumging und dahinter Platz nahm. »Sie haben Caleb Stone, ich weiß. Ich komme gerade aus dem Büro des Anwalts der Krone. Es würde uns sehr helfen, wenn wir mehr Beweise hätten.«

»Das weiß ich!« sagte Monk heftig, während er sich von der Tür entfernte und unter offensichtlichen Schmerzen auf dem Stuhl auf der anderen Seite des Schreibtisches Platz nahm. »Vielleicht rafft die Polizei sich jetzt ja zu einer ordnungsgemäßen Suche auf und findet den Leichnam. Ich schätze, sie werden weiter den Fluß in Augenschein nehmen. Das ist etwas, das ich mit den Mitteln, die mir zur Verfügung stehen, kaum selbst tun könnte. Obwohl sie, nachdem soviel Zeit vergangen ist, schon Glück haben müssen, um überhaupt etwas zu finden. Und sie können natürlich die Greenwich- und Bugsby-Sümpfe durchkämmen. Für jemanden von Angus Stonefield Ansehen würde es sich ihrer Meinung nach wahrscheinlich lohnen.«

»Sie könnten es auch lohnend finden, einen Schuldspruch zu erwirken, jetzt, da sie eine Verhaftung vorgenommen haben«, sagte Rathbone mit dem Anflug eines Lächelns. »Sie haben sich schon ziemlich weit vorgewagt. Es würde ihnen gar nicht gefallen, Caleb Stone wieder freilassen zu müssen. Er würde für jeden Schurken von Wapping bis nach Woolwich als Held dastehen. Aber das wissen Sie ja besser als ich.«

»Was hält er von der ganzen Sache?«

»Der Anwalt der Krone?« Rathbone hob die Augenbrauen. »Eine Chance, aber er ist nicht besonders optimistisch. Wie wär's mit einer Tasse Tee? Sie... sehen...« Er zögerte, weil er nicht wußte, wie deutlich er werden konnte.

»Nein – ja.« Monk zuckte die Achseln. »Tee hilft mir auch nicht weiter.« Er machte Anstalten, sich zu erheben, schien zu unruhig, noch länger zu warten, aber andererseits fiel jede Bewegung ihm so schwer, daß er sich doch wieder auf den Stuhl fallen ließ.

»War es eine harte Verfolgungsjagd?« fragte Rathbone mit einem trockenen Lächeln.

Monk zuckte zusammen. »Sehr.«

Rathbone zog an der Klingelschnur, und als der Sekretär erschien, bestellte er Tee.

»Ich hätte gern eine Tasse, auch wenn Sie keinen wollen. So, jetzt erzählen Sie mir, weshalb Sie hier sind. Sie sind doch sicher nicht gekommen, um von mir zu hören, wie der Staatsanwalt den Fall einschätzt.«

»Nein«, stimmte Monk ihm zu, sprach dann aber nicht weiter.

Rathbone spürte, wie ihm innerlich kalt wurde. Es mußte schon etwas sehr Schlimmes passiert sein, um Monk so zu treffen. Er hatte in zwanzig Minuten seinen nächsten Termin. Er konnte sich keine Verzögerung leisten, und doch wußte er, daß Ungeduld taktlos gewesen wäre, und er wollte die Last des anderen Mannes, worin sie auch immer bestehen mochte, nicht noch vergrößern.

Vielleicht spürte Monk die Ruhelosigkeit seines Gegenübers. Er blickte plötzlich auf, als hätte er einen Beschluß gefaßt. Sein Kiefer verkrampfte sich, und ein Muskel an seiner Schläfe zuckte. Die Worte kamen mit einer angespannten, gleichmäßigen und sorgsam kontrollierten Monotonie über seine Lippen, als wage er es nicht, irgendwelche Gefühle durchscheinen zu lassen, weil ihm dann alles entglitten wäre.

»Ich habe vor einiger Zeit die Bekanntschaft einer Frau gemacht, ganz zufällig auf der Treppe der Geographischen Gesellschaft in der Sackville Street. Wir haben uns näher kennengelernt, und ich habe sie danach mehrere Male getroffen. Sie war charmant, intelligent, voller Witz und Begeisterungsfähigkeit.« Seine Stimme war noch immer ausdruckslos und konzentriert. »Sie hat auch Interesse am Fall Stonefield bekundet – ich war ja gerade auf der Suche nach einer Spur von Angus Stonefield. Um es kurz zu machen – wir sind neulich abends durch Soho geschlendert und haben nach Orten Ausschau gehalten, an denen entweder Angus oder Genevieve Stonefield sich zu einem verbotenen Rendezvous mit irgend jemandem hätten treffen können. Natürlich haben wir nichts gefunden. Ich weiß nicht, ob überhaupt einer von uns beiden etwas in der Art erwartet hat. Es war ein fröhlicher Abend, fern der gesellschaftlichen Zwänge für sie und des Elends, der Armut und des Verbrechens für mich.«

Rathbone nickte, unterbrach ihn aber nicht. Das Ganze hörte sich völlig natürlich an. Er hatte keine Ahnung, was nun kommen würde.

»Ich habe sie in einem Hansom nach Hause begleitet…« Monk hielt inne, sein Gesicht war fahl.

Rathbone versuchte nicht, das Schweigen zu durchbrechen.

»Wir kamen an der North Audley Street vorbei und mußten das Tempo drosseln, weil in einem der großen Häuser dort irgendeine große Gesellschaft stattgefunden hatte und die Gäste gerade aufbrachen. Plötzlich riß sie sich das Mieder ihres Gewands auf, starrte mich mit tiefstem Haß an, kreischte und warf sich aus der fahrenden Droschke. Sie fiel mit dem Gesicht nach unten auf die Straße, erhob sich mühsam und rannte davon und schrie die ganze Zeit, ich wäre über sie hergefallen.«

Es war völlig absurd, aber es war auch nicht völlig neu für Rathbone. Er hatte schon früher von hysterischen Frauen gehört, die Annäherungsversuche herausforderten und dann plötzlich ohne die leiseste Vorwarnung den Kopf verloren und von einem unsittlichen Angriff sprachen. Für gewöhnlich konnte man so etwas mit einigen vernünftigen Worten und dem Versprechen entweder von Geld oder einer Heirat hinter verschlossenen Türen regeln. Geld war die bevorzugte Währung – auf Dauer jedenfalls die billigere Lösung. Aber warum sollte irgend jemand Monk so etwas antun? Die Frau konnte kaum den Wunsch haben, ihn zu heiraten. Keine Dame der Gesellschaft würde einen Detektiv zum Mann nehmen. Und er besaß kein Geld. Obwohl sie das möglicherweise nicht wußte. Er kleidete sich wie ein wohlhabender Mann.

Monk hatte einen Brief in der Hand. Er schob ihn über den Schreibtisch.

Rathbone nahm ihn, las ihn, faltete ihn dann zusammen und legte ihn wieder auf den Tisch.

»Das wirft allerdings ein ganz anderes Licht auf die Dinge«, sagte er langsam. »Es sieht so aus, als ginge es ihr um Rache. Ich nehme an, Sie haben keine Idee, warum sie das tut, sonst hätten Sie es sicher erwähnt.«

»Nein. Ich habe mein Gehirn zermartert, zumindest das, was mir davon noch übriggeblieben ist.« Ein Zug von bitterem Hohn trat in sein Gesicht. »Es ist nichts da. Nicht das geringste. Sie ist schön und amüsant, und es ist wunderbar, mit ihr zusammenzusein, aber sie weckt nicht die leisesten Erinnerungen in mir, nicht einmal ansatzweise.« Seine Stimme wurde lauter, und die Verzweiflung ließ sie schneidender als gewöhnlich erscheinen. »Nichts!«

Rathbone konnte für einen Augenblick des entsetzlichen Gefühls teilhaftig werden, was es bedeutete, im Körper eines Menschen leben zu müssen, den man nicht kannte. Das einzige, dem man niemals, in alle Ewigkeit nicht, entkommen konnte, war man selbst. Ganz plötzlich konnte er Monk verstehen, was ihm bis dahin noch nie gelungen war.

Aber wenn er dem Mann irgendwie helfen sollte, mußte er seine Gefühle unterdrücken. Gefühle beeinträchtigten die Fähigkeit, rational zu denken und die Wahrheit herauszufinden.

»Dann war vielleicht nicht sie diejenige, der Sie unrecht getan haben«, meinte er nachdenklich, »sondern jemand, den sie liebte. Eine Frau empfindet häufig leidenschaftlicher für einen Mann, den sie liebt, und geht weit größere Risiken ein, um ihn zu schützen, als sie es für sich selbst tun würde.«

Er sah, wie ein jähes Licht der Hoffnung in Monks Augen aufleuchtete.

»Aber wer könnte das sein, um Gottes willen?« fragte er. »Es könnte so gut wie jeder in Frage kommen!«

Es klopfte leise an der Tür, aber beide Männer ignorierten es.

»Nun, ich wüßte niemanden, der besser dafür geeignet wäre, dieser Sache auf den Grund zu gehen, als Sie«, bemerkte Rathbone. »Und es ist wichtig, Monk.« Er beugte sich vor und stützte die Ellbogen auf den Schreibtisch. »Reden Sie sich nicht ein, daß sie Ihnen keinen Schaden zufügen kann, wenn sie diese Sache weiterverfolgt. Selbst wenn sie nichts beweisen kann, würde eine solche Anklage, wie unbegründet sie auch sein mag, ausreichen, um Sie zu ruinieren. Wenn Sie ein Mitglied der besseren Gesellschaft wären, mit finanziellen Mitteln und einer angesehenen Familie im Hintergrund, und diese Frau ein junges Mädchen auf der Suche nach einem Ehemann, dann könnten Sie die Sache vielleicht heil überstehen. Sie könnten behaupten, sie sei hysterisch, ein wenig unausgeglichen, mit einer Neigung zu Hirngespinsten oder Phantasien… ja, Sie könnten sogar sagen, sie habe sich Ihre Zuneigung eingebildet, und Ihre Zurückweisung hätte sie schwer getroffen. Aber das wird einem Mann in Ihrer Position niemand glauben.«

»Gütiger Gott, denken Sie, ich wüßte das nicht?« fragte Monk wütend. »Wenn sie eine junge Frau auf der Suche nach einem Ehemann wäre und ich ein wünschenswerter Kandidat, dann würde sie so etwas nicht einmal in Erwägung ziehen. Denken Sie nur an die Konsequenzen für ihren eigenen Ruf. Welcher Gentleman würde sie danach noch in Betracht ziehen? Ich bin nicht so verdammt dumm, daß ich nicht weiß, was diese Sache sie kosten wird. Und sie weiß es auch. Das macht es ja so beängstigend. Sie haßt mich genug, um sich selbst zu zerstören, damit sie mich zerstören kann.«

»Dann muß das, was Sie getan haben, auf jeden Fall sehr ernsthafter Natur sein«, sagte Rathbone. Er wollte ihn nicht quälen, aber dies war nicht der richtige Augenblick, um sich mit etwas Geringerem als der Wahrheit zu beschäftigen, und er mußte an seinen nächsten Termin denken. »Ich bin mir nicht sicher, wie weit diese Sache Sie schützen könnte«, fuhr er fort, »aber wenn Sie mit der Suche beginnen, würde ich an Ihrer Stelle zuerst nach jemandem forschen, der möglicherweise zu Unrecht verurteilt wurde, nach jemandem, der gehängt wurde oder ins Gefängnis gekommen und dort vielleicht gestorben ist. Fangen Sie nicht bei Diebstählen oder Unterschlagungen an oder bei den Opfern geringfügiger Verbrechen. Mit anderen Worten, nehmen Sie sich zuerst die Ergebnisse der Nachforschungen vor, nicht die Schwere der Beweise oder Ihre eigene Überzeugung, daß der Betreffende zu Recht verurteilt wurde.«

»Und Sie meinen, es hilft mir weiter, wenn ich es herausfinde?« fragte Monk, hin und her gerissen zwischen Hoffnung und Verbitterung.

Rathbone erwog eine Lüge, aber nur einen Augenblick lang. Monk war nicht der Mann, den man einfach abspeisen konnte. Das hatte er nicht verdient.

»Vielleicht nicht«, antwortete er. »Nur, falls es zur Verhandlung kommt und Sie beweisen könnten, daß diese Frau ein Motiv hat, Rache zu nehmen. Aber wenn sie so intelligent ist, wie Sie andeuten, zweifle ich daran, daß sie die Sache wirklich vor Gericht bringen wird. Sie würde wahrscheinlich nichts erreichen, schon gar keine Verurteilung, es sei denn, sie hätte ungewöhnlich voreingenommene Geschworene.« Sein Gesicht verkrampfte sich, aber sein Blick war nach wie vor ruhig. »Sie wird Ihnen weit größeren Schaden zufügen und Ihnen viel weniger Gelegenheit geben, aus der Sache herauszukommen oder gar zurückzuschlagen, wenn sie einfach Gerüchte ausstreut. Sie wird Sie auf diese Weise nicht ins Gefängnis bringen, aber Ihre Existenz zerstören. Es wird Ihnen nichts anderes übrigbleiben, als...

»Ich weiß!« fuhr Monk ihn an. Dann sprang er auf und sog scharf die Luft ein, als seine schmerzenden Muskeln und sein zerschundener Körper ihn dafür straften. »Ich werde mich mit Mühe und Not über Wasser halten, indem ich für Leute arbeite, die sich am äußersten Rand der Legalität bewegen oder ganz zur Unterwelt gehören. Ich werde nach abtrünnigen Ehemännern suchen, Schulden eintreiben und gemeinen Dieben hinterherjagen.« Er kehrte Rathbone den Rücken zu und starrte aus dem Fenster. »Und ich werde von Glück sagen können, wenn sie in der Lage sind, mir genug zu zahlen, damit ich jeden Tag etwas zu essen habe. Es wird keine Fälle mehr geben, für die Callandra Daviot sich interessieren könnte, und sie wird es sich zweimal überlegen, mich für nichts und wieder nichts zu unterstützen. Ich brauche Sie nicht, um das zu begreifen. Ich werde keine Unterkunft mehr haben, und wenn meine Kleider verschlissen sind, wird mir nichts anderes übrigbleiben, als gebrauchte Sachen zu kaufen. Das weiß ich selbst.«

Rathbone hätte viel darum gegeben, wenn er irgend etwas hätte erwidern können, irgend etwas Tröstliches, aber es fiel ihm nichts ein, und er wurde sich in zunehmendem Maß der leisen Geräusche aus dem Nachbarbüro bewußt und der Tatsache, daß sein nächster Klient wartete.

»Dann sollten Sie wenigstens um Ihres eigenen Seelenfriedens willen alles daransetzen herauszufinden, wer sie ist«, sagte er grimmig. »Und wichtiger noch, wer sie war und warum sie Sie so sehr haßt, daß sie so weit gehen würde.«

»Vielen Dank«, murmelte Monk, als er hinausging und die Tür hinter sich schloß. Um ein Haar wäre er mit dem Sekretär zusammengestoßen, der schon darauf gewartet hatte, daß er den Gentleman, der ungeduldig hinter ihm stand, endlich in Rathbones Büro führen konnte.

Natürlich hatte Rathbone recht. Eigentlich hätte er niemanden gebraucht, der ihm das sagte, es war einfach eine Erleichterung, die Worte von jemand anderem zu hören, vor allem von jemandem, der trotz früherer Meinungsverschiedenheiten seiner Schilderung der Ereignisse zumindest Glauben schenkte. Und sein Rat bezüglich der Frage, wo er mit der Suche beginnen sollte, war vernünftig.

Tief in Gedanken versunken ging er die Vere Street entlang, blind gegenüber anderen Fußgängern oder Kutschen, die an ihm vorüberfuhren.

Ihm stand nur ein einziger Weg offen, und sosehr der ihm auch widerstrebte, wagte er doch nicht, ihn hinauszuzögern. Er mußte in den Akten seiner früheren Fälle suchen und sich bemühen, den Fall zu finden, der Drusilla, wenn auch indirekt, betroffen hatte. Zumindest hatte Rathbones Vorschlag ihm geholfen, einen Anfang zu finden. Es war natürlich unmöglich, in dieser Sache an Runcorn heranzutreten. Es würde ihm die größte Freude bereiten, Monks üble Situation noch zu verschlimmern, indem er ihm den Zugang zu den Akten verwehrte. Er hatte keinen Zugriff mehr auf die Informationen, die der Polizei vorlagen, und Runcorn würde vor dem Gesetz vollkommen korrekt handeln, wenn er seine Bitte ablehnte. Außerdem würde er ihm endlich das wunderbare Gefühl bescheren, den Sieg davongetragen zu haben, und das nach all den Jahren, in denen Monk ihm im Nacken gesessen, ihn verspottet und überflügelt hatte. Und er würde seinen Gedächtnisverlust eingestehen müssen. Er hatte nie ganz sicher gewußt, wieviel Runcorn ahnte, aber sie hatten auch niemals darüber gesprochen. Runcorn hatte nie die Befriedigung erfahren, sich seiner Sache ganz sicher sein zu dürfen, endgültig zu wissen, daß Monk wußte, daß er es wußte.

Er bog von der Great Wild Street in die Drury Lane ein.

Bei John Evan lagen die Dinge anders, ganz anders. Er hatte Monk vor dem Unfall gekannt und die Wahrheit erraten, da er in jenem ersten schrecklichen Fall so eng mit ihm zusammengearbeitet hatte. Er hatte sich als guter Freund erwiesen und war, so unwahrscheinlich es in dieser denkbar schwierigen Situation erscheinen mochte, immer loyal gewesen. Er war jung, voller Charme und Begeisterung, der Sohn eines Landpfarrers, der über keinerlei finanzielle Mittel verfügte, dafür aber jene selbstverständliche Ungezwungenheit besaß, die den Menschen zu eigen war, die in diesen Stand hineingeboren wurden und in besseren Zeiten den niederen Adel repräsentiert hatten. Evan hatte ihn bewundert und beschlossen, nur das Beste in ihm zu sehen. Das war der Grund, warum es jetzt so schmerzlich für ihn war, ihn von seinem Problem unterrichten und um die Hilfe bei der Aufdeckung dieses Falls bitten zu müssen.

Beinahe hätte er seine Meinung noch geändert und ihn doch nicht aufgesucht. Vielleicht würde es gar nichts nützen, und er würde lediglich Evans Wertschätzung früher als unbedingt nötig verlieren.

Das war jedoch nicht nur ein feiger Ausweg, es war auch ein törichter. Evan würde es früher oder später erfahren. Dann also lieber sofort und aus Monks Mund. Besser, er sah ihn wenigstens kämpfen, als daß er sich ohnmächtig dem Feind ergab. Er winkte eine Droschke herbei und fuhr bis zu der Straßenecke, die seinem alten Polizeirevier am nächsten lag.

Es war ein schöner Morgen. Das hatte er bisher kaum wahrgenommen. Die Sonne hatte das Eis auf dem Gehweg bereits geschmolzen, und die Geschirre der vorbeifahrenden Pferdekutschen glitzerten und glänzten im Sonnenlicht. Ein Botenjunge pfiff munter vor sich hin, während er beschwingt die Straße hinunterlief.

Als er das Revier erreicht hatte, ging er, ohne zu zögern, die Treppe hinauf und trat ein; wäre es anders gewesen, hätte er vielleicht den Mut verloren.

»Morgen, Mr. Monk«, sagte der diensthabende Polizeibeamte überrascht. »Was kann ich für Sie tun?«

»Ich würde gern mit Mr. Evan sprechen.«

»Wegen eines Verbrechens, Sir?«

Der Gesichtsausdruck des Mannes verriet nichts, und Monk konnte sich nicht daran erinnern, wie sie früher miteinander ausgekommen waren. Wahrscheinlich nicht besonders gut. Monk war sein Vorgesetzter gewesen, und der Mann war in mittleren Jahren. Wahrscheinlich hatte Monk wenig Geduld mit ihm gehabt und ihn für zweitklassig gehalten. Jetzt fühlte er sich bei diesem Gedanken sehr unwohl.

»Ich bin mir nicht sicher, ob es sich um ein Verbrechen handelt oder nicht«, sagte er. »Ich brauche mehr Informationen und vielleicht auch einen Rat. Ist Mr. Evan auf dem Revier?«

»Sie meinen also, es wird nicht nötig sein, daß Sie mit Mr. Runcorn sprechen?« sagte der Sergeant aufgeblasen, und ein ganz leichtes Lächeln spielte um seine Lippen.

»Nein, das wird nicht nötig sein, vielen Dank.« Monk erwiderte seinen Blick, ohne mit der Wimper zu zucken.

»Hätte mich auch gewundert.« Das Lächeln des Sergeant wurde eine Spur breiter. »Habe den Fall Moidore nicht vergessen, Sir, o nein.«

Monk zwang sich, das Lächeln zu erwidern. »Vielen Dank, Sergeant. Sie haben ein wirklich gutes Gedächtnis, vor allem, was die Auswahl der Dinge betrifft, an die Sie sich zu erinnern geruhen.«

»Gern geschehen, Sir. Ich werde Mr. Evan für Sie holen.« Damit drehte er sich um und verschwand hinter der Tür, nur um nach einigen Sekunden wieder aufzutauchen. »Er möchte sich in fünf Minuten in dem Café um die Ecke mit Ihnen treffen, Sir. Das ist klüger, Sir.«

»Ich bewundere einen klugen Mann«, gab Monk ihm recht. »Vielen Dank, Sergeant.«

Als Evan das Café betrat, lag in seinem langen, humorvollen Gesicht mit der aristokratischen Nase und dem melancholischen Mund ein Ausdruck von Besorgnis. Er nahm Monk gegenüber Platz und ignorierte den Kaffee, der vor ihn hingestellt wurde.

»Worum geht es?« fragte er. »Es muß sehr wichtig sein, wenn Sie deswegen aufs Revier kommen.« Er sah Monk forschend an. »Sie sehen schlecht aus. Sind Sie krank?«

Monk holte tief Atem und erzählte ihm so kurz, wie es ging, ohne irgend etwas Wesentliches auszulassen, die ganze Geschichte.

Evan unterbrach ihn nicht, aber sein Gesichtsausdruck wurde immer unglücklicher, während Monks Bericht sich seinem Höhepunkt näherte.

»Was kann ich tun?« sagte er schließlich, als Monk geendet hatte. »Sie wird doch bestimmt nicht versuchen, Sie vor Gericht zu bringen? Dann wäre sie genauso ruiniert... und sie könnte niemals irgend etwas beweisen! Das Schlimmste...« Er hielt inne.

»Ja?« fragte Monk und biß sich auf die Lippen. »Sie wollten sagen, das Schlimmste, was passieren könnte, ist, daß man ihr in ihren eigenen Kreisen Glauben schenken würde? Nein, das ist nicht das Schlimmste, selbst die, die ihr nicht glauben, würden daran zweifeln, daß ich unschuldig bin.«

Evan hatte seinen Kaffee nicht angerührt, und beide Männer nahmen das Treiben und den Lärm um sie herum, das leise Gemurmel und die Düfte der aufgetragenen Speisen überhaupt nicht wahr.

»Nein, ich wollte eigentlich sagen, das Schlimmste, was ihr zugestoßen ist, ist, daß ihr Kleid zerrissen wurde. Sie hat in keiner Weise körperlichen Schaden genommen. Aber ich nehme an, ein zerrissenes Kleid ist genug. Es deutet auf die Absicht hin, sehr viel weiter zu gehen.« Evan warf einen angewiderten Blick auf seinen kalten Kaffee. »Wir müssen herausfinden, wer sie ist und warum sie mit aller Gewalt und um jeden Preis Rache will.

Erzählen Sie mir alles, was Sie von ihr wissen, und ich werde sämtliche Akten Ihrer früheren Fälle durchforsten. Ihr Name ist Drusilla Wyndham? Wie alt ist sie? Wie sieht sie aus? Mit wem hat sie Umgang?«

Monk begriff, wie wenig er wußte. Er fühlte sich töricht, und die Verlegenheit über diese Erkenntnis trieb ihm brennende Röte in die Wangen.

»Ich weiß nicht einmal, ob dies ihr richtiger Name ist«, sagte er grimmig. »Ich habe sie nie in Gesellschaft irgendwelcher Leute gesehen. Ich kann lediglich schätzen, daß sie Anfang Dreißig ist. Sie ist sehr klein, schlank, zierlich, hat aber eine gute Figur – und ein wunderschönes Gesicht...« Er zuckte zusammen, als er das sagte. »Hellbraunes Haar, haselnußbraune Augen und eine wohltönende Stimme, die ein klein wenig ins Stocken gerät, wenn sie lacht. Ich habe keine Ahnung, wo sie lebt oder mit wem sie Umgang hat, nur daß sie die Geographische Gesellschaft anscheinend häufig aufsucht. Sie kleidet sich sehr gut, aber nicht extravagant. Ihre Hauptvorzüge sind Anmut und sicheres Auftreten.«

»Nicht gerade viel«, meinte Evan mit besorgtem Blick. »Sie sagten, sie sei Anfang Dreißig und doch wahrscheinlich unverheiratet? Ist das nicht seltsam für eine so charmante junge Frau? Könnte sie Witwe sein?«

»Ich weiß nicht.« Monk war in ihrer Gesellschaft zu glücklich gewesen, um sich mit solchen Fragen beschäftigt zu haben. Jetzt wurde ihm klar, was für ein unverzeihlicher Fehler das gewesen war.

»Ich nehme an, sie sprach völlig korrekt?« fuhr Evan fort. »Das würde die Sache wenigstens auf eine gewisse Klasse beschränken.«

Am Nebentisch nahm, Hand in Hand und lachend, ein Pärchen Platz.

»Ja... sie kommt aus einer guten Familie«, pflichtete Monk ihm bei.

»Aber sie ist wohl kaum eine Dame«, fügte Evan mit einem plötzlichen Anflug von trockenem Humor hinzu. »Das hilft uns alles nicht viel weiter. Ich werde mit den Fällen anfangen, in denen jemand gehängt wurde oder im Gefängnis starb und bei denen irgendwie eine Frau, auf die diese allgemeine Beschreibung paßt, mit im Spiel war, eine Verwandte oder enge Freundin, irgendein weiteres Opfer der Tragödie.«

»Natürlich könnte es auch jemand gewesen sein, den ich nicht dingfest gemacht habe«, sagte Monk, nachdem ihm diese Idee gerade erst gekommen war. »Vielleicht ein Fall, den ich nicht gelöst habe, und das Verbrechen ist ungesühnt geblieben. Vielleicht glaubt sie, ich hätte der Gerechtigkeit nicht Genüge getan.«

Evan erhob sich und beugte sich ein wenig über den Tisch.

»Machen Sie die Sache nicht schwieriger, als sie vielleicht ist«, sagte er leise. »Fangen wir bei den offensichtlichen Fällen an. Außerdem«, meinte er lachend, »glaube ich nicht, daß Sie viele ungelöste Fälle hatten, nach allem, was ich von Ihnen so höre.«

Monk sagte nichts und sah Evan mit ausdruckslosem Gesicht nach, während dieser das Lokal verließ und sich an der Tür nur noch einmal kurz umdrehte, um ihm mit einer kaum wahrnehmbaren Geste Mut zuzusprechen.

Monk verbrachte den Nachmittag zusammen mit der Polizei, die weiterhin den Fluß um die Isle of Dogs und die andere Seite von Bugsby's Reach absuchte und sich anschließend die Docks und Hafeneinfahrten, die Elendsviertel und Gassen entlang des Wassers vornahm. Die Polizisten suchten sogar in einigen Schweineställen, Jauchegruben und Abfallhaufen. Sie fanden viele Dinge, die schmutzig, grausig oder tragisch waren, einschließlich zweier Toter, aber keiner der beiden konnte Angus Stonefield gewesen sein. Eine Leiche war die eines Kindes, die andere die einer Frau.

Als es dunkel wurde, ging Monk, der Verzweiflung nah, nach Hause. Er hatte noch nie eine solche Anhäufung menschlichen Elends gesehen. Er war müde, sein Körper schmerzte, und er war bis auf die Knochen durchgefroren. Seine Füße waren durchnäßt und seine Zehen völlig empfindungslos. Er würde nicht noch einmal mit der Polizei auf Suche gehen. Widerstrebend spürte er in einem bisher unentdeckten Teil seiner selbst einen tiefen Respekt für die Männer, die sich mit solchen Dingen Tag um Tag auseinandersetzen mußten und doch nicht den Mut verloren, ihre Freundlichkeit und Hoffnung. Das einzige, was er fühlte, waren Hilflosigkeit und Zorn; da er aber nichts ändern konnte, sagte sein Verstand ihm, daß es nutzlos war, sich aufzulehnen, aber sein Magen verkrampfte sich dennoch.

Am folgenden Morgen erwachte er schon sehr früh, lange bevor es hell wurde. Er blieb im Bett liegen und sann darüber nach, was er tun konnte, um Drusilla Wyndham zu finden. Es würde wahrscheinlich weder seinen Ruf noch seine Existenz retten, aber er mußte eine Antwort auf die Ängste und die Dunkelheit in sich finden. Was für ein Mann war er? Dieser Wahrheit konnte er nicht entrinnen. Und es geschah immer häufiger, daß die Furcht vor den Antworten schlimmer war als die Antworten selbst, weil seine Phantasie alles überstieg.

Um sieben Uhr stand er auf und nahm sein Frühstück ein, bevor er kurz vor acht das Haus verließ und fast eine Stunde lang spazierenging, den Kopf nachdenklich gesenkt, ohne andere Fußgänger wahrzunehmen oder die Kutschen, die nur wenige Schritte von ihm entfernt übers Pflaster holperten, die Müßiggänger, die Straßenverkäufer, die Straßenkehrer, gut gekleidete Büroangestellte, die zur Arbeit eilten, elegante Lebemänner und Spieler, die von ihren nächtlichen Vergnügungen zurückkehrten.

Schließlich nahm er kurz vor neun einen Hansom zur Geographischen Gesellschaft und betrat das Gebäude, um nach einem Angestellten zu suchen, den er fragen konnte.

Er war ungewöhnlich nervös. Normalerweise schüchterte er mit seinem Auftreten die Leute ein. Er brauchte ihnen nur in die Augen zu sehen und ihnen eine kurze Frage zu stellen, und schon erhielt er eine Antwort. Heute fühlte er sich, noch bevor er zu reden begann, im Nachteil.

Wie weit hatte sie die abscheulichen Gerüchte über ihn schon verbreitet? Wußten diese Leute schon darüber Bescheid? Er fühlte sich nicht wie ein Schurke, nur wie ein Narr!

»Ja bitte, Sir?« sagte der Portier fragend. »Kann ich Ihnen

irgendwie zu Diensten sein? Benötigen Sie Informationen über irgendeine Zusammenkunft oder einen Redner?«

Monk hatte sich bereits eine Lüge zurechtgelegt. So etwas hatte er schon häufig getan, bei Gelegenheiten, die ihm persönlich weit weniger wichtig gewesen waren und die Sache erheblich erleichtert hatten.

»Hm, ich habe vor zwei Wochen draußen auf der Treppe eine Dame getroffen, die aus dem Haus hier kam«, begann er mit einem spürbaren Mangel an Selbstbewußtsein. »Sie war so freundlich, mir mehrere andere Gesellschaften und Gruppen zu empfehlen, aber unglücklicherweise habe ich das Papier verlegt, auf dem ich mir meine Notizen gemacht habe, und ich kenne sie nicht gut genug, um sie aufzusuchen. Um ehrlich zu sein, weiß ich nicht einmal ihre Adresse.« Redete er zuviel – beantwortete er Fragen, die noch gar nicht gestellt worden waren? »Es war eine zufällige Begegnung. Wir hatten buchstäblich einen Zusammenstoß, und auf diese Weise sind wir ins Gespräch gekommen.« Er blickte dem Mann forschend ins Gesicht, das jedoch keine Regung zeigte. Keine Spur von Argwohn oder Ungläubigkeit stand darin zu lesen.

»Ach wirklich, Sir. Vielleicht kann ich Ihnen irgendwie behilflich sein. Ich kenne einige andere Gesellschaften, die so ziemlich die gleichen Interessen verfolgen, obwohl ich sagen muß, daß keine von ihnen sich mit den Dingen auf so gelehrte Art und Weise befaßt oder über so hervorragende Redner verfügt.«

»Genau das hat die Dame auch gesagt. Sie war sehr zierlich, beinahe ... so groß.« Monk zeigte mit der Hand Drusillas Größe an. »Sie hatte sehr hübsches, hellbraunes Haar und äußerst bemerkenswerte haselnußbraune Augen, sehr groß und freimütig, mit einem sehr direkten Blick.« Er haßte die Beschreibung, aber genau so war sie ihm erschienen. »Ich hatte den Eindruck, daß sie über eine beträchtliche Intelligenz sowie ein ungezwungenes Benehmen verfügte. Eine ungewöhnliche Frau und sehr bewundernswert. Ich schätze, daß sie Anfang Dreißig ist.«

»Klingt stark nach Miss Wyndham«, sagte der Portier nikkend. »Eine sehr redegewandte junge Dame.«

»Wyndham?«

Monk hob die Augenbrauen, als hätte er ihren Namen bisher noch nicht gehört. »Könnte sie wohl Major Wyndhams Tochter sein, von den Husaren?« Soweit er wußte, gab es so einen Mann nicht.

Der Portier schürzte zweifelnd die Lippen.

»Ähm, nein, Sir, ich glaube nicht. Ich meine mich erinnern zu können, daß ich einmal ein Gespräch mit angehört habe, aus dem hervorgeht, daß Miss Wyndham aus Buckinghamshire kommt und ihr Vater ein Mann der Kirche war, bevor er allzufrüh verschieden ist, der arme Mann. Sehr traurig. Er kann nicht besonders alt geworden sein.«

»Ja, wirklich traurig«, antwortete Monk, während seine Gedanken sich überschlugen. Buckinghamshire. Es sollte nicht schwierig sein, einen wohlhabenden Kirchenmann, der vor kurzem gestorben war, dort zu finden. Er mußte mehr als ein bloßer Pfarrer gewesen sein, und wahrscheinlich war sein Name ebenfalls Wyndham gewesen.

»Ich nehme an, das liegt jetzt schon ein paar Jahre zurück?« fragte er und versuchte seine Stimme möglichst beiläufig klingen zu lassen.

»Das weiß ich wirklich nicht. Es wurde mit einiger Traurigkeit darüber gesprochen, aber das ist nur natürlich. Und sie war nicht mehr in Trauer.«

»Ich möchte nur Bescheid wissen, damit ich mich entsprechend benehmen kann und um zu entscheiden, ob ich es erwähnen soll, falls ich ihr schreiben muß«, erklärte Monk. »Könnten Sie mir wohl die Adresse der Dame geben, damit ich sie um eine neue Liste der Orte bitten kann, die sie mir empfohlen hat?«

»Nun, Sir, ich glaube, das wäre nicht recht schicklich«, sagte der Portier bedauernd, während er zwei Herren zunickte, die gerade vorbeigingen, und sich mit einer respektvollen Handbewegung an den Hut tippten. Dann wendete er sich wieder Monk zu. »Verstehen Sie, Sir, ich fürchte, die Gesellschaft würde ein solches Tun nicht gutheißen. Ich bin sicher, Sie verstehen. Aber wenn Sie einen Brief schreiben wollen und ihn hier bei uns hinterlegen, könnte ich ihn selbstverständlich an sie weiterleiten.«

»Natürlich. Ich verstehe. Vielleicht werde ich auf Ihr Angebot zurückgreifen.«

Monk akzeptierte die Entscheidung des Portiers, denn ihm blieb nichts anderes übrig. Eine Reise nach Buckinghamshire schien sinnvoll zu sein, es sei denn, er fand einige Unterlagen über den verstorbenen Reverend Wyndham, ohne die Reise auf sich nehmen zu müssen. Er verließ die Geographische Gesellschaft, wenn schon nicht mit Hoffnung, so doch zumindest mit dem Gefühl, endlich etwas tun zu können.

Aber selbst die gründlichste Durchsuchung des betreffenden Registers der Kirche förderte keinen Reverend Wyndham in Buckinghamshire zutage, genausowenig wie in irgendeinem anderen Teil des Landes. Langsamen Schrittes entfernte er sich über den Gehweg von der Bibliothek, und die Enttäuschung saß genauso tief in ihm wie die Kälte und Feuchtigkeit des Nachmittags.

Vielleicht war er naiv gewesen zu glauben, es könnte so einfach sein. Entweder stimmte die Information nicht und sie hatte sich das Ganze nur ausgedacht, oder die Sache war im Grunde wahr, aber sie hatte ihren Namen geändert, wahrscheinlich, um der Schande zu entgehen, die mit dem Verbrechen einherging, das Monk seinerzeit auf den Plan gerufen hatte.

Er beachtete weder eine Blumenverkäuferin noch den Jungen, der die letzte Ausgabe der Zeitung feilbot.

Vielleicht hatte das Ganze auch überhaupt nichts mit seinem Beruf zu tun. Vielleicht hatte er sie rein persönlich kennengelernt. Ihr Gefühl der Gekränktheit könnte einem Treuebruch, den er begangen hatte, entspringen.

Bei diesem Gedanken wurde ihm kalt. Hatten sie einander geliebt, und er hatte sie verlassen? Hatte es vielleicht ein Kind gegeben, und er hatte sie sitzengelassen, statt die Verantwortung zu übernehmen? Das konnte durchaus sein. Männer taten so etwas schon seit ewigen Zeiten. Gott allein wußte, wie viele uneheliche Kinder es überall im ganzen Land gab und wie viele verpfuschte Abtreibungen. Er hatte solche Dinge selbst gesehen – gewiß unzählige Male vor seinem Unfall und sogar danach. Wenn das stimmte, konnte sie ihn nicht tiefer hassen, als er selbst sich hassen würde. Er verdiente den Ruin, den sie ihm wünschte.

Er kam an einem Mann vorbei, der heiße Pasteten verkaufte, und einen Augenblick lang führte der köstliche Duft ihn in Versuchung, bis sein Magen bei dem Gedanken an etwas Eßbares revoltierte.

Er mußte die Wahrheit wissen – um jeden Preis, wie mühsam oder schmerzlich sie auch sein mochte, er mußte es wissen.

Und wenn er etwas Derartiges getan hatte, wie sollte er es Hester erklären? Das würde sie ihm nicht verzeihen. Sie würde nicht mehr mit ihrem Mut und ihrem Kampfgeist an seiner Seite stehen und für ihn eintreten, um wieder nach oben zu kommen.

Genausowenig wie Callandra. Oder John Evan, was das betraf.

Er mußte der erste sein, der es erfuhr.

Aber was sollte er als nächstes unternehmen? Wenn Drusilla ihren Namen geändert hatte, gab es unendlich viele Möglichkeiten, wie sie vorher geheißen haben konnte.

Er trat vom Gehsteig auf die Straße und lief zwischen Kutschen und Pferdemist hindurch auf die andere Seite.

Allerdings wußte er, daß beinahe alle Menschen eine gewisse Verbindung mit ihrer Vergangenheit aufrechterhalten, eine Brükke zu ihrer früheren Identität. Sehr häufig gab es eine Ähnlichkeit, was den Klang des Namens betraf, den Anfangsbuchstaben oder einen anderen gedanklichen Zusammenhang. Manchmal war es ein Familienname, der Mädchenname der Mutter oder Großmutter zum Beispiel.

Er wollte gerade den Bürgersteig auf der anderen Seite betreten, als ein Landauer ihn um knapp einen Meter verfehlte.

Vielleicht stimmte der Teil ihrer Geschichte, der sich auf Buckinghamshire bezog? Oder auf die Kirche?

Er drehte sich auf dem Absatz um, überquerte die Straße noch einmal und ging zurück in die Bibliothek, wo sich das Verzeichnis des anglikanischen Klerus befand, und bat darum, noch einmal Einsicht nehmen zu dürfen. Diesmal suchte er in dem Register von Buckinghamshire nach älteren Kirchenmännern, die innerhalb der letzten zehn Jahre gestorben waren.

Aber er fand niemanden, dessen Name eine wenn auch noch so entfernte Verbindung mit Drusilla Wyndham hergestellt hätte.

»Ist das alles?« fragte er den Angestellten, der nervös hinter seinem Schalter stand. »Wäre es denkbar, daß jemand übersehen wurde? Vielleicht sollte ich lieber weiter zurückgehen als zehn Jahre.«

»Natürlich, Sir, wenn Sie glauben, daß Ihnen das nützt«, meinte der Angestellte sofort. »Wenn Sie mir ein wenig genauer sagen könnten, was Sie eigentlich suchen, könnte ich Ihnen vielleicht weiterhelfen.« Er rückte seine Brille zurecht und nieste. »Pardon!«

»Ich suche nach einem Geistlichen, der in Buckinghamshire gestorben ist, wahrscheinlich innerhalb der letzten zehn Jahre«, erwiderte Monk, der sich dabei ebenso töricht wie unglücklich fühlte. »Aber man hat mir den falschen Namen genannt.«

»Dann weiß ich nicht, wie Sie den Mann finden können«, sagte der Angestellte und schüttelte unglücklich den Kopf. »Wissen Sie denn sonst gar nichts über ihn?«

»Nein …«

»Haben Sie denn nicht wenigstens eine ganz schwache Vorstellung, wie er heißen könnte? Nicht einmal, wie sein Name geklungen hat?« Der Mann schien auf die Sache nur deshalb einzugehen, um überhaupt etwas sagen zu können. Er schien sich sehr unwohl zu fühlen.

»Der Name könnte wie Wyndham geklungen haben«, erwiderte Monk, ebenfalls nur um der Höflichkeit willen.

»Ach herrje! Ich fürchte, da fällt mir nichts ein. Natürlich hat es einen Reverend Buckingham gegeben, der in Norfolk gestorben ist.« Der Angestellte stieß ein kurzes, bitteres Lachen aus und nieste noch einmal. »In einem Ort namens Wymondham, der natürlich ›Windham‹ ausgesprochen wird, zumindest in dieser Gegend. Aber das wird Ihnen kaum weiterhelfen …«

Er hielt überrascht inne, denn Monk war aufgesprungen und schlug ihm nun so heftig auf den Rücken, daß ihm die Brille von der Nase flog und auf dem Fußboden landete.

»Sie sind brillant, Sir!« rief Monk begeistert. »Einfach brillant! Warum habe ich nicht selbst daran gedacht? Wenn man erst einmal darauf gestoßen wird, ist es völlig logisch. Dem Himmel sei gedankt für einen Mann mit Verstand.«

Der Angestellte errötete heftig und war außerstande, darauf zu antworten. »Was können Sie mir über diesen Mann sagen?« fragte Monk, während er die Brille aufhob, blankputzte und zurückgab. »Wo hat er gelebt? Woran ist er gestorben? Wie alt war er bei seinem Tod? Was wissen sie über seine Familie? Welche Stellung genau hatte er in der Kirche inne?«

»Gütiger Gott!« Der Angestellte blinzelte ihn an wie eine Eule, da er seine Brille noch immer in der Hand hielt. »Hm... hm, das kann ich sicher für Sie herausfinden, Sir. Ja, ja bestimmt. Darf ich fragen, warum Sie das wissen wollen? Ist er vielleicht ein Verwandter?«

»Ich glaube, er könnte ein Verwandter von jemandem sein, der von größter Wichtigkeit für mich ist«, erwiderte Monk wahrheitsgemäß, wenn auch ein wenig ausweichend. »Es geht um jemand, der buchstäblich mein Leben in Händen hält. Ja, bitte erzählen Sie mir alles, was Sie über den verstorbenen Reverend Buckingham und seine Familie wissen. Ich werde hier warten.«

»Ah – nun – das könnte ich tun... ja natürlich.« Er nieste noch einmal und entschuldigte sich. »Selbstverständlich.« Und damit eilte er davon.

Monk ging unruhig auf und ab, bis der Angestellte etwa eine halbe Stunde später zurückkehrte, mit hochrotem Gesicht und triumphierendem Blick.

»Er ist ungefähr vor acht Jahren gestorben, Sir, am achtundzwanzigsten März 1851.« Er runzelte die Stirn. »Als Todesursache ist eine Erkältung aufgeführt; ziemlich ungenau. Er war noch nicht besonders alt, gerade erst in seinem sechsundfünfzigsten Jahr, und anscheinend hat er sich bis zu dieser Zeit bester Gesundheit erfreut.«

»Seine Familie!« sagte Monk drängend. »Hatte er Kinder?«

»Ja, allerdings. Und er hat eine Witwe hinterlassen, eine Mary Anne.«

»Die Namen der Kinder!« sagte Monk fordernd. »Wie heißen sie? Wie alt waren sie?«

»Meine Güte, Sir, erregen Sie sich doch nicht so! Ja, es gab Kinder, allerdings. Ein Sohn namens Octavian, was merkwürdig ist, da er anscheinend der älteste war …«

»Merkwürdig?«

»Ja, in der Tat, Sir. Kirchenmänner haben oft große Familien, und Octavian bedeutete der Achte, Sie verstehen schon …«

»Töchter! Hatte er auch Töchter?«

»Ja, die hatte er. Die älteste hieß Julia, die zweite Septima. Der arme Mann konnte wirklich nicht zählen! Wirklich amüsant … ja! Ja! Ich komme jetzt zum Ende. Es gab noch einen Sohn namens Markus … alles sehr römisch. Vielleicht hat er sich dafür interessiert, ein Hobby sozusagen. Ja! Und eine letzte Tochter namens Drusilla – ah!«

Dieses letzte »Ah!« hatte seinen Grund in der Tatsache, daß Monk ihm wieder einmal auf den Rücken geschlagen hatte. »Ich nehme an, das ist die Dame, die Sie suchen?«

»Ja. Ja, ich glaube schon. So – noch einmal zurück zum Thema. Was war seine Stellung in der Kirche, und wo hat er gelebt?«

»Wymondham, Sir. Es ist nur ein kleines Dorf.«

»War er nur der Pfarrer?« Das schien so gar nicht zu dem zu passen, was er in Drusilla gesehen hatte. Oder war das Ganze nur ein ungewöhnlicher Zufall und bedeutete letztendlich gar nichts?

»Nein, Sir«, erwiderte der Angestellte nun ebenfalls mit wachsendem Interesse. »Ich glaube, er hatte eine Verbindung zur Kathedrale von Norwich, zumindest hatte er die in den letzten Jahren seines Lebens gehabt. Ein hervorragender Gelehrter, sagte mir mein Informant.«

»Ah – vielen Dank.« Neue Hoffnung stieg in ihm auf. »Wissen Sie sonst noch irgend etwas? Über die Familie zum Beispiel?

Die Witwe? Die Töchter? In welchen Umständen leben sie jetzt?«

Der Angestellte machte ein unglückliches Gesicht.

»Das tut mir leid, Sir, ich habe keine Ahnung. Ich fürchte, um das herauszufinden, müßten Sie nach Norfolk reisen.«

»Ja, natürlich. Vielen Dank. Ich bin Ihnen wirklich zu Dank verpflichtet.« Und das stimmte auch. Er stürzte aus dem Gebäude und warf sich in den ersten freien Hansom, der vorbeikam. Noch bevor er ganz eingestiegen war, rief er dem Fahrer zu, daß er ihn zum Polizeirevier fahren solle, wo er John Evan aufsuchen und ihm erzählen wollte, was er in Erfahrung gebracht hatte.

Aber er mußte fast drei Stunden warten, bevor Evan von dem Fall, an dem er augenblicklich arbeitete, zurückkehrte; mittlerweile war es schon lange dunkel, und es hatte begonnen zu regnen. Sie saßen zusammen in dem Café, wärmten ihre Hände an den heißen Tassen und tranken vorsichtig von der dampfenden Flüssigkeit, umgeben von leisem Stimmengewirr und den Geräuschen, die kommende und gehende Gäste verursachten.

»Buckingham!« sagte Evan überrascht. »An den Namen erinnere ich mich nicht.«

»Aber es muß einen Fall gegeben haben, in dem ein Buckingham eine Rolle spielte!« beharrte Monk. »Suchen Sie bitte noch einmal in den acht Jahre zurückliegenden Akten!« Es war wie ein Hilfeschrei. Entsetzen bemächtigte sich seiner, als ihm der Gedanke kam, daß sein Vergehen gegen Drusilla ein persönliches gewesen sein könnte…

»Ich bin all Ihre Fälle durchgegangen«, sagte Evan mit gequältem Gesichtsausdruck. »Es hat keinen Buckingham gegeben, an den ich mich erinnern könnte, weder einen Verurteilten noch einen Angeklagten. Aber ich werde es natürlich noch einmal versuchen. Ich werde ganz besonders auf den Namen achten.«

»Vielleicht sollte ich besser nach Norfolk fahren.« Monk starrte an Evan vorbei, ohne den überfüllten Raum zu sehen oder das Gelächter zu hören. »Dort haben sie gelebt.«

»Warum sollten Sie zu diesem Zweck nach Norfolk fahren?« Evan war verwirrt. »Sie haben nur mit Londoner Fällen zu tun gehabt. Wenn es dort passiert wäre, hätte sich die örtliche Polizei darum gekümmert, nicht Sie.« Er zuckte unmerklich mit den Schultern und schauderte, als hätte jemand die Tür nach draußen geöffnet, obwohl es in dem Café viel zu warm war, mit den vielen Menschen, den dampfenden Getränken und dem Feuer, das im Kamin loderte. »Vielleicht hat es in London begonnen, und in Norfolk gab es Zeugen oder auch Verdächtige. Ich werde es versuchen.« Er runzelte die Stirn, denn er wußte, daß er lediglich versuchte, den anderen Mann zu beruhigen. »Keine Angst, wenn es etwas gibt, werde ich es finden.«

Und wenn es nichts gibt, dachte Monk, dann muß ich ihr ein persönliches Unrecht getan haben, und wie in Gottes Namen soll ich das in Erfahrung bringen? Wie soll ich jemals herausfinden, warum ich getan habe, was ich tat, was ich dachte oder fühlte, welche mildernden Umstände kann ich für mich in Anspruch nehmen?

Er trank seinen Kaffee aus und stand auf. Er brachte es nicht einmal über sich, Evan in die Augen zu sehen. Was würde er denken oder fühlen, wenn er die Wahrheit erfuhr, welche bittere Desillusionierung und Enttäuschung standen ihm bevor? Er hatte solche Angst vor diesen Enthüllungen, als wären sie bereits Tatsache.

»Vielen Dank«, sagte er, und seine Worte wären ihm beinahe im Hals steckengeblieben. Er hätte gern noch mehr gesagt, aber ihm fiel nichts ein. »Vielen Dank.«

Hester machte sich ebenfalls große Sorgen um Monk, nicht deshalb, weil er irgendwelche Dinge getan haben konnte – damit hatte sie sich überhaupt nicht beschäftigt –, sondern wegen des Ruins, den dieser Skandal über ihn bringen würde, wenn Drusilla ihre Anklage öffentlich machte. Die Tatsache, daß sie nichts beweisen konnte, war unerheblich. Sie hatte Ort und Zeit für ihr Melodrama mit großer Umsicht gewählt. Kein Mann und keine Frau, die von dem Fest in der North Audley Street kamen, würden jemals vergessen, wie sie Hals über Kopf aus dem fahrenden Wagen stürzte, eine Frau mit zerrissenen Kleidern, die laut schrie, daß man über sie hergefallen sei. Was immer ihr Verstand ihnen auch sagen mochte, sie würden die Gefühle dieses Abends noch einmal durchleben, das Entsetzen und die Empörung. Und sie würden niemals akzeptieren, daß man sie übertölpelt hatte. Es würde sie wie Narren erscheinen lassen, und das wäre unerträglich.

Sie mußte irgend etwas tun, um ihm zu helfen, es mußte etwas Praktisches sein, und es mußte sofort passieren. Es hatte keinen Sinn zu versuchen, den Schaden zu begrenzen, nachdem er einmal angerichtet war.

Sie und Callandra hatten bis spät in die Nacht in dem kleinen Raum im Krankenhaus von Limehouse darüber gesprochen, in den wenigen Augenblicken, in denen sie einmal nicht arbeiteten oder schliefen. Callandra war zutiefst beunruhigt, selbst im Angesicht des Elends und Todes um sie herum, und Hester begriff mit einer jähen Aufwallung von Freude, wie gern sie Monk haben mußte. Ihre Sorge um ihn entsprang nicht nur ihrem Interesse an seiner Arbeit und der Tatsache, daß er ihrem Leben eine neue Dimension verlieh.

Aber sie hatte keinen praktischen Rat zu bieten gehabt.

Jetzt saß Hester in dem warmen und sauberen Schlafzimmer Enids im Haus der Ravensbrooks und beobachtete die zerbrechliche Gestalt, die endlich in friedlichen Schlaf gesunken war. Genevieve war nach Hause gefahren, müde vor Kummer und erfüllt von wachsender Angst und Einsamkeit, die der Verlust von Angus mit sich brachte, und gezeichnet von dem Grauen, mit dem Calebs unmittelbar bevorstehende Verhandlung sie erfüllte.

Hester räumte ein paar Dinge auf und kehrte dann zu ihrem Platz zurück. Es war alles so anders als noch vor einigen Tagen. Damals hatte Monk keiner größeren Gefahr ins Gesicht geblickt, als einen Fall, der von Anfang an hoffnungslos schien, aufgeben zu müssen. Vor zwei Wochen hatte Enid im Delirium gelegen und um ihr Leben gekämpft. Sie hatte sich von einer Seite zur anderen geworfen und vor Schmerzen gestöhnt, und ihr Geist war in Fieberphantasien umhergeirrt und hatte Vergangenheit und Gegenwart ineinanderfließen lassen.

Hester mußte unwillkürlich lächeln. Man hörte tatsächlich seltsame Dinge in einem Krankenzimmer. Vielleicht war das einer der Gründe, warum gewisse Leute davor zurückschreckten, Krankenschwestern einzustellen, und statt dessen lieber Kammerzofen mit der Pflege betrauten, die wahrscheinlich ohnehin viele der Geheimnisse ihrer Herrinnen kannten.

Enid hatte in ihrem Fieber über viele Dinge gesprochen, über bruchstückhafte Gedanken, alte Kümmernisse und Einsamkeit, Sehnsüchte, die sie niemals stillen konnte und denen sie, wenn sie bei Bewußtsein war, vielleicht niemals Ausdruck verliehen hätte. Es waren Angst in ihr gewesen und Ahnungen. Mehr als einmal hatte sie auch von Briefen gesprochen, in denen jemand ganz offen von seiner Liebe sprach. Sie hoffte, daß Enid diese Briefe nicht aufbewahrt hatte. Hester zweifelte sehr stark daran, daß sie von Lord Ravensbrook stammten. Er machte nicht den Eindruck, als könne er sich so freimütig ausdrücken. Er schien ein sehr formeller Mensch zu sein, sehr steif, vor allem, was das Aussprechen von Gefühlen betraf – was natürlich nicht bedeutete, daß seine Gefühle deswegen schwächer waren oder ihr körperlicher Ausdruck nicht genauso heftig war wie der jedes anderen Mannes auch.

Sie hatte darüber nachgedacht, ob sie Enid darauf ansprechen sollte, um sie davor zu warnen, daß sie, wenn sie krank war, solcher Indiskretionen fähig war. Möglicherweise würde sie auch im Schlaf oder bei einer neuerlichen Fieberkrankheit ähnlich reagieren. Dann hatte Hester jedoch beschlossen, daß Enid eine solche Einmischung vielleicht als Zudringlichkeit empfinden würde und dadurch eine Barriere zwischen ihnen entstehen könnte. Wenn es Enid bisher gelungen war, ihre Ehe vor einem solchen Unheil zu bewahren, dann konnte ihr das in Zukunft auch ohne Hesters Rat gelingen.

Sie warf noch einmal einen Blick auf Enids schlafende Gestalt. Sie schien ganz ruhig zu sein; ja, auf ihrem Gesicht lag sogar die Spur eines Lächelns, als träume sie etwas Angenehmes.

Vielleicht dachte sie an einige dieser alten Briefe. Sie schenkten ihr vielleicht noch immer glückliche Erinnerungen an eine Zeit, in der sie wußte, daß sie bewundert wurde, daß jemand sie schön fand. Liebesbriefe waren etwas Seltsames, sie konnten, wenn man sie versteckt hielt, so viel Gutes tun… und in den falschen Händen solchen Schaden anrichten.

Hester selbst hatte nur sehr wenige solcher Briefe erhalten, und die meisten davon waren formeller Natur gewesen, mehr die Feststellung einer inbrünstigen Hoffnung als erfüllt von wirklichem Verständnis und Liebe. Nur die von Soldaten hatten überhaupt irgendeine Bedeutung gehabt, und diese Briefe waren romantisch, voll tiefer Gefühle, aber in gewisser Weise auch Aufschreie der Verzweiflung und Einsamkeit junger Männer, die weit entfernt von ihrem Zuhause in einem fremden Land und unter schrecklichen Umständen lebten, junge Männer, die dankbar waren für eine sanfte Berührung und ein aufmerksames Ohr, einen Funken Schönheit in diesem Meer von Schmerz und Verlust. Sie hatte diese Briefe als das gesehen, was sie waren, und nicht mehr in sie hineingelesen.

Sie zuckte vor Verlegenheit zusammen, als sie sich an einen ganz bestimmten Brief erinnerte, der sie vor langer Zeit noch vor dem Ausbruch des Krimkrieges erreicht hatte. Er war von einem jungen Mann gekommen, den ihr Vater für einen sehr akzteptablen Freier gehalten hatte. Der Brief war leidenschaftlich gewesen und ihrer Meinung nach viel zu intim. Die Art Liebe, die sich in diesem Brief ausdrückte, hatte sie entsetzt, denn dieser Mann hatte nicht sie, Hester, gesehen, sondern nur das, was er aus ihr machen konnte. Selbst jetzt noch jagte der Gedanke an diesen Brief ihr einen Schauder des Unbehagens über den Rücken. Danach hatte sie diesen Mann nie wiedersehen wollen.

Allerdings konnte sie sich noch lebhaft an ihre nächste Begegnung mit ihm erinnern. Es war im Haus ihres Vaters gewesen, beim Abendessen. Ihre Mutter hatte keine Ahnung von ihren Gefühlen gehabt und lächelnd am unteren Ende des Tisches gesessen, hatte sie über Linnen und Kristall ausdruckslos angesehen und optimistische Bemerkungen über häusliches

Glück gemacht, während Hester sich innerlich krümmte, ihr Gesicht rot anlief und sie sich von Herzen wünschte, irgendwo anders zu sein. Noch immer glaubte sie, den Blick des unglücklichen jungen Mannes auf sich zu spüren und seine Gedanken zu erahnen, die ihn bei jener Gelegenheit beschäftigt haben mußten. In gewisser Hinsicht war es einer der schlimmsten Abende ihres Lebens gewesen.

Wenn er nur nicht geschrieben hätte, würde sie nicht so sehr gelitten und ihn vielleicht ganz erträglich gefunden haben. Er war kein unangenehmer Mensch gewesen, recht intelligent und nicht übermäßig arrogant, alles in allem ein durchaus annehmbarer Mann.

Welch lächerlichen Schaden ein Brief doch anrichten konnte, wenn er die Vertrautheit übertrieb oder zu weit ging.

Es war so, als erstrahlte der Raum plötzlich in hellem Licht. Natürlich! Das war die Lösung! Vom moralischen Standpunkt aus vielleicht nicht ganz unbedenklich... um ehrlich zu sein, sogar eindeutig fragwürdig. Aber Monk war in einer verzweifelten Lage.

Das Problem war, an wen sie die Briefe schicken sollte. Es mußten Leute aus Drusillas eigenen gesellschaftlichen Kreisen sein, sonst würden sie kaum die gewünschte Wirkung haben. Und Hester hatte keine Ahnung, aus welchen Leuten sich zur Zeit die bessere Gesellschaft zusammensetzte, denn sie hatte sich schon seit Jahren nicht mehr für dieses Thema interessiert.

Jetzt jedoch war es plötzlich von größter Wichtigkeit.

Bei näherem Nachdenken wurde ihr klar, daß Callandra wahrscheinlich nicht mehr darüber wußte als sie. Und wenn sie etwas wußte, dann nur zufällig und nicht, weil sie sich darum bemüht hätte. Wenn sich je eine Frau sowenig darum scherte, wer zur Zeit gesellschaftlich besonders hoch im Kurs stand, wer mit wem dinierte und tanzte, dann war es Callandra Daviot.

Genevieve hatte keinen Zugang zu diesen gesellschaftlichen Kreisen. Ihr Gatte war ein Geschäftsmann, wenn auch ein sehr respektabler. Aber ein echter Gentleman gab sich nur seinen Vergnügungen hin; er arbeitete nicht für sein Geld.

Sie blickte zu Enid hinüber. Dort lag die Antwort.

Natürlich konnte sie ihr unmöglich erzählen, warum sie sich danach erkundigte, nicht weil sie Monk beschützen mußte – Enid hätte so etwas nicht von ihm geglaubt. Nun, was das betraf, konnte Hester die Geschichte leicht abwandeln. Aber Enid würde sicher die ernstesten Zweifel bezüglich des Planes hegen, den Hester sich ausgedacht hatte. Ja, es war durchaus denkbar, daß sie ihr in diesem Fall die gewünschten Informationen überhaupt nicht geben würde.

Sie mußte in Erfahrung bringen, was sie wissen wollte, ohne einen Grund dafür anzugeben. Und vielleicht würde sich das auch gar nicht als so schwierig erweisen. Hester konnte Enid nach der letzten Gesellschaft fragen, die sie besucht hatte, wer dort gewesen war, wie die Leute gekleidet waren, wer mit wem tanzte, wer mit wem geflirtet hatte, was es zu essen gab. Sie konnte sie sogar bitten, ihr von mehreren Festlichkeiten zu erzählen. Enid kannte sie nicht so gut, um zu wissen, daß sie sich sonst nichts aus solchen Dingen machte.

Es konnte gelingen. Sie würde damit anfangen, sobald Enid aufwachte. Monk selbst konnte dann die notwendigen Adressen herausfinden, wenn es keine einfachere Art gab, sie in Erfahrung zu bringen. Sie konnte mit zehn Leuten oder einem Dutzend beginnen. Jedenfalls durfte sie keine Zeit verlieren.

»Sie müssen ein paar wunderbare Gesellschaften besucht haben«, sagte sie voller Enthusiasmus, als Enid aufwachte und Hester die Kissen aufschüttelte und ihr eine leichte Mahlzeit brachte. »Bitte, erzählen Sie mir doch davon. Ich würde schrecklich gern mehr darüber wissen.«

»Wirklich?« fragte Enid zweifelnd. »Ich hätte nicht gedacht, daß solche Dinge Sie auch nur im mindesten interessieren würden.« Sie sah Hester aus schmal gewordenen Augen an, und in ihrem Blick stand deutliche Belustigung.

»Menschen interessieren mich immer«, sagte Hester wahrheitsgemäß. »Sogar Menschen, mit denen ich nicht unbedingt längere Zeit zusammensein möchte. Bitte, erzählen Sie mir doch von dem letzten großen Gesellschaftsereignis, bei dem Sie zugegen waren. Wer war da? Was haben die Leute sich erzählt? Was haben sie getan?«

»Wer war wo?« wiederholte Enid gedankenverloren und schaute an Hester vorbei auf die Gardinen. »Nun ... ich erinnere mich an John Pickering, weil er diese abscheuliche Geschichte über den Bischof erzählt hat ...« Sie ließ ihre Gedanken mit einem leichten Lächeln schweifen, und ganz allmählich erfuhr Hester von ihr, was sie wissen wollte, wobei sie sich jedes für sie wichtige Detail genau einprägte.

Am nächsten Tag suchte sie Monk, der müde und gereizt aussah, in seiner Wohnung auf. Sie hätte vielleicht versucht, ihm Mut zu machen, hätte sie die Zeit dazu gehabt und sich nicht so sehr davor gefürchtet, daß er ihren Plan irgendwie erraten und sie davon abhalten könnte.

»Haben Sie den abscheulichen Brief, den diese Frau Ihnen geschrieben hat, noch?« erkundigte sie sich hastig.

Er stand am Feuer und sorgte auf diese Weise dafür, daß Hester nichts von der Wärme zu spüren bekam, obwohl ihm das wahrscheinlich nicht bewußt war.

»Warum?« fragte er. »Ich habe ihn mehrmals gelesen. Er gibt keinerlei Hinweise darauf, warum sie mich haßt oder wer sie wirklich ist, abgesehen von den offensichtlichen Tatsachen.«

»Haben Sie ihn noch oder nicht?« fragte Hester scharf. »Bitte, nörgeln Sie nicht an allem herum, was ich sage. Dazu haben wir jetzt wirklich keine Zeit.«

»Sie haben doch sonst überhaupt nichts gesagt«, bemerkte er.

»Und ich werde auch keine Zeit dazu haben, wenn Sie weiter so pedantisch sind. Haben Sie den Brief?«

»Ja!«

»Dürfte ich ihn dann bitte sehen?«

»Wozu?« Er rührte sich nicht von der Stelle.

»Holen Sie ihn!« befahl sie.

Er zögerte, als wolle er weitere Einwände erheben, beschloß dann aber wohl, daß es der Anstrengung nicht wert wäre. Er ging zu seinem Schreibtisch, nahm den Brief heraus und reichte ihn mit einem angewiderten Blick Hester.

»Vielen Dank.« Sie steckte ihn in ihre Tasche und faltete dann das Stück Papier auf, auf das sie die Adressen von achtzehn Herren geschrieben hatte, die für ihre Zwecke in Frage kamen. »Ich brauche die Londoner Adressen von möglichst vielen dieser Männer, es sei denn, sie halten sich zur Zeit auf dem Land auf«, forderte sie energisch und reichte ihm das Blatt. »Dann hilft uns das nicht weiter. Ich brauche mindestens zwölf Leute, und zwar bis morgen mittag, wenn Sie so freundlich sein wollen. Es ist ungeheuer wichtig. Sie können die Adressen in meiner Wohnung hinterlassen, in einem versiegelten Umschlag. Sie müssen es schaffen.« Sie wandte sich zum Gehen. »Es tut mir leid, daß ich nicht bleiben kann, aber ich habe noch viel zu tun. Gute Nacht.«

»Hester!« rief er. »Wozu? Wozu brauchen Sie die Adressen um alles in der Welt? Was haben Sie vor?« Er eilte hinter ihr her zur Tür, aber sie hatte bereits ihre Hand auf den Türknauf gelegt.

»Ich habe es Ihnen doch gesagt, ich habe jetzt keine Zeit mehr, darüber zu reden«, antwortete sie schroff. »Ich werde es später erklären. Bitte, tun Sie, worum ich Sie gebeten habe, und zwar so schnell wie möglich. Gute Nacht.«

Sie machte sich ans Werk, sobald sie in ihrer Wohnung war, wo ihre Vermieterin sich überrascht zeigte, sie zu sehen, da sie in letzter Zeit so selten zu Hause war. Hester unterhielt sich kurz freundlich mit ihr, sagte, wie schön es sei, wieder einmal in den eigenen vier Wänden zu sein, und erzählte, daß sie vorhabe, den Abend damit zu verbringen, einige Briefe zu schreiben. In dem unwahrscheinlichen Fall, daß jemand sie besuchen wolle, sehe sie sich außerstande, ihn zu empfangen.

Ihre Vermieterin sah sie sowohl bestürzt als auch erschrocken an, konnte sich aber nicht dazu durchringen, um eine Erklärung zu bitten. Ein solches Benehmen vertrug sich nicht mit der Würde einer Dame, und da sie als solche angesehen werden wollte, konnte sie keine so vulgäre Eigenschaft wie Neugier an den Tag legen.

Sobald sie gegessen hatte, begann Hester mit der Arbeit, wobei sie ihr Bestes tat, Drusillas verschnörkelte, unregelmäßige Handschrift nachzuahmen.

> Mein Geliebter,
> ich brenne noch immer von der Freude unserer letzten Begegnung. Natürlich verstehe ich, daß es notwendig ist, unsere Beziehung geheimzuhalten, zumindest für den Augenblick, aber die Zärtlichkeit Deiner Augen war genug, um mich bis in meine Seele erschauern zu lassen…

Es machte regelrecht Spaß, die zügellose Leidenschaft in Worte zu fassen. Nie und nimmer hätte sie etwas Derartiges geschrieben, wenn sie ihren eigenen Namen darunter gesetzt hätte, ganz gleich, wie ihre Gefühle aussehen mochten. Sie fuhr fort.

> Ich sehne mich nach dem Tag, an dem wir allein sein können, damit diese Verstellung nicht länger notwendig ist, nach dem Tag, an dem du mich in Deine Arme nehmen kannst und wir uns all der Leidenschaft hingeben können, von der ich weiß, daß Du sie genauso empfindest wie ich, diese Leidenschaft, die mich schier zerreißt. Mein ganzes Wesen verlangt nach Dir. Meine Träume sind mit Deinem Anblick erfüllt und mit dem Klang Deiner Stimme, der Berührung Deiner Haut auf der meinen, der Sanftheit Deines Mundes…

Ach herrje! War sie zu weit gegangen?

Aber genau das beabsichtigte sie mit diesen Briefen: Sie sollten so peinlich und so unerträglich wie nur möglich sein. Der Mann, der diesen Brief bekam, mußte Drusilla Wyndham mit einem Abscheu betrachten, der an Entsetzen grenzte. Sie schrieb weiter.

Ich weiß all die Dinge, die Du nicht zu sagen wagst. Ich verstehe auch Deine gelegentliche Kälte mir gegenüber, wenn wir uns zufällig in der Öffentlichkeit begegnen. Ich brenne innerlich, mein Herz schmilzt vor Sehnsucht, endlich aller Welt sagen zu können, daß wir uns lieben, auch wenn wir diesen letzten Schritt noch nicht wagen, aber ich werde warten, denn ich weiß, es wird nicht für immer sein, und bald, sehr bald, mein Liebster, wirst Du die Bande durchtrennen, die Dich jetzt an Deine Frau ketten, und wir werden frei sein in unserer Liebe für alle Zeit.

Deine einzige wahre Liebe, Drusilla

Das war's! Wenn das den Mann nicht bis unter die Haarspitzen erröten ließ, dann war er ein Lebemann und ein Schuft und hatte nicht die Spur von Anstand.

Natürlich hatte sie sich nur verheiratete Männer ausgesucht oder solche, die bald heiraten würden.

Sie las noch einmal, was sie geschrieben hatte. Vielleicht war es ein wenig extrem! Was Drusilla getan hatte, war abscheulich, aber ein einziger solcher Brief konnte ihr nicht wiedergutzumachenden Schaden zufügen, mehrere davon würden sie vernichten, und damit wäre Hester in moralischer Hinsicht nicht besser gewesen als Drusilla selbst. Es versetzte ihr einen scharfen Stich, als ihr klarwurde, daß sich nicht einmal Monk ganz sicher war, Drusillas Haß nicht in irgendeiner Weise verschuldet zu haben!

Sie zerriß den Brief und warf die Schnipsel in den Abfalleimer, bevor sie sich von neuem über ein Blatt beugte.

Dieses zweite Schreiben fiel sehr viel zurückhaltender aus und konnte mißverständlich ausgelegt werden. Es war auf eine Weise verfaßt, die es, wenn man seine Phantasie ein wenig bemühte und ein Gutteil Nachsicht walten ließ, gestattete, eine einigermaßen unschuldige Erklärung zu finden.

So war es schon besser. Sie hoffte, daß sie den Inhalt nicht zu sehr abgemildert hatte und der Brief trotzdem noch die notwendigen Befürchtungen wecken würde; schließlich sollte der Empfänger allem, was Drusilla möglicherweise vorbrachte, mißtrauen, er sollte ein wenig Angst um seine eigene Person und Mitgefühl mit einem anderen Mann haben, dessen Worte oder Taten von einer eitlen Frau falsch ausgelegt worden waren.

Sie schrieb noch einige weitere Briefe in diesem Stil. Als sie ihre Feder um Viertel nach zehn aus der Hand legte, schmerzte ihre Hand, und ihre Augen brannten.

Zwei Tage später öffnete Lord Fontenoy am Frühstückstisch seine Post. Es schien sich um die üblichen Rechnungen, Einladungen und höflichen Briefen der einen oder anderen Art zu handeln. Keines der Schreiben stieß auf ungewöhnliches Interesse bei ihm, und ganz gewiß war nichts Beängstigendes dabei… bis er zu dem letzten Umschlag kam.

Lady Fontenoy, die einen Brief von ihrer Cousine in Wales gelesen hatte, hörte den seltsamen Laut, den er ausstieß, blickte auf und vergaß dann mit einiger Besorgnis ihre eigene Post.

»Ist alles in Ordnung mit dir, mein Lieber? Du siehst gar nicht gut aus. Schlimme Nachrichten?«

»Nein!« sagte er überlaut. »Nein, überhaupt nicht«, fügte er hinzu. »Es ist nur eine Kleinigkeit.« Er bemühte sich, eine plausible Lüge zu ersinnen, etwas, das sein bleiches Gesicht und seine zitternden Hände erklären konnte, ohne jedoch ihre Neugier so weit zu erregen, daß sie das unglückselige Schreiben lesen wollte… was er ihr natürlich verweigern konnte, aber er hatte nicht den Wunsch, ihren Argwohn zu wecken. Sein häusliches Leben war überaus angenehm, und es war ihm sehr daran gelegen, daß das so blieb. »Nein, meine Liebe, es ist nur ein ausgesprochen törichter Brief von jemandem, der Schwierigkeiten in einem Bereich machen will, in dem ich es nicht erwartet hätte. Es ist unangenehm, aber nichts, weswegen wir uns übermäßige Sorgen machen müßten.« Vielleicht reagierte er übertrieben. Er dachte noch einmal über den Inhalt des Schreibens nach. Er hatte ihn anfangs entsetzt, aber bei nochmaligem Nachdenken waren die Worte zweideutig, und der fordernde Charakter, den er zuerst in sie hineininterpretiert hatte, trat ein wenig in den Hintergrund.

»Bist du sicher?« bedrängte Lady Fontenoy ihn. »Du siehst sehr blaß aus, Walter.«

»Ich habe meinen Tee ein wenig hastig heruntergeschluckt«, erwiderte er. »Ich fürchte, ich habe ihn in die falsche Kehle bekommen. Unangenehm. Bitte, beunruhige dich nicht. Wie geht es Dorothea? Das ist doch ein Brief von Dorothea, oder?«

Ihr war klar, daß das Gespräch damit beendet war. Sie wußte, daß er es nicht noch einmal erwähnen würde, aber sie wußte auch nur allzu gut, daß ihn der Brief, den er bekommen hatte, gründlich aus der Fassung gebracht hatte, und sie fand den ganzen Tag über keine Ruhe mehr.

Sir Peter Welby hatte sich ebenfalls sehr über seine Morgenpost aufgeregt. Da er noch Junggeselle war, obzwar er kurz vor einer sehr günstigen Heirat stand, frühstückte er allein, abgesehen von der distanzierten Anwesenheit seines Dieners.

»Gütiger Gott!« rief er, als er das bestürzende Schreiben gelesen hatte. Wenn es in die falschen Hände fiel, konnte es größten Schaden anrichten.

»Sir?« sagte sein Diener fragend.

Seine Reaktion bestand darin, das Blatt zu zerreißen, in so kleine und so viele Stücke wie nur möglich, und sie dann in das Feuer im Frühstückszimmer zu werfen. Er erinnerte sich ganz deutlich an die Frau. Er hatte mit ihr getanzt, mehrmals sogar. Sie war sehr hübsch und hatte etwas an sich, das höchst attraktiv war. Sie hatte Witz und, wie er geglaubt hatte, Verstand. Aber sie konnte nicht recht bei Trost sein, wenn sie einen wirklich harmlosen Flirt als etwas Tiefergehendes verstanden und geglaubt hatte, daß er auch nur die leiseste Absicht haben konnte, ausgerechnet jetzt ihre Beziehung zu vertiefen!

Wenn sie wirklich meinte, was sie da andeutete, dann mußte er sie davon überzeugen, daß er nichts dergleichen im Sinn hatte, weder jetzt noch jemals in der Vergangenheit.

Aber vielleicht hatte sie sich nur unglücklich ausgedrückt? Das beste war, gar nicht darüber zu sprechen – mit niemandem. Sollte doch Gras über die Sache wachsen. In Zukunft mußte er sehr viel vorsichtiger sein. Hübsche Frauen in einem gewissen Alter waren eine teuflische Angelegenheit.

Der ehrenwerte John Blenkinsop las seine Post mit einem Ausdruck absoluter Ungläubigkeit. Er faltete den Brief hastig wieder zusammen und wollte ihn gerade in den Umschlag zurückschieben, als seine Frau, die an diesem Morgen keine Post erhalten hatte, seinen Gedankengang unterbrach. Sie hatte selbst etwas zu erzählen, etwas, das sie am Vorabend erfahren hatte, nur daß sie vor seiner Rückkehr aus dem Club zu Bett gegangen war und daher noch keine Gelegenheit hatte, mit ihm darüber zu sprechen.

»Wußtest du, John, daß neulich in der North Audley Street eine ganz abscheuliche Sache passiert ist?« Sie beugte sich über den Toast und die Marmelade. »Die arme Drusilla Wyndham, so eine nette Frau, ist in einem Hansom überfallen worden. Kannst du dir etwas so Schreckliches vorstellen? Sie hatte einen Mann in irgendeiner Sache um Hilfe gebeten, und dieser Mann, eine sehr ordinäre Person nach allem, was man hört, hat ihre Höflichkeit als Ermutigung aufgefaßt und versucht, ihr seine Aufmerksamkeiten aufzuzwingen! John, hörst du mir eigentlich zu?«

»Seine Aufmerksamkeiten aufzwingen?« wiederholte er verwirrt. »Du meinst, er hat sie geküßt?«

»Ja, ich nehme es an«, erwiderte sie. »Er hat ihr sogar das Kleid aufgerissen, am Busen. Die ganze Sache muß ein Alptraum für sie gewesen sein, das arme Geschöpf. Sie ist ihm nur entkommen, indem sie sich aus dem Hansom gestürzt hat; bei voller Fahrt, verstehst du? Sie ist auf die Straße gefallen. Ich kann nur staunen, daß sie sich nicht dabei verletzt hat.«

Der Brief brannte ihm in der Hand. »Ich würde die Sache nicht zu wichtig nehmen, meine Liebe …«, begann er.

»Was?« Sie war entgeistert. »Wie kannst du so etwas sagen? Was um alles in der Welt meinst du damit? Der Mann hat sich unverzeihlich benommen!«

»Möglicherweise, meine Liebe, aber manche Frauen bilden sich Dinge ein, die …«

»Einbilden?« Sie war verblüfft. »Der Mann hat Hand an sie gelegt, John! Er hat ihr Kleid zerrissen! Wie ist möglich, daß sie sich so etwas eingebildet haben könnte?«

»Nun... vielleicht hat er sie gestreift, als die Kutsche schlingerte, du weißt doch, wie so etwas ist...« Er dachte an seine eigene Begegnung mit Drusilla und die absurde Art und Weise, wie sie die Begegnung verstanden hatte. Sein Mitleid galt ganz allein diesem Burschen, wer immer er auch war. Ihm brach der Schweiß aus, als ihm der Gedanke kam, daß ihm das ohne weiteres hätte auch passieren können. »Ziemlich hysterische Frau, meine Liebe«, fügte er hinzu. »Ich möchte dir keinen Kummer bereiten, aber ich würde nicht viel darauf geben, was sie sagt, wenn ich an deiner Stelle wäre. Alleinstehende Frauen von über Dreißig und all das. Neigt zu Phantasien von ziemlich hitziger Natur. So etwas gibt es. Hat eine höfliche Geste für etwas viel Schwerwiegenderes gehalten. So was gibt es.«

Sie runzelte die Stirn. »Denkst du wirklich so darüber, John? Es fällt mir schwer, das zu glauben.«

»Natürlich tut es das.« Er zwang sich zu einem Lächeln, das wenig überzeugend war. »Weil du eine Frau bist, die ordentlich verheiratet ist und ein eigenes Heim hat und alles, was dazugehört. Du würdest dir niemals irgendwelche Dinge einbilden. Aber nicht alle Frauen sind wie du, das mußt du akzeptieren. Laß dir einen Rat geben, Mariah. Ein guter Freund von mir, dessen Namen ich nicht nennen möchte, um ihm die Peinlichkeit zu ersparen, hat eine ganz ähnliche Erfahrung mit einer jungen Frau gemacht, und er war so unschuldig wie ein neugeborenes Kind, das versichere ich dir. Aber in der Hitze ihrer... ihrer Phantasien hat sie ihn vollkommen mißverstanden und ihn beschuldigt, sie... nun..., so etwas ist nichts für deine Ohren.«

»O du liebe Güte!« Sie war völlig sprachlos. »Also nein! Ich hätte wirklich nicht gedacht...«

»Das gereicht dir zur Ehre.« Er erhob sich und verließ den Tisch. »Aber ich möchte dich dringend bitten, nicht weiter über diese Angelegenheit zu reden und dich auch keinesfalls auf irgendwelche Gespräche diesbezüglich einzulassen. So, jetzt mußt du mich entschuldigen, meine Liebe. Bitte, laß dich nicht von mir stören.« Und als er am Feuer vorbeikam, ließ er den Brief hineinfallen und zögerte gerade lange genug, um zuzusehen, wie die Flammen ihn zu seiner unendlichen Erleichterung vernichteten. Das Thema würde nicht noch einmal zur Sprache kommen.

Neuntes Kapitel

Vier Tage später begann vor dem obersten Gerichtshof für Straftaten im Old Bailey die Verhandlung gegen Caleb Stone. Die Vertretung der Anklage übernahm Oliver Rathbone, die Verteidigung Ebenezer Goode. Goode war ein Kronanwalt von großer Ausstrahlung und Begabung. Er hatte den Fall nicht wegen des Honorars übernommen – es gab keins –, sondern der grundsätzlichen Bedeutung der Angelegenheit und vielleicht sogar noch mehr der damit verbundenen Herausforderung wegen. Rathbone kannte ihn flüchtig. Sie waren schon früher Gegner vor Gericht gewesen. Goode war ein Mann von Mitte Vierzig, groß und ziemlich hager, aber seine hervorstechendsten Merkmale waren seine vorstehenden, sehr hellen, blaugrauen Augen und sein offenes, strahlendes Lächeln. Er verstand es zu begeistern und besaß einen höchst exzentrischen Sinn für Humor. Außerdem war er ein leidenschaftlicher Katzenliebhaber.

Die Zuschauerplätze waren nicht so dicht besetzt wie bei einer Verhandlung gegen ein Mitglied der besseren Gesellschaft oder wegen eines Verbrechens, dessen Opfer ein schillernderer Charakter als Angus Stonefield gewesen wäre. Nichts deutete auf einen Sittenskandal hin, und anscheinend war auch kein Geld im Spiel. Und da es keine Leiche gab, mußte erst noch bewiesen werden, daß es überhaupt einen Mord gegeben hatte. Die Leute, die gekommen waren, wollten vor allem das Duell zwischen Rathbone und Goode miterleben, bei dem es darum ging, eben diese Sache zu beweisen. Beide waren Meister des Wortgefechts vor Gericht.

Es war ein schöner, aber stürmischer Tag. Sonnenstrahlen fielen durch die Fenster und tauchten den Gerichtssaal in ein milchiges Licht, die Holzvertäfelung der Wände, den Fußboden und die geschnitzte Pracht des Richterstuhls. Die Geschworenen waren bereit, zwölf sorgfältig ausgesuchte Männer, die einen feierlichen Ernst verbreiteten. Sie waren erwiesenermaßen honorige Mitglieder der Gesellschaft und erfüllten die notwendige Bedingung finanzieller Unabhängigkeit.

Rathbone rief seinen ersten Zeugen auf, Genevieve Stonefield. Als sie durch den Gerichtssaal ging und die Stufen zum Zeugenstand erklomm, ging nur ein leises Raunen durch die Reihen der Zuschauer. Auf Rathbones Anraten trug sie nicht Schwarz, sondern eine Mischung aus Dunkelgrau und Marineblau. Ihr Kleid war schlicht, unauffällig und überaus schmeichelhaft. Sie sah müde und angespannt aus, aber die ihr innewohnende Leidenschaft und der Ausdruck von Intelligenz in ihrem Gesicht wurden dadurch noch verstärkt, und als sie sich auf der obersten Stufe umdrehte und in den Saal blickte, war das Interesse der Zuschauer geweckt. Ein Mann sog überrascht die Luft ein, und eine Frau schnalzte mit der Zunge.

Rathbone lächelte. Genau diese Art Frau war Genevieve Stonefield. Sie rief Gefühle wach, vielleicht Neid bei den weiblichen Zuschauern, selbst wenn sie nicht recht wußten, warum. Etwas in ihr wartete noch darauf, geweckt zu werden, etwas Elementareres, als es die meisten Frauen besaßen. Er mußte allergrößte Vorsicht walten lassen. Vielleicht konnte man von Glück sagen, daß für die Geschworenenbank grundsätzlich nur Männer in Frage kamen.

Sie wurde vereidigt und gab Namen und Adresse an, wobei sie Rathbone ernst ansah, als wäre außer ihm niemand im Saal. Nicht ein einziges Mal irrten ihre Augen zu den Geschworenen oder dem Richter hinüber, ja nicht einmal den Gerichtsbeamten, der ihr die Bibel gab, sah sie an.

Rathbone erhob sich und ging auf den Zeugenstand zu, blieb aber ein kleines Stück davor stehen, damit er sich nicht den Hals verrenken mußte, um sie ansehen zu können. Dann begann er in gelassenem Tonfall seine Befragung.

»Mrs. Stonefield, würden Sie dem Gericht bitte alles erzählen, was Ihnen über die Ereignisse an dem letzten Tag, an dem Sie

Ihren Mann gesehen haben, in Erinnerung geblieben ist? Beginnen Sie mit Ihrer Unterhaltung beim Frühstück.«

Sie holte tief Luft, und in ihrer Stimme lag nur ein kaum merkliches Zittern, als sie antwortete.

»Es war nichts Besonderes in der Post gewesen«, sagte sie. »Einige Briefe von Freunden, eine Einladung ...« Sie hielt inne und konnte sich nur mit beträchtlicher Anstrengung unter Kontrolle halten. Es war nichts Sichtbares, keine Tränen, kein Zittern, kein unbeholfenes Tasten nach einem Taschentuch, nur ein langes Zögern, bevor sie weitersprach. »Die Einladung bezog sich auf einen Musikabend drei Tage später, und er meinte, wir sollten hingehen. Es war ein Violinkonzert. Er hatte eine besondere Vorliebe für Geigenmusik. Er fand, daß der Klang der Geige einen Menschen auf eine Art und Weise anrühren könne, wie es kein anderes Musikinstrument vermochte ...«

»Also haben Sie die Einladung angenommen?« unterbrach Rathbone sie. »Im Glauben, daß er jede Absicht hatte, das Konzert zu besuchen?«

»Ja.« Sie holte noch einmal tief Luft. »Ich habe mich später überhaupt nicht entschuldigt! Die Leute müssen mich für sehr unhöflich halten. Ich habe die Sache einfach vergessen.«

»Wenn man Sie damals nicht verstanden hat, so bin ich mir ganz sicher, daß man es heute tun wird«, versicherte er ihr. »Bitte, fahren Sie fort.«

»Angus bekam ein oder zwei Rechnungen, die den Haushalt betrafen und um die er sich kümmern wollte, wenn er wieder zurück war. Dann ist er ins Geschäft gegangen. Er sagte, er würde zum Abendessen zu Hause sein.«

»Haben Sie ihn seither noch einmal gesehen, Mrs. Stonefield?«

Ihre Stimme war sehr leise, beinahe ein Flüstern. »Nein.«

»Haben Sie Nachrichten von ihm erhalten, in welcher Form auch immer?«

»Nein.«

Rathbone ging einen Schritt nach links und verlagerte sein Gewicht auf den anderen Fuß. Er war sich beinahe körperlich bewußt, daß sich Ebenezer Goode auf seinem Stuhl zurücklehnte, ein Lächeln auf dem Gesicht und die Augen leuchtend und wachsam. Er war gelassen, zuversichtlich, aber niemals so sorglos, irgend etwas für selbstverständlich zu halten.

Hinter der Absperrung für die Angeklagten stand Caleb Stone völlig reglos da. Sein Haar war lang und dicht und wild gelockt, so daß es den verwegenen Ausdruck seines Gesichts mit dem üppigen Mund und den strahlendgrünen Augen noch unterstrich. Gerade seine absolute Bewegungslosigkeit zog alle Blicke auf sich in einem Raum, in dem alle anderen hin und wieder nervös auf ihren Plätzen hin und her rutschten, sich an der Nase oder an einem Ohr kratzten oder sich umdrehten, um jemanden anzusehen oder mit einem Nachbarn zu tuscheln. Der einzige Mensch, der nicht einmal in seine Richtung schaute, war Genevieve, als könne sie es nicht ertragen, sein Gesicht zu sehen, welches das genaue Ebenbild ihres geliebten Mannes zu sein schien.

»Mrs. Stonefield«, fuhr Rathbone fort. »War Ihr Mann früher schon einmal über Nacht nicht zu Hause?«

»O ja, recht oft sogar. Seine Geschäfte machten ab und zu eine Reise notwendig.«

»Gab es Ihres Wissens nach noch andere Gründe für seine Abwesenheit?«

»Ja...« Sie sah ihn unverwandt an, äußerlich wie erstarrt in ihrem marineblauen und grauen Wollkleid mit den Seidenbesätzen. »Er ist regelmäßig ins East End der Stadt gefahren, nach Limehouse, um seinen Bruder zu besuchen. Er war...« Ihr schienen für den Augenblick die Worte zu fehlen.

Caleb starrte sie an, als wollte er sie zwingen, ihm ihren Blick zuzuwenden, aber sie tat es nicht.

Einige der Geschworenen waren da weit höflicher.

»Er war ihm sehr zugetan?« beendete Rathbone den Satz für sie.

Ebenezer Goode richtete sich in seinem Stuhl auf. Rathbone beeinflußte die Zeugin, aber das war nicht der richtige Zeitpunkt für ihn, um Einwände zu erheben.

»In gewisser Weise hat er ihn geliebt«, sagte Genevieve stirnrunzelnd, wobei sie immer noch sorgfältig darauf achtete, nicht zum Angeklagten hinüberzusehen. »Ich glaube, er empfand auch eine Art Mitleid für ihn, weil …«

Diesmal stand Ebenezer Goode wirklich auf.

»Ja, ja«, meinte der Richter und hob mit einer schnellen, beschwichtigenden Geste die Hand. »Mrs. Stonefield, was Sie glauben, ist kein Beweis, es sei denn, Sie können uns Gründe für Ihre Überzeugung nennen. Hat Ihr Mann einem solchen Gefühl Ausdruck verliehen?«

Sie sah ihn stirnrunzelnd an. »Nein, Mylord. Aber ich hatte den Eindruck. Warum hätte er sonst immer wieder zu Caleb fahren sollen, trotz der Art und Weise, wie dieser ihn behandelte, wenn nicht aus Loyalität und einer Art Mitleid? Selbst wenn ihm schlimmste Verletzungen zugefügt wurden, hat er ihn mir gegenüber immer in Schutz genommen.«

Der Richter, ein kleiner hagerer Mann mit einem so müden Gesicht, daß man den Eindruck hatte, er habe seit Jahren schlecht geschlafen, sah sie mit geduldigem Verständnis an.

»Meinen Sie, seine Gefühle seien verletzt worden, Ma'am, oder sprechen Sie von körperlichen Verletzungen?«

»Von beidem, Mylord. Aber wenn ich hier nicht sagen darf, was ich instinktiv erraten habe und was ich weiß, weil ich meinen Mann kannte, sondern nur, was ich wirklich beweisen kann, dann will ich nur sagen, daß er körperliche Verletzungen davongetragen hat. Es waren Prellungen, Hautabschürfungen und mehr als einmal oberflächliche Stichwunden, die von Messern oder ähnlichen Gegenständen herrührten.«

Rathbone hätte es nicht besser planen können. Jetzt gab es keinen Mann und keine Frau mehr im ganzen Gerichtssaal, deren Aufmerksamkeit nicht geweckt worden wäre. Sämtliche Geschworene saßen kerzengerade auf ihren Plätzen und sahen zum Zeugenstand hinüber. Das kummervolle Gesicht des Richters war streng. In der Menge sah Rathbone Hester Latterly, die neben Lady Ravensbrook saß; letztere war aschfahl und sah aus, als sei sie in den letzten fünf oder sechs Wochen um zehn Jahre gealtert. Monk hatte ihm erzählt, daß sie an Typhus erkrankt war. Die Krankheit hatte eindeutig ihren Tribut gefordert. Aber selbst in diesem geschwächten Zustand war sie immer noch eine bemerkenswerte Frau, und nichts konnte die Einzigartigkeit ihres Charakters verändern.

Ebenezer Goode biß sich auf die Lippen und rollte ganz leicht mit den Augen.

Caleb Stone stieß ein kurzes bellendes Lachen aus, und die Wachen, die zu beiden Seiten neben ihm standen, rückten ein wenig näher an ihn heran; der Abscheu stand ihnen ins Gesicht geschrieben.

Der Richter blickte zu Rathbone hinüber.

»Haben wir richtig verstanden, Mrs. Stonefield«, griff Rathbone den Faden wieder auf, »daß Ihr Mann von diesen Besuchen bei seinem Bruder mit Verletzungen zurückkehrte, die manchmal ziemlich ernst und schmerzhaft waren – und daß er trotzdem immer wieder zu ihm gefahren ist?«

»Ja«, sagte sie mit ruhiger Stimme.

»Welche Erklärung hat er Ihnen für sein ungewöhnliches Verhalten gegeben?« wollte Rathbone wissen.

»Daß Caleb sein Bruder war«, antwortete sie, »und daß er ihn nicht im Stich lassen könne. Caleb hatte sonst niemanden. Sie waren Zwillinge, und das Band zwischen ihnen durfte nicht zerrissen werden, auch nicht von Calebs Haß und seiner Eifersucht.«

Auf der Anklagebank hielt Caleb mit seinen gefesselten Händen, die kräftig und schlank waren, das Geländer umklammert, bis seine Knöchel weiß geworden waren.

Rathbone betete darum, daß sie sich ganz genau daran erinnern würde, was sie abgesprochen hatten. Bisher war die Befragung perfekt gelaufen.

»Hatten Sie keine Angst, daß seine Verletzungen eines Tages ernsterer Natur sein könnten?« fragte er. »Daß er vielleicht zum Krüppel gemacht werden könnte?«

Ihr Gesicht war bleich und angespannt, und nach wie vor starrte sie unverwandt vor sich hin.

»Ja – ich hatte furchtbare Angst davor. Ich hab' ihn angefleht, nicht wieder hinzugehen.«

»Aber Ihre Bitte konnte seine Meinung nicht ändern?«

»Nein. Er sagte, er könne Caleb nicht fallenlassen.« Sie ignorierte Calebs Schnauben, aus dem Verachtung und beinahe so etwas wie Qual sprachen. »Er mußte immer an den Jungen denken, der er gewesen war«, sagte sie erstickt. »Und an all das, was sie als Kinder geteilt hatten, den Kummer um den Tod ihrer Eltern ...« Sie blinzelte mehrmals, und die Mühe, die es sie kostete, nicht die Beherrschung zu verlieren, war offensichtlich.

Rathbone widerstand der Versuchung, die Geschworenen anzusehen, aber er konnte beinahe spüren, wie ihr Mitleid sich einer warmen Woge gleich über den Raum legte.

In der Menge erblickte er Enid Ravensbrooks ausgezehrtes Gesicht, das vor Mitleid für den Kummer, den sie so gut nachempfinden konnte, weich geworden war. Es verriet eine solche Tiefe des Mitgefühls, daß Rathbone nicht umhinkonnte, flüchtig darüber nachzudenken, ob vielleicht auch sie als Kind solche Einsamkeit erfahren hatte.

»Ja?« drängte er Genevieve sanft zum Weitersprechen.

»Ihr Gefühl absoluter Einsamkeit«, fuhr sie fort. »Und die Träume und Ängste, die sie geteilt haben. Wenn sie krank waren oder sich fürchteten, wandten sie sich immer einander zu. Es war niemand sonst da, dem sie am Herzen gelegen hätten. Das konnte er nicht vergessen, ganz gleich, was Caleb ihm jetzt auch antun mochte. Er war sich immer der Tatsache bewußt, daß das Leben gut zu ihm gewesen war und daß Calebs Schicksal sich als weniger glücklich erwiesen hatte.«

Auf der Anklagebank stieß Caleb einen Laut aus, der halb Stöhnen, halb Knurren war. Einer der Gefängniswärter legte ihm vorsichtig die Hand auf die Schulter. Der andere grinste höhnisch.

»Hat er das gesagt, Mrs. Stonefield?« hakte Rathbone nach. »Hat er diese Worte benutzt, oder ist das eine Vermutung von Ihnen?«

»Nein, er hat genau diese Worte benutzt, und das mehr als

einmal.« Ihre Stimme klang jetzt klar und entschlossen. Es war eine Feststellung.

»Sie hatten Angst, daß Caleb Ihren Mann ernsthaft verletzen könnte, aus Neid auf seinen Erfolg und aus Haß?«, erwiderte sie.

»Ja«, erwiderte sie.

Ein leises Raunen ging durch den Raum, eine spürbare Bewegung. Die Sonne war hinter Wolken verschwunden, und im fahleren Licht wirkte das Holz des Saales grauer.

»Hatte er kein Verständnis für Ihre Gefühle?« fragte Rathbone weiter.

»O doch«, antwortete sie. »Er empfand genauso. Er hatte Angst, aber Angus war ein Mann, dem Pflicht und Ehre über alles gingen, selbst über sein eigenes Leben. Es war eine Frage der Loyalität. Er sagte, er sei Caleb für die Vergangenheit etwas schuldig, und er könne nicht damit leben, wenn er jetzt weglaufen würde.«

Einer der Geschworenen nickte zustimmend. Er blickte mit Verachtung zum Angeklagten hinüber.

»Worin bestand diese Schuld, Mrs. Stonefield?« wollte Rathbone wissen. »Hat er etwas dazu gesagt?«

»Es ging wohl nur darum, daß Caleb ihn, als sie noch Kinder waren, gelegentlich in Schutz genommen hat«, antwortete sie. »Er hat nichts Genaueres darüber gesagt, aber ich glaube, er hat ihn gegen ältere Jungen verteidigt, die ihn aufzogen und schikanierten. Er hat auch davon gesprochen, daß ein Junge dabeigewesen sei, der besonders brutal war, und daß Caleb immer derjenige gewesen sei, der sich schützend vor ihn gestellt habe.« Plötzlich liefen ihr die Tränen übers Gesicht. »Das hat Angus nie vergessen.«

»Ich verstehe«, sagte Rathbone sanft und mit einem kleinen Lächeln. »Das ist ein Ehrgefühl, von dem ich glaube, daß wir alle es verstehen und bewundern.« Er gab den Geschworenen ein oder zwei Sekunden Zeit, um sich seine Worte einzuprägen. Wie schon zuvor, sah er sie auch jetzt nicht an. Das wäre viel zu plump gewesen. »Aber Sie glauben, daß er trotzdem Angst hatte«, fuhr er fort. »Warum, Mrs. Stonefield?«

»Weil er vor seinen Besuchen in Limehouse immer rastlos und in sich gekehrt war«, antwortete sie. »Ganz anders als sonst. Er wollte dann oft allein sein und ging dabei häufig im Zimmer auf und ab. Er war bleich, konnte nicht essen, seine Hände zitterten, und sein Mund war trocken. Wenn jemand so große Angst hat, Mr. Rathbone, ist es nicht schwer, das zu bemerken, vor allem, wenn es sich um jemanden handelt, den man gut kennt und liebt.«

»Natürlich«, murmelte er. Er war sich ganz deutlich der Tatsache bewußt, daß Caleb sich nun über das Geländer beugte und zwei Geschworene ihn anstarrten, als sei er ein wildes Tier und als würde er, wenn er nicht gefesselt wäre, vielleicht sogar mit einem Satz auf sie herunterspringen. »Gab es sonst noch etwas?«

»Manchmal hat er geträumt«, erwiderte sie. »Dann hat er laut aufgeschrien, Calebs Namen gerufen und gesagt: ›Nein! Nein!‹ Und dann wachte er schweißgebadet auf und zitterte am ganzen Leib.«

»Hat er Ihnen erzählt, worum es in diesen Träumen ging?«

»Nein. Er war zu aufgeregt.« Sie schloß die Augen, und ihre Stimme bebte. »Ich hielt ihn dann einfach in den Armen, bis er wieder einschlief, wie ich es bei einem Kind getan hätte.«

Im Gerichtssaal herrschte absolutes Schweigen. Ausnahmsweise hatte nun sogar Caleb den Kopf gesenkt, so daß man sein Gesicht nicht sehen konnte. In der Menge hörte man nur vereinzelte Seufzer von Leuten, die den Atem angehalten hatten und jetzt mühsam beherrscht wieder weiteratmeten.

Enid sah aus, als würde sie gleich in Tränen ausbrechen, und umklammerte Hesters Hand.

»Ich bin mir darüber im klaren, daß dies Ihnen nur Schmerz bringen kann«, nahm Rathbone seine Befragung nach einer kurzen Pause wieder auf, nachdem er Genevieve Zeit gelassen hatte, sich wieder zu sammeln. »Aber es gibt einige Fragen, die ich stellen muß. Als Ihr Mann nicht zurückkehrte, was haben Sie da unternommen?«

»Am nächsten Tag bin ich ins Geschäft gegangen und habe Mr. Arbuthnot, den Angestellten meines Mannes, gefragt, ob

Angus vielleicht aus geschäftlichen Gründen unterwegs sei und die Nachricht an mich irgendwie verlorengegangen sein könnte. Er sagte, daß das nicht der Fall gewesen sei. Er ...« Sie hielt inne.

»Ja, bitte erzählen Sie uns nicht, was Mr. Arbuthnot gesagt hat.« Rathbone lächelte ihr sanft zu. »Wir werden ihn zu gegebener Zeit selbst danach fragen. Erzählen Sie uns lediglich, was Sie als nächstes getan haben.«

»Ich habe noch einen Tag abgewartet, dann habe ich einen Detektiv aufgesucht, den man mir empfohlen hatte, einen Mr. William Monk.«

»Ich werde sowohl Mr. Arbuthnot als auch Mr. Monk als Zeugen aufrufen, Mylord«, sagte Rathbone und wandte sich dann wieder an Genevieve. »Was haben Sie Mr. Monk erzählt?«

»Ich habe ihm erklärt, daß ich befürchtete, mein Mann sei zu seinem Bruder gefahren, und Caleb habe ihn ermordet.« Sie zögerte nur einen Augenblick, umklammerte das Geländer mit beiden Händen, so daß sich der Stoff ihrer marineblauen Handschuhe über ihren Knöcheln spannte. »Ich habe ihn gebeten, alles in seiner Macht Stehende zu tun, um Beweise für das zu finden, was vorgefallen war. Er versprach, sich sofort der Sache anzunehmen.«

»Und als Ergebnis seiner Bemühungen in dieser Sache, Mrs. Stonefield, hat er Ihnen da gewisse Kleidungsstücke vorgelegt?«

Ihr Gesicht wurde noch bleicher, und diesmal brachte sie nicht mehr die Kraft auf, ihre Stimme unter Kontrolle zu halten. Sie schluckte, und als sie sprach, brachte sie nur ein heiseres Flüstern zustande.

»Ja ...«

Rathbone wandte sich an die Geschworenen. »Mit Erlaubnis Eurer Lordschaft möchte ich die Beweisstücke eins und zwei der Anklage vorlegen.«

»Bitte.« Der Richter nickte zustimmend.

Der Gerichtsdiener legte den Mantel und die Hose, die Monk von der Isle of Dogs mitgebracht hatte, vor den Richter. Sie waren noch in demselben Zustand, in dem er sie der Polizei übergeben hatte, schmutzig, blutbefleckt und stark zerrissen.

»Sind das die Kleidungsstücke, die er Ihnen gezeigt hat, Mrs. Stonefield?« fragte Rathbone und hielt sie hoch, so daß nicht nur sie, sondern alle im Raum Anwesenden sie sehen konnten. Die Folge war ein allgemeines Aufstöhnen. Er schaute zu Titus Niven hinüber, der zwei Reihen hinter Enid Ravensbrook saß; er war weiß wie die Wand, und in seinen Augen stand Zorn. Rathbone sah, wie Hester zusammenzuckte, aber er wußte, daß zumindest sie ihn verstand.

Genevieve schwankte auf ihrem Stuhl, und einen Augenblick lang dachte er, sie würde in Ohnmacht fallen. Er machte einen Schritt nach vorn, obwohl er ihr, da sich der Zeugenstand ein ganzes Stück über dem Boden befand, nicht wirklich hätte helfen können.

Einer der Geschworenen stöhnte auf. Wenn das Urteil von Sympathien und nicht von Tatsachen abhängig gewesen wäre und Ebenezer Goodes Auftritt nicht noch bevorgestanden hätte, hätte Rathbone den Fall in diesem Augenblick gewonnen.

Der einzige Mensch im Raum, der ungerührt zu sein schien, war Caleb. Er wirkte lediglich neugierig und leicht überrascht.

»Würden Sie sich bitte diese Kleidungsstücke ansehen, Mrs. Stonefield, und dem Gericht sagen, ob Sie sie wiedererkennen?« bat Rathbone sehr sanft, aber doch so laut, daß seine Stimme bis zur letzten Zuschauerreihe dringen mußte. Der ganze Saal schien den Atem anzuhalten, und es gab nicht das leiseste Geräusch im Raum, das von Rathbone abgelenkt hätte.

Sie sah die beiden Kleidungsstücke nur eine Sekunde lang an.

»Das sind die Kleider, die mein Mann getragen hat, als ich ihn das letzte Mal sah«, sagte sie, den Blick fest auf sein Gesicht geheftet. »Bitte, zwingen Sie mich nicht, sie anzufassen. Sie sind voll von seinem Blut!«

Ebenezer Goode öffnete den Mund und schloß ihn wieder. Niemand hatte bewiesen, daß es sich um Angus' Blut handelte, aber er war zu klug, als daß er diese Sache in diesem Augenblick hätte weiterverfolgen wollen. Er warf Rathbone einen warnenden Blick zu. Die Schlacht konnte jederzeit beginnen, aber daran hatte er nie gezweifelt. Und er würde Genevieve nicht verschonen, sondern nur mit gerade soviel Vorsicht behandeln, wie notwendig war, um seiner eigenen Sache nicht zu schaden.

»Natürlich«, murmelte Rathbone. »Solange Sie keinerlei Zweifel haben, daß diese Dinge wirklich ihm gehört haben?«

»Ich habe keine Zweifel.« Ihre Stimme war heiser, aber deutlich. »Ich habe auch das Etikett des Schneiders im Futter erkannt, als Mr. Monk mir die Kleider neulich zeigte.«

»Vielen Dank, Mrs. Stonefield. Es ist nicht nötig, daß ich Sie weiter quäle, aber bitte bleiben Sie, wo Sie sind, für den Fall, daß mein gelehrter Freund von der Verteidigung mit Ihnen zu sprechen wünscht.« Er lächelte ihr zu und begegnete ihrem bemerkenswert ruhigen Blick für eine Sekunde, bevor er an seinen Platz zurückkehrte.

Ebenezer Goode erhob sich und lächelte sie mit verwirrendem Wohlwollen an. Er näherte sich beinahe unterwürfig dem Zeugenstand. Ein Raunen ging durch den Saal. Nur Caleb schien sich nicht für das jetzt Folgende zu interessieren. Er vermied es, Goode anzusehen.

»Mrs. Stonefield«, begann Goode, und seine Stimme klang voll und einschmeichelnd. »Es tut mir aufrichtig leid, Sie diesem Martyrium unterwerfen zu müssen, aber Sie verstehen sicher, daß es, sosehr wir alle mit Ihnen fühlen, meine Pflicht ist, gerade die meine, dafür zu sorgen, daß wir die Sache nicht dadurch beilegen, indem wir jemandem die Verantwortung aufbürden, der nicht wirklich schuldig ist. Ich bin sicher, das verstehen Sie.« Er hob hoffnungsvoll die Augenbrauen.

»Ja, ich verstehe«, antwortete sie.

»Natürlich tun Sie das. Sie sind eine großzügige Frau.« Er steckte die Hände in die Taschen und blickte zu ihr auf. Er lächelte immer noch. »Ich zweifle nicht daran, daß die Beziehung zwischen Ihrem Mann und seinem Bruder sehr schwierig war und daß sie gelegentlich Streit hatten. Alles andere wäre auch merkwürdig gewesen, da ihr Leben in so verschiedenen Bahnen verlief.« Er nahm die Hände aus den Taschen und benutzte sie zur Unterstreichung seiner Worte. »Ihr Mann hatte alles, was das Leben bieten kann: eine schöne und tugendhafte

Frau, fünf gesunde Kinder, ein gepflegtes, behagliches Heim, in das er jeden Abend zurückkehren konnte, ein einträgliches Geschäft und die Wertschätzung, ja sogar die Freundschaft der Welt, sowohl in gesellschaftlicher als auch in beruflicher Hinsicht.«

Er schüttelte den Kopf und schürzte die Lippen. »Wogegen der arme Caleb, aus welchen Gründen auch immer, nichts von alledem sein eigen nennt. Er hat keine Frau und keine Kinder. Er schläft, wo er gerade vor Kälte und Regen Schutz finden kann. Er ißt zu unregelmäßigen Zeiten. Er besitzt kaum mehr als die Kleider, die er am Leib trägt. Er verdient sich seinen Lebensunterhalt, wo er kann, und nur allzuoft mit Dingen, die andere Männer verachten würden. Und tatsächlich stößt er bei den Menschen auf Widerwillen und Ablehnung, und viele, das will ich zugeben, fürchten ihn, wie es vielleicht häufig Menschen widerfährt, die die Umstände zu verzweifelten Handlungen treiben.« Er lächelte den Geschworenen zu. »Ich werde nicht versuchen, ihn als bewundernswerten Mann darzustellen, nur als einen, der vielleicht zu Recht unser Mitleid verdient und dessen gelegentlicher Groll und Zorn auf seinen vom Glück begünstigten Bruder möglicherweise doch unser Verständnis finden kann.«

Er wandte sich ein wenig zur Seite, um die Zuschauer anzusehen. Dann fuhr er wieder herum und heftete seinen Blick erneut auf Genevieve: »Aber, Mrs. Stonefield, Sie sagen, daß Ihr Mann von diesen Besuchen im East End, vielleicht auch in Limehouse oder auf der Isle of Dogs, mit Prellungen und Schürfwunden manchmal sogar mit ernsten Verletzungen zurückkehrte. Das haben Sie doch gesagt, oder?«

»Ja.« Sie war verwirrt und auf der Hut.

»Als sei er in einen Streit verwickelt gewesen, vielleicht in einen ziemlich ernsten? So jedenfalls habe ich Sie verstanden. Ist das korrekt?«

»Ja.« Ihr Blick hätte sich beinahe zu Caleb hinüber verirrt, aber dann schaute sie schnell wieder geradeaus.

»Hat er ausdrücklich gesagt, daß Caleb ihm diese Verletzungen beigebracht habe, Mrs. Stonefield?« bedrängte Goode sie. »Bitte, denken Sie genau nach, und antworten Sie präzise.«

Sie schluckte und schaute zu Rathbone hinüber, der seinen Blick bewußt abwandte. Er durfte sich nicht dabei erwischen lassen, wie er ihr irgend etwas signalisierte. Sie mußte allein entscheiden, absolut allein, wenn ihre Aussage volles Gewicht haben sollte.

»Mrs. Stonefield?« Goode war ungeduldig.

»Es war doch Caleb, den er besucht hat!« protestierte sie.

»Natürlich war er es. Ich hatte auch keine anderen Möglichkeiten in Erwägung gezogen«, räumte Goode ein, wobei er auf diese Weise dafür sorgte, daß den Geschworenen klar war, daß es solche anderen Möglichkeiten durchaus gab. »Wir wollen sie nicht einmal erwähnen, zumindest nicht für den Augenblick. Aber hat er gesagt, daß Caleb ihm die Verletzungen zugefügt habe, Mrs. Stonefield? Das ist die entscheidende Frage. Ist es nicht möglich, daß Caleb in einen Kampf verwickelt war, und Ihr Mann ist ihm als loyaler Bruder zu Hilfe gekommen? Bitte, Ma'am, ist das unmöglich?«

»Nein, nein – nicht unmöglich, nehme ich an«, sagte sie widerwillig. »Aber …«

»Aber was?« Er war über alle Maßen höflich. »Aber Angus war kein Raufbold?« Er zog die Augenbrauen hoch. »Kein Mann, der sich leicht in eine Schlägerei hineinziehen ließ? Nicht so, wie Sie ihn kennen, da bin ich mir sicher, aber haben Sie ihn jemals in einem Gasthaus auf der Isle of Dogs erlebt? Manchmal muß ein Mann schon außerordentlich friedfertig oder sogar ein Feigling sein, um dort einem Kampf aus dem Weg zu gehen. Ist Caleb jemand, der Streit sucht? Könnte er diese Schlägereien angezettelt haben oder der Grund für sie gewesen sein?«

Rathbone erhob sich. »Wirklich, Mylord, wie könnte die Zeugin etwas Derartiges wissen? Wie mein gelehrter Freund hier bereits festgestellt hat, war sie niemals dort!«

Goode lächelte Rathbone mit übertriebener Höflichkeit und nicht ohne Humor an.

»Ach herrje, da bin ich in meine eigene Falle getappt. Ich gestehe meinen Irrtum ein.« Er wandte sich wieder an Genevieve. »Ich ziehe die Frage zurück, Ma'am, sie war absurd. Darf ich fragen, ob Sie es nach dem, was Ihr Mann Ihnen erzählt hat, für möglich halten, daß er bei einem Kampf oder einer Reihe von Schlägereien in Calebs Gesellschaft oder vielleicht auf dem Rückweg von einem Besuch bei ihm verletzt wurde, aber nicht direkt von Caleb selbst? Oder ist das unmöglich?«

»Es ist möglich«, räumte sie ein, aber alles in ihrem Gesicht und in ihrer Körperhaltung leugnete dies.

»Und das Blut auf diesen Kleidern«, sagte Goode, und sein Gesicht verzog sich vor Abscheu, »von denen ich bereit bin zu glauben, daß es die seinen sind. Vielleicht bin ich optimistisch, ja sogar voller Hoffnung, daß es sich doch nicht um sein Blut handelt, sondern um das irgendeiner anderen armen Seele, und daß er die Kleider einfach weggeworfen hat, weil sie auf diese Weise beschmutzt worden sind?«

»Aber wo ist er dann?« Sie beugte sich über das Geländer, und in ihrem Gesicht stand eine flehentliche Bitte. »Wo ist Angus?«

»Das kann ich Ihnen leider nicht sagen.« Goodes Gesichtsausdruck zeigte ehrliche Anteilnahme, ja sogar die Bitte um Verzeihung. »Aber als man sie fand, hatte er sie nicht am Leib, ob nun verletzt oder unverletzt, Ma'am. Ich gestehe, es sieht nicht gut für ihn aus, aber es gibt keinen Grund zu verzweifeln und ganz gewiß keinen Beweis für eine Tragödie. Lassen Sie uns nicht den Mut und die Hoffnung verlieren.« Er neigte ganz leicht den Kopf und kehrte zu seinem Platz zurück.

Der Richter sah mit amüsiertem, aber auch ein wenig gelangweiltem Blick zu Rathbone hinüber. »Mr. Rathbone, haben Sie noch irgendwelche Fragen an die Zeugin, bevor das Gericht sich über Mittag zurückzieht?«

»Nein danke, Mylord. Ich glaube, Mrs. Stonefield hat ihre Geschichte so klar erzählt, daß jeder sie verstanden hat.« Er hätte sie an dieser Stelle nur noch dazu zwingen können zu wiederholen, was sie bereits gesagt hatte. Es war eine Frage der Einschätzung, was die Geschworenen in die eine oder andere Richtung beeinflussen konnte. Er hielt Zurückhaltung für die beste Vorgehensweise. Er hatte ihre Gesichter beobachtet, ihre Reaktionen auf Genevieve. Er durfte es nicht übertreiben. Sollten sie sich doch ihre eigene Meinung über sie bilden. Ihre Entschlossenheit, die Interessen ihrer Kinder zu vertreten, konnte mißverstanden werden und das Bild beeinträchtigen.

Das Gericht erhob sich. Caleb wurde hinausgeführt, die Menge strömte aus dem Saal, um sich mit Erfrischungen zu versorgen, und Rathbone, Goode und der Richter nahmen, jeder für sich, in einer nahe gelegenen Taverne ein exzellentes Mahl ein. Am Nachmittag kehrten sie wieder ins Gericht zurück.

»Bitte, rufen Sie Ihren nächsten Zeugen auf, Mr. Rathbone«, verfügte der Richter. »Geben Sie uns etwas Handfestes in dieser Sache.«

Rathbone verbrachte den Rest des Tages damit, Stonefields Dienerschaft aufzurufen, damit diese bestätigte, was Genevieve über die Gelegenheiten, bei denen Angus nicht zu Hause war, erzählt hatte. Angus war häufig fort gewesen, aber nur, wenn er von einem Besuch bei Caleb zurückkehrte, war er verletzt. In zwei Fällen mußten die Wunden behandelt werden. Er hatte sich geweigert, einen Arzt hinzuzurufen, trotz der offensichtlichen Ernsthaftigkeit seiner Verletzungen, und Mrs. Stonefield hatte ihn selbst gepflegt. Sie verfügte über einige Begabung auf diesem Gebiet.

Hatte Mr. Stonefield lange gebraucht, um sich zu erholen?

Bei einer Gelegenheit war ihm nichts anderes übriggeblieben, als über eine Woche lang im Bett zu liegen. Es schien, als hätte er eine Menge Blut verloren.

Hatte er einen Grund für seine Verletzung angegeben?

Nein. Aber der Butler hatte mit angehört, wie Mr. Stonefield einmal von seinem Bruder sprach, und Mrs. Stonefield hatte kein Geheimnis aus ihrer Vermutung gemacht, daß Caleb die Schuld an seinen Verletzungen trug.

Die Gesichter der Geschworenen verrieten deutlich, wie sie selbst zu der Sache standen, wie groß ihre Verachtung für Caleb war, der sie überhaupt nicht beachtete, als spielten sie nicht die geringste Rolle in dieser Verhandlung.

Der Butler war sehr freimütig. Er ließ Goode keine Möglichkeit, ihm eine Falle zu stellen, und Goode war bei weitem zu klug, um sich von einem solchen Mann in Verlegenheit bringen zu lassen. Er war höflich und wohlwollend. Das einzige, was er hier erreichen konnte, war eine neuerliche Bekräftigung für die Geschworenen, daß die Frage, woher Angus' Verletzungen rührten, nach wie vor lediglich auf Vermutungen fußte. Angus hatte niemals ausdrücklich gesagt, daß Caleb ihn mit einem Messer bedroht habe. Er war überhaupt nicht ausführlicher auf irgendwelche dieser Streitigkeiten eingegangen. Alle Besucher im Raum glaubten, daß Caleb der Schuldige war; es stand auf ihren Gesichtern geschrieben, wenn sie zur Anklagebank sahen, und der höhnische, unverschämte Blick, mit dem Caleb seinerseits diese Leute bedachte, schien das zu bestätigen.

Der erste Verhandlungstag endete mit einer Verurteilung im Geiste, aber ohne Beweise, die der Richter im Sinne des Gesetzes hätte verwerten können, nur mit massiven Vermutungen und einer Zuschauerschar, die kein Hehl aus ihrer Verachtung machte.

Rathbone verließ das Gerichtsgebäude und fand beinahe sofort einen Hansom. Ohne nachzudenken, gab er dem Fahrer Weisung, ihn nach Primrose Hill zu bringen. Dort lebte sein Vater, ein ruhiger, gelehrsamer Mann von sanfter Natur und beunruhigend scharfem Verstand.

Sein Vater saß neben einem großen Holzfeuer und hatte die Füße auf das Kamingitter gelegt und ein Glas Rotwein neben sich stehen, als Oliver eintraf und gleich darauf von einem Diener hineingeführt wurde. Henry Rathbone blickte überrascht auf, dann huschte ein Schatten von Freude und auch Besorgnis über seine Züge.

»Setz dich«, sagte er und zeigte auf den Stuhl gegenüber. »Wein?«

»Was trinkst du denn da?« Oliver setzte sich und gab sich einer tiefen Zufriedenheit hin, als die Wärme des Feuers ihn durchdrang. »Deinen Burgunder mag ich nicht besonders.«

»Das ist ein Bordeaux«, erwiderte Henry.

»Dann nehme ich ein Glas.«

Henry nickte dem Diener zu, der sogleich verschwand, um den Wein herbeizuholen.

»Du wirst dir die Füße verbrennen«, meinte Oliver kritisch.

»Das Schlimmste, was mir passieren kann, ist, daß ich mir die Sohlen von meinen Pantoffeln ansenge«, wandte Henry ein. Er fragte nicht, warum Oliver gekommen war. Er wußte, daß er es noch rechtzeitig erfahren würde.

Oliver ließ sich ein wenig tiefer in den Sessel sinken und nahm den Bordeaux von dem Diener entgegen, der gleich darauf das Zimmer verließ und die Tür mit einem leisen Klicken hinter sich ins Schloß fallen ließ.

Die Asche im Kamin fiel zusammen, und Henry streckte die Hand aus, um ein weiteres Holzscheit aufzulegen. Es gab kein Geräusch im Raum, abgesehen vom Knistern des Feuers, kein Licht außer dem der Flammen und dem einer Gaslampe an der Wand gegenüber. Der Wind draußen war, genauso wie der einsetzende Regen, nicht zu hören.

»Ich denke darüber nach, mir einen neuen Hund zuzulegen«, bemerkte Henry. »Der alte Edgmore hat ein paar Retrieverwelpen. Einen davon mag ich ganz besonders.«

»Gute Idee«, meinte Oliver. Er würde das Thema von sich aus anschneiden müssen. »Diese Verhandlung macht mir Schwierigkeiten.«

»Das habe ich gehört.« Henry griff nach seiner Pfeife und führte sie zum Mund, machte sich jedoch nicht die Mühe, sie anzuzünden. Das tat er nur selten. »Warum? Was ist anders, als du erwartet hast?«

»Nichts, nehme ich an.«

»Welchen Grund gibt es dann, sich Sorgen zu machen?« Henry sah ihn mit seinen klaren hellblauen Augen an, die so ganz anders waren als die Olivers, der trotz seines blonden Haars sehr dunkle Augen hatte. »Irgend etwas hat dich aus dem Gleichgewicht gebracht. Ist es dein Verstand, oder sind es deine Gefühle? Meinst du, du wirst verlieren, obwohl du gewinnen solltest, oder gewinnen, obwohl du verlieren solltest?«

Oliver konnte nicht umhin zu lächeln. »Verlieren, obwohl ich gewinnen sollte, denke ich.«

»Faß den Fall für mich zusammen.« Er nahm die Pfeife aus dem Mund und richtete den Stiel geistesabwesend auf Oliver. »Und sprich nicht mit mir, als wäre ich ein Geschworener! Sag mir einfach die Wahrheit.«

Oliver stieß ein kurzes scharfes Lachen aus und zählte die nackten Tatsachen auf, soweit sie ihm bekannt waren. Seine eigenen Eindrücke erwähnte er nur dann, wenn er glaubte, daß sie zum Verständnis beitrugen und nicht durch Beweise gestützt wurden. Als er geendet hatte, sah er seinen Vater in Erwartung einer Antwort an.

»Das ist also wieder mal ein Fall von Monk«, bemerkte Henry. »Hast du Hester noch einmal gesehen? Wie geht es ihr?«

Oliver fühlte sich unbehaglich. Das war ein Thema, über das er nicht nachdenken und erst recht nicht diskutieren wollte.

»Es ist äußerst schwierig, die Geschworenen in einem Mordfall ohne eine Leiche zu einem Schuldspruch zu bewegen«, sagte er gereizt. »Aber wenn je ein Mann verdient hat zu hängen, dann ist es Caleb Stone. Je mehr ich von Angus erfahre, um so mehr bewundere ich ihn und um so verabscheuungswürdiger erscheint mir Caleb. Der Mann ist gewalttätig, zerstörerisch – ein Ungeheuer.«

»Aber ...« Henry hob die Augenbrauen und sah Oliver wohlwollend an.

»Er scheint nicht die leisesten Gewissensbisse zu haben«, fuhr Oliver fort. »Nicht einmal, wenn er die Witwe seines Bruders ansieht – und er weiß, daß fünf Kinder da sind, und niemand kann sagen, was jetzt aus ihnen werden wird ...« Er hielt inne.

»Zweifelst du an seiner Schuld?« fragte Henry und nahm einen Schluck von seinem Bordeaux.

Oliver ergriff ebenfalls sein Glas. Der Wein leuchtete im Widerschein des Feuers rubinrot, und sein klares, kräftiges Aroma stieg ihm zu Kopf.

»Nein. Er ist nur auf eine so vitale Art und Weise präsent. Selbst wenn ich ihn nicht ansehe, was ich so gut wie nie tue, bin ich mir seiner Gefühle bewußt, seines Zorns... und seiner Qual... und seiner Intelligenz.«

»Und wenn du gewinnst, wird man ihn hängen.«

»Ja.«

»Und das stört dich?«

»Ja.«

»Und wenn du verlierst, wird er ein freier Mann sein, schuldig und freigesprochen.«

»Ja.«

»Ich kann dir nicht helfen, außer mit einem ruhigen Abend am Feuer und einem weiteren Glas Bordeaux. Du weißt bereits, was ich sagen würde.«

»Ja, natürlich weiß ich das. Ich nehme an, ich wollte es mir einfach nicht selbst sagen.« Er nahm genußvoll einen weiteren Schluck aus seinem Glas. Wenigstens bis es Zeit für ihn war, wieder nach Hause zu fahren, würde er die Angelegenheit auf sich beruhen lassen.

Monk war nicht im Gericht gewesen. Man würde ihn als Zeugen aufrufen, daher konnte er der Verhandlung nicht eher beiwohnen, als bis er seine Aussage gemacht hatte, und er verspürte kein Verlangen, in den Fluren herumzulungern, um hier und da eine Neuigkeit aufzuschnappen.

Von Drusilla Wyndham hatte er nichts mehr gehört. Wenn sie die Polizei wegen seines angeblichen Übergriffs hinzuziehen wollte, hatte sie die Angelegenheit offensichtlich hinausgezögert. Er hielt es für weit wahrscheinlicher, daß sie um die Sinnlosigkeit einer solchen Anklage wußte und ihn mit Hilfe von Gerüchten ruinieren wollte, einer langsameren und subtileren Art der Folter, die außerdem viel mehr Erfolg versprach. Er würde warten müssen, das Damoklesschwert über seinem Haupt, ohne zu wissen, wann es auf ihn herabstürzte.

Er ging aufs Polizeirevier, um mit Evan zu sprechen, wo er erfuhr, daß man diesen ins Crouch End geschickt hatte, um jemanden zu befragen, der des Einbruchs verdächtigt wurde. Man erwartete ihn erst morgen wieder auf dem Revier. Außerdem konnte er ohnehin nur wenig für Monk tun, solange er nicht wenigstens wußte, um welchen Fall es ging, falls es überhaupt einen gab.

Monk eilte über das kalte Pflaster und nahm die Windstöße, die ihm ins Gesicht bliesen, kaum wahr. Eine Kutsche fuhr zu dicht am Straßenrand an ihm vorbei, und ihre Räder gerieten in den Rinnstein und durchnäßten ihn. Seine Hose flatterte feucht um seine Knöchel.

Was hatte er Drusilla angetan? Was hatte er irgendeiner Frau jemals angetan? Er wußte so wenig über sein Privatleben. Er hatte seiner Schwester Beth niemals regelmäßig geschrieben. Das wußte er aus den wenigen Briefen von ihr, die er aufbewahrt hatte. Er hatte Runcorn verachtet und war zumindest teilweise verantwortlich für das aggressive, selbstsüchtige Verhalten, das dieser jetzt ihm gegenüber an den Tag legte. Runcorn hatte Monks Geringschätzung während seiner gesamten beruflichen Karriere zu spüren bekommen. Seine zu Anfang nur leichte Abneigung gegen ihn hatte sich in Angst verwandelt, und das nicht ohne Grund. Monk hatte seine Schwächen erkannt und sie ausgenutzt.

Das war nichts, was Bewunderung verdient hätte.

Nun gut, Runcorn war kein besonders liebenswerter Mensch, er war engstirnig, egozentrisch und ein Feigling ohne jede Spur von Großmut. Aber seine Zusammenarbeit mit Monk hatte ihn noch ärmer gemacht, nicht reicher.

Wen gab es sonst noch? Niemanden aus der Vergangenheit, soweit er wußte. Vielleicht hatte er wenigstens Hermione gut behandelt! Es schien, als sei sie diejenige gewesen, die ihn fallengelassen hatte. Aber wenn er sie länger gekannt, wenn sie ihn nicht so bitter enttäuscht hätte, wäre es möglich gewesen, ihr mit der Zeit vielleicht auch weh getan zu haben.

Es war nutzlos, diesen Gedanken weiter zu verfolgen.

Er überquerte die Straße, ohne auf die Pferdeäpfel zu achten, die noch nicht weggekehrt worden waren.

Was war mit der Gegenwart, der kurzen Spanne von zwei Jahren seit dem Unfall? Sein Benehmen Evan gegenüber war durchaus ehrenwert gewesen. Dessen war er sich absolut sicher. Und Callandra gegenüber auch. Sie hatte ihn gern und mochte ihn wirklich. Dieses Wissen gehörte zu seinem kostbarsten Besitz, und er klammerte sich mit einer Heftigkeit daran, die er noch vor einem Monat nicht für möglich gehalten hätte.

Aber Callandra war über Fünfzig. Ein weit ehrlicherer Spiegel wäre Hester gewesen. Wie hatte er Hester behandelt, die an seiner Seite so schreckliche Dinge erleben mußte, die im Angesicht von Fehlschlägen und Widerständen ohne jede Frage tapfer und treu zu ihm gestanden hatte?

Aber auch er war für sie dagewesen, als sie in Gefahr schwebte. Er hatte nicht einen Augenblick an ihrer Ehre oder Unschuld gezweifelt. Er hatte Tag und Nacht gearbeitet, um sie zu retten. Er hatte nicht einmal darüber nachdenken müssen: Nichts anderes wäre für ihn in Frage gekommen. Nichts anderes war ihm in den Sinn gekommen.

Aber wie hatte er sie als Frau behandelt?

Wenn er ehrlich war, mußte er sich eingestehen, daß er grundsätzlich schroff und kritisch, ja sogar beleidigend gewesen war. Er hatte es mit Absicht getan, weil er sie verletzen wollte, weil sie auf irgendeine unverständliche Art und Weise – ja was? Warum fühlte er sich so unbehaglich in ihrer Gegenwart? Weil eine elementare Wahrheit in ihr steckte, über die er nichts wissen wollte, weil sie etwas in ihm ansprach, das zu empfinden er sich nicht leisten konnte. Sie war fordernd, unbequem, kritisch. Sie verlangte etwas von ihm, das zu geben er nicht bereit war – Veränderung, Ungewißheit, Schmerz. Sie besaß die komplizierte Natur eines Mannes, nicht jedoch dessen Tugenden und Unbefangenheit. Sie verlangte Freundschaft von ihm.

Aber Drusilla war ganz anders. Die Art und Weise, wie er Hester sah, hatte nichts damit zu tun.

Er überquerte die nächste Straße, wobei er einem Karren aus dem Weg gehen mußte.

Er war glücklich mit Drusilla gewesen, hatte ihre Gesellschaft genossen. Sie war witzig, unbeschwert, geistreich, weiblich. Sie stellte keine intellektuellen Anforderungen, erzwang keine moralischen Urteile. Sie hatte nichts, was ihn ärgerte oder aus der Fassung brachte. Nein, Hester war in dieser Hinsicht kein Maßstab.

Aber hatte er Hester verletzt? War er von Natur aus selbstsüchtig, grausam? Und war er das immer schon gewesen? Das war nicht völlig auszuschließen… und in Wirklichkeit ging es eigentlich genau darum.

Er hatte nichts übrig für selbstsüchtige Menschen. Diese Eigenschaft war in jeder Hinsicht verachtenswert, eine geistige Schwäche, die jede andere Tugend überlagerte, am Ende selbst Mut und Aufrichtigkeit. Galt das auch für ihn? War er im Grunde ein Mann ohne Großmut? Drehte sich alles nur um seine eigenen Interessen?

Was für eine absolute und abgrundtiefe Einsamkeit. Es war seine eigene Bestrafung, schrecklicher als alles, was ein Außenstehender ihm auferlegen konnte.

Er mußte es wissen! Warum haßte Drusilla ihn?

Er konnte nichts tun, bis Evan zurückkehrte und er mit Sicherheit wußte, ob es sich um einen seiner Fälle handelte oder nicht. Wenn nicht, dann mußte er als nächstes nach Norfolk reisen, aber er durfte London nicht verlassen, bevor er in der Stonefield-Verhandlung ausgesagt hatte.

Er konnte die Polizei bei ihrer weiteren Suche am Fluß nach Angus' Leiche unterstützen. Nicht daß große Hoffnung bestünde, sie jetzt noch zu finden, aber es sollte nichts unversucht bleiben. Wenn sie seine Leiche fanden, wäre der Fall Caleb endgültig abgeschlossen. Wenn je ein Mann es verdient hätte, gehängt zu werden, dann Caleb. Wichtiger noch, es würde Genevieve aus der seelischen und finanziellen Bedrängnis erlösen. Wenn er an ihre Qual und ihren Mut dachte, an ihren tragischen Verlust, verblaßte daneben sein eigenes Dilemma.

Es war ein klarer, kalter Nachmittag, als er in dem kleinen Boot stand, das von den Stufen am Shadwell Dock ablegte und stromabwärts fuhr, während der Wind ihm ins Gesicht blies. Sie nahmen sich das nördliche Ufer vor. Ein anderes Boot suchte das Südufer ab.

Die Luft war erfüllt vom Geruch der Flut und Abwässer, dem Plätschern und Schlurfen, mit dem die Wellen des Kielwassers größerer Schiffe gegen die Pfosten und Planken der Piers schlugen. Sie befanden sich inmitten von Lastenseglern und Kähnen auf dem Weg zur Ostküste, von Passagierschiffen unterwegs nach Frankreich und Holland und schnellen Klippern, die in alle Teile des Empire und der Welt ausliefen.

Sie gingen an jedem Dock an Land, suchten jeden Hof und jede Treppe ab, stocherten in jedem Holzhaufen, in jedem Stapel Stoffballen herum, untersuchten jeden Schiffsrumpf, jede dunkle Stelle im Fluß und schauten unter jedes im Wasser schwimmende Treibgut. Sorgfältig nahmen sie sich die schweren Pfosten der Piers vor, an die in früheren Zeiten gefangene Seeräuber festgebunden worden waren, damit die hereinkommende Flut am Morgen sie ertränkte.

Monk war durchgefroren. Seine Füße und seine Hose waren durchnäßt, nachdem er immer wieder vom Boot aus in den Kies am Ufer gesprungen war. Sein Körper schmerzte, die nassen Seile hatten ihm Handflächen und Knöchel aufgeschürft, und er war hungrig.

Als die Dämmerung hereinbrach, bohrte sich die Kälte mit Nadeln in die Haut, und die Feuchtigkeit auf den Pflastersteinen am Ufer verwandelte sich in Eis. Die Flut wälzte sich wieder landeinwärts. Sie befanden sich hinter Woolwich und dem Königlichen Arsenal; sie waren bis zum Ende von Gallion's Reach hinuntergefahren. Vor ihnen lag Barking Reach.

»Nichts«, sagte der Sergeant kopfschüttelnd. »Wir verschwenden nur unsere Zeit. Wenn er überhaupt in den Fluß geworfen wurde, ist er jetzt lange weg. Armer Teufel.« Er hob den Arm, und das Boot schaukelte leicht. »Alles klar, Männer. Wir können genausogut nach Hause fahren. Gott weiß, daß es heute nacht mal wieder höllisch kalt wird. Reicht mal die Flasche mit dem Rum durch. Wir sind verdammt weit weg von zu Hause.«

»Wir werden ihn schon irgendwo finden«, meinte einer der anderen lakonisch. »Früher oder später gibt das Meer die Toten frei.«

»Vielleicht«, gab der Sergeant ihm recht. »Aber nicht mehr heute abend, Jungs.«

Sie wendeten in einem weiten Bogen und legten sich mit ihrem ganzen Gewicht in die Riemen, zu müde, um sich noch länger zu unterhalten. Das Ufer war nur ein besonders dunkler Bereich in der Nacht, der von gelben Lichtern erhellt wurde, Kutschenlaternen, die sich langsam von einem Ort zum anderen bewegten. Die Geräusche von dort waren über das Wasser nur schwach zu hören, das Rattern von Rädern, ein Ruf, das Knirschen von Rundhölzern in der Mitte des Flusses.

Es war eine gute Stunde später, als sie mit einem festen Gegenstand im Wasser zusammenstießen und der Mann am Bug Meldung machte. Es dauerte dann noch zwanzig Minuten, während derer sie sich im Lampenlicht abmühten und das kleine Boot hin und her schwankte, bis sie die Leiche hereingeholt hatten und untersuchen konnten.

Monk spürte, wie sich sein Magen vor Ekel zusammenkrampfte, und einen Augenblick lang fürchtete er, sich übergeben zu müssen.

Es waren die Überreste eines Mannes von Ende Dreißig oder Anfang Vierzig, soviel konnte man noch sehen. Er war seit geraumer Zeit tot, nach Monks Einschätzung etwas mehr als eine Woche. Seine Gesichtszüge waren vom Flußwasser und seinen natürlichen Bewohnern bereits übel zugerichtet. Was seine Kleider betraf, so konnte man nur noch sagen, daß es sich um ein Hemd und eine Art Hose gehandelt haben mußte, aber von welcher Qualität oder Farbe, ließ sich nicht mehr feststellen.

»Nun?« fragte der Sergeant an Monk gewandt. »Ist er das?« Um seinen Mund lag ein bitteres Lächeln. »Puh! Armer Teufel. Kein menschliches Wesen sollte so enden.«

Monk riß sich zusammen und betrachtete die Leiche genauer. Er war überrascht, daß sein Magen sich wieder beruhigt hatte, obwohl er zitterte. Er mußte solche Dinge schon früher gesehen haben. Der Mann war groß und kräftig gebaut, sein Haar von dunkler Farbe und dicht. Es gab nichts, was dagegen sprach, daß es sich um Angus Stonefield handelte.

»Ich weiß nicht. Könnte sein«, sagte er mit einem Gefühl von Traurigkeit, das ihn um ein Haar überwältigt hätte, ganz so, als hätte er bis zu diesem Augenblick immer noch geglaubt, daß Angus vielleicht noch lebte.

Der Sergeant seufzte. »Ich fürchte, wir müssen seine Frau fragen, obwohl ich weiß Gott nicht der Meinung bin, daß irgendeine Frau so etwas sehen sollte... schon gar nicht, wenn es sich um ihren Mann handelt.«

»Bringen Sie ihn ins Leichenschauhaus«, sagte Monk leise, obwohl er sich haßte für das, was er tat, noch bevor er es ganz ausgesprochen hatte. Plötzlich schien es ihm ganz leicht, Caleb zu hängen. Aber sein Zorn reichte jetzt nicht einmal mehr dazu aus. »Ich werde sie hinbringen. Es muß sein. Vielleicht gibt es irgendwelche Merkmale an seinem Körper, wo die Kleider ihn geschützt haben, irgend etwas, das sie wiedererkennen könnte... oder das es zumindest wahrscheinlich erscheinen läßt.«

Der Sergeant blickte ihm im Licht der Lampe forschend ins Gesicht und nickte dann langsam. »Recht haben Sie, Sir. So werden wir's machen. Kommt, Jungs, geht wieder an die Riemen. Oder wollt ihr vielleicht so lange auf dem verdammten Fluß bleiben, bis wir festfrieren?«

»Ja, Mr. Monk?« Genevieve sah ihn an, und ihr Gesicht spiegelte ihre Angst wider, die auch schon in ihren Augen stand. Man hatte ihn ins Wohnzimmer geführt. Die größeren, offizielleren Räume benutzte sie nicht mehr, wahrscheinlich, um die Heizkosten zu sparen. Sie sah erschöpft aus. Er wußte, daß sie den ganzen Tag über auf dem Gericht gewesen war, und einen großen Teil davon hatte sie im Zeugenstand zugebracht. Der Anblick Calebs, der ihrem Mann äußerlich so ähnlich sah, mußte die schlimmste Prüfung ihres Lebens gewesen sein. Und jetzt würde er ihr Leiden möglicherweise noch vergrößern müssen.

Aber es ließ sich nicht vermeiden. Niemand konnte ihr das abnehmen. Wenn sein Gesicht unbeschädigt geblieben und noch zu erkennen gewesen wäre, hätten Ravensbrook oder Mr. Arbuthnot dies auf sich nehmen können, um sie zu schonen. So wie die Dinge lagen, konnte nur sie die verborgenen kleinen Geheimnisse seines Körpers kennen – soweit das noch möglich war.

Monk befand sich nicht oft in der Verlegenheit, daß ihm die Worte fehlten. Er hatte seit dem grausigen Fund im Fluß darüber nachgedacht, wußte aber immer noch nicht, wie er ihr diese Neuigkeit am besten beibringen sollte.

»Was ist passiert, Mr. Monk?« Sie ließ sein Gesicht keine Sekunde lang aus den Augen. »Haben Sie Angus gefunden? Ist das der Grund, warum es Ihnen so schwerfällt, mit mir zu sprechen?«

»Ich weiß es nicht.« Es war lächerlich, daß sie ihm half, während er doch derjenige sein sollte, der ihr beistehen sollte. Es war ihr Kummer, ihr Verlust, nicht seiner. »Wir haben eine Leiche gefunden, aber wir brauchen jemanden, der Angus gut genug kannte, um ihn zu identifizieren.«

»Ich verstehe nicht...« Sie schwankte ein klein wenig. »Was versuchen Sie mir zu sagen?« Sie schluckte. »Ist es Angus oder nicht? Sie haben Caleb gesehen. Ich kann eine Vielzahl von Unterschieden zwischen ihnen erkennen, aber ihre Augen müßten gleich sein, so daß sie selbst entscheiden können, ob es Angus ist oder nicht!« In ihrer Stimme und in ihrem Blick lag eine wachsende Panik. »Bitte! Diese... diese Ungewißheit ist schlimmer als jede Wahrheit.« Sie stand mit verkrampften Händen vor ihm, und ihr Körper war so angespannt, daß sie zitterte.

»Wenn ich es wüßte, Mrs. Stonefield, würde ich Sie dem nicht aussetzen!« sagte er verzweifelt. »Wenn Lord Ravensbrook es uns hätte sagen können, hätte ich ihn darum gebeten. Aber der Fluß hat das Gesicht entstellt. Nur da, wo die Kleider seinen Körper bedeckt haben, ist er unversehrt geblieben. Das ist der Grund, warum nur Sie es uns sagen können.«

Sie zog scharf die Luft ein, versuchte zu sprechen und brachte keinen Laut hervor.

Alles in ihm drängte danach, sie berühren zu dürfen, ihr auf irgendeine Art und Weise Kraft zu spenden. Aber das wäre eine unmögliche Zudringlichkeit gewesen.

»Möchten Sie, daß jemand Sie begleitet?« fragte er. »Haben Sie eine Kammerzofe? Oder sollen wir bei Mr. Niven vorbeifahren? Ich nehme an, Lord Ravensbrooks Gegenwart wäre Ihnen nicht angenehm?« Es war eine Frage, aber er konnte die Antwort der Art entnehmen, wie ihr Hals sich versteifte.

»Nein ... nein, vielen Dank. Ich denke, ich ziehe es vor, außer Ihnen niemanden mitzunehmen. Wenn Sie so freundlich sein wollen? Ich habe schon früher Tote gesehen, aber natürlich nicht meinen eigenen Mann oder jemanden, der ... nicht unversehrt ist ... wie Sie sagten.«

»Natürlich.« Er bot ihr sofort seinen Arm. »Wollen Sie sofort mitkommen, oder möchten Sie erst noch einen Schluck Brandy zu sich nehmen?«

»Ich trinke keinen Alkohol, vielen Dank. Ich werde meine Zofe bitten, mir meinen Mantel zu bringen, dann bin ich soweit. Ich möchte das schnell hinter mich bringen.«

Sie fuhren schweigend ihrem Ziel entgegen. Es gab nichts Wichtiges zu sagen, und alles Unwichtige wäre zu diesem Zeitpunkt ebenso schmerzlich wie absurd gewesen. Die Droschke holperte durch die Dunkelheit, vorbei an den Straßenlaternen, deren Licht vom Nebel und Rauch reflektiert wurde. Man hörte keinen Laut, abgesehen von dem Klappern der Hufe auf dem Pflaster und dem Rattern der Räder und einem gelegentlichen Spritzen von Wasser, wenn sie in einen besonders tiefen Rinnstein gerieten.

Als sie am Leichenschauhaus ankamen, blieb die Kutsche mit einem Ruck stehen. Monk kletterte hinaus und half Genevieve beim Aussteigen. Sie überquerten den Gehsteig und gingen die Stufen hinauf. Ein einsamer Constable wartete auf sie, unglücklich und mit bleichem Gesicht. Er führte sie hinein.

Im Haus roch es sauber und ein wenig schal, der undefinierbare Geruch, der etwas anderes überdecken sollte, den Geruch der gewaschenen und häufig schon halb verwesten Körper der Toten.

Der Constable führte sie in einen kleinen Raum, in dem, verhüllt von einem Laken, eine Leiche auf einem Holztisch lag. Für gewöhnlich zog man das Laken nur so weit herunter, daß das Gesicht zu erkennen war. In diesem Fall war das der am schlimmsten entstellte Teil des Mannes. Jemand hatte so viel Weitsicht bewiesen, den Kopf mit einem zusätzlichen Tuch zu verhüllen. Der Angestellte zog den Stoff vom Hals nach unten, so daß Schultern, Oberarme, Brust und Unterleib sichtbar wurden.

Genevieve stand völlig reglos da, als könne sie sich nicht von der Stelle bewegen. Monk fürchtete, daß sie, sobald sie es tat, zusammenbrechen würde, und doch konnte sie von ihrem Platz aus nicht genug sehen, um mehr als den Oberkörper eines gutgebauten Mannes zu erkennen. Wenn Angus nicht irgendeine schwere Anomalität aufzuweisen hatte, würde sie näher herangehen müssen, um feststellen zu können, ob er es war oder nicht.

Er nahm ihren Arm.

»Mrs. Stonefield?« sagte er sanft. »Ihre Qual ist völlig natürlich, genauso wie Ihr Abscheu, aber wir wissen nicht, ob es sich hier um Ihren Mann handelt oder nicht. Ohne Ihre Hilfe werden wir es nie erfahren. Bitte… nehmen Sie all Ihren Mut zusammen und sehen Sie hin.«

Sie machte mit geschlossenen Augen einen Schritt nach vorn, dann einen zweiten und schließlich einen dritten. Monk hielt sie an. Sie war jetzt nah genug.

Sie standen schweigend nebeneinander, und auch von draußen drang kein Laut in den Raum. Man hörte nicht einmal einen Atemzug. Selbst die Lampen schienen ohne das leiseste Zischen zu brennen, als verschlucke die Luft jedes Geräusch.

Genevieve öffnete die Augen und blickte auf die nackte Brust vor ihr.

»Nein«, flüsterte sie, und die Tränen quollen aus ihren Augen, Tränen der Erleichterung wie auch der Verzweiflung. »Das ist nicht mein Ehemann. Bitte, ziehen Sie das Laken wieder über den armen Mann. Ich weiß nicht, wer er ist.«

»Es ist nicht Angus?« fragte Monk noch einmal nach. »Sind Sie da völlig sicher?«

»Ja.« Sie wandte sich von der Leiche ab. »Er hat keine Narben. Angus hatte ein einzigartiges Muster von Narben auf seiner Brust, an der Stelle, an der er einmal verletzt worden war; es war eine Stichwunde, die er sich bei einem seiner Besuche bei Caleb zugezogen hatte. Ich weiß genau, wo die Wunde ist. Ich habe sie selbst genäht. Dieser Mann hat keine solche Narbe.«

Monk führte sie zur Tür. »Es tut mir leid, daß ich Sie hierhergebracht habe«, sagte er bitter. »Ich hätte Ihnen das erspart, wenn es eine andere Möglichkeit gegeben hätte, es anderweitig in Erfahrung zu bringen.« Er nickte dem Angestellten des Leichenschauhauses zu, und der Constable folgte ihnen hinaus.

»Ich weiß, daß Sie mir das gern erspart hätten, Mr. Monk«, erwiderte sie mit einem kleinen Hüsteln. Sie legte sich die Hand übers Gesicht und taumelte. Er gab ihr Halt, und der Constable trat schnell an ihre andere Seite. Gemeinsam führten sie sie zum Eingang und hinaus in die frische Nachtluft.

»Vielen Dank.« Monk sah den Constable an. »Ich werde Mrs. Stonefield nach Hause bringen.«

»Ja, Sir. Gute Nacht, Sir. Ma'am.«

Als Caleb Stones Verhandlung am folgenden Tag wieder aufgenommen wurde, hatte Rathbone bereits Kenntnis von den Ereignissen des letzten Abends. Er bedauerte die Tatsache, daß Genevieve sich dieser Tortur unterziehen mußte, genauso wie die Erkenntnis, daß es sich nicht um Angus' Leiche handelte. Gleichzeitig bewegte ihr Verhalten ihn zutiefst. Sie hätte es sich so leicht machen können. Es war unwahrscheinlich, daß irgend jemand ihr widersprochen hätte, wenn sie den Mann als ihren Gatten identifiziert hätte.

»Sie muß doch wenigstens für einen Augenblick lang in Versuchung gewesen sein?« fragte er Monk, als sie im Regen die Stufen zum Gerichtsgebäude hinaufgingen. »Man hätte sie kaum wegen eines solchen Irrtums vor Gericht gestellt, selbst wenn man ihr jemals etwas hätte nachweisen können. Und es wäre die perfekte Lösung für all ihre Nöte gewesen.«

»Und für unsere«, fügte Monk grimmig hinzu, während er Rathbone durch die gewaltigen Türen folgte und seinen Schirm von der Nässe befreite, bevor er ihn zusammenklappte. »Aber nein. Sie hat nur ein einziges Mal hingesehen und festgestellt, daß er es nicht sein konnte. Sie hatte keine Zweifel. Was ihr während der Fahrt zum Leichenschauhaus durch den Kopf gegangen ist oder während der wenigen Augenblicke, bevor sie ihn sah, werden wir wahrscheinlich niemals erfahren. Falls sie in Versuchung war, etwas anderes zu sagen, so hat sie dieser Versuchung jedenfalls widerstanden.«

»Bemerkenswerte Frau«, sagte Rathbone leise, während er den Hut abnahm. »Ich wünschte, ich könnte sicherer sein, daß wir etwas für sie erreichen werden.«

»Wenig Hoffnung?« fragte Monk.

»Nicht so, wie sich die Dinge im Augenblick entwickeln«, entgegnete Rathbone. »Aber ich werde mein Bestes tun. Noch sind wir nicht geschlagen.«

Der erste Zeuge des Tages war Monk selbst. Er berichtete über seine Suche nach Angus, die ihn schließlich zu der Entdeckung von Angus' Kleidern bei den Bettlern in der East India Dock Road geführt hatte, wo er sie gegen seine eigenen Gewänder getauscht hatte, um sie in die Hand zu bekommen.

Dann erzählte er von seiner Verfolgung Calebs, bei der auch die Polizei zugegen gewesen war, und seiner Verhaftung in den Sümpfen. Ihre frühere Begegnung erwähnte Rathbone nicht, da alles, was Caleb damals gesagt hatte, im Prozeß nicht verwendbar war, weil es keine Zeugen dafür gab. Archie McLeish hatte auf der anderen Seite der behelfsmäßigen Tür gestanden und war damit außer Hörweite gewesen.

Als Rathbone fertig war, erhob sich Ebenezer Goode. Er sah Monk aufmerksam an und hielt seinem Blick mühelos stand. Er erkannte in seinem Gegenüber einen Mann vom Fach. Seine Augen funkelten, und seine Lippen öffneten sich zu einem wölfischen Lächeln, das alle Zähne entblößte, aber er war viel zu klug, um anzugreifen, wo er nicht siegen konnte.

»Wissen Sie, wo sich Angus Stonefield zur Zeit aufhält, Mr.

Monk?« fragte er sehr freundlich, als führten sie in irgendeiner Taverne bei einem Glas Bier ein beiläufiges Gespräch.

»Nein«, erwiderte Monk.

»Wissen Sie mit Sicherheit, Mr. Monk, und unwiderlegbar, ob er lebt oder ob er tot ist?«

»Nein.«

Goodes Lächeln wurde, wenn das überhaupt möglich war, noch breiter.

»Nein«, wiederholte er. »Genausowenig, wie irgend jemand sonst es weiß! Vielen Dank, das wäre alles.«

Rathbone erhob sich und rief Lord Ravensbrook in den Zeugenstand. Eine leichte Bewegung im Zuschauerraum verriet ein gewisses Interesse, das jedoch nicht übermäßig groß war. Der Fall entglitt ihm, das wußte Rathbone.

Ravensbrook trat mit großer äußerlicher Gelassenheit in den Zeugenstand, aber sein Körper wirkte steif, und seine Augen blickten starr geradeaus. Er wäre vielleicht mit derselben Anspannung und dem verzweifelten Mut einem Erschießungskommando gegenübergetreten. Enid saß wieder im Zuschauerraum, mit Hester neben sich, aber er schien sich ihrer Anwesenheit gar nicht bewußt zu sein und suchte noch viel weniger ihren Blick.

Nach seiner Vereidigung begann Rathbone mit der Befragung.

»Mylord, Sie haben beide Brüder seit ihrer Geburt gekannt, nicht war?«

»Nicht seit ihrer Geburt«, korrigierte ihn Ravensbrook. »Seit dem Tod ihrer Eltern. Sie waren damals gerade fünf Jahre alt.«

»Ich bitte um Verzeihung.« Rathbone formulierte die Frage neu. »Sie haben sie gekannt. Sie sind mit ihnen verwandt, nicht wahr?«

»Ja.« Ravensbrook schluckte sichtbar. Rathbone konnte selbst von seinem Platz aus sehen, wie seine Kehle sich zuschnürte, so schwer fiel es ihm zu antworten. Für einen Mann seines Charakters – stolz, unnahbar und dazu erzogen, seine Gefühle unter Kontrolle zu halten und sie nur selten in Worte zu fassen, selbst wenn nichts Unschickliches daran war – mußte diese Erfahrung an Folter grenzen.

»Als sie allein auf der Welt standen«, fuhr Rathbone fort, dem das, was er tun mußte, zutiefst verhaßt war, aber er konnte nicht anders. Ohne diesen Hintergrund gab es keinen Fall. Vielleicht gab es noch nicht einmal mit ihm einen. Setzte er diesen Mann für nichts und wieder nichts dieser raffinierten Folter öffentlicher Schande aus? »Sie haben die beiden in ihrem Haus aufgenommen und für sie gesorgt, als wären sie Ihre eigenen Kinder. War das so?«

»Jawohl«, antwortete Ravensbrook grimmig. Er ließ Rathbones Gesicht keine Sekunde aus den Augen, als versuche er den Rest des Saals auszublenden und sich einzureden, sie seien allein, zwei Männer, die in der Abgeschiedenheit irgendeines Clubs ein zutiefst persönliches Gespräch führten. »Es schien das Naheliegendste zu sein.«

»Jedenfalls für einen gütigen Menschen«, bemerkte Rathbone. »Von ihrem fünften Lebensjahr an lebten Angus und Caleb Stonefield also in Ihrem Haus und wurden als Ihre Söhne großgezogen?«

»Ja.«

»Waren Sie damals verheiratet, Mylord?«

»Ich war Witwer. Meine erste Frau starb sehr jung.« Ein Schatten von Trauer huschte über sein Gesicht, dann war er wieder verschwunden. Es ging nicht an, sich vor anderen Menschen verletzlich zu zeigen. »Meine jetzige Frau habe ich einige Jahre danach geheiratet. Angus und Caleb waren damals bereits erwachsen und wohnten nicht mehr im Haus.« Er sah Enid immer noch nicht an, als fürchte er, sie auf diese Weise irgendwie in die Verwirrung seiner Gefühle hineinzuziehen, so als würde er sich damit noch weiter entblößen, als er es ohnehin schon tat.

»Sie waren also die einzige Familie, die die beiden hatten?« hakte Rathbone nach.«

Ebenezer Goode rutschte unruhig auf seinem Stuhl hin und her.

Caleb entwand sich dem Griff des Wächters neben ihm, so daß seine Handschellen klirrten.

Der Richter beugte sich vor. »Worauf wollen Sie hinaus, Mr. Rathbone? Bisher scheinen Ihre Fragen lediglich das Offensichtliche zutage gefördert zu haben.«

»Jawohl, Mylord. Ich möchte Lord Ravensbrook nach der Beziehung der beiden Brüder zueinander befragen, so wie er sie von Kindheit an erlebt hat. Ich versuche lediglich klarzustellen, daß er als Experte in dieser Frage angesehen werden kann.«

»Das ist Ihnen bereits gelungen. Bitte, fahren Sie fort.«

Rathbone verbeugte sich und wandte sich dann wieder an Ravensbrook.

»Als Sie sie seinerzeit kennenlernten, Mylord, waren die beiden einander da sehr zugetan?«

Ravensbrook zögerte nur eine Sekunde lang. Auf seinem Gesicht lag ein seltsamer Ausdruck von Verwirrung und Abscheu, als fände er es qualvoll, diese Frage zu beantworten.

»Ja, sie haben sich extrem... nahegestanden. Damals gab es noch keine Kluft zwischen ihnen.«

»Wann haben Sie erstmals eine solche Kluft bemerkt?«

Ravensbrook antwortete nicht. Sein Gesicht offenbarte Schmerz und Widerwillen, Gefühle, die kaum überraschend waren. Die Erinnerung an jene Zeit, da Angus und Caleb einander geliebt hatten, war ein besonders bitterer Kontrast zur Gegenwart. Das Mitleid für ihn im Saal war geradezu greifbar.

»Mylord«, drang Rathbone in ihn. »Wann haben Sie das erstemal so etwas wie eine Kluft zwischen den beiden Brüdern bemerkt? Wir müssen es wissen, und Sie sind der einzige, der es uns sagen kann.«

»Natürlich«, erwiderte Ravensbrook entschlossen. »Es war fast drei Jahre nach ihrer Ankunft. Angus war immer ein... ein ruhiges Kind, fleißig und gehorsam. Caleb schien ihm das zu verübeln. Es war viel schwieriger, ihn an eine gewisse Disziplin zu gewöhnen als seinen Bruder. Er nahm jede Zurechtweisung übel. Er hatte ein unglückliches Temperament.«

Auf der Anklagebank sah man, wie Calebs Kopf ruckartig in

die Höhe fuhr, und diese Bewegung erregte die Aufmerksamkeit mehrerer Geschworener. Sie betrachteten ihn mit neu erwachtem Interesse.

»Beruhte die Entfremdung der Brüder auf Gegenseitigkeit?« fragte Rathbone.

Wieder zögerte Ravensbrook so lange, daß Rathbone sich genötigt sah, die Frage zu wiederholen.

»Man hatte nicht den Eindruck«, sagte Ravensbrook endlich. »Gewiß, im Laufe der Zeit wurde Angus noch... eifriger in seinen Studien, ein noch angenehmerer Gefährte...«

Caleb stieß ein Schnauben aus, das beinahe ein Aufschrei war. Zorn lag in diesem einen Laut, aber auch ein unterschwelliger Schmerz, und Rathbone spürte plötzlich das Gewicht der Ablehnung, das dahinterstand. Nach all diesen Jahren waren die Verwirrung und die bittere Erkenntnis, erst an zweiter Stelle zu stehen, das Wissen, daß der Bruder bevorzugt wurde, noch immer nicht vergessen. Er dachte an seinen eigenen Vater und das Band zwischen ihnen. Er konnte sich nicht daran erinnern, daß er jemals das Gefühl gehabt hatte, es würde von irgend etwas bedroht. Eifersucht war ihm fremd.

»Und Caleb war anders?« fragte er nach.

Ravensbrooks Kiefer verkrampfte sich, und sein Gesicht war sehr blaß. »Ja«, sagte er tonlos. »Er war rebellisch, streitsüchtig, ein verstocktes Kind.«

»Haben Sie ihn geliebt?« Diese Frage hatte er ursprünglich nicht stellen wollen. Sie hatte nichts mit seinem Fall zu tun. Er sprach, ohne nachzudenken, nur aus einer jähen, überwältigenden Gefühlsaufwallung heraus, die unentschuldbar war und absolut unprofessionell.

»Natürlich«, antwortete Ravensbrook und zog seine dunklen Augenbrauen ganz leicht in die Höhe. »Man entzieht einem Familienmitgleid doch nicht seine Loyalität oder seine Zuneigung, nur weil es von anderer Natur ist. Man hofft, daß es mit einiger Fürsorge seinen Schwierigkeiten entwachsen wird.«

»Und ist Caleb ihnen entwachsen?«

Ravensbrook antwortete nicht.

»Ist er dem Neid auf seinen Bruder je entwachsen?« Rathbone ließ nicht locker. »Sind sie einander je wieder so nahe gewesen wie mit fünf Jahren?«

Ravensbrooks Gesicht war angespannt, konzentriert und voller Bitterkeit, als zwinge er sich eine eiserne Beherrschung auf.

»Ich hatte nicht den Eindruck.«

Von der Anklagebank war ein kurzes, bellendes Hohngelächter zu hören, und der Richter fuhr herum, um Caleb einen strafenden Blick zuzuwerfen. Er hatte bereits tief Luft geholt, um ihn zurechtzuweisen, falls er noch einen weiteren Laut von sich geben sollte. Einer der Geschworenen runzelte die Stirn, ein anderer schüttelte den Kopf und schürzte die Lippen.

Ebenezer Goode versteifte sich. Es war das erste negative Zeichen in seinem Fall, obwohl er Calebs Benehmen gewiß gekannt haben mußte, die Tatsache, daß sein Gesichtsausdruck allein schon gegen ihn sprach. Es gab keine Beweise, zumindest bisher nicht, die ganze Sache beruhte auf Vermutungen und Einschätzungen, war eine Frage der Interpretation.

Rathbone wollte den einmal eingeschlagenen Weg weiter verfolgen.

»Lord Ravensbrook, würden Sie dem Gericht bitte in groben Zügen die Beziehung zwischen den beiden Brüdern schildern, wie sie sich während ihrer Jugend in Ihrem Haus entwickelte? Ist Ihnen zum Beispiel dieselbe Erziehung zuteil geworden?«

Ein bitteres Lächeln zuckte um Ravensbrooks fein geschnittenen Mund und war sofort wieder verschwunden.

»Genau dieselbe«, erwiderte er. »Sie hatten einen Lehrer, der sie gemeinsam unterrichtete. Nur die Art und Weise, wie sie darauf reagierten, war anders. Ich habe sie in jeder Hinsicht gleich behandelt, genauso wie der Rest des Personals.«

»Sie meinen, alle, wirklich alle, hätten die beiden gleich behandelt?« Rathbone heuchelte Überraschung. »Es müßte doch einige gegeben haben, die den einen oder den anderen vorzogen? Sie sagten, die beiden Jungen entwickelten sich in zunehmendem Maß auseinander.«

Caleb beugte sich auf der Anklagebank vor, sein Gesicht verriet höchste Aufmerksamkeit, und er hörte konzentriert zu.

Ravensbrook mußte sich dessen bewußt sein, aber er stand völlig reglos da. Er hätte aus Stein gemeißelt sein können. Er war ein Mann, der mit qualvoll langsamen Schritten durch einen Alptraum wandelte, und dieses Gefühl spiegelte sich in jeder Faser seines Körpers wider.

Enid schien sein Gesicht nicht für eine Sekunde aus den Augen zu lassen.

»Lord Ravensbrook!« Rathbone hatte das Gefühl, seine Aufmerksamkeit erregen zu müssen, bevor es überhaupt Sinn hatte, daß er seine Frage wiederholte.

Ravensbrook sah langsam zu ihm hinunter.

»Lord Ravensbrook, Sie haben uns erzählt, wie verschieden diese beiden Jungen wurden. Die Menschen, die mit ihnen zu tun hatten, mußten doch gewiß unterschiedlich für sie empfinden? Angus besaß jeden Vorzug – Ehrlichkeit, Demut, Dankbarkeit, Großzügigkeit –, während Caleb aggressiv war, faul und undankbar. Wenn das so war, konnten die Menschen den beiden Brüdern dann wirklich mit gleicher Zuneigung begegnen?«

»Vielleicht habe ich mehr für mich selbst als für andere gesprochen«, räumte Ravensbrook widerwillig und mit starrer Miene ein. »Ich habe mein Bestes getan, das nicht zuzulassen, aber im Dorf mag so etwas natürlich vorgekommen sein. Darauf hatte ich keinen Einfluß.«

»Das Dorf?« Rathbone hatte es versäumt, Ravensbrook zu fragen, wo die beiden Jungen ihre Kindheit verbracht hatten. Ihm hätte klar sein müssen, daß es nicht London gewesen sein konnte.

»Mein Landhaus in Berkshire«, erklärte Ravensbrook, dessen Gesicht plötzlich weiß geworden war. »Die Atmosphäre dort war besser für sie geeignet als die in der Stadt. Sie konnten Reiten, Jagen und Fischen lernen.« Er holte tief Luft. »Männliche Betätigungen. Sie haben auch ein wenig über das Land gelernt und die Verantwortung eines Mannes gegenüber seinen Mitmenschen.«

Ein oder zwei Leute im Raum ließen zustimmendes Gemurmel hören. Enid sah verwirrt aus, Caleb verbittert.

»Eine sehr privilegierte Kindheit, will es mir scheinen«, erwiderte Rathbone lächelnd.

»Ich habe ihnen alles gegeben, was ich ihnen geben konnte«, sagte Ravensbrook ohne besonderen Ausdruck, abgesehen vielleicht von einem gewissen Ernst, der der Trauer entspringen mochte oder vielleicht auch nur eine Wirkung des Lichts auf seinem leidenschaftslosen Gesicht mit den aristokratischen Zügen und den dunklen Augen unter ihren kurzen Brauen war.

»Sie sagen, daß die Eifersucht zwischen ihnen zugenommen hätte«, fuhr Rathbone fort. Er hatte es mit einem Zeugen zu tun, der nahezu feindselig war, und er mußte ihm jedes einzelne Wort mühsam entlocken. Er verstand den Mann. Die Notwendigkeit, die privatesten Dinge aus der eigenen Familie dem öffentlichen Blick preiszugeben, vor allem den sensationslüsternen Gaffern, das war etwas, das kein anständiger Mann sich wünschen würde, und für einen Menschen wie Milo Ravensbrook mußte es genauso schlimm sein wie die Notwendigkeit, sich feindlichem Feuer zu stellen. Aber es war unvermeidlich, wenn sie Gerechtigkeit wollten und nicht nur eine Strafe für Caleb, sondern auch finanzielle Sicherheit für Genevieve und ihre Kinder. »Würden Sie dem Gericht bitte ein Beispiel für jedwede Zwischenfälle geben, an die Sie sich erinnern können? Wie verhielten sich die beiden Jungen zueinander, wie reagierten sie bei Auseinandersetzungen und Streitigkeiten…«

Ravensbrook fixierte einen Punkt irgendwo über den Köpfen der Menge.

»Das würde ich lieber vermeiden.«

»Selbstverständlich«, erwiderte Rathbone bedauernd. »Niemand hat den Wunsch, sich an solche Dinge zu erinnern, aber ich fürchte, es ist notwendig, wenn wir die Wahrheit dieser gegenwärtigen Tragödie aufdecken wollen. Ich bin sicher, das ist auch Ihr Wunsch.« Das stimmte nicht ganz; er war sich durchaus nicht so sicher. Vielleicht wäre es Ravensbrook lieber gewesen, die Sache auf sich beruhen zu lassen, damit sie als ein ungelöstes Rätsel langsam in der Erinnerung verblaßte. Aber das konnte er natürlich nicht sagen.

Es entstand ein langes Schweigen. Einer der Geschworenen hustete und förderte ein großes Taschentuch zutage. Ein anderer rutschte auf seinem Stuhl hin und her, als sei er peinlich berührt. Der Richter starrte Ravensbrook an, Ebenezer Goode, sah mit erwartungsvoller Miene erst Ravensbrook, dann Rathbone ins Gesicht. Aber es war Caleb, der die Spannung löste.

»Du hast es vergessen, wie?« rief er zum Zeugenstand hinunter. Er hatte seine Lippen zurückgezogen und die Zähne entblößt, so daß er Ähnlichkeit mit einem wilden Tier hatte. »Vergessen, daß Angus solche Angst vor deinem verdammten schwarzen Pferd hatte – aber ich habe es geritten! Vergessen, wie wütend du warst…«

»Ruhe!« Der Richter schlug mit seinem Hammer auf das Pult, aber Caleb schenkte ihm keine Beachtung, sondern beugte sich über die Brüstung; seine gefesselten Hände umklammerten das Geländer, und seine Augen funkelten. Seine Miene verriet blinden Haß, der beängstigend wirkte. Er strahlte eine Kraft und einen Zorn aus, die die Menschen im Gerichtssaal selbst noch aus einiger Entfernung spüren konnten.

»… weil ich das Tier unter Kontrolle hatte und du nicht«, fuhr Caleb fort, immer noch ohne den Richter eines Blickes zu würdigen. Es war, als gäbe es niemanden im Raum außer ihm und Ravensbrook. »Erinnerst du dich daran, wie du mich geschlagen hast, weil ich die Pfirsiche aus dem Gewächshaus genommen habe?«

Goode war aufgesprungen, konnte aber nichts tun.

»Das war sieben Jahre davor«, erwiderte Ravensbrook, der Caleb nicht ansah, sondern an ihm vorbeistarrte. »Du hattest sämtliche Pfirsiche genommen. Du hattest eine Strafe verdient.«

Der Richter griff abermals zu seinem Hammer.

»Mr. Goode, entweder sorgen Sie dafür, daß Ihr Mandant die Regeln dieses Gerichts befolgt, oder ich werde ihn aus dem Saal bringen lassen und den Fall in seiner Abwesenheit verhandeln. Bitte, machen Sie ihm das klar, Sir.«

Caleb fuhr herum, und sein Gesicht war vor Zorn verzerrt. »Reden Sie nicht über einen Dritten mit mir, als wäre ich nicht hier, verdammt noch mal! Ich kann hören, was Sie sagen, und ich verstehe Sie. Welchen verfluchten Unterschied macht es überhaupt, ob ich hier bin oder nicht? Sie sagen über mich, was Sie sagen wollen. Sie glauben, was Sie wollen. Sie werden die Dinge sehen, wie Sie sie sehen wollen!« Seine Stimme wurde noch lauter. »Welche Rolle spielt die Wahrheit schon? Was interessiert es Sie, wer wen getötet hat, solange Ihre Welt dieselbe bleibt, mit denselben bequemen, beruhigenden Lügen? Vertuschen Sie ruhig alles! Begraben Sie es! Setzen Sie ein weißes Kreuz darauf, und sprechen Sie ein Gebet zu Ihrem Gott, damit er Ihnen verzeiht, und dann gehen Sie, und vergessen Sie. Ich werde Sie alle in der Hölle wiedersehen, dessen dürfen Sie sich gewiß sein! Ich werde dort sein und auf Sie warten!«

Der Richter sah müde und traurig aus. »Bringen Sie den Gefangenen hinaus«, wies er die Wärter an.

Caleb sank plötzlich in sich zusammen und schlug die Hände vors Gesicht.

Ebenezer Goode stand auf und ging ein gutes Stück auf die Anklagebank zu.

»Mylord, dürfte ich um eine kurze Vertagung bitten, damit ich meinen Mandanten beraten kann? Ich glaube, ich kann ihn dazu bewegen, in Zukunft Schweigen zu bewahren.«

»Das ist nicht nötig«, unterbrach ihn Caleb und hob den Kopf wieder. »Ich werde nicht noch einmal sprechen. Es gibt nichts mehr zu sagen.«

Der Richter sah zu Rathbone hinüber.

»Ich bin bereit fortzufahren, Mylord«, erwiderte Rathbone. Er hatte nicht den Wunsch, die Stimmung durch eine Vertagung zu verändern.

»Noch so ein Ausbruch, und ich werde entsprechende Verfügungen treffen«, warnte der Richter.

»Jawohl, Mylord.« Goode kehrte zu seinem Platz zurück, ohne noch einen Blick auf den Angeklagten zu werfen.

Rathbone sah Lord Ravensbrook wieder an.

»Ich denke, ein Teil meiner Fragen ist bereits beantwortet worden, aber wenn Sie bitte noch ein oder zwei Vorfälle erwähnen könnten, bekäme das Gericht ein besseres Bild. Wie erging es den beiden Brüdern zum Beispiel bei ihren akademischen Studien?«

Ravensbrooks Körper war so steif, als nähme er an einer Militärparade teil.

»Angus hielt sich hervorragend, vor allem in Mathematik, Geschichte und Geographie«, sagte er, den Blick ins Leere gerichtet. »Er interessierte sich weniger für Latein und die Klassiker, aber er studierte sie dennoch, weil ich es wünschte. Er war ein wirklich bewundernswerter Junge und hat mich überreich für alles belohnt, was ich je für ihn getan habe.«

Der Anflug eines Lächelns huschte über sein Gesicht und verschwand wieder.

»Ich glaube, in späteren Jahren zumindest hat er den Wert des Lateinischen erkannt. Diese Sprache ist eine so einzigartige Disziplin für den Geist. Diese Notwendigkeit hat er stets eingesehen. Ganz im Gegensatz zu Caleb. Caleb war widerspenstig, immer bereit zu rebellieren, wollte vernichten und zerstören. Das war ein Charakterzug, den ich nie unter Kontrolle bekam. Ich habe alles versucht, was mir zu Gebote stand, und in allem bin ich gescheitert.«

»Und wie stand er zu Angus' Erfolg?« fragte Rathbone.

Ravensbrooks Stimme war hart und leise.

»Zuerst hat er seinen Erfolg lediglich mit Widerwillen zur Kenntnis genommen. Später haben sich seine Gefühle in richtiggehenden Haß verwandelt, in eine Eifersucht, die er anscheinend nicht beherrschen konnte.«

»Hat er je zu körperlicher Gewalt gegriffen?«

Die Gefühle, die sich Ravensbrooks nun bemächtigten, gingen so tief, daß er ganz leicht zu zittern begann, und seine Haut spannte sich bleich über seine hohen, schmalen Wangenknochen. Aber zumindest für Rathbone war sein Gesichtsausdruck undurchdringlich. Die Gefühle, die in ihm tobten, konnten Zorn, Enttäuschung, Wissen um sein Versagen sein, Schuldbewußtsein oder nichts anderes als ein quälender Kummer.

»Ich kann Ihnen nichts Derartiges berichten, was ich selbst erlebt hätte«, sagte Ravensbrook beinahe lautlos, und doch waren seine Worte in einem völlig stillen Raum, in dem kein Mensch sich rührte, gut zu hören. Nicht ein Stiefel quietschte, nicht ein Rock raschelte. »Wenn Sie miteinander rangen, habe ich sie nie dabei beobachtet.«

»Hat einer von ihnen jemals Verletzungen davongetragen, die sie sich ansonsten nicht erklären konnten?« Rathbone steuerte auf das unvermeidliche Thema zu.

Caleb saß völlig bewegungslos auf der Anklagebank, den Kopf gesenkt, das Gesicht verborgen, als hätte er seine Niederlage bereits akzeptiert.

»Ich kann mich an nichts erinnern«, antwortete Ravensbrook. »Es ist nur natürlich, daß Jungen auf Bäume klettern, Pferde reiten und gefährliche Kutschfahrten unternehmen.« Die starre Haltung seines Kiefers ließ keinen Zweifel daran, daß er nicht mehr zu dieser Sache sagen würde.

»Natürlich.« Rathbone verbeugte sich und nahm die Entscheidung des anderen Mannes hin. »In welchem Alter verließen sie ihr Zuhause, um verschiedene Wege einzuschlagen, Mylord?«

Ravensbrook zuckte zusammen, als hätte man ihn geschlagen.

»Angus trat kurz nach seinem achtzehnten Geburtstag in eine Handelsfirma in London ein. Es waren Bekannte von mir, und sie waren froh, ihn zu sich nehmen zu können.« In seinem Tonfall schwang Stolz mit, und er hielt den Kopf ein klein wenig höher. »Es schien eine hervorragende Gelegenheit zu sein, und er griff mit beiden Händen zu. Er hatte allergrößten Erfolg. Es dauerte nicht lange, bis er in der Firma aufstieg und schließlich, wie Sie ja wissen, sein eigenes Geschäft gründete.«

»Und Caleb?« fragte Rathbone.

»Caleb ging kurz vorher weg. Er spazierte einfach aus dem Haus. Ich habe gerüchteweise gehört, daß man ihn im Dorf gesehen hätte, Geschichten über Schlägereien und unmäßiges Trinken.« Ravensbrook schwieg einen Augenblick. Im ganzen Saal war kein Laut zu hören. »Dann verstummten die Gerüchte«, fuhr er fort. »Ich nehme an, das war zu der Zeit, als er nach London ging.«

»Aber er hat keine Stellung angenommen, nichts dergleichen?«

»Nicht, daß ich wüßte.«

»Haben Sie versucht, eine Stellung für ihn zu finden?«

Ravensbrook zuckte leicht zusammen. »Ich konnte ihn niemandem empfehlen. Das wäre nicht ehrlich gewesen. Er war ein gewalttätiger und betrügerischer Mann und schien nur über sehr wenige Fähigkeiten zu verfügen, die von irgendwelchem Nutzen sein konnten.«

Zwischen den anderen Zuschauern saß Enid Ravensbrook sehr still auf ihrem Stuhl, und auf ihrem Gesicht spiegelte sich ein solches Mitleid wider, daß man hätte denken können, dieser Kummer hätte ihr schlimmer zugesetzt als die Krankheit. Hester legte einen Arm um sie und zog sie mit einer Sanftheit zu sich heran, als fürchte sie, die andere Frau zu zerbrechen.

»Ich verstehe«, murmelte Rathbone. »Vielen Dank, Mylord. Hat er zu dieser Zeit Haß oder Eifersucht gegen seinen Bruder bekundet, der alles zu haben und zu sein schien, was er nicht hatte oder war?«

»Ja, sehr häufig«, gab Ravensbrook zu. »Er haßte und verachtete seinen Bruder.«

»Er verachtete ihn?« Rathbone täuschte Überraschung vor.

Ravensbrooks Gesicht drückte Bitterkeit aus. »Er hielt Angus für schwach und abhängig, fand, daß er weder Mut noch Persönlichkeit besaß. Er hielt ihn für einen Feigling und sagte das auch. Ich nehme an, das war seine Art, sich für sein eigenes Versagen zu entschuldigen, zumindest sich selbst gegenüber.«

»Möglich!« meinte Rathbone nickend. »Es widerstrebt uns, zumindest den meisten von uns, eigene Fehler zuzugeben. Vielen Dank, Mylord. Das ist alles, was ich Sie fragen wollte. Wenn Sie so freundlich wären, im Zeugenstand zu bleiben, damit mein gelehrter Freund mit Ihnen sprechen kann.«

Ebenezer Goode war höflich und zumindest äußerlich auch sehr herzlich. Er erhob sich und schlenderte auf den Zeugenstand zu, und sein Gesicht spiegelte ehrliches Interesse wider.

»All das muß sehr schmerzlich für Sie sein, Lord Ravensbrook. Das wäre es für jeden. Ich werde mich so kurz fassen wie möglich.« Er seufzte. »Sie haben ein lebhaftes Bild von zwei Brüdern gezeichnet, die ihr Leben mit einer tiefen inneren Verbundenheit begonnen und sich dann auseinanderentwickelt haben, der eine liebenswert, gehorsam, talentiert; der andere rebellisch, unkonventionell und, ob zu Recht oder zu Unrecht, von dem Eindruck beseelt, weniger geliebt zu werden. Es war nicht überraschend, daß er Widerwillen und Eifersucht an den Tag legte.« Er sah die Geschworenen mit seinem strahlenden, wölfischen Lächeln an. »Es ist ganz normal, daß Brüder gelegentlich miteinander streiten und sich prügeln. Das kann Ihnen jeder Familienvater erzählen. Und doch behaupten Sie, Sie seien nie bei einer solchen Prügelei zugegen gewesen?«

»Das ist korrekt.« Ravensbrooks Gesicht war völlig ausdruckslos.

»Und die daraus folgenden Verletzungen, ob sie nun von Schlägereien oder anderen Beschäftigungen herrührten, denen junge Männer eben nachgehen«, fuhr Goode fort, »wie zum Beispiel Reiten oder das Erklimmen von Bäumen – waren diese Verletzungen ernst? Gab es zum Beispiel gebrochene Knochen, Gehirnerschütterungen, gefährliche Blutungen?«

»Nein, lediglich Schürfwunden und einige ernstere Prellungen.« Ravensbrook zuckte mit keiner Miene, und seine Stimme war so tonlos wie zuvor.

»Bitte, sagen Sie mir, Mylord, ob einer der Brüder schwerere Verletzungen davontrug als der andere?« fragte Goode.

»Nein. Nein, soweit ich mich erinnern kann, standen sie da einander in nichts nach.«

Goode zuckte die Achseln.

»Und es war nichts Ernstes dabei, nichts, was Sie für eine schwerere Verletzung halten würden, nichts, das die Absicht offenbarte, zu zerstümmeln oder dauerhaften Schaden zuzufügen?«

»Nein.«

»Mit anderen Worten, es war nicht mehr, als sie oder ich in unserer Jugend aushalten mußten?«

»Ja, wenn Sie es so ausdrücken wollen«, pflichtete Ravensbrook ihm bei; seine Stimme verriet noch immer nicht das leiseste Interesse, als finde er das ganze Thema ziemlich ermüdend.

»Ihres Wissens hat diese bedauerliche Eifersucht also nie zu Schlimmerem als Worten geführt?« drängte Goode ihn.

»Meines Wissens nicht, nein.«

Goode schenkte dem Gericht sein breites, strahlendes Lächeln.

»Vielen Dank, Mylord. Das wäre alles.«

Und so ging die Verhandlung weiter, zog sich durch den Nachmittag und auch noch über den folgenden Tag hin. Rathbone rief Arbuthnot auf, der aussagte, daß Angus am Tag seines Verschwindens im Büro gewesen sei, daß eine Frau ihn besucht habe, woraufhin er erklärte, daß er seinen Bruder besuchen wolle. Allerdings habe er auch seine Absicht mitgeteilt, spätestens am folgenden Tag zurückzusein.

Ebenezer Goode konnte seine Glaubwürdigkeit nicht erschüttern und versuchte es auch gar nicht erst.

Als nächstes kamen eine Reihe von Zeugen aus Limehouse und der Isle of Dogs zu Wort, die alle ihren kleinen Teil zu dem Bild beitrugen. Es nahm langsam, wenn auch noch immer undeutlich Gestalt an. Aber auch hier gab es nur Andeutungen, nichts, das endgültige Klarheit hätte schaffen können. Aber das Bild war düster, eine Szenerie wie geschaffen für eine Tragödie, und jeder im Gerichtssaal konnte sie wie einen eisigen Lufthauch spüren.

Rathbone bemerkte am Rande, daß Hester neben Enid Ravensbrook saß; dunkel nahm er ihre Gesichter wahr, während sie die Parade eingeschüchterter und besorgter Menschen vorbeiziehen sahen, die einer nach dem anderen das Mosaik vervollständigten, winzige Farbtupfer zu der Geschichte, die immer noch so voller Lücken war. Er drängte all diese Eindrücke in den Hintergrund seines Bewußtseins. Ihre Gefühle durften keine Rolle für ihn spielen. Genausowenig durften die Calebs es tun, der jetzt von der Anklagebank aus in die Menge hinunterstarrte, obwohl Rathbone nicht wußte, wessen Gesichter er beobachtete, aber seine Miene zeigte noch immer dieselbe Mischung aus Angst, Schmerz und Triumph.

Auch Ebenezer Goode befragte die Zeugen, um klarzustellen, wie dürftig ihre Beweise waren. Das Bild blieb bruchstückhaft, verzerrt, trügerisch. Aber er konnte nichts gegen das unaufhörlich stärker werdende Gefühl von Haß ausrichten, nichts gegen die Überzeugung, daß Angus Stonefield tot war und daß der Mann auf der Anklagebank, der soviel unterdrückte Gewalttätigkeit ausstrahlte, den Tod seines Bruders, auf welche Weise auch immer, herbeigeführt hatte.

Zehntes Kapitel

Nachdem er seine Aussage gemacht hatte, verließ Monk das Gerichtsgebäude. Es gab dort nichts für ihn zu tun, und seine innere Angst trieb ihn dazu, weiter nach der Wahrheit über Drusilla Wyndham zu suchen. Es ging nicht länger darum, was sie tun konnte, um seinem Ruf zu schaden und ihn seines Lebensunterhalts zu berauben, es ging um die Frage, was für ein Mensch er war, daß sie ihm so etwas antun wollte, etwas, das von ihr selbst einen solchen Preis forderte.

Sie hatte ihn beschuldigt, über sie hergefallen zu sein und versucht zu haben, sie zu vergewaltigen. War es möglich, daß er, obwohl er es diesmal ganz gewiß nicht getan hatte, bei irgendeiner früheren Gelegenheit nicht so unschuldig gewesen war?

Der Gedanke stieß ihn ab. Er konnte sich nicht vorstellen, daß es ihm ein wie auch immer geartetes Vergnügen bereitet hätte, eine Frau gegen ihren Willen zu nehmen. Es wäre ihm demütigend erschienen, und zwar für beide Seiten, ohne Zärtlichkeit oder Würde und ohne die Anteilnahme des Geistes, ohne irgendeine Gemeinsamkeit außer dem primitivsten körperlichen Kontakt, und im Anschluß daran die Scham und das Bedauern über das Vorgefallene.

Hatte er so etwas wirklich getan?

Nur wenn er zu jener Zeit ein vollkommen anderer Mensch gewesen war.

Aber die Angst quälte ihn, weckte ihn des Nachts mit einem Würgen in der Kehle und einem jähen Frösteln auf. Vielleicht war die Angst genauso schlimm wie die Wirklichkeit?

Nachdem er Old Bailey verlassen hatte, ging er direkt zu Evan. Er mußte die Unterlagen selbst einsehen, auch wenn er sich zu diesem Zweck nach Dienstschluß in das Polizeirevier als Zeuge oder als Verdächtiger in irgendeinem Fall hineinschmuggeln lassen mußte. Er wollte die Akten all jener seiner früherer Fälle studieren, die irgend jemandem Tod oder Ruin gebracht hatten.

Wieder mußte er auf Evan warten. Er ging unruhig auf und ab, außerstande, sich hinzusetzen; seine Phantasie quälte ihn mit Schreckensbildern.

Der diensthabende Polizist sah ihn mit einem gewissen Mitleid an.

»Sie sehen sehr mitgenommen aus, Mr. Monk«, bemerkte er. »Wenn die Sache wirklich dringend ist, kann ich Ihnen sagen, wo Mr. Evan sich aufhält.«

»Ich wäre Ihnen wirklich sehr dankbar«, erwiderte Monk. Er versuchte dem Mann zuzulächeln, aber er wußte, daß er nicht mehr als eine Grimasse zustande brachte.

»Great Coram Street Nummer fünfundzwanzig, direkt hinter dem Brunswick Square. Schätze, Sie wissen, wo das ist?«

»O ja.« Das war gegenüber dem Mecklenburg Square, wo sie die Leiche des Mannes gefunden hatten, den er vor seinem Unfall beinahe eigenhändig getötet hätte. Das würde er nie vergessen. »Ja, ich weiß Bescheid, vielen Dank.« Wie ein Blitz aus heiterem Himmel fiel ihm plötzlich der Name des Sergeants ein. »Parsons.«

Das Gesicht des Mannes leuchtete auf. Ihm war nicht klar gewesen, daß Monk sich an ihn erinnerte.

»Gern geschehen, Sir. Ganz bestimmt.«

Monk stürzte aus dem Revier und hielt am Ende der Straße einen Hansom an, schwang sich hinauf und rief dem Fahrer die Adresse zu, noch bevor er sich auf den Sitz geworfen hatte.

Anschließend blieb ihm nichts anderes übrig, als in dem eisigen Wind auf der Great Coram Street zu warten, bis Evan seine Arbeit dort beendet hatte, aber als er aus dem Haus trat, erkannte er Monk sofort, vielleicht deshalb, weil Männer, die sich so kleideten, wie er es tat, selten an einem kalten Februartag untätig auf dem Gehsteig herumstanden.

»Ich habe die Lösung!« sagte er triumphierend, während er mit langen Schritten auf ihn zukam. Er zog die Schultern hoch und seinen Mantel enger um sich; er zitterte ein wenig, aber sein Gesicht strahlte im Bewußtsein seines Erfolgs.

Eine jähe Atemlosigkeit überfiel Monk, eine Hoffnung, die so schmerzlich war, daß sie ihn beinahe erstickte. Er mußte schlucken, bevor er sprechen konnte.

»Die Lösung?« Er wagte es nicht einmal, durchblicken zu lassen, daß er Evans Bemerkung auf Drusilla bezog, für den Fall, daß er sich irrte. Vielleicht hatte Evan lediglich von einer Entdeckung bezüglich seiner gegenwärtigen Nachforschungen gesprochen. Es fiel Monk sehr schwer, sich daran zu erinnern, daß es noch andere Fälle gab, andere Verbrechen, andere Menschen mit anderen Problemen.

»Ja, ich denke schon.« Evan schränkte seine selbstsichere Behauptung ein wenig ein, während er behende vom Straßenrand wegsprang, als eine Kutsche vorbeiratterte. »Im Zusammenhang mit einem der Fälle ist der Name Buckingham aufgetaucht.« Er berührte Monk am Arm und ging durch die Great Coram Street auf den großen Platz mit seinen kahlen Bäumen zu. Der Wind wehte ihnen eisig ins Gesicht. »Der Grund, warum ich so lange gebraucht habe, um darauf zu stoßen«, fuhr er fort, »ist der, daß es sich überhaupt nicht um ein Kapitalverbrechen gehandelt hat, nur um eine Veruntreuung, und nicht einmal um eine besonders schwerwiegende.«

Monk sagte nichts. Ihre Schritte hallten von den kalten Steinen wider. Es ergab keinen Sinn, zumindest bisher nicht.

»Ein gewisser Reginald Sallis hat Kirchenmittel veruntreut«, fuhr Evan mit seinem Bericht fort. »Eine Sache von zwanzig Pfund oder so, aber es wurde der Polizei gemeldet, und man hat Nachforschungen angestellt. Es war sehr unerfreulich, weil das Geld aus einem Waisenfonds stammte und der Verdacht auf eine Menge Leute fiel, bevor der Schuldige gefunden wurde.«

»Aber er wurde gefunden und überführt?« fragte Monk drängend. »Wir haben nicht den falschen Mann erwischt?«

»O nein«, versicherte Evan ihm, während er versuchte, mit ihm Schritt zu halten. »Es war eindeutig der richtige Mann. Gute Familie, aber ein bißchen leichtlebig. Attraktiver Bursche, wie es aussieht, oder zumindest hatte er eine glückliche Hand bei Frauen.«

»Wieso sagen Sie das?« fragte Monk schnell. Sie hatten den Platz erreicht und gingen über den Rasen auf den Landsdowne Place und das Foundling Hospital zu, das direkt vor ihnen lag. Sie mußten um das Gebäude herumgehen, um in die Guildford Street zu gelangen.

»Der Beweis für seine Schuld wurde von zwei jungen Damen sehr sorgfältig verborgen gehalten; beide waren anscheinend in ihn verliebt«, antwortete Evan. »Das heißt, um genauer zu sein, eine von ihnen empfand wohl sehr tief für den jungen Mann, während die andere, ihre Schwester, nur mit ihm geflirtet hat.«

»Aber das erklärt überhaupt nichts!« sagte Monk verzweifelt, während er sich an einem Husaren in Uniform vorbeidrängte. »Eine romantische Rivalität zwischen zwei Schwestern, eine unbedeutende Unterschlagung, für die ein junger Lump ... Was hat er bekommen? Ein Jahr? Fünf Jahre?«

»Zwei Jahre«, antwortete Evan, aber sein Gesicht wirkte plötzlich angespannt, und in seinen Augen leuchtete tiefes Mitleid auf. »Aber er ist in Coldbath Fields an Flecktyphus gestorben. Er war kein besonders angenehmer junger Mann, er hat der Kirche Geld gestohlen, das für wohltätige Zwecke bestimmt war, aber er hat es nicht verdient, allein und elend im Gefängnis dafür zu sterben.«

»War das meine Schuld?« Monk verspürte ebenfalls Mitleid. Er hatte das Gefängnis Coldbath Fields gesehen und hätte keinem menschlichen Wesen ein solches Schicksal gewünscht. Er konnte sich an die Kälte erinnern, die sich in die Knochen fraß, an die Feuchtigkeit der Wände, als weinten sie Tag und Nacht, an den Geruch von Moder und düstere Orte, in die niemals ein Hauch von frischer Luft drang. Man konnte die Verzweiflung dort förmlich schmecken. Wenn er die Augen schloß, sah er die Männer vor sich, mit kahlrasierten Köpfen, die mörderischen Anstrengungen ausgesetzt waren; tagein, tagaus mußten sie endlos, sinnlos Kanonenkugeln von einem Ort zum anderen schaffen, immer im Kreis herum. Und dann die Tretmühle, jene Käfige, die unter dem treffenden Namen »Schwanzschleifer« bekannt waren. Die erzwungene Stille, in der jede menschliche Äußerung verboten war, hallte ihm in den Ohren wider.

»War das meine Schuld?« fragte er noch einmal mit plötzlicher Heftigkeit. Er zwang Evan zum Stehenbleiben, indem er seinen Arm packte und so fest hielt, daß der andere Mann zusammenzuckte und ihn erschrocken ansah.

»Es war Ihr Werk«, sagte Evan, ohne seinem Blick auszuweichen. »Aber der Mann war schuldig. Das Urteil war Sache des Richters, damit hatten Sie nichts zu tun. Was Drusilla Buckingham Ihnen nicht vergeben hat, denke ich, ist die Tatsache, daß Sie sie benutzt haben, um an Sallis heranzukommen. Sie haben ihr erzählt, er habe sie mit ihrer eigenen Schwester Julia betrogen. In ihrem Zorn und ihrem Schmerz hat sie Ihnen gesagt, was Sie hören wollten.«

Monk spürte, wie ihm die Kälte bis ins Mark drang. Er nahm seine Füße auf dem Pflaster nicht mehr wahr, genausowenig wie die Kutschen, die die Guildford Street entlangfuhren, oder das Klirren des Pferdegeschirrs.

»Und hat er das getan?«

»Ich weiß nicht«, antwortete Evan. »Es gab nichts, was darauf schließen ließ.«

Monk atmete langsam aus. Er haßte den bekümmerten Blick in Evans Augen, die standhafte Weigerung, eine Entschuldigung für sein Verhalten zu finden, aber er konnte auch nichts zu seiner Verteidigung sagen. Er empfand großen Abscheu für sich selbst. Der Mann mochte schuldig gewesen sein, aber warum hatte er die Sache so weit getrieben? War es das wert – die Eifersucht einer Frau zu mißbrauchen, damit sie ihren Geliebten an Coldbath Fields verriet, für ein paar Pfund aus einem Kirchenfonds, selbst wenn er für die Armen bestimmt war?

Heute hätte er nicht mehr so gehandelt. Er hätte ihn laufenlassen. Die Schande wäre genug gewesen. Wenn der Pfarrer es wußte, wenn sogar Drusilla es in ihrem Herzen wußte, hätte das nicht im Grunde genügt?

»Es gehört der Vergangenheit an«, sagte Evan leise. »Sie können es nicht mehr ungeschehen machen. Ich wünschte, ich wüßte, wie wir sie jetzt aufhalten könnten, aber mir fällt nichts ein.«

»Ich habe sie nicht wiedererkannt«, sagte Monk mit ernster Stimme, als wäre dieser Umstand von Bedeutung. »Ich habe Stunden in ihrer Gesellschaft verbracht, und ich habe mich an gar nichts erinnert, an überhaupt nichts.«

Evan ging weiter, und Monk folgte ihm.

»Nichts!« sagte Monk verzweifelt.

»Das ist doch nicht weiter überraschend.« Evan blickte stur geradeaus. »Sie hat ihren Namen geändert, und die Sache liegt mehrere Jahre zurück. Damals war auch die Mode eine andere. Ich schätze, sie hat ihr Aussehen ein wenig verändert. Das ist für eine Frau nicht weiter schwierig. Es war in unseren Augen nur eine ganz unbedeutende Sache, aber damals hat es einen großen Skandal gegeben. Man hatte Sallis vertraut, und außerdem kam auch die Romanze ans Tageslicht. Der Ruf beider Mädchen war ruiniert.«

Alle möglichen Gedanken schossen durch Monks Kopf, Entschuldigungen, die sich in nichts auflösten, bevor sie noch formuliert waren, Abscheu vor sich selbst, Reue, Verwirrung. Nichts von alledem war leicht in Worte zu fassen, und vielleicht blieben sie ohnehin besser ungesagt.

»Ich verstehe.« Er ging neben Evan her, und ihrer beider Schritte machten auf dem Pflaster nur ein einziges Geräusch. »Vielen Dank.«

Sie überquerten die Guildford Street und gingen die Lamb's Conduit Street hinunter. Monk hatte keine Ahnung, welches Ziel sie ansteuerten. Er lief einfach hinter Evan her, war aber froh, daß sie offensichtlich nicht zum Mecklenburg Square wollten. Dort warteten ohnehin schon zu viele Alpträume auf ihn.

An diesem Abend besuchte Drusilla Wyndham, wie sie sich mittlerweile nannte, eine musikalische Soiree im Haus einer Dame der Gesellschaft. Sie hatte sich mit großer Sorgfalt gekleidet, um ihre Schönheit noch zu unterstreichen, und sie ging davon aus, daß sie eine gewisse Wirkung erzielen würde. Sie betrat den Raum mit hoch erhobenem Haupt, ihre Haut glühte vom Gefühl des inneren Triumphes, vom Wissen, daß sie den Becher der Rache bereits an den Lippen hielt und einen ersten Vorgeschmack davon schon auf ihrer Zunge spüren konnte.

Und sie erzielte tatsächlich eine Wirkung, allerdings eine ganz andere als die, die sie erwartet hatte. Ein Herr, der sich ihr gegenüber immer sehr galant gezeigt hatte, sah sie erschrocken an und wandte ihr dann den Rücken zu, als hätte er plötzlich jemanden erblickt, mit dem er unbedingt sprechen mußte.

Sie nahm die Sache nicht weiter ernst, bis Sir Percy Gainsborough gleichfalls so tat, als hätte er sie nicht gesehen, obwohl ganz offensichtlich war, daß es so war.

Der ehrenwerte Gerald Hapsgood verschüttete sogar seinen Champagner, so heftig war sein Wunsch, ihr aus dem Weg zu gehen; erschrocken entschuldigte er sich bei der Dame, die neben ihm stand, und trat dann in seiner höchst unschicklichen Hast auf den Saum ihres Gewandes und konnte sein Gleichgewicht nur bewahren, indem er sich an Lady Burgoyne festhielt.

Die Herzogin von Granby warf ihr einen Blick zu, unter dem selbst Rahm gefroren wäre.

Insgesamt war es ein überaus unerfreulicher Abend, und sie ging früh nach Hause, verwirrt und aus der Fassung gebracht, und sie hatte nicht ein Wort von dem gesagt, was sie hatte sagen wollen.

Rathbone betrat am dritten Tag der Verhandlung den Gerichtssaal von Old Bailey mit kaum mehr Zuversicht als zu Beginn des Prozesses, aber seine Entschlossenheit war unvermindert. Er hatte gehofft, daß die Polizei Angus' Leiche finden würde, da sie sich dieser Aufgabe mit ihrer ganzen Kraft gewidmet hatte, aber ihm war von Anfang an klar gewesen, daß die Erfolgsaussichten in dieser Hinsicht gering waren. Es gab so viele andere Möglichkeiten, und Calebs höhnisches Verhalten Monk gegenüber, als dieser ihn in den Sümpfen von Greenwich gestellt hatte, hätte ihm eine Warnung sein müssen. Er hatte gesagt, daß sie Angus niemals finden würden .

Während der Richter den Saal betrat und seinen Platz einnahm und auch das letzte Getuschel verstummte, schaute Rathbone zu Caleb hinüber, und wieder sah er den höhnischen Ausdruck in seinem Gesicht, die Gewalttätigkeit, die so dicht unter der Oberfläche lag. Jede Faser seines Körpers verriet Arroganz.

»Sind Sie bereit fortzufahren, Mr. Rathbone?« fragte der Richter. War da eine Spur von Mitleid in seinem Gesicht, als glaube er, Rathbone könne nicht gewinnen? Er war ein ziemlich kleiner Mann mit einem hageren Gesicht voll feiner Linien, das einst kämpferisch gewesen war, jetzt aber müde wirkte.

»Ja, wenn das Gericht damit einverstanden ist, Mylord«, antwortete Rathbone. »Ich rufe Albert Swain in den Zeugenstand.«

»Albert Swain!« wiederholte der Gerichtsdiener laut. »Albert Swain in den Zeugenstand!«

Swain, ein großer, linkischer Mann, der so stark nuschelte, daß er beinahe jedes Wort wiederholen mußte, erzählte dem Gericht, daß er Caleb am Tag von Angus' Verschwinden gesehen habe, zerschunden und mit übel zugerichteter Kleidung. Ja, er glaube, es sei Blut gewesen. Ja, sein Gesicht war verschrammt und geschwollen, und er hatte eine Schnittwunde an der Wange. Welche anderen Verletzungen hatte der Mann sonst noch? Das konnte er nicht sagen. Er hatte nicht genau hingesehen.

Hatte er den Eindruck gehabt, daß Caleb humpelte oder sich bewegte, als bereite ihm irgendein Körperteil Schmerzen?

Daran konnte er sich nicht mehr erinnern.

Geben Sie sich mehr Mühe, drängte Rathbone ihn.

Ja, Caleb hatte gehumpelt.

Auf welchem Bein?

Swain hatte keine Ahnung. Er glaubte, es sei das linke gewesen. Oder das rechte.

Rathbone dankte ihm.

Ebenezer Goode erhob sich, spielte mit dem Gedanken, den Mann mit wenigen Sätzen zu vernichten, und kam zu dem Ergebnis, daß es unhöflich gewesen wäre. Grausamkeit zahlte sich selten aus und ging außerdem gegen seine Natur.

Und überraschenderweise ließ sich der Zeuge, nachdem er seine Aussage gemacht hatte, nicht mehr davon abbringen. Er hatte ganz eindeutig gesehen, daß Caleb Stone in einem Kampf verwickelt gewesen war, und das war kein Irrtum. Er würde nichts hinzufügen. Er würde sich nicht beirren lassen. Er zog keine Schlüsse. Er war absolut sicher, daß es sich um den richtigen Tag handelte. Er hatte zwei Shilling verdient und sich seine Wolldecke vom Pfandleiher zurückgeholt. Das war ein Ereignis, das er nicht so leicht vergessen würde.

Zur Belohnung bekam er ein Nicken vom Richter und einen traurigen Seufzer vom Sprecher der Geschworenen.

»Ah, wirklich«, meinte Goode zum Schluß. »Vielen Dank, Mr. Swain. Das wäre alles.«

Rathbone rief seine letzte Zeugin auf, Selina Herries. Sie kam erklärtermaßen gegen ihren Willen, und nachdem sie den Zeugenstand betreten hatte, umklammerte sie das Geländer, mit steifem Rücken, den Kopf hoch erhoben. Sie trug ein graubraunes Kleid von sittsamem Schnitt und sie hatte sich einen Schal umgelegt, so daß man in bezug auf ihre Taille nur Vermutungen anstellen konnte. Ihr Häubchen verbarg den größten Teil ihres Haars. Trotzdem war ihr Gesicht genau zu sehen, und nichts konnte von der Kraft und dem Kampfgeist, die die hohen Wangenknochen verrieten, ablenken, von den kühnen Augen und dem großzügigen Mund. Trotz der Tatsache, daß sie Angst hatte und sich zutiefst gegen das vor ihr Liegende sträubte, sah sie Rathbone direkt an und wartete ab, was er sagen würde.

Auf ihrem Platz auf den Zuschauerbänken drehte Genevieve sich langsam und widerstrebend um, um sie anzusehen. In irgendeiner Weise war dies ihr Spiegelbild, zumindest in manchen Punkten. Das war die Frau, die den Mann, der Angus getötet hatte, liebte. Ihrer beider Leben verliefen so unterschiedlich. Genevieve war Witwe, aber Selina stand ebenfalls kurz davor, einen schweren Verlust zu erleiden, der sie vielleicht noch schlimmer treffen würde als Genevieve.

Rathbone blickte von einer Frau zur anderen und bemerkte eine unüberbrückbare Kluft zwischen ihnen und doch auch einen Funken des gleichen Muts und Trotzes.

Er konnte nicht umhin, auch Caleb anzusehen. Würde der Anblick Selinas so etwas wie Bedauern in ihm wecken, Verständnis nicht nur für Genevieves Lage, sondern auch die Erkenntnis, wie hoch der Preis war, den er selbst würde zahlen müssen? Hatte dieser Mann überhaupt so etwas wie menschliche Eigenschaften in sich, Sanftheit oder das Bedürfnis nach Geborgenheit?

Was er sah, als Caleb sich über das Geländer beugte, seine gefesselten Hände auf das Holz gestützt, war tiefste Verzweiflung, jene absolute Hoffnungslosigkeit, die sich einstellt, wenn man seine Niederlage erkennt oder zu kämpfen aufgehört hat.

Als dann auf den Zuschauerbänken Lord Ravensbrook eine Bewegung machte und Caleb ihn erblickte, kehrte der alte unversöhnliche Haß zurück und mit ihm der Wille zu kämpfen.

»Mr. Rathbone?« Der Richter wollte die Verhandlung wieder eröffnen.

»Ja, Mylord.« Er drehte sich zum Zeugenstand um. »Miss Herries«, begann er. Er stand ein wenig breitbeinig in dem freien Raum vor der Richterbank. »Sie wohnen in der Manila Street auf der Isle of Dogs, ist das richtig?«

»Ja, Sir.« Sie würde nicht ein einziges Wort mehr sagen als unbedingt nötig war.

»Sie sind mit dem Angeklagten, Caleb Stone, bekannt?«

Ihr Blick blieb ruhig, sie sah nicht zu Caleb hinüber.

»Ja, Sir.«

»Wie lange kennen Sie ihn jetzt?«

»Ungefähr ...« Sie zögerte. »Sechs, sieben Jahre, schätze ich.« Sie schluckte nervös und fuhr sich mit der Zunge über die Lippen.

»Sechs oder sieben Jahre ist präzise genug.« Rathbone lächelte und versuchte, ihr ein wenig Selbstsicherheit zu geben. »Wie oft sehen Sie ihn? Ungefähr?« Ihr Gesicht umwölkte sich, und er beeilte sich, ihr zu Hilfe zu kommen. »Jeden Tag? Oder vielleicht einmal die Woche? Oder einmal im Monat?«

»Er kommt und geht«, sagte sie vorsichtig. »Manchmal bleibt er zwei oder drei Tage, und dann ist er wieder weg. Vielleicht wochenlang, vielleicht kürzer. Das kann man nie wissen.«

»Ich verstehe. Aber im Laufe der Jahre haben Sie ihn gut kennengelernt?«

»Das kann man wohl sagen…«

»Ist er Ihr Liebhaber, Miss Herries?«

Ihr Blick flog kurz zu Caleb hinüber, dann schaute sie schnell wieder weg.

Ihrem Gesicht war keine Regung zu entnehmen. Ein Geschworener runzelte die Stirn. Jemand in der Menge kicherte.

»Soll ich die Frage anders formulieren?« erbot sich Rathbone. »Sind Sie seine Frau?«

Caleb grinste, und seine grünen Augen leuchteten auf. Es war unmöglich festzustellen, was er dachte, oder auch nur zu ermitteln, ob dieser angespannte, beinahe wölfische Gesichtsausdruck Belustigung oder eine unausgesprochene Drohung bedeutete.

Selina hob ihr Kinn ein kleines Stück höher. Sie vermied es, irgend jemanden außer Rathbone anzusehen.

»Ja, so ist es.«

»Vielen Dank für Ihre Offenheit, Ma'am. Ich denke, wir können davon ausgehen, daß es niemanden gibt, der ihn besser kennt als Sie?«

»Könnte sein.« Sie war nach wie vor vorsichtig.

Es herrschte beinahe völlige Stille im Saal, nur ein oder zwei Leute bewegten sich. Selina gab nur das zu Protokoll, was ohnehin auf der Hand lag.

Rathbone war sich dessen bewußt. Sie war seine letzte Zeugin und seine letzte Chance. Aber trotz all ihrer Furcht vor dem Gericht würde sie Caleb nicht verraten. Nicht nur wegen ihrer Gefühle für diesen Mann und der Erinnerung an Augenblicke der Vertrautheit, sondern weil seine Rache, falls man ihn für nicht schuldig befand, schrecklich sein würde. Hinzu kam, daß sie auf der Isle of Dogs lebte; das war ihr Zuhause, und dort waren die

Menschen, zu denen sie gehörte. Sie würden kein Verständnis haben für eine Frau, die ihren Mann verriet, ob nun aus Geldgier oder aus Angst um sich selbst. Welchen Preis das Gericht auch für ihre Loyalität fordern mochte, die Strafe für einen Vertrauensbruch mußte weit schlimmer sein. Es war eine Frage des Überlebens.

»Haben Sie auch seinen Bruder Angus gekannt?« fragte Rathbone mit hochgezogenen Augenbrauen.

Sie starrte ihn an, wie sie eine Schlange angesehen hätte.

»Hm.« Es war ein halbes Eingeständnis, und auch das hatte sie nur widerwillig gegeben. Ihre Stimme warnte ihn, daß sie nicht viel weiter gehen würde.

Rathbone lächelte. »Mr. Arbuthnot hat ausgesagt, daß Sie Angus in seinem Geschäft aufgesucht und ihn auch am Tag seines Verschwindens gesehen hätten. Ist das richtig?«

Ihr Gesicht verkrampfte sich vor Zorn. Es gab keinen Ausweg mehr.

»Ja...«

»Warum?«

»Was?«

»Warum?« wiederholte er. »Warum haben Sie Angus Stonefield aufgesucht?«

»Weil Caleb mich zu ihm geschickt hat.«

»Was ist zwischen Ihnen vorgefallen?«

»Nichts!«

»Ich meine, was haben Sie zu ihm gesagt, und was hat er zu Ihnen gesagt?«

»Oh. Weiß ich nicht mehr.« Es war eine Lüge, und jeder wußte das. Das leise Gemurmel der Zuschauer, das leichte Kopfschütteln der Geschworenen, der schnelle Blick des Richters, der von Selina zu Rathbone wanderte – das alles sprach eine deutliche Sprache.

Auch Selina sah es, aber sie glaubte, Rathbone besiegt zu haben.

Rathbone steckte die Hände in die Taschen und sah sie freundlich an.

»Wenn ich dann also behaupten würde, daß Sie ihm die Nachricht überbracht haben, daß Caleb ihn dringend sprechen wolle, noch am selben Tag, und daß er wünsche, sein Bruder solle sofort in die Schenke namens Folly House kommen oder ins Artichoke, dann könnten Sie nicht mit Sicherheit behaupten, daß es anders gewesen sei?«

»Ich...« In ihren Augen blitzte entschlossener Trotz auf, aber sie saß in der Falle. Es war ihr verhaßt, sich in Widersprüche zu verwickeln oder Entschuldigungen zu erfinden, die auf sie zurückfallen konnten. Sie war ihm einmal in die Falle gegangen.

»Vielleicht hat das Ihr Gedächtnis ein wenig aufgefrischt?« fragte Rathbone, wobei er sorgsam darauf achtete, daß kein Sarkasmus aus seiner Stimme klang.

Sie sagte nichts, aber er hatte einen kleinen Sieg errungen, was er an den Gesichtern der Geschworenen ablesen konnte. Wenn ihnen erst einmal klarwurde, daß sie bereit war, zu Ausflüchten zu greifen, ja sogar zu lügen, um Caleb zu schützen, würde das alles, was sie vielleicht noch zu seiner Verteidigung vorbringen konnte, in ein anderes Licht rücken.

»Haben Sie Angus Stonefield später an jenem Tag noch einmal gesehen, Miss Herries?« nahm Rathbone den Faden wieder auf.

Sie sagte nichts.

»Sie müssen die Frage beantworten, Miss Herries«, warnte der Richter sie. »Wenn Sie das nicht tun, werde ich Sie wegen Mißachtung des Gerichts festnehmen lassen. Das bedeutet, ich kann Sie so lange ins Gefängnis stecken, bis Sie bereit sind zu antworten. Und natürlich steht es den Geschworenen frei, Ihr Schweigen in jeder Art zu deuten, wie es ihnen beliebt. Haben Sie mich verstanden?«

»Ich habe ihn gesehen«, sagte sie heiser und schluckte. Sie starrte vor sich hin und hielt ihren Kopf so steif, daß sie nicht einmal aus den Augenwinkeln sehen konnte, wie Caleb sich über das Geländer der Anklagebank beugte und sie anstarrte.

Rathbone heuchelte Interesse, als hätte er keine Ahnung von dem, was sie sagen würde.

Jetzt herrschte absolute Stille im Saal.

»Im Folly«, sagte sie verdrossen.

»Was hat er da getan?«

»Nichts.«

»Nichts?«

»Er hat einfach nur rumgestanden und auf Caleb gewartet, nehme ich an. Ich habe ihm gesagt, daß er ihn dort treffen würde.«

»Haben Sie auch gesehen, wie Caleb angekommen ist?«

»Nein.«

»Aber er hat Ihnen doch gesagt, daß er die Absicht hätte, dort hinzukommen?«

»Er hat es nicht eigens erwähnt. In der Taverne hat er sich immer mit Angus getroffen. Immer am selben Ort. Ich habe die beiden nicht einmal zusammen gesehen, und ich habe sie nie streiten gesehen, und das ist die Wahrheit, ob Sie mir glauben oder nicht!«

»Ich glaube Ihnen, Ma'am«, räumte Rathbone ein. »Aber haben Sie Caleb irgendwann später an diesem Tag gesehen?«

»Nein, habe ich nicht.«

Einer der Geschworenen schüttelte den Kopf, ein anderer hustete verstohlen in sein Taschentuch. Auf den Zuschauerbänken entstand eine leichte Unruhe.

Rathbone wandte sich vom Zeugenstand ab. Sein Blick suchte den Ebenezer Goodes, und er sah, wie sein Gegner ein wenig kläglich lächelte. Der Fall stand immer noch auf des Messers Schneide, aber wie unfreiwillig auch immer, so konnte Selina mit ihrer Aussage doch alles liefern, was nötig war, um das Gleichgewicht zu Calebs Ungunsten zu verschieben. Goode hatte nur wenig, was er in die Waagschale werfen konnte, und es würde ein gewagtes Spiel sein, Caleb selbst in den Zeugenstand zu rufen. Nicht einmal Goode konnte wissen, was dann passieren würde. Der Mann war tollkühn und wurde von so starken Gefühlen getrieben, daß es gefährlich war.

Rathbone drehte sich um seine eigene Achse, bevor er Selina wieder ansah. Sein Blick fiel dabei kurz auf Hester, die ziemlich weit vorne saß, neben Enid Ravensbrook, die blaß und angespannt aussah. Ihr Gesicht war voller Mitleid und verriet Spuren des schrecklichen Wartens auf einen endgültigen Beweis, während sie dem Augenblick immer näher kamen, in dem der Haß und die Eifersucht vieler Jahre zu guter Letzt in Mord mündeten. Caleb hatte das Haus bereits verlassen, als sie Milo Ravensbrook heiratete, aber sie mußte trotzdem etwas für ihn empfunden haben, schon um ihres Mannes willen, der so viel für die beiden Jungen getan hatte.

Ganz gewiß aber kannte sie Angus und Genevieve und wußte nur allzugut um deren tragisches Schicksal.

Milo Ravensbrook saß an ihrer anderen Seite, sein Gesicht war so bleich, daß es beinahe blutleer schien, und seine dunklen Augen und geraden Brauen wirkten wie schwarze Pinselstriche auf grauweißem Wachs. Konnte ein Mensch sich einer grauenvolleren Enthüllung gegenübersehen als der, daß das eine Kind das andere getötet hatte? Es würde ihm nichts mehr bleiben.

Aber hätten sie, nachdem Angus' blutbefleckte Kleider erst einmal gefunden worden waren, irgend etwas anderes tun, einen anderen Weg einschlagen können?

Enid wandte sich ihm zu, und ihre Miene verriet eine Mischung aus Schmerz und der beinahe sicheren Erwartung, verletzt zu werden, als wisse sie bereits, daß er eine solche Vertraulichkeit zurückweisen würde, und konnte doch nicht umhin, es wenigstens zu versuchen. Sie legte ihre Hand auf seinen Arm. Selbst von seinem Platz aus konnte Rathbone erkennen, wie dünn ihre Finger aussahen. Es waren erst dreieinhalb Wochen vergangen, seit sie die Krise ihrer Krankheit überwunden hatte.

Ravensbrook saß immer noch wie erstarrt da, als bemerke er ihre Gegenwart nicht einmal.

Es herrschte völlige Stille im Saal.

Rathbone richtete seinen Blick wieder auf Selina.

»Miss Herries, wann haben Sie Caleb wiedergesehen? Denken Sie gut nach, bevor Sie antworten. Ein Irrtum in dieser Sache könnte Sie einen hohen Preis kosten.«

Ebenezer Goode erhob sich halb, kam dann aber zu der Einsicht, daß er mit einem Einspruch nichts erreichen würde. Rathbone hatte sich zu vorsichtig ausgedrückt, als daß man seine Worte für eine Drohung halten konnte. Er ließ sich wieder auf seinen Platz sinken.

In der Menge ließ jemand einen Regenschirm fallen, versuchte ihn wieder aufzuheben und ließ ihn dann dort, wo er lag. »Miss Herries?«

Selina starrte Rathbone an, und er erwiderte ihren Blick so konzentriert, als könne er ihre Gedanken und Ängste lesen und sie gegeneinander abwägen.

Der Richter hob die Hände und faltete sie dann wieder.

»Am nächsten Tag«, antwortete Selina beinahe unhörbar.

»Hat er Angus erwähnt?«

»Nein…« Ihre Stimme war ein Flüstern.

»Würden Sie bitte etwas lauter sprechen, damit wir Sie hören können, Miss Herries«, ermahnte sie der Richter.

»Nein.«

»Überhaupt nicht?« bedrängte Rathborne sie.

»Nein.«

»Und er hat nicht gesagt, daß er ihn getroffen hätte?«

»Nein.«

»Und Sie haben nicht gefragt?« Rathbone gestattete es sich, die Augenbrauen in die Höhe zu ziehen. »War es Ihnen egal? Sie überraschen mich. Ging es nicht um das Geld für die Miete Ihrer Unterkunft, das Angus mitbringen sollte? Das muß doch eine ausgesprochen wichtige Sache für Sie gewesen sein?«

»Ich habe die Nachricht überbracht«, sagte sie tonlos. »Alles andere ging mich nichts an.«

»Und er hat es Ihnen nicht erzählt? Um Sie zu beruhigen, zum Beispiel? Wie ungehobelt von ihm. Vielleicht hatte er aber auch einfach schlechte Laune.«

Diesmal stand Ebenezer Goode tatsächlich auf.

»Mylord, mein gelehrter Freund macht da einige Andeutungen, für die er keine Gründe hat und die lediglich auf Spekulationen beruhen…«

»Ja, ja.« Der Richter gab ihm recht. »Mr. Rathbone, bitte, beeinflussen Sie Ihre Zeugin nicht mit solchen Bemerkungen. Sie müßten es eigentlich besser wissen. Stellen Sie Ihre Fragen, und kommen Sie zum Ende.«

»Mylord.« Er wandte sich wieder der Zeugin zu.

»Miss Herries, hatte Caleb schlechte Laune, als Sie ihn wiedersahen?«

»Nein.«

»War er vielleicht ein wenig verletzt?«

»Verletzt?« Sie klang mißtrauisch.

»Steif! Ein paar blaue Flecken?«

»Ja, hm...« Sie zögerte und dachte offensichtlich darüber nach, wie weit sie mit ihren Lügen gehen konnte. Ihr Blick huschte kurz zu Caleb hinüber, dann schaute sie schnell wieder in eine andere Richtung. Sie hatte Angst und wog ein Risiko gegen das andere ab.

Rathbone hatte Mitleid mit ihr, aber er konnte ihr das nicht ersparen. Sein Beruf hatte einige Seiten, die ihm kaum gefielen.

Es wäre äußerst unklug gewesen, die Geschworenen auf ihr Dilemma aufmerksam zu machen. Sie hatten Calebs Gesicht gesehen. Sie kannten ihre Situation. Es war besser, sie selbst ihre Schlüsse ziehen zu lassen, als sie von oben herab zu Ergebnissen führen zu wollen und somit zu riskieren, daß sie ihn für übereifrig hielten.

»Ich bitte Sie nicht, uns zu erzählen, wie er zu etwaigen Verletzungen gekommen sein könnte, Miss Herries«, half er ihr weiter. »Wenn Sie es nicht wissen, sagen Sie uns lediglich, ob er in irgendeiner Weise verletzt war oder nicht. Sie sind ganz gewiß in der Lage, uns eine Antwort zu geben. Er war immerhin Ihr Liebhaber.«

»Er war verletzt, ja«, räumte sie ein. »Aber er hat nicht gesagt, was passiert ist, und ich stelle keine Fragen. Es gibt Unmengen Schlägereien in Limehouse und Blackwall. Jeden Abend und fast jeden Tag prügelt sich irgendwer. Caleb hat oft etwas abbekommen, aber er hat nie jemanden umgebracht, nicht, soweit ich weiß.« Sie hob das Kinn ein klein wenig an. »Nicht, daß ihm jemals einer überlegen gewesen wäre.«

»Das kann ich durchaus glauben, Ma'am. Ich habe gehört, daß er ein Mann mit beträchtlicher Körperkraft ist, der sich bestens darauf versteht, sich selbst zu verteidigen.«

Sie straffte sich ein wenig und hielt den Kopf sehr hoch.

»Das stimmt. Niemand schlägt Caleb Stone.«

Ihr Stolz ließ ihn Mitleid empfinden, und er wußte, ohne einen Blick auf die Geschworenen zu werfen, daß es außerdem die letzte Kleinigkeit war, die er brauchte, um Vermutungen in Überzeugung zu verwandeln.

»Vielen Dank, Miss Herries.« Er drehte sich zu Goode um. »Ihre Zeugin, Sir.«

Goode erhob sich langsam, als sei er müde, und streckte dabei seine langen Beine. Er schlenderte durch den Saal und blieb vor dem Zeugenstand stehen, wo er zu Selina aufsah.

»Ah, Miss Herries. Erlauben Sie mir, Ihnen einige Fragen zu stellen. Es wird nicht lange dauern.« Er schenkte ihr ein betörendes Lächeln. Dem Ausdruck ihres Gesichts nach zu schließen, fand sie das möglicherweise noch beunruhigender als Rathbones Eleganz. »Und ich werde Ihnen auch keinen Schmerz damit bereiten«, fügte er hinzu.

»Mhm.«

»Wunderbar. Ich bin Ihnen sehr zu Dank verpflichtet.« Er schob seine Daumen in die Armlöcher der Weste, die er unter seiner Robe trug. »Hat Caleb Ihnen erzählt, warum er seinen Bruder überhaupt um Geld bat, trotz der negativen Gefühle, die sie füreinander hegten? Oder warum sein Bruder überhaupt bereit war, es ihm zu geben?«

»Nein, über solche Dinge hat er mit mir nicht gesprochen. Ging mich nichts an. Angus hat ihm immer Geld gegeben, wenn er welches wollte. Fühlte sich schuldig, schätze ich.«

»Weswegen fühlte er sich schuldig, Miss Herries? War Angus verantwortlich für Calebs Mißgeschick?«

»Weiß ich nicht«, sagte sie scharf. »Vielleicht war er das! Vielleicht hat er dem alten Mann Sachen erzählt, um ihn gegen Caleb aufzubringen. Er war ja immer ganz der liebe Junge, konnte kein Wässerchen trüben. Woher soll ich wissen, wie's in ihm ausgesehen hat? Ich weiß nur, daß er jedesmal kam, wenn Caleb nach ihm schickte.«

»Ich verstehe. Und wirkte Angus irgendwie verängstigt, als sie ihm Calebs Nachricht überbracht haben?«

»Was?«

»Ich bitte um Entschuldigung. Hatten Sie das Gefühl, daß er Angst hatte oder sich irgendwelche Sorgen machte? Ging er nur ungern nach Limehouse?«

»Nein. Hmm ... ich schätze, er wollte sein Geschäft nicht im Stich lassen, aber das hat er nie gern getan. Ist ja auch nicht schwer zu verstehen – wer würde schon gern aus einem schönen, warmen Büro in 'ner feinen Straße in irgend 'ne Kneipe auf der Isle of Dogs gehen?«

»Niemand, da haben Sie recht«, pflichtete Goode ihr bei. »Aber abgesehen von diesem natürlichen Widerstreben war er wie immer?«

»Mhm.«

»Und er hatte sich schon häufig mit Caleb getroffen?«

»Mhm.«

»Er hat Ihnen nicht zum Beispiel angeboten, Ihnen das Geld zu geben, um sich den Weg nach Limehouse zu ersparen und damit die Notwendigkeit, Caleb überhaupt zu treffen?«

»Nein.« Sie sagte nicht mehr als dieses eine Wort, aber ihr Gesicht spiegelte Überraschung wider und auch so etwas wie Feindseligkeit.

Goode zögerte, schien seine weitere Frage stellen zu wollen, entschied sich dann jedoch dagegen.

Eine plötzliche Eingebung sagte Rathbone, welche Frage es gewesen wäre. Er beschloß, sie während des Kreuzverhörs selbst zu stellen. Goode hatte ihm gezeigt, welchen Weg er einschlagen mußte.

»Und als sie Caleb am Tag danach wiedersahen«, griff Goode seinen Faden wieder auf, »da hat er Angus mit keinem Wort erwähnt, stimmt das?«

»Mhm. Er hat überhaupt nicht von ihm gesprochen.« Ihr Gesicht war bleich; Rathbone war sicher, daß sie log. Er sah zu den

Geschworenen hinüber und konnte an ihren Gesichtern genau ablesen, was sie empfanden. Niemand glaubte ihr.

»Wissen Sie, ob er seinen Bruder getötet hat, Miss Herries?« Goodes Stimme durchschnitt die Stille.

Irgendwo im Raum holte jemand hörbar Luft.

Caleb stieß einen kurzen, verächtlichen Schrei aus, der fast wie ein Bellen klang. »Nein«, sagte Selina und schüttelte so heftig den Kopf, als wolle sie etwas loswerden, das sie umklammert hielt. »Nein, ich habe keine Ahnung davon, und Sie haben kein Recht, so was zu behaupten!«

»Ich behaupte es nicht, Miss Herries«, versicherte Goode ihr. »Ich tue mein Möglichstes, um diese Herren hier davon zu überzeugen«, er zeigte mit der Hand ungefähr dorthin, wo die Geschworenen saßen, »daß es nicht den geringsten Beweis dafür gibt, daß Angus überhaupt tot ist – überhaupt keinen endgültigen Beweis –, ganz zu schweigen davon, daß es einen Grund gibt, seinen Bruder dafür verantwortlich zu machen. Es gibt ein Dutzend anderer Möglichkeiten, wo Angus Stonefield sein könnte – und warum.«

Rathbone stand auf.

Der Richter seufzte. »Mr. Goode, dies ist nicht der richtige Zeitpunkt, um sich an die Geschworenen zu wenden, weder direkt noch indirekt, und das wissen Sie sehr gut. Wenn Sie weitere Fragen an die Zeugin haben, fahren Sie bitte fort. Wenn nicht, dann erlauben Sie Mr. Rathbone, die Zeugin noch einmal zu befragen, wenn er das möchte.«

»Natürlich.« Goode verbeugte sich mit einer formellen, wenn auch ziemlich herausfordernden Geste und kehrte an seinen Platz zurück. »Mr. Rathbone!«

Rathbone sah Selina an. Er lächelte.

»Sie haben meinem gelehrten Freund gerade bestätigt, daß sich Caleb in der Vergangenheit häufig mit Angus getroffen hat und daß Sie davon wußten. Sie sagten gleichfalls, daß sich Caleb bei der Gelegenheit, um die es uns hier geht, nämlich dem letzten Tag, an dem Angus Stonefield je gesehen wurde, genauso verhalten hat wie immer.«

»Mhm.« Sie hatte das alles bereits zugegeben, und es schien nichts dagegen zu sprechen, es noch einmal zu bestätigen.

»Und doch schickte er nach seinem Bruder, und sein Bruder hat alles andere stehen- und liegengelassen und folgte Calebs Aufforderung – suchte, soweit Sie wissen, eine öffentliche Schankwirtschaft auf der Isle of Dogs auf, einfach um Geld auszuhändigen, das er, da es sich ja um Ihre Miete handelte, genausogut hätte Ihnen geben können. Und wie Sie sagen, wer würde schon freiwillig ein warmes Büro verlassen, um ...«

Der Richter wartete nicht auf Goode.

»Mr. Rathbone, Sie drehen sich im Kreis. Wenn Ihre Fragen ein Ziel haben, dann steuern Sie es jetzt bitte direkt an!«

»Sehr wohl, Mylord. Ich verfolge mit meinen Fragen tatsächlich ein Ziel. Miss Herries, Sie erzählen uns, daß es etwas völlig Normales war, daß Caleb nach seinem Bruder schickte, daß dieser kam und daß Caleb zerschunden, verletzt, vielleicht sogar aus mehreren Wunden blutend zurückkehrte und trotzdem bester Laune war, da er eine Prügelei für sich entschieden hatte. Und Sie haben ebenfalls gesagt, daß niemand Caleb Stone schlägt. Das muß auch seinen unglücklichen Bruder einschließen, der seither nicht mehr gesehen wurde! Nur seine blutbefleckten Kleider sind auf der Isle of Dogs gefunden worden!«

Selina sagte nichts. Ihr Gesicht war genauso weiß wie das Papier, auf das der Gerichtsschreiber kritzelte.

Auf der Anklagebank stieß Caleb Stone ein wildes Gelächter aus. Es wurde schriller und lauter, bis es den ganzen Saal auszufüllen und von der Holzvertäfelung widerzuhallen schien.

Der Richter schlug mit dem Hammer auf sein Pult und fand keine Beachtung – so ein Hammer war nicht mehr als ein Instrument, das den Takt zu dem folgenden Aufruhr schlug. Er verlangte Ruhe, und niemand hörte überhaupt hin. Calebs hysterisches Lachen übertönte alles andere. Die Wärter packten ihn, aber er stieß sie zur Seite.

In der Galerie stolperten die Journalisten übereinander, um aus dem Saal zu kommen und mit dem ersten Hansom, den sie erwischen konnten, der Fleet Street und den Extraausgaben entgegenzujagen.

Enid erhob sich in dem allgemeinen Tumult und schaute sich hilflos um. Sie versuchte mit Ravensbrook zu sprechen, aber er beachtete sie nicht, sondern starrte wie gebannt zur Anklagebank hinüber. Er schien nicht wahrzunehmen, was um ihn herum geschah, all die Aufregung und das Durcheinander, sondern war anscheinend ganz mit irgendeiner schrecklichen Wahrheit in seinem Innersten beschäftigt.

Der Richter schlug immer noch mit seinem Hammer auf das Holzpult, ein scharfes, dünnes, rhythmisches Geräusch ohne die geringste Wirkung.

Rathbone bedeutete Selina Herries, daß sie gehen dürfe. Sie drehte sich um und ging die Stufen des Zeugenstands hinunter, ohne Caleb eine Sekunde lang aus den Augen zu lassen.

Schließlich überwältigten die Wärter ihn, und er wurde weggeführt. Daraufhin kehrte zumindest zum Schein die Ordnung wieder ein.

Der Richter verkündete, hochrot im Gesicht, daß das Gericht sich vertagen wolle.

Draußen im Korridor prallte Rathbone, der ziemlich erschüttert war, beinahe mit Ebenezer Goode zusammen, der schokkiert und unglücklich aussah.

»Hätte nicht gedacht, daß Sie das hinkriegen würden, mein lieber Freund«, sagte er mit einem Seufzer. »Aber nach den Mienen der Geschworenen zu schließen, würde ich jetzt jede Wette eingehen, daß Sie einen Schuldspruch erwirken. Ich hatte noch nie einen Mandanten, der so versessen auf seine eigene Zerstörung war.«

Rathbone lächelte, aber es war eine Geste der Höflichkeit, in der keine Freude lag. Sein Sieg würde ihm berufliche Befriedigung geben, aber es mangelte ihm auf seltsame Weise an dem gewohnten Gefühl des persönlichen Triumphes. Er hatte Caleb Stone für durch und durch verachtenswert gehalten. Jetzt waren seine Gefühle nicht mehr so eindeutig. Die Unberechenbarkeit Calebs und seine starke geistige Präsenz im Gerichtssaal, obwohl er bisher noch nicht einmal gehört worden war, untergruben sein Urteil, und er war sich, was das Ergebnis von Calebs Zeugenaussage betraf, bei weitem nicht so sicher wie Goode.

Lord und Lady Ravensbrook standen nur wenige Meter von ihnen entfernt. Sie sah aschfahl aus, wirkte aber fest entschlossen, sich nichts anmerken zu lassen. Ihr Mann stützte sie. Hester war vorübergehend von ihrer Seite gewichen, vielleicht, um die Kutsche herbeizurufen.

Ravensbrook hatte keine Skrupel, ihr Gespräch zu unterbrechen. »Mr. Goode! Ich muß mit Ihnen sprechen!«

Goode drehte sich höflich um, aber dann fiel sein Blick auf Enid. Sein Gesichtsausdruck veränderte sich sofort, und an die Stelle des Erstaunens trat Besorgnis. Anscheinend hatte er sie noch nicht kennengelernt, ahnte aber, wer sie war.

»Meine liebe Dame, Sie können sich doch keineswegs schon von Ihrer Krankheit erholt haben. Bitte erlauben Sie mir, einen behaglicheren Platz für Sie zu suchen, wo Sie warten können.«

Ravensbrook erkannte mit einem Aufwallen von Ärger sein Versäumnis und stellte die beiden hastig vor. Goode verbeugte sich, ohne jedoch den Blick von Enids Gesicht abzuwenden. Unter den gegebenen Umständen war seine Aufmerksamkeit ein Kompliment, und sie konnte nicht umhin zu lächeln.

»Vielen Dank, Mr. Goode. Ich werde wohl in meiner Kutsche warten. Ich bin sicher, Miss Latterly ist gleich zurück, und bis dahin komme ich schon zurecht. Es ist sehr freundlich von Ihnen, daß Sie daran gedacht haben.«

»Aber überhaupt nicht«, versicherte er ihr. »Wir können Ihnen nicht erlauben, hier zu stehen, nicht einmal, bis Ihre Kutsche kommt. Ich hole Ihnen einen Stuhl.« Und ohne Ravensbrook und Rathbone weiter zu beachten, eilte er davon. Er mußte etwa zehn Meter weit gehen, um einen großen Holzstuhl zu finden, den er zu Enid trug und ihr anschließend half, darin Platz zu nehmen.

Nachdem diese Angelegenheit erledigt war, wandte Ravensbrook sich wieder an Goode, ohne Rathbone irgendwelche Beachtung zu schenken.

»Gibt es noch Hoffnung?« fragte er ohne weitere Umschweife. Sein Gesicht war immer noch starr und von den Nachwirkungen des Schocks gezeichnet.

Rathbone entfernte sich höflich einen Schritt, obwohl er damit nicht außer Hörweite war.

»Daß wir die Wahrheit herausfinden?« Goode hob die Augenbrauen. »Das bezweifle ich, Mylord. Ganz gewiß wird es uns nicht gelingen, sie zu beweisen. Ich wage zu sagen, daß das, was Angus zugestoßen ist, für immer eine Mutmaßung bleiben wird. Wenn Sie wissen wollen, wie der Spruch der Geschworenen ausfallen wird, so halte ich im Augenblick eine Verurteilung irgendeiner Art nicht für unwahrscheinlich, obwohl ich nicht zu sagen wage, ob das Urteil auf Mord oder Totschlag lauten wird.« Er holte tief Luft. »Zuerst müssen wir Calebs Geschichte hören. Die könnte jetzt etwas anders ausfallen als noch vor einigen Tagen. Er hat Zeugenaussagen gehört, die ihn vielleicht dazu bringen werden, etwas offener von der Begegnung mit seinem Bruder zu sprechen.«

»Sie haben die Absicht, ihn in den Zeugenstand zu rufen?« Ravensbrooks Körper war völlig steif und seine Haut wie Papier. »Fürchten Sie nicht, daß er sich mit seinen eigenen Worten ins Unglück stürzen wird, wenn er das nicht ohnehin schon getan hat? Ich bitte Sie, haben Sie Erbarmen und tun Sie es nicht. Wenn Sie es einfach dabei bewenden lassen, dann können Sie um seinetwillen darauf plädieren, daß es zu einem Streit gekommen sein müsse, der außer Kontrolle geriet, dann werden die Geschworenen vielleicht auf Totschlag erkennen oder sogar auf ein geringeres Vergehen, vielleicht nur auf einen Unfall mit Todesfolge.« Eine verwegene Hoffnung flackerte in seinen dunklen Augen auf. »Das wäre doch sicher im besten Interesse Ihres Mandanten? Er hat ganz offensichtlich den Verstand verloren. Vielleicht wäre er überhaupt am besten in Bedlam aufgehoben.«

Goode dachte einige Sekunden lang darüber nach.

»Möglicherweise«, räumte er ein; seine hochgezogenen Augenbrauen senkten sich wieder, und seine Stimme war sehr ruhig. »Aber die Geschworenen sind ihm nicht besonders wohlgesonnen. Sein eigenes Verhalten hat das bewirkt. Nach Bedlam würde ich nicht einmal einen Hund schicken. Ich glaube, ich muß ihm die Gelegenheit geben, seine Geschichte selbst zu erzählen. Es ist immer sehr viel unwahrscheinlicher, daß die Geschworenen einem Angeklagten glauben, der nicht selbst zu Wort gekommen ist.«

»Rathbone wird ihn vernichten!« rief Ravensbrook mit einem plötzlichen Aufwallen von Zorn. »Er wird, wenn man ihn drängt, wieder die Beherrschung verlieren, und er hat Angst. In einem solchen Zustand würde er alles sagen, einfach um zu schockieren.«

»Ich werde mir mein Urteil bilden, wenn ich mit ihm gesprochen habe«, versprach Goode. »Obwohl ich geneigt bin, Ihnen zuzustimmen.«

»Gott sei gedankt!«

»Natürlich ist es seine Entscheidung«, fügte Goode hinzu. »Der Mann kämpft schließlich um sein Leben. Wenn er zu sprechen wünscht, muß man ihm die Möglichkeit dazu geben.«

»Können Sie als sein juristischer Berater ihn nicht vor sich selbst bewahren?« wollte Ravensbrook wissen.

»Ich kann ihm raten, das ist alles. Ich kann ihm nicht die Möglichkeit verwehren, zu seiner eigenen Verteidigung auszusagen.«

»Ich verstehe.« Ravensbrook warf einen Blick auf Rathbones Profil. »Dann hat er wohl kaum eine Chance. Da ich sein einziger noch lebender Verwandter bin und, sobald er erst verurteilt ist, vielleicht keine Gelegenheit mehr haben werde, mit ihm zu sprechen, würde ich ihn gern noch einmal sehen, und zwar allein. Heute zumindest ist er noch ein unschuldiger Mann.«

»Natürlich«, pflichtete Goode ihm schnell bei. »Soll ich das für Sie in die Wege leiten?«

»Ich werde Sie um Hilfe bitten, falls das nötig sein sollte«, antwortete Ravensbrook. »Ich danke Ihnen für das Angebot.« Er sah erst Rathbone an, dann Enid auf ihrem Stuhl.

Sie warf ihm einen langen, neugierigen, flehentlichen Blick zu, als gäbe es eine Frage, von der sie nicht wußte, wie sie sie in Worte fassen sollte.

Wenn er verstand, was sie meinte, ließ er sich nichts davon anmerken, weder in seiner Miene noch in seiner Haltung. Und er gab auch keine weiteren Erklärungen.

»Warte in der Kutsche auf mich«, sagte er zu ihr. »Dort hast du es bequemer. Miss Latterly ist sicher gleich wieder zurück.« Und ohne mehr zu sagen, verabschiedete er sich, um mit schnellen Schritten die Treppe hinunterzugehen, die zu den Zellen führte.

Etwa zwanzig Minuten später stand Rathbone draußen auf der Treppe zur Straße und sprach mit Monk, der gerade eingetroffen war. Ebenezer Goode kam die Treppe herunter und steuerte auf sie zu; sein Haar flatterte im Wind, und sein Gesicht war aschfahl. Er drängte sich an einem Gerichtsdiener vorbei, wobei er den Mann um ein Haar umgerannt hätte.

»Was ist passiert?« fragte Rathbone, plötzlich voll Furcht. »Was ist geschehen, Mann? Sie sehen furchtbar aus!«

Goode packte ihn am Arm und drehte ihn halb zu sich um.

»Er ist tot! Es ist alles vorbei. Er ist tot!«

»Wer ist tot?« fragte Monk. »Wovon reden Sie?«

»Caleb.« Seine Stimme war heiser. »Caleb ist tot.«

»Das ist unmöglich!« Rathbone wußte, noch bevor er sie ausgesprochen hatte, wie töricht seine Worte waren. Er versuchte die Wirklichkeit zu leugnen, weil sie häßlich war und er sie nicht glauben wollte.

»Wie?« fragte Monk, ohne Rathbone noch einmal zu Wort kommen zu lassen. »Was ist passiert? Hat er sich selbst getötet?« Er stieß einen heftigen Fluch aus und hob die geballte Faust. »Wie konnten die Wärter nur so verdammt dumm sein? Obwohl ich nicht weiß, warum mich diese Sache so trifft! Für den armen Teufel ist es besser, als sich der langen Tortur eines gerichtlich verfügten Todes aussetzen zu müssen. Ich sollte eigentlich froh sein.« Er stieß die Worte zwischen den Zähnen hervor, und seine Stimme klang hart und heiser. »Warum kann ich es nicht?«

Rathbone schaute von Monk zu Goode. Dieselben widersprüchlichen Gefühle tobten auch in ihm. Er hätte dankbar sein müssen. Caleb hatte zu guter Letzt doch noch gestanden. Er hatte Erfolg gehabt. Die Worte des Duke of Wellington hallten in seinen Ohren wider – das Zweitschlimmste nach einer verlorenen Schlacht war eine gewonnene Schlacht. Diese Sache hatte nichts mit einem Sieg zu tun.

»Es war kein Selbstmord«, sagte Goode mit zittriger Stimme. »Ravensbrook hat ihn in seiner Zelle besucht, so wie er es wünschte. Anscheinend hatte Caleb Angst, daß man ihn schuldig sprechen würde. Er sagte, er wolle eine schriftliche Aussage machen. Vielleicht hatte er vor, ein Geständnis abzulegen oder irgendeinen Hinweis zu geben, wer weiß? Ravensbrook kam jedenfalls noch einmal heraus, um sich eine Feder und ein Blatt Papier geben zu lassen. Beides hat er dann wieder mit hineingenommen. Anscheinend war die Feder stumpf. Er holte sein Taschenmesser heraus, um sie anzuspitzen...«

Rathbone wurde übel, als kenne er die Worte, noch bevor sie ausgesprochen wurden. »Caleb machte plötzlich einen Satz nach vorn, packte das Messer und griff Ravensbrook an«, sagte Goode, dessen Blick zwischen Rathbone und Monk hin und her ging.

Rathbone war überrascht. Es war also doch nicht so, wie er angenommen hatte.

»Sie haben miteinander gerungen«, fuhr Goode fort. »Der arme Ravensbrook hat eine schlimme Schnittwunde davongetragen.«

»Gott helfe ihm«, sagte Rathbone leise. »Das war nicht das Ende, das ich mir gewünscht habe, aber vielleicht ist es nicht das Schlimmste, was passieren konnte. Vielen Dank, Goode. Danke, daß Sie mir Bescheid gesagt haben.«

Elftes Kapitel

Rathbone war wie betäubt von der Neuigkeit. Das Ganze war ungeheuerlich, wenn auch nicht in jeder Hinsicht tragisch. Seines Wissens hatte es so etwas noch nie gegeben, jedenfalls nicht in dieser Art.

Monk stand noch immer völlig regungslos und mit finsterer Miene da.

»Kommen Sie«, sagte Rathbone sanft. »Es ist alles vorüber.«

Monk rührte sich nicht von der Stelle. »Nein, das ist es nicht. Ich verstehe es nicht.«

Rathbone lachte unvermittelt auf. »Tun Sie das denn jemals? Versteht jemals einer von uns irgend etwas? Wenn Sie dachten, er würde Ihnen erzählen, was er mit Angus angestellt oder warum er ihn jetzt getötet hat und nicht irgendwann vor Jahren, haben Sie sich etwas vorgemacht. Der unglückselige Mann war wahnsinnig. Gütiger Gott, war das nicht Beweis genug? Die Eifersucht hatte ihn in den Irrsinn getrieben. Was gibt es da groß zu verstehen.«

»Warum er Ravensbrook jetzt angegriffen hat«, erwiderte Monk und drehte sich um, um die Treppenstufen hinaufzusteigen. »Was könnte er sich davon versprochen haben?«

»Überhaupt nichts!« sagte Rathbone ungeduldig, während er hinter ihm her eilte. »Was hat er sich davon versprochen, daß er Angus tötete? Nicht mehr, als daß er seinem Haß Luft machen konnte. Vielleicht hat er für Ravensbrook dasselbe empfunden. Er hatte nichts zu verlieren. Man kann ihn schließlich nicht zweimal hängen.«

»Aber es stand noch gar nicht fest, daß man ihn überhaupt hängen würde!« entgegnete Monk scharf, als sie durch die Türen in die Halle kamen. »Goode hatte noch nicht einmal angefangen. Er ist ein verdammt gerissener Anwalt.« Sie kamen an einer

Gruppe dunkel gekleideter Männer, die sich leise unterhielten, vorbei und wären fast mit einem Gerichtsdiener zusammengestoßen, der in die andere Richtung lief. »Wir wissen, daß Caleb Angus getötet hat«, fuhr Monk fort. »Oder zumindest ich weiß es ... weil ich gehört habe, wie er es zugab, ja sogar damit prahlte. Aber das ist kein Beweis. Er hatte immer noch Hoffnung.«

»Vielleicht wußte er das nicht. Ich bin nämlich auch ein verdammt gerissener Anwalt!« sagte Rathbone.

»Haben Sie das gewollt?« fragte Monk, der mit fliegenden Mantelschößen neben Rathbone durch den Korridor eilte. »Man kann nicht beweisen, daß er schuldig ist, also überredet man den armen Teufel zu einem zweiten Mord, gleich an Ort und Stelle, in seiner Gefängniszelle, damit wir ihn dafür hängen können, ohne Wortklaubereien und Spitzfindigkeiten? Nicht einmal Ebenezer Goode könnte ihm dann noch helfen!«

Rathbone hatte eine gleichermaßen zynische Antwort auf der Zunge, als er Monk ein wenig genauer ansah und die Verwirrung in seinem Gesicht bemerkte. Es war nicht nur Zorn. Es waren auch Zweifel und Schmerz, die er da sah.

»Was?« fragte er und blieb wie angewurzelt stehen.

»Sind Sie taub? Ich sagte ...«, begann Monk.

»Ich habe gehört, was Sie sagten!« fuhr Rathbone ihn an. »Es war absoluter Unsinn – ich werde es ignorieren. Ich versuche zu ergründen, was Sie meinen. Irgend etwas verwirrt Sie, und das ist mehr als nur die Fragen, die wir uns zuvor gestellt haben, und die Tatsache, daß wir fast mit Sicherheit davon ausgehen müssen, daß wir jetzt niemals eine Antwort darauf erhalten.«

»Ravensbrook sagt, Caleb habe ihn angegriffen.« Monk ging wieder weiter. »Und er habe ihn abgewehrt. In dem Kampf wurde Caleb dann getötet ... aus Versehen.«

»Ich habe es gehört«, sagte Rathbone, während sie die Stufen zu den Zellen hinuntergingen. »Warum? Was denken Sie? Daß es in Wirklichkeit Selbstmord war und Ravensbrook die Sache vertuscht? Warum?« Sie mußten ein ganzes Stück weit hintereinander hergehen, bevor Monk ihn am Fuß der Treppe wieder einholte. »Es ergibt keinen Sinn«, fuhr Rathbone fort. »Aus welchem Grund sollte er so etwas tun? Der unglückliche Mann ist tot, und wahrscheinlich schuldig, vielleicht sogar erwiesenermaßen. Wozu sollte er ihn schonen? Ihn oder sonst jemanden?«

»Vor dem Gesetz ist er unschuldig«, sagte Monk stirnrunzelnd. »Seine Schuld ist jedenfalls nicht erwiesen, was immer wir auch wissen mögen, Sie und ich. Wir zählen nicht.«

»Um Gottes willen, Monk, die Öffentlichkeit weiß es. Und sobald das Gericht wieder zusammentritt, wird es ihn auch für den Versuch, Ravensbrook zu töten, verurteilen.«

»Aber als Selbstmörder wird er in ungeweihter Erde begraben«, bemerkte Monk. Sie standen jetzt direkt vor dem Eisenportal, das zu den Zellen führte. »Auf diese Weise wird er nicht verurteilt, sondern nur angeklagt. Die Leute können glauben, was sie wollen. Er wird der Nachwelt als unschuldiger Mann in Erinnerung bleiben.«

»Ich könnte mir denken, daß es, wenn es überhaupt eine Lüge ist«, wandte Rathbone ein, »wahrscheinlicher ist, daß Ravensbrook vermeiden will, daß man ihm vorwirft, dem Mann gestattet zu haben, sich das Leben zu nehmen, was moralisch gesehen zu jeder Zeit falsch wäre, juristisch gesehen besonders heikel, da er sich in Gewahrsam befand und eine Verhandlung gegen ihn lief.«

»Da könnten Sie recht haben«, räumte Monk ein.

»Vielen Dank«, erwiderte Rathbone. »Ich halte es für das Wahrscheinlichste, daß er uns einfach eine Mischung präsentiert von dem, was er in der ganzen Verwirrung tatsächlich mitbekommen hat, und seiner Auslegung der Ereignisse.«

Monk antwortete nicht, sondern klopfte scharf an die Tür.

Mit einigem Widerstreben ließ man sie ein. Rathbone mußte auf seine Eigenschaft als Prozeßbeteiligter pochen, und Monk hatte es hauptsächlich der instinktiven Reaktion des Gefängniswärters zu verdanken, daß er eingelassen wurde, denn der Mann kannte ihn von früher und war daran gewöhnt zu gehorchen.

Man führte sie in ein kleines Zimmer, einen Aufenthaltsraum für die diensthabenden Gefängniswärter. Ravensbrook saß in sich zusammengesunken auf einem unbequemen Holzstuhl.

Sein Haar und seine Kleider waren in Unordnung, und seine Arme, seine Brust, ja sogar sein Gesicht waren blutbespritzt. Er schien sich in einem Zustand tiefen Schocks zu befinden, seine Augen waren in ihre Höhlen gesunken, und sein Blick war leer. Er atmete durch den Mund, stöhnte leise und schluckte immer wieder. Sein Körper war völlig starr, und er zitterte, als hätte er Schüttelfrost. Einer der Wärter stand hinter ihm und drückte ihm ein zusammengerolltes Taschentuch auf die Wunde an seiner Brust, ein zweiter hielt ein Glas Wasser und versuchte, ihn dazu zu bewegen, etwas davon zu trinken, aber er schien den Mann nicht einmal zu hören.

»Sind Sie der Arzt?« fragte der Wärter mit dem Taschentuch, an Monk gewandt. Rathbone gab sich mit seiner Robe und seiner Perücke augenblicklich als das zu erkennen, was er war.

»Nein. Aber es ist noch immer eine Krankenschwester in der Nähe, und am besten schicken Sie sofort jemand, der sie holt«, erwiderte Monk. »Ihr Name ist Hester Latterly, und sie ist mit Lady Ravensbrook in deren Kutsche.«

»Eine Krankenschwester wird uns hier nicht helfen«, sagte der Wärter verzweifelt.

»Niemand braucht hier eine Schwester, um Gottes willen. Sehen Sie sich den Mann doch an!«

»Eine Armeeschwester«, präzisierte Monk. »Sie müssen vielleicht eine Meile weit gehen, um einen Arzt zu finden. Und Miss Latterly versteht ohnehin mehr von dieser Art von Verletzungen als die meisten Ärzte hier in der Gegend. Holen Sie sie. Stehen Sie nicht einfach so herum.«

Der Mann tat wie geheißen und war wahrscheinlich froh, auf diese Weise entkommen zu können.

Monk drehte sich um und sah Ravensbrook an, betrachtete kurz sein Gesicht, ließ den Gedanken, den er dabei hatte, dann fallen und wandte sich statt dessen an den anderen Wärter.

»Was ist passiert?« fragte er. »Berichten Sie uns genau, was geschehen ist, und zwar in der Reihenfolge, wie Sie die Ereignisse in Erinnerung haben. Fangen Sie mit Lord Ravensbrooks Ankunft an.«

Er fragte nicht, wer Monk war oder welches Recht er hatte, Erklärungen zu verlangen. Der Ton seiner Stimme genügte, und er war geradezu erleichtert, die Verantwortung einem anderen in die Hände legen zu können.

»Seine Lordschaft kam mit einem Erlaubnisschreiben vom Hauptwärter, weil er den Gefangenen besuchen wollte«, antwortete er. »Er war ja eine Art Verwandter, nicht wahr, also sprach nichts dagegen …«

»Wo ist der Hauptwärter?« unterbrach ihn Rathbone.

»Zum Richter raufgegangen«, erwiderte der Wärter.

»Was dann geschehen ist, weiß ich nicht. Ist mir noch nie passiert, daß jemand mitten in 'ner Verhandlung umgebracht wurde, jedenfalls nicht, solange ich hier bin.« Er schauderte. Er hatte von dem Wasser getrunken, das eigentlich für Ravensbrook bestimmt war, und das Glas drohte überzuschwappen, da seine Hand heftig zitterte.

Rathbone nahm ihm das Glas ab und stellte es weg.

»Also haben Sie die Zelle geöffnet und Lord Ravensbrook eingelassen?« fragte Monk nach.

»Ja, Sir. Und natürlich habe ich hinter ihm abgeschlossen. Der Gefangene stand schließlich wegen eines Gewaltverbrechens vor Gericht, nicht wahr, also war das nötig.«

»Natürlich war es das«, pflichtete Monk ihm bei. »Was ist dann passiert?«

»Nichts, jedenfalls für fünf Minuten oder so.«

»Sie haben hier draußen gewartet?«

»Natürlich.«

»Und nach den fünf Minuten?«

»Seine Lordschaft, Lord Ravensbrook, klopfte an die Tür und wollte rauskommen. Ich fand, daß das ziemlich schnell ging, aber das war nicht meine Sache. Also habe ich ihn rausgelassen. Aber er war noch nicht fertig.« Er drückte immer noch das zusammengerollte Taschentuch auf Ravensbrooks Brust, und das Blut sickerte durch seine Finger. »Er sagte, der Gefangene wollte seinen letzten Willen aufschreiben und ob ich Papier hätte und eine Feder und Tinte«, fuhr er fort. Seine Stimme klang heiser.

»Hm, natürlich hatte ich die Sachen nicht bei mir, ja, aber ich habe ihm gesagt, ich könnte sie besorgen, was ich auch getan habe. Stimmt das nicht, Mylord?« Er sah zu Ravensbrook hinunter, aber der schien ihn nicht wahrzunehmen.

»Sie haben die Sachen holen lassen. Wen haben Sie geschickt?« drängte Monk.

»Jimson, den anderen Burschen, der mit mir Wache hatte. Sie haben ihn gerade losgeschickt, die Krankenschwester zu holen.«

»Und Sie haben die Zellentür wieder verschlossen?«

»Natürlich habe ich sie verschlossen.« Er klang entrüstet.

»Und Lord Ravensbrook hat hier draußen bei Ihnen gewartet?«

»Ja, das hat er.«

»Hat er irgend etwas gesagt?«

Ravensbrook saß stocksteif auf seinem Stuhl und gab auch keinen Laut von sich.

»Was, zu mir?« fragte der Wärter überrascht. »Was sollte ein Lord jemandem wie mir erzählen?«

»Sie haben also schweigend hier gewartet?« fragte Monk.

»Ja. Hat nicht lange gedauert, drei oder vier Minuten, dann war Jimson wieder zurück mit Papier, Feder und Tinte. Ich habe alles Seiner Lordschaft gegeben, die Zellentür wieder geöffnet, und dann ist er hineingegangen, und ich habe abgeschlossen.«

»Und dann?«

Der Mann legte das Gesicht in Falten und konzentrierte sich. »Ich versuche zu überlegen, ob ich irgendwas gehört habe, aber ich kann mich nicht erinnern. Ich hätte wohl …«

»Warum?«

»Na ja, irgendwas müßte man doch gehört haben, oder?« sagte er vernünftig. »Weil nach ein paar Minuten ja Seine Lordschaft an die Tür gehämmert und um Hilfe gerufen hat, mächtig laut hat er gerufen, als hätte er schlimme Probleme – was ja auch stimmte.« Er holte tief Luft und starrte Monk immer noch an. »Also sind wir, ich und Jimson, hin zur Tür, sofort, ja. Jimson hat aufgeschlossen, und ich stand bereit, weil ich ja nicht wußte, was los war.«

»Und was haben Sie vorgefunden?«

Er sah zu der ungefähr drei Meter weit entfernten Zellentür hinüber, die nur angelehnt war.

»Seine Lordschaft taumelte und schlug mit den Fäusten gegen die Tür«, antwortete er mit gepreßter Stimme. »Und war voller Blut, so wie jetzt.« Er sah kurz zu Ravensbrook, wandte den Blick dann aber hastig wieder ab. »Der Gefangene lag auf dem Boden und hat noch schlimmer geblutet. Ich weiß nicht mehr, was ich gesagt habe, und auch nicht, was Jimson gesagt hat. Er hat Seiner Lordschaft aus der Zelle geholfen, und ich bin zu dem Gefangenen hin.« Er ließ Monk nicht aus den Augen, als wolle er das Bild, das in seinem Gedächtnis haftengeblieben war, überdecken. »Ich habe mich neben ihn niedergekniet und seine Hand genommen, ja, um zu sehen, ob er noch lebte. Konnte nichts fühlen. Aber, um ehrlich zu sein, Sir, ich weiß nicht, ob ich nicht so durcheinander war, daß ich überhaupt was gemerkt hätte. Aber ich glaube, er war schon tot. Ich habe noch nie in meinem Leben so viel Blut gesehen.«

»Verstehe.« Monks Blick wanderte unwillkürlich zu der halb geöffneten Zellentür hinüber. Dann zwang er sich, seine Aufmerksamkeit wieder auf den Mann vor ihm zu richten. »Und was ist dann geschehen?«

Der Wärter sah Ravensbrook an, aber dieser half ihm in keiner Weise weiter; dem starren Ausdruck seines Gesichts nach hörte er vielleicht nicht einmal, was gesprochen wurde.

»Wir haben Seine Lordschaft gefragt, was passiert sei«, sagte der Wärter unglücklich. »Obwohl ja jeder sehen konnte, daß die beiden sich furchtbar geprügelt hatten, und irgendwie hat der Gefangene mehr abgekriegt als Seine Lordschaft.«

»Und als Sie Lord Ravensbrook fragten, was hat er da geantwortet?«

»Er sagte, der Gefangene hätte ihn angegriffen, als er gerade das Taschenmesser rausgeholt hatte, um die Feder anzuspitzen, und obwohl er sein Bestes getan hätte, um ihn abzuwehren, habe er sich selbst verletzt, und ein paar Sekunden später war alles vorbei. Hat die Ader in seiner Kehle erwischt, und zack! Aus!

Verstehen Sie mich nicht falsch, Sir, ich hätte es nie zugelassen, aber vielleicht war es einfach gerecht so. Niemand hat es verdient, einfach so davonzukommen, wenn er seinen Bruder ermordet hat, ja. Aber ich hasse es, wenn sie die Leute aufhängen. Jimson sagt, ich bin zu weich, aber das ist nicht die richtige Art und Weise für einen Mann zu sterben.«

»Vielen Dank.« Monk behielt seine Meinung für sich, aber sein Schweigen und das völlige Fehlen von Tadel in seiner Stimme ließen darauf schließen, daß er dem Mann in gewisser Weise recht gab.

Schließlich wandte Monk sich an Ravensbrook und sprach ihn deutlich und mit großem Nachdruck an.

»Lord Ravensbrook, würden Sie uns bitte erzählen, was genau vorgefallen ist? Es ist sehr wichtig, Sir.«

Ravensbrook blickte ganz langsam auf und schien sich nur mit Mühe auf Monk konzentrieren zu können, wie ein Mensch, der gerade aus einem tiefen Schlaf erwacht. »Wie bitte?«

Monk wiederholte seine Worte.

»Oh. Ja. Natürlich.« Er holte tief Luft und atmete dann leise aus. »Es tut mir leid.« Mehrere Sekunden lang sagte er dann nichts mehr, bis Rathbone drauf und dran war, weiter in ihn zu dringen. Da endlich begann er zu sprechen. »Er war in einer sehr seltsamen Gemütsverfassung«, sagte er langsam. Es klang so, als seien seine Lippen steif und als gehorche seine Zunge ihm nur widerwillig. Seine Stimme war seltsam tonlos. Rathbone hatte das schon früher bei Menschen erlebt, die unter Schock standen. »Zuerst schien er erfreut, mich zu sehen«, fuhr Ravensbrook fort. »Beinahe erleichtert. Ein paar Minuten lang unterhielten wir uns dann über Nichtigkeiten. Ich fragte ihn, ob er irgend etwas brauchte, ob es etwas gebe, was ich für ihn tun könnte.« Er schluckte, und Rathbone sah, wie seine Kehle sich zuschnürte.

»Er sagte sofort, daß es durchaus etwas gebe.« Ravensbrook sprach mit Monk und ignorierte Rathbone. »Er wollte eine Aussage niederschreiben. Ich dachte, er würde sich vielleicht das Ganze von der Seele reden wollen, eine Art Geständnis, um Genevieves willen. Um ihr zu sagen, wo Angus' Leiche sei.« Er sah Monk nicht direkt an, sondern schien den Blick nach innen zu richten.

»Und wollte er das tatsächlich?« fragte Rathbone, obwohl er das im Grunde nicht für möglich hielt. Es war nur eine letzte, verzweifelte Chance, daß er vielleicht doch etwas gesagt haben könnte. Aber was würde es schon bedeuten, abgesehen davon, daß Genevieve klarer sah? Und war das gut oder schlecht? Vielleicht war Unwissen barmherziger.

Ravensbrook sah ihn zum erstenmal an.

»Nein…«, sagte er nachdenklich. »Nein, ich denke nicht, daß er überhaupt die Absicht hatte, etwas niederzuschreiben. Aber ich habe ihm geglaubt. Ich habe den Wärter um die notwendigen Utensilien gebeten, die dieser mir auch beschafft hat. Dann bin ich wieder hineingegangen. Er hat mir die Feder entrissen, sie in das Tintenfaß getaucht, das ich auf den Tisch gestellt hatte, und dann einen Versuch unternommen zu schreiben. Ich glaube, er hat nur so getan, als ob. Dann sah er mich an und sagte, die Feder sei stumpf und an der Spitze gesplittert und ob ich sie anspitzen könne.« Er bewegte seine Schultern ganz leicht, als wolle er ein Achselzucken andeuten. »Natürlich war ich damit einverstanden. Er gab mir die Feder. Ich habe sie abgewischt, damit ich sehen konnte, was ich tat, und als ich dann mein Messer zur Hand nahm und es aufklappte…«

Niemand im Raum bewegte sich. Der Wärter schien wie gebannt zuzuhören. Kein Laut aus der Außenwelt, aus dem Gerichtsgebäude jenseits der schweren Eisentür drang zu ihnen herein.

Ravensbrook sah Monk an, und seine Augen waren dunkel und voller Grauen. Dann blickte er wieder, beinahe als zöge er einen Vorhang vor seiner Seele zu, an ihm vorbei. Seine Stimme war ein wenig schrill, als gelänge es ihm nicht, seine Kehle zum Sprechen freizumachen. »Im nächsten Augenblick spürte ich einen gewaltigen Schlag und wurde gegen die Wand gedrängt, und Caleb lag über mir.« Er holte tief Luft. »Wir haben einige Augenblicke miteinander gerungen. Ich habe getan, was ich konnte, um mich zu befreien, aber er verfügte über unglaubliche Kräfte. Er schien entschlossen zu sein, mich zu töten, und das einzige, was mir blieb, war, das Messer von meiner Kehle wegzudrücken. Ich habe mit aller Macht gekämpft, wahrscheinlich, weil ich in der Klinge die Nähe des Todes gesehen habe. Ich weiß nicht genau, wie es passiert ist. Er fuhr zurück, rutschte weg und verlor irgendwie das Gleichgewicht, fiel hin und riß mich mit sich.«

Rathbone versuchte, sich die Szene vorzustellen, die Angst, die Gewalt, die Verwirrung. Es war nicht schwierig.

»Als ich mich befreite und es mir gelang, auf die Füße zu kommen«, fuhr Ravensbrook fort, »lag er da mit dem Messer in der Kehle, und Blut floß aus der Wunde. Es gab nichts, was ich hätte tun können. Gott helfe ihm. Zumindest hat er jetzt eine Art Frieden gefunden. Zumindest erspart ihm das den …«, er atmete tief und stieß die Luft mit einem Seufzer wieder aus, »… den gerichtlichen … Prozeß.«

Rathbone sah zu Monk und erkannte in dessen Gesicht dieselbe Qual sowie das Wissen, daß es hier keine Ausflüchte, kein Entkommen gab.

»Vielen Dank«, sagte Monk zu Ravensbrook. Dann ging er, gefolgt von Rathbone, durch den Raum, drückte die Zellentür weiter auf und trat ein. Caleb Stone lag in einer Blutlache auf dem Boden. Das Taschenmesser, ein schöner, mit einer Gravur versehener Silbergegenstand, lag etwas entfernt von seinem Hals am Boden, als wäre es durch sein eigenes Gewicht aus der Wunde gefallen. Es stand außer Frage, daß der Mann tot war. Die wunderschönen grünen Augen waren geöffnet und blicklos. In seinem Gesicht stand ein Ausdruck der Resignation, als hätte er am Ende etwas aufgegeben, das sowohl eine Besessenheit als auch eine Qual für ihn gewesen war, und der Friede, der sich seiner bemächtigt hatte, schien ihn überrascht zu haben.

Monk suchte nach etwas, das ihm einen Hinweis auf das Geschehen geben könnte, etwas jenseits der Berichte, die er von Ravensbrook oder dem Wärter gehört hatte, aber er fand nichts. Es gab keine Widersprüche, nichts, was auf verschwiegene Tatsachen hindeutete, nichts, was sich nicht durch einen simplen, törichten Akt der Gewalt hätte erklären lassen. Die einzige Frage war, ob es eine Affekthandlung war, entstanden aus einem jähen überwältigenden Zorn, vielleicht ähnlich dem, der Angus getötet hatte. Oder war es eine klug eingefädelte Vorgehensweise, Selbstmord zu begehen, bevor der Henker sein Leben auslöschen konnte, bevor er sich dem leidvollen Prozeß von Verurteilung, Schuldspruch und Strick aussetzte?

Er drehte sich zu Rathbone um und las dieselben Fragen in dessen Gesicht.

Bevor einer von ihnen jedoch dazu kam, sie auszusprechen, hörten sie ein Geräusch hinter sich, das schwere Knarren eines Eisenbolzens in einem Schloß, und dann Hesters Stimme. Monk fuhr herum und trat aus der Zelle, wobei er Rathbone fast vor sich her schob.

»Lord Ravensbrook!« Hester warf einen kurzen Blick auf den Wärter, der das blutdurchtränkte Taschentuch immer noch an Ravensbrooks Brust preßte, trat dann einen Schritt auf ihn zu und ließ sich auf die Knie sinken. »Wo haben Sie sich verletzt?« fragte sie, als spräche sie mit einem Kind – beruhigend, aber mit großer Autorität.

Er hob den Kopf und starrte sie an.

»Wo sind Sie verletzt?« wiederholte sie, legte ihre Hand sanft auf die des Wärters und zog das Taschentuch ganz langsam weg. Kein Blutschwall war die Folge; das Blut schien an dieser Stelle bereits geronnen zu sein. »Bitte, erlauben Sie mir, Ihnen den Mantel auszuziehen«, sagte sie. »Ich muß sehen, ob Sie noch bluten.« Es war eine überflüssige Bemerkung. Seine Brust war so voller Blut, daß er nach wie vor bluten mußte.

»Ist das klug, Miss?« fragte Jimson. Er war mit ihr zurückgekehrt und sah Ravensbrook zweifelnd an. »Macht die Sache vielleicht noch schlimmer. Besser, wir warten, bis der Arzt kommt. Man hat nach ihm geschickt.«

»Ziehen Sie den Mantel aus!« Hester schenkte ihm keine Beachtung und machte sich daran, ihn vorsichtig aus dem Kleidungsstück zu schälen. Er reagierte nicht, und sie bewegte seine

Arme ein wenig zur Seite. »Nehmen Sie den anderen!« sagte sie zu Monk. »Der Mantel wird herunterrutschen, wenn Sie es richtig machen.«

Er tat wie geheißen, und Hester zog dem Verletzten mit sanfter Entschlossenheit den Mantel aus und gab ihn dann Monk. Das Hemd darunter war lange nicht so blutdurchtränkt, wie Monk erwartet hatte. Es gab nur vier Wunden, die er sehen konnte, eine vorne an der linken Schulter, eine am linken Unterarm und zwei auf der rechten Seite der Brust. Keine der Wunden war sehr groß oder blutete übermäßig. Nur die an der Schulter, auf die er seine Hand gelegt hatte, war noch feucht.

»Das sieht nicht allzu schlimm aus«, sagte Hester nüchtern. Sie wandte sich an den ersten Wärter. »Ich nehme nicht an, daß Sie Verbandszeug hier haben? Nein, das dachte ich mir schon. Haben Sie irgendwelche Tücher?«

Der Mann zögerte.

»Gut.« Sie nickte. »Dann ziehen Sie Ihr Hemd aus. Das wird genügen. Ich brauche nur die Schöße.« Sie lächelte spöttisch. »Und Ihr Hemd brauche ich auch, Mr. Rathbone, denke ich. Ich brauche weißen Stoff.« Monk und seine makellos saubere Wäsche ignorierte sie. Selbst in einer solchen Notlage schien sie sich seiner geringen Finanzen bewußt zu sein.

Rathbone holte scharf Luft, der Gedanke an voluminöse Unterröcke schoß ihm durch den Kopf und verschwand wieder.

»Haben Sie irgendwelchen Alkohol da?« fragte sie den Wärter. »Ein wenig Brandy als Stärkungsmittel vielleicht?« Sie sah Ravensbrook an. »Haben Sie eine Taschenflasche, Mylord?«

»Ich brauche keinen Brandy«, sagte er mit einem ganz leichten Kopfschütteln. »Tun Sie einfach, was nötig ist, Miss.«

»Ich hatte nicht die Absicht, Ihnen davon zu trinken zu geben«, antwortete sie. »Haben Sie eine Flasche dabei?«

Er sah sie mit scheinbarem Unverständnis an.

»Ist Ihnen nicht gut, Miss?« fragte der Wärter besorgt.

Ein winziges Lächeln spielte um ihre Lippen. »Ich wollte die Wunden säubern. Wasser wird genügen, wenn nichts anderes da ist, aber Brandy wäre besser gewesen.«

Rathbone reichte ihr das Wasserglas, das Ravensbrook abgelehnt hatte. Monk griff in Ravensbrooks Jackentasche und fand eine flache, silberne, mit einer Gravur verzierte Flasche, öffnete sie und stellte sie in Hesters Reichweite.

Schweigend sahen die Männer ihr bei der Arbeit zu, wie sie das Blut zuerst mit Lappen von dem rauhen Hemd des Wärters entfernte und die Verletzungen dann mit ein wenig Brandy säuberte. Der Alkohol schien in den Wunden zu brennen, denn Ravensbrook entrang sich ein unwillkürlicher Fluch, er biß die Zähne zusammen und schluckte vor Schmerz.

Aber selbst Monk konnte sehen, daß die Wunden nicht tief waren, eher Schnitte und Risse als wirkliche Stichwunden.

Als die Wunden versorgt waren, verband Hester die Verletzungen mit Bandagen, die beinahe zur Gänze von Rathbones feinem ägyptischem Baumwollhemd stammten, das sie mit großer Hingabe und beträchtlicher Geschichklichkeit und, wie Monk glaubte, einem gewissen Maß an Befriedigung in Streifen riß. Er warf Rathbone einen Blick zu und sah ihn zusammenzucken, als der Stoff riß.

»Vielen Dank«, sagte Ravensbrook steif, als sie fertig war. »Ich bin Ihnen sehr verpflichtet, Miss Latterly. Sie sind äußerst tüchtig. Wo ist meine Frau?«

»In ihrer Droschke, Mylord«, erwiderte sie. »Ich denke doch, daß sie mittlerweile zu Hause sein wird. Ich habe mir die Freiheit genommen, dem Kutscher Anweisung zu geben, sie heimzubringen. Sie hätte krank werden können, wenn sie bei dieser Kälte noch länger hätte warten müssen. Ich bin sicher, man wird Ihnen sofort einen Hansom besorgen können.«

»Ja«, sagte er nach einem kurzen Moment. »Natürlich.« Er sah Rathbone an. »Wenn Sie mich brauchen, können Sie mich in meinem Haus finden. Ich kann mir allerdings nicht vorstellen, was es noch zu tun oder zu sagen gäbe. Ich nehme an, der Richter wird veranlassen, was immer er für nötig hält, und damit ist die Sache dann wohl zu Ende. Guten Tag noch, die Herren.« Er stand auf und ging sehr aufrecht, wenn auch mit einem leichten Taumeln, auf die Tür zu. »Oh.« Er drehte sich um und sah Rathbone an.

»Ich nehme an, daß ich die Freiheit haben werde, ihm ein ordentliches Begräbnis zu geben? Schließlich ist er nicht schuldig gesprochen worden, und ich bin sein einziger Verwandter.« Er schluckte gequält.

»Ich sehe keinen Grund, was dagegen spräche«, meinte Rathbone, der plötzlich den gewaltigen Verlust nachempfinden konnte, den dieser Mann gerade erlitten hatte, einen Verlust, der tiefer ging als bei einem gewöhnlichen Todesfall. »Ich werde mich um die Formalitäten kümmern, wenn Sie wünschen, Mylord.«

»Tja. Tja, vielen Dank«, erwiderte Ravensbrook. »Guten Tag.« Er ging durch die Tür. Jetzt, da sie nicht länger verschlossen war, schwang sie hinter ihm wieder auf.

Hester schaute zu der Zelle hinüber.

»Sie brauchen nicht hineinzugehen.« Rathbone verstellte ihr den Weg. »Es ist sehr unerfreulich.«

»Vielen Dank für Ihr Feingefühl, Oliver«, sagte sie bedrückt. »Aber ich habe weit mehr Tote gesehen als Sie. Ich komme schon zurecht.« Mit diesen Worten ging sie hinein und streifte dabei leicht seine Schulter. Er hatte seine Jacke wieder angezogen, was seltsam aussah, da er jetzt kein Hemd mehr darunter trug.

In der Zelle blieb sie einen Augenblick still stehen und schaute hinunter auf die zusammengekrümmte Gestalt Caleb Stones. Sie betrachtete ihn eine Weile, bevor sie die Stirn ein wenig kraus zog. Dann stieß sie einen Seufzer aus, straffte sich und ging wieder hinaus. Ihr Blick traf sich mit dem Rathbones.

»Was werden Sie jetzt tun?« fragte sie leise.

»Nach Hause fahren und mir ein Hemd holen«, erwiderte er mit einem verzerrten Lächeln. »Sonst gibt es nichts mehr zu tun hier, meine Liebe. Es gibt keinen Fall mehr, der Anklage oder Verteidigung erforderte. Wenn Mrs. Stonefield wünscht, daß ich sie in der Angelegenheit der offiziellen Anerkennung des Todes ihres Mannes vertrete, dann werde ich das natürlich tun. Zuerst müssen wir uns um diese Angelegenheit hier kümmern, was der Richter wohl übernehmen wird, wenn das Gericht morgen wieder tagt.«

»Da ist doch noch etwas, das Ihnen Sorgen macht, oder?« fragte Monk plötzlich und sah sie eindringlich an. »Was ist es?«

»Ich... ich bin mir nicht ganz sicher, glaube ich...« Sie schien angestrengt nachzudenken, war aber offensichtlich nicht bereit, mehr zu sagen.

»Dann kommen Sie mit mir, und lassen Sie uns zusammen essen«, lud Rathbone sie ein, wobei er mit einer einfachen Geste auch Monk einschloß. »Das heißt, wenn Sie nicht mit Lady Ravensbrook zurückkehren oder nach Limehouse fahren müssen?«

»Nein.« Sie schüttelte den Kopf. »Was den Typhus betrifft, haben wir das Schlimmste überstanden. Es hat jetzt schon seit mehr als zwei Tagen keine neuen Fälle gegeben, und viele der Patienten, die noch im Hospital sind, erholen sich langsam. Ich... ich würde gern noch etwas mehr über Caleb Stone nachdenken.«

Bevor sie dieses Thema jedoch auch nur berührten, nahmen sie ein wohlschmeckendes Mahl ein. Rathbones Haus war warm und still und in der zurückhaltenden Art der Regency-Epoche mit ihren klaren Linien möbliert, wie es ein halbes Jahrhundert zuvor Mode gewesen war. Das ganze Haus verströmte Behaglichkeit und vermittelte ein Gefühl von Weite.

Hester hatte nicht gedacht, daß sie überhaupt etwas essen wollte, aber als man die Speisen auftrug, ohne daß sie etwas zu ihrer Zubereitung hatte beitragen müssen, stellte sie fest, daß sie doch recht hungrig war.

Als sie den letzten Gang beendet hatten, lehnte Rathbone sich zurück und sah sie an.

»Nun, was ist es, das Ihnen Sorgen bereitet? Fürchten Sie, daß es Selbstmord war? Und wenn ja, spielt das wirklich eine Rolle? Wem wäre damit geholfen, wenn wir es beweisen würden, falls wir es könnten?«

»Warum sollte er zu diesem Zeitpunkt Selbstmord begangen haben?« fragte sie und tastete sich vorsichtig durch die Gedanken, die in ihrem Kopf durcheinanderliefen, die Erinnerung an die Wunden, die sie gesehen hatte, und an das kleine, sehr scharfe Messer, das beinahe wie ein Skalpell war und mit der Spitze der Klinge in Calebs Hals gesteckt hatte, während sein silberner Griff in einer Blutlache neben ihm gelegen hatte. »Seine Verteidigung hatte noch nicht einmal begonnen!«

»Vielleicht hatte er keine Hoffnung auf Erfolg?« meinte Monk.

»Das glauben Sie doch selbst nicht«, sagte Rathbone sofort.

»Könnte er sich in einem Anfall von Reue getötet haben? Vielleicht haben die Zeugenaussagen, die wir gehört haben, ihm die Sache erst so richtig bewußt gemacht. Ein wahrscheinlicherer Grund wäre da meiner Meinung nach die Begegnung mit Ravensbrook gewesen und das Wissen, welchen Kummer er ihm bereitet hatte, ihm und natürlich auch Genevieve.«

»Genevieve?« Monk hob die Augenbrauen. »Er haßte sie. Sie war ein Teil von all dem, was er an Angus verachtete – die bequeme, gottesfürchtige Ehefrau mit ihrem lächelnden, selbstzufriedenen Gesicht und ihrer totalen Ignoranz der Tragödie und der häßlichen Realität jener Art von Leben, wie er es führte, ihre Unwissenheit, was Armut und Elend und Schmutz bedeuteten.«

»Sie wissen nichts über Genevieve, nicht wahr?« Hester sah von einem der Männer zum anderen und entdeckte nichts als Verständnislosigkeit in ihren Gesichtern. »Nein, natürlich wissen Sie es nicht. Sie ist in Limehouse aufgewachsen...«

Rathbone war überrascht. Er saß völlig reglos da, und nur seine Lippen öffneten sich ein klein wenig.

Monk dagegen stieß ein ungläubiges Schnauben aus und hob die Hand, als wolle er den Gedanken als völlig absurd abtun, wobei er mit dem Ellbogen gegen sein leeres Weinglas stieß, so daß es klirrend gegen ein anderes fiel.

»Jawohl, so ist es!« sagte Hester scharf. »Ich habe fast einen Monat in Limehouse verbracht, und ich kenne die Menschen, mit denen sie aufgewachsen ist. Sie erinnern sich an sie. Ihr Name war damals Ginny Motson.«

Monk sah sie erstaunt an. Sein Gesicht spiegelte keinen anderen Ausdruck als Überraschung wider.

»Ich nehme an, Sie würden so etwas nicht behaupten, wenn Sie sich da nicht absolut sicher wären«, sagte Rathbone ernst. »Das ist kein Gerücht, oder?«

»Nein, natürlich nicht«, antwortete Hester. »Sie hat es mir selbst erzählt, als ihr klarwurde, daß ich es erraten hatte.«

Eine Weile saßen sie schweigend da und versuchten sich an diesen neuen und erstaunlichen Gedanken zu gewöhnen. Der Butler kam herein und räumte das restliche Geschirr ab, bevor er Monk und Rathbone ein Glas Portwein anbot. Er verbeugte sich höflich vor Hester, schenkte ihr ansonsten aber keine Beachtung. Sie verwirrte ihn, und seine Unsicherheit stand ihm ins Gesicht geschrieben.

»Das würde eine ganze Reihe von Dingen erklären«, räumte Monk schließlich ein. »Vor allem ihre panische Angst vor Armut. Keine Frau, die sie nicht am eigenen Leib erfahren hat, würde sich so davor fürchten, wie sie es tut. Ich dachte, es sei einfach die Liebe zum Luxus. Ich bin froh, daß ich mich geirrt habe.«

Hester lächelte. Sie kannte Monks Verwundbarkeit, wenn es um gewisse Frauen ging. Er hatte sich schon zuvor als erschreckend schlechter Menschenkenner erwiesen, aber das erwähnte sie nicht. Das war gerade jetzt ein besonders heikles Thema.

»Dann war es Angus oder vielleicht Caleb, der ihr beigebracht hat, wie sich eine Dame zu bewegen und zu benehmen hat?« überlegte Rathbone. »Wenn es Caleb war, dann könnte das ausschlaggebend gewesen sein, um seine Rivalität mit Angus in Haß zu verwandeln. Sie hat Angus kennengelernt, als er Caleb besuchte, und vielleicht hat sie sich in ihn verliebt, oder, was einen weniger für sie einnehmen würde, sie hat eine Chance gesehen, aus der Armut und dem Schmutz von Limehouse herauszukommen, und sie hat diese Chance genutzt.«

»Und Sie glauben, Caleb hat sie vielleicht geliebt?« fragte Hester und zog die Augenbrauen hoch. »So sehr, daß er später Angus tötete, weil er sie ihm weggenommen hatte, und jetzt, als er sie im Gerichtssaal wiedersah, quälte ihn die Reue so sehr, daß er sich mitten in der Verhandlung das Leben nahm? Und Lord Ravensbrook hat es zugelassen und ist jetzt bereit, diesen Umstand zu vertuschen? Nein!« Sie schüttelte energisch den Kopf. »Sie hat mir erzählt, daß sie nie etwas mit Caleb zu tun hatte, und ich glaube ihr. Sie hatte keinen Grund zu lügen. Außerdem ergibt es keinen Sinn. Wenn das, was Sie sagen, der Wahrheit entspräche, hätte er, als er nach Papier und Tinte schickte, niedergeschrieben, was immer er ihr noch sagen wollte. Es sei denn, Sie glauben, Lord Ravensbrook hätte das Papier an sich genommen. Aber warum sollte er das tun?«

Rathbone blickte in seinen Port, der im Kerzenlicht rubinrot funkelte, aber er rührte sich nicht.

»Sie haben recht«, gab er zu. »Es ergibt keinen Sinn.«

»Und ich kann mir einfach nicht vorstellen, daß sich Caleb Stone aus Reue das Leben nehmen würde«, fügte Monk hinzu. »Es war nicht nur Haß, der ihn antrieb. Ich weiß nicht, was es noch war, ein schreckliches Gefühl, das seine Krallen in sein Herz oder seinen Bauch geschlagen hatte oder in beides, aber hinter dem Ganzen standen auch eine ungebändigte Lebenslust und eine Art Schmerz. Aber spielt das alles jetzt noch eine Rolle?« Er sah von einem zum anderen, aber der Schatten in seinen Augen und das Gefühl der Traurigkeit in ihm beantworteten die Frage nachdrücklicher, als Worte es vermocht hätten.

Keiner der beiden machte sich die Mühe, die Frage zu bejahen. Die Antwort lag greifbar in der Luft, in dem ruhigen Kerzenlicht auf dem Tisch, das auf unbenutztem Silber funkelte und in den blutroten Farben der Portgläser aufblitzte.

»Wenn es kein Selbstmord war, dann war es entweder ein Unfall oder ein Mord«, stellte Rathbone fest. Er sah Hester an. »Haben sich die Dinge wirklich genau so abgespielt, wie Ravensbrook sagte?«

»Nein.« Sie war sich ihrer Sache ganz sicher. »Es könnte ein Unfall gewesen sein, aber wenn es so war, wie er sagte, warum hat er dann nicht sofort um Hilfe gerufen, als Caleb ihn angriff?«

»Das hat er nicht getan«, sagte Rathbone langsam. »Er kann es nicht getan haben. Und seinem eigenen Bericht zufolge hat er kurz mit ihm gekämpft, einige Sekunden lang vielleicht, aber die Tatsache, daß es einen Kampf gegeben hat, war offensichtlich.«

»Einen Kampf, in dem Lord Ravensbrook versuchte, sich zu schützen.« Monk griff den Faden auf. »Womit er im Prinzip Erfolg hatte. Seine Wunden sind nur geringfügig. Aber Caleb wurde getötet, und zwar durch einen ganz besonders unglücklichen Zufall.« Er schnitt ein Gesicht.

»Wenn Caleb ihn angegriffen hat, warum hat er dann nicht sofort um Hilfe gerufen?« fragte Hester.

»Ich weiß es nicht. Vielleicht in der verzweifelten Hoffnung, die Sache regeln zu können, ohne daß die Wärter davon erfuhren?« schlug Rathbone vor. »Es wäre ein fataler Beweis gegen ihn gewesen, wenn das Gericht davon erfahren hätte, und selbst wenn niemand es zur Sprache gebracht hätte, hätte man aus Ravensbrooks Verletzungen allein schon mühelos die richtigen Schlüsse ziehen können.«

»Unvernünftig unter den gegebenen Umständen«, meinte Monk.

»Menschen sind oft unvernünftig«, entgegnete Hester. »Aber ich glaube nicht, daß sie im Falle eines unerwarteten Angriffs einen so komplizierten Gedankengang entwickeln können. Hätten Sie, wenn jemand Sie in einem Augenblick anspringen würde, in dem Sie es am wenigsten erwarten, an solche Dinge gedacht? Hätten Sie an irgend etwas anderes gedacht als daran, sich zu verteidigen? Wenn eine Waffe im Spiel war und der Angreifer jünger und stärker als Sie war und Sie wußten, daß er schon einen Mann getötet hatte und daß ihm die Gefahr drohte, gehängt zu werden, so daß er nichts zu verlieren hatte, selbst wenn man ihn der Tat überführte, hätten Sie dann überhaupt an irgend etwas gedacht oder einfach nur um Ihr Leben gekämpft?«

Rathbone biß sich auf die Lippen. »Wenn Caleb Stone mich angegriffen hätte, hätte ich nur einen Gedanken gehabt – überleben«, gab er zu. Ein Muskel in seinem Gesicht zuckte. »Aber ich bin nicht sein Vater ...«

Monk zuckte die Achseln. »Als ich ihn den Fluß hinunter verfolgte, habe ich überhaupt nicht nachgedacht. Ich hatte nichts anderes im Sinn, als ihn zu fangen. Ich habe nicht einmal meine verstauchten Knöchel und blauen Flecken bemerkt.«

Rathbone sah Hester an. »Sind Sie sicher, daß er nicht sofort aufgeschrien hat, nach dem ersten Schrecken über den Angriff? Es könnte einen Augenblick gedauert haben, bis er ihn abgewehrt und seine Sinne wieder beisammen hatte.«

»Er hatte vier verschiedene Wunden«, antwortete sie. »Und die waren allesamt sauber. Er könnte in den nächsten ein oder zwei Tagen noch ein paar blaue Flecken dazubekommen, und seine Kleider waren ein wenig zerrissen, wie es bei einem Kampf passiert. Aber Caleb hatte nur eine echte Verletzung, und das war die Stichwunde an seiner Kehle, die ihn getötet hat.«

»Was wollen Sie damit sagen?« Rathbone beugte sich vor. »Daß Ravensbrook sich geirrt hat oder daß er in irgendeinem wesentlichen Punkt lügt?«

»Ja, das glaube ich. Ich glaube, daß er lügt«, antwortete sie nachdrücklich. »Ich weiß nur nicht, warum.«

Monk nippte an seinem Port und blickte von einem zum anderen.

»Sie meinen, es hat einen beträchtlichen Kampf gegeben, bevor er um Hilfe rief?« hakte Rathbone nach. »Welchen Grund sollte er haben? Wenn es kein Selbstmord und kein Unfall war, wollen Sie dann behaupten, daß Ravensbrook ihn ermordet hat? Warum, um alles in der Welt, sollte er das tun? Doch nicht nur, um sicherzustellen, daß man ihn nicht hängen konnte? Das ist ziemlich absurd.«

»Dann gibt es irgend etwas, das wir nicht wissen«, antwortete Hester. »Etwas, das der Sache einen Sinn verleihen würde… oder wenn nicht einen Sinn, dann zumindest etwas, das man nachvollziehen könnte.«

»Menschen töten aus den verschiedensten Gründen«, sagte Rathbone nachdenklich. »Habgier, Angst, Haß. Wenn die Tat unvernünftig ist, dann hat sie ihre Wurzeln vielleicht einfach in tiefen Gefühlen, aber wenn sie vernünftig ist, dann resultiert sie aus etwas, das früher geschehen ist und um zu verhindern, daß in Zukunft noch etwas anderes geschieht, um sich selbst oder jemanden, den man liebt, vor Verlust oder Schmerz zu bewahren.«

»Was könnte Caleb Ravensbrook, abgesehen von einer Verurteilung, antun? Welche Schande konnte er über ihn bringen, jetzt, da er sich bereits so gründlich in Schande gestürzt hatte?« Monk schüttelte den Kopf. »Hester hat recht. Es muß etwas ganz Wesentliches geben, das wir nicht wissen, etwas, auf das wir bisher überhaupt noch nicht gestoßen sind.« Er drehte sich zu Rathbone. »Was wäre als nächstes passiert, wenn Caleb weitergelebt hätte?«

»Morgen hätte die Verteidigung begonnen«, erwiderte Rathbone langsam, und seine Sinne schärften sich plötzlich, während er sein Weinglas weiter ignorierte. »Vielleicht sollten wir mit Ebenezer Goode sprechen? Ich dachte, ich wüßte, was er tun würde, aber vielleicht weiß ich es doch nicht.«

Monk sah ihn an. »Was hätte er tun können? Auf Wahnsinn plädieren? Das beste Argument, das er hat, war, daß es sich um einen Unfall handelte, daß Caleb nicht die Absicht hatte, seinen Bruder zu töten, und daß er, als es dann doch geschehen war, in Panik geriet. Entweder das, oder er hätte versuchen können, die Geschworenen davon zu überzeugen, daß es nicht genug Beweise gibt, um behaupten zu können, daß Angus überhaupt tot ist. Und ich glaube nicht, daß er damit durchgekommen wäre.«

»Dann ist das vielleicht des Rätsels Lösung.« Rathbone ballte seine Hände auf dem weißen Tischtuch zu Fäusten. »Er wollte irgendeinen Beweis vorlegen, um zu zeigen, daß Angus nicht der gerechte und ehrenwerte Mann war, für den wir alle ihn hielten. Das wäre ein guter Grund gewesen, ihn zu töten. Um Angus' guten Namen zu retten und den Genevieves. Vielleicht um Caleb daran zu hindern, irgendeine entsetzliche Wahrheit über seinen Bruder zu enthüllen?«

»Glauben Sie, Lord Ravensbrook hätte Caleb getötet, um Genevieve zu schützen?« Monk sah ihn skeptisch an. »Nach dem, was ich beobachtet habe, könnte man ihr Verhältnis zueinander bestenfalls kühl nennen.«

»Dann wollte er sich selbst schützen«, wandte Rathbone unerbittlich ein und beugte sich noch ein wenig weiter vor. »Oder er wollte Angus beschützen oder sein Andenken. Schließlich war er der einzige Sohn, den er je hatte. Man kann einen Sohn auf eine seltsame leidenschaftliche und besitzergreifende Art lieben, als wäre er ein Teil von einem selbst. Ich habe einige sehr vielschichtige Gefühlsbeziehungen zwischen Eltern und Kindern erlebt.«

»Und Caleb?« fragte Monk, der seine Lippen zu einem bitteren Lächeln verzogen hatte.

»Das weiß Gott allein«, seufzte Rathbone. »Vielleicht wollte er ihm das Urteil und den Henker ersparen. Das würde ich niemandem wünschen. Es ist eine grauenvolle Art zu sterben. Es ist nicht der eigentliche Sturz in die Tiefe und das Seil um den Hals, das sich mit einem Ruck zuzieht und einem das Genick bricht, sobald sich die Falltür öffnet, es ist das bewußte Stunde um Stunde, Minute um Minute sich dahinziehende Warten auf die festgesetzte letzte Stunde. Es ist eine ausgeklügelte Grausamkeit, die jeden, der damit zu tun hat, seiner Würde beraubt.«

»Dann sollten wir vielleicht wirklich Mr. Goode fragen«, entschied Hester. »Wenn wir es überhaupt wissen wollen. Wollen wir es wissen?«

»Ja«, sagte Monk, ohne zu zögern. »Ich möchte es wissen, selbst wenn ich nichts deswegen unternehmen will.«

Rathbones Augen weiteten sich. »Könnten Sie das über sich bringen ... Zu wissen und nichts zu unternehmen?«

Monk öffnete den Mund, um etwas zu erwidern, änderte dann aber seine Meinung. Er zuckte die Achseln und trank den Rest seines Portweins aus, ohne Rathbone oder Hester anzusehen.

Rathbone läutete nach dem Butler, der wenige Sekunden später eintrat.

»Ich möchte, daß Sie Ebenezer Goode ein Schreiben überbringen, und zwar sofort«, befahl Rathbone. »Es ist von entscheidender Wichtigkeit, daß wir ihn sprechen, bevor das Gericht morgen wieder zusammentritt. Ich nehme an, er wird zu Hause sein, aber wenn nicht, ist die Sache wichtig genug, um ihn aufzuspüren, wo immer er ist. Holen Sie Ihren Mantel, und ich setze währenddessen das Schreiben auf. Nehmen Sie einen Hansom.«

Der Butler verzog keine Miene; sein Gesicht blieb genauso teilnahmslos, als hätte Rathbone ihn lediglich gebeten, ihm noch eine Flasche Port zu bringen.

»Jawohl, Sir. Es handelt sich um die Adresse auf dem Westbourne Place, Sir?«

»Ja.« Rathbone stand auf. »Und beeilen Sie sich.«

Es dauerte über anderthalb Stunden, bis Ebenezer Goode mit langen Schritten ins Zimmer trat. Er trug einen weiten Mantel und hatte sich einen breitrandigen Hut auf den Kopf gestülpt; in seinen Augen lag ein erwartungsvoller Blick.

»Nun?« fragte er, sobald er in der Tür stand. Er verbeugte sich kurz und schwungvoll vor Hester und ignorierte sie dann, um Rathbone und Monk anzusehen. »Was kann jetzt noch so wichtig sein, daß es nicht bis morgen früh hätte warten können? Haben Sie eine Leiche gefunden?«

»Ja und nein.« Rathbone zeigte auf einen Sessel. Sie hatten sich ins Wohnzimmer zurückgezogen und saßen bequem vor einem lodernden Kaminfeuer. »Kennen Sie Miss Hester Latterly? Sie sind der Dame natürlich bekannt.«

»Miss Latterly. Guten Tag.« Goode deutete eine Verbeugung an. »Was, zum Teufel, wollen Sie damit sagen, Rathbone? Haben Sie Angus Stonefields Leiche gefunden oder nicht?«

»Nein, wir haben sie nicht gefunden. Aber mit Calebs Tod verhält es sich nicht annähernd so einfach, wie wir zuerst angenommen haben.«

Goode, der erst die halbe Strecke zu dem ihm zugewiesenen Sessel zurückgelegt hatte, erstarrte.

»Wie? In welcher Hinsicht? Ist Ravensbrook schwerer verletzt, als man uns gesagt hat?«

Er ließ sich in den Sessel fallen.

»Nein«, antwortete Hester. »Nur einige geringfügige Schnitte an Unterarm und Schultern. Sie werden ihm eine Weile Verdruß bereiten, aber keine der Wunden ist ernst.«

Goode sah sie scharf an.

»Miss Latterly ist Krankenschwester«, sagte Monk ziemlich hastig. »Sie war auf der Krim und hat mehr Verwundete versorgt, als Sie Fälle verhandelt haben. Sie hielt sich glücklicherweise in der Nähe des Gerichts auf und kam Lord Ravensbrook zu Hilfe.«

»Ich verstehe.« Ein Hauch von Interesse erhellte Goodes Miene. »Darf ich Ihrem Tonfall und Ihrer seltsamen Wortwahl entnehmen, Miss Latterly, daß da Ihrer Meinung nach noch mehr dahintersteckt, als Sie bisher gesagt haben?«

»Es geht schlicht und einfach um folgendes, Mr. Goode«, erklärte Monk. »Uns fällt keine Erklärung ein, die zu den Tatsachen, zu allen Tatsachen paßt, deshalb haben wir das Gefühl, daß es etwas wirklich Schwerwiegendes gibt, von dem wir keine Kenntnis haben.«

Goodes Augenbrauen schossen in die Höhe. »Und Sie denken, ich wüßte etwas?« sagte er ungläubig. »Ich habe nicht die leiseste Vorstellung, warum Caleb Lord Ravensbrook hätte angreifen sollen. Er könnte ihn durchaus gehaßt haben, weil er ihm Angus so offensichtlich vorzog und vielleicht immer vorgezogen hatte, aber das alles ist doch ziemlich klar. Übrigens, welche Tatsachen passen Ihrer Meinung nach nicht ins Bild?« Wieder sah er Hester an.

»Die Tatsache, daß Lord Ravensbrook erst dann um Hilfe rief, nachdem er bereits – wenn auch nur geringfügig – verletzt war«, antwortete sie. »Und Caleb hatte zu diesem Zeitpunkt bereits eine tödliche Stichwunde, seine Halsschlagader war getroffen – und er war tot.«

Er beugte sich vor und sah sie durchdringend an.

»Wollen Sie damit andeuten, Ma'am, daß Lord Ravensbrook einen aktiven Anteil an Calebs Tod hatte, sei es bei einem Selbstmord, sei es bei einem Mord?«

»Nicht ganz. Wir halten es nicht für wahrscheinlich, daß Caleb sich selbst getötet haben könnte. Warum sollte er? Seine Verteidigung hatte noch nicht einmal begonnen.« Sie sah ihn direkt an. »Hatte er nicht doch noch eine gewisse Chance, einer Verurteilung zu entgehen oder zumindest keines schlimmeren

Verbrechens für schuldig befunden zu werden, als daß er einen tödlichen Unfall nicht gemeldet hatte? Wenn ich ihn verteidigt hätte«, sie schenkte Goode, der sichtbar überrascht war, keine weitere Beachtung, »hätte ich darauf plädiert, daß es eine Prügelei gegeben habe, bei der Angus unglücklicherweise zu Tode kam; vielleicht ist er in den Fluß gestürzt und hat sich den Kopf angeschlagen, und Caleb hatte Angst, den Vorfall zu melden, da er nicht beweisen konnte, was passiert war; und angesichts der ständigen Streitigkeiten zwischen ihnen und dem Wissen um seinen eigenen Ruf befürchtete er, daß niemand ihm glauben würde. Schließlich gibt es keine Zeugen, die etwas anderes behaupten können.«

Goode lehnte sich in seinem Sessel zurück und streckte seine langen Beine aus.

»Hm, so hätten Sie also seine Verteidigung aufgebaut?«

»Ja«, sagte sie entschlossen. »Sie nicht?«

Ein plötzliches strahlendes Lächeln machte sich in seinem Gesicht breit. »O doch, Ma'am, genau das hätte ich getan, vor allem der Schwere der Beweise wegen, die die Anklage vorgebracht hat. Ich denke, es hätte nicht ausgereicht, das Ganze einfach als unbewiesen zurückzuweisen. Die Geschworenen mochten Caleb Stone nicht, und Mrs. Stonefield erfreut sich beträchtlicher Sympathien.«

»War es das, was Sie vorhatten?« wollte Rathbone wissen. »Wollten Sie morgen Caleb Stone in den Zeugenstand rufen?«

»Natürlich«, antwortete Goode. »Ich habe doch sonst keine Zeugen. Warum? Welches Licht könnte das auf seinen Tod werfen?«

»Gar keins, es sei denn, wir wüßten, was er sagen wollte.« Zum erstenmal hatte nun auch Monk das Wort ergriffen. »Um es kurz zu machen, wollte er etwas über Angus sagen, das es gerechtfertigt hätte, ihn zu töten, um es geheimzuhalten?«

»Ravensbrook?« fragte Goode schrill. »Sie denken, Lord Ravensbrook hat Caleb in seiner Zelle ermordet, um ihn zum Schweigen zu bringen?«

»Offensichtlich denken Sie das nicht«, sagte Rathbone

trocken. »Daher können Sie nicht wissen, was eine solche Möglichkeit nahelegen würde.«

»Oder er begreift die Tragweite dessen, was er weiß, nicht.« Monk war nicht bereit, so einfach aufzugeben. »Vielleicht weiß er, worum es geht, sieht aber die Bedeutung dieser Sache nicht oder ihre Konsequenzen.« Er fuhr herum und sah Goode direkt an. »Was wollte er sagen?«

Goode biß sich auf die Lippen. »Nun, bei einem normalen Mandanten würde ich die Antwort natürlich kennen, sonst würde ich die Fragen gar nicht erst stellen. Aber bei Stone konnte ich lediglich raten. Natürlich hat er mir gesagt, daß er behaupten würde, es habe sich um einen Unfall gehandelt, daß der Haß auf Gegenseitigkeit beruhte und daß er Angus nicht mehr zerstört hätte, als Angus ihn zu zerstören wünschte.« Er schlug die Beine übereinander, stützte die Ellbogen auf die Lehnen seines Sessels und legte die Fingerspitzen aneinander. »Sie müssen verstehen, daß er sich pausenlos in Andeutungen erging und in Paradoxa, und die Hälfte der Zeit hat er einfach nur gelacht. Wenn ich geglaubt hätte, daß es eine Hilfe für ihn gewesen wäre, hätte ich auf Wahnsinn plädiert.« Er sah die drei anderen abwechselnd an, und in seinem Blick standen Mitleid und Unverständnis. »Aber wer will schon sein Leben in Bedlam beschließen? Ich glaube, ich würde mich lieber hängen lassen. Manchmal war er absolut klar, ganz und gar bei Verstand. Er war mit Sicherheit höchst intelligent und gut erzogen. Wenn er es wollte, konnte er sich wunderbar ausdrücken. Zu anderen Zeiten klang er wie jeder andere Raufbold von der Isle of Dogs.«

»Sie wissen also wirklich nicht, was er sagen wollte?« schloß Rathbone.

»Hätten Sie es gewußt? Ich weiß nur, was ich ihn fragen wollte.«

»Und was war das?« fragten Rathbone und Monk gleichzeitig.

»Ich wollte ihn natürlich nach seinem Streit mit Angus fragen und nach den Hintergründen ihrer Streitigkeiten«, erwiderte Goode.

»Nach Angus!« Monk schlug sich auf die Schenkel. Dann fuhr er herum und sah Hester an. »Dann müssen wir herausfinden, was er sagen wollte, worum es bei ihrem Streit wirklich ging, wenn wir wissen wollen, ob die Sache es wert wäre, ihn dafür zu töten. Wollen wir das wissen?«

»Ich will es auf jeden Fall wissen!« sagte Goode sofort. »Schuldig oder nicht, er war mein Mandant. Wenn er ermordet wurde, aus welchem Grund auch immer, will ich es nicht nur wissen, ich will es auch beweisen.«

»Wem?« fragte Rathbone. »Das Gericht wird nicht warten, während wir Angus Stonefields Jugend erforschen.«

»Es ist ein unnatürlicher Tod«, stellte Goode fest. »Es wird eine gerichtliche Untersuchung der Todesursache geben.«

»Eine Formalität«, entgegnete Rathbone. »Ravensbrook wird seine Aussage zu Protokoll geben. Die Wärter werden sie bestätigen. Der Arzt wird die Todesursache bestätigen, und die ganze Sache wird als unglücklicher Unfall abgetan werden. Jeder wird sagen: ›Was für eine Schande!‹ und dabei denken: ›Was für eine Erleichterung!‹ Man wird die Sache zu den Akten legen und sich dem nächsten Fall widmen.«

»Es könnte Tage, vielleicht Wochen dauern, bis wir herausfinden, was Caleb sagen wollte, das von solcher Tragweite war«, sagte Monk wütend. »Können Sie die Sache nicht hinauszögern?«

»Für eine Weile vielleicht, ja.« Rathbone sah Goode an. »Was meinen Sie?«

»Wir können es versuchen.« Goodes Stimme klang ein wenig energischer. »Ja, verdammt noch mal, wir können es natürlich versuchen!« Er fuhr herum. »Miss Latterly?«

»Ja?«

»Können wir mit Ihrer Unterstützung rechnen? Können Sie sich als Zeugin der Ereignisse so vage und widersprüchlich wie nur möglich verhalten? Geben Sie dem Gericht Gründe zum Nachdenken und um Fragen zu stellen.«

»Natürlich«, sagte sie sofort. »Aber wer wird Monk helfen, Angus' Leben zu ergründen? Das kann er nicht allein tun.«

»Wir alle werden ihm helfen, jedenfalls bis die gerichtliche Untersuchung beginnt«, sagte Goode einfach. »Bis dahin werden wir zumindest eine Vorstellung davon haben, wonach wir eigentlich suchen und an wen wir uns deswegen wenden können.«

»Wir müssen den Leichenbeschauer so weit bringen, daß er glaubt, es könnte sich um einen Mord gehandelt haben«, fügte Rathbone mit wachsendem Eifer hinzu. »Wenn er die Sache für einen Unfall oder einen Selbstmord hält, wird er sie einfach zu den Akten legen. Und verdammt, es wird hart werden. Der einzige mögliche Schuldige ist Ravensbrook, und das würde keinem Leichenbeschauer, den ich kenne, in den Kram passen.«

»Dann machen wir uns besser sofort an die Arbeit«, stellte Monk entschlossen fest. Er sah Goode an. »Ich nehme an, Sie werden eine volle gerichtliche Untersuchung für Ihren Mandanten fordern und genug Zeit, um Beweise zu sammeln?« Dann wandte er sich an Rathbone. »Und Sie werden darum bitten, die Krone repräsentieren zu dürfen, da Sie der Ankläger sind?« Schließlich sah er Hester an, deren Einverständnis er voraussetzte, ohne daß es ihm auch nur in den Sinn gekommen wäre, danach zu fragen. »Sie und ich, wir werden uns Angus' Vergangenheit vornehmen. Wir müssen natürlich getrennt vorgehen, denn die Zeit ist viel zu knapp, um zusammenzuarbeiten. Sie wissen bereits viel mehr über Genevieve als ich.« Belustigung und Selbstironie zuckten in seinem Gesicht auf. »Und Sie scheinen ihren Charakter weit besser einschätzen zu können als ich. Bringen Sie bei ihr so viel wie möglich über Angus in Erfahrung, einschließlich der Frage, wo, wann und wie sie einander kennengelernt haben. Entlocken Sie ihr alles, was sie über seine Beziehung zu Caleb – und zu Ravensbrook – weiß. Die Wahrheit diesmal. Ich werde zu Ravensbrooks Landsitz fahren und sehen, was ich dort herausfinden kann. Schließlich sind die beiden Brüder ja dort aufgewachsen.«

»Was ist mit der Isle of Dogs und Limehouse?« fragte Rathbone.

»Das übernehme ich«, antwortete Hester sofort. »Nachdem

ich mit Genevieve gesprochen habe und vielleicht auch mit Titus Niven.«

Goode war entsetzt. »Sie können nicht nach Limehouse gehen, Miss Latterly! Sie haben ja nicht die leiseste Ahnung, was da auf Sie wartet, sonst würden Sie niemals auf solch einen Gedanken kommen. Eine Dame wie Sie würde…«

»Ich habe dort den ganzen letzten Monat Typhusopfer betreut, Mr. Goode«, sagte sie geduldig. »Ich bin in einer hervorragenden Position, Nachforschungen in diesem Teil der Stadt anzustellen. Ich möchte sagen, ich weiß mehr über die Menschen dort als irgend jemand sonst hier. Ich könnte Ihnen mindestens zweihundert Namen nennen und Ihnen auch von ihren Familien und Vorfahren berichten. Ich könnte Ihnen erzählen, wer die Toten waren, die sie in den letzten Wochen begraben haben. Die Leute werden eher mit mir reden als mit irgend jemandem von Ihnen. Das kann ich beschwören.«

Goode sah sie bestürzt und zutiefst beeindruckt an.

»Ich verstehe. Vielleicht sollte ich mich besser an die Dinge halten, von denen ich etwas verstehe. Wäre es sehr anmaßend von mir, wenn ich mich um Ihre Sicherheit sorgen würde?«

»Nicht im mindesten, aber wahrscheinlich völlig unnötig«, erwiderte sie mit einem großzügigen Lächeln. »Da Caleb tot ist, wird niemand mehr so versessen darauf sein, ihn zu verteidigen, und niemand braucht noch seine Rache zu fürchten, wenn er ihn verrät, weil er die Wahrheit sagt.«

Rathbone erhob sich. »Ich glaube, wir sollten alle erst einmal eine Nacht lang darüber schlafen, bevor wir anfangen. Ich schlage vor, daß wir uns in drei Tagen wieder hier treffen und über die Dinge reden, die wir bis dahin erfahren haben.«

»Einverstanden.« Goode erhob sich ebenfalls. »Miss Latterly, darf ich Ihnen einen Hansom besorgen und Sie nach Hause begleiten?«

»Vielen Dank«, nahm sie sein Angebot gnädig an. »Das wäre wirklich sehr freundlich. Es war ein recht anstrengender Tag.«

Zwölftes Kapitel

Ebenezer Goode erwachte am nächsten Morgen schon sehr früh. Er konnte nicht mehr schlafen, weil die ungewöhnlichen Ereignisse des vorangegangenen Tages ihn nicht losließen. Er hatte Caleb Stone nicht gemocht; um ehrlich zu sein, hatte er privat kaum daran gezweifelt, daß er seinen Bruder getötet hatte, genau wie die Anklage es behauptete. Aber der Mann hatte eine ungewöhnliche Vitalität besessen, eine Leidenschaft, die es unerwartet schwer machte, seinen Tod zu akzeptieren.

Er lag, die Decke bis zum Kinn hochgezogen, in seinem Bett und ging in Gedanken immer wieder durch, was Rathbone gesagt hatte, und dann dieser seltsame Bursche namens Monk. Wußte die Krankenschwester wirklich, wovon sie sprach? War es denkbar, daß Milo Ravensbrook Calebs Tod gewünscht oder, schlimmer noch, ihn herbeigeführt hatte?

Der Gedanke war besonders gräßlich, wenn er an das bemerkenswerte Gesicht von Lady Ravensbrook dachte, an die Stärke darin, und das trotz der Verwüstungen, die ihre noch gar nicht lange zurückliegende Krankheit in ihren Zügen angerichtet hatte. Sie hatte etwas an sich, das größtes Interesse in ihm weckte. Er ertappte sich sogar dabei, daß ihr Gesicht es war, das hinter seinen geschlossenen Augenlidern auftauchte, ihr Blick, ihr Mund – ja, er glaubte sogar, ihre Stimme in seinen Ohren hören zu können, während er über Mittel und Wege nachdachte, die Wahrheit herauszufinden, die zu beweisen beinahe unmöglich sein würde. Lady Ravensbrook hatte kaum ein Dutzend Worte mit ihm gewechselt, und trotzdem war ihm jede ihrer Regungen so deutlich in Erinnerung geblieben.

Es war noch dunkel, als er um halb sieben aufstand und ein höchst überraschtes Hausmädchen nach Wasser schickte, bevor er sich rasierte, wusch, ankleidete und anordnete, daß das Frühstück um Viertel nach sieben serviert werden sollte. Seine Köchin fand das überhaupt nicht erheiternd und gab das auch zu erkennen. Er scherte sich nicht darum, obwohl gute Köchinnen nicht leicht zu bekommen waren.

Er verließ das Haus und machte sich mit schnellen Schritten auf den Weg, wobei er seinen hübschen Stock schwang und so tief in Gedanken versunken war, daß er an einem Dutzend Bekannter vorüberging, ohne sie zu sehen, und zwei weitere nur mit den Namen ihrer Väter ansprach.

Um fünf nach neun stand er vor dem Haus der Ravensbrooks und sah Seine Lordschaft in seiner eigenen Kutsche davonfahren. Goode stieg die Stufen hinauf und betätigte den Türklopfer.

»Guten Morgen, Sir«, sagte der Lakai und verriet dabei nur einen Hauch von Überraschung.

»Guten Morgen«, erwiderte Goode mit einem betörenden Lächeln. »Es tut mir leid, die Familie so früh stören zu müssen, aber es handelt sich um eine Angelegenheit, die nicht warten kann. Würden Sie bitte Lady Ravensbrook fragen, ob ich mit ihr sprechen dürfte? Ich werde selbstverständlich so lange warten, bis es ihr genehm ist.« Er reichte dem Mann seine Karte.

»Lady Ravensbrook, Sir?« Der Lakai war nicht sicher, ob er sich vielleicht verhört hätte. Es schien absurd. Was konnte ein Rechtsanwalt mit Lady Ravensbrook zu besprechen haben.

»Wenn Sie bitte so freundlich sein wollen.« Goode trat in die Halle, zog seinen Mantel aus und gab dem Mann auch seinen Hut. Er hatte nicht die Absicht, sich wegschicken zu lassen, und er war daran gewöhnt, seinen Anliegen Nachdruck zu verleihen. Er war nicht zu einem der führenden Londoner Rechtsanwälte geworden, weil er sich leicht abweisen oder übervorteilen ließ. »Vielen Dank. Sehr freundlich von Ihnen. Soll ich vielleicht im Morgenzimmer warten? Ja?« Er war in der Vergangenheit nur ein einziges Mal hiergewesen, aber er erinnerte sich daran, daß er die zweite Tür auf der linken Seite nehmen mußte. Er setzte das Einverständnis des Lakaien voraus und schritt durch die Halle; den Diener ließ er mit seinen Kleidungsstücken und dem Auftrag zurück, seinen Wünschen nachzukommen.

Er mußte in dem ruhigen, luxuriös eingerichteten Raum mit seinen schweren Vorhängen und ungezählten Bücherregalen beinahe eine Dreiviertelstunde warten, aber als sich die Tür endlich öffnete, war es tatsächlich Enid Ravensbrook, die vor ihm stand. Sofort quälten ihn Gewissensbisse. Ihr Blick verriet Angst. Das lavendelfarbene Gewand hing an ihr herunter, obwohl die Zofe sich alle Mühe gegeben hatte, es enger zu machen. Ihr Haar hatte seinen Glanz verloren, und auch die ausgeklügeltste Frisur konnte nicht verbergen, wieviel sie davon während ihrer Krankheit verloren hatte. Ihre Haut war völlig fahl, aber nichts konnte die Intelligenz in ihren Augen oder die verborgene Stärke in den Linien ihrer Wangenknochen, ihrer Nase und ihrem Kiefer verbergen. Sie sah ihn tapfer an.

»Guten Morgen, Mr. Goode. Mein Diener sagte mir, Sie möchten mich sprechen.« Sie schloß die Tür und ging ganz langsam durch den Raum, als fürchte sie, das Gleichgewicht zu verlieren.

Er machte Anstalten, ihr zu helfen, begriff dann aber sofort, daß es klüger wäre, es nicht zu tun. Er brannte darauf, die Hand auszustrecken und ihr etwas von seiner Stärke zu geben, aber er durfte sich nicht aufdrängen. Er wußte es, ohne sie anzublicken.

Sie ging auf den nächsten Stuhl zu und setzte sich; nun huschte auch ein Lächeln über ihre Züge.

»Vielen Dank, Mr. Goode. Ich bin Ihnen sehr verpflichtet. Ich hasse es, gebrechlich zu sein. Nun, was möchten Sie mir sagen? Ich nehme an, es hat mit dem Tod des armen Caleb zu tun. Ich kannte ihn nur sehr oberflächlich, und doch kann ich nicht umhin, darüber zu trauern, daß er so sterben mußte. Obwohl Gott weiß, daß die andere Alternative weit schlimmer gewesen wäre.«

»Aber Sie kennen Angus«, sagte er schnell. »Angesichts Lord Ravensbrooks Hochachtung und Wertschätzung für ihn und seiner eigenen Dankbarkeit und Zuneigung muß er doch oft hergekommen sein.«

Es war eine Feststellung, so als zweifle er keinen Augenblick daran, aber der Ausdruck auf ihrem Gesicht spiegelte Unsicherheit und Ablehnung wider.

»Nein.« Sie schüttelte kaum merklich den Kopf. »Er kam natürlich her, aber nicht sooft, und er blieb nur selten länger hier. Ich bin mir nicht sicher, ob das daran lag, daß Genevieve sich hier ein wenig… unwohl fühlte. Ich glaube, mein Mann hat sie in gewisser Hinsicht eingeschüchtert. Er kann sehr…« Wieder zögerte sie, und schlagartig wurde ihr klar, daß es nicht die Worte waren, mit denen sie rang, ja, noch nicht einmal die Frage, ob sie ihm ihre Gedanken mitteilen sollte, sondern der Gedanke selbst. Es war etwas, das sie lange nicht hatte wahrhaben wollen, weil es zu schmerzlich war.

Er zögerte. Vielleicht war die Sache es nicht wert, daß er sie weiterverfolgte, nicht um einen solchen Preis. Man konnte es dem Leichenbeschauer überlassen, die Angelegenheit mit Diskretion zu erledigen.

Aber der Zweifel währte nur einen Augenblick. Er konnte mit solcher Feigheit nicht leben, und auch ihrer wäre das nicht würdig gewesen.

Er lächelte. »Bitte, Ma'am, sagen Sie mir die Wahrheit, so wie Sie sie empfinden, so wie Sie sie gesehen haben. Dies ist nicht der richtige Zeitpunkt für Beschönigungen, wie gut sie auch gemeint sein, wie barmherzig sie auch erscheinen mögen.«

»Wirklich?« Sie runzelte die Stirn. »Sowohl Angus als auch Caleb sind tot, die armen Geschöpfe, und ihr Haß ist mit ihnen gestorben, welche Gründe er auch immer gehabt haben mag. Es ist vorbei… zu Ende.«

»Ich wünschte, es wäre wirklich so.« Er meinte seine Worte absolut ehrlich. »Aber Calebs Tod wird eine gerichtliche Untersuchung nach sich ziehen. Wir müssen wissen, warum er plötzlich einen so gewalttätigen und hoffnungslosen Schritt unternommen hat.«

»Müssen wir das?« Ihr Gesicht war ruhig, und sie schien einen Entschluß gefaßt zu haben. »Was spielt das jetzt noch für eine Rolle, Mr. Goode? Es scheint, als hätte er in seinem Leben niemals Frieden gefunden. Können wir ihn jetzt nicht wenigstens begraben lassen und ihm die Ruhe gönnen, soweit seine Seele Ruhe finden kann? Und wir brauchen ebenfalls Ruhe. Mein

Mann hat, seit er die beiden in sein Haus geholt hat, kaum etwas anderes als Kummer über dieses oder jenes erfahren.«

»Selbst mit Angus?«

»Nein. Nein, das war ungerecht von mir. Angus hat ihm große Freude gemacht. Er war alles, was er sich wünschen konnte.«

»Aber?« fragte er sanft, aber beharrlich nach.

»Kein Aber.«

»In Ihrer Stimme liegt ein Schatten, ein Zögern«, wandte er ein. »Worum geht es? Was hatte Angus an sich, Lady Ravensbrook, daß Caleb ihn so leidenschaftlich haßte? Sie haben sich einmal so nahegestanden. Warum haben sie sich auf so furchtbare Weise auseinandergelebt?«

»Ich weiß es nicht!«

»Aber Sie haben eine Vermutung? Sie müssen darüber nachgedacht, sich gewundert haben. Und sei es nur wegen des Schmerzes, den diese Tatsache für Ihren Mann bedeutete.«

»Natürlich habe ich darüber nachgedacht. Ich habe viele Stunden wach gelegen und mich gefragt, ob es nicht irgendeine Möglichkeit gäbe, die beiden miteinander zu versöhnen. Ich habe mir das Gehirn zermartert. Ich habe immer wieder meinen Gatten danach gefragt, bis mir klarwurde, daß er genausowenig wußte wie ich und daß es ihn schon quälte, auch nur davon zu sprechen. Er und Angus fühlten sich nicht…«

»Nicht was?«

Sie erzählte ihm das alles nur widerstrebend. Er mußte ihr jedes einzelne Worte mühsam entlocken, und er wußte es.

»Sie fühlten sich nicht wohl, wenn sie zusammen waren«, gab sie zu. »Es schien, als sei der Schatten Calebs immer gegenwärtig, eine Düsternis zwischen ihnen, eine Wunde, die nie heilen würde.«

»Aber Sie mochten Angus?«

»Ja, ich mochte ihn, ja.« Jetzt war der Schatten verflogen, und sie sprach mit absoluter Aufrichtigkeit weiter. »Er war ungewöhnlich freundlich. Er war ein Mensch, den man ohne Vorbehalte bewundern konnte, und dabei so bescheiden. Er drängte sich nie in den Vordergrund, war niemals herablassend oder arrogant. Ja, ich mochte Angus wirklich sehr. Ich habe nie erlebt, daß er die Fassung verloren oder etwas Grausames getan hätte.« Die Spuren der Trauer waren deutlich in ihrem Gesicht zu lesen, aber sie entsprangen lediglich dem Verlust eines Menschen, den sie sehr geschätzt hatte.

Er haßte sich dafür, daß er weiter in sie dringen mußte.

»Niemals?«

»Nein«, sagte sie, als hätte sie nicht erwartet, so zu empfinden. »Niemals. Es überrascht mich nicht, daß mein Mann ihn liebte. Er war alles, was er sich von einem Sohn hätte wünschen können, wäre ihm ein Sohn vergönnt gewesen.«

»Er muß Caleb dafür gehaßt haben, daß er ihn zugrunde gerichtet hat«, sagte er sanft. »Es wäre sehr verständlich, wenn er ihm dies niemals hätte verzeihen können. Vor allem, da Angus Caleb immer noch die Treue hielt.«

Sie wandte sich ab, und ihre Stimme klang nun noch leiser. »Ja, ich könnte ihm keinen Vorwurf machen. Und doch scheint er nicht denselben Zorn zu verspüren wie ich. Es ist beinahe so, als …«

Er wartete, beugte sich vor, spürte die Stille im Raum.

Sie drehte sich ganz langsam zu ihm um.

»Ich weiß nicht, was Sie von mir erwarten, Mr. Goode …«

»Die Wahrheit, Ma'am. Das ist das einzige, was wirklich zählt, das einzige, das am Ende allen Schmerz überwindet.«

»Ich kenne die Wahrheit nicht!«

»Es war beinahe so, als … was?« drängte er sie.

»Als hätte er gewußt, daß dies eines Tages geschehen würde, als sei es nur ein Schlag gewesen, den er schon seit langem erwartet hatte, und die Tatsache, daß es endlich passiert war, das Ende der Angst, beinahe eine Erlösung. Ist es nicht schecklich, so etwas zu sagen?«

»Nein. Es ist nur traurig«, sagte er sehr freundlich. »Und wenn wir ehrlich sind, würden wir das alle vielleicht so sehen.«

Sie lächelte, und zum erstenmal leuchtete auch eine Spur von diesem Lächeln in ihren Augen auf.

»Sie waren sehr freundlich, Mr. Goode. Ich denke, Sie tragen Ihren Namen vielleicht zu recht.«

Zum erstenmal seit vielen Jahren spürte er, wie eine warme Röte in sein Gesicht stieg, eine seltsame Mischung aus Freude und dem Bewußtsein, wie einsam er war.

Oliver Rathbone war anwesend, als das Gericht wieder tagte. Die Zuschauerbänke waren fast leer. Die Zeitungen meldeten in ihren Schlagzeilen, daß Caleb Stone versucht habe, einen weiteren Mord zu begehen, diesmal an dem Mann, der ein Vater und Wohltäter für ihn gewesen war, und daß eine höhere Gerechtigkeit obsiegt habe – er selbst war zum Opfer geworden. Die Angelegenheit hatte ein Ende gefunden.

Der Richter suchte nach Ebenezer Goode, bemerkte seine Abwesenheit und sah Rathbone mit hochgezogenen Augenbrauen an.

»Es gibt niemanden, der verteidigt werden müßte, Mylord«, meinte Rathbone achselzuckend. Er wußte nicht, wo Goode blieb, und war ein wenig besorgt über sein Fehlen. Er hatte mit seiner Unterstützung gerechnet.

»Ach so«, sagte der Richter trocken. »Keine gänzlich befriedigende Erklärung, aber ich nehme an, wir werden uns damit abfinden müssen.« Dann wandte er sich an die Geschworenen und berichtete ihnen in formeller Manier, was sie bereits wußten. Caleb Stone war tot. Es gab keinen Grund mehr, die Verhandlung fortzusetzen, da er nun keine Aussage mehr machen und zu seiner Verteidigung sprechen konnte. Daher konnte es auch kein Urteil geben. Das Verfahren würde ohne Ergebnis eingestellt werden, und die Geschworenen wurden mit einigen Worten des Dankes entlassen.

Rathbone suchte den Richter später in dessen eichenholzvertäfelten Räumen auf; die frühe Märzsonne fiel bleich durch die hohen Fenster.

»Worum geht es?« fragte der Richter mit einiger Überraschung. »Sie haben doch kein Interesse mehr an dieser Angelegenheit, Rathbone. Was auch immer wir von ihm halten mögen, wir können den Fall Caleb Stone nicht weiter verfolgen. Er hat den einzigen Ausweg gewählt, der ihn uns für immer entzieht.«

»Das weiß ich, Mylord« Rathbone blickte auf den Richter, der auf seinem Lederstuhl saß, hinab. »Ich möchte lediglich sicher sein können, daß sein Tod entweder ein Unfall war oder seinem eigenen Willen entsprang.«

»Ich verstehe nicht, was Sie meinen.« Der Richter runzelte die Stirn. »Ravensbrook sagte, es sei ein Unfall gewesen, aber selbst wenn es Selbstmord war, sind Sie wirklich so versessen auf die Anklage jedweden Vergehens, daß Sie es beweisen wollen?« Sein Mund wurde schmal. »Warum, Mann? Wollen Sie ihn in ungeweihter Erde begraben wissen? Es sieht Ihnen gar nicht ähnlich, solche Rachsucht. Es hat nichts mit der Versorgung der Witwe zu tun oder mit der Frage, ob sie zu gegebener Zeit und falls sie das wünscht, sich wieder verheiraten kann.«

»Ich glaube nicht, daß es Selbstmord war«, antwortete Rathbone.

»Mord?« Der Richter zog seine Augenbrauen voller Erstaunen hoch. »Haben Sie nicht gehört, was passiert ist? Lord Ravensbrook ist in die Zelle gegangen, um ...«

»Ich weiß, was er gesagt hat«, unterbrach ihn Rathbone. »Ich war wenige Minuten später dort. Ich habe Ravensbrook gesehen, und ich habe auch die Leiche gesehen. Ich glaube, es besteht eine gewisse Wahrscheinlichkeit, daß Ravensbrook ihn getötet hat.«

»Lord Ravensbrook?« Der Richter war nicht schockiert, er konnte es einfach nicht glauben. »Ist Ihnen klar, was Sie da sagen, Rathbone? Warum, um alles in der Welt, sollte Lord Ravensbrook irgend jemanden ermorden, ganz zu schweigen von seinem eigenen Mündel, so abstoßend der Mann auch gewesen sein mag? Und noch dazu vor dessen Aussage, in der er die Sache möglicherweise noch als Unfall hätte hinstellen können.«

»Genau das will ich herausfinden«, sagte Rathbone mit zusammengebissenen Zähne. »Ich habe Monk jetzt mit dem Fall betraut.«

»Sie haben den Verstand verloren«, sagte der Richter mit

einem Seufzer und lehnte sich in seinem Stuhl zurück, als brauche er die Weichheit der Lederpolster, um seinen Körper zu stützen. »Der Gedanke ist doch völlig aus der Luft gegriffen.« Seine Augen wurden schmaler. »Es sei denn, es gäbe da ganz außergewöhnliche Umstände, die Sie vor dem Gericht verbergen? Wenn das der Fall ist, bringen Sie sich in beträchtliche Schwierigkeiten.«

»So ist es nicht«, erwiderte Rathbone mit heftigem Nachdruck. »Ich weiß nicht mehr als das, was bisher enthüllt wurde, aber ich glaube, daß es noch etwas gibt, wovon wir keine Kenntnis haben. Ich möchte, daß der Leichenbeschauer die Untersuchung beginnt und sie dann hinauszögert, damit wir Beweise sammeln können.«

»Und Sie erwarten von mir, daß ich ihm das sage?« Die hellblauen Augen des Richters weiteten sich vor Staunen. »Es tut mir leid, Rathbone, aber selbst wenn ich das täte, würde er ohne irgendeinen Beweis, der Ihre Theorie stützt, mich für genauso verrückt halten wie ich Sie. Ich gebe Ihnen drei Tage.«

»Das ist nicht genug.«

»Vielleicht ist das ganz gut so. Und wenn das alles ist, was ich für Sie tun kann, erlauben Sie mir bitte, mich auf meinen nächsten Fall vorzubereiten. Ich wünsche Ihnen noch einen guten Tag.«

Hester stand ebenfalls früh auf und fuhr mit einem Hansom zu Genevieves Haus. Sie hatte guten Grund anzunehmen, daß sie zu Hause sein würde, da Enid sie nicht länger brauchte und auch die Ereignisse in Old Bailey für sie nicht mehr von Interesse sein konnten. In ihrer gegenwärtigen Situation würde sie wohl auch kaum Besuche empfangen oder selbst welche machen. Die Frage von Angus' Tod würde warten müssen, bis gerichtliche Schritte unternommen werden konnten.

Sie wurde nicht enttäuscht. Genevieve sah blaß und mitgenommen aus, wirkte aber einigermaßen gefaßt.

»Wie geht es Ihnen?« fragte Hester, als sie in die Küche geführt wurde, den einzigen Raum im Haus, der beheizt war. Die

Küche war geräumig und erfüllt von den angenehmen Düften frischgebackenen Brotes und trocknender Wäsche, die von der Decke herabhing. Außer ihnen war niemand da. Wahrscheinlich hatte sie der Köchin erlaubt zu gehen, um ihre ständig geringer werdenden Mittel zu schonen. Ein Hausmädchen hatte die Tür geöffnet, und vielleicht gab es noch eine Frau, die ein- oder zweimal die Woche kam, um die schwereren Arbeiten zu verrichten. Das Kindermädchen würde gewiß als letztes weggeschickt werden. Ein männlicher Diener hingegen war so teuer, daß man ihn nicht einmal in Erwägung zu ziehen brauchte.

Genevieve lächelte kurz und erwiderte mit großer Aufrichtigkeit: »Wir kommen schon zurecht. Sobald Angus für tot erklärt wird, können wir jemanden mit der Leitung des Geschäfts betrauen und die anstehenden Entscheidungen treffen. Ich denke, es wird eine Weile Schwierigkeiten geben, aber das ist nicht so wichtig.« Sie sah Hester freimütig an. »Ich habe früher schon schlimmer unter Kälte und Hunger gelitten. Den Kindern fällt es schwer, das zu verstehen, aber ich werde es ihnen, so gut ich kann, erklären.«

»Wird Mr. Niven derjenige sein, den Sie bitten, das Geschäft zu leiten?« Es ging sie im Grunde genommen nichts an, aber Hester fragte danach, weil sie hoffte, daß es so war.

Genevieve errötete ganz schwach, aber in ihrer Antwort lag keine Verlegenheit. Ohne sich dafür zu entschuldigen oder die Notwendigkeit zu erklären, ging sie zum Spülstein und machte sich daran, Kartoffeln zu schälen. Sie waren alt und an manchen Stellen schon schwarz. Auf der Bank lagen außerdem Karotten und Rüben.

»Ja. Ich kenne ihn schon lange, und er ist ein durch und durch ehrenwerter Mann«, antwortete sie offen. »Ich denke, Angus wäre mit dieser Entscheidung einverstanden gewesen.«

»Das freut mich.« Hester versuchte zu lächeln, um ihre nächsten Worte etwas abzumildern, obwohl Genevieve mit dem Rücken zu ihr stand.

Jetzt aber drehte Genevieve sich mit dem Messer in der Hand um. »Worum geht es? Was sonst könnte noch passiert sein?«

»Nichts. Es ist nur noch nicht alles vorbei. Wir kennen die Wahrheit nicht, nicht die ganze Wahrheit …«

»Die werden wir niemals erfahren«, sagte Genevieve traurig, warf einen kurzen Blick auf den Kessel, der auf dem Herd stand, und machte sich dann daran, die nächste Kartoffel zu schälen. »Aber ich glaube, selbst wenn Caleb noch am Leben wäre, hätten wir nicht mehr erfahren. Das einzige, was ich mir erhofft habe, war, daß die Behörden akzeptieren würden, daß Angus tot ist. Ich hätte damit leben können, wenn das Gericht Caleb nicht schuldig gesprochen hätte, so ungerecht das auch gewesen wäre.«

»Was für ein Mensch war Angus?« sagte Hester plötzlich mit drängender Stimme. »Wie konnte Caleb ihm noch immer am Herzen liegen, obwohl er ihn so sehr haßte? Warum ist er immer wieder ins East End gegangen? Welche Ehrenschuld aus der Kindheit oder welche Schuld hat ihn an jemanden gekettet, der ihn so leidenschaftlich haßte, daß er ihn am Ende tötete?«

Genevieve stand einige Sekunden lang wie erstarrt, legte dann das Messer zur Seite und trat an den großen schwarzen Kochherd. Der Kessel begann zu dampfen. Sie nahm eine schwarzweiße Porzellanteekanne aus dem Schrank, spülte sie mit kochendem Wasser aus, füllte dann Tee aus einer Büchse hinein und goß den Rest des Wassers aus dem Kessel in die Kanne und ließ den Tee ziehen. Dann stellte sie zwei Tassen auf den Tisch und holte Milch aus der Speisekammer.

»Ich weiß es nicht«, sagte sie schließlich. »Ich weiß es wirklich nicht. Manchmal dachte ich, daß er Caleb genauso haßte wie dieser ihn, und ich bat ihn, nie wieder zu ihm zu gehen.« Sie setzte sich auf den Stuhl gegenüber und schenkte den Tee aus. »Aber manchmal tat er ihm auch leid, ja, und vielleicht fühlte er sich wirklich ein wenig schuldig. Obwohl er keinen Grund dazu hatte. Caleb hätte alles haben können, was er hatte, wenn er es nur gewollt hätte. Schließlich war kein Erbe im Spiel, um das Angus Caleb hätte bringen können.«

»Ihre Eltern haben ihnen nichts hinterlassen?«

Genevieve schüttelte den Kopf.

»Wenn etwas da war, ist es schon vor langer Zeit aufgebraucht worden. Möchten Sie Milch? Angus hat jedenfalls sein Geschäft aufgebaut, indem er einer Firma beitrat, wie es jedem jungen Mann freisteht.« Sie reichte ihr die Tasse. »Caleb hätte dasselbe tun können, nur daß er so leichtsinnig war und so nachlässig in seinen Studien, daß er aus eigenem Verschulden zu nichts zu gebrauchen war. Aber auch das war seine Entscheidung.« Sie sah Hester an. »Manchmal glaube ich, Caleb tat Angus leid, und manchmal wußte ich auch, daß er Angst vor ihm hatte.«

Hester nahm den Tee und dankte ihr. Er war heiß und frisch.

»Es hat Angus viel Mut gekostet, nach Limehouse zurückzukehren und Caleb aufzusuchen«, fuhr Genevieve fort, »nachdem er ihn schlimm verletzt hatte – und das ist mehr als einmal vorgekommen. Er war immer müde und niedergeschlagen, und ich habe ihn gebeten, nicht wieder hinzugehen. Es war auch nicht so, als hätte Caleb ihn gern gehabt oder wäre Angus für seine Hilfe auch nur dankbar gewesen. Das alles hat mich so wütend gemacht... und auch das hat ihn natürlich bedrückt. Er sagte, er könne nicht dagegen an. Caleb sei sein Bruder, sein Zwilling, und sie wären durch ein Band, das er nicht zerreißen könne, aneinandergekettet. Als mir klarwurde, wie sehr ihn die Angelenheit schmerzte, habe ich aufgehört, darüber zu sprechen.«

Sie senkte den Blick, und in ihren Augen schwammen Tränen.

»Wenn Sie Angus gekannt hätten, hätten Sie mich verstanden. Er besaß eine Güte und einen Anstand, wie ich ihn bei niemandem sonst gesehen habe. Der einzige Mann, der über ein genauso freundliches Wesen verfügt und über eine ähnliche Liebe zu allem, was gut und schön ist auf dieser Welt, ist Mr. Niven. Ich glaube, das ist der Grund, warum die beiden Freunde waren und warum ich das Gefühl habe, mich jetzt ihm zuwenden zu können. Angus hätte das verstanden.«

Es gab nichts mehr herauszufinden außer einigen Tatsachen, und Hester war nicht einmal sicher, welchen Nutzen diese hatten. Trotzdem fragte sie Genevieve, in welcher Straße sie aufgewachsen sei, wo und wann sie Caleb zum erstenmal getroffen, wie sie Angus kennengelernt habe, und sie bat sie, alles zu erzählen, was ihr von jener frühen Bekanntschaft in Erinnerung geblieben war.

»Ich habe Caleb kaum gekannt!« sagte sie verbittert. »Ich schwöre Ihnen, das ist die Wahrheit. Er war ein gewalttätiger Mann, selbst für die Verhältnisse in Limehouse. Er hat mir angst gemacht. Ich glaube, er hat allen Menschen angst gemacht. Er war Angus in Aussehen und Körperbau so ähnlich und seiner Natur nach doch so ganz anders als dieser, daß niemand die beiden hätte verwechseln können. Die Art, wie sie gingen, die Art, wie sie standen, seine Stimme, alles war wild und… ich weiß nicht, wie ich es beschreiben soll.« Sie runzelte die Stirn und kämpfte mit ihren Erinnerungen. »Als sei er immer wütend, als sei er so von Zorn erfüllt, daß seine Beherrschung nur an einem seidenen Faden hing und die leiseste Provokation genügte, um diesem Zorn zum Ausbruch zu verhelfen und zu zerstören, was sich ihm in den Weg stellte.«

Hester unterbrach sie nicht, sondern nippte nur an ihrem Tee und beobachtete Genevieves Gesicht.

»Ich nehme an, daß auch er eine liebenswürdigere Seite besessen hatte«, fuhr Genevieve mit leiserer Stimme fort. »Dieses arme Geschöpf Selina schien ihn wirklich gern gehabt zu haben.« Sie biß sich auf die Unterlippe. »Ich weißt nicht, warum ich so von ihr spreche. Ich habe am selben Ort begonnen, nur drei Straßen weiter weg. Ich wäre möglicherweise auch jetzt noch dort, wenn ich Angus nicht kennengelernt und er nicht die Geduld aufgebracht hätte und die Liebe, mich all die Dinge zu lehren, die ich brauchte, um Limehouse hinter mir zu lassen, um mich gut genug auszudrücken, um als respektabel, wenn schon nicht als Dame zu gelten.«

Sie lächelte ein wenig kläglich und trank nun endlich auch von ihrem Tee. »Er hat mir beigebracht, wie ich mich benehmen und kleiden, wie ich mich in Gesellschaft bewegen muß. Ohne seine Hilfe hätte ich es wohl nie geschafft und auch die bessere Gesellschaft nicht in meinem Haus empfangen können, aber im Laufe der Jahre habe ich mehr Selbstvertrauen gewonnen, und ich glaube nicht, daß ich ihn vor seinesgleichen jemals in Verlegenheit gebracht habe. Sehen Sie, er war genau das Gegenteil von Caleb, er hatte endlose Geduld. Ich erinnere mich nicht, daß er jemals die Beherrschung verloren hätte. Es wäre ihm falsch erschienen, so als verrate er sich selbst damit.«

»Ich wünschte, ich hätte ihn gekannt«, sagte Hester aufrichtig. Er mochte vielleicht ein wenig gönnerhaft gewesen sein, vielleicht fehlte es ihm auch an Humor oder Phantasie, aber er mußte ein Mensch von ungeheurer Freundlichkeit und einer inneren Rechtschaffenheit gewesen sein, wie man sie nur selten fand. »Ich danke Ihnen, daß Sie so offen zu mir waren.« Sie stand auf und verabschiedete sich. »Es tut mir leid, daß ich Sie danach fragen mußte. Es ist sicher sehr schmerzlich für Sie gewesen.«

»Aber es war mir auch eine Freude«, sagte Genevieve und erhob sich nun ebenfalls. »Ich spreche gern über ihn. Es ist sehr traurig, wenn die Menschen aufhören, von jemandem zu sprechen, wenn er tot ist. Es ist fast so, als wolle man leugnen, daß derjenige je gelebt hat. Ich bin froh, daß Sie mehr über ihn erfahren wollten.«

Monk wußte bereits von Genevieve, wo Angus aufgewachsen war, und noch bevor Ebenezer Goode sein Haus verlassen hatte, saß Monk in seinem Hansom, der ihn zum Bahnhof brachte, wo er den ersten Zug in das Berkshire-Dorf namens Chilverley nahm. Es war eine ermüdende Reise mit oftmaligem Umsteigen und vielen Verzögerungen und einem ständigen Hin und Her zwischen behaglichen Wartesälen mit prasselndem Feuer und eisigen, zugigen Bahnsteigen. Als er in Chilverley aus dem Zug stieg und in den schneidend kalten Wind trat, war es bereits halb elf.

»Chilverley Hall?« fragte der Stationsvorsteher zuvorkommend. »Ja, Sir. Ungefähr drei Meilen in nördlicher Richtung. Dort entlang.« Er zeigte auf eine Stelle hinter sich. »Sie kennen Colonel Patterson, oder? Sie sehen aus wie jemand vom Militär.«

Monk war erstaunt. Wäre es nicht seinen eigenen Interessen zuwidergelaufen, hätte er seinem Zorn freien Lauf gelassen.

»Colonel Patterson?« fragte er grimmig. »Das hier ist Chilverley?«

»Ja, Sir, Chilverley in Berkshire.« Er sah Monk nervös an. »Wen suchen Sie denn hier, Sir?«

»Ich suche den Familiensitz von Lord Ravensbrook.«

»Ach herrje. Das Dorf ist zwar tatsächlich der Familiensitz der Ravensbrooks, aber sie leben nicht mehr hier. Haben alles verkauft. Sind nach London gezogen, heißt es.«

»Es überrascht mich, daß der Besitz kein unveräußerliches Erbgut war«, sagte Monk, obwohl das nicht zur Sache gehörte.

»Wird es wohl gewesen sein.« Der Stationsvorsteher wiegte den Kopf hin und her. »Aber Lord Milo war der letzte Nachkomme, es gab keinen Grund, warum er nicht verkaufen sollte, wenn er wollte. Muß ihm ein hübsches Sümmchen eingebracht haben.« Er tippte sich respektvoll an die Mütze, als zwei Herren vorübergingen und durch das Tor auf die Straße traten.

»Keine Brüder, nicht einmal Vettern?« Monk hatte keinen besonderen Grund, diese Frage zu stellen, sie kam ihm nur plötzlich in den Sinn.

»Nein, Sir. Seine Lordschaft hatte einen Bruder, der jünger war als er, aber der arme Teufel starb. War ein Unfall, in Italien oder so.« Er schüttelte den Kopf. »Es heißt, er sei ertrunken. Jammerschade, das. Er war ein sehr charmanter Herr, wenn auch ein wenig ungezügelt. Sehr gutaussehend und ein bißchen locker mit den Damen, und mit seinem Geld auch. Trotzdem ein trauriges Ende für einen so jungen Menschen.«

»Wie alt war er?« Auch das spielte eigentlich kaum eine Rolle.

»Nicht älter als einunddreißig oder zweiunddreißig«, antwortete der Stationsvorsteher. »Es ist alles so lange her jetzt, schon mehr als ein Vierteljahrhundert, eher sogar fünfunddreißig Jahre.«

»Wissen Sie zufällig, ob noch irgendwelche alten Diener im Haus leben?«

»O nein, Sir. Als Seine Lordschaft wegzog, sind auch die Diener gegangen. Colonel Patterson hat seinen eigenen Haushalt mitgebracht.«

»Gibt es denn niemanden mehr hier im Dorf, der seinerzeit im Haus lebte?« drang Monk weiter in ihn. »Was ist mit Personal, das nicht im Hause lebte? Ein Gärtner, ein Wildhüter, ein Kutscher? Haben Sie vielleicht noch denselben Pfarrer wie seinerzeit?«

Der Stationsvorsteher nickte. »O ja. Das Pfarrhaus ist gegenüber der Kirche, direkt hinter der zweiten Ulmengruppe da.« Er zeigte mit dem Finger auf einige Bäume. »Können Sie gar nicht verfehlen. Folgen Sie einfach der Straße. Ungefähr zwei Meilen von hier, Sir.«

»Vielen Dank. Sie waren sehr freundlich.« Und ohne auf eine Erwiderung zu warten, ging Monk in die Richtung, die der Stationsvorsteher ihm gewiesen hatte.

Der Wind fuhr durch die kahlen Zweige der Ulmen, und eine Schar schwarzer Krähen erhob sich in die Luft, aufgescheucht von einer räuberischen Katze. Ihre schwarzen, zerzausten Nester schmiegten sich eng in die Astgabeln hoch in den Bäumen. Es war ein harter Winter gewesen.

Der Pfarrer war ein älterer Mann, aber sehr lebhaft und mit klaren Augen. Er begrüßte Monk über die Hecke hinweg, hinter der er hoffnungsvoll den grünen Rasen und die ersten Knospen betrachtet hatte.

Monk erklärte ihm mit knappen Worten, was ihn zu ihm führte.

Der Pfarrer sah ihn mit lebhaftem Interesse an.

»Ja, Sir, natürlich kann ich Ihnen einiges erzählen. Was für ein schöner Morgen, nicht wahr? Wird nicht mehr lange dauern, bis die Narzissen blühen. Ich liebe ein schönes Narzissenbeet. Kommen Sie doch mit in den Salon, mein Freund. Da brennt ein anständiges Feuer. Treibt Ihnen die Kälte aus den Knochen.«

Er kam ans Tor und hielt es für Monk auf. Dann führte er ihn über einen mit abgebröckelten Steinen gepflasterten Weg zur Tür, die dicht mit Geißblatt überwuchert war, dessen dunkles Geäst noch nicht das zarteste Grün zeigte.

»Hätten Sie vielleicht gern eine Kleinigkeit zu Mittag gegessen?« lud er Monk ein, während er ihn ins Innere des Hauses führte, in dem eine wohltuende Wärme herrschte. »Ich hasse es, allein zu speisen. Zu unzivilisiert. Eine gepflegte Unterhaltung adelt jedes Mahl, finden Sie nicht auch?« Er ging durch den vollgestellten Flur und öffnete die Tür zu einem hellen, mit Chintzvorhängen ausgestatteten Raum. »Meine Frau ist vor fünf Jahren gestorben. Muß jede Gelegenheit beim Schopf packen, um mir Gesellschaft zu verschaffen. Kenne jeden hier. Die Leute können hier keinen mehr überraschen. Ist im Winter ganz schön langweilig. Im Sommer macht's mir nichts aus, da ist im Garten genug zu tun. Wie sagten Sie noch, war Ihr Name?«

»William Monk, Mr. Nicolson.«

»Ah, ja, Mr. Monk, wollen Sie mit mir zu Mittag essen, während Sie mir erzählen, was Sie nach Chilverley führt?«

Monk nahm die Einladung mit Freuden an. Er war durchgefroren und hungrig, und es war immer einfacher, sich bei Tisch zu unterhalten als in einem noch so behaglichen Salon.

»Gut, gut. Machen Sie es sich bitte bequem, während ich mit der Köchin spreche.«

Reverend Nicolson war so offensichtlich erfreut darüber, Gesellschaft zu haben, daß Monk zumindest die erste Hälfte der Mahlzeit verstreichen ließ, bevor er auf den Grund seiner Reise zu sprechen kam. Er schluckte den letzten Bissen kalten Hammelfleisches hinunter und legte dann Messer und Gabel beiseite.

Das Mädchen erschien mit einer heißen, knusprigen Apfelpastete und einem Krug Rahm und stellte beides mit sichtlicher Befriedigung auf den Tisch, bevor sie die leeren Teller abräumte.

Dann begann der Pfarrer seine Geschichte, und Monk lauschte mit Erstaunen, Zorn und wachsendem Mitleid.

Dreizehntes Kapitel

Die gerichtliche Untersuchung des Todes von Caleb Stone wurde zwei Tage später eröffnet. Auf den Zuschauerbänken drängten sich die Neugierigen. Es war ein ungewöhnliches Ereignis gewesen, und die Leute wollten wissen, wie so etwas passieren konnte.

Lord Ravensbrook mußte anwesend sein, um eine Aussage zu machen, da er ja der einzige unmittelbare Zeuge war. Außerdem wurden die drei Gefängniswärter in den Zeugenstand gerufen, wo sie alle sehr steif Platz nahmen, verlegen und äußerst verängstigt. Jimson war davon überzeugt, daß sie alle unschuldig waren; Bailey, daß sie alle die Verantwortung dafür trugen und entsprechend zur Rechenschaft gezogen werden würden. Der dritte Wärter, der die Sache gemeldet hatte, weigerte sich, überhaupt eine eigene Meinung zu haben.

Auch Hester wurde um ihre Aussage gebeten, wenn auch nur von Rathbone und nicht vom Leichenbeschauer. Zu guter Letzt wurde noch der Arzt befragt, der mit der offiziellen Untersuchung der Leiche betraut gewesen war.

Enid Ravensbrook saß neben ihrem Mann, mit bleichem, ausgezehrtem Gesicht, aber ruhigem Blick, und wirkte insgesamt körperlich weniger angegriffen als in der Woche zuvor. An ihrer Seite hatte Genevieve Stonefield Platz genommen, und neben ihr, ruhig und gelassen, Titus Niven.

Selina Herries saß allein da, mit hocherhobenem Kopf, das Gesicht weiß und starr, die Augen schreckgeweitet. Rathbone sah sie an, und ein unerklärlicher Kummer um sie bemächtigte sich seiner. Sie hatten nicht das geringste gemeinsam, nicht die Kultur, nicht den Glauben, ja, sie sprachen kaum dieselbe Sprache. Und doch erfüllte ihr Anblick ihn mit einem Gefühl der Trauer. Er wußte, was es bedeutete, einen Menschen zu verlieren, der einem nahegestanden hatte, wie zwiespältig oder verworren die Gefühle auch sein mochten.

Ebenezer Goode war noch nicht erschienen. Er war derjenige, der Caleb Stones Interessen offiziell vertreten sollte.

Rathbone hatte Genevieve überredet, ihm zu gestatten, sie zu vertreten, als Schwägerin des Verstorbenen und seiner nächsten Verwandten. Ravensbrook war nur sein Vormund gewesen und hatte keinen der beiden Jungen adoptiert, und Selina war nicht mit Caleb verheiratet gewesen.

Der Leichenbeschauer war ein großer, freundlicher Mann mit einem verbindlichen Lächeln. Er eröffnete das Verfahren mit der geziemenden Förmlichkeit und rief dann den ersten Zeugen auf, den Gefängniswärter Jimson. Der Raum war schlicht, ganz anders als das Hohe Gericht in Old Bailey. Es gab keine Stufen zum Zeugenstand zu erklimmen, keine prächtige Bank und keinen an einen Thron erinnernden Stuhl für den Leichenbeschauer, wie der Richter ihn für sich in Anspruch nehmen durfte. Jimson stand hinter einem einfachen Geländer, das nur dazu diente, dem Zeugen seinen Platz zuzuweisen, und der Leichenbeschauer setzte sich an einen schweren Eichentisch.

Jimson schwor, die Wahrheit zu sagen, und gab dann Namen und Beruf zu Protokoll. Er war so nervös, daß er immer wieder schluckte und über seine eigenen Worte stolperte.

Der Leichenbeschauer lächelte ihn wohlwollend an.

»Nun, Mr. Jimson, erzählen Sie uns, was passiert ist. Es gibt keinen Grund, solche Angst zu haben. In dieser Verhandlung geht es um eine Untersuchung, nicht um eine Anklage. So! Fangen Sie mit dem Zeitpunkt an, da der Gefangene wieder von Ihnen in Gewahrsam genommen wurde, nachdem das Gericht sich vertagt hatte.«

»Ja, Sir! Mylord!«

»›Sir‹ reicht vollkommen. Ich bin kein Richter.«

»Ja, Sir. Vielen Dank, Sir!« Jimson holte tief Luft und schluckte erneut. »Er war in einer merkwürdigen Verfassung, der Gefangene, meine ich. Er lachte und krakeelte und fluchte zum Steinerweichen. Er hatte eine Wut im Bauch, wie ich es noch nie erlebt habe, nur daß er gleichzeitig gelacht hat, als gäb's da einen tollen Witz, den außer ihm keiner verstand. Aber er hat uns keine Schwierigkeiten gemacht, das nicht«, fügte er hastig hinzu. »Er ist gleich in seine Zelle rein, und wir haben ihn eingeschlossen.«

»Wir?« fragte der Leichenbeschauer nach. »Können Sie sich nicht daran erinnern, wer von Ihnen es gewesen ist?«

»Doch, Sir, ich war es.«

»Verstehe. Fahren Sie fort.«

In dem Raum herrschte fast völlige Stille, abgesehen vom leisen Rascheln von Stoff, als jemand auf seinem Stuhl hin und her rutschte, und einem Flüstern, als eine Frau sich an ihren Nachbarn wandte. Die anwesenden Journalisten schrieben bisher nicht mit.

»Dann kam Lord Ravensbrook und fragte, ob er den Gefangenen sehen könne; er wäre ja sozusagen sein einziger Verwandter«, fuhr Jimson fort. »Und noch dazu, wo die Verhandlung so schlecht lief für ihn. Schätze, er dachte wohl, daß es bald ein Urteil geben würde, und dann hätte man ihm nicht mehr erlaubt, allein mit ihm zu sprechen, weil er dann ja nämlich schuldig gewesen wäre, und bis dahin war er schließlich noch unschuldig, zumindest vor dem Gesetz.«

»Ich verstehe.« Der Leichenbeschauer nickte. »Sie brauchen das nicht weiter zu erklären, es ist ganz offenkundig und völlig natürlich.«

»Vielen Dank, Sir.« Jimson wirkte allerdings nicht im mindesten erleichtert. »Na ja, wir hatten nichts daran auszusetzen, Bailey und Alcott und ich, also haben wir ihn reingelassen…«

»Einen Augenblick mal, Mr. Jimson«, unterbrach ihn der Leichenbeschauer. »Als Sie Lord Ravensbrook eingelassen haben, wie ging es da dem Gefangenen? Wie hat er sich benommen, welchen Eindruck machte er auf Sie? War er immer noch in dieser zornigen Stimmung? Wie hat er Lord Ravensbrook begrüßt?«

Jimson sah ihn verwirrt an.

»Haben Sie ihn gesehen, Mr. Jimson?« bedrängte der Leichenbeschauer ihn. »Es ist wichtig, daß Sie uns wahrheitsgemäß antworten. Die Angelegenheit betrifft immerhin den Tod eines Mannes, der sich in Ihrem Gewahrsam befand.«

»Ja, Sir.« Jimson schluckte krampfartig, denn er war sich seiner Verantwortung geradezu verzweifelt bewußt.

»Nein, Sir, ich bin nicht mit Seiner Lordschaft reingegangen. Ich... ich wollte das nicht, schließlich war er ja Familie, sozusagen, und ich wußte von dem Wärter, der ihn vor Gericht beaufsichtigte, wie schlecht die Sache für ihn lief und daß man ihn wahrscheinlich hängen würde. Ich habe Seine Lordschaft reingelassen, als er sagte, er möchte lieber allein mit dem Gefangenen reden...«

»Lord Ravensbrook sagte, er wünsche den Gefangenen allein zu sprechen?«

»Ja, Sir, so war es.«

»Verstehe. Was ist dann weiter passiert?«

»Kurz drauf kam Seine Lordschaft wieder raus und bat um eine Schreibfeder und Tinte und Papier, weil der Gefangene irgend etwas aufschreiben wollte, ich habe vergessen, was.« Er spielte unruhig mit seinem Kragen. Er schien ihm zu eng zu sein. »Ich habe Bailey geschickt, die Sachen zu holen, und als er zurückkam, habe ich sie Seiner Lordschaft gegeben, und der ist wieder rein in die Zelle. Ein paar Minuten später kam dann ein Schrei, und jemand hämmerte an die Tür, und als ich öffnete, kam Seine Lordschaft aus der Zelle getaumelt, voller Blut, und sagte, es habe einen Unfall gegeben oder so etwas und der Gefangene sei tot... Sir.« Er holte tief Luft und nahm seinen Faden wieder auf. »Er sah schrecklich blaß und erschrocken aus, Sir, der arme Herr. Also habe ich Bailey weggeschickt, Hilfe zu holen. Ich glaube, er hat auch ein Glas Wasser geholt, aber Seine Lordschaft war zu aufgeregt, um es zu trinken.«

»Sind Sie in die Zelle gegangen, um nach dem Gefangenen zu sehen?« wollte der Leichenbeschauer wissen.

»Ja, Sir, natürlich. Er lag in einer Blutlache, groß wie ein See, Sir, und seine Augen standen weit offen und starrten zur Dekke.« Wieder zerrte er an seinem Kragen. »Er war tot. Man konnte nichts mehr für ihn tun. Ich habe die Tür zugezogen, aber nicht verschlossen, hatte keinen Sinn mehr. Alcott ist dann rauf, um zu melden, was passiert ist, und ich habe für Seine Lordschaft getan, was ich konnte, bis Hilfe kam.«

»Vielen Dank, Mr. Jimson.« Der Leichenbeschauer hielt nach Goode Ausschau.

»Wo steckt Mr. Goode?« fragte er mit einem Stirnrunzeln. »Ich denke, er sollte die Familie des Toten vertreten. Ist das nicht so?«

Rathbone erhob sich. »Doch, Sir, Sie haben ganz recht. Ich weiß nicht, was ihn aufgehalten haben könnte. Ich bitte das Gericht um Nachsicht. Ich bin sicher, er wird nicht lange brauchen.« Das will ich ihm jedenfalls nicht raten, dachte er grimmig, sonst wird die Angelegenheit wegen eines Protokollfehlers schieflaufen.

»Dies ist kein Gericht, das einen Verteidiger notwendig macht, Mr. Rathbone«, sagte der Leichenbeschauer gereizt. »Wenn Mr. Goode uns nicht mit seiner Anwesenheit beehren will, werden wir ohne ihn fortfahren. Haben Sie irgendwelche Fragen, die Sie diesem Zeugen stellen wollen?«

Rathbone holte tief Luft, um so umständlich zu antworten, wie es ihm nur möglich war, eine Notwendigkeit, die ihm erspart blieb, weil gerade in diesem Augenblick die Türen in ihren Angeln weit aufschwangen. Ebenezer Goode trat mit energischen Schritten und wehenden Rockschößen ein, die Arme voller Papiere. Er ging sofort nach vorn, schenkte dem Leichenbeschauer ein strahlendes Lächeln, entschuldigte sich überschwenglich und nahm seinen Platz ein, wobei es ihm gelang, jeden zu stören, der innerhalb eines Drei-Meter-Umkreises von ihm entfernt saß.

»Sind Sie soweit, Mr. Goode?« fragte der Leichenbeschauer voller Sarkasmus. »Dürfen wir fortfahren?«

»Natürlich!« sagte Goode immer noch mit dem gleichen Lächeln. »Sehr zuvorkommend von Ihnen, auf mich zu warten.«

»Wir haben nicht auf Sie gewartet!« fuhr der Leichenbeschauer ihn an. »Haben Sie irgendwelche Fragen an diesen Zeugen, Sir?«

»Aber ja, vielen Dank.« Goode erhob sich, warf seine Papiere durcheinander und sammelte sie wieder auf, bevor er sich dranmachte, eine Menge Fragen zu stellen, die lediglich bestätigten, was Jimson bereits gesagt hatte. Niemand erfuhr irgend etwas Neues, aber es kostete ungeheuer viel Zeit, und genau das bezweckte Goode. Und Rathbone. Der Leichenbeschauer konnte nur mit Mühe die Beherrschung bewahren.

Bailey, der zweite Wärter, wurde als nächstes aufgerufen, und der Leichenbeschauer erhielt die Bestätigung all dessen, was Jimson gesagt hatte, aber ohne besonders viel Zeit zu verlieren. Es gab keine Widersprüche, auf die man näher hätte eingehen müssen.

Goode mußte all seinen Einfallsreichtum aufbieten, um sich genug Fragen auszudenken, um die Sache noch eine weitere halbe Stunde in die Länge zu ziehen, und Rathbone fiel es anschließend sehr schwer, überhaupt noch etwas hinzuzufügen. Er beschrieb noch einmal Calebs Worte, seine Gesten, seinen Tonfall, sein Benehmen während der Verhandlung. Er fragte Bailey sogar, was Caleb seiner Meinung nach empfunden und welchen Ausgang der Verhandlung er erwartet habe, bis der Leichenbeschauer ihm Einhalt gebot und ihn darauf aufmerksam machte, daß er den Zeugen aufforderte, Spekulationen über Dinge anzustellen, die er unmöglich wissen konnte.

»Aber Sir, Mr. Bailey ist ein sachkundiger Zeuge, was die Stimmung und die Erwartungen von Gefangenen betrifft, denen man ein Kapitalverbrechen zur Last gelegt hat«, protestierte Rathbone. »Das ist sein tägliches Brot. Wer könnte besser wissen, ob ein Gefangener auf einen Freispruch hofft oder nicht? Wenn wir die Wahrheit herausfinden wollen, ist es von höchster Wichtigkeit zu wissen, ob Caleb Stone verzweifelt war oder ob er noch immer eine gewisse Hoffnung hegte, am Leben zu bleiben.«

»Natürlich ist es das, Mr. Rathbone«, räumte der Leichenbeschauer ein. »Aber Sie haben von Mr. Bailey und Mr. Jimson bereits alles erfahren, was sie wissen. Es ist meine Aufgabe, Schlußfolgerungen zu ziehen, nicht die der Zeugen, wie erfahren sie auch sein mögen.«

»Ja, Sir«, sagte Rathbone widerstrebend. Es war ein Uhr.

Der Leichenbeschauer schaute auf seine Uhr und vertagte die Verhandlung bis nach dem Mittagessen.

»Haben Sie von Monk gehört?« fragte Goode, als er und Rathbone in einer exzellenten Gaststube in der Nähe Platz nahmen und ihre Mahlzeit genossen – Rinderbraten und Gemüse, Bier, Apfel- und Brombeerpastete, reifen Stiltonkäse und feine Kekse. »Hat er irgend etwas in Erfahrung gebracht?«

»Nein, ich habe nichts von ihm gehört«, antwortete Rathbone mißmutig. »Ich weiß, daß er nach Chilverley gefahren ist, aber seitdem habe ich keine Nachricht mehr von ihm erhalten.«

Goode nahm sich eine große Portion Käse.

»Und was ist mit der Krankenschwester?« fragte er. »Wie hieß sie noch? Latterly? Hat sie irgend etwas Nützliches in Erfahrung gebracht? Ich habe sie im Gerichtssaal gesehen. Sollte sie nicht im East End sein? Wir hätten ihre Aussage hinauszögern können. Vielleicht hätte sie etwas zu berichten gewußt!«

»Sie hat nichts Neues erfahren«, nahm Rathbone sie in Schutz. »Sie sagte, es gebe nichts, was wir nicht bereits wüßten.«

»Was ist mit Caleb, verflucht!« rief Goode ärgerlich. »Wenn das kein Unfall war, dann war es entweder Selbstmord – und wir haben bereits festgestellt, daß das unwahrscheinlich ist – oder Mord. Im Interesse menschlichen Anstands müssen wir es wissen.«

»Dann sollten wir weiter in die Vergangenheit zurückgehen und uns nicht nur Calebs Leben in Limehouse ansehen«, erwiderte Rathbone und nahm sich einen zweiten Keks. »Die Antwort ist in der Beziehung zwischen Ravensbrook, Angus und ihm zu suchen. Das heißt, in Chilverley. Alles, was wir tun können, ist, die Sache in die Länge zu ziehen, bis Monk zurückkommt oder uns zumindest einen Zeugen schickt!«

Goode seufzte. »Und Gott weiß, was wir dann zu hören bekommen werden!«

»Oder was wir beweisen werden können«, fügte Rathbone hinzu und trank sein Bier aus.

Die Nachmittagsverhandlung begann damit, daß der Leichenbeschauer Milo Ravensbrook in den Zeugenstand rief. Sofort legte sich absolutes Schweigen über den Raum. Selbst das leiseste Geräusch verstummte, und alle Blicke ruhten auf ihm. Seine Haut war von kränklicher Blässe, aber seine Kleidung war tadellos und seine Haltung sehr aufrecht. Er schaute weder nach links noch nach rechts, als er seinen Platz hinter dem Geländer einnahm und mit einer klaren, leicht heiseren Stimme seinen Namen nannte. Seine Jacke war offen und fiel locker an ihm herab, um Platz für die Verbände für seine Verletzungen zu schaffen. Sein Kiefer war angespannt.

Noch bevor der Leichenbeschauer zu sprechen begann, erhob sich ein leises Gemurmel, in das sich Respekt und Mitleid mischten.

Rathbone warf einen Blick in die Menge. Enid sah ihren Mann an, und in ihren Augen lag ein Ausdruck von Trauer und Mitleid. Beinahe geistesabwesend verirrte ihre Hand sich zu Genevieve, die neben ihr saß.

»Lord Ravensbrook«, begann der Leichenbeschauer. »Würden Sie uns bitte erzählen, was am Tag von Caleb Stones Tod vorgefallen ist. Sie brauchen nichts von dem zu erwähnen, was passiert ist, bevor Sie schließlich seine Zelle betraten, es sei denn, Sie wünschen dies. Auch wenn es meine Pflicht von mir verlangt, möchte ich nicht unnötig in Sie dringen.«

»Vielen Dank«, antwortete Ravensbrook, ohne ihn anzusehen. Er starrte die Wand gegenüber an und sprach wie in Trance. Er schien die Ereignisse im Geist noch einmal zu durchleben, und sie waren realer für ihn als der holzvertäfelte Raum, das gütige Gesicht des Leichenbeschauers oder die Menschen im Saal, die jedem seiner Worte lauschten. Alle Blicke ruhten auf seinem Gesicht, das von starken Gefühlen bewegt und doch seltsam starr war, als hielte er all seine Empfindungen mit unbarmherziger Strenge in seinem Innern fest.

»Der Wärter öffnete die Tür und trat zurück, um mich einzulassen«, begann er mit flacher, bedächtiger Stimme. »Ich hatte um Erlaubnis gebeten, allein mit Caleb sprechen zu dürfen. Ich wußte, daß es sehr wohl das letztemal sein konnte, daß man mir Gelegenheit dazu gab. Die Verhandlung lief nicht gut für ihn.« Sein Zögern war kaum wahrnehmbar. »Ich … ich wollte ihm einige Dinge sagen, die von persönlicher Natur waren. Wahrscheinlich war es töricht von mir, aber ich hoffte, daß er mir um Angus' Witwe willen vielleicht mitteilen würde, was zwischen ihm und Angus vorgefallen war, damit sie wissen konnte, daß Angus seinen … Frieden gefunden hatte, wenn Sie so wollen.«

Der Leichenbeschauer nickte. Irgendwo im Raum wurde ein Seufzer hörbar.

Genevieve sog scharf die Luft ein, gab sonst aber keinen Laut von sich. Sie schloß die Augen, als könne sie es nicht ertragen, irgend etwas zu sehen.

Rathbone blickte zu Goode hinüber und las eine Frage in seinen Augen.

»Es war natürlich nutzlos«, schloß Ravensbrook. »Nichts, was ich sagen konnte, hatte irgendeine Wirkung auf ihn oder konnte den Zorn in seinem Herzen beschwichtigen.«

»War er wütend, als Sie die Zelle betraten, Lord Ravensbrook?« fragte der Leichenbeschauer mit großen, sanften Augen. »Der Wärter scheint uns nichts darüber sagen zu können.«

»Er war … verdrossen«, erwiderte Ravensbrook mit leichtem Stirnrunzeln. Wenn er die Tatsache bemerkte, daß Selina Herries ihn anstarrte, als wolle sie sich sein Bild für alle Zeiten einprägen, so ließ er sich jedenfalls nichts davon anmerken. »Ich bat ihn, mir um Genevieves willen zu sagen, was bei jenem letzten Besuch seines Bruders vorgefallen war«, fuhr er fort. »Aber er wollte mir nicht antworten. Ich versicherte ihm, daß ich nichts davon den Behörden preisgeben würde. Ich wollte es einzig und allein für die Familie wissen. Aber er blieb hart.« Seine Stimme war fest, aber man hatte den Eindruck, als sei seine Kehle wie zugeschnürt, als müsse er die Worte mit Gewalt herauspressen, und mehrmals fuhr er sich mit der Zunge über die Lippen.

Rathbone sah sich noch einmal im Saal um. Enid saß steif auf ihrem Stuhl und lehnte sich eine Spur nach vorn, als versuche sie, ihm auf diese Weise näher zu sein. Genevieve sah vom Zeugenstand zu Enid hinüber und wieder zurück. Selina Herries ballte die Fäuste in ihrem Schoß, ihr Gesicht war von Schmerz erfüllt, aber sie ließ Ravensbrook keine Sekunde aus den Augen.

»Er hat mich um Feder und Papier gebeten«, nahm Ravensbrook seinen Bericht wieder auf. »Er sagte, er wolle seinen Letzten Willen niederschreiben...«

»Meinte er ein Testament oder eine Erklärung? Wissen Sie das?« erkundigte sich der Leichenbeschauer.

»Er hat es nicht gesagt, und ich habe nicht danach gefragt«, antwortete Ravensbrook. »Ich nahm an, daß es sich um eine Erklärung handelte, vielleicht eine Art Letzter Wille. Ich hoffte, es würde ein Geständnis sein oder eine Bekundung von Reue, um seinen Seelenfrieden zu retten.«

Auf den Zuschauerbänken stieß Selina einen leisen Schrei aus, den sie sofort unterdrückte. Eine andere Frau ließ ein ersticktes Schluchzen hören, aber ob es persönlichem Kummer entsprang oder allgemeinem Mitleid, ließ sich nicht feststellen.

Titus Niven legte seine Hand auf die Genevieves, diskret und sehr sanft, und die Anspannung in ihren Schultern ließ ein klein wenig nach.

»Also haben Sie den Wärter gebeten, eine Feder, Tinte und Papier herbeizuschaffen«, half der Leichenbeschauer seinem Zeugen wieder auf die Sprünge.

»Ja«, erwiderte Ravensbrook. Das Mitgefühl im Raum schien ihn nicht zu berühren; vielleicht war der Aufruhr in seinem eigenen Herzen so groß. »Als man sie mir brachte, kehrte ich in die Zelle zurück und gab sie Caleb. Er versuchte die Feder zu benutzen, sagte aber, sie kratze nur übers Papier. Die Spitze müsse neu geschärft werden. Ich holte mein Taschenmesser hervor, um das für ihn zu erledigen...«

»Sie haben ihm das Messer nicht angeboten?« fragte der Leichenbeschauer und beugte sich mit ernster Miene vor.

Ravensbrooks Mund wurde schmal, und seine Stirn legte sich in Falten. »Nein, natürlich nicht!«

»Vielen Dank. Fahren Sie fort.«

Ravensbrook saß nun noch steifer da als zuvor. Seine verzweifelten Bemühungen, seine Gefühle unter Kontrolle zu halten und die Selbstbeherrschung nicht zu verlieren, kosteten ihn große Anstrengung. Er war ein Mann, der durch einen Alptraum wandelte, und keine Menschenseele im Saal konnte das übersehen.

Diesmal bedrängte der Leichenbeschauer ihn nicht.

Ravensbrook holte tief Luft und stieß einen unhörbaren Seufzer aus.

»Ohne die leiseste Warnung, ohne ein Wort zu sagen, stürzte Caleb sich auf mich. Das erste, was ich begriff, war, daß er mir an die Kehle wollte. Seine Finger umklammerten mein Handgelenk, und er versuchte, mir das Messer zu entwinden. Wir kämpften – ich, um mein Leben zu retten, er, um mich niederzuzwingen. Ob er mich töten oder mir das Messer entringen wollte, um sich damit selbst das Leben zu nehmen, weiß ich nicht, und ich möchte auch keine Vermutungen anstellen.«

Ein leises, zustimmendes Raunen ging durch den Raum, ein Seufzer des Mitleids.

»Um Gottes willen, wo bleibt Monk?« flüsterte Goode Rathbone zu. »Wir können diese Sache unmöglich bis morgen hinauszögern!«

Rathbone antwortete nicht. Es gab nichts zu sagen.

»Ich kann Ihnen nicht genau sagen, was passiert ist«, begann Ravensbrook von neuem. »Es ging alles sehr schnell. Es gelang ihm, mich mehrmals zu verletzen, ein halbes dutzendmal oder so. Der Kampf ging hin und her. Er kam mir wahrscheinlich länger vor, als er in Wirklichkeit war.« Er richtete seinen Blick auf den Leichenbeschauer und sah den Mann ernst an. »Ich habe kaum eine Vorstellung, ob es Sekunden oder Minuten waren. Es gelang mir, ihn wegzudrängen. Er rutschte aus, und ich stürzte durch die Wucht meiner eigenen Bewegungen nach vorn. Ich bin über sein Bein gestolpert, und wir fielen beide zu Boden. Als ich aufstand, lag er auf dem Boden, mit dem Messer in der Kehle.«

Er hielt inne. Im Raum herrschte absolute Stille. Alle Gesichter waren ihm zugewandt – in ihnen lag Entsetzen und Mitleid.

Selina Herries sah aus wie ein Gespenst, schmal und traurig, und die Arroganz war wie weggeweht.

»Als ich meine Sinne wieder beisammen hatte«, fuhr Ravensbrook schließlich fort, »und mir klarwurde, daß mir keine Gefahr mehr von ihm drohte, habe ich mich gebückt und versucht, seinen Puls zu finden. Er blutete sehr stark, und ich fürchtete, daß ihm nicht mehr zu helfen war. Ich durchquerte die Zelle, hämmerte an die Tür und rief nach den Wärtern. Einer von ihnen öffnete und ließ mich hinaus. Den Rest kennen Sie.«

»Allerdings, Mylord«, pflichtete der Leichenbeschauer ihm bei. »Es besteht keine Notwendigkeit, Sie noch länger zu belästigen. Darf ich Ihnen und Ihrer Familie mein tiefstes Beileid zu Ihrem zweifachen Verlust aussprechen.«

»Vielen Dank.« Ravensbrook wandte sich zum Gehen.

Goode erhob sich.

Der Leichenbeschauer machte eine Handbewegung, um Ravensbrook aufzuhalten, der Goode ansah, als stünde er einem Feind auf dem Schlachtfeld gegenüber.

»Wenn es unbedingt sein muß«, räumte der Leichenbeschauer widerstrebend ein.

»Vielen Dank, Sir.« Goode wandte sich an Ravensbrook und lächelte höflich, wobei er sämtliche Zähne entblößte.

»Nach Ihrem eigenen Bericht, Mylord, und nach den Verletzungen, die Ihnen zugefügt wurden, zu urteilen...«, begann er. »Übrigens ich hoffe, Ihre Genesung macht Fortschritte?«

»Vielen Dank«, sagte Ravensbrook steif.

»Das freut mich.« Goode neigte den Kopf zur Seite. »Wie ich schon sagte, Ihrem eigenen Bericht zufolge, Mylord, haben Sie erst um Hilfe gerufen, als der Kampf mit Caleb schon eine Weile in Gang war. Warum haben Sie es nicht sofort getan? Es muß Ihnen doch klar gewesen sein, daß Sie in sehr großer Gefahr schwebten?«

Ravensbrook starrte ihn mit fahlem Gesicht an.

»Natürlich wußte ich das«, sagte er. Sein Kiefer verkrampfte sich; Rathbone konnte selbst von seinem Platz aus das hektische Spiel der Muskeln beobachten.

»Und doch haben Sie nicht um Hilfe gerufen«, beharrte Goode. »Warum nicht?«

Ravensbrook sah ihn voller Abscheu an.

»Ich bezweifle, daß Sie es verstehen würden, Sir, sonst hätten Sie diese Frage nicht gestellt. Trotz all seiner Verfehlungen und seiner Undankbarkeit, seiner Treulosigkeit war Caleb Stone wie ein Sohn für mich. Ich hoffte, ich könnte die Sache regeln, ohne daß die Behörden jemals davon erfahren würden. Es war ein überaus tragischer Zufall, daß die Sache ein solches Ende genommen hat. Ich hätte meine eigenen Verletzungen verbergen können, bis ich das Gerichtsgebäude sicher verlassen hatte. Er war ja bis zum Ende unverletzt geblieben.«

»Ich verstehe«, erwiderte Goode ausdruckslos.

Dann machte er sich daran, alle möglichen weiteren Fragen zu stellen, und suchte spitzfindig Erklärungen für alle möglichen Dinge. Rathbone folgte seinem Beispiel, bis er jegliche Sympathie seitens der Zuschauer verloren hatte und auch die Geduld des Leichenbeschauers nur noch an einem seidenen Faden hing. Um Viertel nach vier am Nachmittag mußte er sich geschlagen geben, und der Leichenbeschauer rief ihn selbst in den Zeugenstand. Er brauchte nur ganze zwölf Minuten, um Rathbone seine Aussage machen zu lassen.

Goode zermarterte sich das Gehirn, aber ihm fiel nichts mehr ein, was er hätte vorbringen können, um die Befragung hinauszuzögern.

Neunundzwanzig Minuten vor fünf wurde Monk aufgerufen und seine Abwesenheit festgestellt. Rathbone bestand darauf, daß man ihn ausfindig machen müsse. Der Leichenbeschauer erhob den Einwand, daß Monk, da Rathbone sich während der ganzen in Frage stehenden Zeit in dessen Gesellschaft befunden habe, kaum etwas von Nutzen hinzufügen könne.

Goode erhob sich und wurde ebenfalls abgewiesen.

Der Leichenbeschauer vertagte die Sitzung auf den nächsten Tag.

Rathbone und Goode verließen in tiefer Sorge das Gerichtsgebäude. Sie hatten immer noch keine Nachricht von Monk.

Seine erste Zeugin an diesem Morgen war Hester Latterly.

»Miss Latterly.« Der Leichenbeschauer lächelte sie gütig an. »Es besteht kein Grund, nervös zu sein, meine Liebe. Beantworten Sie die Fragen einfach nach Ihrem besten Wissen und Gewissen. Wenn Sie die Antwort nicht kennen, dann sagen Sie uns das.«

»Ja, Sir.« Sie nickte und erwiderte sein Lächeln mit denkbar unschuldigstem Gesichtsausdruck.

»Sie verließen gerade den Gerichtssaal, nachdem Sie der Verhandlung beigewohnt hatten, als der Gefängniswärter Bailey Sie darüber informierte, daß jemand verletzt worden sei und medizinische Versorgung benötigte. Ist das korrekt?« Er würde ihr nicht erlauben, sich in weitschweifigen Ergüssen zu ergehen, indem sie die Geschichte mit ihren eigenen Worten ausschmückte. Er hatte sie überaus präzise für sie zusammengefaßt.

Rathbone fluchte in sich hinein.

»Wenn Monk nicht binnen einer Stunde hier ist, wird die Verhandlung vorüber sein«, sagte Goode. »Wo bleibt er nur, um alles in der Welt? Gibt es heute morgen einen Frühzug von Chilverley? Soll ich nach ihm suchen?«

Rathbone sah sich verzweifelt um. »Ich schicke einen Gerichtsdiener hin«, sagte er.

»Mr. Rathbone!« ermahnte ihn der Leichenbeschauer mit einem Stirnrunzeln.

»Ich bitte um Vergebung«, entschuldigte sich Rathbone mißmutig.

Der Leichenbeschauer wandte sich wieder Hester zu. »Miss Latterly?«

»Ja?«

»Würden Sie bitte die Frage beantworten.«

»Ich bitte um Verzeihung, Sir. Was war es noch gleich?«

Sehr bedächtig wiederholte der Leichenbeschauer, was er zuvor gesagt hatte.

»Ja, Sir«, antwortete sie. »Ich habe der Verhandlung zusammen mit Lady Ravensbrook beigewohnt.« Daraufhin wiederholte sie die gesamte Geschichte ihres Aufbruchs, kam auf Baileys Erscheinen zu sprechen, auf Enids Reaktion, sprach von ihrer eigenen Reaktion und den Anweisungen, die sie dem Kutscher gegeben hatte, und den Gründen, die sie dazu bewogen hatten. Sie erwähnte auch sämtliche Alternativen und erklärte, warum diese indiskutabel waren; Enids Beteuerungen, daß sie durchaus in der Lage wäre, allein zurechtzukommen, und daß sie tatsächlich nach Hause fahren wolle, und dann ihre Rückkehr mit Bailey in das Gerichtsgebäude und ihr Eintreffen in der Zelle. Nichts konnte ihren Redefluß bremsen, obwohl der Leichenbeschauer es mehrfach versuchte. Sie schien ihn überhaupt nicht zu hören.

Rathbone sah aus den Augenwinkeln zu Goode hinüber und bemerkte, wie erstaunt er war, daß sich so etwas wie düstere Belustigung auf seinem Gesicht ausbreitete.

»Ja«, sagte der Leichenbeschauer grimmig. »Vielen Dank. Was haben Sie vorgefunden, als Sie in der Zelle eintrafen, Miss Latterly? Bitte, beschränken Sie sich auf die relevanten Fakten.«

»Wie bitte?«

»Bitte, beschränken Sie sich auf die relevanten Fakten, Miss Latterly!«

»Auf was, Sir?«

»Auf die relevanten Fakten, Miss Latterly!« wiederholte der Leichenbeschauer übertrieben laut.

»Sachdienlich wofür, Sir?«

Der Leichenbeschauer konnte sich nur mit Mühe beherrschen.

»Für die Frage von Caleb Stones Tod, Madame.«

»Ich fürchte, ich weiß nicht, was sachdienlich ist und was nicht«, erwiderte sie, ohne mit der Wimper zu zucken. »Nach allem, was ich beobachtet habe, sah es so aus, als sei er von einem blinden Haß auf seinen einstmaligen Vormund, Lord Ravensbrook, erfüllt, so sehr, daß er bereit war, um welchen Preis auch immer, selbst wenn das bedeutete, daß er sein eigenes Leben opferte, indem er die Todesstrafe riskierte … sicher eine überaus abscheuliche Art zu sterben … um seinem Vormund irgendeine Verletzung zuzufügen, ja sogar seinen Tod zu wünschen. Es tut mir leid. Das war ein sehr komplizierter Satz. Vielleicht sollte ich die Sache lieber anders ausdrücken …«

»Nein!« schrie der Leichenbeschauer. Dann holte er tief Luft. »Das ist nicht nötig, Miss Latterly. Ihre Ansicht ist völlig klar, wenn auch nicht die Gründe, warum sie zu dieser Auffassung gelangt sind.«

Woraufhin sie sich lang und breit über die Gründe für ihre Auffassung ausließ, ohne seinen versuchsweisen Unterbrechungen auch nur die geringste Beachtung zu schenken. Sie schien schwerhörig zu sein, fast bis an die Grenze zur Taubheit. Sie beschrieb in allen Einzelheiten, welchen Eindruck Lord Ravensbrook auf sie gemacht hatte, listete jedes Symptom akribisch auf und stützte sich dabei auf ihre Erfahrung im Krimkrieg mit Soldaten, die unter Schock gestanden hatten, um zu unterstreichen, daß ihre Meinung auf Sachkenntnis beruhte. Dann beschrieb sie seine Verletzungen, ihr Aussehen und die Behandlung, die sie, Hester, Seiner Lordschaft hatte angedeihen lassen. Dann erzählte sie davon, wie sie Rathbones Hemd als Verbandsmaterial benutzt habe und warum die Hemden der Wärter dafür nicht in Frage kamen, erwähnte ihre Entschuldigungen Rathbone gegenüber für die Unannehmlichkeiten, die sie ihm bereiten mußte, und ihre Ansicht, daß Ravensbrook ihn für seinen Verlust entschädigen werde. Als sie all das, ohne zwischendurch Luft zu holen, erklärt hatte, machte sie sich daran zu beschreiben, wie Ravensbrook auf die Behandlung reagiert hatte. Gegen halb eins hatte sie immer noch nicht den Zeitpunkt erreicht, an dem sie durch die Zellentür getreten war und die Leiche von Caleb Stone gesehen hatte.

Der Leichenbeschauer vertagte die Sitzung auf den Nachmittag und zog sich erschöpft zurück.

»Brillant, wenn auch ein wenig absurd«, sagte Goode mürrisch in derselben Gaststube wie am Vortag. »Aber wenn Monk heute nachmittag nicht mit irgendwelchen Fakten auftaucht, nützt uns das alles nichts. Ich meine, einer von uns sollte nach Chilverley fahren und ihn holen!«

»Er wird kommen, wenn er irgend etwas in der Hand hat!« sagte Rathbone.

Als das Gericht wieder zusammentrat, war der Raum bis auf den letzten Platz gefüllt. Niemand konnte erklären, warum das so war. Vielleicht lag es daran, daß die Angelegenheit nicht ganz so verlaufen war, wie man es erwartet hatte, vielleicht stand die Hoffnung auf Enthüllungen dahinter, möglicherweise war es auch Hesters Vorstellung zu verdanken und dem Sinn für das Lächerliche. Mit einemmal war die ganze Sache interessant geworden.

Der Leichenbeschauer hatte gut gespeist. Er war in einer besseren Kampflaune als zuvor und begegnete Hester bei der Wiederaufnahme ihrer Aussage mit einem strengen Blick und einer Stimme, die sich sowohl bereit als auch fähig zeigte, sie niederzubrüllen.

»Würden Sie mir bitte sagen, ob Caleb Stone bereits tot war, als Sie in die Zelle traten, Miss Latterly. ›Ja‹ oder ›nein‹ wird genügen.«

»Ja«, sagte sie mit einem überaus liebenswürdigen Lächeln.

»Er war tot?«

»Ja.«

»Wieso wissen Sie das?«

Mit einer gewissen Ausführlichkeit erzählte sie es ihm und erläuterte alle Methoden, anhand derer man erkennen kann, daß ein Mensch tot war.

»Ich bin Arzt und Jurist, Ma'am!« brüllte er über ihr. »Ich bin mir des Unterschieds zwischen Leben und Tod zur Gänze bewußt.«

»Wie bitte?« fragte sie freundlich.

Er wiederholte, was er gesagt hatte.

»Nein.« Sie schüttelte den Kopf. »Ich meine, es tut mir leid, Ihnen berichtet zu haben, was Sie bereits wissen, Sir. Natürlich nahm ich an, daß Sie Jurist sind, ich war mir aber nicht darüber im klaren, daß Sie auch Arzt sind. Wenn ich Sie beleidigt haben sollte, tut mir das sehr leid.«

»Nicht im geringsten«, sagte er herablassend. »Vielen Dank. Ich habe keine weiteren Fragen an Sie.« Er sah Rathbone und Goode bedeutungsvoll an. »Ihre Aussage war überaus vollständig«, fügte er hinzu.

Nichtsdestotrotz erhob sich Goode von seinem Platz und bat sie, die Dinge zu klären, die mißverständlich sein könnten. Er war fast am Ende mit seinem Latein, als sich ein älterer Mann in kirchlicher Gewandung mit einiger Mühe durch den Raum bewegte und Rathbone einen Brief überreichte.

Rathbone riß ihn auf, las ihn und stieß einen hörbaren Seufzer der Erleichterung aus.

Goode drehte sich zu ihm um und sah in seinen Augen, daß die Rettung gekommen war. Er erlaubte Hester, sich zu guter Letzt doch noch dem Ende zu nähern, und mit einem Seufzer der Dankbarkeit seitens des Leichenbeschauers wurde sie aus dem Zeugenstand entlassen, was einen Teil der Zuschauer, die weder Caleb noch Angus gekannt hatten, zutiefst enttäuschte.

Der Arzt, der die Leiche untersucht hatte, wurde aufgerufen. Der Leichenbeschauer brauchte weniger als eine Viertelstunde, um dessen Aussage aufzunehmen und ihn wieder zu entlassen. Weder Goode noch Rathbone fiel irgend etwas ein, was sie ihn noch hätten fragen können. Er hatte gesagt, die Todesursache sei eine tiefe Stichwunde, die von einem Taschenmesser stammte, gewesen, die die Halsschlagader durchtrennt habe, worauf der Verblichene verblutet sei. Diese Tatsache stand durchaus im Einklang mit dem Umstand, daß er die Waffe in einer Hand gehalten hatte und sie sich bei einem Sturz oder während des Handgemenges selbst in die Kehle gestoßen habe. Es gab nichts hinzuzufügen.

Rathbone erhob sich. Wo, um alles in der Welt, blieb Monk? Wenn er nicht in den nächsten paar Minuten erschien, würden sie durch einen Verfahrensfehler die Sache verspielen. Er konnte sie nicht länger hinauszögern. Die Geduld des Leichenbeschauers war schon auf eine harte Probe gestellt worden.

»Bei allem Respekt, Sir, dies alles ist ja durchaus sachdienlich und zutreffend, aber es gibt uns keinen Aufschluß darüber, ob sein Tod ein Unfall war oder nicht.«

»Da wir keine Beweise für einen Selbstmord haben, Mr. Rathbone«, sagte der Leichenbeschauer geduldig, »werden wir wohl davon ausgehen müssen, daß er Lord Ravensbrook in einem Anfall derselben Eifersucht und desselben Hasses angegriffen hat, die er anscheinend auch für seinen Bruder empfand, nur daß seine Waffe sich in diesem Fall gegen ihn selbst richtete und er zum Opfer wurde.«

Rathbone holte tief Luft und warf seinen guten Ruf in die Waagschale. »Oder es gäbe noch eine dritte Möglichkeit, Sir – daß es nicht Caleb war, der Lord Ravensbrook angegriffen hat, sondern daß der Ausgang des Kampfes genauso ausfiel, wie er von Anfang an geplant war.«

Absolute Stille trat ein. Es war so, als hätte alles Leben im Saal für einen Augenblick den Atem angehalten. Enid war aschfahl, Genevieve wie gelähmt.

Nach einer Weile ergriff der Leichenbeschauer wieder das Wort.

»Mr. Rathbone, wollen Sie damit andeuten, daß Lord Ravensbrook Caleb Stone mit voller Absicht getötet hat?«

»Ich möchte damit andeuten, daß das eine Möglichkeit ist, Sir.«

Goode schloß die Augen und lehnte sich auf seinem Stuhl zurück; die Qual, die er litt, stand ihm deutlich ins Gesicht geschrieben.

Zwei rote Flecken tauchten auf Milo Ravensbrooks Wangen auf, aber er bewegte sich nicht und sagte auch nichts.

Selina Herries biß sich in die Fingerknöchel und starrte Rathbone an.

»In Gottes Namen, Mann, aus welchem vernünftigen Grund sollte er das getan haben?« fragte der Leichenbeschauer.

Im hinteren Teil des Gerichtssaals öffnete sich eine Tür, und Monk trat ein, durchnäßt von Regen, mit zerzaustem Haar und erschöpft von einer schlaflosen Nacht, aber in Begleitung eines älteren Herrn und einer stämmigen, schwarzgekleideten Frau.

Rathbone fühlte sich ganz schwach vor Erleichterung. Als er dem Leichenbeschauer antwortete, zitterte seine Stimme.

»Ich werde einige Zeugen aufrufen, um Aufschluß über diese Frage zu geben, Sir. Mit Ihrer Erlaubnis werde ich mit Reverend Horatio Nicolson aus Chilverley beginnen.«

Der Leichenbeschauer zögerte. Er sah sich in dem Raum um, sah die Gesichter mit vor Staunen weit aufgerissenen Augen, die erwartungsvolle Neugier, den einzigen Journalisten, der mit einem Bleistift in der Hand und eifriger Miene den Fall nach wie vor verfolgte. Er konnte das Gesuch nicht ablehnen.

»Ich werde Sie sofort unterbrechen, wenn Sie auch nur einen Augenblick lang vom Thema abschweifen oder irgend jemand zu einer unbegründeten Anschuldigung ausholt«, warnte er ihn. »Seien Sie vorsichtig, Mr. Rathbone, wirklich sehr vorsichtig! Ich werde nicht zulassen, daß der gute Name eines Mannes grundlos in den Schmutz gezogen wird.«

Rathbone verneigte sich, um sein Einverständnis zu bekunden, und rief Horatio Nicolson in den Zeugenstand.

Langsam und mit tiefem Bedauern und offensichtlicher Verlegenheit betrat Reverend Nicolson den Zeugenstand und legte den Eid ab.

Rathbone begann seine Befragung, indem er zweifelsfrei feststellte, wer der Mann war, so daß das Gericht dessen Bedeutung verstehen konnte.

»Also, Sie kannten Lord Ravensbrook und seine Familie zu der Zeit, als Angus Stonefield nach Chilverley kam, ziemlich gut?« fragte er.

»Ja, Sir«, antwortete Nicolson mit ernster Miene.

»Haben Sie Angus kennengelernt?«

»Ja. Ich habe ihn in Latein unterwiesen; ich glaube, als wir anfingen, war er etwa acht Jahre alt. Er war ein hervorragender Schüler, intelligent, willig und mit einer raschen Auffassungsgabe gesegnet. Ein sehr angenehmer Junge, so rücksichtsvoll und wohlerzogen.« Bei der Erinnerung mußte er unwillkürlich lächeln. »Meine Frau mochte ihn besonders gern. Sie hat sich immer große Sorgen um ihn gemacht. Er war ziemlich oft krank, wissen Sie, und manchmal sehr in sich gekehrt.« Seine Stimme wurde ein wenig leiser. »Er war immer von einer gewissen Traurigkeit erfüllt, vor allem, als er noch sehr jung war. Was kein Wunder ist, nehme ich an, nachdem er in so zartem Alter beide Eltern verloren hatte.«

»War er auch später ein so hervorragender Schüler, Mr. Nicolson?« fragte Rathbone.

Nicolsons Gesicht verriet ehrlichen Kummer.

»Nein. Ich fürchte, er wurde später sehr unstet. Manchmal war er hervorragend, ganz der alte. Und dann gab es Zeiten, da habe ich ihn wochenlang kaum zu Gesicht bekommen.«

»Wissen Sie, welchen Grund das hatte?«

Nicolson holte tief Luft und stieß einen stummen Seufzer aus.

»Ich habe natürlich danach gefragt. Lord Ravensbrook hat mir anvertraut, daß der Junge bisweilen äußerst aufsässig war, man konnte ihn dann kaum bändigen, und sein Verhalten grenzte an offene Rebellion.«

Man hörte ein leises Rascheln im Raum. Bisher interessierte sich niemand besonders für die Sache. Nicolson hob den Kopf. »Obwohl ich zu seiner Verteidigung sagen muß, daß es sehr schwer war, Lord Ravensbrook zu gefallen.« Er sprach, als hätte er Ravensbrooks Anwesenheit überhaupt nicht bemerkt, und sein Blick wanderte auch nicht ein einziges Mal zu dem Platz hinüber, wo dieser steif und mit bleichem Gesicht saß. »Er war selbst von angenehmem Äußeren, charmant und begabt«, fuhr Nicolson fort. »Und er erwartete von allen Familienmitgliedern, daß sie den gleichen hohen Anforderungen genügten. Wenn sie es nicht taten, war er sehr hart in seiner Kritik.«

»Aber Angus gehörte genaugenommen nicht zu seiner eigenen Familie«, stellte Rathbone fest. »Sie waren nur ganz entfernt verwandt. War er nicht das Kind eines Vetters?«

Nicolsons Gesicht nahm einen angespannten Ausdruck an, in den sich tiefes Mitleid mischte. »Nein, Sir, er war der uneheliche Sohn seines Bruders Phineas Ravensbrook. Stonefield war der Name der jungen Frau, und auf keinen anderen Namen hatte er vor dem Gesetz Anspruch. Aber in seinen Adern floß das Blut der Ravensbrooks.«

Rathbone hörte das erstaunte Murmeln im Saal.

Der Leichenbeschauer beugte sich vor, als wolle er unterbrechen, änderte dann aber seine Meinung.

»Warum hat Lord Ravensbrook ihn nicht adoptiert?« fragte Rathbone. »Vor allem, da seine Frau gestorben war und er selbst keine Kinder hatte.«

»Lord Ravensbrook und sein Bruder haben sich nicht besonders nahegestanden, Sir.« Nicolson schüttelte den Kopf, und in seiner Stimme und den sanften Linien seines Gesichts machte sich große Traurigkeit breit. »Das Verhältnis der beiden war sehr gespannt, eine tiefsitzende Rivalität, die am Glück oder am Erfolg des anderen keine Freude finden konnte. Milo, der gegenwärtige Lord Ravensbrook, war der ältere. Er war klug, charmant und begabt, aber ich glaube, sein Ehrgeiz überstieg dennoch seine Fähigkeiten, so beträchtlich diese auch waren.«

Die Erinnerung ließ sein Gesicht aufleuchten. »Phineas war ganz anders. Er besaß eine solche Vitalität, war so voller Leben und Phantasie. Jeder liebte ihn. Und er schien überhaupt keinen Ehrgeiz zu haben, außer das Leben zu genießen…«

Der Leichenbeschauer beugte sich über den Tisch.

»Mr. Rathbone! Hat das irgend etwas mit Caleb Stonefields Tod zu tun? Das scheinen doch sehr alte Geschichten zu sein, und noch dazu von überaus persönlicher Natur. Können Sie das dem Gericht gegenüber bestätigen?«

»Ja, Sir, wir kommen jetzt zum eigentlichen Kern dieses Falls«, pflichtete Rathbone mit einem eifrigen Nicken bei. Etwas von dem Zorn und der Entschlossenheit, die er verspürte, mußte sich in seiner Stimme und in seiner Körperhaltung ausgedrückt haben. Alle Blicke ruhten auf ihm, und der Leichenbeschauer zögerte nur eine Sekunde, bevor er ihm gestattete fortzufahren.

Rathbone nickte Nicolson zu.

»Ich fürchte, Phineas ist mit vielen Dingen durchgekommen, die man ihm vielleicht besser nicht hätte durchgehen lassen sollen«, sagte Nicolson ruhig, aber seine Stimme drang bis in den letzten Winkel des totenstillen Saals. »Er konnte die Menschen anlächeln, und sie vergaßen ihren Zorn. Sie verziehen ihm viel mehr, als gut für ihn war oder für Milo. Das Gefühl der Ungerechtigkeit, verstehen Sie? Als könne man alle Freuden und alle Schmerzen des Lebens gegeneinander abwägen – das kann nur Gott tun… am Ende, wenn alles bekannt ist.«

Er seufzte. »Vielleicht ist das der Grund, warum er so hart mit dem armen Angus war, um zu verhindern, daß dieser in die Fußstapfen seines Vaters trat. Charme kann ein furchtbarer Fluch sein und alles ruinieren, was in einem Menschen an Gutem angelegt ist. Es geht nicht an, daß wir uns mit einem Lachen jeglicher Gerechtigkeit entziehen können. So werden wir nur leichtsinnig.«

»War Lord Ravensbrook wirklich so streng, Mr. Nicolson?«

»Meiner Meinung nach ja, Sir.«

»In welcher Hinsicht?«

Das Gesicht des Leichenbeschauers zuckte, aber er verzichtete darauf, die Befragung zu unterbrechen.

Man hörte ein Reiben von Stoff auf Stoff und dann das Quietschen eines Stiefels. Lord Ravensbrook machte Anstalten, etwas zu sagen, tat es aber nicht.

Nicolson sah höchst unglücklich aus, zögerte aber nicht, mit einer leisen, ruhigen Stimme zu antworten.

»Es schien manchmal unmöglich zu sein, ihm zu gefallen. Er demütigte den Jungen für Fehler, für Torheiten, die lediglich der Unwissenheit entsprangen oder vielleicht einer gewissen Unsicherheit, einem Mangel an Selbstvertrauen. Und je verlegener ein Kind ist, um so mehr Fehler macht es natürlich. Es ist furchtbar, sich so wertlos zu fühlen, Sir, das Gefühl zu haben, einem anderen Dank zu schulden, und statt seine Schuld abzutragen zu glauben, man hätte denjenigen, der einem am wichtigsten von allen Menschen ist, enttäuscht.« Er kämpfte mit seinen Gefühlen. »Ich habe oft gesehen, wie Angus als kleiner Junge mit den Tränen kämpfte, und dann die Scham, die er empfand, wenn er sie nicht länger zurückhalten konnte und dann auch noch dafür bestraft wurde. Und er schämte sich so furchtbar, wenn er geschlagen wurde, was sehr häufig vorkam. Er hatte Angst davor, und andererseits fühlte er sich deswegen auch wie ein Feigling.«

In der Menge unterdrückte eine Frau ein Schluchzen.

Selina Herries hatte nicht um Caleb geweint. Sein Tod war noch zu frisch, ihre Gefühle für den Mann hin und her gerissen zwischen Stolz, Verachtung und Angst. Jetzt waren ihre Gefühle für das Kind, das er gewesen sein mußte, sehr klar. Sie ließ die Tränen ohne Scham ihre Wangen hinunterrollen und versuchte auch nicht, sie wegzuwischen.

Enid Ravensbrooks Gesicht war aschfahl und spiegelte unerträglichen Schmerz wider, als wäre eine lange befürchtete Tragödie nun tatsächlich über sie hereingebrochen. Sie sah ihren Mann von der Seite an, aber sein Gesichtsausdruck war undurchdringlich. Er drehte sich nicht ein einziges Mal zu ihr um. Vielleicht wagte er es nicht, sich dem zu stellen, was er in ihren Augen lesen würde.

Genevieve Stonefield war jenseits von Tränen, aber sie umklammerte Titus Nivens Hand, als würde sie sie vielleicht nie wieder loslassen wollen.

»Mr. Nicolson…«, drängte Rathbone den Pfarrer zum Weitersprechen.

Nicolson blinzelte. »Das Herz hat mir weh getan für ihn, und ich habe mich sogar dazu hinreißen lassen, Lord Ravensbrook darauf anzusprechen, aber ich fürchte, ich habe nichts Gutes damit bewirkt. Meine Einmischung hat ihn nur dazu bewogen, in Zukunft noch strenger mit ihm zu verfahren. Er glaubte, Angus habe sich bei mir beklagt, und betrachtete das als einen Akt der Feigheit wie auch des persönlichen Verrats.«

»Ich verstehe.« Der Mann zeichnete ein Bild von solcher Eindringlichkeit, daß Rathbone keine stärkeren oder passenderen Worte fand. Was mußte sich unter der Oberfläche von Angus' ehrenwertem und aufrechtem Charakter verborgen haben? Hatte er Ravensbrook für jene Jahre des Schmerzes und der Demütigung jemals verziehen?

Der Leichenbeschauer hatte Nicolson nicht unterbrochen und seinen Blick kein einziges Mal auf die Uhr gerichtet, aber jetzt mußte er, auch wenn es ihm widerstrebte, einschreiten.

»Mr. Rathbone, diese vergangenen Kümmernisse sind überaus peinigend, aber bisher steht das alles dennoch in keinem Zusammenhang mit dem Tod Caleb Stonefields. Ich bin sicher, Sie sind sich dessen ebenfalls bewußt. Mr. Nicolsons Aussage hat sich lediglich auf Angus bezogen.«

»Das liegt daran, daß er Caleb niemals mit eigenen Augen gesehen hat«, entgegnete Rathbone. »Wenn ich jetzt bitte meine letzte Zeugin aufrufen dürfte, Sir, wird sie diesen Sachverhalt erklären.«

»Ich hoffe, das kann sie wirklich, Mr. Rathbone, denn ansonsten muß ich den Eindruck gewinnen, daß Sie nur unsere Gefühle strapaziert und sinnlos unsere Zeit verschwendet haben.«

»Ich versichere Ihnen, es hat einen Sinn. Ich rufe Miss Abigail Ratchett in den Zeugenstand.«

Abigail Ratchett war eine sehr stämmige Frau mit unnatürlich schwarzem Haar, wenn man bedachte, daß sie mindestens fünfundsiebzig Jahre alt war. Aber abgesehen von einer gewissen Schwerhörigkeit, trat sie sehr selbstsicher auf und schien durchaus im Vollbesitz ihrer geistigen Kräfte zu sein. Alle Blicke ruhten auf ihr.

»Sie sind Krankenschwester, Miss Ratchett?« begann Rathbone, der sehr deutlich und bei weitem lauter sprach, als er das sonst tat.

»Ja, Sir, und Hebamme. Zumindest war ich das früher.«

Das Gesicht des Leichenbeschauers wirkte verschlossen.

Goode stöhnte.

Rathbone ignorierte beide.

»Sind Sie Ihrer Tätigkeit nachgegangen, als Miss Alice Stonefield im Oktober 1829 von ihren beiden Söhnen entbunden wurde, deren Vater ein gewisser Phineas Ravensbrook war?«

Rathbone blickte zu Ravensbrook hinüber, der jetzt bleich war wie ein Totenschädel.

»Ich habe meinen Dienst versehen, ja, Sir«, erwiderte Miss Ratchett. »Aber es war nur eine ganz normale Geburt wie jede andere, keine Zwillinge, Sir, nur das eine Kind. Ein Junge... prächtiger kleiner Kerl. Gesundes Kind. Hat ihn Angus genannt, die Mutter.«

Man hätte im Saal eine Stecknadel fallen hören können.

»Was?« fragte Rathbone.

Der Leichenbeschauer beugte sich vor und sah sie streng an.

»Madame, sind Sie sich dessen bewußt, was Sie da sagen? Es gibt Leute hier in diesem Gerichtssaal, die sowohl Angus als auch Caleb kannten!«

»Es gab nur einen Säugling, Sir«, wiederholte Miss Ratchett. »Ich war dabei. Miss Alice hatte ein Kind. Ich war die ganze Zeit über bei ihr, während sie ihn gestillt hat. Habe ihn gekannt, bis seine arme Mutter starb. Im Jahr drauf ist dann auch Phineas Ravensbrook gstorben, irgendwo im Ausland. Und danach hat dann sein Onkel ihn zu sich genommen, den armen kleinen Kerl. War erst fünf Jahre alt und hat furchtbar gelitten. Der Vater hatte keine Zeit für ihn gehabt, nie. Hat ihn auch nie anerkannt, nein, und hat seine Mutter auch nicht geliebt.« Ihr Gesicht ließ keinen Zweifel an ihren Gefühlen für Phineas Ravensbrook aufkommen.

»Was Sie da sagen, ergibt keinen Sinn, Madame!« rief der Leichenbeschauer verzweifelt. »Wenn es nur ein Kind gab, woher kam dann Caleb? Wer war er? Und wer hat Angus getötet?«

»Darüber weiß ich nichts«, sagte Miss Ratchett gelassen. »Ich weiß nur, daß es bloß ein Kind gegeben hat. Und ich weiß, daß Kinder eine ungeheure Phantasie haben! Ich habe mich mal um ein kleines Mädchen gekümmert, das angeblich eine Freundin hatte, reinste Phantasie, und wenn sie irgendwas angestellt hatte, sagte sie, es wäre Mary gewesen, nicht sie. Sie war lieb, Mary war böse.«

»Völlig normal, daß ein Kind zu so einer Entschuldigung greift«, sagte der Leichenbeschauer. »Ich habe selbst Kinder, Madame. Ich habe viele solcher Geschichten zu hören bekommen.«

Reverend Nicolson erhob sich.

»Ich bitte um Verzeihung, Sir.« Er sprach den Leichenbeschauer mit großem Respekt an, ließ sich aber nicht abweisen. »Ist es nicht möglich, daß der Junge in seinem Unglück, getrieben von dem Gefühl der Zurückweisung, der Verpflichtung und

Einsamkeit, ein zweites Selbst schuf, dem er die Verantwortung für sein Versagen zuschieben konnte, ein zweites Selbst, das außerdem frei war, seinen Onkel so zu hassen, wie er es gern getan hätte, wie er es in seinem Herzen auch wirklich tat?«

Seine Stimme übertönte den wachsenden Lärm im Gerichtssaal, das Stöhnen und die Laute des Entsetzens, des Mitleids, des Zorns oder der Ungläubigkeit.

»Könnte es nicht als eine Flucht ins Reich der Phantasie begonnen haben – die Flucht eines unglücklichen verletzten und gedemütigten Kindes?« fragte er. »Und sich dann in echten Wahnsinn verwandelt haben, indem er zu zwei ganz verschiedenen Menschen wurde – zu einem, der alles tat, um zu gefallen, und die entsprechenden Belobigungen erntete, und zu einem anderen, der frei war, ohne Vorbehalte all den Zorn und Haß für seine Zurückweisung auszuleben, weil er der Sohn eines Vaters war, der ihn nicht anerkennen wollte, und einen Onkel hatte, für den er niemals gut genug war, ein Spiegelbild des Bruders, den er beneidete und an dem er sich nicht mehr rächen konnte, außer an dessen Kind?«

Der Leichenbeschauer schlug mit dem Hammer auf den Tisch. »Ruhe!« befahl er.

»Das ist ein monströses Bild, das Sie da zeichnen, Sir. Möge Gott es Ihnen vergeben. Es würde mich nicht überraschen, wenn die Familie Ravensbrook das nicht kann.« Er sah Milo Ravensbrook an, der wie erstarrt dasaß; sein Gesicht war – von den scharlachroten Flecken auf seinen Wangen abgesehen – schneeweiß.

Aber Enid Ravensbrooks Gesichtsausdruck, der Zorn und das Mitleid darin, war es, der den Leichenbeschauer zurückschrecken ließ und Rathbone klarmachte, daß Nicolson nicht so weit von der Wahrheit entfernt war.

»Absoluter Wahnsinn!« stieß Ravensbrook zwischen zusammengebissenen Zähnen hervor. »Um Gottes willen! Jeder hier weiß, daß es zwei Brüder gab! Diese Frau ist entweder abgrundtief schlecht, oder sie hat den Verstand verloren. Der Alkohol hat ihr Gedächtnis getrübt.« Er fuhr herum. »Genevieve! Du hast sowohl Angus als auch Caleb gesehen!« Er schrie jetzt. »Sag ihnen, daß das absurd ist!«

»Ich habe sie gesehen«, sagte Genevieve langsam. »Aber niemals zusammen. Ich habe die beiden nie gleichzeitig gesehen. Aber... es kann nicht sein! Sie waren so völlig verschieden. Nein.« Sie sah Abigail Ratchett an. »Nein, Sie müssen sich irren. Es ist mehr als einundvierzig Jahr her. Ihr Gedächtnis spielt Ihnen einen Streich. Wie viele Kinder haben Sie auf die Welt geholt? Hunderte?«

»Es war ein Kind!« sagte Abigail Ratchett scharf. »Ich bin nicht betrunken, und ich bin nicht wahnsinnig, egal, was irgend jemand behauptet.«

Genevieve wandte sich an Monk, und in ihrer Miene spiegelte sich Verzweiflung wider. Sie mußte die Stimme erheben, um sich Gehör zu verschaffen. »Sie sagten, jemand habe sie am Tag, an dem Angus starb, zusammen gesehen! Finden Sie diesen Mann, und bringen Sie ihn her. Das wird Aufklärung bringen!«

Der Leichenbeschauer griff abermals zu seinem Hammer, verlangte Ruhe und wandte sich dann wieder an Monk. »Nun?« fragte er heftig. »Haben Sie einen solchen Zeugen gefunden? Wenn ja, was soll dann all dieser Unfug! Ich habe den Eindruck, daß Sie absolut verantwortungslos handeln, Sir!«

»Ich bin dorthin zurückgekehrt«, erwiderte Monk, und seine Stimme war leise und scharf. »Ich habe den Zeugen gefunden und ihn dazu gebracht, sich genau dort hinzustellen, wo er Angus und Caleb gesehen hatte. Ich selbst habe mich dort hingestellt, wo sich seiner Aussage nach die beiden befanden.

Plötzlich war atemlose Stille in den Saal eingekehrt.

»Ich stand vor einem Spiegel, Sir«, sagte Monk mit einem strahlenden Lächeln. »Ich habe mit meinem eigenen Spiegelbild gekämpft, und der Mann, der mich dabei beobachtete, sah sich zum zweitenmal einem Trugbild gegenüber.«

»Das beweist überhaupt nichts!« sagte Ravensbrook mit belegter Stimme. »Sie haben gesagt, Caleb habe zugegeben, Angus ermordet zu haben. Wie kann ein Mann sich selbst ermorden?«

»Er sagte, er habe Angus zerstört«, korrigierte ihn Monk.

»Und daß ich niemals eine Leiche finden würde. Das war der Witz, das war der Grund, warum er lachte. Caleb wußte von Angus und verachtete ihn. Ich glaube, Angus wußte nichts von Caleb. Er konnte ein solches Wissen nicht ertragen. Für ihn war Caleb ein völlig anderer Mensch, eine düstere Erscheinung jenseits seiner Existenz, vor der er sich von ganzem Herzen fürchtete.«

»Unsinn!« entgegnete Ravensbrook mit erhobener Stimme. »Das ist eine wilde und absolut lächerliche Behauptung, die Sie niemals beweisen können. Caleb war wahnsinnig, das steht fest, und er ermordete seinen Bruder. Als er dann begriff, daß man ihn verurteilen und hängen würde, hat er in einer letzten besessenen Aufwallung von Haß auch mich angegriffen, weil ich, Gott vergebe mir, Angus immer mehr liebte als ihn. Wenn ich mich einer Sünde schuldig gemacht habe, dann ist es die und nur die!«

Die Leute im Saal bewegten sich unruhig auf ihren Plätzen.

»Es gibt einen Beweis.« Monk hob die Stimme und sah den Leichenbeschauer unverwandt an. »Die Leiche Caleb Stones befindet sich im Leichenschauhaus.« Er drehte sich mit einer heftigen Bewegung zu Selina herum. »Madame, kennen Sie Calebs Körper gut genug, um ihn von Angus' unterscheiden zu können?«

»Ja, natürlich tue ich das«, sagte sie, ohne zu erröten.

Er sah Genevieve an. »Und Sie, Mrs. Stonefield, könnten Sie den Körper Ihres Mannes von dem Calebs unterscheiden?«

»Ja.« Ihre Stimme war nicht mehr als ein Flüstern.

»Dann lassen Sie uns dieser Farce ein Ende machen«, sagte der Leichenbeschauer entschlossen. »Wir werden diese beiden Damen ins Leichenschauhaus bringen.« Daraufhin erhob er sich mit starrer Miene und unbewegtem Blick. Er schenkte dem Aufruhr im Saal nicht die geringste Beachtung.

Der Aufseher des Leichenschauhauses zog das Laken zurück und enthüllte den nackten Körper bis zu den Lenden. Der Raum war kalt und roch nach Tod. Das Kerzenlicht schimmerte gelb und tauchte die Ecken in Schatten.

Selina Herries stützte sich auf Hesters Arm; ihr Gesicht war ruhig, beinahe schön, und alle Forschheit und aller Zorn schienen daraus verschwunden zu sein. Sie sah in das Gesicht mit der glatten Stirn, dem fein geschnittenen Mund, den geschlossenen Augen und blickte dann hinunter auf die breite Brust, die vernarbt und von marmornem Weiß war. Das Muster der alten Verletzungen war unverkennbar.

»Das ist Caleb«, sagte sie leise. Sie berührte ganz sanft mit den Fingern seine kalte Wange, als könnte er sie spüren. »Gott schenke ihm Ruhe und Frieden«, flüsterte sie.

Der Leichenbeschauer nickte, und Hester ging mit ihr hinaus. Einige Augenblicke später kehrte sie mit Genevieve zurück. Wieder zog der Aufseher das Laken zurück. Auch Genevieve sah unverwandt in das ruhige Gesicht mit den geschlossenen Augen und auf den weißen Oberkörper mit seinen Narben.

Schließlich füllten ihre Augen sich mit Tränen, die ungehemmt über ihre Wangen strömten; das Mitleid, das in ihr aufwallte, durchdrang sie mit einem Schmerz, wie sie ihn niemals würde vergessen können.

»Ja«, flüsterte sie so leise, daß man es an keinem anderen Ort als diesem Raum des Todes hätte hören können. »Ja, das ist Angus. Ich kenne diese Narben, wie ich meine eigene Hand kenne. Die meisten von ihnen habe ich selbst verbunden. Ich bete, daß Gott seine Seele wieder gesund macht und ihm endlich Frieden schenkt.« Sie drehte sich um, und Hester hielt sie in ihren Armen, während sie um all den vergangenen Schmerz weinte, den sie nicht lindern konnte, das Kind, das sie nicht erreichen konnte.

»Ich werde eine Mordanklage gegen Ravensbrook anstrengen«, sagte Rathbone leidenschaftlich.

»Sie werden es ihm nie nachweisen können«, entgegnete Monk.

»Das spielt keine Rolle!« Rathbone biß die Zähne zusammen, und sein ganzer Körper versteifte sich. »Die Anklage wird ihn ruinieren. Das reicht.«

Monk beugte sich vor und ergriff die Hand des Toten. Es war

eine schöne, perfekt manikürte Hand, und er wußte jetzt auch, warum Caleb immer Handschuhe getragen hatte – um Angus' Hände zu schützen. Vielleicht konnte niemand sonst in dem Raum so aufrichtig und mit so tief empfundenem Mitleid nachfühlen wie er, was es für einen Menschen bedeutete, gespalten zu sein, auf ewig in der Furcht vor einer dunklen Seite in ihm, die er nicht kannte, leben zu müssen.

»Ruhe in Frieden«, sagte er. »Die Schulden, die du nicht mehr bezahlen konntest, werden wir für dich begleichen.«